Joëlle 2

Le Livre de l'air et des ombres

Michael Gruber

Le Livre de l'air et des ombres

Traduit de l'anglais (États-Unis)
par Fabrice Pointeau

le
cherche
midi

Ouvrage réalisé sous la direction éditoriale de Roland Brénin.

Titre original : *The Book of Air and Shadows*

23, rue du Cherche-Midi 75006 Paris.
Vous pouvez consulter notre catalogue général et l'annonce
de nos prochaines parutions sur notre site Internet :
www.cherche-midi.com

Pour E.W.N.

Nos Divertissements sont maintenant finis. Nos acteurs
(Comme je vous l'ai dit) étaient tous des Esprits, et
Ils se sont dissipés dans l'Air, sans laisser de traces.
Et comme cette invention sans fondement,
Les Tours coiffées de Nuages, les Palais somptueux,
Les Temples solennels, ce grand Globe lui-même,
Oui, tout ce qu'il abrite, se dissoudra,
Et tel ce spectacle sans substance s'évanouira
Sans même laisser une nuée : nous sommes de la même étoffe
Que les songes ; et notre petite vie
Est cernée de sommeil...

William SHAKESPEARE
La Tempête, Acte IV, scène I,
premier folio, 1623

Remerciements

L'auteur aimerait remercier Thomas D. Selz, Esq. de Frankfurt Kurnit & Selz pour ses explications concernant les mystères du droit de la propriété intellectuelle et pour la vue depuis son bureau, seule chose qu'il ait en commun avec l'avocat décrit dans ce roman.

1

Tac ! Tac ! Je pianote sur les touches et les mots jaillissent sur ce petit écran. Qui les lira, je n'en sais rien. Je pourrais bien être mort lorsque quelqu'un verra ceci, aussi mort que, disons, Tolstoï. Ou Shakespeare. Lorsqu'on lit, le fait que l'auteur soit toujours en vie a-t-il de l'importance ? D'une certaine manière, oui, me semble-t-il. Si vous lisez un texte d'un auteur vivant, vous pouvez, du moins en théorie, vous fendre d'une lettre, voire nouer une relation. Je pense que de nombreux lecteurs voient les choses ainsi. Il est aussi des lecteurs qui écrivent à des personnages fictifs, ce qui est un peu plus inquiétant.

Mais de toute évidence je ne suis pas encore mort, même si cela risque de changer d'un moment à l'autre. C'est d'ailleurs l'une des raisons pour lesquelles j'écris ces pages. L'une des caractéristiques de l'écriture est que l'auteur ne connaît jamais le destin de ce qu'il compose laborieusement, le papier ne servant pas uniquement à exposer des mots agencés dans un ordre précis, et les minuscules charges électromagnétiques que je crée sur cet ordinateur portable ne sont pas non plus immunisées contre l'outrage du temps. Bracegirdle est assurément mort, des suites des blessures reçues lors de la bataille d'Edgehill durant la guerre civile anglaise, quelque part vers la fin du mois d'octobre 1642. Du moins le pensons-nous. En tout cas bel et bien mort, même si avant de mourir il a écrit le manuscrit de cinquante-deux pages qui a plus ou moins foutu ma vie en l'air, ou qui m'a tué, je ne sais pas encore lequel des deux. Ou peut-être le vrai coupable est-il ce petit professeur, Andrew Bulstrode, qui m'a mis cette chose entre les mains avant d'aller se faire assassiner, ou bien Mickey Haas, mon vieux colocataire du temps de la fac, qui m'a présenté à Bulstrode. Mickey est toujours en vie pour autant que je sache. Ou bien cette fille, cette femme devrais-je dire : elle a forcément sa part de responsabilité dans tout ça, car je doute sérieusement que j'aurais plongé ainsi si je n'avais pas admiré le long cou blanc qui s'élevait de son col dans la salle de lecture Brooke Russell Astor de la bibliothèque publique de New York. Je mourais tellement d'envie d'embrasser ce cou, que j'en avais mal à la mâchoire.

Et Albert Crosetti et sa mère insolite et sa petite amie encore plus remarquable, Carolyn, pour autant qu'on puisse parler de petite amie. Autant de découvreurs, d'explicateurs et de déchiffreurs de Bracegirdle, ma Némésis, sans qui...

Je n'oublie pas les vrais méchants, mais je ne peux pas vraiment leur en vouloir. Les méchants sont là, comme la rouille, ennuyeux et presque chimiques dans la stupide simplicité de leur avidité et de leur fierté. Il est si facile de les éviter, et nous échouons pourtant si souvent à le faire. Sans parler de Marie, reine des Écossais (à propos de stupidité), une conspiration de plus à ajouter à sa collection, même si tout ce qu'elle a fait dans cette affaire, c'est exister. Naturellement, j'en veux à mon père, le vieux filou. Pourquoi pas ? Je lui en veux pour tout le reste.

Je vois que je m'y prends mal. Bon, concentrons-nous, mettons de l'ordre dans les faits, et commençons par identifier l'auteur, moi, Jake Mishkin, avocat spécialisé en propriété intellectuelle de profession. Je crois que des gangsters risquent de chercher à me tuer dans un futur proche. Sans doute existe-t-il un type d'avocats qui s'exposent à certains risques dans l'exercice de leur boulot. Je n'en fais pas partie. Par choix, d'ailleurs. Dans ma jeunesse, il m'est arrivé de fréquenter de tels avocats, et j'ai de bonnes raisons de croire que certains d'entre eux se sont fait buter ; aussi, le moment venu, ai-je bien pris soin d'opter pour une spécialité juridique dont les participants ordinaires ne sont généralement pas armés. Certes, le droit de la propriété intellectuelle a sa part de cinglés violents (peut-être plus que sa part), mais lorsqu'ils hurlent des obscénités et menacent de vous tuer vous et votre client, il s'agit, presque tout le temps, d'une métaphore plutôt que de la réalité.

Et même alors, l'essentiel de leur venin est dirigé à l'encontre des avocats plaidants, ce que je ne suis pas. Je n'ai pas la personnalité pour, car je suis une personne imposante et paisible qui estime que presque tous les procès, surtout ceux impliquant la propriété intellectuelle, sont stupides, voire même grotesques, et que les questions sous-jacentes qu'ils soulèvent pourraient presque toutes être résolues par des gens raisonnables en vingt minutes de discussion. Ce n'est pas avec un tel état d'esprit qu'on réussit en tant qu'avocat plaidant. Ed Geller, notre associé principal, est avocat plaidant : c'est un petit homme pugnace, agressif, flamboyant, odieux, un être qui aurait pu servir de modèle à toutes les vilaines blagues sur les avocats. Je sais pourtant avec certitude qu'Ed (un individu pour qui j'ai, par ailleurs, le plus grand respect professionnel) n'a jamais entendu une balle siffler à ses oreilles et ne s'est jamais battu avec des voyous bien décidés à le dépouiller, deux expériences que j'ai eu la malchance de faire.

Je dois préciser que le droit de la propriété intellectuelle est grosso modo divisé entre le droit industriel, qui couvre les marques déposées et les brevets (les logiciels entrent probablement aussi dans cette catégorie), et les droits d'auteur, qui couvrent les arts et les lettres – musique, livres, films, images en tous genres, Mickey Mouse, etc. M'apercevant que j'avais instinctivement enfoncé la touche spéciale de cette machine qui ajoute le © sacré au nom du petit rongeur, je suis revenu en arrière et l'ai effacé, car c'est un nouveau moi qui écrit cette chose, quelle qu'elle soit. Mon cabinet, Geller Linz Grossbart & Mishkin, s'occupe de droits d'auteur, et même si chaque partenaire maîtrise la totalité du spectre de ce domaine, on pourrait affirmer que chacun d'entre nous a une spécialité différente. Marty Linz s'occupe de la télé et des films, Shelly Grossbart de la musique, Ed Geller est, comme je l'ai dit, notre expert en plaidoiries. Je m'occupe pour ma part des questions littéraires, ce qui signifie que je passe pas mal de temps avec des écrivains, suffisamment pour savoir que je ne suis pas ni ne serai jamais un des leurs. Bon nombre de mes clients m'ont dit, souvent sur un ton condescendant, qu'en chaque avocat se cache un poète refoulé, tout en attribuant la citation à divers auteurs différents. Ce genre de chose ne me gêne pas vraiment, car tous ces gens sont aussi désemparés que des chatons dans le monde réel, par opposition à l'univers imaginaire. Je peux aussi donner dans l'ironie cinglante, quand je le veux, ce qui est plutôt rare car, en toute honnêteté, j'ai une sacrée admiration pour eux. Enfin quoi, inventer une histoire à partir de rien et l'écrire pour que quelqu'un d'autre, un parfait inconnu, puisse la lire et la comprendre et éprouver de réels sentiments à l'égard de personnages fictifs ! Avez-vous déjà eu la malchance de vous retrouver dans un train ou un avion plein à craquer, coincé sur votre siège devant deux abrutis qui échangent des anecdotes ? C'est un coup à se trancher la gorge d'ennui, pas vrai ? Ou à les tuer eux. Ce que je veux dire, au risque de me répéter, c'est qu'il est sacrément difficile de raconter une histoire cohérente. Un de mes clients m'a raconté que pour écrire une histoire vous commencez par rassembler tout ce qui est arrivé à quelqu'un puis vous taillez dans le vif pour enlever tout ce qui ne colle pas. Mais c'était une plaisanterie. Même si ça ressemble à ce que je suis en train de faire en ce moment précis.

Peut-être manqué-je d'assurance. Le métier d'avocat a lui aussi ses aspects créatifs. Nous écrivons beaucoup, des textes dont la plupart n'ont d'intérêt que pour les autres avocats, et nous devons raconter des histoires, planter des décors, présenter les faits et les hypothèses derrière chaque affaire. Le jeune Charles Dickens a commencé sa carrière en tant que chroniqueur judiciaire, et les spécialistes jugent que c'est de cette expérience qu'est né son sens du drame humain, si évident dans ses romans. De plus, ces romans parlent tous de crimes, principalement dans le milieu des cols blancs. C'est Mickey Haas qui me l'a fait remarquer, et il doit savoir de quoi il parle puisqu'il est professeur de littérature anglaise à l'université de Columbia. Et il est aussi le commencement de cette histoire.

Qu'avez-vous besoin de savoir sur Mickey Haas ? Eh bien, pour commencer vous savez déjà quelque chose, car seul un certain type d'homme mûr se laisse appeler par un petit surnom d'écolier. Je ne crois pas que « Jake » soit un surnom du même genre. C'est certainement mon plus vieil ami, mais il manque parfois de sérieux. Peut-être que s'il avait été plus sérieux, il aurait envoyé promener le petit professeur, et rien de tout cela ne serait arrivé. En conséquence de quoi, comme de bien entendu, j'ai atterri dans la maison de Mickey, une cabane au bord du lac Henry, au cœur du parc naturel des Adirondacks, où je me trouve en ce moment... On peut dire que je me terre, même si j'ai bien du mal à utiliser un terme aussi dramatique. Disons que je vis dans l'isolement. Un isolement armé.

Je connais Mickey (ou Melville C. Haas, c'est ainsi qu'apparaît son nom sur le dos de ses nombreux livres) depuis ma seconde année d'études à Columbia, lorsque j'ai répondu à une petite annonce publiée par une personne qui cherchait un colocataire pour partager un appartement au quatrième étage d'un immeuble sans ascenseur situé dans la 113e Rue près d'Amsterdam Avenue. Mickey, fidèle à lui-même, avait préféré accrocher la petite annonce dans la vitrine d'une laverie chinoise d'Amsterdam Avenue plutôt qu'au foyer des étudiants ou au bureau du logement de l'université. Lorsque je lui ai demandé plus tard pourquoi il avait fait ça, il a répondu qu'il souhaitait un colocataire qui portait des chemises propres et bien repassées. Curieusement, je n'en faisais pas partie ; je ne possédais qu'une seule chemise élégante, une De Pinna blanc sur blanc dont mon père s'était débarrassé, et étais entré dans la petite boutique pour la faire repasser en vue d'un entretien d'embauche.

M'étant récemment enfui de chez moi, je vivais à l'époque dans une chambre pouilleuse dans un immeuble de location. J'avais dix-huit ans et j'étais effroyablement pauvre. Le proprio me faisait payer quinze billets par jour. Cuisine et salle de bains se trouvaient au bout du couloir. Ces deux pièces puaient, de façon différente mais tout aussi désagréable, et cette puanteur avait une fâcheuse propension à se répandre au reste du bâtiment. J'étais donc un peu désespéré, et l'appartement proposé par Mickey avait de l'allure. Un trois-pièces avec vue partielle sur la cathédrale. Bien que sombre – à la manière de ces appartements des quartiers chic dotés de longs couloirs – il était raisonnablement propre. De plus, Mickey avait l'air d'être un type bien. Je l'avais déjà vu sur le campus auparavant, car c'était un personnage qui ne passait pas inaperçu : grand, presque autant que moi, roux, avec la lèvre pendante et les yeux bleus protubérants aux paupières tombantes des Habsbourg de second rang. Il portait des vestes en tweed et des pantalons de flanelle et, par temps froid, un authentique duffel-coat enveloppant de la Royal Navy en poil de chameau. Il avait des intonations d'anglophile, précises et merveilleusement hésitantes, les mêmes que nous entendions dans la bouche des célèbres professeurs de littérature anglaise de Columbia qui avaient eu la malchance de naître aux États-Unis.

Malgré son affectation, Mickey était, comme la plupart des élégants de New York, et contrairement à moi, un péquenaud. Il venait de... impossible de me souvenir du nom de cet endroit. Pas Peoria, mais quelque chose comme ça. Kenosha. Ashtabula. Moline, peut-être. L'une de ces villes industrielles de taille moyenne du Midwest. Bref, comme il me l'a expliqué lors de notre première rencontre, il était « le descendant d'un petit empire commercial » qui fabriquait des fermetures industrielles. Je me rappelle lui avoir demandé de quoi il s'agissait, et il avait ri et répondu qu'il n'en avait aucune idée mais qu'il s'imaginait toujours une immense fermeture Éclair longue comme un train de marchandise. C'était son arrière-grand-père qui avait fait fortune, et son père et ses oncles se contentaient de siéger au conseil d'administration, de jouer beaucoup au golf et d'être les piliers de la communauté. Il y a apparemment des milliers de familles de ce genre dans le pays, des descendants de gens qui ont amassé leur pactole avant les impôts et la mondialisation et l'ont entretenu grâce à des investissements sûrs et une aversion pour la prodigalité.

Alors, inévitablement, nous en sommes venus à parler de moi et, inspiré par sa franchise et sentant qu'il s'attendait à une dose d'exotisme urbain de la part de son colocataire, je lui ai raconté que j'étais le descendant d'Isaac Mishkin, connu des enquêteurs fédéraux et des membres du crime organisé d'ici à Las Vegas sous le nom d'Izzy le Comptable, ou parfois Izzy les Nombres, un expert-comptable qui tenait aussi les comptes de la mafia. À quoi il a répondu par l'habituel : « J'ignorais qu'il y avait des gangsters juifs. » Je lui ai alors parlé de Murder Inc.[1], Louie Lepke, Kid Reles et Meyer Lansky, ce dernier ayant été l'instructeur et le protecteur de mon père. C'était, je crois, la première fois que j'utilisais mon histoire familiale comme une manœuvre conversationnelle, ce qui a marqué la fin de l'espèce de honte avec laquelle je m'étais débattu durant mes années de lycée. Pourquoi pouvais-je tout révéler à Mickey ? Parce qu'il était évident qu'il n'avait aucune idée de ce que tout ça signifiait, que c'était pour lui un simple folklore, comme si j'étais né dans un cirque ou une caravane de Gitan. Et ce n'était, bien entendu, pas tout.

1. Murder Inc., Murder Incorporated ou les Brownsville Boys, noms donnés par la presse à un groupe de crime organisé des années 1930 et 1940 ayant perpétré des centaines de meurtres au profit de la mafia. *(N.d.T.)*

Donc tu es juif ? La question naturelle ; et j'ai vu la surprise de Mickey lorsque j'ai répondu non, en fait, je ne suis pas juif.

J'entends maintenant le son d'un moteur de bateau sur le lac, un bourdonnement lointain. C'est le milieu de la nuit. Personne ne pêche la nuit. Ou alors je me trompe ? Je ne suis pas pêcheur. Peut-être y a-t-il des poissons qui mordent la nuit, comme les moustiques, peut-être la pêche nocturne est-elle comme la pêche sur glace, un divertissement improbable mais largement pratiqué par des fanatiques qui prennent plaisir à se torturer. Ou peut-être que c'est *eux*.

De retour dans la maison. Je viens de faire un tour sur l'embarcadère en agrippant mon arme et en tendant l'oreille, mais je n'ai rien entendu. Sans doute quelque moteur automatique qui s'était allumé dans une autre cabane. Il y en a plusieurs douzaines ici, très espacées, apparemment désertes en ce moment, dans l'intervalle qui sépare l'été de la saison du ski, et le son, je le sais, peut parcourir des distances incroyables au-dessus de l'eau, surtout par une nuit calme. J'avais une lampe torche, et j'ai été assez crétin pour l'allumer, me transformant en cible parfaite pour quiconque aurait pu se tapir dans l'obscurité. Même s'ils ne se contenteraient pas de simplement m'abattre, oh non, ce serait trop simple. Le ciel était lourdement couvert et, avant de me rendre compte de la bêtise de mon geste, j'ai été stupéfait de remarquer combien les ténèbres au-dessus du lac consumaient totalement le mince faisceau de ma lampe. J'ai trouvé ça oppressant, déprimant : ce faible faisceau perdu dans la vaste obscurité. Est-ce l'annonce d'une mort toute proche, ou simplement un rappel de l'extrémité de mon actuel isolement ?

En relisant cela, je m'aperçois que je suis toujours empêtré dans le passé lointain ; ce récit sera un nouveau *Tristram Shandy* si je ne fais pas attention, si je ne vais pas à l'essentiel.

Mais reprenons : cet après-midi-là, j'ai assouvi le désir d'exotisme de Mickey Haas en lui donnant d'autres détails sur mon histoire personnelle. Non, de fait, je n'étais pas juif. Ici, petit aparté sur la règle de la filiation matrilinéaire. Car ma mère était catholique et, à cette époque, tout catholique épousant un non-catholique était excommunié à moins qu'il ne se réconcilie avec l'Église, principalement en jurant d'élever ses enfants dans la foi, ce qui fut le cas pour nous autres ; moi et mon grand frère, Paul, et ma jeune sœur Miriam avons eu droit à la totale : baptême, catéchisme, première communion, enfants de chœur pour les garçons. Résultat : nous avons naturellement renoncé à la foi. Sauf Paul. Encore que, avant d'y revenir et de découvrir sa vocation, il y ait sacrément renoncé. Et la cerise sur le gâteau ? O.K., un autre retour en arrière, et je crois avoir le temps car je me suis soudain rendu compte qu'ils ne seraient pas assez idiots pour essayer de traverser le lac Henry dans cette obscurité. Qu'est-ce qui les y obligerait ? J'ai donc toute la nuit, je suppose. Bref, voici mon père, dix-huit ans, petit filou de Brooklyn en devenir, bookmaker en herbe. Malheureusement pour sa carrière, on était en 1944 et il fut mobilisé. Bien entendu, il alla voir les chefs de la mafia, mais ceux-ci lui répondirent qu'il allait devoir partir à moins qu'il ne veuille que quelqu'un lui enfonce un pic à glace dans les oreilles pour lui percer les tympans, auquel cas ils seraient ravis de l'aider. Il déclina.

Donc, environ un an plus tard, mon père se retrouva rattaché au quartier général de la 3e armée en tant qu'agent de chiffrement, un bon boulot pour un gentil garçon juif, un travail en intérieur pas salissant. Il n'entendit jamais un coup de feu. De plus, nous étions maintenant en mars 1945 et, pour les forces américaines en Europe, la partie marrante de la Seconde Guerre mondiale ne faisait que commencer. La Wehrmacht avait quasiment abandonné le combat à l'ouest et ses légions s'engouffraient docilement dans les cages des prisonniers de guerre. Les soldats américains découvrirent bientôt qu'ils pouvaient tout obtenir contre des cigarettes américaines – antiquités, héritages, filles, quantités illimitées de stupéfiants – et mon père ne mit pas longtemps à comprendre qu'une telle opportunité d'accumuler du capital ne se présenterait pas deux fois.

Il était stationné à Ulm, où son job officiel – coder des messages pour la transmission – n'était pas harassant. Son vrai métier consistait à diriger un réseau de marché noir, prélevant du carburant et de la nourriture dans les boutiques de l'armée pour les réinjecter dans une économie civile affamée. Il n'eut aucun mal à mettre en place une organisation, car l'Allemagne de l'époque ne manquait pas de voyous en mal d'emploi. Ces personnages avaient simplement balancé les insignes nazis qu'ils avaient portés pendant douze ans et s'étaient ouverts aux opportunités offertes par le libre-échange, plutôt qu'au gangstérisme d'État. Mon père contribuait à distribuer des certificats de dénazification, bien entendu, et se servit aussi de son génie comptable pour couvrir le pillage. Il n'avait aucun scrupule à utiliser des anciens de la Gestapo pour ses affaires. Je crois que ça le titillait de voir ces types accepter docilement des ordres d'un juif. De temps à autre, il en dénonçait un en douce aux autorités, ou, pire, aux groupes de juifs qui se vengeaient clandestinement à l'époque. De cette manière, les autres restaient dans le rang.

Même s'il était officiellement logé dans les baraquements du quartier général de la 3e armée, mon père passait l'essentiel de son temps dans une suite qu'il louait à l'hôtel Kaiserhof à Ulm. L'une des excentricités de mon père consiste à ne jamais pénétrer dans un lieu d'hébergement public par l'entrée principale, ou normale, mais uniquement par les accès de service. Je crois qu'il a acquis ce tic auprès des mafieux des années quarante, qui avaient eux aussi ce même réflexe lorsqu'ils se rendaient, disons, au Copa ou à l'El Morocco. C'était peut-être une question de sécurité, ou peut-être le faisaient-ils juste parce qu'ils pouvaient se le permettre ; qui allait les en empêcher ? En tout cas, une nuit de l'hiver 1946, comme il rentrait d'une boîte de nuit et approchait de la porte donnant sur les cuisines du Kaiserhof, il trouva ma mère parmi les polissons et les vieilles femmes qui farfouillaient dans les poubelles. Il les ignora, comme il en avait l'habitude, et eux aussi l'ignorèrent, sauf une jeune femme qui, levant la tête des immondices, lui lança : « File-moi une cigarette, Joe. »

Il regarda dans sa direction, et là – seulement en partie dissimulé par la crasse et les loques souillées qu'elle portait autour de la tête – il distingua son visage. J'ai vu des photos prises à cette époque et c'est tout à fait surprenant – elle ressemble à une Carole Lombard jeune, blonde et ridiculement exquise. Elle avait dix-sept ans depuis tout juste une semaine. Bien sûr il lui donna des cigarettes, bien sûr il l'invita dans sa suite pour lui offrir un bain, des bas de nylon, des vêtements de rechange. Il n'en revenait pas. Comment se faisait-il que personne n'avait mis la main sur cette créature dans l'Allemagne de 1945 ? Un peu plus tard, lorsqu'elle fut propre comme un sou neuf et enveloppée dans un peignoir de soie rose et qu'il chercha à obtenir la contrepartie habituelle, il comprit pourquoi. Elle avait un pistolet et le braqua sur lui d'un geste déterminé, lui expliquant que guerre ou pas guerre, elle était une fille sérieuse, une fille d'officier, qu'elle avait déjà abattu trois hommes et lui tirerait aussi dessus s'il essayait d'attenter à sa vertu. Mon père fut stupéfait, charmé, fasciné. Après tout, à cette époque, vous pouviez baiser une comtesse pour une livre de sucre ; qu'elle ait réussi à protéger son corps des masses de réfugiés déplacés et de prisonniers en fuite, sans compter la lie d'une armée défaite plus les forces de trois armées victorieuses, indiquait qu'elle avait plus de tripes que la moyenne. « Avoir des tripes », l'une des expressions préférées de mon père. D'après lui, c'est ma sœur qui en a chez nous, mon frère et moi sommes des sans-tripes.

Donc, confronté au pistolet, il se détendit, ils burent un verre, fumèrent une cigarette, et racontèrent chacun leur vie tels les adolescents qu'ils étaient. Elle s'appelait Ermentrude Stieff. Ses parents étaient morts, son père, l'officier, avait péri pendant l'été 1944 et sa mère avait été tuée par une bombe perdue au cours des dernières semaines de la guerre. C'était à Regensburg. Après ça, elle avait erré des semaines durant dans le chaos des derniers jours du Reich, traînant la petite valise qu'elle avait planquée dans son casier à l'hôpital. Les gens prenaient ce genre de précaution à l'époque, pour ne pas devenir, vu les circonstances, des réfugiés totalement indigents. Parfois elle voyageait avec des groupes de civils en fuite. Deux objets lui permettaient alors d'établir des relations amicales, en fonction de la nature du groupe. L'un était une étoile jaune identique à celles que les Nazis forçaient les juifs à porter. L'autre était une étroite bande de tissu noir sur laquelle étaient brodés les mots DAS REICH et qui était censée entourer le bas de la manche gauche de l'uniforme porté par les soldats de la 2e division de panzers. Elle n'a jamais dit à mon père comment elle s'était procuré l'étoile, mais elle avait hérité le bandeau de l'unité SS du Hauptsturmfürher-SS Helmut Stieff, son père, tombé pour la patrie en Normandie et finalement enterré dans ce cimetière de Bitburg qui causa quelques brefs soucis au président Reagan il y a quelques années de cela.

Ce récit dit quelque chose de la fourberie de mes deux parents, et de mon propre caractère également, je crois. Cela expliquerait en tout cas que j'aie choisi, pour ainsi dire, de le relater à Mickey Haas pour l'amuser ou l'impressionner en cet après-midi-là dans la 113e Rue. C'est le genre de choses que la plupart des gens voudraient garder pour eux. Ma mère, d'ailleurs, a toujours nié cette charmante rencontre. Elle prétendait avoir fait la connaissance de mon père lors d'un bal et l'avoir pris pour un gentleman. Elle n'avait jamais farfouillé dans des poubelles, ni tiré sur qui que ce soit. Elle reconnaissait que son père avait été officier SS, mais celui-ci avait pris soin d'expliquer à ses enfants la différence entre les Waffen et les Allgemein, ou « SS générale », qui étaient responsables des camps. Les Waffen-SS n'étaient que de braves soldats qui se battaient contre ces horribles cocos russes.

Je radote. Qu'est-ce que ça peut foutre au point où nous en sommes ? Je suppose que la seule conséquence à tirer de tout ça est que la vérité a toujours été malléable entre les mains de mes parents. Non seulement le passé lointain était-il récrit, mais ils avaient aussi souvent de violents désaccords au sujet d'événements qui s'étaient produits la veille au soir. Cela a engendré en moi un cynisme précoce à l'égard des faits historiques, ce qui fait de moi, d'une certaine manière et dans la situation présente, le martyr d'événements vieux de quatre cents ans. Cela ne manque pas de piquant, c'est le moins qu'on puisse dire.

En tout cas, nous devons maintenant faire un bond en avant d'une vingtaine d'années dans le temps. Comme je l'ai dit, je suis devenu avocat en propriété intellectuelle, et Mickey s'est arrangé pour rester, quasiment, à un jet de pierre de l'endroit où nous nous sommes rencontrés puisqu'il enseigne la littérature anglaise à l'université de Columbia. Mickey est apparemment une éminence dans les cercles de critiques littéraires. Il était président de l'Association des langues modernes il y a quelques années de cela, ce qui, ai-je cru comprendre, n'est pas rien, et il semble respecté avec plus ou moins de réticence par la plupart des cénacles interprétatifs qui divisent de nos jours le monde de la critique littéraire. Son champ d'étude est le théâtre de William Shakespeare, et c'est ainsi qu'il en est venu à faire la connaissance de Bulstrode. Bulstrode, professeur à Oxford, lui aussi expert de Shakespeare, était de passage à Columbia. Il semble qu'un jour, Bulstrode se soit approché de Mickey et lui ait demandé : « Dites, mon vieux, vous ne connaîtriez pas par hasard un avocat spécialiste de la propriété intellectuelle ? » Ou quelque chose du genre.

Si je me rappelle bien, c'était le 11 octobre, un mardi. Il faisait un peu frais, de sorte que l'on savait que l'été était bel et bien fini. La pluie menaçait de tomber d'un instant à l'autre. Les gens portaient des imperméables, et moi aussi. Je revois encore mon imperméable, un Aquascutum brun clair suspendu à un portemanteau dans le coin de mon bureau, qui est plutôt petit pour un bureau d'avocat associé, mais bien assez confortable. Notre immeuble se trouve dans Madison Avenue, au début des numéros cinquante, et par ma fenêtre je vois les flèches de la cathédrale St. Patrick. Cette vue constitue pratiquement mon seul lien avec la religion de mon enfance. Mon bureau est meublé dans un style sans prétention et vaguement moderne rappelant la salle de repos de Jean-Luc Picard[1] sur le vaisseau *Enterprise*. Mes diplômes et mes licences sont accrochés au mur, ainsi que trois photos dans des cadres chromés : l'une d'elles est un portrait – réalisé par un photographe professionnel – représentant mes deux enfants il y a quelques années, et une autre me représente avec mon fils Niko. Je cours à ses côtés tandis qu'il apprend à faire de la bicyclette, un cliché plutôt réussi pris par sa mère. Le seul objet de la pièce qui puisse être jugé inhabituel est la troisième photo, qui montre un jeune homme costaud aux cheveux en brosse et vêtu d'une combinaison rouge, blanche et bleue soulevant une lourde barre d'haltères. La barre est si lourde qu'elle ploie légèrement à chaque extrémité, car cet athlète est dans la catégorie des plus de quatre-vingt-six kilos, la plus lourde, et il est en train de soulever plus de deux cents kilos. Deux cent quarante et un kilos, pour être précis. Et cette personne, c'est moi, la photo ayant été prise aux Jeux de Mexico de 1968. Je faisais alors partie de l'équipe olympique américaine. C'était la plus lourde charge que j'avais jamais soulevée à l'épaulé-jeté, et elle aurait pu me valoir la médaille de bronze si je n'avais pas merdé à l'arraché. C'est Joe Dube qui l'a eue à la place. Je n'ai jamais cessé de m'entraîner depuis, à un niveau moindre, bien entendu, mais je peux toujours soulever un bon quart de tonne au-dessus de ma tête.

Un savoir-faire parfaitement inutile, et c'est justement ce qui me plaît, c'est ça qui fait que je m'y suis mis. J'ai commencé à l'âge de dix ans avec un assortiment de poids faits maison et j'ai continué de soulever de la fonte tout au long de mes années de lycée et de fac. Aujourd'hui, je dépasse d'un cheveu le mètre quatre-vingt-cinq et pèse cent quinze kilos, plus ou moins, avec quarante-cinq centimètres de tour de cou, cent trente-deux de tour de poitrine, et le reste qui va avec. Nombre de gens me prennent pour un obèse, ce que je ne suis certainement pas. Depuis l'avènement d'Arnold, les gens ont

1. Personnage de la série télévisée *Star Trek. (N.d.T.)*

tendance à confondre l'utilisation d'haltères pour sculpter le corps avec l'haltérophilie de compétition. Ce sont deux activités complètement différentes. Les haltérophiles n'ont presque jamais un corps bien taillé ou harmonieux, ce qui a de toute manière plus à voir avec l'absence de graisse sous-cutanée qu'avec la force. N'importe quel haltérophile poids lourd pourrait briser Monsieur Univers sur son genou. Potentiellement, bien sûr : car j'ai eu l'occasion d'observer que les personnes imposantes et fortes avaient un tempérament doux, à moins qu'elles ne prennent des stéroïdes, ce qui, j'en ai peur, est de plus en plus fréquent. Je demeure pour ma part d'une douceur non stéroïdienne.

Je vois que je me suis encore éloigné de mon sujet. J'essayais juste de me replacer dans mon bureau ce jour en question, journée d'ailleurs tout à fait ordinaire puisque j'avais participé le matin à une réunion sur les contrefaçons chinoises de T-shirts représentant des couvertures d'albums de rock, un problème croissant dans la pratique du droit de la propriété intellectuelle. Réunions tranquilles, heures facturées, regroupement des compétences, conduisent à suggérer avec élégance que les procès dans ce type d'affaire sont essentiellement une perte de temps, car la contrefaçon chinoise de couvertures d'albums de rock est le prix inévitable à payer pour faire du business dans notre monde déchu. Je suis retourné à mon bureau après cette réunion – il était à peu près midi moins vingt et j'avais déjà hâte de déjeuner – mais lorsque je suis passé devant le bureau de ma secrétaire, celle-ci m'a interpellé. Ma secrétaire s'appelle Olivia Maldonado, une jeune femme à la fois décorative et compétente. Bien des hommes au bureau fantasment sur elle, moi le premier, mais nous avons une règle d'or ici chez Geller Linz Grossbart & Mishkin : on ne fricote pas avec le personnel. Une règle que j'approuve totalement. C'était quasiment le seul exemple de mon abstinence dans ce domaine, et j'en étais stupidement fier.

Je me souviens qu'elle portait une tenue que j'aimais particulièrement, jupe grise, plutôt moulante, et cardigan rose cendré avec les deux boutons du haut défaits. Des boutons de nacre. Ses cheveux bruns brillants étaient relevés sur sa tête et maintenus par un peigne d'ambre, exposant un petit grain de beauté brun à la base de son cou, et elle dégageait un léger parfum d'iris.

Un homme attendait pour me voir, a-t-elle expliqué ; il n'avait pas de rendez-vous, est-ce que je pouvais le recevoir ? Un certain

Bulstrode. Les clients qui arrivent sans rendez-vous sont rares dans notre métier – ce n'est pas comme si nos bureaux étaient au-dessus de ceux d'un garant de liberté sous caution – et j'étais intrigué.

Je me suis rendu à mon bureau, me suis assis dans mon fauteuil, et bientôt Mlle M. a fait entrer le type, un homme muni d'un attaché-case. Bulstrode avait revêtu sa silhouette corpulente d'un costume trois pièces brunâtre en tweed râpé, et il portait des lunettes à monture d'écaille sur son nez qui ressemblait à une petite guimauve. Un Burberry usé, passé par-dessus le bras, de bonnes chaussures rouge sang aux pieds et un carré de tissu cachemire dans sa poche de poitrine ; ses cheveux fins couleur tabac modérément longs et peignés en travers du cuir chevelu trahissaient un brin de vanité. Il avait le visage rouge, depuis le cou jusqu'aux joues. Ses cils incolores ont cligné lorsque je lui ai serré la main (molle, moite). J'ai pensé « professeur » et ne me suis pas trompé : il s'est présenté comme Andrew Bulstrode, professeur en effet, anciennement à Oxford, au Royaume-Uni, et en visite à Columbia. Le professeur Haas a eu la gentillesse de me communiquer votre nom...

Je l'ai fait s'asseoir et après les bavardages habituels lui ai demandé ce que je pouvais faire pour lui. Il m'a répondu qu'il voulait des conseils dans le domaine de la propriété intellectuelle. J'ai dit qu'il avait frappé à la bonne porte, lui ai demandé s'il avait un exemple hypothétique à me soumettre. Je n'aime pas les exemples hypothétiques car lorsque le client parle en termes d'hypothèses, ça signifie généralement qu'il ne sera pas franc. Mais je lui ai donné le feu vert. Supposez, a-t-il commencé, que j'aie découvert le manuscrit d'une œuvre littéraire, une œuvre littéraire perdue. Qui en posséderait les droits ? J'ai répondu que ça dépendait. Auteur mort ? Oui. Avant ou après 1933 ? Avant. Héritiers ou ayants droit ? Aucun. Je lui ai dit que selon la loi américaine de révision du copyright de 1976, les manuscrits non publiés créés avant le 1er janvier 1978 par des auteurs morts avant 1933 tombaient dans le domaine public le 1er janvier 2003. À ces mots, son visage s'est un peu assombri et j'en ai déduit qu'il espérait une autre réponse, par exemple que des droits d'auteur pouvaient s'appliquer à ce qu'il avait découvert. Il m'a demandé si je connaissais par hasard la loi en vigueur au Royaume-Uni, et j'ai été heureux de répondre que oui, car notre société consulte abondamment des deux côtés du gris Atlantique. Je lui ai expliqué que le Royaume-Uni était plus généreux envers les créateurs que les États-Unis, à savoir que l'auteur a un droit illimité sur les œuvres non publiées et que, en cas de publication ou de représentation, les droits d'auteur duraient cinquante ans après la première publication ou représentation. L'auteur étant mort dans le cas qui nous intéresse, ai-je continué, les droits d'auteurs dureraient cinquante ans à partir de l'année calendaire au cours de laquelle la clause de la loi sur le droit d'auteur de 1988 est entrée en vigueur, soit, cinquante ans à partir du 1er janvier 1990.

Il acquiesça et me questionna sur la propriété : qui détenait les droits d'un manuscrit non publié d'un auteur mort ? Je lui ai expliqué qu'au Royaume-Uni, à moins que la propriété n'ait été établie par une déposition testamentaire, de tels droits d'auteur revenaient, dans le cadre de la loi sur les intestats, à la Couronne. J'adore dire ça, soit dit en passant, « la Couronne » ; l'image de la reine Élisabeth II se frottant les mains de jubilation tandis que le lucre entre à flots, ses corgis jappant autour de tas de guinées étincelantes.

Il n'a pas apprécié cette réponse non plus. C'est impossible, a-t-il dit. Et l'adage qui affirme que c'est celui qui trouve qui garde ? Que possession vaut titre ?

Ce à quoi j'ai répondu qu'il y avait du vrai dans ces dictons, mais aussi que s'il comptait publier ou faire représenter une telle œuvre, il ferait bien de s'attendre à avoir la Couronne à ses basques, et que s'il la publiait ou la faisait représenter aux États-Unis, il risquerait d'avoir bien du mal à défendre son droit contre des accusations de piratage ; et maintenant aurait-il la gentillesse de laisser tomber les hypothèses et de me dire de quoi il retournait ?

J'ai dit ça sur un ton qui suggérait que j'étais prêt à en rester là s'il ne se montrait pas plus coopératif. Il a réfléchi à ma requête un moment en silence, et j'ai remarqué que des perles de sueur s'étaient accumulées sur son front et sa lèvre supérieure, malgré la fraîcheur qui régnait dans mon bureau. Sur le coup, je me suis dit qu'il était peut-être malade. Il ne m'est pas venu à l'esprit qu'il avait salement peur.

Ça fait suffisamment longtemps que je travaille dans ce domaine pour deviner quand un client est franc et quand il ne l'est pas, et le professeur Bulstrode appartenait clairement au second groupe. Il m'a dit qu'il était entré en possession (une phrase qui chaque fois me hérisse le poil) d'un document, un manuscrit du XVIIe siècle, une lettre personnelle écrite par un certain Richard Bracegirdle à l'intention de sa femme. Il croyait ce manuscrit authentique et supposait qu'il révélait l'existence d'une certaine Œuvre littéraire, d'une importance potentielle considérable pour les spécialistes, dont l'existence n'avait jamais été soupçonnée. Ce manuscrit ouvrirait à lui seul tout un nouveau champ d'études, mais pour avoir L'Œuvre elle-même...

Chaque fois qu'il disait L'Œuvre, j'entendais les majuscules, je les transcris donc ici.

« Quelle est cette Œuvre ? » ai-je demandé.

Là, il a rechigné, préférant m'interroger sur les protocoles assurant la confidentialité entre un avocat et son client. Je lui ai expliqué que nous percevions normalement une avance de deux mille cinq cents dollars et qu'une fois ce chèque entre mes mains aucune puissance sur terre ne pourrait m'arracher la substance de la conversation que lui et moi pourrions avoir, sauf s'il avouait être sur le point de commettre un délit. Sur ce, il a produit un chéquier dans un étui en cuir, a rédigé le chèque et me l'a tendu. Puis il m'a demandé si nous avions un coffre dans nos locaux. J'ai répondu que nous avions des armoires verrouillées, blindées et ininflammables. Pas suffisant. J'ai ajouté que nous avions un grand coffre à la Citibank au bas de l'immeuble. Il a ouvert son attaché-case et m'a tendu une enveloppe en papier kraft soigneusement scotchée. Est-ce que je pourrais placer ceci en sécurité pour lui, temporairement ?

Revoilà ce bruit de moteur. Je ferais bien d'aller jeter un coup d'œil.

La Lettre de Bracegirdle (1)

Banbury 25 octobre An de Grâce 1642

Ma chère bonne femme que le Seigneur tout puissant soit avec toy et nostre fils. Nan, je me meurs ainsi que tu l'as prédit, et je t'enjoins de prendre garde avec tes prédictions car il se pourroit qu'on te prît pour une sorcière. L'on m'a tiré dans les tripes une balle qui s'est logée dans ma moelle, du moins est-ce ce qu'affirme le chirurgien; son nom est Tolson et c'est un vray Chrestien : tu te souviendras de Tom Cromer, mon compagnon, comme d'un bon garçon loyal, car bien qu'il se fût enfui durant la bataille il est revenu et m'a découvert parmi les blessés, puis il a trouvé un cheval et m'a ramené ici à Banbury. Je suis nourri et logé pour 2 pences par jour chez M. Tolson, un bon prix de nos jours, mais il affirme que mon cas est tel que je n'aurai jamais à débourser un schilling, et j'écris donc une dernière fois avant que de monter au paradis comme je l'espère ou (ce qui est plus probable) que de descendre dans la fosse enflammée, car je suis certain qu'avec la vie que j'ai menée je ne suis point l'un des Élus. Mais mon sort est entre les mains de Dieu et je m'abandonne à sa merci.

Voici ce qui s'est passé. Tu sçais que nous marchâmes de Londres à la fin de l'été jusques au campement d'artillerie de l'armée de mon Lord Essex lorsque le Roy refusa les droits du Parlement et déchaisna sa puissance contre son propre peuple pour écraser ses libertés.

À Northampton nous entendîmes que le Roy se trouvoit à Worcester et sur la route du sud, aussi tentâmes-nous de placer nos armes entre luy et Londres. Nous échouâmes par manque de vitesse et notre force fut dispersée : cependant en entendant que le Roy alloit attaquer Banbury nous nous rassemblâmes au nord de ce lieu en une ville nommée Kinetown, et le Roy vint à nostre rencontre.

Tu sçais, Nan, que la Guerre ressemble au jeu de papier, pierre et feu auquel jouent les enfants : le papier recouvre la pierre, la pierre écrase le feu, et cætera et je veux dire ceci – le cheval peut capturer les canons, car nous pouvons tirer une volée mais ils sont sur nous avant que nous pussions tirer à nouveau. Les pieds peuvent vaincre le cheval, car les cavaliers n'oseront point affronter un mur de piques, donc les pieds doivent garder les canons de la batterie : les canons peuvent semer la confusion dans les bataillons de piques, afin que les chevaux les puissent atteindre. Ainsi l'art des généraux est-il de tout agencer ensemble. Nous montâmes donc notre batterie et nous entraisnâmes ce matin-là, possédant plus de canons que les partisans du Roy mais point la portée suffisante, ce qui fut dommage car nous le voyions sous la bannière Royale, ainsi que le Prince Rupert et d'autres de son train. Nous fûmes maintenus en arrière contre une haie et des bois par la troupe de Sir Nicholas Byron qui estoit la dernière sur le flanc gauche de nos forces.

Puis la cavalerie du Roy nous attaqua sur la droite et nous vîmes les fumées et les bannières volant, et nostre flanc droit fut repoussé, de mesme que nostre gauche, chose des plus communes dans la bataille contre laquelle les sages nous mettent en garde. Mais ces gens n'estant guère experts dans l'art de la guerre, ils avancèrent et nostre flanc se détacha de la haie et flotta dans l'air. Nan, il n'a jamais été bon d'exposer son flanc face à Rupert du Rhin. Tu sçais bien que j'ai dit de ceux qui servent le Roy qu'ils sont dans l'ensemble des ânes, mais ce sont néanmoins des cavaliers, et la chose qu'ils sçavent faire est charger à l'épée et au pistolet : c'est ce qu'ils firent à grands cris. Ils nous frappèrent durement et écrasèrent nos fantassins et furent ensuite sur nos tireurs. J'attrapai un partisan et défendis mon arme (car si l'on dit que les pistolets n'ont ni couleur ni honneur, j'aurois été bien honteux que l'on prît mes armes sans résister) mais un cavalier s'écarta et fit feu avec sa carabine et je tombai et restai là tout le jour sans pouvoir ni sentir ni bouger mes jambes, jusqu'à ce que le jeune Tom me trouvât à l'approche du crépuscule et me portât jusqu'à ce lieu où je vais maintenant mourir. Je ne sçais toujours point qui gagna la bataille.

Je t'écris donc maintenant, c'est la dernière chose que je ferai sur terre, et je pense que mesme si Dieu ne m'appelle point pour me tenir parmi les grands je suis tout de mesme un homme et non une motte de terre, et mon histoire mérite d'être entendue, ne seroit-ce que pour l'éducation de mon fils, qui devra devenir un homme sans que je luy puisse servir de modèle.

2

Le jour du petit incendie, l'incendie révélateur qui allait changer sa vie, Albert Crosetti travaillait comme d'habitude à la cave, et il fut donc le premier à le détecter. Il y était car c'était là que se trouvait l'ordinateur de la boutique Livres rares de Sidney Glaser. M. Glaser n'aimait pas ces engins et regrettait qu'ils soient devenus essentiels pour gagner sa vie dans le commerce des livres. Il préférait présenter ses trésors manuellement, dans une pièce bien éclairée, recouverte de boiseries et dotée de moquette, comme la salle d'exposition de sa boutique. Mais quelques années plus tôt, lorsqu'il s'était mis en quête d'un employé, il avait dû reconnaître que les temps avaient changé et s'était enquis auprès de chaque postulant s'il s'y connaissait suffisamment en informatique pour créer et maintenir un catalogue sur Internet. Et il avait embauché le premier non-fumeur qui avait répondu par l'affirmative. Il s'agissait d'Albert Crosetti, alors âgé de vingt-quatre ans. Crosetti venait du Queens où il vivait toujours dans une petite maison en brique du quartier d'Ozone Park, avec sa mère, veuve et bibliothécaire à la retraite. Il entretenait avec elle une relation à peine dégradée par une touche de mélancolie freudienne. Crosetti, qui espérait un jour devenir réalisateur, économisait pour aller à la célèbre école de cinéma de l'université de New York. Il avait étudié au Queens College et commencé à travailler pour Glaser un mois après avoir reçu son diplôme. Il aimait son travail : horaires réguliers, salaire correct, et si Glaser pouvait être un peu barjot dès qu'il était question de livres anciens, le vieil homme savait que les choses tournaient avec Crosetti et il le laissait gérer les commandes par correspondance et leurs implications électroniques sans lui imposer le moindre contrôle.

Son bureau consistait en une minuscule alcôve dont les murs étaient recouverts d'étagères, de vitrines et de caisses, toutes remplies de livres. C'était là qu'il mettait à jour le catalogue en ligne, travaillant à partir de listes que M. Glaser calligraphiait au stylo-plume de sa belle écriture à l'ancienne. Il tenait aussi l'inventaire et avait accès aux divers systèmes permettant aux bibliophiles du monde entier de formuler des demandes, qu'il imprimait pour les soumettre plus tard à l'attention du propriétaire. À part cela, son travail incluait le déballage et l'expédition des livres, ainsi que d'autres basses tâches inhérentes à ce commerce. Il s'aventurait rarement au rez-de-chaussée, où des gens silencieux et bien habillés manipulaient les volumes avec le soin et la tendresse qu'on accordait aux nouveau-nés.

Le seul aspect déplaisant de son travail était l'odeur, un mélange de vieux livres, de souris, de mort-aux-rats, d'égout, de peinture chauffée et, en dessous – une note olfactive basse – une puanteur de graillon. Cette dernière provenait du bâtiment d'à côté, d'un établissement nommé L'Égéen, un boui-boui typique du centre-ville qui proposait des viennoiseries, des toasts, des œufs et du café léger le matin, et des sandwiches, des substances frites et des boissons gazeuses pendant deux ou trois heures au moment du déjeuner. Il était maintenant midi passé, c'était une belle journée de juillet, et Crosetti hésitait entre laisser tomber le site Web pour aller casser la croûte ou simplement passer un coup de fil pour se faire livrer un sandwich.

Ou alors il pouvait se passer de déjeuner. Il se disait souvent qu'il absorbait probablement suffisamment de calories de L'Égéen par ses poumons, principalement de la graisse. Crosetti n'était pas sportif, et il appréciait la cuisine de sa mère : il avait un petit pneu autour de la taille, un visage aux bajoues trop flasques que lui renvoyait son miroir lorsqu'il se rasait. Il songea à demander à Carolyn Rolly, l'employée du rez-de-chaussée, de se joindre à lui, en supposant qu'elle se nourrissait d'autre chose que de l'odeur des vieux livres. Elle mangeait occasionnellement avec Glaser, il le savait ; ils fermaient la boutique et sortaient, abandonnant Crosetti à son travail dans la cave. Il s'autorisa à rêver un bref instant, puis haussa les épaules. Rolly était fanatique de livres alors que lui, au fond, non, même s'il en avait beaucoup appris sur leur commerce (prix, état, et ainsi de suite) dans le cadre de son travail. Elle n'avait pas la beauté des filles des magazines ou des films car, bien que grande, elle était un peu trop corpulente pour les canons actuels. Crosetti avait lu quelque chose sur les femmes qui étaient plus belles sans habits qu'avec, et il estimait que Rolly en faisait partie. Habillée, elle était quelconque : elle portait du noir comme tout le monde.

Mais il y avait quelque chose en elle qui attirait le regard. Les cheveux bruns, lisses et brillants qui tombaient jusqu'à la nuque, écartés de son visage par une pince argentée. Le nez était pointu et semblait composé de plus d'os que d'ordinaire, formant des petites ondulations bizarres à la surface. Ses lèvres étaient trop minces et pâles, et lorsqu'elle parlait vous pouviez voir que ses dents aussi étaient bizarres, les incisives semblant particulièrement longues et dangereuses. Ses yeux étaient ridiculement bleus, comme un ciel d'été (beurk !) avec, trouvait-il, des pupilles anormalement minuscules. À défaut d'être fanatique de livres, Crosetti était néanmoins lecteur, ses goûts allant surtout au fantastique ou la science-fiction, et il se disait souvent que Mlle Rolly était un vampire – ce qui aurait expliqué ses habits sombres, sa présence physique et ses dents – mais un vampire qui sortirait le jour.

Peut-être qu'il l'inviterait à déjeuner et lui poserait la question. Ça permettrait de lancer la conversation ; il ne voyait pas de quoi d'autre ils auraient pu parler. Elle travaillait déjà à la boutique quand Crosetti avait commencé, et ils n'avaient jamais échangé, au fil des années, autre chose que quelques phrases convenues. Elle venait au travail à vélo, ce qui laissait supposer qu'elle habitait plus ou moins dans le quartier – rien de moins que Murray Hill. Ce qui signifiait qu'elle avait de l'argent, car ce n'était pas avec ce que payait Glaser que vous pouviez vivre dans le coin. D'après l'expérience de Crosetti, les jeunes femmes riches et jolies de Manhattan ne s'entichaient pas d'Italiens un peu enveloppés qui vivaient chez leur mère dans le Queens. Mais Rolly pouvait faire exception. Allez savoir...

Crosetti travaillait sur un langage de balisage hypertexte particulièrement complexe tout en se laissant aller à ces pensées amusantes.

Il songeait aux yeux de Rolly, à l'électricité de ses coups d'œil qui lui faisait souhaiter des regards plus longs que ceux qu'elle lui accordait. Il avait l'esprit si complètement occupé par ces yeux et par son travail sur l'ordinateur qu'il lui fallut un bon bout de temps avant de remarquer que l'odeur de friture était devenue exceptionnellement forte, que c'était plus qu'une simple odeur, que c'était en fait de la fumée. Il se leva, se mit à tousser un peu, et se dirigea vers le fond de la cave pour faire face au mur qui séparait la librairie du restaurant. La fumée y était plus épaisse et il distinguait les volutes fuligineuses qui s'échappaient de fissures dans les vieilles briques. Lorsqu'il le toucha, le mur était chaud.

Il gravit quatre à quatre l'escalier en bois jusqu'à la boutique proprement dite. Elle était déserte. Une pancarte ornée d'une horloge en papier accrochée à la porte indiquait DE RETOUR À... C'était l'heure du déjeuner et Glaser avait de toute évidence emmené sa protégée manger un morceau. Il sortit dans la rue et découvrit une petite foule massée devant la porte de L'Égéen, d'où s'échappaient des panaches de fumée grasse et grise. Crosetti demanda à l'un des badauds ce qui se passait. Incendie, répondit l'homme, dans la cuisine. Il entendit alors des sirènes. Une voiture de police approcha et les agents se mirent à éloigner les curieux. Crosetti fonça à l'intérieur de la boutique et redescendit l'escalier. La fumée était devenue épaisse, étouffante, elle était chargée d'un relent écœurant de vieille graisse. Il retira son CD de sauvegarde de l'ordinateur puis regagna à toute vitesse le rez-de-chaussée et se dirigea directement vers la vitrine fermée à clé où étaient conservés les articles les plus précieux. C'était Glaser qui avait la clé, naturellement, et après une brève hésitation, Crosetti brisa la vitre. La première chose qu'il attrapa fut *L'Histoire des tribus indiennes d'Amérique du Nord* de McKinney et Hall, en trois volumes in-folio, le trésor de la boutique. Il le tira de la vitrine, le plaça sur la table. Il posa dessus l'édition originale en trois volumes d'*Orgueil et Préjugés*, puis *Feuilles d'herbe*, une autre édition originale exceptionnelle, ce qui lui faisait une petite pile valant un quart de million. Il les saisit, se dirigea vers la porte, s'arrêta et lâcha un juron désespéré en se rappelant que le nouvel exemplaire des *Voyages* de Churchill était encore à la cave. Il resta planté là, torturé par l'indécision – sauver ceux qu'il avait en main ou redescendre chercher les *Voyages* ?

Non, il fallait redescendre. Il reposa les livres sur la table, mais alors qu'il atteignait le haut des marches menant à la cave, une lourde main saisit le col de sa veste et une voix lui demanda ce qu'il foutait. C'était un pompier imposant affublé d'un masque à air qui n'était apparemment pas porté sur la littérature, bien qu'il autorisât Crosetti à sortir avec les trois titres précieux récupérés dans la vitrine. Le jeune employé attendait sur le trottoir derrière le cordon de sécurité installé par les flics, haletant, serrant les volumes contre sa poitrine, lorsque Glaser et Rolly arrivèrent. Glaser jeta un coup d'œil aux ouvrages que tenait son employé et demanda :

« Et le Dickens ? »

Il parlait de l'édition de 1902 avec les illustrations à l'aquarelle de Kyd et Green. Crosetti dit qu'il était désolé. Glaser tenta de se frayer un chemin devant deux flics, qui l'arrêtèrent, l'attrapèrent et lui hurlèrent des invectives, que Glaser leur rendit.

« Est-ce que tu as réussi à récupérer le Churchill dans la cave ? demanda Rolly en levant les yeux vers Crosetti.

– Non. J'allais le faire, mais ils ne m'ont pas laissé. »

Il lui raconta l'incident du pompier imposant. Elle renifla l'air.

« Ça va sentir les mauvaises frites là-dedans. Mais au moins tu as sauvé les *Tribus indiennes.*

– Et Jane et Walt.

– Oui, aussi. Dire que Sidney pense que tu ne connais rien aux livres.

– Juste leur prix, dit-il.

– Certes. Dis-moi, si ce pompier n'était pas arrivé, est-ce que tu aurais foncé dans les flammes pour sauver les *Voyages* ?

– Il n'y avait pas de flammes, répondit-il modestement, ou à peine. »

Elle lui fit le premier sourire qu'elle lui avait jamais fait, un grand sourire tout en dents de jeune louve.

Le lendemain, ils firent l'inventaire et découvrirent que, hormis quelques dégâts provoqués par la fumée et l'odeur, la boutique et son contenu étaient intacts. Il s'était avéré qu'il y avait un trou dans le sol de la cuisine du restaurant d'à côté, trou dans lequel les cuisiniers avaient au fil des années déversé diverses quantités d'huile lorsque, par exemple, le principal baril d'huile était plein et qu'ils n'avaient pas le temps, ou pas le courage, de vider l'excédent là où ils auraient dû. L'huile s'était accumulée à la cave, entre les murs, et avait pris feu. Les pompiers avaient défoncé le mur de partition pour tenter d'éradiquer l'incendie, en conséquence de quoi ce qui s'était trouvé dans la cave de la librairie avait été endommagé par la chaleur, les briques effondrées, ou l'eau. L'emballage qui contenait la *Collection de voyages et parcours* d'Awnsham et John Churchill (édition de 1732) avait malheureusement fait les frais de la chute du mur. Les volumes gisaient désormais sur une table parmi les ruines, table autour de laquelle se tenaient M. Glaser, Crosetti et Rolly, tels des flics examinant une victime. En fait, Crosetti et Rolly avaient l'air de flics. M. Glaser, lui, ressemblait à la mère de la victime. Il passait tendrement les doigts sur la couverture en pleine vachette, écrasée, trempée et noircie, du premier volume.

« Je ne sais pas, commença-t-il d'une petite voix brisée, je ne sais pas si ça vaut la peine d'essayer. Quelle perte colossale !

– Il n'était pas assuré ? » demanda Crosetti.

Les deux autres le regardèrent d'un air dégoûté.

« Bien sûr que si, répondit Glaser d'un ton acerbe. Mais là n'est pas la question. C'est probablement le plus bel exemplaire du Churchill de 1732 au monde. Ou plutôt, ça l'était. Il se trouvait dans la bibliothèque d'un membre secondaire de la famille Godolphin et n'avait probablement jamais été touché ni lu depuis son acquisition jusqu'à la dispersion de la bibliothèque à la mort du dernier héritier en 1965. Après quoi il a appartenu à un industriel espagnol pendant presque quarante ans, puis je l'ai acheté aux enchères le mois dernier. Il était parfait, pas une trace d'usure, pas la moindre rousseur, rien... oh, bon. Impossible à récupérer. Il va falloir les casser pour récupérer les cartes et les illustrations.

– Oh, non ! s'exclama Rolly. On doit pouvoir les restaurer. »

Glaser la regarda par-dessus ses épaisses demi-lunes.

« Non, ça n'a tout simplement aucun sens d'un point de vue économique, quand vous calculez ce que coûterait une restauration et ce que nous pourrions tirer d'un exemplaire reconstitué doté d'une nouvelle reliure. » Il marqua une pause, s'éclaircit la voix. « Non, nous allons devoir les casser, j'en ai peur », répéta-t-il du ton d'un oncologue annonçant « Mélanome de stade quatre ».

Il poussa un immense soupir et agita faiblement la main, comme pour chasser des moucherons.

« Caro, je vous laisse vous en charger ; faites-le rapidement avant que la moisissure attaque. »

Il prit la direction de son bureau en traînant les pieds.

« Il veut que tu casses les volumes ? demanda Crosetti.

– Ce n'est pas compliqué. Mais nous devons les faire sécher, répliqua-t-elle d'un air distrait. Écoute, je vais avoir besoin d'un coup de main. »

Elle sembla à nouveau remarquer sa présence, et une expression suppliante apparut sur son visage, expression qui ne déplut pas à Crosetti. Il fit mine de regarder s'il y avait quelqu'un derrière lui et lança :

« Oh, pas moi ! Bon sang, je ne suis pas fichu de peindre avec les doigts. Je n'ai jamais réussi de ma vie à colorier à l'intérieur des lignes.

– Rien à voir, il s'agit de manipuler des serviettes en papier. L'opération de séchage doit se poursuivre jour et nuit, pendant peut-être plusieurs jours.

– Et notre travail ? »

Elle désigna d'un geste large ce qui les entourait.

« La boutique va être fermée pendant au moins un mois le temps qu'ils la remettent en état, et tu peux t'occuper des commandes par correspondance à partir de n'importe quel ordinateur, non ?

– Je suppose que si. Où allons-nous faire ça ?

– Chez moi. J'ai pas mal d'espace. Allons-y. »

Elle cala deux des volumes in-folio contre sa hanche.

« Tu veux dire, maintenant ?

– Bien sûr. Tu as entendu ce qu'a dit Glaser : plus nous commençons tôt, moins l'humidité fera de dégâts. Attrape les autres livres. On va les envelopper dans du papier pour le trajet.

– Où habites-tu ? demanda-t-il tout en soulevant les volumes endommagés contre sa poitrine.

– À Red Hook. »

Elle était déjà au bureau des expéditions, arrachant du papier brun à un gros rouleau.

« Tu viens de Red Hook à vélo ? »

Crosetti n'avait jamais mis les pieds à Red Hook, une zone de la côte sud-est de Brooklyn derrière les anciens docks. Il n'y a pas de station de métro à Red Hook, car avant que l'industrie maritime soit transférée dans le New Jersey, tous les habitants étaient dockers et allaient travailler à pied, et les gens de l'extérieur n'avaient aucune raison d'y aller, à moins qu'ils n'aient eu envie de se faire fracasser la tête.

« Non, bien sûr que non, répondit-elle tandis qu'elle enveloppait le sixième volume. Je vais en vélo jusqu'au fleuve, puis je prends le ferry à l'embarcadère de la 34e Rue.

– Je croyais que ça coûtait une fortune.

– Oui. Mais mon loyer n'est pas cher. Tu devrais les emballer dans du plastique. »

Crosetti regarda les livres qu'il tenait. Un liquide sombre gouttait sur son pantalon brun clair. Pour la première fois, il regretta de ne pas s'habiller tout en noir, comme tant de ses pairs plus à la mode ; ou comme Carolyn. Elle s'excusa et monta au rez-de-chaussée, le laissant emballer seul les volumes restant.

Lorsqu'il eut terminé, ils prirent tous deux la direction de l'est avec leur chargement enfoncé dans les paniers d'acier du vélo de Rolly, un véhicule lourd et usé du type de ceux utilisés par les livreurs de nourriture ou, il y a quelques années, par le Vietcong. Ses quelques tentatives de faire la conversation s'étant révélées infructueuses, il choisit de garder le silence. On n'est pas là pour draguer, mec, semblait être le message. D'un autre côté, c'était une journée assez plaisante, il faisait dans les vingt-cinq degrés, l'humidité n'était pas complètement tropicale, et être payé pour se balader en ville, même avec une Carolyn Rolly silencieuse, valait mille fois mieux que faire l'inventaire dans une cave qui sentait l'huile. Crosetti s'imaginait avec espoir ce qui pourrait se passer dans l'appartement de la jeune femme.

Crosetti n'avait jamais pris le ferry. Il trouva cela nettement plus agréable que le métro. Rolly avait accroché son vélo au bastingage et se tenait à côté, la main posée sur le garde-fou. Les autres passagers avaient l'air de touristes.

« Ça va ? demanda Rolly tandis qu'ils bringuebalaient au milieu de l'East River.

– Bien sûr. Je suis un vieux marin. Quand j'étais gamin je passais la moitié de ma vie à Sheepshead Bay à pêcher dans de petits bateaux de location minables. Tu veux que je te tienne au-dessus de la proue comme Kate Winslet dans *Titanic* ? »

Elle lui jeta un de ses regards froids et formels et se tourna de nouveau vers l'avant. Assurément pas là pour draguer.

Carolyn Rolly habitait au deuxième étage d'un entrepôt en brique datant de la guerre de Sécession, au coin des rues Van Brunt et Coffey. Crosetti porta les in-folios tandis qu'elle hissait sa bicyclette dans les escaliers sombres et délabrés. Une odeur lourde qu'il ne parvenait pas à identifier flottait dans l'air, à la fois douceâtre et chimique. La porte de son appartement, peinte dans un gris de bateau de guerre, était en bois épais et traversée par des bandes d'acier.

L'intérieur était un loft, mais pas du genre de ceux que les millionnaires s'offrent à SoHo. C'était une pièce d'environ vingt mètres sur dix, au plancher sombre d'où s'élevaient par intervalle des colonnes en fonte qui atteignaient, loin au-dessus, le plafond gris en étain frappé. Les murs étaient en briques rouges, grossièrement jointes par un infâme mortier qui s'effritait. La pièce suivait une orientation est-ouest, et la lumière l'inondait par de hautes fenêtres sales situées à chaque extrémité et dont certains carreaux avaient été remplacés par des carrés de contreplaqué ou des pans de plastique grisâtre en lambeaux.

Rolly appuya son vélo contre un mur près de la porte, marcha vers la fenêtre et plaça l'un des paquets sur une longue table. Crosetti la suivit, regardant avec curiosité autour de lui, à la recherche d'une porte ou d'un couloir qui mènerait vers les parties habitables. Rolly était déjà occupée à déballer un livre. En s'approchant, Crosetti remarqua que la table était faite maison, son plateau étant constitué de nombreuses courtes planches jointes bord à bord et poncées pour atteindre une finition satinée. Les six pieds robustes étaient construits à partir de ce qui ressemblait à de la fibre de verre jaune. Il plaça le restant des livres dessus. Elle semblait aussi solide qu'un socle de marbre et possédait l'élégance simple des objets que l'on pouvait voir dans les boutiques de design.

Elle déballa les volumes et les aligna sur la table. Même Crosetti pouvait voir que les couvertures de deux des volumes avaient subi des dégâts irréparables.

« Joli endroit », dit-il lorsqu'il devint clair que Rolly n'avait pas l'intention de lancer la conversation, ni de lui proposer du thé ou une bière.

Pas de réponse. Elle était penchée au-dessus de la couverture ravagée du premier volume.

« C'est quoi, cette odeur ? demanda-t-il.

– Essentiellement du malt. Il y a eu une brasserie ici pendant environ un siècle, puis ils y ont stocké des produits chimiques.

– Ça te dérange si je jette un coup d'œil ? »

Ce à quoi Rolly répondit :

« Il y a un gros paquet d'essuie-tout sur les étagères du mur côté sud. Apporte-le. »

Crosetti prit son temps et fit lentement le tour de l'énorme pièce. Dans un coin il trouva tout un tas de palettes en bois, des douzaines, et aussi des piles de planches, résultat de leur démontage. Le mur côté sud était presque entièrement occupé par des étagères et des meubles construits à partir de ce même bois, poli, teint et verni. Les étagères étaient recouvertes de livres, tous reliés, la plupart avec des jaquettes, certains avec des couvertures en plastique. Il chercha en vain des objets personnels, des photos encadrées, des souvenirs.

Les surfaces de travail de la partie cuisine (deux plaques chauffantes, un minuscule four à micro-ondes et un petit évier en porcelaine ébréchée) étaient fabriquées à partir des mêmes planches fermement jointes bord à bord, mais recouvertes d'une épaisse couche de résine ambrée. Le long du mur côté est il trouva des palettes sur lesquelles un futon avait été soigneusement enroulé, ainsi qu'une table fabriquée à partir d'une bobine de câble et le genre de chaises qu'on trouve sur les tas d'ordures, le tout minutieusement restauré et repeint couleur crème. Une chaise pour elle et une autre pour un visiteur ? Cela laissait entendre une vie sociale, et il se demanda qui pouvait être ce visiteur. Dans le coin sud-est, une cloison avait été construite, également à partir des palettes, derrière laquelle devaient se trouver les toilettes. Une grande penderie cabossée était appuyée contre cette paroi, dissimulée du reste de la pièce par un écran pliant constitué de bois laqué et de papier découpé. Intéressant : elle vivait seule mais avait bidouillé un écran pour préserver son intimité. Ce qui laissait entendre une activité sexuelle.

Il était sur le point de jeter un coup d'œil derrière l'écran lorsque Rolly l'interpella d'un ton irrité. Apparemment, le temps était compté pour le séchage des livres. Il trouva les six rouleaux d'essuie-tout et la rejoignit. Deux feuilles d'essuie-tout devaient être intercalées toutes les dix pages, et changées toutes les heures. Tandis qu'ils séchaient, les volumes humides étaient posés à plat sur la table et comprimés par des plaques d'acier couvertes de tissu pour les empêcher de gonfler.

« Ce que je ne saisis pas, dit Crosetti lorsqu'ils se furent occupés de tous les livres, c'est pourquoi tu sèches toute la série si tu comptes juste les casser pour récupérer les cartes et les illustrations. Pourquoi ne pas juste arracher ce qui t'intéresse et balancer le reste ?

– Parce que c'est ainsi qu'il faut procéder, répondit Rolly après une brève hésitation. Les planches gondoleraient si on les retirait humides.

– Je vois », dit-il alors qu'il ne voyait rien du tout, hormis la jeune femme sous une toute nouvelle lumière pas très attirante. Il s'assit sur un tabouret et étudia son profil. « Donc... c'est plutôt intéressant, reprit-il. Regarder sécher des livres. Je crois que c'est la première fois que je fais ça. Peut-être que tu pourrais me montrer les temps forts, pour que je ne rate rien. »

Il lui fit un grand sourire et fut récompensé par un minuscule scintillement azur dans ses yeux tandis que sa bouche se crispait comme lorsqu'on se retient de sourire.

« Tu peux lire en attendant, dit-elle. J'ai plein de livres.

– Ou alors on pourrait discuter. Je pourrais te raconter tous mes espoirs et mes rêves et tu pourrais me raconter les tiens. Nous ne verrions pas le temps filer, et nous apprendrions à nous connaître.

– Vas-y, répondit-elle après une brève pause, d'un ton peu engageant.

– Non, honneur aux femmes. Tu as l'air d'avoir eu une vie beaucoup plus intéressante que la mienne. »

Une expression stupéfaite apparut sur son visage. Elle resta bouche bée, lâcha un petit rire, puis rougit.

« Désolée, dit-elle. Oh, mon Dieu ! C'est tellement loin de la vérité. Où es-tu allé chercher ça ? Que j'ai une vie intéressante ?

– Oh, cet endroit, d'une part. Tu vis dans un entrepôt à Red Hook.

– Ce n'est pas un entrepôt. Et des milliers de gens dans cette ville habitent dans ce genre d'endroits.

– Non, ils vivent dans des lofts. Et en général ils ont des meubles qu'ils ont achetés dans des boutiques, pas qu'ils ont fabriqués à partir de palettes. As-tu même le droit de vivre ici ?

– Ça ne dérange pas le propriétaire.

– En supposant qu'il le sache. Et tu travailles en tant que relieuse. Inhabituel, tu ne trouves pas ? Comment en es-tu arrivée là ?

– Et qu'en est-il de tes espoirs et tes rêves à toi ?

– Tu vois ? Tu es mystérieuse. Il n'y a rien de plus intéressant que ça. O.K. Je vais tout te dire de moi. J'ai vingt-huit ans et je vis avec ma mère dans le Queens, à Ozone Park. J'économise pour pouvoir aller à l'école de cinéma, ce qui, à ce train, arrivera un mois après mon cinquante-deuxième anniversaire. Je devrais faire un prêt, mais j'ai peur de m'endetter.

– Combien as-tu économisé ?

– Environ trois mille cinq cents dollars.

– J'ai plus que ça.

– Ça ne m'étonne pas. Glaser te paie sans doute plus que moi, tu touches une commission sur les ventes, tu vis à Red Hook, et tu possèdes deux tenues, celle que tu portes aujourd'hui et celle avec le col. Pour quoi est-ce que tu économises ?

– Je veux aller à Gelsenkirchen en Allemagne pour suivre des cours à Buchbinderei Klein. » Lorsqu'il ne montra aucune réaction, elle ajouta : « De toute évidence, tu n'en as jamais entendu parler.

– Bien sûr que si. Buch – machin – Klein. C'est un peu le Harvard du monde de la reliure. Mais je croyais que tu connaissais déjà tout du métier. Tu as tout l'équipement... »

Il désigna les rangées d'outils alignés sur la table, la presse à découper et la presse à rogner, les pierres à aiguiser, les couteaux, les coussins de cuir et les pots de colle. Tout cela avait un côté très XVIIIe siècle ; Crosetti s'imaginait que les *Voyages* de Churchill avaient été reliés avec des outils en tout point identiques à ceux-ci.

« Je ne sais presque rien, protesta-t-elle.

– Vraiment ?

– Enfin, comparé à tout ce qu'il faut savoir pour fabriquer un livre à partir de rien. Je peux faire des *réparations*. C'est comme... c'est comme la différence entre savoir réparer un vase Ming en porcelaine fêlé et en *fabriquer* un avec de l'argile et des vernis.

– Hum, hum. Et puisqu'on en est à partager ce genre de confidences, à causer bien gentiment et tout, pourquoi ne me dis-tu pas ce que tu feras des Churchill une fois que tu les auras retapés ?

– Quoi ? Je ne les retape pas. Je vais les casser. »

Des taches rouges apparurent sur ses joues et ses yeux s'agitèrent nerveusement – voyez : une fille surprise à mentir.

« Non, dit-il, sûr de lui. Si tu comptais les casser tu les aurais juste expédiés par avion à Andover pour les faire sécher sous vide. Vite fait, bien fait. Tu les récupères propres et secs et *tchac ! tchac !* il n'y a plus qu'à découper. Tu as l'air surprise. Je ne suis pas ce que tu pourrais appeler un amateur de livres, mais je ne suis pas stupide non plus. Alors, qu'est-ce que tu vas faire avec les livres réparés ?

– Les vendre, répondit-elle en baissant les yeux vers les volumes trempés.

– En tant que livres réparés ?

– Non. Tout le monde sait que nous possédons un ensemble de volumes en extrêmement bon état. Il y a des clients qui aiment la discrétion. Ils ont de l'argent louche qu'ils veulent investir dans des pièces de collection. Glaser le fait tout le temps. Écoute, il va déclarer une perte totale à la société d'assurances, et il va leur présenter les factures des articles cassés. Ils lui rapporteront, je ne sais pas, deux mille cinq cents dollars au maximum, et la compagnie d'assurances lui remboursera la différence entre cette somme et celle que lui a coûté l'ensemble, soit dans les vingt mille dollars.

– Ce qui correspond à peu près à la somme que tu as l'intention d'empocher lorsque tu vendras à ton mystérieux personnage. Il n'y a pas un mot pour ça ? Ça commence par *v*... ?

– Ce n'est pas... Ce n'est en *rien* du vol. Il m'a demandé de casser les livres. Pour ce qui concerne Glaser, l'ensemble n'existe plus. Il est indemnisé par la société d'assurances et moi, je profite de mes propres compétences. C'est comme fabriquer des choses à partir de palettes qui ont été jetées.

– Hum, non, à vrai dire, ce n'est pas du tout la même chose, mais ce sont mes années de lycée chez les jésuites qui me font dire ça. Tu vois, tu *es* une personne intéressante. Les personnes sournoises sont intéressantes. Comment comptes-tu produire les factures pour les illustrations, puisque tu ne casses pas vraiment les livres ? »

Elle haussa les épaules.

« Sidney ne se soucie jamais des articles cassés. Ça le déprime. Il appelle ça la nourriture des vautours.

– Ça ne répond pas à la question. Mais je suppose que tu vas vendre l'ensemble pour vingt-deux mille dollars, en refiler deux mille à Sidney, le laisser toucher l'argent de l'assurance et bidonner les comptes avec de fausses factures. Tu entubes simultanément la compagnie d'assurances, Glaser, ton client de l'ombre et le fisc. C'est un sacré plan.

– Tu vas me balancer ! »

Crosetti avait déjà entendu parler d'yeux qui lançaient des flammes, mais n'en avait jamais vus jusqu'alors en dehors des écrans de cinéma. De petites étincelles flamboyaient derrière les sourcils de Rolly.

« Non, répondit-il. Aucun intérêt. Alors... Comment vas-tu réparer les couvertures abîmées ? »

Il lut le soulagement sur son visage tandis qu'elle abandonnait les questions d'éthique pour revenir à la neutralité morale de la technique.

« Eh bien, je pense que je peux sauver la couverture en cuir du volume un. Les plats sont craquelés de même que le dos, mais je peux arracher le cuir et remplacer les plats. »

Sur ce, elle tira une fine spatule d'une boîte métallique et se mit à peler le papier marbré qui maintenait la couverture de cuir sur les plats. Elle procédait minutieusement et Crosetti était heureux d'observer ses petites mains adroites au travail, puis le minuteur de la cuisine qui avait été préalablement réglé se mit à sonner et il dut changer les essuie-tout entre les pages qui séchaient. Lorsqu'il eut fini, il vit qu'elle avait détaché la couverture de cuir. En dessous, entre le cuir et le carton craquelé, se trouvaient des feuilles de papier, humides et recouvertes d'une écriture serrée. Elle les mit de côté et leva le cuir à la lumière de la fenêtre pour l'examiner de près.

« Qu'est-ce que c'est que ces papiers ? demanda-t-il tout en séparant négligemment les feuilles humides recouvertes de chaque côté d'une encre noire délavée.

– Juste du rembourrage. Ils utilisaient de vieux papiers pour capitonner les couvertures et protéger le cuir d'une abrasion interne provoquée par les plats.

– C'est en quelle langue ?

– Probablement en anglais. Juste de vieux papiers dont ils se sont servis.

– Ça ne ressemble pas à de l'anglais. Je sais lire l'anglais – à moins que le type n'ait vraiment eu une écriture abominable... »

Elle lui prit délicatement le papier des mains et l'examina.

« C'est marrant. On dirait une écriture de secrétaire de l'époque jacobéenne.

– Excuse-moi ?

– Enfin je ne suis pas paléographe, mais ça ne semble pas contemporain à la publication du livre. Ça a l'air bien antérieur à 1732. Marrant.

– Quoi, quelqu'un a caché un vieux manuscrit dans la reliure ?

– Non, bien sûr que non. Les relieurs utilisaient des bouts de papier pour renforcer les plats, n'importe quel genre de papiers, mais on s'attendrait plutôt à des documents contemporains ou de vieux prospectus, pas à un manuscrit ancien.

– Pourquoi est-ce qu'ils auraient fait ça ? Enfin quoi, un vieux manuscrit devait avoir de la valeur par lui-même, non ?

– Pas du tout. Personne n'a rien à en faire, des vieux papiers, jusqu'à bien plus tard. Les manuscrits originaux étaient recyclés après la composition, réduits en pâte ou utilisés pour démarrer les feux ou protéger les casseroles. Seuls une poignée d'antiquaires savaient que préserver les objets du passé était important, et la plupart des gens les prenaient pour des cinglés. C'est pour ça que les documents écrits qu'il nous reste du début de la période moderne sont pratiquement tous des registres légaux ou financiers. Les œuvres littéraires n'avaient aucune valeur.

– Donc ce document *pourrait* avoir de la valeur maintenant ?

– Je ne sais pas. Ça dépend de quoi il s'agit. Et de qui l'a écrit, bien sûr. » Elle tint les feuilles à la lumière. « Oh, je saisis maintenant. Cette feuille était une copie d'imprimeur. Elle comporte des corrections à la mine de plomb. Intéressant – donc c'est devenu un livre, probablement imprimé par la personne qui a fait les livres de Churchill pour John Walthoe. » Elle ôta la plaque d'acier qui le recouvrait et ouvrit le premier volume à la recherche du nom de l'imprimeur. « Peter Deane. On ferait aussi bien de changer les buvards maintenant. »

Lorsqu'ils eurent fini, Crosetti demanda :

« Tu n'es pas curieuse de savoir ce qu'est ce manuscrit ? Et si le reste du rembourrage provenait du même livre ? Si c'était quelqu'un de célèbre, comme, je ne sais pas, Donne ou Milton ou Defoe ?

Un manuscrit autographe de quelqu'un comme ça vaudrait un paquet, non ?

– Ce sont probablement les rêveries de quelque obscur ecclésiastique. Des commentaires sur les Épîtres.

– Mais on n'en sait rien. Pourquoi n'ouvres-tu pas les autres couvertures pour voir ?

– Parce que ça fait du travail en plus. Et je devrais les réparer après. Et je n'ai pas beaucoup de temps.

– Nous en avons en ce moment, objecta-t-il, pendant que nous sommes là à regarder les livres sécher. Allez, je considérerai ça comme une faveur. Je suis bien en train de te faire une faveur, *moi.* »

Elle posa ses yeux bleus et froids sur lui, consciente de se faire manipuler, pensa-t-il.

« Si ça peut te faire plaisir », dit-elle, et elle saisit sa petite spatule.

Une heure plus tard, Crosetti regardait avec plaisir ce qui ressemblait à du linge suspendu aux cordes qu'il avait tendues entre les colonnes supportant le toit du loft. C'étaient les feuilles humides qui avaient servi de rembourrage aux six volumes ; il y en avait quatre pour chaque couverture, soit quarante-huit pages en tout. Pour des raisons qu'il ne saisissait pas complètement, la découverte de pages manuscrites qui n'avaient pas vu la lumière depuis plus de deux siècles et demi le mettait moins mal à l'aise quant à sa participation à ce qu'il savait au fond de son cœur être une escroquerie. Il s'était surpris lui-même à manipuler effrontément Rolly pour lui faire ouvrir les couvertures et en tirer ce manuscrit, et il espérait désormais que ces papiers avaient quelque importance historique ou littéraire. Il était impatient que les feuilles soient assez sèches pour pouvoir être manipulées.

En attendant, les buvards devaient être changés toutes les heures. Rolly semblait heureuse de le laisser s'en charger sans le superviser après s'être rendu compte durant les premiers changements qu'il se débrouillait très bien tout seul. Le plus important était de ne pas hâter le processus en insérant trop de buvards ou en les intercalant entre des groupes de moins de dix pages. S'ils faisaient ça, avait-elle expliqué, le livre gonflerait et la déformation ferait craquer la reliure. Sur le coup de six heures, Crosetti annonça qu'il avait faim, et il s'aperçut alors que les nouilles ramen et des récipients contenant des repas à emporter d'âge divers constituaient pratiquement toute la nourriture disponible. Il vit pourquoi elle déjeunait si souvent avec Glaser. Crosetti sortit à la hâte et brava les rues mal famées de Red Hook, puis il revint avec deux bouteilles de mondavi rouge et une grande pizza.

« Tu as acheté du vin, remarqua-t-elle lorsqu'il rentra et plaça le sac sur la table. Je n'achète jamais de vin.

– Mais tu en bois.

– Oh, oui. C'est très gentil de ta part. Merci. »

Encore ce petit sourire de louve ; numéro deux.

Leur employeur constitua leur principal sujet de conversation à table car ils n'avaient pas grand-chose d'autre en commun. L'intérêt que portait Crosetti aux livres en tant qu'objets était aussi mince que celui qu'elle portait aux films actuels. De plus, il voulait en savoir plus sur le vieil homme, et Rolly était disposée à fournir les informations quand il l'interrogeait, surtout à mesure que le vin faisait effet. Il aimait la regarder manger : elle était vorace, mangeait comme si quelqu'un allait lui arracher sa part de pizza. Elle dévorait la pâte jusqu'à la dernière miette et se léchait les doigts tout en racontant ce qu'elle savait. L'histoire était que Glaser avait fait ses premiers pas dans le commerce en tant que collectionneur, une progression banale. Sa famille avait fait fortune deux générations plus tôt dans des grands magasins, et il avait été élevé parmi la haute bourgeoisie de Manhattan. Les Glaser avaient des prétentions intellectuelles – loges à l'opéra, billets de concert, voyages en Europe *à la mode*[1], et ainsi de suite ; leur grand appartement près de Central Park abritait une bibliothèque substantielle. Au fil du temps, les grands magasins des ancêtres avaient été absorbés par de plus grandes sociétés, l'argent avait été mal investi, l'héritage, partagé entre les membres d'une famille trop grande. À la fin des années 1970, Sidney Glaser avait fait de son hobby son gagne-pain.

D'après Rolly, il n'était pas doué pour les affaires. Crosetti objecta que la boutique semblait être une affaire qui tournait, avec de nombreux articles de choix.

« C'est le problème. Ce n'est pas à lui d'acheter des choses comme ce McKenney et Hall pour cent cinquante mille dollars. C'est pour Baumann ou Sotheby's et les autres gros calibres, et Glaser n'est pas

1. En français dans le texte. *(N.d.T)*

un gros calibre. Il en a les vêtements et l'allure, mais pas les ressources. Ni l'œil. Quelqu'un à son niveau devrait payer deux cents dollars des livres qui en valent mille, pas quatre-vingt-quinze mille des livres qui en valent cent mille. Et ils vont augmenter le loyer – qui représente déjà presque la moitié du bénéfice mensuel – je parle du bénéfice sur le papier, car je doute qu'il ait réalisé un réel bénéfice depuis des années. C'est toujours la même histoire dans le commerce des livres. Un riche collectionneur se dit : "J'achète beaucoup de livres, pourquoi ne pas payer mon hobby avec mes bénéfices ?"

– Ça ne fonctionne pas ?

– Occasionnellement. Mais comme je t'ai dit, tu dois connaître ton niveau, puis progresser à partir de là. Tu ne peux pas t'attendre à commencer à vendre au niveau où tu opérais en tant que collectionneur, à moins d'être prêt à injecter ton propre argent dans l'affaire. Et puis, ce n'est pas vraiment un commerce, n'est-ce pas ? C'est plus un hobby *hors de prix*, avec des prétentions. À ce propos, le petit antiquaire de l'East Side de New York avec une boutique lambrissée, c'est un anachronisme complet. Il est impossible de payer le loyer tout en faisant concurrence aux vendeurs sur Internet et aux maisons renommées. Glaser ne s'en sort pas. L'incendie était la meilleure chose qui pouvait lui arriver. Il escroquera les compagnies d'assurances sur une vingtaine d'articles de choix en les déclarant comme des pertes totales puis en les revendant comme des livres en état moyen, voire bon. Ça lui fournira à nouveau un peu de trésorerie, mais ça ne durera pas longtemps...

– Tu crois que c'est lui qui a mis le feu ?

– Non, il aime les livres. Il n'en détruirait jamais un intentionnellement. Il était au bord des larmes – tu l'as vu – à cause de ce Churchill. Mais puisqu'il y a eu un incendie, il n'hésitera pas à en tirer autant de bénéfices que possible.

– Exactement comme toi. »

Elle le regarda en fronçant les sourcils.

« Oui, exactement comme moi. Mais au moins j'ai une excuse, parce que je ne vis pas dans un appartement de dix-huit pièces dans Park Avenue. J'ai *besoin* d'argent. » Elle se versa du vin, but une gorgée, ajouta : « Et toi, Crosetti ? Si ces feuilles que tu fais sécher s'avèrent être le manuscrit autographe de la préface de John Locke au Churchill, qu'est-ce que tu feras ? Tu les porteras à Glaser en disant :

"Oh, regardez ce que j'ai trouvé, monsieur, quelque chose que vous pourriez vendre à la bibliothèque de Harvard pour dix mille dollars, vous êtes fier de moi ?"

– Ça ne peut pas être Locke, si tu as raison quand tu affirmes que c'est une écriture jacobéenne.

– Oh, en voilà un érudit ! Je croyais que tu étais un fondu d'informatique et de cinéma.

– Je lis les catalogues de livres.

– Possible. Mais pas les livres. Tu n'aimes même pas les livres, pas vrai ?

– Je les aime bien. »

Il l'examina dans la lumière déclinante et lui trouva quelque chose de belliqueux dans la mâchoire qu'il n'avait pas remarqué auparavant, ainsi qu'une expression troublée et contrariée.

« Tu ne vas pas avoir le vin mauvais, n'est-ce pas, Carolyn ?

– Je ferai ce que je veux. Je suis chez moi.

– Hum, hum. Mais rien ne m'oblige à rester. Mes feuilles ont l'air pratiquement sèches. Je pourrais juste les emporter et te laisser changer seule les couches de ton bébé toutes les heures cette nuit. »

Et il était prêt à le faire mais, dès qu'il eut prononcé ces paroles, elle fondit en larmes, poussant d'horribles gémissements désespérés, et, comme Al Crosetti était un type bien, il fit le tour de la table, s'agenouilla près de la chaise de Rolly et la serra entre ses bras tandis qu'elle tremblait et lui trempait l'épaule de ses larmes.

La Lettre De Bracegirdle (2)

Donc pour commencer, je demande à Dieu tout puissant de me maintenir strictement sur la voie de la vérité car je suis très semblable au vieil Adam comme tu le sçais, et peut-être connois-tu déjà en partie mon histoire, mais tu risques de l'oublier ou, Dieu t'en préserve, de mourir avant que nostre fils eût atteint l'âge de raison, aussi mieux vaut-il l'écrire.

Mon père se nommoit Richard et sa famille, les Bracegirdle, estoient de Titchfield dans le Weald, depuis longtemps des forgerons. Mon père estant le benjamin fut envoyé en apprenti chez son oncle John Bracegirdle qui estoit faiseur d'acier à Leadenhall. Ayant fini son apprentissage il s'installa à Fish Street non loin de Fenchurch Street et devint faiseur dans une forge. Il prospéra grâce à ses bonnes relations avec les Bracegirdle de Titchfield et aussi il me semble grâce à sa bonne connoissance du métier. C'estoit un homme grave et sobre, de peu d'instruction mais prompt d'esprit. À l'âge de vingt-deux ans il fut converti à la vraye religion Chrestienne par la grâce de Dieu et par les sermons du docteur Abernathy de Water Street et mena de par la suite une vie exemplaire. Il estoit dans l'ensemble généreux Chrestien, et aucun misérable ne quittoit son foyer le ventre vide pourvu qu'il fût disposé à écouter un peu de la Parole de Dieu : il ne pouvoit néanmoins endurer les papistes. Il fabriqua toute sa vie durant les habituels pots, casseroles, et cætera mais surtout des cloches et des canons. Souvent il disoit que si un homme désiroit faire grand bruit dans le monde, fût-ce en temps de paix ou de guerre, il feroit bien de se haster chez les Bracegirdle de Fish Street.

Ma mère s'appeloit Lucinda. Sa famille estoit de Warwick et de rang plus élevé que celle de mon père, des nobles parents de Lord Arden : mais des parents éloignés, très éloignés, ainsi que disoit mon père. Son père, Thomas Arden, fut convaincu de trahison à la dixième année de feue nostre Reine Élizabeth et perdit tout : après quoy, sa mère se mourant, elle fut prise à l'âge de huit ans par Margaret Brandell une tante de Cheapside. Jeune fille ma mère estoit jolie mais jugée indigne d'épouser un homme de sa condition dans son comté de naissance, car elle n'avoit point de dot, sans compter l'accusation de trahison. Mais elle désiroit par-dessus tout quitter la maison de sa tante : une femme très pieuse disoit ma mère mais qui la nourrissoit peu et sentoit mauvais. Le hasard la fit un jour acheter un contre-feu à mon père, et douze mois plus tard, s'aimant sincèrement, ils se marièrent à St. Giles Cheapside. Elle n'estoit d'abord point de la vraye religion reformée mais s'y convertit plus tard : car l'homme est la teste de la femme ainsi que le disent les Sainctes Escritures.

Après bien des ferventes prières je naquis le cinquième jour de mars de l'An de Grâce 1590 car ils avoient par la volonté insondable de Dieu tout puissant perdu à la fièvre trois nourrissons, mais j'estois un enfant robuste et sain comme un boeuf me dit-on, et je devins un homme par la grâce de Dieu. Ma mère eut trois autres enfants, dont un qui atteignit sa sixième année et les autres ne dépassèrent point la première, faisant de moy le seul à atteindre l'âge d'homme. À quatre ans je fus placé dans une école de nostre rue et appris mes lettres, et plus tard mon père m'envoya étudier chez M. Eddingstone qui avoit une école dans Deal Street. C'estoit le caprice de mon père que de faire de moy un érudit, peut-être un homme de Dieu, mais il ne devoit point en être ainsi car j'estois je l'avoue rétif et refusois d'apprendre mon Latin et plus encore mon Grec : hic haec hoc n'estoient que galimatias pour moy. Je demandai un jour à M. Eddingstone comment il se faisoit qu'ayant anglicisé la Bible nous dûmes apprendre les langues des païens, ce qui me valut d'être fouetté et point uniquement cette fois-là : et il finit par dire à mon père que c'estoit impossible, j'estois né idiot et le resterai. Mon père me dit alors : « Qu'allons-nous faire de toy, pourquoy Dieu m'envoya-t-il une telle caboche en guise de fils, seras-tu commis, prions Dieu que tu ayes de bonnes mains. » L'on me mit donc à la copie mais ma main estoit peu adroite et je faisois tant de taches qu'il désesperoit de moy. Un forgeur tu seras alors et gagneras ton pain à la sueur de ton front, dit-il, un simple forgeur car je vois que ton dos est solide et tes mains d'ores et déjà noires d'encre : à ces mots ma mère pleura. Elle estoit toujours douce avec moy, mesme plus que ne l'est d'ordinaire une femme avec un enfant, ce qui ne fit qu'accroistre la fureur de mon père à mon égard.

Une chose se produisit alors qui changea ma vie. Combien le plan de Dieu est merveilleux pour nous autres ses créatures bien que nous ne sçachions point pénétrer ses raisons sur le moment. Nous hébergions alors un M. Wenke : il venoit de Leiden et estoit neveu d'un homme qui commerçoit avec mon père. Nous estions l'un près de l'autre dans la salle des comptables de mon père et un jour je le vis travailler avec un petit crayon et un brouillon et je lui demandai : « Que faites-vous monsieur ? » Il répondit : «Regarde. » Je regardai mais n'y compris rien. Je vais te dire ce qu'il faisoit : il effectuoit des additions d'une manière que je n'avois jamais vue, mais qu'il eut la bonté de m'enseigner : « Tu as vendu sept cent quatre-vingts petites casseroles au prix de 8 schillings et 6 pences et tu as gagné sur chacune un profit de 1 schilling et 2 pences. Qu'avons-nous amassé en tout et quel est nostre gain ? » Je répondis : « Il nous faut utiliser une table de comptes, voulez-vous que j'en aille chercher une ? » « Non, répondit-il, je peux le faire sans table, observe-moy et je t'expliquerai ma méthode. » C'est ce qu'il fit et je fus stupéfait de voir la rapidité avec laquelle il maniait son crayon. À la fin le brut et le profit estoient exacts. Il dit, c'est la multiplication par algorithme, mot que je n'avois jusques alors jamais entendu, et il m'expliqua que c'estoit une partie de l'Arithmétique récemment utilisée dans les banques et les salles de comptables de Hollande et d'Italie : « Voudrois-tu l'apprendre, garçon, car cela pourroit t'être d'un très grand profit ? » Je répondis oui de tout mon cœur.

3

JE VIENS DE FAIRE LE TOUR DES LIEUX, rien de visible depuis aucune des fenêtres, et je n'ai aucune envie de retourner déambuler dehors dans une telle obscurité. Je m'aperçois que je suis une cible idéale, assis ici face à mon ordinateur portable sous une lampe de bureau. Je suis dans le salon – je suppose qu'on pourrait appeler ça ainsi. La maison est à proprement parler un bungalow, construit avec de vrais rondins à la manière traditionnelle. Il comporte une grande pièce au rez-de-chaussée et trois chambres à l'étage, que l'on atteint grâce à un escalier menant à une sorte de balcon avec une balustrade situé au-dessus de moi. Puis il y a l'espèce de mansarde logée dans la pointe du toit à laquelle on accède grâce à une échelle coulissante. Les domestiques couchaient là-haut, quand il y en avait. Les murs sont tous en pin poli et il y a des bibliothèques encastrées, une bonne chaîne hi-fi et une cheminée en pierres non taillées littéralement assez vaste pour y faire rôtir un bœuf. Un petit bœuf. Un feu y brûle en ce moment, allumé à partir des bûches de chêne, de bouleau et de pin, empilées en un tas conséquent près de la porte de la cuisine. Des têtes d'orignaux et des bois de cerf ornent la base du balcon, preuve que, comme m'en a informé Mickey, les Haas mâles étaient à l'époque de sacrés chasseurs. Il y a une cuisine tout équipée avec des dalles au sol et toute une batterie d'ustensiles des années cinquante au rez-de-chaussée, ainsi que deux salles de bains. Mickey a installé un Jacuzzi dehors sur la terrasse mais il est maintenant vide. J'ai l'impression qu'il ne vient pas souvent ici, alors que quand il était gamin sa famille y passait chaque été. C'était ce que faisaient les gens riches, apparemment. Je suis venu ici à de nombreuses reprises. Quand nous étions de jeunes tombeurs et que nous amenions les filles pour des week-ends romantiques.

Retour à l'histoire : le professeur Bulstrode a tendu le paquet, une épaisse enveloppe scellée, comme je l'ai dit, par du scotch. Je lui ai demandé ce qu'elle contenait, et il a répondu que c'était un manuscrit datant de 1642. C'est ça, l'Œuvre ? ai-je demandé. Non, pas du tout. C'était simplement la preuve de l'existence de l'Œuvre, la longue lettre de Bracegirdle. Mais elle n'a pas de valeur en elle-même ? Pas en tant que telle – elle n'intéresse que les spécialistes, a-t-il ajouté, et sa voix a paru encore plus nerveuse lorsqu'il a insisté sur l'absolue nécessité qu'il y avait à garder les informations contenues dans ce paquet strictement confidentielles. C'était pour ça qu'il l'avait fermée avec tant de soin. Je lui ai assuré qu'elle serait parfaitement en sécurité et à l'abri des regards indiscrets. À ces mots, il a semblé se détendre ; j'ai ensuite appelé Mlle Maldonado par l'interphone et lui ai demandé un contrat de représentation standard et un reçu pour l'acompte.

Pendant qu'elle préparait ces documents, j'ai tenté d'engager une conversation informelle avec le professeur Bulstrode. Le courant ne passait pas. Il ne quittait pas l'enveloppe des yeux, comme si elle avait contenu une bombe, et j'ai eu l'impression qu'il avait hâte de mettre de la distance entre lui et cette menace. Finalement, je lui ai demandé s'il avait fait une copie du document à l'intérieur, et il m'a répondu que non, pour des raisons de sécurité, après quoi il m'a fait jurer solennellement que je n'en ferai pas non plus. J'ai à ce moment commencé à perdre patience et lui ai dit que tous ces mystères commençaient à me fatiguer. L'idée, lorsqu'on engage un avocat, ai-je expliqué, c'était que vous aviez quelqu'un à qui vous pouviez parler en toute confidentialité, et il était clair qu'il avait du mal à le faire, ce qui me gênait à mon tour pour le représenter. Dans mon expérience, ai-je ajouté, les gens agissent ainsi avec leur avocat lorsqu'ils ont des intentions louches. Peut-être valait-il mieux pour chaque partie concernée qu'il reprenne son chèque. Restons-en là et sans rancune, etc.

À ces mots, il s'est remis à suer de plus belle et son visage s'est complètement empourpré. Il m'a assuré qu'il ne souhaitait pas faire de cachotteries et que, bien entendu, il n'y avait absolument rien d'illégal ni de louche dans sa situation. Mais dans le domaine universitaire, il était habituel de faire preuve de réticence lorsqu'un exemplaire unique était en jeu. Il m'a prié de l'excuser au cas où il m'aurait offensé. À cet instant, Mlle Maldonado a fait irruption et a déposé le contrat sur mon bureau. Je n'ai fait aucun geste pour ramasser le classeur. Elle est sortie. J'ai dit que nous étions peut-être partis sur de mauvaises bases. Je voulais qu'il ait confiance en moi. Il a répondu que c'était le cas. Je lui ai demandé de reprendre depuis le début : qui était Bracegirdle, qu'y avait-il dans cette enveloppe, et quelle était cette Œuvre à laquelle elle menait ?

Il m'a alors raconté son histoire : il était tombé sur le manuscrit au cours de recherches sur les courants philosophiques de la Renaissance. Le manuscrit consistait en quelque vingt-six folios, rédigés d'une écriture serrée, datant de 1642. Richard Bracegirdle n'était personne en particulier ; un soldat mort peu après la bataille d'Edgehill durant la guerre civile anglaise. L'essentiel du texte n'avait aucun intérêt, mais certains passages indiquaient que Bracegirdle avait été engagé pour déménager la propriété d'un noble nommé lord Dunbarton. Bracegirdle et Dunbarton étaient tous deux du côté des parlementaristes dans le conflit, et la propriété de Dunbarton se trouvait sur un territoire contrôlé, ou sur le point d'être contrôlé, par les royalistes. Il craignait la confiscation de ses objets de valeur et de ses titres et avait donc engagé Bracegirdle pour les transférer, y compris les volumes rares de sa bibliothèque, vers sa maison de Londres. Mais les forces royalistes s'étaient déplacées vers Londres et avaient bloqué sa route. Il avait donc enterré le trésor et envoyé à Dunbarton une lettre l'informant du lieu où il avait dissimulé le butin.

Un trésor enterré, ai-je répété d'un ton neutre avant de lui demander quel était le rapport avec la propriété intellectuelle. La bibliothèque, a-t-il répondu, la bibliothèque.

Je lui ai demandé ce qu'il y avait dans la bibliothèque, pour autant qu'il le sache.

Il n'a pas répondu. À la place, il m'a demandé si je connaissais le Codex Leicester. De fait, je le connaissais. L'un des problèmes croissants dans le milieu de la propriété intellectuelle est la numérisation des livres, des manuscrits et des œuvres d'art, et les cessions et négociations des divers droits qui en découlent. M. William Gates, le milliardaire du logiciel, est un personnage essentiel dans ce domaine, et les avocats en propriété intellectuelle ont tendance à se tenir au courant de ses faits et gestes. J'ai dit à Bulstrode que je savais que Gates avait acheté environ dix ans plus tôt le Codex Leicester, l'un des carnets de Léonard de Vinci, pour trente millions de dollars.

Sur ce, Bulstrode a annoncé que Dunbarton possédait un manuscrit de Shakespeare. Pouvez-vous imaginer la valeur d'une telle chose ? Toute sa réticence avait maintenant disparu, une étrange petite lueur brillait dans ses yeux ternes.

Voyant que ses yeux commençaient à sérieusement sortir de leurs orbites, j'ai acquiescé aimablement et répondu que je supposais que ça vaudrait une belle somme, et tout en prononçant ces paroles j'ai éprouvé cette sensation d'oppression que j'éprouve toujours en présence d'un dément. Cette sensation n'est hélas pas rare, car nous autres avocats en propriété intellectuelle ne connaissons que trop bien les fous. Pas un succès du show-business, pas un livre sur les régimes alimentaires ayant conquis le monde, pas un produit de l'imagination humaine rapportant de l'argent n'apparaît sans sa cohorte de prétendants miteux serrant des classeurs tachés de graisse bourrés de documents prouvant qu'ils avaient eu l'idée en premier. Et impossible de leur faire comprendre qu'on ne peut pas toucher de droits d'auteur sur une idée, un concept. Impossible de leur faire comprendre que les idées sont comme l'eau ou l'air ou le carbone, à la disposition de tous, et que les seules choses qui peuvent rapporter un pactole en droits d'auteur sont des mots alignés dans un ordre précis, ou des notes de musique, ou des produits chimiques. J'admets qu'on ne m'avait jamais fait le coup du document secret jusqu'alors, mais lui, me le faisait maintenant. Et je me rappelle avoir espéré que ce pauvre type ne m'avait pas fait un chèque en bois.

J'ai donc attendu l'efflorescence de sa folie : il s'est mis à déblatérer avec un enthousiasme fiévreux sur l'importance du manuscrit perdu, les secrets qu'il pourrait révéler, sa provenance, le fait qu'il était sur le point de percer le code secret. Puis, à mon grand étonnement, il sembla soudain se renfrogner après ses révélations, comme s'il regrettait d'en avoir tant dit et m'avait déjà trouvé une place dans sa paranoïa : encore un voleur qui risquerait de chercher à mettre la main sur son trésor.

Nous avons signé les formulaires et il s'en est allé. J'ai demandé à Mlle Maldonado de descendre illico déposer le chèque et placer le paquet dans notre coffre ; et puis, bien que sentant mon ventre gronder à cause de mon déjeuner retardé, j'ai allumé mon ordinateur et effectué une recherche sur Andrew Bulstrode dans Google, et j'ai découvert bien plus de choses sur le professeur que ce à quoi on pourrait s'attendre de la part d'un simple universitaire. Apparemment, cinq ans plus tôt, Bulstrode enseignait la littérature anglaise à Oxford. Expert dans le domaine des éditions de l'œuvre de Shakespeare, il était tombé dans le piège tendu par l'un des plus grands faussaires de l'époque moderne. Leonard Hastings Pascoe était un nom que même moi je connaissais. C'était un spécialiste des impressions anciennes – les incunables – et des manuscrits associés aux auteurs importants, et c'était assurément un homme très intelligent. Il avait prétendu avoir découvert un nouveau « mauvais quarto » de *Hamlet*. Un mauvais quarto est une forme primitive de contrefaçon littéraire ; un imprimeur reconstituait une pièce à partir des souvenirs d'acteurs et de tout texte sur lequel il pouvait mettre la main, et il l'imprimait sans la permission de l'auteur.

C'était apparemment une découverte majeure car (à en croire les articles trouvés sur Internet) l'histoire de la publication de *Hamlet* est extrêmement complexe. Il y a un premier quarto (mauvais) et un second quarto (bon, ou autorisé par l'auteur) et le premier folio, que les amis et partenaires d'affaires de Shakespeare, Heminge et Condell, avaient assemblé après sa mort et qui était pour l'essentiel la pièce que nous connaissons maintenant. Le soi-disant nouveau mauvais quarto contenait de nombreuses différences intrigantes par rapport à la pièce autorisée et éclairait sous un nouveau jour le processus d'écriture de Shakespeare. Il était daté de 1602, juste après le dépôt de *Hamlet* et un an avant le premier quarto, et soulevait des questions intéressantes : les différences étaient-elles de simples erreurs de transcription ou signifiaient-elles que l'auteur avait modifié sa pièce après qu'elle avait été jouée ? C'est le genre de choses qui génère des orgasmes à répétition chez les spécialistes. Le British Museum, qui avait été contacté en premier par le patriotique Pascoe, avait accepté de payer le prix demandé, à condition que l'illustre expert Andrew Bulstrode atteste son authenticité.

Ce qu'il avait fait. Pascoe avait utilisé un authentique papier du XVIIe siècle et une encre à base de fer et de fiel de bœuf correctement formulée et d'époque (obtenue par extraction chimique sur des documents de l'époque, pour parer à tout test de datation) et ses polices typographiques avaient été méticuleusement recopiées à partir de l'un des mauvais quartos de la bibliothèque Folger. Le musée avait acheté la chose pour huit cent cinquante mille livres. Bulstrode, qui avait naturellement obtenu un accès prioritaire au texte, avait pondu au bout de six mois un ouvrage magistral, démontrant que selon lui l'auteur avait copieusement récrit la grande pièce et que le quarto Pascoe, comme on l'appelait, était en fait un lien important entre les divers proto-*Hamlet* que Shakespeare avait utilisés en tant que textes sources. Sensation chez les savants !

Et il aurait pu entrer dans le canon critique si L. H. Pascoe n'avait pas eu un faible pour les délicieux jeunes garçons aux yeux ténébreux et aux lèvres boudeuses, et si, à cause de ce penchant, il n'avait pas promis à l'un de ces derniers un voyage au cap d'Antibes et une nouvelle garde-robe, promesse sur laquelle il était revenu, ce qui avait naturellement poussé le jeune homme à dénoncer son protecteur. La police avait fait une descente dans un certain bâtiment industriel d'Ealing et trouvé la presse à bras, le papier et l'encre, ainsi que le faux *Hamlet* toujours dans les formes. Cela quelque dix-huit mois après la vente.

L'argent de la transaction lui avait apparemment servi à assouvir à grands frais ses penchants particulièrement lubriques. Les tabloïds s'étaient rués sur l'histoire, s'acharnant spécialement sur l'expert fautif, Bulstrode. Mon vieux pote Mickey Haas s'était jeté dans la mêlée et avait défendu son collègue dans la presse en affirmant qu'il avait commis une erreur que n'importe quel expert au monde aurait commise, y compris le docteur Haas lui-même. Il s'était arrangé pour que Bulstrode obtienne un poste de professeur temporaire à Columbia en espérant que le calme reviendrait en Angleterre dans l'intervalle. Et il semblait maintenant que quelqu'un avait refourgué un document à Bulstrode, ce qui me paraissait bizarre, vu qu'il était la dernière personne susceptible de présenter un manuscrit important au monde, et aussi la dernière personne à vouloir le faire. Mais ça faisait longtemps que j'avais compris que l'on n'apprenait rien de l'expérience. Moi, par exemple, je serais heureux en ménage si j'avais été capable de tirer les leçons de mes erreurs.

Ou peut-être qu'il avait craqué sous la pression. Les professeurs aussi perdent la boule, peut-être plus souvent que les autres, même si, à cause de leur profession, leur folie se remarque souvent moins. Par souci de vérification, j'ai effectué une recherche sur lord Dunbarton et, à ma surprise, j'ai découvert qu'il s'agissait d'un personnage réel. Henry Reith (1570-1655), second baron Dunbarton, était un puritain de haut rang. Son père, le premier lord Dunbarton, avait gagné ses éperons en étant l'un des sous-fifres pilleurs d'Henry VIII, un « visiteur » comme on les appelait alors, qui viraient les nonnes et les moines de leurs cloîtres et s'assuraient que la Réforme protestante atteignait chaque propriété ecclésiastique d'Angleterre qui pouvait être mise à sac. Ce qui lui avait valu un titre et un domaine dans le Warwickshire, Darden Hall. Le fils avait été présenté à la cour vers la fin du règne d'Élisabeth, il avait gagné la faveur de lord Burghley, et était entré dans ce qu'on appelait alors le milieu « intelligenceur », s'acharnant à attraper les jésuites et à mettre à jour leurs vils complots à l'encontre de la paix de la reine et, plus tard, de Jacques Ier. Sous Charles Ier, il avait été un parlementariste ardent, sachant, comme son père, se placer du côté des gagnants, bien qu'il semblât aussi être un authentique puritain fanatique qui poursuivait avec énergie les réfractaires du Warwickshire. Darden Hall avait été occupé par les troupes royalistes durant la brève campagne qui s'était achevée par la bataille d'Edgehill. Aucune mention de bibliothèques, ni de Bracegirdle ni d'œuvre disparue de Shakespeare. Je me suis alors dit que je ferais bien d'appeler Mickey Haas pour connaître toute l'histoire du pauvre homme, ce que j'ai fait, et l'on m'a informé que le docteur Haas participait à une conférence à Austin et ne serait pas de retour avant le début de la semaine suivante. Je suis donc allé déjeuner.

Je consulte maintenant mon agenda. C'est Mlle Maldonado qui gère mes rendez-vous, bien entendu, mais elle me transmet chaque lundi une feuille m'informant de mon programme de la semaine, et je les note ensuite dans un petit agenda à reliure de cuir et aux fines pages bleues que je garde dans ma poche de chemise. Je ne suis pas vraiment ce qu'on pourrait appeler un étourdi, mais je me laisse parfois absorber par la bibliothèque ou par un coup de téléphone et, à moins que je ne jette de temps à autre un coup d'œil à cet agenda, je rate mes rendez-vous. C'est ainsi que je sais que j'ai rencontré le docteur Bulstrode le 2 octobre, et, comme je le consulte à nouveau, j'apprends que le jour de cette rencontre j'ai quitté mon travail de bonne heure pour passer prendre Imogen et Nicholas à l'école et les emmener au restaurant puis au cinéma. Le mercredi soir est mon rendez-vous officiel de milieu de semaine avec mes enfants, que je vois également un week-end sur deux et quinze jours en été.

Imogen, ma fille, a treize ans. Elle a les cheveux jaune paille et les yeux gris et ressemble si exactement à sa mère qu'elle aurait pu être un pur produit maternel au lieu d'être conçue selon la méthode traditionnelle. Ceci, d'ailleurs, semble être une particularité de notre famille. Les gènes Mishkin ne fonctionnent pas en harmonie avec les autres. Soit ils dominent totalement, soit ils se vexent et laissent le champ libre. Ainsi, je ressemble exactement à mon père, le juif armoire à glace, tandis que mon frère et ma sœur sont des blondinets, dignes des affiches de recrutement pour les *Hitlerjugend*. Mon fils, Nicholas, onze ans, me ressemble de manière absurde. Quand je faisais la cour à Amalie, ma sœur m'a fait remarquer qu'elle ressemblait exactement à notre mère en plus jeune. Je ne peux pas dire que je m'en sois jamais aperçu, même si le teint et la forme du visage en général sont similaires. De type allemand, pourrait-on dire. Quand oncle Paul et tante Miri sortent avec Imogen, tout le monde suppose que c'est leur fille, alors que lorsque je suis avec elle, les passants nous jettent en général des regards hostiles, comme si j'étais un pervers en train de la kidnapper.

Pour ce qui est du caractère, contrairement à sa mère, Imogen est parfaitement narcissique ; tous les autres existent, mais uniquement pour la vénérer, et dans le cas contraire, prenez garde ! C'est une athlète – une nageuse assez douée – et elle veut devenir actrice, ambition que j'encourage car je la juge inapte à toute autre vie. Je crois qu'elle tient ça de moi. Lorsque j'étais au lycée à Brooklyn, un professeur m'a dit que j'avais une bonne voix et que je devrais faire du théâtre ; j'ai essayé et ai obtenu le rôle de Téléguine dans *Oncle Vania*, un petit rôle, mais comme tous les rôles de Tchekhov, il peut être rendu mémorable. Je suppose qu'on ne joue plus Tchekhov dans les lycées publics de Brooklyn, mais à l'époque, si, tout comme on s'adonnait à de nombreuses autres activités culturelles qui ne sont plus possibles à notre époque de l'argent roi. Téléguine est surnommé La Gaufre dans la pièce à cause de son visage tavelé, et le mien n'était pas non plus joli à voir quand j'avais seize ans. Ma grande réplique était : « Le bonheur, je l'ai perdu, mais ma fierté, je l'ai gardée. » Naturellement, je suis tombé amoureux de Gloria Gottleib, qui interprétait Sonia et qui ne savait même pas que j'existais, etc., mais le plus intéressant est que même après avoir quitté la scène, même après la fin de nos trois représentations dans l'auditorium qui sentait le jus d'orange, je me sentais toujours habité par Téléguine, et il me semblait merveilleux qu'un personnage fictif créé par un homme mort depuis longtemps puisse en un sens altérer ma propre personnalité.

Je devrais ici mentionner le fait que jusqu'à mon apparition dans cette pièce, j'avais été un misérable personnage, trop obscur pour être même l'objet de moqueries. Disparaître dans un grand lycée urbain est relativement aisé, mais j'avais des raisons particulières de vouloir me fondre dans le paysage. J'étais un gosse catholique affublé d'un nom juif et d'un grand-père nazi, dans un lycée où l'aristocratie était intellectuelle et presque entièrement juive, sans compter que mon père n'était pas inconnu de la presse à scandales en tant qu'Izzy le Comptable, souvent accusé, jamais condamné. Je vivais dans la terreur que quelqu'un (c'est-à-dire Gloria Gottleib) ne fasse le lien, d'autant que mon frère, de deux ans mon aîné, était un voyou. Il avait annoncé ça, comme les voyous le faisaient à l'époque, vêtu de son blouson de cuir noir avec le col remonté à l'arrière et arborant une coupe de cheveux en queue de canard. Être insignifiant valait mieux qu'être connu en tant que frère de Paulie Mishkin. Dans un sens, je savais que son aura féroce me protégeait des petites brimades qui auraient autrement été mon lot quotidien. Paul me répétait que si je me faisais cogner dessus, ce qui était plutôt fréquent, le cogneur ne pouvait être que lui. La pire bagarre à laquelle j'aie jamais assisté dans mon enfance a eu lieu le jour où Paul a démoli deux membres d'un célèbre gang de bagarreurs des rues qui m'avaient dépouillé de l'argent de mon déjeuner sur le chemin de l'école. Il s'est servi d'une brique.

Ces images obsédantes. Ce n'est pas du tout ce que je veux écrire, même s'il est peut-être important de préciser que c'est après cette bagarre, et l'exclusion du lycée de Paul qu'elle a occasionnée, que je me suis mis à sérieusement soulever de la fonte. J'avais décidé de ne plus compter sur lui pour me défendre, et en plus, je me disais que si je devenais une armoire à glace je pourrais éviter les bagarres. Je me trompais.

En tout cas, après *Oncle Vania* je me suis totalement ridiculisé en restant plus ou moins perpétuellement dans le personnage, arborant un antique gilet de brocart dégoté dans une friperie, parlant avec un léger accent, faisant mine d'avoir du mal à trouver mes mots en anglais, marmonnant dans une langue qui me paraissait ressembler à du russe. Ce qui m'a valu de gagner quelque peu en popularité, comme cela arrive parfois aux fous amusants, et j'ai commencé à être invité à des fêtes chic organisées par les filles juives qui avaient la cote. La deuxième pièce que nous avons donnée était *Roméo et Juliette*, et j'étais Mercutio. Il m'allait beaucoup mieux que Téléguine, car remplir l'air inoffensif d'inepties spirituelles, adopter des poses grotesques et mourir de façon absurde paraît magnifique aux jeunes ; et il n'est pas non plus si difficile que ça de parler en iambes riches et fluides, jusqu'à ce que tout le monde autour de vous souhaite votre mort. Pour l'adolescent qui interprète Mercutio, le plus difficile est de dire les cochonneries sans éclater de rire, toutes ces histoires d'épines de l'acte I, scène IV, par exemple, sont peut-être plus difficiles à déclamer qu'interpréter un Roméo convaincant. Quant à Juliette... vous savez, en tant qu'avocat en droit de la propriété intellectuelle, je dirais que les célèbres pouvoirs d'invention de Shakespeare ne se voient guère pour ce qui est des intrigues. Toutes ses pièces sauf deux sont des plagiats, parfois évidents, de sources antérieures ; et il avait de la chance que les droits d'auteur n'existent pas à cette époque. Nous allons écouter ses pièces pour la langue, tout comme nous allons à l'opéra pour la musique ; l'intrigue est dans les deux cas secondaire, futile à vrai dire, mais – et ses contemporains l'avaient également compris – personne ne parvient à transposer la vie sur la scène aussi bien que lui. La fin de l'acte II, scène II, est un tel coup d'éclat ! C'est la célèbre scène du balcon, et je ne parle pas du début que tout le monde cite, mais de la description d'une enfant folle d'amour à la fin. Une adulte l'interprétant – Claire Bloom peut-être – ne paraît guère convaincante, mais une adolescente de seize ans peut lui donner vie, surtout si l'on est déjà amoureux de cette jeune fille, comme c'était mon cas. Je me rappelle très distinctement le moment où, tandis que je regardais la divine Mlle Gottleib déclamer son long au revoir, je me suis dit que c'était cette vie qu'il me fallait, que mon destin était de m'ouvrir au génie, d'être possédé, libéré de ma misérable personnalité.

C'était ma première année de lycée, une année qui a marqué le début du long déclin de la mafia à New York. À cette époque, avant que la loi du silence ne soit brisée par M. Valachi, le meilleur moyen de faire tomber un caïd italien était de l'accuser de fraude fiscale, et mon père se retrouvait donc en pleine ligne de mire. Comme d'habitude, plusieurs charges pouvaient être retenues à son égard et on lui avait mis la pression pour le faire témoigner contre ses employeurs. S'ils avaient pris le temps de consulter sa famille, ils auraient appris que mon père ne manquait pas de tripes. Durant tout l'automne de cette année-là, tandis que nous répétions *Roméo et Juliette*, mon père était jugé à la cour fédérale du district sud de New York. Nous n'avions jamais été ce que l'on pourrait appeler une famille heureuse, mais cette période fut particulièrement sombre.

Laissez-moi ici aborder brièvement le drame familial. Izzy et Ermentrude continuaient comme ils avaient commencé : à bout portant – du moins métaphoriquement – même si je reste persuadé qu'ils croyaient s'aimer, l'amour consistant pour eux à tenter continuellement de soumettre l'être aimé à sa volonté. Voici le tableau que j'ai toujours à l'esprit. C'est le soir. Nous autres garçons sommes pré pubères, peut-être ai-je huit ans, Paul, dix, et notre sœur a six ans. Nous avons consciencieusement fait nos devoirs et nous sommes soumis à l'inspection d'Obersturmbannfürher-Mutti. L'air est chargé d'une odeur de lourde cuisine teutonique. C'est encore l'époque de *Alles in Ordnung*, avant la découverte de « l'autre putain », la maîtresse de mon père, après quoi ma mère a plus ou moins cessé de vouloir vivre pendant un moment. Nous sommes peut-être assis face à la petite télévision sans couleurs, nous disputant peut-être pour savoir quelle chaîne regarder. La tension monte au moment des informations de six heures. Apparaîtra-t-il ? Sera-t-il de bonne humeur ou non ? Six heures et demie, et Mutti fait cogner les casseroles et claque des tiroirs tout en marmonnant en allemand. Nous tendons l'oreille, attendant le tintement de la bouteille heurtant le verre. Sept heures. Une odeur de brûlé, de protéines hors de prix qui s'assèchent, de légumes trop cuits transformés en bouillie immangeable. Nous mourons de faim, mais aucun de nous n'ose entrer dans la cuisine.

Sept heures et quart et la porte s'ouvre. Nous sommes atterrés en voyant le visage de mon père. Pas de petits cadeaux pour les gamins ce soir, pas de salut les petiots chaleureux pour les garçons, pas de petite fille soulevée et tournoyant dans les airs. Non, ce soir nous passons directement à table, et le dîner gâché est jeté lourdement sur la planche. Mon père dit « Je ne vais pas manger cette merde », et la bagarre commence, en anglais puis en allemand des rues, langue dans laquelle, même si nous ne saisissons pas le sens exact des mots, la violence est parfaitement perceptible. Puis les assiettes et les couverts se mettent à voler, et Miriam se réfugie sous la table et je la suis, serrant sa petite tête en larmes contre ma poitrine. Paul reste assis droit sur sa chaise, et je le vois depuis l'endroit où je me trouve, le visage blanc. Blanches aussi les jointures de ses doigts qui serrent le couteau de cuisine. La dispute gagne en volume et s'achève généralement par « putain de nazie » de la part de mon père et « cochon de juif » de la part de ma mère, puis il lui en colle une et s'en va. Paf ! Et nous sortons de notre abri et elle nous fait nous asseoir et terminer la moindre miette de notre nourriture immangeable tout en nous racontant comment c'était d'avoir faim en Allemagne, *après la kerre, et fous defez donc finir tout*. Mais ce n'est pas pour ça que nous ingurgitons tout ; c'est parce que nous ne savons pas quoi faire d'autre pour elle.

Mais durant le procès les choses ont changé ; c'était désormais le silence qui régnait. Mutti posait sèchement des conserves de nourriture réchauffée sur la table et se retirait dans sa chambre, d'où émergeaient les sons de classiques allemands, Beethoven, Bruckner, Wagner. Elle s'était mise à boire plus, et quand elle en avait un coup dans le nez, le volume augmentait. Mon père pouvait défoncer la porte puis casser ses disques, ou bien s'en aller et ne pas revenir pendant plusieurs jours. Paul aussi était rarement à la maison. Après avoir obtenu (de justesse) son bachot, il avait commencé à traîner avec son gang, qui avait pour sa part réussi (comme nous allions bientôt l'apprendre) à passer de petites escroqueries au vol à main armée.

Je me suis donc retrouvé responsable de la maison et de ma sœur, Miriam, alors âgée de quatorze ans. Miri avait d'ores et déjà ce remarquable visage qu'elle conserverait à l'âge adulte, un visage dont les diverses surfaces agissaient comme celles d'un bombardier furtif pour permettre une pénétration indétectable au cœur du territoire ennemi, dans ce cas, le sexe masculin. Je ne cherchais pas à la contrôler, conscient que ce serait futile, mais je pouvais au moins m'assurer qu'elle avait à manger et des vêtements propres, et entre Paulie et moi nous sommes parvenus (je crois) à décourager les attentions des types âgés de plus de trente ans. Un matin, juste avant Thanksgiving de cette même année, mon père ne s'est pas rendu au tribunal et il n'est pas non plus rentré à la maison. Naturellement, nous avons craint le pire – que ses copains de la mafia aient perdu foi en son silence (puisqu'il était alors très clair qu'il allait écoper du maximum à moins de balancer quelques noms) et soient passés aux actes pour le faire taire. Je me rappelle l'avoir imaginé enfermé dans un bidon d'huile lesté ou reposant sous l'asphalte d'une autoroute, tout en essayant d'éprouver de la tristesse, et n'y parvenant pas.

Mais il ne s'était pas fait descendre. Après quelques semaines, les journaux ont rapporté qu'il avait été repéré à Tel Aviv. Plutôt que payer sa caution, il avait opté comme son mentor, Meyer Lansky, pour un confortable exil. Pas une carte à notre intention, pas un coup de fil. J'ai plus tard entendu dire qu'il avait changé de nom pour quelque chose de plus hébraïque, selon les recommandations du gouvernement israélien, même si je suppose que ce ne sont pas les Mishkin qui manquent dans cette nation. Tout cela s'est déroulé avant que la frénésie des médias ne soit la norme, ce qui signifie que nous n'avons reçu la visite que de deux journalistes, à qui Paulie et ses amis ont cassé la gueule, brisant leurs caméras, etc. C'était l'époque où vous pouviez casser la gueule aux journalistes sans que tout soit enregistré sur une bande-vidéo, ce qui faisait une presse plus civilisée, à mon avis. Puisque mon père avait engagé la maison et ses biens immobiliers pour payer sa caution colossale avant de s'enfuir avec tout l'argent qu'il avait, nous nous retrouvions pour ainsi dire indigents. Par souci des convenances, les huissiers ont laissé s'écouler un certain temps, puis ils sont arrivés, ont saisi la Cadillac de mon père et nous ont présenté l'avis d'expulsion.

À ce stade, nous avons eu droit à un petit miracle. Je me suis réveillé un samedi matin en entendant que quelqu'un s'activait à faire des cartons tandis que la stéréo diffusait *Parsifal*. Mutti était de retour, elle prenait les choses en main, criait des ordres. Nous autres gamins avons dû nous activer, de même que deux autres types que je n'avais jamais vus auparavant, ils parlaient allemand, probablement des criminels de guerre en cavale que Mutti avait dénichés quelque part. C'était à nouveau Regensburg en 1945, Hitler était parti, les Rouges approchaient, et la vie devait renaître des ruines. Il paraît que des villageois ukrainiens avaient acclamé l'arrivée des Nazis en 1941, et nous autres gamins nous trouvions à peu près dans le même état d'esprit – tout valait mieux que ce que nous venions de vivre, et avec le fascisme maternel, nous savions au moins à quoi nous attendre. Les Allemands avaient un camion, qui nous transporta de notre confortable maison en brique de Flatbush à un deux-pièces exigu situé dans une tour d'une cité proche de la frontière avec le Queens.

Notre vie a donc continué sans mon père. Le salaire que Mutti percevait en tant qu'employée à l'hôpital de King's County suffisait tout juste à nous payer des sous-vêtements et des *bratwurst*. Nous autres gamins, nous nous sommes par la suite appliqués à mener le genre de vie dont nous pensions qu'elle foutrait mon père en rogne : Paul est devenu un délinquant stupide plutôt qu'intelligent ; je suis devenu un étudiant modèle (c'est-à-dire, un crétin) ; et Miri, pour ne pas mâcher mes mots, est devenue une pute. Très vite, Paul s'est fait pincer pour un hold-up dans une boutique d'alcool et est parti faire un tour au trou, Miri a mis les voiles avec un play-boy, et j'ai eu mon diplôme avec mention, brillamment réussi mon examen d'entrée à l'université et suis allé à Columbia, où j'ai rencontré Mickey Haas. J'espère que cela relie tous les points.

Mais j'ai commencé cette longue digression en décrivant mes enfants, et je m'aperçois que je n'ai encore rien dit de mon fils, Nicholas – Niko, comme nous l'appelons. Nous avons longtemps cru, ou plutôt j'ai longtemps cru, que quelque chose clochait chez lui, une espèce de forme d'autisme peut-être, ou l'un de ces autres syndromes infantiles inventés pour fournir de nouveaux marchés aux laboratoires pharmaceutiques. Il ne marchait et ne parlait pas à l'âge normal, et j'insistais pour l'emmener voir divers spécialistes, en dépit de sa mère qui maintenait qu'il n'avait rien de sérieux. Au bout du compte, c'est sa mère qui a eu raison. Il s'est mis à parler vers quatre ans, s'exprimant dès le départ en phrases parfaites, et a démontré vers le même âge qu'il avait appris à lire seul. C'est une sorte de prodige, mais nous ne savons pas vraiment de quel genre. J'admets maintenant que je ne me suis jamais senti totalement à l'aise en sa présence. À ma grande honte. Lorsqu'il avait six ans, avant la dissolution de notre foyer, il venait me voir dans la petite pièce qui me servait de bureau ou d'antre et restait là à me regarder, ne répondant rien lorsque je lui demandais ce qu'il voulait. Je finissais par ignorer sa présence, du moins j'essayais. J'imaginais parfois qu'il pouvait voir en moi, lire mes pensées et mes désirs les plus profonds, et qu'il était le seul de la famille à savoir à quel point j'étais pourri.

Il étudie avec Imogen au lycée privé de Copley et suit des enseignements spéciaux en mathématiques et en sciences informatiques, matières dans lesquelles il excelle. Izzy le Comptable a donc frappé, d'une certaine manière, à travers les générations – je n'ai pour ma part jamais brillé lors des quelques cours de maths qu'a exigés mon éducation. Niko est un petit homme solide et grave, et ses yeux sombres, malins et opaques, son tarin, sa bouche large, ses épais cheveux bouclés commencent déjà à rappeler son grand-père paternel. Pour autant que je sache, il n'a jamais rien appris de moi. La dernière fois que j'ai essayé, c'était à la piscine, lorsque j'ai tenté de lui apprendre à nager. Non seulement j'ai échoué, mais mes efforts ont provoqué chez lui une crise d'hystérie si profonde et longue que personne n'a plus jamais essayé de lui apprendre. Il demeure terrifié par l'eau et coule comme une pierre. Sur terre il est, je crois, raisonnablement heureux ; Copley est le genre d'endroit où, tant que vous ne perturbez pas les cours, on vous fiche la paix. On n'y attribue pas de notes et on vous facture vingt-huit mille cinq cents dollars par an. Cela ne me gêne absolument pas, car je gagne bien ma vie. Je prends en moyenne sept cent cinquante dollars de l'heure, et mes facturations dépassent d'ordinaire largement les deux mille heures par an. Vous pouvez faire le calcul. Je n'ai pas de passe-temps onéreux (ou juste un, si je puis dire), je n'aime pas voyager et j'ai des goûts modérés. J'ai acheté un loft à Tribeca avant que les prix ne deviennent dingues, et Amalie mène également une vie assez simple tout en ayant elle-même des revenus substantiels, bien que, si on lui laissait carte blanche, elle distribuerait toute notre fortune aux pauvres et aux personnes souffrantes et irait vivre avec les enfants sous un pont d'autoroute au lieu d'une jolie maison de grès de la 76e Rue Est.

J'aime mes enfants autant que j'aime le reste, c'est-à-dire, je dois l'avouer, pas tant que ça. Je parviens à entretenir l'illusion du bon père simplement comme un acte de l'imagination, de la même manière que j'ai entretenu celle du bon fils, du bon frère, de l'ami, et ainsi de suite. Berner les gens est plus facile que vous ne le croyez, et jusqu'à ce que je rencontre Amalie, je croyais que tout le monde était ainsi, je croyais que les gens tiraient un scénario dans une boîte et jouaient un rôle, je croyais vraiment qu'il n'y avait aucune différence entre Jake Mishkin interprétant Mercutio et Jake Mishkin interprétant Jake Mishkin, sauf que Mercutio était mieux écrit.

C'est d'ailleurs pour ça que je ne suis pas devenu acteur professionnel. Je me disais que j'avais abandonné le théâtre (quelle phrase répugnante et misérabiliste !) parce que j'avais besoin d'une source de revenus sûre pour entretenir ma famille, mais c'était en fait parce que je m'étais un jour plongé dans un rôle dont il m'avait été presque impossible de me débarrasser. Mon côté amusant et excentrique au lycée est devenu amusant et bizarre quand je suis devenu un peu plus vieux, puis plus amusant du tout. Je m'imaginais passant mes journées dans un pavillon d'hôpital fermé à clé, emprisonné dans le personnage de Macbeth ou celui de Torvald Helmer. Ou encore dans Estragon. Et il y avait aussi, je ne sais pas, quelque chose de sérieusement toxique dans le milieu du théâtre, ou peut-être était-ce une projection de ma peur. Je suis donc entré en prépa d'études de droit et n'ai guère eu de raisons de le regretter depuis. Je ne vais pas au théâtre.

Je viens de faire une pause pour boire un café et manger un beignet. J'en ai acheté deux douzaines dans une boutique de Saranac Lake et ne vis que de beignets et de café depuis quelque temps. La maison est bien approvisionnée en conserves et en denrées de base, certaines d'un âge considérable, et il y a un congélateur rempli de poisson et de gibier. Mickey a dit que je pouvais rester indéfiniment, même si, a-t-il ajouté, dans l'éventualité d'une attaque nucléaire je serais obligé de partager les lieux avec lui et celle de ses trois femmes qu'il déciderait d'emmener avec lui. Il y a une ville à quarante-deux kilomètres, New Weimar, mais je n'y suis pas allé. J'ai jugé préférable que la population locale ne soit pas au courant de ma présence. La maison est totalement isolée, elle se dresse au bout d'une longue allée de terre donnant sur une route de gravier, qui elle-même diverge d'une route secondaire bifurquant de la Route 30 à l'ouest de

Saranac Lake. Mais l'isolement est purement physique, car Mickey a installé il y a quelques années une parabole ; vous pouvez donc capter les deux cents chaînes habituelles et, plus important, la parabole permet aussi un accès Internet à haut débit. J'aime sentir qu'en poussant quelques boutons je peux envoyer ceci au monde entier. Ça me servira peut-être d'argument de négociation à un moment ou un autre. Avec qui, je ne sais pas encore.

En relisant cela, je m'aperçois que j'ai encore irrémédiablement embrouillé le récit. J'aurais peut-être mieux fait de simplement raconter ma vie de but en blanc, en m'imaginant, comme Bracegirdle, sur mon lit de mort, au lieu d'être là à envisager la probabilité d'une fin violente dans un futur pas très lointain. La mort, je suppose, aide à la concentration de l'esprit, pour autant qu'on ait encore un esprit. Le problème est que je me suis mis à raconter une histoire simple du genre de celles qu'on trouvait dans les romans policiers bon marché, l'équivalent électronique du message rédigé au seuil de la mort, le gribouillis cryptique sur du plâtre, le mot tracé dans le sang – « Les émeraudes sont dans le p (gribouillis illisible) » ; ou « Ce n'était pas Har. » Et de ce message naît l'intrigue. Mais il semble que ma vie se soit mêlée au récit, tout comme celle de Bracegirdle, à savoir :

> « Mesme si Dieu ne m'appelle point pour me tenir parmi les grands je suis tout de mesme un homme et non une motte de terre, et mon histoire mérite d'être entendue, ne seroit-ce que pour l'éducation de mon fils, qui devra devenir un homme sans que je luy puisse servir de modele. »

Ainsi parlait Bracegirdle, et moi aussi.

Donc, pour en revenir au récit, mon agenda m'informe que les deux jours suivants se sont déroulés sans incidents significatifs, tout comme le week-end ; rien sauf une « Ingrid » solitaire, ce qui signifie que j'ai dû aller à Tarrytown. Dîner, quelques verres, un ou deux rapports sexuels raisonnablement satisfaisants, petit déjeuner, et bye-bye Ingrid.

Non, c'est manquer d'égards envers une femme très gentille, une chorégraphe que j'ai rencontrée à un gala organisé par une société de production musicale et que j'ai séduite en étant courtois, sympathique, généreux et large. Elle n'est pas la première, n'a pas été la dernière, à faire ce faux pas. Je ne sais pas ce qui cloche chez les hommes de nos jours, mais l'île de Manhattan me paraît pleine de femmes attirantes, élégantes, sexy, âgées de trente à cinquante ans, mariées ou célibataires, qui trouvent presque impossible de s'envoyer en l'air. Je fais de mon mieux, mais c'est un triste commerce. Mais n'entrons pas dans ces considérations pour le moment.

Le lundi matin, nous avons eu notre habituelle réunion entre associés, après quoi, comme j'en ai l'habitude, j'ai appelé mon chauffeur et suis allé à la salle de sport. J'ai dit plus haut que je mène une vie plutôt simple, que je n'ai pas de passe-temps onéreux, etc., mais je suppose qu'avoir un chauffeur perpétuellement à ma disposition pourrait être considéré comme une extravagance. Avec la voiture, ça me revient à peine à cinquante mille dollars par an, mais d'un autre côté, une grande partie de cette somme est déductible en tant que frais professionnels. Il n'y a pas de bonne connexion rapide entre mon domicile et mon bureau, et je ne rentre pas dans les taxis ordinaires, ou c'est du moins ce que je me dis. La voiture est une Lincoln Town Car, bleu nuit pour la distinguer de toutes les noires. Mon chauffeur, qui travaille pour moi depuis presque six ans, s'appelle Omar. Il est palestinien et, comme moi, est haltérophile poids lourd. Il conduisait un taxi quand nous nous sommes rencontrés et avons tous deux commencé à nous plaindre du fait que les taxis new-yorkais n'étaient pas conçus pour les hommes de notre gabarit, qu'ils soient passagers ou chauffeurs, d'où ma décision d'acquérir la Lincoln et d'embaucher Omar pour la conduire. C'est un excellent chauffeur, à la fois sûr et rapide, il ne boit pas et maintient la voiture dans un état impeccable. Son seul défaut (pour autant qu'on puisse appeler ça un défaut) est qu'à l'heure de la prière, il se sent obligé de se garer, de tirer son tapis du coffre et de s'agenouiller sur le trottoir. Mais cela ne s'est pas produit plus d'une poignée de fois tandis que j'étais dans la voiture.

Je ne suis moi-même pas dévot, bien que je ne sois pas non plus athée. Ni agnostique, une position que je considère absurde et excessivement timorée. Je suppose que je suis toujours catholique, même si je ne pratique pas. Comme les démons en enfer, je crois et je tremble. Lorsque l'on me demande pourquoi je ne suis pas pratiquant, j'explique que certaines positions de la hiérarchie ou du Vatican me répugnent, comme si l'Église n'était pas assez bonne pour le merveilleux Jake Mishkin, mais ce n'est pas vrai. J'ai abandonné le culte afin de pouvoir être un démon parmi les femmes. Oui, mon unique passe-temps onéreux.

Retour au lundi... J'étais à la salle de sport, qui se trouve dans la 51e Rue, près de la Huitième Avenue. Avec sa moquette et ses machines Nautilus, elle ressemble à n'importe quelle salle de gym pour les gens du coin, mais la salle d'haltérophilie est inhabituellement bien équipée. Cela est dû au fait que le propriétaire, Arcady V. Demichevski, soulevait jadis de la fonte pour l'Union soviétique. Arcady vous donnera des conseils d'haltérophilie si vous lui demandez, et il possède un hammam à la russe avec un masseur sur place. Cette extrémité du complexe sent le *wintergreen*, la sueur et la vapeur. Arcady affirme que les grands haltérophiles soulèvent plus avec leur tête qu'avec leur corps, et je me suis aperçu que c'était vrai. Il devrait être impossible pour un être humain, quelle que soit sa musculature, de soulever un quart de tonne de poids mort dans les airs, mais c'est un acte qui est régulièrement accompli. Et comme je l'ai déjà noté, je l'ai moi-même fait. C'est juste une question de concentration et, qui sait, une forme étrange de télékinésie. Je trouve merveilleusement relaxant de passer environ une heure en milieu de journée à soulever des haltères. Lorsque j'ai fini et que j'ai pris un bain de vapeur, je me souviens à peine que je suis avocat.

Bref, je venais d'achever une série sur un banc de musculation avec des haltères de cent trente-cinq kilos sous la supervision d'Omar. Comme je remplissais ma bouteille d'eau à la fontaine située du côté des machines Nautilus, j'ai vu deux hommes entrer dans la salle. Ils se sont entretenus avec Evgenia, la fille d'Arcady, qui était à l'accueil, et je l'ai vue me désigner du doigt. Ils se sont approchés, m'ont montré leur plaque et se sont présentés comme des inspecteurs de police : Michael Murray et Larry Fernandez. Nous sommes si préparés par les séries policières à être questionnés par la police, nous avons assisté à tant d'interrogatoires, que, lorsque ça se produit dans la vie réelle, nous trouvons cela étrangement décevant. Les vrais flics avaient l'air de types qui n'auraient pas été retenus pour les rôles à la télé : un juif new-yorkais de taille moyenne et un latino du même tonneau. Murray était légèrement plus enrobé que ce qu'ils aiment montrer à la télé, et Fernandez avait les dents de travers. J'ai eu du mal à rester impassible lorsqu'ils m'ont demandé si je connaissais

Andrew Bulstrode car j'imaginais notre entretien passant au petit écran, et je sentais qu'eux aussi y pensaient, qu'ils avaient même appris comment se comporter en regardant *N.Y.P.D. Blue* et *New York District*.

J'ai répondu que c'était un de mes clients, et ils m'ont demandé quand je l'avais vu pour la première fois, ce à quoi j'ai répondu que la première fois avait aussi été la dernière, et ils m'ont alors demandé si je connaissais quelqu'un qui aurait pu lui vouloir du mal. J'ai dit non, tout en ajoutant que je ne le connaissais pas si bien que ça, et je leur ai demandé pourquoi ils étaient venus me voir. Ils m'ont expliqué qu'ils avaient trouvé un contrat dans la chambre de la résidence d'Upper Broadway que Columbia réservait aux professeurs temporaires, et j'ai alors demandé si quelqu'un lui avait fait du mal. Ils m'ont raconté que quelqu'un s'était rendu dans cette chambre le dimanche soir, l'avait ligoté sur une chaise et, apparemment, torturé à mort. Ils m'ont demandé ce que j'avais fait dimanche soir, et je leur ai parlé d'Ingrid.

Torturé à mort. Ils ne m'ont fourni aucun détail et je n'en ai pas demandé. Je me souviens d'avoir été choqué, mais, et ça aussi c'était étrange, pas surpris. J'ai négligé de parler à la police du paquet qu'il m'avait laissé, car j'estimais que ça ne regardait personne, du moins, tant que je n'aurais pas pris le temps de l'examiner moi-même.

La Lettre de Bracegirdle (3)

Nous commençâmes donc et je découvris que j'estois fait pour ce travail – les nombres me restoient plus en teste que le Latin ne l'avoit jamais fait. J'appris les tables de deux, de trois, et cætera jusqu'à seize et il m'enseigna comment calculer avec un crayon et du papier : et aussi la Division, comme lorsqu'un homme veut mettre 2 300 pots en boîtes, douze par boîte, combien de boîtes faut-il construire et combien en restera-t-il dans la dernière boîte, le tout sans table de comptes. Il me donna aussi un livre qui m'émerveilla intitulé Disme : ou l'Art des Dizaines, par un Hollandois nommé Simon Stevins, et mesme s'il te sera difficile de comprendre, Nan, je vais néanmoins te dire que Disme est une sorte d'arithmétique consistant en Caractères de Chiffres grâce à laquelle un certayn nombre est décrit et qui permet de résoudre tous les comptes des affaires humaines en nombres entiers sans fractions. Lorsque je monstrai que je maistrisois cet art, il me laissa étudier son Euclide, récemment anglicisé par Billingsley Lord-Maire de Londres. Je le dévorai comme un affamé ou comme un enchaisné soudainement libéré. Outre cela, il m'instruisit dans l'art du quadrant et d'autres procédés philosophiques qui, je pense, n'avoient jamais avant été vus dans Fish Street et il m'apprit à tracer des plans depuis les mesures prises avec le quadrant et des chaisnes : aussi des éléments d'astronomie comme mesurer les Latitudes grâce au soleil et diverses étoiles : moy qui au début n'aurois point su reconnoistre une Latitude d'un fromage. C'estoit donc pour moy grande chose que d'accomplir cela après qu'on m'eut qualifié de feignant à l'école.

Tout cela durant l'été de ma douzième année : mais mon père voyant ce à quoy nous occupions nostre temps m'accusa non seulement d'être oisif mais aussi d'entraisner son employé à l'oisiveté. Mais M. Wenke s'éleva tel un homme et dit : « Monsieur vostre garçon est le plus apte aux mathématiques que j'aye jamais vu : en quelques mois il a appris presque tout ce que j'ai à luy enseigner et il me dépassera bientôt. » Luy, c'est-à-dire mon père, répondit : « Comment ces mathématiques m'aideront-elles à vendre plus d'acier ? » M. Wenke dit alors : « Ce que j'ai appris au garçon accélèrera grandement le travail des comptes », puis il me commanda : « Monstrez à vostre père vostre arithmétique. »

Je saisis donc un crayon et un bout de papier dans la boîte à feu et, désireux de l'éblouir, multipliai deux nombres de sept chiffres. Mon père regarda et fit : « Bah, ce ne sont là que griffonnages. » « Non monsieur, dit M. Wenke, le calcul est exact. » « Qu'en sçavez-vous ? » demanda mon père. Car il faudroit une heure ou plus pour s'en assurer avec ma table. C'estoit sans issue ; de plus mon père s'estoit mis en teste qu'il y avoit quelque chose de papiste dans ces choses venues d'Italie ou d'autres contrées sous l'influence de Rome la catin.

Le lendemain il décida que je devois cesser d'étudier avec M. Wenke et que je deviendrai forgeur à la place, disant que nous verrions bien si j'aurois la mesme flamme à la forge et riant de bon cœur de son trait d'esprit. Donc, parmi les larmes abondantes de ma mère, et je pleurois aussi amèrement, je fus envoyé chez mes cousins Bracegirdle de Titchfield. La nuit de mon départ M. Wenke me vint voir secrètement et m'offrit les dix premiers livres de son Euclide, affirmant qu'il les connaissoit par cœur et pourroit en acheter d'autres chez Paul au besoin, et me priant d'en faire bon usage. Ainsi quittai-je ma maison.

La forge de mes cousins à Titchfield estoit aussi dissemblable de la salle des comptes de Fish Street qu'on pourroit se l'imaginer, car faire de l'acier diffère autant du commerce qu'abattre des bœufs diffère de servir une tourte à la viande : par cela j'entends un labeur de brute, sale, dur, pénible. Mon cousin Matthew, le maistre des lieux, estoit aussi dur que la matière qu'il fabriquoit. Me regardant de haut car il estoit un vray ours il dit : « Tu es bien fresle, mais nous t'aguerrirons ou te tuerons avant un an, nous verrons bien », et il éclata de rire. Mais bien que je travaillasse comme un esclave et dormisse sur de la paille dure avec les autres apprentis, ce n'estoit point le plus pénible, car j'avois reçu une bonne éducation sans jamais entendre un juron à la maison, qui estoit toujours en ordre, et ne m'estois jamais trouvé parmi des pécheurs. Il me sembla alors être parmi des diables. Mon maistre, bien qu'il professât la vraye foy, estoit un vil hypocrite, très sobre le dimanche à l'église, mais autrement un fripon débauché qui entretenoit une catin en ville et buvoit et battoit son épouse et ses servantes lorsqu'il estoit pris de boisson et nous maintenoit nous autres apprentis presque affamés dans notre tanière. Je jure que les apprentis eux-mesmes estoient devenus guère meilleurs que des bestes et n'avoient cesse de se battre et voler et s'enivrer lorsqu'ils pouvoient chiper de la bière. Ils se jetèrent sur moy des le commencement tels des corbeaux sur une carcasse à cause de mes manières et du fait que j'estois de la famille du maistre, et ils rendirent ma vie misérable, chose que je supportais comme je le devois, pleurant seulement secrètement et priant d'être libéré, fût-ce par la mort ou par quelque autre miséricorde. Mais l'un d'entre eux nommé Jack Carey, un bruyant rustre, me vit avec mon Euclide et me l'arracha des mains et me moqua, me traitant de simple clerc, et comme il l'alloit jeter au feu je bondis tel un diable et saisis un baston et le frappai sur la teste pour qu'il lâchât le livre. Il tomba inconscient et trois autres durent me retenir de luy faire plus grand mal, peut-être mesme de le tuer, car je ne maistrisois plus ma rage, que Dieu me pardonne. Mais après cela ma vie parmi eux fut plus aisée.

4

Les larmes durèrent approximativement cinq minutes et s'achevèrent par une série de profondes inspirations frémissantes. Crosetti avait demandé plusieurs fois à Carolyn ce qui n'allait pas, mais sans recevoir de réponse ; dès que les spasmes se furent dissipés, elle s'écarta de lui et disparut derrière la partition de la salle de bains. Il entendit de l'eau couler, des bruits de pas, les bruissements délicieux d'une jeune femme changeant de vêtements. Elle enfile quelque chose de plus confortable, se dit Crosetti avec un sentiment d'attente inhabituel.

Mais lorsqu'elle réapparut, il s'aperçut qu'elle portait une salopette grise de mécanicien et avait fermement attaché ses cheveux au moyen d'un foulard indigo, en dessous duquel son visage avait été nettoyé et même débarrassé du léger maquillage qu'elle portait normalement. Plus une trace de la récente crise de larmes. Elle ressemblait à une prisonnière ou une nonne.

« Tu te sens mieux ? » demanda-t-il comme elle passait près de lui.

Elle ne répondit pas. À la place, elle se mit à remplacer les buvards dans les livres humides. Il s'approcha et commença à tirer les essuie-tout imbibés du volume trois. Après quelques minutes de travail silencieux, il demanda :

« Et... ? » Pas de réponse. « Carolyn ?

– Quoi ?

– Est-ce que tu vas me dire ce qui vient de se passer ?

– De quoi parles-tu ?

– Je parle de la crise d'hystérie que tu viens d'avoir.

– Je n'appellerais pas ça une crise d'hystérie. J'ai la larme facile quand je bois.

– La larme *facile* ? »

Il la regarda fixement et elle lui retourna son regard. Hormis une légère rougeur sur les paupières, rien n'indiquait qu'elle avait pu être autre chose que la froide Carolyn Rolly. Qui répondit, froidement :

« Je suis désolée de t'avoir inquiété. Je n'ai vraiment aucune envie d'en parler, si ça ne te dérange pas. »

Et elle retourna à son travail.

Crosetti allait devoir se satisfaire de ça. De toute évidence, il n'y aurait pas de plongée dans son intimité, pas de sombres secrets partagés, et plus de contact physique. Ils travaillèrent en silence. Crosetti ramassa les maigres détritus laissés par leur dîner et les essuie-tout usagés. Rolly s'assit sur un tabouret et effectua des gestes sibyllins avec son outillage médiéval et les livres à moitié fichus.

Quelque peu décontenancé, Crosetti récupéra les pages manuscrites, qui étaient désormais presque sèches, et les étala sur le comptoir de la cuisine et sur la table fabriquée à partir d'une bobine de câble. Il attrapa une loupe sur la table de travail de Rolly et examina une page au hasard. Certaines lettres étaient évidentes – les voyelles étaient similaires aux voyelles modernes, et des mots familiers courts comme *le* ou *la* pouvaient être facilement identifiés. De nombreux mots semblaient n'être que des gribouillages en dents de scie, et il y avait suffisamment de lettres complètement indéchiffrables pour voiler la signification de plus de la moitié d'entre eux. Par ailleurs, plusieurs pages semblaient écrites dans une langue étrangère inconnue, mais il n'en était pas sûr car l'orthographe était si difficile à distinguer. Ce mot qu'il voyait était-il vraiment *hrtxd* ? Ou *yfdpg* ?

Il décida d'ignorer le texte et de se concentrer sur la composition et la nature des feuilles. Les quarante-huit étaient au format in-folio, et elles semblaient entrer dans trois catégories distinctes. La première était constituée de dix-huit feuilles de papier fin recouvertes d'une écriture serrée et nette mais comportant de nombreux mots et phrases raturés ; elles avaient à un moment été fortement pliées à la fois verticalement et horizontalement. Le second groupe consistait en vingt-six feuilles d'un papier plus lourd couvert d'une écriture plus grande et bâclée, avec de nombreuses taches : malgré cela, elles avaient été écrites – du moins selon l'œil inexpérimenté de Crosetti – de la même main que les dix-huit premières feuilles. Chacune des pages de ce second groupe était irrégulièrement perforée sur le côté, comme si elles avaient été arrachées d'un livre. Une autre particularité de cette série était que le texte semblait avoir été écrit par-dessus des colonnes de chiffres brunâtres délavés. Le mot « palimpseste » surgit à l'esprit de Crosetti, et il en tira une obscure satisfaction, même s'il savait qu'il ne s'agissait pas là d'un véritable exemple : les palimpsestes étaient normalement en parchemin, et l'ancien manuscrit avait été gratté pour laisser place au nouveau texte. Mais il était clair que cette série de pages avait été écrite sur le premier papier qui était tombé sous la main du rédacteur. Les quatre dernières portaient des marques de correction au crayon ; le papier était clairement différent, de même que l'écriture. Crosetti tint chaque page devant le plafonnier, et sa théorie fut confirmée : trois filigranes différents. Les dix-huit feuilles de papier fin étaient marquées avec une corne de poste recourbée et portaient les lettres *A* et *M* ; les vingt-six pages perforées étaient marquées avec une sorte de blason ; et les quatre dernières portaient une couronne.

Mais comment cette collection s'était-elle retrouvée à servir de rembourrage au milieu du XVIIIe siècle ? Crosetti s'imagina un atelier de reliure de l'époque. Il y avait une balle de vieux papiers près de la table du relieur, une table probablement pas très différente de celle à laquelle Rolly travaillait maintenant sous la lumière d'une lampe articulée, son cou luisant et vénérable se détachant sur le noir mat de son foulard. Ça aurait été du chêne anglais plutôt robuste, couvert de rayures et de taches, plutôt que du bois de palette collé. Le relieur assis devant la table aurait tendu le bras vers le tas de papier et en aurait tiré six feuilles, qu'il aurait ensuite coupées en faisant glisser un couteau contre une règle d'acier pour qu'elles soient à la bonne taille, puis les aurait bien étalées sur les plats.

C'était un véritable coup de chance, pensa Crosetti, que tant de feuilles visiblement écrites de la même main aient pu finir dans cet exemplaire des *Voyages* de Churchill ; mais réflexion faite, peut-être que non. Il s'imagina un vieux type venant de mourir, et la veuve ou les héritiers décidant de se débarrasser des papiers du défunt. Ils les entassent en liasses sur le perron et envoient un gamin chercher le marchand de vieux papiers, qui vient, fait une proposition, et emporte le tout. Maintenant ils ont de la place pour un véritable garde-manger, dit la femme de l'héritier, toutes ces cochonneries poussiéreuses, beurk ! Le marchand balance alors les papiers dans une corbeille, puis un atelier de reliure de Londres, un client habituel, lui commande, par exemple, une balle de papier brouillon...

Et comme ces pages avec les marques au crayon n'étaient pas écrites de la même main, le relieur avait dû par hasard mélanger une copie d'imprimeur sans rapport avec les brouillons de l'héritière qui avait fait le ménage. Oui, cela avait pu se produire ainsi, et cette idée le rendit heureux : il ne voulait pas d'un amas de textes hétéroclites, il voulait une vraie découverte. Même si observer à travers la loupe des gribouillis d'un brun sombre qui refusaient de révéler leur sens commençait à lui donner mal à la tête. Il posa la loupe et traversa le loft dans sa longueur.

« Est-ce que tu as de l'aspirine ? demanda-t-il à Rolly, une fois, deux fois.

– Non ! finit-elle par répondre d'un ton hargneux.

– Tout le monde a de l'aspirine, Carolyn. »

Elle posa violemment l'outil qu'elle utilisait, soupira exagérément, s'éloigna à grandes enjambées et revint avec un petit flacon en plastique qu'elle lui fourra si brutalement entre les mains qu'il crépita comme une minuscule castagnette. Du Motrin.

« Merci », dit-il d'un ton formel avant d'aller prendre trois comprimés à l'évier de la cuisine.

Normalement, il se serait reposé dans un endroit calme jusqu'à ce que le martèlement cesse, mais chez Rolly il n'y avait pas de fauteuils confortables et il ne se voyait pas utiliser son lit. Il s'assit donc sur une chaise de cuisine et feuilleta les liasses de vieux papier d'un air morose. Si Carolyn était saine d'esprit, pensa-t-il, nous pourrions résoudre cette énigme ensemble, elle a probablement des livres sur les filigranes et l'écriture de secrétaire jacobéenne, ou du moins elle en sait plus sur ce bazar que moi...

Mais à peine se fut-il dit cela qu'il s'égaya et tira son téléphone portable de sa poche. Il consulta sa montre. Pas encore onze heures. À onze heures, sa mère regarderait le « Tonight Show » et elle ne répondrait pas au téléphone pendant l'émission, même en pleine Apocalypse, mais pour le moment elle serait dans son fauteuil avec un livre.

« C'est moi, dit-il lorsqu'elle décrocha.

– Où es-tu ?

– Je suis à Red Hook, chez Carolyn Rolly.

– Elle habite à Red Hook ?

– Le quartier est mieux qu'avant, m'man.

– C'est rien que des dockers et des gangsters. Pourquoi une fille élégante comme elle habite-t-elle à Red Hook ? » Mme Crosetti avait rencontré Carolyn à plusieurs occasions à la boutique et avait par la suite fait part de son opinion à son fils, laissant entendre, comme on jette une brique, que s'il avait un peu de jugeote, il passerait à l'action. Elle reprit, avec une note d'espoir dans la voix : « Et comment se fait-il que tu sois là-bas ? Il y a quelque chose entre elle et toi ?

– Non, m'man. C'est l'incendie. Elle a été obligée de travailler sur des livres lourds chez elle. Elle fait de la reliure en amateur, et je l'ai aidée à les apporter ici depuis le centre-ville.

– Et tu es resté après ?

– Nous avons mangé. Je suis sur le point de partir.

– Donc pas la peine que je loue la salle des fêtes. Ni que je prévienne le père Lazzaro ?

– Je ne pense pas, m'man. Désolé. Écoute, la raison pour laquelle j'appelle... connais-tu quoi que ce soit aux filigranes du XVIIe siècle, ou aux écritures de secrétaire de l'époque jacobéenne ? Je veux dire, est-ce que tu sais les déchiffrer ?

– Eh bien, pour ce qui est de l'écriture de secrétaire, il faudrait consulter le Dawson et Kennedy-Skipton, *L'Écriture élisabéthaine, 1500-1650*. C'est un manuel, mais je crois savoir qu'il y a des choses intéressantes sur Internet, des espèces de tutoriels actifs. Pour ce qui est des filigranes, il y a le Gravel... non, attends, Gravel commence en 1700 ; juste une seconde, laisse-moi réfléchir... oh, oui, il y aurait le Heawood, *Filigranes, principalement des XVIIe et XVIIIe siècles*. Pourquoi ?

– Oh, nous avons trouvé un vieux manuscrit dans les couvertures d'un livre qu'elle veut réparer. J'aimerais savoir ce que c'est. »

Il nota les références sur un reçu de carte bancaire qu'il tira de son portefeuille.

« Tu devrais parler à Fanny Doubrowicz à la bibliothèque. Je l'appellerai pour toi si tu veux.

– Non, merci. Ça ne vaut probablement pas le coup de la déranger tant que je ne saurai pas s'il s'agit juste d'une vieille liste de courses ou de quelque chose comme ça. Certaines pages sont rédigées dans une langue étrangère.

– Vraiment ? Quelle langue ?

– Je ne sais pas. Une langue bizarre en tout cas, pas du français ni de l'italien – plutôt comme de l'arménien ou de l'albanais. Mais ça pourrait simplement être parce que je n'arrive pas vraiment à déchiffrer l'écriture.

– Intéressant. Tout ce qui pourra faire travailler ta cervelle est une bonne chose. J'aimerais que tu retournes à l'université.

– M'man, c'est ce que je fais. J'économise pour aller à la fac.

– Je parle d'une véritable université.

– L'école de cinéma *est* une vraie université, m'man. »

Mme Crosetti ne répondit rien, mais son fils s'imaginait parfaitement l'expression sur son visage. Le fait qu'elle-même n'avait pas choisi ce qui serait sa carrière avant d'être bien plus âgée que lui ne comptait pas. Elle l'aurait aidé à payer pour aller dans une université sérieuse, mais pour faire du cinéma ? Non, merci ! Il soupira.

« Il faut que j'y aille. Tu vas rentrer tard ? demanda-t-elle.

– Peut-être très tard. Nous interfolions des livres humides.

– Vraiment ? Pourquoi ne les séchez-vous pas sous vide ? Vous pourriez aussi simplement les envoyer à Andover.

– C'est compliqué, m'man. De toute manière, c'est Carolyn la responsable. Je suis juste ici pour aider. »

Il entendit faiblement une musique et des applaudissements en fond sonore, et elle lui dit au revoir et raccrocha. Cela le surprenait toujours... Comment une femme ayant acquis une telle somme de connaissances grâce à son métier, et capable de finir les mots croisés du *Times* en moyenne en vingt-deux minutes, pouvait-elle perdre son temps à regarder un festival de bavardages de célébrités et écouter un comique modérément talentueux débiter son salmigondis de blagues lourdes sur l'actualité ? Mais elle ne ratait jamais une diffusion. Elle prétendait que ça la faisait se sentir moins seule le soir, et il supposait que, de fait, les personnes seules constituaient l'essentiel du public de ce genre d'émissions. Il se demanda si Rolly regardait le

« Tonight Show ». Il n'avait pas vu de télévision chez elle. Peut-être que les vampires ne se sentaient pas seuls.

Crosetti se leva de la chaise terriblement inconfortable et s'étira. Maintenant il avait aussi mal au dos. Il vérifia l'heure et traversa à nouveau le loft jusqu'à l'endroit où Rolly était toujours penchée sur sa tâche.

« Quoi ? demanda-t-elle comme il s'approchait.

– C'est l'heure de changer les buvards. Qu'est-ce que tu fais ?

– Je remets la couverture du volume quatre. Je vais devoir complètement remplacer les couvertures des volumes un et deux, mais je crois pouvoir effacer les taches sur celui-ci.

– Qu'est-ce que tu utilises pour remplacer les pages manuscrites en guise de rembourrage ?

– J'ai quelques feuilles de brouillon contemporaines.

– Tu les as juste par hasard, hein ?

– Il s'avère que oui, répondit-elle sèchement. On peut en récupérer beaucoup dans les livres qu'on casse pour leurs cartes et leurs planches. À qui parlais-tu au téléphone ?

– À ma mère. Écoute (il fit un geste en direction des murs couverts de bibliothèques), est-ce que tu aurais un livre sur les filigranes ? J'ai une référence... »

Il attrapa son portefeuille.

« Eh bien, j'ai le Heawood, bien sûr. »

Il déplia le reçu et sourit.

« Bien sûr. Et le Dawson et Kennedy-Skipton ?

– Aussi.

– Je croyais que tu n'étais pas paléographe.

– En effet, mais Sidney m'a demandé de suivre un cours sur les incunables et je l'ai fait. Tout le monde dans ce domaine utilise le Dawson et Kennedy-Skipton.

– Tu peux donc lire ce machin.

– Un peu. Ça remonte à quelques années. »

Il perçut à nouveau une note d'irritation dans sa voix qui n'encourageait pas à chercher à en savoir plus.

« Est-ce que je pourrais jeter un coup d'œil sur ces livres quand on aura changé les buvards ?

– Bien sûr, répondit-elle, mais l'écriture de secrétaire est une vacherie. C'est comme réapprendre à lire. »

Ils changèrent les buvards et elle tira les deux ouvrages des étagères. Elle se remit au travail et il regagna sa table avec les deux livres.

C'était bel et bien une vacherie. Comme le disait l'avant-propos du Dawson et Kennedy-Skipton : « Les écritures cursives gothiques datant du XVe au XVIIe siècle en Angleterre et ailleurs en Europe sont, de toutes les écritures normalement étudiées par les paléographes, parmi les plus difficiles à lire. » Crosetti apprit que les contemporains d'Élisabeth et de Jaques Ier ne faisaient aucune distinction entre *n* et *u*, ou *u* et *v*, ou *i* et *j*, et qu'ils ne mettaient pas de point sur les *i*. Le *s* apparaissait sous deux formes différentes, et le *r* sous quatre, et il y avait d'étranges ligatures qui reliaient le *h*, le *s* et le *t* aux autres lettres, distordant la forme de chacune. Ils ponctuaient et épelaient à leur guise, et, pour économiser le parchemin qui coûtait cher, ils avaient inventé des douzaines d'abréviations incompréhensibles, qui étaient restées d'usage commun, même après l'apparition du papier. Il s'appliqua néanmoins à faire méticuleusement les exercices fournis pas le manuel, commençant par *L'Exhortation donnée aux Serjants lorsqu'ils presterent sermen à la Chancellerie en l'an de grâce 1559* de sir Nicholas Bacon. Lorsqu'il eut atteint la troisième ligne, vérifiant presque chaque mot dans la traduction qui était fournie, il était minuit largement passé. Rolly était toujours absorbée par sa tâche, et il se dit que s'il pouvait juste reposer quelques instants ses yeux et son dos douloureux il retrouverait un second souffle. Il ôta ses baskets et s'étendit au bord de la palette qui faisait office de lit.

Puis un fracas étrange lui résonna dans les oreilles. Il se redressa en jurant et se débattit avec les draps jusqu'à tenir la source du bruit dans sa main : un vieux réveil à l'ancienne, du genre de ceux qu'on voyait dans les dessins animés, avec une double cloche et un battant au-dessus, et un large cadran blanc. Carolyn avait placé du ruban adhésif sur les cloches pour que la chose ne la réveille pas lorsqu'elle se déclencherait, une solution typiquement élégante et archaïque. Il l'éteignit et vit qu'elle avait accroché un mot au réveil au moyen d'un morceau de ruban :

« Ton tour ; j'ai fait les deux derniers toute seule. »

Le mot était inscrit à l'encre noire sur un bout d'épais papier ancien, d'une élégante écriture italique. L'agacement violent de Crosetti s'évapora instantanément. Il examina la forme qui respirait profondément dans le lit à côté de lui. Il distinguait une masse de cheveux, une oreille, la courbe d'une joue duvetée. Prudemment, il se pencha et approcha son visage de celui de Rolly, littéralement à quelques centimètres. Il inspira longuement et profondément et sentit une odeur de savon, une espèce de shampooing, une note de colle et de vieux cuir, et, en dessous, quelque chose de plus personnel, une eau de toilette féminine. Crosetti n'était pas étranger aux délices des femmes, et il était spécialisé dans celles qui préféraient les hommes gentils plutôt que celles (plus nombreuses, dans son expérience) qui préféraient les durs. De plus, il n'était même pas certain que cette femme lui plût vraiment. Non, en fait, il était certain qu'elle ne lui plaisait pas, et certain également qu'il n'avait jamais ressenti une charge érotique aussi puissante que celle qu'il ressentait tandis qu'il reniflait absurdement la peau de Carolyn Rolly.

Incompréhensible, mais c'était comme ça. Il jeta un coup d'œil sous la couette et découvrit qu'elle portait un T-shirt sombre. Il distinguait à peine les petites bosses de sa colonne vertébrale saillant sous le tissu fin. En dessous, une blancheur vague. Il devait s'en assurer. Il tendit la main, toucha la jeune femme et sentit un simple tissu tendu. Un choc comparable à un courant électrique parcourut son bras. Elle remua et murmura.

Il bondit hors du lit en un éclair et se tint là, idiot, avec (était-ce possible ?) les genoux tremblants et le pénis turgide. Bon Dieu, se répéta-t-il plusieurs fois, et puis, hum-hum, non merci, ceci n'est *pas* en train de se produire. Il marcha tel un soldat vers le lavabo, où il s'aspergea le visage d'eau froide. Il aurait voulu prendre une douche, mais il n'y en avait pas, pas de baignoire non plus. L'image de l'occupante des lieux debout nue sur une serviette, tapotant son corps avec une éponge, lui vint soudain à l'esprit. Il s'efforça de la chasser et se mit à changer les buvards.

Après quoi il se retrouva avec deux heures à tuer avant le prochain changement, prévu à cinq heures du matin. Il envisagea brièvement de fouiner dans les affaires de Rolly, de jeter un coup d'œil à ses sous-vêtements, ses médicaments, ses papiers. Il laissa cette idée défiler sur l'écran de sa télé intérieure, puis l'écarta. Il n'était pas là pour se plonger dans la vie bizarre de Rolly, mais simplement pour finir ce projet stupide et décamper. Le Crosetti mature fit donc la morale à Al le Fou, qui crevait d'envie de replonger sous cette couette et d'arracher sa culotte à Carolyn Rolly ou, s'il échouait, de rassembler suffisamment d'informations sur elle pour qu'elle succombe à son harcèlement.

Mais il explora la cuisine et trouva dans un placard (construit à partir des sempiternelles planches de palettes) un paquet de biscuits et l'une de ces boîtes d'étain remplies de café instantané aromatisé, noisette dans le cas présent, qu'il voyait souvent sur les rayonnages des supermarchés en se demandant qui pouvait acheter cette saloperie. Maintenant il savait. Il fit bouillir de l'eau dans une casserole, prépara le breuvage infect et le but d'un trait juste pour la caféine, puis il dévora tous les biscuits, qui étaient rances et avaient une consistance et un goût de gypse sucré. À en croire son garde-manger, Rolly préférait les proies vivantes.

Quelque peu remonté par le café et son en-cas sucré, Crosetti régla le réveil à cinq heures et se plongea à nouveau dans les vieux papiers. Avant qu'une demi-heure se fût écoulée, il était convaincu que soit il devenait fou, soit les dix-huit feuilles ornées d'un filigrane en corne de poste étaient écrites dans une langue qu'il ne connaissait pas. À moins qu'elles ne fussent codées... ou plutôt chiffrées. Tiens, tiens, voilà qui pourrait être intéressant. Les quatre feuilles marquées d'une couronne, écrites par une autre main et plus faciles à lire, semblaient être une espèce de laïus religieux :

> Les larmes de ce monde tombent sur le sol mais les larmes divines sont conservées dans une bouteille. Ne croyez pas que les pleurs sacrés sont superflus. Soit le péché se noiera dedans soit l'âme brûlera.

Il se demanda brièvement quel genre de larmes Rolly avait versées, puis il mit ces pages de côté. Il était plus intéressé par les vingt-six pages ornées d'un blason, qui étaient de la même main que celles écrites dans une langue étrange. Au bout de quelques minutes, il eut le plaisir de découvrir que celles-ci étaient de toute évidence en anglais. Il pouvait distinguer des mots courts familiers et, au bout d'un moment, il finit par identifier le début du manuscrit, ou du moins ce qu'il croyait être le début. Au-dessus du corps du texte, en haut à droite, se trouvaient la date, « 25 octobre an de grâce 1642 », et le lieu, « Baubnmy ». Non, ça ne pouvait être cela, ou peut-être que c'était du gallois, ou... il examina à nouveau le texte, et soudain un déclic se produisit et il vit qu'il s'agissait de Banbury. Crosetti éprouva un frisson étrange, semblable à sa joie lorsque le montage de ses films se passait bien, que le sens émergeait à partir d'une matière brute. C'était une lettre, découvrit-il bientôt, écrite par un homme nommé Richard Bracegirdle, à l'intention de sa femme, nommée Nan, et pas simplement une lettre, mais une lettre d'adieu, et un... Crosetti savait qu'il y avait un mot pour ce genre de déclaration, mais il ne s'en souvenait pas. Bracegirdle semblait avoir été mortellement blessé au champ de bataille, mais Crosetti n'avait pour le moment aucune idée du lieu où avait été livrée cette bataille, des belligérants qui s'étaient affrontés, ni de la guerre dont il s'agissait. Comme de nombreux Américains, il avait une connaissance pour le moins rudimentaire de l'histoire européenne. Que s'était-il passé en 1642 ? Il vérifierait ; il l'aurait volontiers fait sur-le-champ, mais un ordinateur avec un accès Internet à haut débit ne faisait pas partie de l'attirail de Rolly. Il acheva la première page et souleva la suivante ; elle comportait une signature, c'était donc de toute évidence la dernière page de la lettre. Il commença néanmoins à la lire car, les pages n'étant pas numérotées, il n'avait aucun moyen de les mettre dans l'ordre sans les lire tout d'abord.

Il déchiffra donc péniblement, ligne par ligne, améliorant lentement sa capacité à traduire l'écriture de Bracegirdle. Puis vint enfin un moment où Crosetti s'aperçut qu'il lisait le texte avec une certaine facilité, et que ce soldat mort depuis longtemps lui semblait aussi vivant que n'importe quel correspondant dans un forum de discussion. Son frisson redoubla alors, et le charme de la paléographie lui fit l'effet d'une claque : personne n'avait jamais vu ça ! Aucun être humain n'avait lu ces lignes depuis plus de trois siècles et demi, peut-être même que personne les avait jamais lues hormis Bracegirdle et sa femme. C'était comme regarder par une fenêtre à l'arrière d'un immeuble et observer l'intimité de parfaits inconnus.

Quelques autres choses d'importance car le temps me manque ; je vois à peine la page bien qu'il fasse grand jour et je suis aux affres de ma mortelle agonie : tu connois bien ma boîte en cuir que je conserve dans mon armoire privée, tu trouveras au dedans les lettres chiffrées à la manière que j'ai inventée. Garde-les à l'abri et ne les monstre à personne. Elles content l'histoire du complot de mon Lord D. et nostre observation du papiste secret Shaxpure. Ou du moins le pensions-nous tel, car je suis maintenant moins certayn. Par ses manières et son style de vie il n'estoit Rien. Mais il est certayn qu'il écrivit la pièce sur Marie l'Écossaise que je luy commandai au nom du Roy. Je trouve infiniment étrange que bien que je soyes mort, et luy aussi, pourtant la pièce continue de vivre, voulue par sa propre main et conservée en un endroit connu de moy seul, et pût-elle y rester à jamais.

Crosetti était si résolu à déchiffrer chaque mot en anglais qu'il ne fit pas attention la première fois, et ce n'est qu'à la relecture de cette section que le lien entre « Shaxpure » et « pièce » pénétra son esprit. Il se figea, le souffle coupé, jura ; la sueur se mit à perler sur son dos. Il se leva tout en regardant les gribouillis de Bracegirdle, s'attendant à ce qu'ils s'évanouissent comme l'or des fées, mais ils restèrent à leur place : *Shaxpure, pièce.*

Crosetti était un type prudent, et plutôt regardant à la dépense, mais il s'achetait à l'occasion un billet de loterie, et un jour qu'il était assis devant la télé à regarder la fille tirer du tambour les balles de ping-pong numérotées tout en les comparant avec les numéros sur son ticket, il avait lâché un cri de joie en s'apercevant que les numéros correspondaient. Mais sa mère était arrivée en l'entendant et l'avait informé que le numéro gagnant comportait un 8 suivi d'un 3, alors que son ticket comportait un 3 suivi d'un 8. À vrai dire, il n'avait jamais rien gagné de sa vie et ne s'était jamais attendu à rien gagner. Il avait vécu une enfance plutôt heureuse dans une famille de gens qui travaillaient sans rien demander à personne, et maintenant, ça.

Crosetti n'était pas érudit, mais il avait étudié l'anglais, notamment Shakespeare, en première. Il comprenait donc que ce qu'il tenait entre ses mains était une découverte colossale. Shakespeare (car il savait aussi que son nom pouvait être épelé de bien des façons différentes) n'avait à sa connaissance fait l'objet d'aucune enquête officielle ordonnée par le gouvernement. Qui plus est suite à une accusation de papisme ! La religion épousée par William Shakespeare, pour autant qu'il en ait épousé une, demeurait l'un des grands mystères le concernant, et si un contemporain officiel avait cru que... mais qui était ce lord D. ? Et tant qu'on y était, qui était Richard Bracegirdle ? Et, cerise sur le gâteau, il était question du manuscrit d'une pièce, qui avait au moins existé jusqu'à 1642. Crosetti se demanda quelle pièce pouvait avoir été commandée « au nom du Roy ». Oh, bon sang ! Pourquoi n'avait-il pas été plus attentif en classe ? Attends une seconde. Quelque chose à voir avec le roi Jacques Ier, un noble qui avait tenté de l'assassiner dans un château écossais, quelque chose qu'il avait vu dans un documentaire de la BBC qu'il avait regardé à la télé avec sa mère. Il attrapa son téléphone portable – non, encore trop tôt pour l'appeler – peut-être Rolly – non, il ne voulait pas s'imaginer sa réaction s'il la réveillait à cinq heures moins dix pour lui poser une question sur...

Et soudain, ça lui revint. La compagnie de Shakespeare, les King's Players, avait voulu une pièce écossaise pour complimenter le nouveau roi qui l'avait échappé belle, flatter son ancêtre, Banquo, tout en respectant l'étrange obsession du monarque de la sorcellerie, et l'auteur maison avait pondu *Macbeth*.

Crosetti se rappela soudain de la nécessité de respirer. Il inspira profondément. Il savait qu'il n'existait aucun document écrit de la main de Shakespeare hormis quelques signatures et quelques répliques suspectes dans une pièce à laquelle il aurait soi-disant travaillé. Pas le moindre autographe sur ses pièces, rien. La possibilité qu'un *Macbeth* manuscrit pût toujours être enterré quelque part dans une cave anglaise ?... Époustouflant. Crosetti était un peu au courant des prix des manuscrits, et il pouvait extrapoler. C'était trop immense ; il ne pouvait s'imaginer combien une telle chose vaudrait, et il préféra simplement cesser de songer à cette possibilité. Mais même ce qu'il avait entre les mains, le manuscrit de Bracegirdle, plus ce qui pouvait bien être le compte rendu codé de l'enquête sur William Shakespeare soupçonné d'être réfractaire, suffirait à lui payer son entrée à l'école de cinéma ! Et ça lui financerait aussi son premier film...

En supposant toujours que les dix-huit pages de papier fin avec le filigrane représentant une corne de poste soient les lettres secrètes évoquées par Bracegirdle – et que celles-ci soient rédigées en anglais chiffré et non dans une langue étrangère. Tout dépendait de sa théorie de l'héritière qui avait voulu faire du ménage : il fallait que des feuilles de la même pile de brouillons aient été utilisées à la suite pour rembourrer les volumes des *Voyages*. Il étala l'une des feuilles et l'examina à la loupe.

Ptuug u kimn if rmmhofl

Ou peut-être pas. Peut-être que cette première série de caractères était « Ptmmg » ou « Ptmng ». Il lui était impossible de lire le texte chiffré avec précision, car déchiffrer l'écriture de secrétaire dépendait énormément du contexte, du fait de savoir à quel mot on pouvait s'attendre. C'était du moins ainsi qu'il procédait. Il s'imaginait que le destinataire original avait été suffisamment habitué à l'écriture de Bracegirdle pour lire les lettres chiffrées et les traduire en texte lisible. Crosetti ne savait pas grand-chose sur les chiffrements, à part ce qu'il avait glané dans les films, les romans d'espionnage et à la télévision. Il savait à quoi un texte chiffré était censé ressembler : des blocs égaux de cinq ou six lettres ou nombres en travers de la page. Ceci n'y ressemblait pas du tout. Ça ressemblait à une écriture régulière, avec des « mots » de longueurs différentes. Peut-être était-ce ainsi qu'ils chiffraient les textes à l'époque jacobéenne. Il ne savait rien sur ce sujet, pourtant, par analogie avec d'autres progrès techniques, un tel chiffrement devait être assez primitif. Tandis qu'il réfléchissait à la question, il se rappela la différence entre un chiffrement et un codage. Un codage nécessitait un livre de code, ou une liste de mots mémorisés signifiant autre chose que ce qu'elle semblait signifier. Mais dans ce cas, le texte aurait été plus lisible ; une phrase comme « le pasteur n'a pas pu acheter le cochon » pouvait signifier « le sujet est soupçonné de cacher un prêtre ». Ce qui limitait ce qu'un « intelligenceur » pouvait raconter. Non, il savait qu'il s'agissait d'un chiffrement ; d'ailleurs, Bracegirdle avait parlé de chiffrement dans sa lettre finale.

Le réveil retentit et Crosetti se précipita pour l'éteindre. Dans le lit, Rolly se retourna en murmurant. Elle cligna des yeux. Crosetti vit une expression de terreur naître sur son visage et tout son corps s'agiter. Il était sur le point de dire quelque chose pour la rassurer lorsqu'elle referma les yeux et se tourna à nouveau, tirant la couette au-dessus de sa tête.

« Carolyn ? Tu vas bien ? »

Pas de réponse. Crosetti haussa les épaules et alla changer les couches. Les buvards. Ils étaient désormais à peine humides et les pages semblaient presque sèches au toucher, peut-être un peu fraîches : le miracle de la capillarité. Elles étaient toujours gondolées sur les bords, comme un papier qui a été mouillé, et les dorures du texte n'avaient plus l'aspect parfaitement lisse du livre dans son état original. Il se demanda comment elle allait réparer ça.

Tandis qu'il travaillait, il entendit des sons en provenance de la zone du lit : raclement de gorge, bruissement de tissu, bruit d'eau qui coulait, une brosse à dents en action, de nouveaux bruits de tissu, à nouveau l'eau, le bruit d'une casserole qu'on posait, des placards qu'on ouvrait. Il était juste en train de finir le dernier volume lorsqu'elle apparut à ses côtés, vêtue de sa salopette de la veille et portant des Converse noires montantes avec des chaussettes bleu vif ; elle tenait deux tasses pleines de son mauvais café aromatisé. Elle lui en tendit une.

« Désolée, je n'ai pas de crème. Ni de lait.

– Ça ira, répondit-il. Désolé de t'avoir fait peur quand le réveil s'est déclenché. On aurait dit que tu allais sauter au plafond. »

Elle lui jeta un regard vide, haussa légèrement les épaules. Elle ouvrit un volume des *Voyages* et toucha le papier.

« Ça avance bien. C'est presque sec.

– Qu'est ce que tu vas faire pour le gondolement ?

– L'aplatir, ou utiliser de la chaleur. Ce genre de vieux papier de lin réagit comme un tissu. Je vais repasser chaque bord s'il le faut, puis je couperai et redorerai. » Elle se tourna pour lui faire face et sourit. « Merci pour ton aide. Désolée d'avoir été vache avec toi hier soir. Je ne suis pas très sociable.

– Tu m'as laissé dormir avec toi dès le premier soir, répliqua-t-il. J'appellerais ça sociable. »

Il regretta aussitôt ces paroles lorsque le sourire de Carolyn s'estompa, remplacé par un regard méfiant et une moue dédaigneuse. Puis, à sa manière caractéristique, elle fit comme si rien de fâcheux n'avait été dit et annonça ses projets pour la journée. Elle devait sortir acheter du cuir pour les couvertures et s'arranger pour que les pages de garde à motifs soient recréées ; il y avait des boutiques spécialisées à New York qui accomplissaient ce genre de travail.

« Tu veux que je t'accompagne ? demanda-t-il lorsqu'elle eut fini.

– Je ne crois pas que ce sera nécessaire. Ça va être assez rébarbatif. Une galère, vraiment.

– Je suis un galérien.

– Non, merci. Je crois qu'il faut que je fasse ça seule. Et, ah, j'aimerais y aller tout de suite.

– Tu me flanques dehors ?

– Je ne le dirais pas comme ça. Je suis sûre que tu as des choses à faire...

– Rien de plus important que me traîner derrière toi en portant des paquets et en espérant l'ombre d'un sourire. »

Il en obtint un, tout juste. Sentant que c'était le bon moment, il demanda :

« Tu ne veux pas voir ce que j'ai découvert dans ces manuscrits que nous avons trouvés dans le rembourrage de la couverture ?

– Il s'agit de quoi ?

– Eh bien, pour commencer, ils ont été écrits par un homme qui connaissait William Shakespeare. »

Cette phrase provoqua une réaction, mais pas exactement celle qu'il désirait. Elle écarquilla les yeux, surprise, puis fit une grimace incrédule.

« Ça me semble plutôt improbable.

– Viens, je vais te montrer », dit-il, et il la mena jusqu'à la table sur laquelle les feuillets étaient empilés.

Elle examina l'écriture à la loupe, prenant son temps. Il était assis à côté d'elle et sentait le parfum de ses cheveux. Il ne lui embrassa pas la nuque, même s'il dut littéralement serrer les dents pour se retenir.

« Je ne vois pas ça, dit-elle enfin. Shakespeare était un nom assez commun dans certaines parties d'Angleterre, et ce nom pourrait aussi bien être "Shawford" ou "Sharpspur", pas Shaxpure.

– Oh, s'il te plaît ! s'exclama-t-il. Sharpspur qui écrivait des pièces ? Pour le roi ? *Et* qui était soupçonné d'être papiste *et* qui avait suffisamment d'importance pour qu'on le place sous surveillance ?

– Shakespeare n'était pas papiste.

– Peut-être que si. J'ai vu une émission sur la chaîne PBS qui affirmait avec une quasi-certitude qu'il l'était, en secret, ou du moins qu'il avait reçu une éducation catholique.

– Ben voyons. Donc, sur la base de – quoi ? – deux heures d'expérience dans l'interprétation de l'écriture jacobéenne plus une émission de télé tu crois avoir fait une découverte littéraire majeure ?

– Et les lettres chiffrées ?

– Elles sont probablement en hollandais.

– Oh, conneries ! Elles sont chiffrées.

– Oh, tu es aussi un expert en chiffrement ? En chiffrement de l'époque jacobéenne ?

– O.K., très bien. L'une des meilleures amies de ma mère s'appelle Fanny Doubrowicz, qui s'avère être à la tête de la division des manuscrits et des archives de la bibliothèque publique de New York. Je vais lui montrer. »

Il observait son visage tandis qu'il prononçait ces paroles, et il remarqua une inspiration brève et un blanchissement de la peau autour de ses narines signalant... quoi ? Que la roue tournait, qu'elle tramait quelque chose ? Il avait déjà remarqué la même chose lorsqu'il avait évoqué l'escroquerie qu'elle s'apprêtait à commettre avec les livres.

« Fais ce que tu veux, dit-elle d'un air indifférent, mais je ne crois pas que tu trouveras un expert en écriture de secrétaire jacobéenne de renommée mondiale à la bibliothèque publique de New York. Quatre-vingt-dix pour cent de leurs fonds sont américains, principalement des papiers ayant appartenu à des écrivains locaux ou à des familles éminentes.

– Eh bien, on dirait que tu sais tout, Carolyn. Je suppose que je ne suis qu'un gros connard, qui va maintenant (il empila avec ostentation les feuilles manuscrites) te foutre la paix et porter son pathétique manuscrit à son pathétique expert de seconde zone qui lui dira *évidemment* qu'il s'agit d'une lettre écrite par quelque moins que rien de l'époque jacobéenne à propos de ses problèmes de goutte. »

Il avança à grandes enjambées vers la table de travail de Carolyn et attrapa le papier brun qui avait servi à protéger les *Voyages* la veille et se mit à envelopper le manuscrit dedans avec des gestes maladroits et saccadés qui trahissaient son irritation.

« Oh, arrête, dit-elle derrière lui d'une voix inhabituellement haut perchée. Je suis désolée, je ne sais vraiment pas me comporter. Tu étais si enthousiaste et j'ai juste... »

Il se retourna. La bouche de Carolyn formait un drôle de U inversé similaire aux courbures qui rendaient l'écriture jacobéenne si déconcertante. On aurait dit qu'une nouvelle séance de pleurnicheries allait commencer. Mais elle poursuivit de la même voix étranglée :

« Je ne vois jamais personne. Je n'ai pas de vie. La seule personne à qui j'aie parlé depuis des années est Sidney, et il veut juste être une sorte de mentor pour moi, ce qui signifie principalement qu'il peut me peloter et...

– Sidney te pelote ?

– Oh, il est inoffensif. Il se prend pour un coureur de première, mais tout ce qu'il fait, c'est me payer des déjeuners hors de prix et me caresser la jambe sous la nappe, et parfois dans la boutique, si on fait une belle vente, il m'attrape le derrière et laisse traîner sa main un peu trop longtemps, et il m'embrasse quasi paternellement sur la bouche. Il est le dernier homme à New York à manger des bonbons Sen-Sen. Voilà le genre de prostituée que je suis. J'ai besoin de ce boulot et de ces déjeuners. Tu es le seul à qui j'aie jamais raconté ça. C'est pathétique. Je n'ai pas d'amis, pas d'argent, pas d'endroit où vivre...

– Tu vis ici.

– Illégalement, comme tu l'as deviné. Ce bâtiment n'est pas censé être habité. Du D.D.T. a été stocké ici et l'immeuble est totalement contaminé. Le propriétaire croit que je travaille juste ici. Lui aussi aimerait bien me peloter. Tu es la première personne de mon âge à être venue ici depuis, je ne sais pas... des *années*. »

Et moi aussi je meurs d'envie de te peloter, pensa Crosetti, mais il se contenta de dire :

« Mince, c'est triste.

– Oui, pitoyable. Et tu es gentil avec moi et je te traite comme de la merde. C'est tout moi ! Si tu étais un vrai connard, je me traînerais sans doute à tes pieds.

– Je pourrais *essayer* d'être un connard, Carolyn. Je pourrais écrire à l'École des connards célèbres et suivre un cours. »

Elle le regarda et, après un moment, se mit à rire. On aurait dit un aboiement étrange assez proche d'un sanglot.

« Mais tu me détestes, n'est-ce pas ?

– Non, c'est faux », répondit Crosetti, mettant autant de sincérité que possible dans sa phrase. Il se demandait pourquoi elle avait choisi de s'isoler ainsi. Ce n'était pas une petite grosse défigurée, elle était présentable, « élégante » comme avait dit sa mère. Une personne comme elle n'avait aucune raison de se terrer dans l'ombre de la ville. Et, à défaut d'être une vraie beauté, c'était... quel était le mot ? Une femme ravissante. Lorsqu'elle reprenait contenance, comme maintenant, lorsqu'elle n'était pas renfrognée ou effroyablement absente, il se serait laissé ravir depuis Zanzibar. « Au contraire, ajouta-t-il. Vraiment.

– Vraiment ? Mais je t'ai si mal traité.

– Certes, mais maintenant je te donne une minute pour trouver un moyen de te rattraper. »

Il regarda sa montre en sifflotant et en tapant du pied.

« Je sais ce que je vais faire, dit-elle après un moment. Je vais te présenter à un *véritable* expert en manuscrits de l'époque jacobéenne, l'un des meilleurs au monde. Je vais l'appeler et arranger un rendez-vous. Tu pourras venir avec moi et t'ennuyer comme un rat mort pendant que je causerai demi-veau et pages de garde marbrées, et après on ira voir Andrew.

– Andrew ?

– Oui. Andrew Bulstrode. C'est Sidney qui nous a présentés. C'est avec lui que j'ai suivi ce cours sur les manuscrits anglais et les incunables.

– Est-ce que lui aussi cherche à te peloter ?

– Non. Il cherchera peut-être à te peloter toi.

– J'ai hâte.

– Tu vas devoir attendre un peu. Il faut que j'aille aux toilettes, puis je vais l'appeler. Pourquoi ne m'attends-tu pas dehors ? »

La Lettre de Bracegirdle (4)

En dépit de sa vie inconvenante le travail de M. Matthews prospéroit grandement car il maistrisoit bien son art, mieux disoit-on que tout autre maistre forgeur du Weald du Sussex. Il estoit en contrat avec l'Ordonnance Royale, et l'essentiel de nostre travail consistoit à fabriquer l'acier et mouler des canons. On me mit d'abord au chargement et transport et autres tâches de beste car j'estois ignorant de l'art, et si je regrettois la perte de mon confort et le temps pour ma chère étude, je ne me dérobois point car, comme parle Dieu : ce que ta main trouve à faire, fais-le si tu en as la force, car il n'est ni labeur, ni invention, ni sçavoir, ni sagesse dans la tombe où tu vas.

L'acier ne se peut fondre que de l'hiver au printemps : car en été il n'est point assez d'eau pour entraisner les moulins qui actionnent la soufflerie des foyers et les marteaux pour forger la barre d'acier : et en été il faut apporter la mine de fer et le charbon et emporter ce que vous avez fait, avant que les routes ne se couvrent de fange. Nous travaillions donc comme des chiens pendant ces mois. Dans chacun de nos labeurs, qu'il se fût agi de hisser les lingots, de porter la mine de fer et le charbon pour nourrir le feu, de couvrir la perche d'argile, de placer le moule, de refroidir les pièces tirées du feu, de casser les résidus ou de polir, le maistre me désignoit comme le plus négligent ou idiot ou maladroit et il me frappa bien des fois de sa main ou à coups de baston, et l'on m'appeloit Dick le malpropre et Dick le maladroit et d'autres noms pis encore. Pourtant je ne me révoltois point et tendois l'autre joue, comme le dicte nostre Seigneur Jésus-Christ, et je promettois d'apprendre le métier, bien qu'il allât contre ma nature, afin qu'il n'y eût point ou peu motif de me mépriser. Et dans la chaleur et les fumées de cet endroit qui ressembloit à ce qui je crois sera le destin des pécheurs (l'enfer) à ma surprise je trouvai quelque plaisir. Car c'estoit joie que de voir l'acier ardent jaillir de la gueule du four dans le moule, lançant des étincelles comme les étoiles dans le ciel, et de penser que c'estoit, ne fût-ce qu'un peu, comme le travail de Dieu faisant le monde : car si je n'aimois point le travail luy-mesme, j'aimois l'ouvrage fini. Ces canons seroient un bouclier contre les ennemis de l'Angleterre et de la religion réformée : comme tout homme le sçait, les canons Anglais n'ont point d'égal dans le monde, ni nos canonniers, aussi laissons les Espagnols se lamenter.

Ainsi passa une année, puis deux, puis vint l'Annonciation de l'An Trois et je me tenois au devant du maistre Matthew pour percevoir mon salaire lorsqu'il demanda : « Richard vous ai-je traité durement ? » Et de bonne foy je répondis : « Oui, monsieur. » Il rit et dit : « Vous avez néanmoins grandi de deux empans et grossi de trente livres et vous n'estes plus le fresle clerc que vous estiez mais un vray forgeur : car vous sçavez que nous frappons l'acier non point car nous le méprisons mais pour le rendre fort. »

Après cela il me traita avec plus de douceur et m'instruisit des mystères de l'art de la forge, à sçavoir, comment connoistre la bonne mine de fer, quand ajouter de la castine et attiser les feux, comment contrôler l'air de la soufflerie pour que la chaleur n'abîme point l'acier, et quelles chaleurs diverses estoient utiles pour le simple saumon de fonte, les barres et les contre-feux, les outils, les petits canons comme les sakers et les faucons, ou pour les grands canons, les couleuvrines, demi-canons et canons royaux, et cætera. Aussi comment préparer la perche avec la corde et l'argile, comment paqueter le moule afin qu'il ne craque ni ne fuie, et comment installer cordes et poulies pour lever les lourdes charges. Ainsi passa une autre année durant laquelle je gagnois en métier et en art, et en taille aussi, car il me prenoit à sa table et me nourrissoit bien. Puis à la fin de cette année il me monstra comment charger les canons et tirer.

Peut-être ne comprendras-tu point, Nan, car tu n'es qu'une femme, mais la première fois que j'entendis rugir le canon je fus un homme perdu et ne désirois plus que l'entendre derechef et voir voler le boulet, c'estoit une ivresse de force et de puissance. Mon cousin voyant cela, dans sa bonté proposa – c'estoit maintenant l'été de l'An Cinq et j'avois un peu plus de quinze ans : « Garçon, je dois rester veiller à la réparation du bief du moulin et de la roue, porte notre paire de couleuvrines à la Tour et assure-toy qu'elles sont essayées par l'Ordonnance. » N'ayant vu ni mère ni père de tout ce temps, j'en fus très heureux. Je partis donc avec les canons chargés sur des lits de paille dans deux charrettes, chacune tirée par six bœufs, et j'emmenai des hommes pour les conduire et les nourrir, de Titchfield jusqu'à Portsmouth, puis par navire jusqu'à Gravesend où je changeai de navire pour remonter la rivière jusqu'à la Tour. Je n'avois jamais été en bateau auparavant et cela me plut et je ne fus point malade comme d'autres à nostre bord.

Nous délivrâmes les canons à la Tour sans incident et je remerciai Dieu de tout cœur, car transporter deux charges de cinq mille livres n'est point mince affaire avec l'état des routes en ce temps-là, les conducteurs très portés sur la boisson, et les périls communs en mer. J'allai à Fish Street et fus reçu avec chaleur par ma famille qui fut très surprise de mon apparence d'homme, et j'écoutois jusqu'à tard ce qui leur estoit arrivé depuis la dernière fois que je les avois vus. Mais mon père voulut m'utiliser comme il le faisoit auparavant et je m'y opposai, car j'estois maintenant un homme et non un garçon. Je restai néanmoins pour ma mère et pour la paix du foyer et par obeïssance au commandement qui dit : « Honore ton père et cætera. » Nous avions une nouvelle servante nommée Margaret Ames, une créature aigre et hypocrite, quoy que bonne Chrestienne, qui, pour une raison que j'ignore encore, ne m'aimoit point.

Le lendemain matin j'allai à la Tour pour l'essai. L'officier d'Ordonnance nommé Peter Hastynges s'étonna de ma jeunesse car il s'attendoit à voir mon cousin comme les fois précédentes. Les deux couleuvrines furent donc chargées pour voir si elles se briseroient, mais Dieu merci il n'en fut rien. Après cela je me joignis à M. Hastynges et d'autres officiers, la conversation fut joyeuse quoy que légère car beaucoup dans la compagnie estoient des maistres canonniers récemment rentrés des guerres Hollandoises. La conversation me convenoit car je désirois m'initier à ces arts et je les pressai de m'apprendre comment régler le canon pour en tirer le plus grand avantage, comment viser pour toucher l'ennemi, comment reconnoistre les diverses sortes et qualités de poudre, les mélanger et les conserver, et comment calculer la distance de l'ennemi. Cette dernière question les mit en désaccord car ils débattirent entre eux, l'un affirmant qu'il faisoit confiance à son œil, l'autre disant : « Non, en essayant le feu et en observant l'endroit où tombe à chaque fois le boulet puis en adjoutant ou prélevant de la poudre et en adjustant les quantités selon la chaleur du canon au fil de la journée, car un canon chaud tirera plus loin avec la mesme charge. »

Aussi je demandai pourquoy ils n'utilisoient point la méthode des triangles et des sinus, et ils s'étonnèrent car aucun n'en avoit entendu parler. Je fis donc un petit dessin montrant comment un quadrant de canonnier, un carré et un baston d'un yard pouvoient servir à calculer la distance d'un point à un autre. Ils voulurent voir et essayer cette méthode sans délai et j'arrangeai tout et fis un essai avec un arbre au loin. Nous marchâmes ensuite jusqu'à l'arbre et ils furent enchantés de voir que mes mesures estoient exactes. Un grand homme chaleureux, Thomas Keane, me tapa alors sur l'épaule en disant : « Mon garçon je voudrois faire de toy un vray canonnier, si tu es las de fabriquer des canons tu peux venir me seconder à la guerre et tirer sur les Espagnols. » Je le remerciai de tout cœur mais répondis que je ne songeois alors point à la guerre. Comme les voies du Seigneur sont impénétrables.

5

À MON CRÉDIT, JE SUPPOSE, notons que je n'ai pas immédiatement filé à mon cabinet après le départ des deux inspecteurs. J'ai fini ma routine habituelle à la salle de sport, puis j'ai pris une douche et un bain de vapeur avant d'y retourner. Dans la voiture, j'avoue que j'ai moins prêté attention que d'ordinaire à la conversation d'Omar. Celui-ci s'inquiète de façon un peu obsessionnelle de notre implication en Irak et des relations générales entre sa nation d'adoption et le monde islamique. Il faut dire que son expérience dans cette ville après le 11-Septembre n'a pas été plaisante. Mais ce matin-là, tandis que la radio murmurait les dernières mauvaises nouvelles et qu'Omar y allait de ses commentaires, la seule atrocité qui me souciait était le sinistre sort qui avait été réservé à mon client, Bulstrode. Était-il réellement possible qu'il ait trouvé un document menant à un manuscrit d'une valeur inestimable ? Et quelqu'un l'avait-il tué pour découvrir où se trouvait ce document ? S'ensuivit une idée encore moins plaisante : la torture signifiait que quelqu'un cherchait à obtenir une information, et quelle information Bulstrode avait-il à donner hormis le nom de la personne à qui il avait confié son manuscrit, à savoir, moi ? Je ne le connaissais pas vraiment, mais je n'imaginais pas une seconde que, soumis à la souffrance, il eût pu taire l'endroit où se trouvait cette épaisse enveloppe.

Une fois encore, comme plus tôt avec les flics, j'éprouvais un sentiment d'irréalité, comme si ma vie prenait la forme d'une fiction. Peu de temps après mon diplôme à la fac, le service militaire étant encore en vigueur et n'ayant personnellement pas la fibre résistante, j'avais cédé à l'inévitable et devancé l'appel (je pense avoir été pratiquement le seul de ma promotion à le faire). Ils avaient fait de moi un toubib plutôt qu'un fantassin, et je m'étais retrouvé au douzième hôpital d'évacuation à Cu Chi, dans le Sud-Vietnam. Contrairement à mon grand-père SS, j'ai été un soldat absolument quelconque, étant ce qu'on appelait alors un enfoiré des lignes arrières, ou une souris blanche ; mais j'ai vu un dépôt de munitions exploser de façon spectaculaire après avoir été frappé par une fusée ennemie, et je me rappelle que tous les témoins, afin de valider leur expérience, ne cessaient de répéter la phrase, « c'était comme au cinéma ». Ainsi, bien que la vie soit globalement monotone, lorsque nous nous retrouvons dans le genre de situation dont raffolent les films d'action, nous ne pouvons pas vraiment la vivre car notre imagination est occupée par les tropes de la fiction populaire. Le résultat de cette incapacité est une sorte de confusion molle, et le sentiment que l'expérience que nous vivons ne peut pas être réelle. Nous nous disons : ceci ne peut *pas* m'arriver.

De retour au cabinet, après avoir attendu qu'elle se soit éloignée de son bureau, j'ai été cherché la clé du coffre à l'endroit où Mlle Maldonado la conserve. Puis j'ai récupéré l'enveloppe de Bulstrode et l'ai rapportée au cabinet. Mlle Maldonado m'a regardé d'un air interrogateur lorsque je lui ai rendu la clé, mais je n'ai offert aucune explication, et elle n'en a pas demandé. Je lui ai dit que je ne souhaitais pas être dérangé jusqu'à nouvel ordre et me suis enfermé à clé dans mon bureau.

Je ne suis pas un expert, mais les papiers que contenait l'enveloppe avaient l'air réellement vieux. Bien sûr, ils devaient avoir l'air vieux si c'étaient des faux, mais il était clair que *quelqu'un* croyait à leur authenticité, en supposant que Bulstrode avait bien été torturé pour dévoiler le lieu où il les avait cachés. Il y avait deux séries de papiers, toutes deux en anglais, bien que l'écriture ait été difficile à déchiffrer, hormis les mots les plus courts. L'une portait des annotations qui semblaient avoir été inscrites au crayon tendre.

J'ai replacé les papiers dans une enveloppe en kraft neuve et ai détruit l'ancienne, puis les ai rapportés à la banque. J'ai ensuite passé le reste de l'après-midi à travailler. Selon mon agenda, le lendemain j'ai déjeuné avec Mickey Haas. Nous le faisons, ou le faisions, en moyenne environ une fois par mois, et c'était généralement lui qui appelait, comme cette fois-là. Il a suggéré d'aller chez Sorrentino, près de chez moi, et j'ai proposé d'envoyer Omar le chercher. C'est notre routine habituelle lorsqu'il vient dans le centre-ville. Sorrentino est l'un de ces très nombreux restaurants italienoïdes interchangeables qui pullulent dans les rues du centre de l'East Side et qui gagnent de l'argent en servant des déjeuners excessivement chers à des gens de mon espèce. Les occupants les plus prospères de cette vaste masse d'espace de bureaux qu'est Manhattan ont chacun leur Sorrentino préféré ; c'est comme être à la maison, mais sans le stress domestique. Tous ces restaurants sentent la même odeur, ils ont un maître d'hôtel qui vous connaît et sait ce que vous aimez manger et boire, et, à l'heure du déjeuner, l'homme d'âge mur solitaire y trouve toujours au moins deux femmes intéressantes sur lesquelles poser les yeux et exercer son imagination.

Marco (le maître d'hôtel qui me connaît en particulier) m'a installé à ma table habituelle, au fond à droite, puis m'a apporté, sans que j'aie à le lui demander, une bouteille de San Pellegrino et une assiette de bruschetta aux anchois pour grignoter en attendant. Après environ un demi-verre de vin délicieux, Mickey est arrivé. Il a pris beaucoup de masse corporelle au fil des années, tout comme moi, bien que je craigne que la sienne soit presque entièrement constituée de cellules grasses. Son menton s'est clairement dédoublé, tandis que le mien conserve dans l'ensemble sa ligne initiale. Ses cheveux sont cependant toujours épais et bouclés, contrairement aux miens, et il a toujours l'air sûr de lui. Je me rappelle que ce jour-là il avait l'air inhabituellement hagard. « Hanté » serait peut-être plus approprié. Il avait des cernes sombres, ses yeux étaient injectés de sang et ses traits, tirés. Il n'était pas exactement agité, mais quelque chose clochait. Je le connais depuis des années, il n'était pas dans son assiette.

Nous avons échangé une poignée de main, il s'est assis et s'est immédiatement versé un verre de vin, dont il a bu la moitié d'un trait. Je lui ai demandé s'il avait des soucis et il m'a regardé fixement. Des soucis ? Un de mes collègues vient de se faire assassiner, a-t-il déclaré, puis il m'a demandé si je n'étais pas au courant et j'ai répondu que si.

En relisant ce que je viens d'écrire, j'ai décidé qu'à partir de maintenant j'allais concocter des dialogues, comme les journalistes semblent le faire en toute impunité de nos jours, car c'est une vraie galère de paraphraser ce que disent les gens. Le type qui a inventé les guillemets était loin d'être un idiot ; si seulement il avait aussi inventé le droit d'auteur ! Donc :

J'ai demandé : « Quand as-tu appris la nouvelle ?

– Ma secrétaire m'a appelé à Austin. Je venais de faire ma conférence à la séance du matin et, bien sûr, mon portable était éteint, et dès que je l'ai rallumé j'ai entendu le message de Karen. Je suis rentré par le premier avion. » Il a vidé son verre et s'en est versé un deuxième. « Est-ce que je pourrais avoir une vraie boisson ? Je suis en train de devenir un vrai alcoolique après ça. »

J'ai fait signe à Paul, notre serveur, qui est arrivé en un instant. Mickey a commandé une vodka citron vert.

« Et à mon retour, inutile de dire que c'était le chaos. L'université était en crise, et le président, ce connard, a laissé entendre que c'était plus ou moins ma faute puisque j'avais obtenu un poste à une personne à la moralité douteuse.

– Vraiment ? »

À ces mots Mickey a piqué un fard et répliqué sèchement :

« La *question*, c'est que c'était aussi l'un des plus grands spécialistes de Shakespeare de sa génération. De notre génération. Et son seul crime est de s'être fait duper par un escroc, ce qui aurait pu arriver à n'importe lequel des gens qui l'accusent maintenant, y compris mon putain de président. Tu connais l'histoire ? »

Je lui ai expliqué que j'avais parcouru les articles disponibles sur Internet.

« Exact, une putain de catastrophe. Mais ça n'était pas ça qui intéressait la police. Ils ont eu le culot de laisser entendre qu'il avait – quel terme subtil ont-ils employé ? – un style de vie *irrégulier*. Par quoi ils voulaient seulement dire qu'il était pédé, et que le fait qu'il était pédé avait quelque chose à voir avec sa mort. »

Il a vidé le reste de sa vodka. Paul s'est approché d'un pas léger et a demandé s'il en voulait une autre tout en lui présentant un menu presque aussi grand qu'une affiche de station de métro. Mickey y a jeté un coup d'œil indifférent, ce qui a confirmé mon impression initiale qu'il était sérieusement affolé : Mickey adore manger ; il adore la nourriture, et en parler, et la cuisiner, et se la rappeler.

« Qu'est-ce que tu prends ? a-t-il demandé.

– Qu'est-ce que je prends, Paul ? » ai-je demandé au serveur.

Ça faisait des années que je n'avais pas consulté le menu dans ce restaurant.

« *Carciofi alla giudia*, gnocchis *alla romana*, osso bucco. L'osso bucco est très bon aujourd'hui.

– La même chose pour moi », a dit Mickey en tendant le menu. Lorsque Paul est reparti, il a poursuivi : « Leur théorie était qu'il s'était retrouvé impliqué avec un type pas recommandable. Franchement, l'imagination des flics, hein ? Ils voient "Britannique" et "gay" et ils s'imaginent tout de suite qu'il a demandé à un prostitué de l'attacher et que ça a été trop loin.

– Pas possible ?

– Bon, bien sûr, *tout* est possible, mais il s'avère que je sais qu'Andy avait depuis longtemps une relation discrète avec un collègue prof à Oxford. Il n'avait pas ce genre de penchants.

– Il a pu changer. On ne sait jamais.

– Si, dans ce cas, on sait. Jake, je le connaissais depuis plus de vingt ans. » Il a bu une gorgée de son deuxième verre de vodka. « Enfin quoi, ce serait comme découvrir que *toi* tu avais un faible pour les jeunes garçons.

– Ou pour toi. »

Après un moment, nous avons ri tous les deux.

« Oh, bon Dieu, on ne devrait pas rigoler, a dit Mickey. Le pauvre vieux ! Seulement je suis bien content de m'être trouvé à deux mille cinq cents kilomètres quand c'est arrivé. Les flics me regardaient avec un intérêt désagréable, ils me reniflaient à la recherche de signes d'une perversion homosexuelle.

– Les flics, c'était Murray et Fernandez ? »

Il m'a regardé fixement, son sourire avait disparu.

« Oui, comment le sais-tu ?

– Ils sont venus me questionner, pour voir si je pouvais les éclairer.

– Pourquoi auraient-ils fait ça ?

– Parce que c'était mon client. Il est venu me trouver avec une histoire de manuscrit qu'il avait déniché. Je me suis dit que c'était toi qui me l'avais envoyé. »

Mickey m'a regardé bouche bée. Paul est apparu et a déposé nos artichauts à la juive. Lorsque nous avons à nouveau été seuls, Mickey s'est penché vers moi et a déclaré à voix basse :

« Ce n'est pas moi qui l'ai envoyé. Non, attends une seconde, il m'a bien demandé si je connaissais un avocat spécialiste du droit de la propriété intellectuelle, et j'ai répondu que mon meilleur ami en était un et j'ai mentionné ton nom. Je lui ai demandé pourquoi il était intéressé et il m'a raconté qu'il était tombé sur des manuscrits qui étaient peut-être publiables et qu'il voulait connaître leur statut légal. Il est vraiment venu te voir ?

– Oui. Il m'a dit qu'il avait un manuscrit qui révélait l'emplacement d'un manuscrit inconnu de Shakespeare... »

Je commençais à répéter ce que j'avais expliqué à Bulstrode quand Mickey s'est étouffé avec un demi-cœur d'artichaut et a été forcé de le faire passer avec de la San Pellegrino avant de pouvoir parler.

« Non, non, il avait un manuscrit qui *mentionnait* Shakespeare. Ou du moins, c'est ce qu'il affirmait. Mais je ne l'ai jamais vu de mes yeux. À cause de ce qui s'est passé avec Pascoe, il était plus qu'un peu paranoïaque. Il a fait un voyage en Angleterre vers cette époque – c'était l'été dernier – et à son retour il était, je ne sais pas, perturbé. Nerveux. Irritable. Il refusait de parler de ce qu'il avait, sauf pour dire que c'était une mention complètement inconnue de William Shakespeare dans un authentique manuscrit contemporain. D'ailleurs, il ne m'a pas dit où il l'avait trouvé. Je parie que ça aussi, c'est toute une histoire !

– Tu veux dire que le simple fait que quelqu'un *mentionne* Shakespeare dans un manuscrit le rendrait en soi précieux ? »

Il cessa de saucer son assiette avec son pain : nouveau regard bouche bée, puis un rire incrédule.

« Précieux ? Bon Dieu, oui ! D'une importance cosmique. Fondamental pour la période. Je croyais t'avoir expliqué ça, je ne sais combien de fois, mais visiblement pas assez.

– Alors une fois de plus, s'il te plaît. »

Mickey s'éclaircit la voix et leva sa fourchette comme une baguette de salle de classe.

« O.K. Mis à part son œuvre, la plus grande entreprise littéraire accomplie par un seul individu de toute l'histoire, William Shakespeare n'a laissé pratiquement aucune trace physique. On pourrait quasiment écrire tout ce qu'on sait de lui sur une carte de visite. Il est né, a été baptisé, s'est marié, a eu trois gosses, écrit un testament, signé quelques documents légaux, composé une épitaphe, et il est mort. La seule preuve physique de son existence, à part ces documents et sa tombe, est un échantillon suspect de ce qui semble être son écriture sur le manuscrit d'une pièce intitulée *The Book of sir Thomas More*. Pas une seule lettre ni inscription, pas un livre avec son nom à l'intérieur. O.K., ce type a été une sommité de la scène théâtrale de Londres pendant presque vingt ans, il existe pas mal de références le concernant, mais elles ne mènent pas loin. La première est une attaque contre un certain "Shake-scene" par un connard nommé Robert Greene, et une excuse pour l'avoir imprimée par un certain Chettle. Francis Mere a écrit un livre appelé *Palladis Tamia, Wit's Treasury*, qui aurait à juste titre été oublié s'il n'avait décrit Shakespeare comme le meilleur dramaturge anglais. Il est mentionné par William Camden, le directeur de Westminster, et par Webster dans la préface du *Démon blanc*, et il y a une mention par Beaumont dans *The Knight of the Burning Pestle*. Et il y a un paquet de documents légaux, procès, baux, plus diverses références théâtrales, plus, bien sûr, le fait central du premier folio : ses copains l'estimaient assez pour publier toutes ses pièces en un seul livre après sa mort et le désigner comme auteur. C'est à peu près tout – ça fait quoi ? environ deux douzaines de références contemporaines importantes. Qui ont donné lieu à une somme absolument énorme de savoir, permettant de creuser les pièces et les poèmes à la recherche de suggestions sur l'homme. Pure spéculation, naturellement, car nous ne savons rien. Ce qui nous rend fous, c'est que ce type n'était que fumée. Enfin quoi, il n'y a *rien* là-dedans.

– C'était il y a longtemps.

– Oui, mais nous en savons mille fois plus sur Léonard de Vinci, juste pour citer un exemple évident, et il a pourtant vécu un siècle plus tôt. À titre de comparaison – juste un exemple – nous possédons une lettre d'Edmund Spencer à Walter Raleigh expliquant certaines allégories de *La Reine des fées*. Nous en savons *beaucoup* sur Ben Johnson. Michel-Ange, presque cinq cents de ses lettres ont survécu, plus des carnets, des putains de *menus*, et de Shakespeare, le plus grand *écrivain* de tous les temps, et par ailleurs un important patron de théâtre, pas une seule lettre. Et le problème est que ce vide attire les faux. Il y a eu une vaste industrie de falsification de Shakespeare aux XVIIIe et XIXe siècles, et il y en a encore aujourd'hui. C'est d'ailleurs comme ça que Bulstrode s'est fait prendre. Sans parler de la petite industrie se nourrissant des prétendues questions de paternité littéraire : nous n'avons rien sur lui sauf les œuvres, donc c'est quelqu'un d'autre qui a fait le boulot – Southampton, Bacon, des *extraterrestres*... Je ne peux pas t'expliquer combien le désir de trouver quelque chose sur cet enfoiré est intense. Si Bulstrode a bien découvert un manuscrit contemporain qui mentionne Shakespeare, surtout si celui-ci contenait des informations substantielles, eh bien, ça lui aurait permis de retrouver sa place dans le milieu. »

Lorsque Mickey parle de son boulot il perd vingt ans et ressemble plus que de coutume au jeune type que j'ai rencontré dans cet appartement minable de la 113e Rue. Je confesse que je n'imagine pas qu'une telle transformation se produirait chez moi si l'envie me prenait de disserter sur les subtilités de, disons, la loi sur le copyright numérique. Il adore son métier, chose pour laquelle je l'admire. Tout en étant aussi un peu jaloux, je suppose. Mais à cet instant, tandis qu'il évoquait Bulstrode, ses yeux se sont voilés. Étaient-ce des larmes ? Difficile à dire dans la chaleureuse obscurité du restaurant.

« Eh bien, a-t-il repris, il est trop tard, de toute évidence. Mais ça aurait représenté beaucoup pour lui de consulter ces papiers. Dieu sait ce qu'ils sont devenus. »

J'ai alors eu l'impression qu'il me fixait avec dans le regard une certaine fourberie. Tous les avocats qui se respectent restent bouche cousue quant aux affaires de leurs clients, et même la mort ne leur fait pas desserrer les lèvres, mais ce sont de vraies pipelettes comparés à nous autres avocats en droit de la propriété intellectuelle. Je n'ai donc pas mordu à l'hameçon, si hameçon il y avait. Au lieu de cela, je lui ai demandé :

« Est-ce qu'il y a quelque chose qui ne va pas ?

– Tu veux dire, à part le meurtre de Bulstrode ? Ça ne suffit pas ?

– On dirait qu'il y a autre chose, mon vieux. Je l'ai remarqué les dernières fois aussi. Tu n'es pas malade ou quoi que ce soit ?

– Non. Mis à part le fait que je suis gras comme un chancre et que je ne fais pas de sport, je pète le feu. J'ai les artères aussi propres que des canons de fusil de chasse à en croire mon toubib. Non, ce que tu observes, ce sont les stigmates physiques du marché actuel. »

Je devrais ici mentionner le fait que Mickey et moi avons des attitudes différentes à l'égard des investissements. Mon argent est placé dans une société d'investissement fondée en 1927 qui n'a jamais payé beaucoup plus que sept pour cent par an. Mickey appelle cela du conservatisme irresponsable, ou c'est du moins ce qu'il faisait quand le marché battait son plein il y a quelques années de cela. C'est un adepte des fonds spéculatifs, et il avait l'habitude de me régaler avec ses histoires de profits fantastiques. Plus maintenant.

« Eh bien, il te reste toujours les fermetures industrielles, ai-je dit, ce qui lui a arraché un rire proche d'un aboiement.

– Oui, si je n'étais pas obligé de partager avec mes deux douzaines de cousins. Ma famille souffre d'un excès d'héritiers. »

Sentant qu'il ne souhaitait pas poursuivre sur ce sujet, j'ai demandé :

« À ce propos, sais-tu si feu le professeur avait des héritiers ? J'imagine qu'il n'avait pas d'enfants.

– Il y a une nièce : Madeleine ou quelque chose comme ça. Une photo sur son bureau. La fille de sa défunte sœur, et il était gaga d'elle. Je suppose qu'elle héritera de ce qu'il avait. Ou alors son vieux compagnon.

– A-t-elle été informée ?

– Oui. Elle arrive cette semaine.

– D'Angleterre ?

– Non, de Toronto. La sœur a émigré il y a des années, a épousé un Canadien, et a eu cette fille. Ah, voilà nos gnocchis. Tu sais, je commence à retrouver l'appétit.

– Donc le manuscrit ne mène pas plus loin ? ai-je demandé tandis que nous piochions dans les sphères tendres et fondantes. Ce n'est pas un indice menant à quelque chose d'encore plus important ?

– Plus important qu'une référence d'époque à Shakespeare ? répondit Mickey, la bouche pleine de gnocchis. Je ne vois pas ce que ça pourrait être. C'est ce qu'il t'a dit ?

– Il a suggéré que son manuscrit mentionnait un autre manuscrit de la main même de Shakespeare.

– Oh, d'accord ! Pur fantasme d'après moi. Comme j'ai dit, Andrew crevait d'envie de retrouver sa place dans le milieu. Et il avait de bonnes raisons. Quand l'héritage aura été réglé et que Machine aura le document, on y jettera un coup d'œil pour voir s'il y a quoi que ce soit. Même si, étant donné le désespoir du type à récupérer sa carrière, je suis enclin à croire que ce ne sera pas grand-chose. »

Nous n'avons plus parlé de Bulstrode durant ce déjeuner (au cours duquel Mickey a en effet retrouvé son appétit et plaisanté sur les cochonneries qu'ils avaient dû avaler dans le Texas) ni de son mystérieux manuscrit, ni de son décès encore plus mystérieux.

Pour autant que je me souvienne, du moins, car l'échange ci-dessus est une complète fabrication. J'ai en effet mangé ces plats et bu ce vin chez Sorrentino, peut-être en compagnie de Mickey Haas, et il y a bien un Marco et un Paul, mais je ne suis pas en mesure d'attester que nous les avons mangés ce jour-là, il y a de nombreux mois. Je me souviens à peine de ce que j'ai mangé mardi dernier, comme tout le monde. J'ai bien engrangé quelques faits sur Shakespeare, mais je ne saurais dire si c'était ce jour-là ou plus tard. Je me souviens qu'il n'était pas dans son assiette, et je me souviens que c'est la première fois que j'ai appris l'existence de cette jeune femme. Miranda, pas Madeleine, soit dit en passant. À part ça, tout est fiction, mais tandis que je l'écrivais, c'est devenu la vérité, car le fait est que nous n'avons pratiquement pas de vrais souvenirs. Nous inventons tout. Proust a tout inventé, Boswell a tout inventé, Pepys... J'ai, à vrai dire, beaucoup de compassion pour ce genre de personnes, de plus en plus nombreuses, souvent haut placées, qui se font prendre à fabuler. Tu veux dire que je ne suis *pas* allé à l'école de médecine de Harvard ? Je n'ai pas couché avec cette femme... Ce n'est pas la faillite de la moralité (car je pense qu'aucune vérité n'a jamais été basée sur des souvenirs) mais plutôt le triomphe de la propriété intellectuelle, ce blizzard de réalités inventées – vies artificielles, photos retouchées avec Photoshop, romans écrits par des nègres, groupes de rock jouant en play-back, émissions de fausse téléréalité, politique étrangère américaine – à travers lesquelles nous nous débattons quotidiennement. Chacun, à commencer par le président, est un romancier aujourd'hui.

Je suppose que nous pouvons accuser Shakespeare lui-même d'avoir commencé, car il a inventé des gens qui étaient plus *réels*, bien que faux, que les gens qui existaient. Dick Bracegirdle avait compris ça, et c'est pour ça qu'il avait l'intention de démolir Shakespeare et toutes ses œuvres. J'ai suivi un cours d'histoire à

Columbia – Haas s'en souviendra aussi car c'est sur ses conseils que je m'y suis inscrit – dispensé par un nommé Charlton. C'était un cours d'histoire médiévale anglaise, et bien que j'aie effacé le *Domesday Book*[1] et tous les rois et reines de ma mémoire, je me rappelle très bien son point de vue sur l'histoire en général. Il affirmait qu'il y a trois types d'histoire : tout d'abord ce qui s'est réellement produit, et qui est à jamais perdu ; ensuite, ce que la plupart des gens croyaient s'être produit, et que nous pouvons retrouver au prix d'un effort assidu ; enfin, ce que les gens au pouvoir voulaient que les générations futures croient qu'il s'était produit, et qui constitue quatre-vingt-dix pour cent de l'histoire dans les livres.

(Quoi qu'il en soit, en relisant cette scène dans le restaurant, je m'aperçois que j'en suis absurdement satisfait. Oui, ça a pu se passer ainsi. C'est bien la voix de Mickey, et je suppose que les gens qui le connaissent, s'ils lisaient le passage ci-dessus, seraient d'accord. Il me semble que la réalité est venue habiter la fiction que j'ai créée, et je suis absolument sûr que si Mickey lisait ça, il dirait : « Oui, ça s'est passé exactement comme ça. » C'est donc le deuxième type d'histoire que j'écris ici. Tout comme Bracegirdle, j'imagine, bien qu'il ait été honnête homme, ce qui n'est pas mon cas.)

Je devrais maintenant mentionner le fait que peu après cet événement je me suis arrêté dans l'une de ces boutiques d'électronique de la Sixième Avenue pour acheter une batterie de téléphone portable et pour des raisons dont je ne me souviens pas bien... si, en fait, je me souviens. Comme je l'ai noté, mon esprit est trop désordonné à mon goût et j'ai l'habitude de griffonner des notes au hasard à propos de ceci ou cela, quand une idée me passe par la tête, dans les dernières pages de l'agenda mentionné ci-dessus. Malheureusement, je m'aperçois parfois que je n'arrive pas à relire ce que j'ai écrit : *voir urty abt. srtnt* serait un exemple de note typique. Donc, tandis que j'étais dans la boutique, mon œil est tombé sur un dictaphone numérique à activation vocale, un Sanyo 32, et je me suis dit que j'avais trouvé la solution à mon désordre et l'ai acheté pour soixante-douze dollars. Il fait la taille d'un téléphone portable et enregistre deux bonnes heures en mode haute qualité. Depuis cet achat, les deux

1. Document cadastral datant de 1086. C'est le plus ancien document officiel d'Angleterre. *(N.d.T.)*

dernières heures de la bande-son de ma vie ont été enregistrées pour être réécoutées plus tard. Ce qui m'a été d'une valeur inestimable pour le présent exercice.

Après le déjeuner, j'ai ramené Mickey en Lincoln. Il avait bu l'essentiel du vin plus deux vodkas citron vert et en avait un coup dans le nez. Lorsqu'il est comme ça, il se met invariablement à parler de ses trois femmes. La première, Mme H., était sa petite amie de fac, Louise, une solide blonde issue d'une bonne vieille famille de la Nouvelle-Angleterre, qui distribuait des faveurs sexuelles debout sous le balcon et le lierre pendouillant de sa résidence étudiante à Barnard, comme nous le faisions tous à l'époque, ainsi que d'autres un peu plus intimes dans notre appartement. Elle avait commencé à le laisser coucher avec elle en licence, après avoir obtenu la bague, une autre tradition marrante de l'époque. Je me souviens de matins le week-end dans notre appartement, Mickey dans sa robe de chambre de velours bordeaux (ou son peignoir comme il l'appelait prétentieusement) préparant du café dans une cafetière Chemex en en mettant partout, et Louise arrivant comme un charme, légèrement embarrassée de me voir à la table de la cuisine, mais le prenant avec classe. Dans ces occasions elle portait généralement des collants noirs avec l'une des chemises habillées de Mickey par-dessus, tenue que j'ai depuis toujours trouvée extrêmement érotique. (Les collants étaient des sous-vêtements à l'époque ; je n'ai jamais vraiment pu m'habituer à voir des filles courir à travers la ville en exhibant leurs corps dedans – toujours une certaine vibration dans le scrotum.) Elle apparaissait aussi sans soutien-gorge – elle avait en effet très tôt adopté ce style – et possédait d'adorables seins pointus qui gigotaient légèrement.

Le sous-entendu ces matins-là était toujours que Mickey était l'étalon avec une maîtresse tandis que j'étais le pauvre tâcheron, sexuellement honnête mais frustré, et cette sérénade nous faisait bien ricaner ! En fait, à l'époque, j'avais presque plus de rapports que ce que je pouvais fournir avec une femme nommée Ruth Polansky, une bibliothécaire de trente-six ans qui travaillait à la branche Farragut de la bibliothèque publique de New York. Chose que j'avais cachée à mon colocataire et à tous les autres, par embarras ainsi que par sincère crainte pour l'emploi de Ruth. Est-ce que tout cela à un rapport avec l'histoire ? Dans un sens, ne serait-ce que pour prouver combien mon entraînement à la dissimulation sexuelle remonte à loin. Je suppose qu'il n'y a rien de plus explosif qu'une relation entre un adolescent et une femme d'un certain âge, au cours de laquelle l'apogée de la capacité masculine est égalée par l'appétit de la femme. Les Français font preuve d'une certaine fascination pour de telles relations et possèdent toute une littérature sur le sujet, alors qu'en Amérique (*Le Lauréat* !) nous traitons ça seulement comme une farce.

Notre liaison tenait néanmoins de la farce, car notre principal problème consistait à trouver un endroit où faire l'amour. Elle vivait avec sa mère et je vivais avec Mickey Haas. Ni l'un ni l'autre n'avions de voiture, j'étais, comme je l'ai déjà dit, sans ressources, et son salaire de bibliothécaire ne nous permettait pas de nous payer des chambres d'hôtel. Mme Polansky et moi nous connaissions depuis des années, et elle avait observé avec intérêt ma croissance adolescente et l'accumulation de lourde musculature qui était allée avec. C'était une petite femme pâle que ses cheveux soyeux et incolores portés en queue-de-cheval faisaient paraître plus jeune que son âge. Chose inhabituelle à l'époque, elle était divorcée, ce qui ajoutait un certain sel aux fantasmes que j'avais commencé à avoir sur elle vers l'âge de douze ans. Dans mon souvenir (erroné, je suppose), elle m'a appâté très habilement, utilisant mon intérêt pour le théâtre pour orienter mon esprit vers le genre de vie érotique qui n'était pas disponible dans les lycées à l'époque. Elle m'a donné des livres, des pièces : Williams, Ibsen, *Thé et Sympathie,* de la poésie érotique française, et *Ulysse,* ces derniers empruntés à sa collection privée. Il n'est de toute manière pas difficile de séduire un adolescent dans une bibliothèque sentant les livres séchés à la vapeur par un soporifique après-midi d'hiver. Mes boutons ne la dérangeaient pas. Elle me complimentait sur mes yeux. Sexy, disait-elle, des yeux à vous mener au lit.

La séduction initiale a eu lieu dans la salle du personnel de la bibliothèque. Elle avait une pause d'un quart d'heure, l'autre bibliothécaire était au guichet. Nous avons fait l'amour sur une chaise, près d'un radiateur qui s'échauffait en sifflant, ce qui n'avait rien à voir avec Mme Polansky. Ça n'a duré que quelques minutes, mais elles ont suffi à lui faire atteindre un paroxysme remarquable au cours duquel, puisqu'elle ne voulait pas attirer l'attention des clients de la bibliothèque, elle a laissé de considérables volumes d'air franchir ses dents serrées ; j'ai depuis toujours trouvé érotique le son de la vapeur. Je n'ai pu l'entendre crier d'extase à gorge déployée que lorsque la municipalité s'est mise à fermer les bibliothèques les mardis et jeudis après-midi, nous permettant d'utiliser mon ancienne chambre dans l'appartement familial pendant que Mutti travaillait à l'hôpital.

Nous disposions d'environ trois heures entre midi et le moment où ma sœur revenait de l'école, créneau dont une bonne partie était consumée par le trajet en métro depuis le nord de Manhattan jusqu'à l'est de Brooklyn, ce qui signifiait que nous nous arrachions nos vêtements dès que la porte se refermait derrière nous. Mme Polansky n'était pas la jouisseuse la plus bruyante que j'aie rencontrée, mais elle pouvait prétendre au titre, produisant à l'apogée une série de gémissements d'orgue profonds et sonores ; et, étant donné la nature de notre liaison, il fallait bien s'attendre à ce que, un jour, après avoir achevé nos acrobaties habituelles et réarrangé nos vêtements pour pouvoir paraître dans le monde, nous tombions sur Mutti assise à la table de la cuisine. Elle avait pris son après-midi pour je ne sais quelle raison, et je n'ai jamais su combien de temps elle était restée assise là. Elle a conservé un visage impassible lorsque j'ai présenté Mme P. comme une prof de maths venue m'aider à potasser mon algèbre. Ruth a tendu la main et Mutti l'a serrée, tout à fait convenablement, avant de lui offrir un café.

Je n'avais pas repensé à cet après-midi depuis un bon bout de temps. Je n'aime vraiment pas me rappeler cet appartement, surtout la cuisine.

Retour à Mickey et ses femmes. Louise, comme je l'ai dit, a été la première et a duré les sept ans habituels. La révolution sexuelle avait alors atteint son sommet, et Mickey voulait sa part, qui n'était franchement pas difficile à obtenir pour un professeur, et c'est ainsi qu'arriva Marilyn Kaplan, l'éternelle étudiante en licence. À cette époque, Mickey avait deux gosses, un chien et sa grande maison de Scarsdale. Il a donc dû débourser un sacré paquet pour pouvoir assouvir son désir de Marilyn. Des trois femmes, Marilyn est la plus classiquement belle : grands yeux noirs, longs cheveux châtains brillants, et le superbe corps de la fille américaine, longues jambes, taille fine, seins en boulets de canon. C'était une ardente féministe de la grande école des années soixante-dix, méprisant complètement le regard des hommes tout en l'attirant sans cesse, et profitant grandement des avantages que cela conférait. Elle a produit un enfant supplémentaire puis a disparu au bout de trois ans avec un type de Berkeley, je crois, un bisexuel efféminé politiquement irréprochable, ou du moins est-ce ce que j'ai cru comprendre. À en croire Mickey, le problème était principalement intellectuel : il n'était simplement pas à son niveau question théorie littéraire. C'était une chose pratiquement aussi importante pour elle que les rapports sexuels, aux cours desquels, selon Mickey, elle était le partenaire dominant et faisait preuve d'une énergie et d'une créativité infinies.

Je l'ai entendue donner une conférence un jour. Mickey m'a emmené, ça s'appelait quelque chose comme « Privilégier le texte dans les dernières comédies : Théorie de l'acte de parole et formation discursive dans Shakespeare ». Je n'y ai pas pigé un traître mot, et l'ai dit à Mickey, qui a essayé de m'expliquer Foucault, Althusser et Derrida et la révolution de l'étude littéraire dont Marilyn était l'une des plus jolies représentantes. Je voyais bien pourtant qu'il n'avait pas le cœur à ça. Le problème de Mickey, ai-je perçu, était que tandis qu'il pouvait débiter les théories critiques du moment, chose qu'il faisait superlativement bien, il n'y mettait pas tout son cœur, car il *aimait* Shakespeare, et aimer quoi que ce soit était apparemment une affectation bourgeoise qui dissimulait les machinations de la patriarchie oppressive. Marilyn croyait que je pouvais le changer, elle croyait que je pouvais insuffler un peu d'air frais dans sa vision paternaliste et bourgeoise de la littérature, mais non. Et il ne la faisait jamais jouir, pas comme Gerald-de-Berkeley, c'est du moins ce qu'elle lui a dit. En définitive, elle lui a laissé le gosse.

La numéro trois était, ou est, Dierdre, son éditrice chez Putnam, dure comme du Kevlar et tendue comme une corde de piano, qui recherche la perfection en toute chose. Elle est maintenant (revenons à nos moutons) le principal motif de plainte, car Dierdre est *à la mode*[1] au maximum. Pour Dierdre, avoir le mauvais réfrigérateur, aller à la mauvaise fête, apparaître dans le mauvais club ou le mauvais lieu de vacances, ou avoir le mauvais genre de maison dans les Hamptons, serait une sorte de cancer social, et elle désire maintenant mettre au monde un enfant parfait, chose contre laquelle Mickey, qui en a déjà trois, regimbe. Il m'a raconté une longue anecdote sur...

1. En français dans le texte. *(N.d.T.)*

Vous savez, j'oublie de quoi il s'agissait. De tuiles ? D'un appareil allemand ? De stratégies de conception ? Qu'est-ce que ça peut foutre, l'idée était qu'elle lui coûtait un paquet, tout comme la première femme et la première série de gamins, sans compter le garçon de Marilyn (Jason) qui faisait des siennes et lui coûtait une fortune en écoles spéciales et en psychiatres, et à cause du marché et des nombreux héritiers de la famille, il était sérieusement à sec. (J'ai proposé de prêter de l'argent, il s'est foutu de moi, ah ah, on n'en est pas encore là.) Ces séances de jérémiades font partie intégrante de ma relation avec Mickey. Je suppose qu'il a suffisamment écouté les miennes, même si je n'ai eu qu'une seule femme. Le plus bizarre, cependant, est que le hasard a voulu que je couche avec les trois femmes de Mickey, mais jamais alors qu'elles étaient mariées à lui. Je ne ferais jamais ça.

Louise et moi avons passé un unique et long après-midi ensemble environ deux semaines avant qu'elle ne l'épouse. Elle disait l'aimer et vouloir des enfants de lui, mais elle ne pouvait simplement pas supporter l'idée de ne plus coucher avec un autre homme, et elle a ajouté qu'elle avait toujours eu une toquade (son mot) pour moi et qu'elle voulait voir ce que ça faisait avant que la porte ne se referme brutalement. C'était une maîtresse plutôt nerveuse, et il était clair que Mickey n'avait pas dépassé les premières leçons, alors que Mme Polansky m'avait enseigné le programme dans sa totalité. Ça s'est arrêté là, elle n'a jamais plus mentionné cette liaison, ni cherché à recommencer, et je ne crois pas qu'elle en ait parlé à Mickey, même lorsqu'il est sorti avec Marilyn.

Que j'avais rencontrée à un cocktail littéraire auquel j'avais été invité par l'un de mes clients, environ six mois avant qu'il ne s'entiche d'elle. Elle s'était lancée dans une grande diatribe sur les « fascistes » de son département de littérature anglaise. J'ai doucement fait remarquer que ce mot avait une signification technique et qu'il n'était pas particulièrement sage de l'utiliser avec un sens figuré si large, au risque d'être pris de court le jour où les vrais fascistes reviendraient, ce qui pouvait fort bien arriver, car le fascisme avait ses attraits, de toute évidence. Elle s'est moquée de moi, car pour elle « fasciste » était le terme qu'on appliquait aux personnes qu'on n'aimait pas, même si elles avaient tendance à le rejeter. Personne hormis quelques ploucs décérébrés de l'Indiana ou de l'Idaho n'avouait jamais adhérer au fascisme. Pour des raisons évidentes, je me suis beaucoup penché sur l'histoire et la littérature de cette philosophie, et, comme j'étais un peu éméché, je lui en ai administré une bonne dose. Je ne pense pas qu'elle avait jamais entendu un argument cohérent qui ne commençait pas par ses hypothèses à *elle*, mais par des propositions complètement différentes. Par exemple, que les oppressions raciale et sexuelle étaient naturelles, et qu'il était aussi absurde d'en avoir honte ou de les réprimer que d'avoir honte de sa sexualité ; que le pouvoir absolu qui permettait de pulvériser ses ennemis était une chose délicieuse dont il ne fallait pas non plus avoir honte ; que la démocratie était pitoyable ; qu'il était jouissif de lier sa volonté à celle d'un leader ; que la guerre était la santé de l'État...

Quand j'ai eu fini, elle a affirmé que personne ne pouvait croire à ces conneries, et je lui ai fait remarquer que, d'un point de vue historique, de nombreuses personnes l'avaient fait, que cela avait d'ailleurs été extrêmement populaire quelques décennies plus tôt chez des personnes tout aussi intelligentes qu'elle, parmi lesquelles Martin Heidegger et mon grand-père, qui, lui ai-je fait savoir, avait été membre des Waffen-SS. Elle a cru que je plaisantais, je lui ai assuré que non et l'ai invitée à venir chez moi pour voir la collection de souvenirs nazis dont j'avais hérité, chose que, j'en suis quasiment certain, personne ne lui avait jamais proposée. Elle est venue, je lui ai montré mes objets et lui ai raconté mes histoires. Cela a eu un effet perversement érotique sur elle, car je suppose que pour elle c'était l'illustration parfaite du célèbre vers de Sylvia Plath[1], bien que chaque femme ne m'aime pas et que je ne sois pas un véritable fasciste. Mais elle voulait vraiment se prendre des coups de botte, sous la forme d'une sexualité violente et de quelques autres brutalités. Je ne suis pas trop versé dans ce genre de choses, mais je me suis senti obligé d'être gentleman (façon de parler) en cette occasion. Elle dégoisait des obscénités au moment de l'orgasme, une autre chose que je n'aime pas trop, et je ne l'ai pas rappelée, ni revue, jusqu'à ce que Mickey m'invite boire un verre un peu plus tard pour me présenter sa nouvelle maîtresse. Nous avons fait comme si nous ne nous connaissions pas.

---

1. « *Chaque femme adore un fasciste, la botte dans le visage, le cœur brutal brutal d'une brute comme toi* », tiré du poème *Daddy*. *(N.d.T.)*

Dierdre publie l'un de mes clients. Nous nous sommes rencontrés à mon cabinet, quelque chose à voir avec le fait que son auteur avait utilisé des personnages apparus dans une œuvre antérieure dont il partageait les droits avec un autre auteur. Nous avons échangé plusieurs regards. Elle portait un chemisier chatoyant et un pantalon très serré, et lorsqu'elle s'est levée pour tirer quelque chose de sa serviette, j'ai admiré son derrière et les cuisses minces qui y étaient attachées, ainsi que l'espace intéressant qui se dessinait nettement entre elles, aussi large qu'un paquet de cartes. Elle m'a jeté un nouveau coup d'œil en se rasseyant. C'était, je dois l'avouer, une situation à la *Sex and the City*. Je l'ai appelée, et ça a fini comme d'habitude. Elle s'est révélée être l'une de ces femmes qui aiment s'empaler sur un homme puis se masturber. Elle n'avait absolument pas de rembourrage et je me suis retrouvé avec un bleu douloureux sur le pubis. À part ça, c'était un rossignol, chose que j'apprécie plutôt, roucoulant une longue série de notes mélodieuses durant ses multiples orgasmes à rallonge. Nous nous sommes vus quelques fois – c'était il y a environ cinq ans – puis un jour j'ai appelé et elle était occupée, j'ai rappelé – *idem* – alors nous en sommes restés là. Je n'ai pas regretté la fin de notre liaison. Je crois qu'elle me trouvait un peu guindé, et je la trouvais un peu creuse. Quand je l'ai revue quelques mois avant son mariage en compagnie de Mickey, elle aussi a fait semblant de ne pas me connaître, et peut-être avait-elle en effet oublié notre petite aventure routinière.

Ces souvenirs me dépriment quelque peu et je ne les rapporte que pour jeter les fondations, nécessaires au déroulement de cette histoire, de ma soif d'érotisme de plus en plus pathétique. Dierdre était sexy mais pas érotique ; il n'y a pas de profondeur chez elle. Ingrid est érotique, quoiqu'un peu détachée, il y a toujours de la distance quand nous sommes ensemble, et je suppose que c'est pour ça que je vais la voir. Les artistes, ai-je découvert, sont souvent comme ça ; tout va dans leur travail. Ma lointaine femme, Amalie, est de loin la femme la plus érotique que j'aie jamais rencontrée, elle dégage une force vitale bouillonnante, et tout ce qu'elle touche atteint la beauté. Sauf moi.

« Érotique » a-t-il un antonyme ? Thanatotique, peut-être. Ce mot existe-t-il ? Il est clair que c'est une chose réelle en soi, car ne nous délectons-nous pas tous de la mort ? Surtout la mort violente, quel plaisir ! Ne la montrons-nous pas à nos enfants avec tous ses détails fictifs des dizaines de milliers de fois ? Mais pas la réalité : non, sauf lors des courses automobiles, c'est le dernier domaine où nous reconnaissons la différence entre propriété intellectuelle et vie réelle. La vraie mort est la dernière chose embarrassante. Et il y a sûrement une esthétique de la mort, l'opposé de toutes ces joyeuses scènes impressionnistes et des nus lascifs de Boucher, une esthétique qui a je pense atteint son apogée durant le régime pour lequel mon grand-père a fait le sacrifice suprême. Contrairement à ce qu'affirme Mies van der Rohe, cet attrait n'a rien à voir avec la simple fonctionnalité. Le P-47 Thunderbolt américain était une arme efficace et formidable, sans doute le meilleur chasseur bombardier de la guerre, mais il semble sorti tout droit des studios de Disney, grassouillet et bulbeux, comme si son hélice avait dû émerger d'un visage tout souriant. Le Stuka en revanche ressemble bien à ce qu'il est : la terreur tombée du ciel. Ou encore le tank Sherman, qui ressemble à un jouet qu'un gamin tirerait au bout d'une ficelle ; le Panzer VI Tigre est de toute évidence une machine élaborée destinée à tuer des êtres humains. Sans parler des formidables uniformes et de l'apparat. Et de cette chose que je tiens dans ma main.

Les Allemands appellent ça un *Pistole*-08, un *null-acht,* mais le reste du monde appelle ça un Luger. C'est en fait celui-là même qui a été brandi lors de la rencontre entre mon père et ma mère : oui, elle a menti à ce sujet, car il est ici. C'est un modèle spécial de présentation décerné au vieux grand-père lorsqu'il a reçu la croix de Chevalier avec feuilles de chêne et glaives. Dieu sait ce que ça peut valoir, des milliers de dollars pour les petits bonshommes étranges qui collectionnent ces saloperies. Sur le côté gauche de la crosse est incrusté un losange de diamant divisé en quarts rouges et blancs et portant en lettres noires en son centre

II

ϟϟ

Pz.

Sur le côté droit nous trouvons une minuscule incrustation argentée reproduisant la décoration ; le nom de la personne qui a été décorée, son rang et la date sont gravés sur la carcasse. Himmler le lui a apparemment remis de ses propres mains grassouillettes. Ma mère n'a jamais été très claire quant aux motifs qui ont valu à mon grand-père de recevoir la médaille, mais il était question d'un nombre véritablement spectaculaire de Russes tués tandis qu'il commandait un régiment de panzers sur le front de l'est à la fin de l'été 1943. Le voir entre mes mains me fait toujours transpirer un peu ; c'est un objet absolument horrible, mais allez savoir pourquoi, je n'ai jamais pu me résoudre à le vendre ni à le balancer dans la rivière. En plus, il est chargé, avec les 9 mm Parabellum d'origine. Et je sais qu'il fonctionne. Peut-être que je m'en servirai pour faire un petit carton plus tard. Je suis plutôt bon tireur à vrai dire. C'est mon frère, Paul, qui m'a appris durant une permission après son premier périple. Je l'ai retrouvé à Fort Bragg un après-midi et nous sommes allés faire un tour dans la pinède et avons canardé avec un Colt .45 de l'armée et un Makarov 9 mm soviétique qu'il avait récupéré au Vietnam. Il enseignait le combat à bout portant, la vitesse par-dessus tout le reste, car la cible se trouvait en moyenne à deux mètres voire moins.

Quoi qu'il en soit, j'ai déposé Mickey à Columbia et, en quittant la voiture, il a dit : « Fais-moi savoir quand la nièce appellera – si elle trouve le manuscrit, dis-lui que j'adorerais y jeter un coup d'œil. »

J'ai répondu que je le ferai, puis nous sommes repartis vers le sud. Pendant le retour, j'ai pensé à ma longue relation avec Mickey Haas, notamment à ses aspects sexuels. Je devais reconnaître éprouver un certain mépris à son égard, ce qui fait, je pense, inévitablement partie de n'importe quelle longue amitié vraiment intime. Mon frère, Paul, dirait que ce sentiment est inhérent à notre déchéance, le fait que nous ne puissions aimer sans réserve, que nous devions avoir moins de considération envers l'être aimé qu'envers nous-même, du moins en un sens. Bien que ce soit douloureux, je suppose que c'est une bonne chose. Nous avons tous une tendance à l'autoadulation, et l'une des fonctions principales d'un bon ami est d'y mettre un frein. Je sais qu'il me considère comme un vieux chien ennuyeux, et qu'il me juge bien moins intelligent que lui. C'est peut-être vrai ; il est certain que je suis loin d'être aussi célèbre. Je n'écris pas de best-sellers populaires, je ne suis pas vénéré par des légions d'étudiants, je ne suis pas un membre illustre de l'Académie nationale des arts et des lettres, et je n'ai pas non plus reçu le prix Pulitzer. Il doit aussi croire que l'amour, ou du moins le sexe, me rend idiot. Il est certainement au fait de mes peccadilles, sauf les trois exceptions précédemment évoquées. Il était terriblement affecté quand Amalie et moi nous nous sommes séparés. Elle est parfaite pour toi, disait-il à l'époque, énumérant la liste de ses vertus. Il avait raison. Bien trop parfaite pour moi, mais c'est dur de faire comprendre cette idée à quelqu'un d'autre.

Plusieurs jours plus tard, à en croire mon agenda, Mlle Maldonado m'a passé une communication ; je l'avais prévenue de la possibilité de ce coup de fil et avais insisté sur son importance. C'était une voix jeune, plaisante, un peu rauque. Vous savez de quoi il s'agit, non ? Son accent et la dernière syllabe indiquaient qu'elle était canadienne. Étrangère – toute proche, comme disaient les publicités. J'ai trouvé cela immédiatement attirant et l'ai invitée à passer au cabinet, mais elle a rechigné. Elle préférait me rencontrer dans un endroit neutre. Où, alors ? Elle travaillait, a-t-elle expliqué, à la bibliothèque publique de New York, dans la salle de lecture Brooke Russell Astor de la division des livres anciens. J'ai dit que j'avais quelques affaires à régler mais que je pouvais y être à quatre heures. Elle a répondu qu'elle avait hâte de me rencontrer.

J'ai repris ma tâche de la journée, qui consistait à poursuivre un pauvre couillon d'artiste au nom d'une société gigantesque. C'est le pain quotidien de l'avocat en propriété intellectuelle. Quelqu'un s'était approprié le logo d'une chaîne nationale pour évoquer la folie du consumérisme. Le logo original est quelque peu osé (des seins) et l'artiste avait accentué le trait, et son logo était apparu sur des affiches et des T-shirts que l'on s'arrachait, ce qui ne faisait pas rire la boîte en question. Je peux demander une ordonnance de cessation et d'abstention de ce genre les yeux fermés, ou, en cette occasion, en pensant à mon rendez-vous à venir avec la mystérieuse héritière de Bulstrode, dont je savais qu'elle s'appelait Miranda Kellogg.

Omar m'a déposé dans la Cinquième Avenue devant l'entrée de l'imposant bâtiment des beaux-arts de la bibliothèque à quatre heures moins le quart. Les deux lions de pierre, Patience et Courage, qui, selon la tradition new-yorkaise, sont censés rugir lorsqu'une vierge gravit les marches, ne pipaient pas mot. J'ai pris l'ascenseur jusqu'au deuxième étage et me suis arrangé pour accéder à la salle Astor, juste à côté de la principale salle de lecture. Bien des souvenirs ici : j'ai passé une portion significative de mes années de collège assis à ces longues tables de bois. Je prenais le métro depuis Brooklyn et restais toute la journée, à soi-disant faire des recherches pour une dissertation (c'était avant Internet, bien sûr, et avant que Mme Polansky ne frappe) mais prenant principalement plaisir à l'anonymat, à la compagnie d'inconnus et d'érudits, et à la totale non-Mishkinité du lieu. Ma première véritable expérience d'adulte.

Je l'ai repérée tout de suite, assise à une longue table dans un coin. À part l'homme qui s'occupait du guichet officiel, il n'y avait qu'elle dans la pièce aux riches lambris. Elle avait les cheveux blonds, attachés en deux nattes miniatures épinglées au-dessus des oreilles. Amalie portait ses cheveux ainsi lorsque nous nous faisions la cour, et aussi absurde que ça puisse paraître, je n'ai jamais pu résister à ce style. Son cou était dénudé et délicieusement vulnérable ; le cou des femmes est, selon moi, le caractère sexuel secondaire le plus sous-estimé dans notre culture, et il m'atteint toujours directement aux parties. Je suis resté quelques minutes à simplement la regarder tourner des pages. Puis, de cette façon mystérieuse que personne n'a jamais réussi à m'expliquer, elle a pris conscience de mon regard et s'est retournée brusquement. Nos yeux se sont croisés. J'ai acquiescé. Elle m'a fait un sourire éblouissant, s'est levée et est venue vers moi. Elle ne ressemblait pas vraiment à la jeune Amalie, pas trait pour trait, mais elle avait cette même grâce léonine ; un peu plus petite que la moyenne, elle portait une jupe grise et un magnifique chemisier de soie rose éclatant. Collants sombres, chevilles élégantes. Elle a tendu une main que j'ai saisie. Elle avait les yeux vert raisin, exactement comme Amalie. Vous devez être M. Mishkin, a-t-elle dit. Je suis Miranda Kellogg. J'ai été incapable de parler pendant un moment. Un courant électrique est remonté le long de mon bras et je crains d'avoir fait durer la poignée de main un peu trop longtemps. C'est ridicule, me rappelé-je avoir pensé.

La Lettre de Bracegirdle (5)

Comme j'approchais de ma maison ce soir-là j'entendis des cris de femme et en entrant découvris mon père qui rossait sévèrement ma mère avec son baston, ce que jamais je n'avais vu jusqu'alors ni ne pensois jamais voir. Voici l'affaire : Margaret la servante avoit trouvé dans l'armoire de ma mère un crucifix et un chapelet papistes et les avoit aussitôt portés à mon père, et luy, croyant avoir nourri et logé toutes ces années durant une papiste secrète, perdit la teste et la frappa de rage, ma mère protestant vainement que ces ornements estoient tout ce qui luy restoient de sa mère, de simples souvenirs. Et bien que sçachant mon père dans son bon droit, je ne le pus tolérer et tentai d'arrester son bras, l'implorant d'avoir pitié de son épouse : mais il cria qu'elle n'estoit plus son épouse et me battit aussi. Je le repoussai et il chut lourdement au sol. Tous deux – je veux dire ma mère et moy – nous agenouillâmes pour l'aider si nous le pouvions : à la vérité il n'estoit point blessé mais souffroit dans sa fierté, et il cria : « Que la peste vous emporte, vous ne dormirez point une nuit de plus chez moy, je n'ai plus ni épouse ni fils. »

Pleurant amèrement, ma mère et moy partîmes en emportant quelques biens. Je louai une charrette pour porter ses meubles, tandis que ma mère se mouroit presque de honte. J'avois par hasard les 68 livres et 12 shillings en or que l'Ordonnance avoit payés pour les canons, aussi n'étions-nous point démunis et je pus louer une chambre pour la nuit dans l'auberge de l'Iron Man dans Hart Lane, près du vieux Crutchedfriars, 3 pences pour le manger et le logis. Le lendemain matin je laissai quelque argent à ma mère et m'embarquai pour Gravesend afin de regagner Titchfield d'où j'estois venu. Mon maistre fut bien heureux que ses canons eussent été essayés avec succès mais se renfrogna grandement lorsque je luy contai ce qui s'estoit passé dans la demeure de mon père, et plus encore en entendant que j'avois utilisé son or pour nous loger : je promis de rembourser chaque penny et plaidai la nécessité. Mais il crut que je mentois et que j'avois joué ou bu son argent et espérois l'abuser avec cette histoire de papistes : en bref, nous nous querellâmes et je ne parvins point à conserver ma patience de chrestien ni à honorer mon maistre comme je l'aurois dû faire, car je ne tolérai point ses hypocrisies, luy-mesme estant un grand menteur. Sa femme estant aussi présente une grande discorde s'ensuivit dans la maison. Le lendemain j'estois renvoyé sans autres effets que le vestement que je portois ni sans lettre de départ.

Titchfield se trouvant à 65 miles anglois de Londres, je mis quelque temps à y retourner à pied, dormant sous des haies et volant fruits et œufs, que Dieu pardonne mes péchés. J'arrivois tard à l'Iron Man et trouvois ma mère en compagnie d'une belle jeune fille, la fille du maistre de maison, qui n'estoit autre que toy, chère Nan, que je rencontrois pour la première fois et aimois par la suite, ainsi que tu le sçais. Mais peut-être nostre fils lorsqu'il aura atteint l'âge d'homme, si Dieu le permet, ne le sçaura-t-il point, aussi le contai-je ici.

Je devois maintenant gagner de quoy nous nourrir et nous loger, moy un garçon de seize ans à peine, et je repensois à la Tour et à ceux que j'y avois rencontrés et qui avoient proposé de me donner du travail. Je m'y rendis aussitôt et demandai à voir M. Hastynges : il vint, je lui contai nostre lamentable situation et il m'observa de près et dit : « Eh bien, garçon, nous ne pouvons accepter des papistes non reformés dans la Tour, il m'en coûteroit ma teste, et de plus je ne les puis souffrir, car j'assiste à un sermon par semaine, celui du dimanche, et n'ai point besoin de prières ni de simagrées les autres jours. » À quoy je répondis que j'en avois aussi fini avec eux. Alors M. Keane entendant cela dit à Hastynges : « Nous devons l'essayer comme canonnier, allons à Southwark. » Nous franchîmes donc le pont et bûmes beaucoup de vin (ce que je n'avois jusques alors jamais fait) et vîmes des combats d'ours et de chiens et des spectacles obscènes. Ils me menèrent aussi au bordel et me payèrent une catin mais, Dieu merci, je vomis et fus si malade que je la montai à peine assez longtemps pour que cela pût compter comme un péché, et ils rirent de bon cœur et firent des plaisanteries salaces à mon endroit, et M. Keane jura que je n'estois point un puritain mais un petit fauconneau de deux livres, capable de décharger convenablement mais qui n'avoit point éclaté à la culasse.

6

CROSETTI, PORTANT ENROULÉ SOUS SON BRAS LE PAQUET qui contenait le manuscrit peut-être inestimable, attendit dans la rue déserte pendant presque une demi-heure, ce qui lui sembla excessif. Qu'est-ce qu'elle fabriquait là-dedans ? Il lui était cependant déjà arrivé occasionnellement d'attendre aussi longtemps qu'une femme se prépare pour sortir. Cela dit, aujourd'hui ils n'allaient pas au bal du lycée. Il consulta sa montre, fit les cent pas et se sentit devenir fou.

Elle apparut vêtue de l'une de ses tenues noires, comme si elle allait travailler chez Glaser, et il se demanda pourquoi. Peut-être Bulstrode était-il à cheval sur la formalité, auquel cas il serait déçu par Crosetti, qui avait besoin d'un bain et d'un rasage et qui portait un T-shirt acheté lors d'un concert de Springsteen, un jean sale et des Nike. Il ne se plaignit cependant pas qu'elle l'eût fait attendre.

Elle ne s'excusa pas non plus. À la place, elle lui adressa un hochement de tête informel et se mit en route. Il ne l'interrogea pas sur leur destination, décidant de la jouer cool. Lui aussi pouvait être un homme international du mystère. Ils marchèrent jusqu'à Van Dyke Street et prirent le bus 77 jusqu'à la station de Smith Street, puis ils montèrent dans le train F et roulèrent en silence dans le fracas du métro jusqu'à Manhattan. À Houston Street elle se leva et descendit du métro d'un pas alerte. Lorsqu'il la rattrapa il ne put s'empêcher de lui demander où ils allaient. Au fond de lui, Crosetti n'était pas cool.

« Chez Mermelstein, répondit-elle. C'est le dernier grossiste en beau cuir pour reliure de la ville.

– Ils vont te vendre au détail ?

– M. Mermelstein m'aime bien.

– Vraiment. Il t'aime bien... ? » Crosetti fit mine de la peloter. Ils s'engageaient sur les marches de la station et elle s'arrêta brusquement et dit : « Il ne fait pas ça. Tu sais, je suis vraiment désolée de t'avoir dit ça sur Sidney. Est-ce que tu vas me le ressortir chaque fois que j'évoquerai une relation professionnelle avec un homme ?

– C'est effacé de mon esprit à partir de cette minute », répondit Crosetti, sincèrement confus, mais éprouvant également le sentiment de se faire un peu manipuler.

Il se demandait aussi pourquoi elle allait chez un grossiste. Tous les protagonistes du commerce des vieux livres à New York savaient que le centre de la reliure se trouvait à Brooklyn, à Borough Park. Il s'apprêtait à lui poser la question mais s'interrompit lorsqu'il trouva la réponse tout seul. Les vendeurs de livres et les principaux collectionneurs avaient des contacts parmi les relieurs normaux. Si l'un d'eux se voyait proposer un exemplaire des *Voyages* de Churchill au rabais, il se renseignerait auprès des relieurs pour voir si le livre avait été réparé. Aucun collectionneur n'irait s'imaginer que le vendeur avait fait le boulot tout seul, à partir de matières premières. Il était plutôt content de lui d'avoir compris ça, tout ce qui lui permettait de percer la fourberie de Rolly étant une chose de gagnée.

Ils prirent Houston Street vers l'est jusqu'à un vieux bâtiment commercial près de la Deuxième Avenue. Ils pénétrèrent dans un loft où flottait une odeur âcre et qui contenait peut-être quatre mille mètres carrés de peaux de divers animaux. Crosetti s'appuya contre un rouleau de cuir et regarda Rolly négocier pendant un temps considérable avec un homme âgé qui portait une calotte, un costume noir usé et des pantoufles. Ils semblaient bien s'amuser, et Crosetti remarqua avec intérêt que Rolly avait subtilement changé de façon de se comporter. Elle souriait plus avec Mermelstein, partit même à rire une ou deux fois, et donnait l'impression générale de parler plus fort et d'être plus agressive que la personne qu'il connaissait, elle semblait plus... osait-il le penser ?... plus juive ? Elle avait aussi adopté le débit et l'accent des faubourgs.

Il lui fit part de ses observations tandis qu'ils repartaient avec un petit rouleau de belle vachette enveloppée dans du papier brun.

« Tout le monde fait ça, répondit-elle d'un ton dégagé. Quand tu parles à quelqu'un, tu adoptes un peu son attitude, tu te mets à sa place. Pas vrai ?

– Je suppose », répondit-il, tout en pensant, oui, mais je sais qui je suis, alors que toi, ma chère, qui es-tu ? Il se répéta cette phrase, envisagea de la prononcer à voix haute, s'abstint. Au lieu de quoi il demanda : « Alors, on va où maintenant ?

– On reprend le F jusqu'à la 14e Rue et le train de Broadway jusqu'à Columbia. Nous avons rendez-vous avec le docteur Bulstrode dans quarante-cinq minutes.

– Est-ce qu'on peut manger quelque chose avant ? Je n'ai rien avalé depuis hier soir.

– Tu as mangé tous mes biscuits.

– Oh, d'accord, désolé. Tes biscuits hors d'âge. Carolyn, c'est quoi ton problème ? Pourquoi ne vis-tu pas comme une personne normale, avec des meubles, de la nourriture dans ta cuisine et des photos au mur ? »

Elle se mit à marcher en direction de la station de métro.

« Je te l'ai dit. Je suis pauvre. »

Il hâta le pas pour la rattraper.

« Tu n'es pas si pauvre que ça. Tu as un boulot. Tu gagnes plus que moi. Qu'est-ce que tu fais de ton argent ?

– Je ne vis pas chez ma mère, rétorqua-t-elle froidement.

– Merci. Ça me remet à ma place.

– Exact. Je ne suis pas sûre que tu comprennes. Je suis complètement seule au monde, sans le moindre soutien. Pas de frères, de sœurs, de cousins, de tantes, d'oncles, de parrains. J'ai un salaire d'employée et pas la sécurité sociale. Si je tombais malade, je me retrouverais à la rue. J'ai déjà été à la rue, et il est hors de question que j'y retourne.

– Quand as-tu été à la rue ?

– Ça ne te regarde pas. Pourquoi passes-tu ton temps à fouiner ? Ça me tape sur les nerfs. »

Le métro arriva et ils grimpèrent dedans.

« Je suis désolé, dit-il lorsque le train fut reparti et que son rugissement couvrit leur voix. Je tiens ça de ma mère. Elle s'assied à côté d'inconnus dans le métro et au bout de deux arrêts ils lui déballent toute leur vie. Tu sais, Carolyn, la plupart des gens adorent parler d'eux.

– Je sais, et je trouve que c'est une perte de temps, les gens qui déblatèrent sur leur malchance. Ou qui vont à la pêche aux compliments. Oh, non, Gloria, tu n'es vraiment pas si grosse que ça. Oh, ton fils fait ses études à Colgate ? Comme tu dois être fière !

– Mais c'est ce que font les gens. De quoi d'autre veux-tu parler ? De livres ? De reliure ?

– Pour commencer. Je t'ai dit que je n'étais pas une personne très intéressante, mais tu n'as pas l'air de vouloir le croire.

– Tu es une personne fascinante, à mon avis.

– Ne sois pas idiot ! Je mène une vie très monotone. Je vais au travail, je rentre chez moi, je m'entraîne à mon art, je compte les jours jusqu'au moment où je pourrai vraiment apprendre ce qui m'intéresse.

– Nous pourrions parler de cinéma, dit Crosetti. Quel est ton film préféré ?

– Je n'en ai pas. Je n'ai pas les moyens d'aller au cinéma. Et comme tu le sais de toute évidence, je ne possède pas de télévision.

– Arrête ! Tout le monde a un film préféré. Tu as dû aller au cinéma dans ta ville d'origine. » N'obtenant aucune réponse, il ajouta : « C'était où, d'ailleurs ?

– O.K. C'est quoi ton film préféré à toi ? demanda-t-elle sans grand intérêt après une pause.

– *Chinatown*. Tu ne vas pas me dire d'où tu viens ?

– De nulle part en particulier. De quoi ça parle ?

– De quoi ça parle ? Tu n'as jamais vu *Chinatown* ?

– Non.

– Carolyn, tout le monde a vu *Chinatown*. Les gens qui n'étaient pas nés à sa sortie ont vu *Chinatown*. Bon Dieu, il y a même des cinémas à... à Mogadiscio qui l'ont passé pendant des semaines. Le meilleur scénario original jamais écrit, ça lui a valu un oscar, nommé pour onze autres récompenses... Comment peux-tu ne l'avoir jamais vu ? C'est un monument culturel.

– Pas dans ma culture, visiblement. On descend à la prochaine. »

Le train s'immobilisa dans un hurlement à la station de la 116e Rue et ils descendirent de la rame. Elle se mit à marcher de son habituel pas impatient, et il trotta derrière elle en songeant que son impression initiale que Carolyn était un vampire ou une sorte de créature surnaturelle avait été plutôt exacte, si vraiment elle n'avait pas vu *Chinatown*.

Ils émergèrent du métro et franchirent le noble portail du campus de Columbia. Crosetti était déjà venu occasionnellement pour voir des films au ciné-club de l'université et il avait toujours éprouvé, comme maintenant, une vague sensation de regret. Quand il avait douze ans, sa mère lui avait fait faire le tour du campus. Elle avait reçu son diplôme de bibliothécaire ici, et il savait qu'elle aurait voulu qu'il y étudie. Mais pour qu'un New-Yorkais blanc, comme lui, puisse obtenir une bourse, il lui aurait fallu bosser et avoir de bonnes notes. Or ce n'était son genre. Quant à débourser la somme nécessaire pour passer un diplôme avec une pension de flic et un salaire de bibliothécaire, c'était hors de question. Il était donc allé à Queens College, « une excellente université », comme le faisait souvent loyalement remarquer sa mère, et aussi, « quand tu réussis, personne n'en a rien à faire de l'université où tu es allé ». Ça ne lui restait pas totalement en travers de la gorge, mais un peu ; et les fois où il devait venir sur le campus, il se surprenait à observer les visages des étudiants et à écouter des bribes de leurs conversations pour voir s'il notait une grosse différence entre l'intelligence des élèves des prétendues grandes écoles et la sienne. Mais il n'en voyait pas.

Carolyn Rolly, il le savait, avait étudié à Barnard, juste de l'autre côté de la rue. Il le savait car c'était lui qui s'occupait du classement dans la boutique de Sidney Glaser et il en avait profité pour examiner son C.V. dans le détail. Il n'avait pour le moment pas une haute opinion des enseignements de Barnard vu que Carolyn ne connaissait même pas *Chinatown*. Mais c'était pour ça qu'elle était si suffisante, c'était une fille des Sept Sœurs[1], après tout, et probablement brillante par-dessus le marché, puisqu'elle était pauvre et que, de toute évidence, elle au moins n'avait pas échoué à obtenir une bourse.

---

1. Les Sept Sœurs (Seven Sisters) sont sept universités du nord-est des États-Unis (Barnard, Bryn Mawr, Mount Holyoke, Radcliffe, Smith, Wellesley et Vassar) originellement réservées aux femmes. *(N.d.T.)*

Comme il était d'humeur à l'asticoter, il dit :

« Alors... de retour sur l'ancien campus, hein, Carolyn ? Je suppose que ça te rappelle le bon vieux temps dans une grande université. Écoute, s'il y a des coutumes spéciales à respecter comme ne pas marcher sur une plaque en particulier ou s'il faut s'incliner devant une statue, dis-le moi... Je ne voudrais pas te mettre mal à l'aise ni quoi que ce soit.

– De quoi parles-tu ?

– De tes années de fac. La promo de 1999, pas vrai ? À Barnard ?

– Tu crois que je suis allée à Barnard ?

– Oui, c'était... »

Il s'interrompit, mais elle comprit immédiatement.

« Sale espion ! Tu as lu mon C.V. !

– Bon, oui. Je t'ai dit que tu m'intéressais. J'ai aussi farfouillé dans ton tiroir à sous-vêtements pendant que tu dormais. »

Il crut alors voir une expression de peur véritable traverser son visage, qui disparut en un éclair pour laisser place à une expression de mépris amusé.

« J'en doute, dit-elle, mais pour ta gouverne, sache que je ne suis pas allée à Barnard.

– Tu as menti sur ta candidature ?

– Bien sûr que j'ai menti. Je voulais le boulot, et comme je savais que Glaser était un ancien élève de Columbia et que sa femme était allée à Barnard, ça m'a semblé être une bonne idée. Je suis venue ici, j'ai un peu appris le jargon, la géographie des lieux, j'ai assisté à quelques cours en auditrice libre, étudié les brochures. Ils ne vérifient jamais les C.V. Tu pourrais dire que tu es allé à Harvard. Si tu l'avais fait, je parie que Glaser te paierait beaucoup mieux.

– Bon Dieu, Rolly ! Tu n'as absolument aucune moralité, hein ?

– Je ne fais de mal à personne, répondit-elle en le fusillant du regard. Je n'ai jamais mis les pieds au lycée, et je ne veux pas travailler dans un atelier ou faire des ménages, le seul genre de boulots qu'une femme peut obtenir sans diplôme. Ou faire la pute.

– Attends une minute, *tout le monde* va au lycée. C'est obligatoire. »

Elle s'immobilisa et se tourna vers lui, baissa la tête le temps de respirer plusieurs fois, puis le regarda droit dans les yeux.

« Oui, dit-elle, mais dans mon cas, quand mes parents ont été tués dans un accident de voiture, je suis allée vivre avec mon cinglé d'oncle Lloyd, qui m'a gardée enfermée dans une cave depuis l'âge de onze ans jusqu'à dix-sept, en conséquence de quoi je n'ai pas eu l'occasion d'aller au lycée. Mais je me suis beaucoup fait violer. Maintenant, est-ce qu'il y a autre chose que tu voudrais savoir de mon foutu passé ? »

Crosetti resta bouche bée et se sentit rougir. Il voyait les larmes trembler sur les paupières inférieures de Rolly.

« Je suis désolé », dit-il d'une voix rauque.

Elle lui tourna le dos et s'éloigna à grandes foulées rapides, courant presque. Après être resté un moment piteux, il pénétra discrètement derrière elle dans un bâtiment de brique beige doté d'une entrée ornée de colonnes, puis il gravit deux volées d'escaliers, peinant à marcher tant il se maudissait. O.K., c'est fait, c'est fait, efface ça de ton esprit. Ça lui était déjà arrivé Dieu sait combien de fois ! Il s'était déjà fait jeter. Cela dit, d'habitude il n'était pas tout à fait *aussi* stupide que ça, sauf que ce coup-ci il y était pour quelque chose. Mais il pouvait tout de même s'en tirer avec classe, mener à bien son affaire avec Bulstrode, puis un petit hochement de tête et une poignée de main, et il s'en irait. Bon sang ! Comment avait-il pu être si effroyablement idiot ! Elle lui dit qu'elle ne veut pas parler de son passé, et bien sûr il ne fait que ça, et... mais ils étaient arrivés, elle cognait à la vitre de verre dépoli et une voix snob retentit à l'intérieur : « Oui-i-i. »

L'homme portait un gilet et comme ils entraient il était en train d'enfiler la veste de costume en tweed brun qui allait avec : un petit homme grassouillet d'une cinquantaine d'années, avec des cheveux gras d'un châtain clair terne qu'il portait mi-longs et peignait de sorte à dissimuler une zone chauve au milieu du crâne. Il avait les joues flasques et des lunettes rondes à monture d'écaille. Il leur tendit une main désagréablement molle et moite. Crosetti le détestait déjà ; un changement plaisant après le mépris qu'il venait de s'inspirer.

Ils s'assirent. C'était Rolly qui parlait. Bulstrode était intéressé par la provenance, l'âge et l'origine des volumes du Churchill dans lesquels le manuscrit avait été trouvé. Elle lui donna ces détails sans trop s'attarder et, pour autant que Crosetti pût en juger, avec précision. Tandis qu'ils discutaient, Crosetti parcourut du regard le bureau, qui était petit, guère plus grand qu'une salle de bains de banlieue, et comportait une fenêtre poussiéreuse donnant sur Amsterdam Avenue. Une unique bibliothèque vitrée, des livres sur une seule étagère, les autres recouvertes de papier négligemment entassés. Aussi, deux chaises en bois (sur lesquelles Rolly et lui étaient assis), un bureau de bois standard et quelque peu cabossé, des papiers et des revues éparpillés dessus et une grande photo encadrée que Crosetti ne pouvait voir bien qu'il se contorsionnât et tendît le cou autant que le permettaient les convenances.

« Très intéressant, mademoiselle Rolly, disait maintenant le professeur. Pourrais-je examiner les documents ? »

Rolly et Bulstrode se tournèrent alors tous deux vers Crosetti, et il se sentit mal à l'aise, comme lorsqu'un médecin que nous ne connaissons pas nous demande de nous déshabiller et d'enfiler une blouse. Les papiers étaient à *lui*, et ils allaient maintenant quitter ses mains pour être attestés comme authentiques ou rejetés comme apocryphes, mais par quelqu'un d'autre, quelqu'un qu'il ne connaissait pas et qui avait des yeux bizarres derrière ces verres épais, des yeux avides, fous même. Quant aux yeux de Rolly, ils étaient deux champs bleus vides, encore plus dénués d'expression que le ciel lui-même. Il dut résister à la tentation d'attraper son paquet et de s'enfuir. Mais au lieu de cela, il produisit seulement la lettre de Richard Bracegirdle à sa femme. Ces pages étaient faciles à reconnaître des autres feuilles au toucher. Voyons voir ce que ce débile va en dire avant d'exposer les lettres chiffrées, songeait Crosetti.

Il s'enfonça sur sa chaise tandis que Bulstrode saisissait la lettre et étalait les pages sur son bureau. C'était la peur qui lui avait fait tendre les documents, la trouille de paraître encore *plus* stupide aux yeux de cette foutue femme qu'il ne le paraissait déjà. Il savait qu'il n'effacerait jamais de son esprit le sentiment de honte qu'il avait éprouvé auparavant, que cette image lui resterait jusqu'à la fin de ses jours, surgissant au hasard de temps à autre pour anéantir sa joie et rendre sa dépression plus profonde. Et il y avait aussi l'image de la jeune fille enfermée dans une cave écoutant les pas de son persécuteur qui approchait ; il ne serait maintenant jamais en mesure de l'aider en l'aimant. Il avait aussi foutu ça en l'air, espèce de connard, Crosetti, tu es une vraie merde...

« Est-ce que vous arrivez à lire, professeur ? »

C'était Rolly. Le son de sa voix ramena brusquement Crosetti du cher pays de l'autoflagellation à la réalité et Bulstrode s'éclaircit la voix et répondit :

« Oh, oui, j'y arrive. L'écriture est grossière mais tout à fait claire. Un homme qui, je suppose, a beaucoup écrit. Pas un homme éduqué, il me semble, pas un homme de l'université, mais un homme néanmoins habitué à écrire. Un clerc peut-être ? Du moins, à l'origine. » Bulstrode retourna à sa lecture. Le temps passa, peut-être une demi-heure, qui parut à Crosetti aussi longue que le temps qu'on passe sur le fauteuil du dentiste. Enfin, le professeur se redressa et déclara : « Hum, oui, dans l'ensemble, un document très intéressant qui a de la valeur. Ceci, poursuivit-il en désignant du doigt les feuilles, semble être la dernière lettre d'un homme nommé Richard Bracegirdle, qui a apparemment été blessé à la bataille d'Edgehill, la première bataille importante de la guerre civile anglaise, le 23 octobre 1642. Il écrit de Banbury, semble-t-il, une ville proche du champ de bataille.

– Et Shakespeare, là-dedans ? » demanda Crosetti.

Bulstrode le regarda d'un air interrogateur et cligna des yeux derrière ses verres épais.

« Excusez-moi ? Avez-vous cru qu'il y avait une référence à Shakespeare dans ce document ?

– Eh bien, oui ! C'est pour ça que nous sommes ici. Ce type affirme avoir espionné Shakespeare. Il prétend posséder une copie autographe d'une de ses pièces. En fait, il dit même que c'est lui qui lui a commandé une pièce pour le roi. C'est juste là, sur la page de signature.

– Vraiment. Croyez-moi, M. Crosetti, je vous assure qu'il n'y a rien de tel. Les écritures de secrétaires peuvent être déroutantes pour... euh... un amateur, et les gens peuvent y voir toutes sortes de significations qui n'existent pas. C'est un peu comme voir des images dans les nuages.

– Non, écoutez, c'est juste ici, répliqua Crosetti, qui se leva de sa chaise pour faire le tour du bureau. C'est de cette partie que je parle, continua-t-il en soulevant le manuscrit et en désignant les lignes concernées. Ça dit :

> "Elles content l'histoire du complot de mon Lord D. et nostre observation du papiste secret Shaxpure. Ou du moins le pensions-nous tel, car je suis maintenant moins certayn. Par ses manières et son style de vie il n'estoit rien. Mais il est certayn qu'il écrivit

la pièce sur Marie l'Écossaise que je luy commandai au nom du Roy. Je trouve infiniment étrange que bien que je soyes mort, et luy aussi, pourtant la pièce continue de vivre, voulue par sa propre main et conservée en un endroit connu de moy seul. Puisse-t-elle y rester à jamais." »

Bulstrode ajusta ses lunettes et lâcha un petit rire. Il souleva la loupe dont il s'était servi et la positionna au-dessus d'une ligne de texte.

« Très imaginatif, je dois avouer, monsieur Crosetti, mais vous vous trompez complètement. Ça dit : "Je vous vais conter la vente de bijoux secrets en propre à Salust." L'homme devait être une sorte de facteur à Salisbury pour ce seigneur D. Puis il continue : "Ces vols je n'ay point confessés. Par mes manieres et mon stile de vie je n'estois Rien." Et plus loin il écrit "les perles vivent encore voulues par ses propres mains", et il ajoute aussi que lui seul sait où elles sont. Je ne suis pas certain du sens de "voulues par ses propres mains", mais en tout cas l'homme était clairement mourant et probablement dans une détresse intense. Il semble sauter du coq à l'âne. En fait, l'essentiel de tout cela semble relever du pur fantasme, il passe sa vie en revue dans une sorte de délire final. Mais le document est suffisamment intéressant en soi sans y mêler Shakespeare.

– Que dit le reste ?

– Oh, il contient une description saisissante de la bataille elle-même. Ce genre de description est toujours intéressant pour les adeptes de l'histoire militaire. Et apparemment il a aussi servi au début de la guerre de Trente Ans. Il était à la Montagne Blanche, à Lützen et à Breitenfeld, bien qu'il ne donne aucun détail de ces batailles. Dommage. Un artilleur professionnel, semble-t-il, avec une formation de fondeur de canons. Il prétend aussi avoir fait un voyage jusqu'au Nouveau Monde et avoir été naufragé près des Bermudes. Une vie du XVIIe siècle très intéressante, voire remarquable, et potentiellement de grande valeur pour certains champs d'étude restreints, même si je le soupçonne d'être atteint du syndrome de Munchausen. Mais rien sur Shakespeare, j'en ai bien peur. » Il marqua une pause. Silence de plomb pendant trente bonnes secondes, puis : « Je serais heureux de vous l'acheter, si vous voulez. »

Crosetti regarda Carolyn, qui lui retourna un regard neutre. Il ravala sa salive et demanda :

« Combien ?

– Oh, pour un manuscrit de l'époque jacobéenne de cette qualité je dirais que... euh... trois et demi serait le prix du marché.

– Dollars ? »

Sourire indulgent.

« Milliers, bien entendu. Trois mille cinq cents. Je pourrais vous faire un chèque maintenant si vous voulez. »

Crosetti sentit son ventre se nouer et la sueur se mit à perler sur son front. Ça ne collait pas. Il ne savait pas comment il le savait, mais il le savait. Son père parlait toujours de l'instinct, ce qu'il appelait son flair, affirmant qu'il fallait toujours s'y fier quand on était dans la rue et en danger. Son flair disait à Crosetti : « Euh, merci, mais je crois que j'aimerais demander un deuxième avis pour ce qui est de la traduction. Sans vouloir vous vexer, docteur Bulstrode, j'aimerais éliminer la possibilité que... » Il fit un geste vague, réticent à exprimer à haute voix ce qu'il pensait. Il était resté debout après avoir manipulé le manuscrit et n'eut donc aucun mal à attraper les papiers sur le bureau de Bulstrode et les glisser dans l'enveloppe de papier brun. Bulstrode haussa les épaules et déclara :

« Bon, comme vous voudrez, mais je doute qu'on vous propose un meilleur prix. » Puis, se tournant vers Carolyn : « Et comment va ce cher Sidney ces jours-ci ? Bien remis du choc de l'incendie, j'espère.

– Oui, il va bien », répondit Carolyn d'une voix si différente de sa voix habituelle que Crosetti s'arrêta de ranger les documents et la regarda. Elle avait une expression froissée qu'il ne parvint pas à interpréter. « Crosetti, dit-elle, est-ce que tu veux bien sortir avec moi une minute ? Excusez-nous, professeur. »

Un sourire formel barra le visage potelé de Bulstrode, qui désigna la porte.

Dehors, une maigre population estivale d'étudiants et de professeurs allait et venait ; c'était de toute évidence le moment de l'intercours. Rolly saisit le bras de Crosetti et l'attira dans une alcôve ; c'était la première fois qu'elle le touchait depuis la crise de larmes de la nuit précédente. Elle agrippa son bras et parla avec véhémence d'une voix rauque et crispée.

« Écoute ! Il faut que tu lui vendes ces foutus papiers.

– Pourquoi ? Il cherche de toute évidence à nous duper.

– Non, Crosetti. Il a raison. Il n'y a aucune mention de Shakespeare. C'est un petit clerc qui a fait une escroquerie et qui confesse ses péchés au moment de mourir.

– Je ne le crois pas.

– Pourquoi pas ? Quelles sont tes preuves ? Tu prends tes désirs pour des réalités après trois heures d'expérience en écriture de secrétaire ?

– Peut-être, mais je vais montrer ces papiers à quelqu'un d'autre, quelqu'un en qui j'ai confiance. »

Comme il prononçait ces paroles, il vit les yeux de Rolly se gonfler de larmes et son visage se friper.

« Oh, mon Dieu ! s'écria-t-elle. Oh, mon Dieu, ne me lâche pas maintenant ! Crosetti, ne saisis-tu pas ? Il *connaît* Sidney. Pourquoi crois-tu qu'il ait mentionné son nom à l'instant.

– O.K., il connaît Sidney – et après ?

– Et après ! Bon sang, tu ne vois pas ? Il sait que le manuscrit provient des *Voyages*, donc il sait que je désassemble le livre. Et ça signifie...

– Que tu ne le casses pas simplement, comme Sidney t'a demandé de le faire. Tu essaies de le réparer, ce qui signifie que tu vas le vendre. Et lui, qu'est-ce qu'il a à voir avec ça ? Il menace de prévenir Sidney à moins que nous ne lui donnions le manuscrit ?

– Bien sûr ! Il va lui dire, et après Sidney... Je ne sais pas, il va me mettre à la porte à coup sûr et il risque d'appeler les flics. Je l'ai vu faire ça avec des voleurs à l'étalage. Ça le rend dingue, les gens qui volent des livres, et je ne peux pas... Je ne peux pas courir le risque... Oh, mon Dieu, c'est horrible ! »

Elle pleurait maintenant à chaudes larmes, elle n'était pas encore hystérique comme elle l'avait été la nuit précédente, mais ça allait venir, et Crosetti n'avait aucune envie de revoir ça.

« Hé, calme-toi ! dit-il. Quel risque ne peux-tu pas courir ?

– Les flics. Je ne peux pas avoir affaire à la police. »

Illumination.

« Tu es en fuite. »

Ce n'était pas une question. C'était évident, vraiment ; il aurait dû saisir tout de suite.

Elle acquiesça.

« De quoi es-tu accusée ?

– Oh, s'il te plaît ! Ne *m'interroge* pas !

– Tu n'as pas buté l'oncle Lloyd ?

– Quoi ? Non, bien sûr que non. C'était une stupide histoire de came. J'avais absolument besoin d'argent et je transportais des paquets pour des gens que je connaissais. C'était dans le Kansas, alors bien sûr le ciel m'est tombé sur la tête et... oh, mon Dieu, qu'est-ce que je vais faire !

– O.K., reste calme, dit-il, résistant à l'envie de la prendre dans ses bras. Retourne dans le bureau et dis-lui que l'affaire est conclue. »

Il commença à s'écarter et une expression qui ressemblait à de la panique apparut sur le visage de Carolyn ; il fut heureux de remarquer qu'elle s'agrippait à son bras, comme une naufragée s'agrippant à une planche.

« Où vas-tu ?

– Je dois juste faire quelque chose d'abord, répondit-il. Ne t'en fais pas, Carolyn, ça va aller. Je serai de retour dans dix minutes.

– Qu'est-ce que je dois lui dire ? demanda-t-elle.

– Dis-lui que j'ai été tellement excité par sa proposition que ça m'a filé la diarrhée et que j'ai dû aller aux toilettes. Dix minutes ! »

Il tourna les talons et dévala les marches, trois par trois, serrant les manuscrits sous son bras comme un ballon de rugby. Il quitta Hamilton Hall à toutes jambes, se faufila à travers un petit groupe de jeunes gens qui avaient mieux réussi leurs études que lui, et pénétra dans la vaste masse dotée de colonnes de la bibliothèque Butler. L'avantage d'avoir une mère qui était une bibliothécaire renommée était qu'elle connaissait presque tous les autres bibliothécaires de la ville et était amie avec un certain nombre d'entre eux. Crosetti connaissait Margaret Park, la responsable de la bibliothèque de recherches de Butler, depuis son enfance, et il n'eut aucun mal à lui passer un coup de fil et obtenir l'accès au bâtiment. Toutes les grandes bibliothèques sont équipées de photocopieuses grand format permettant de reproduire des folios. Crosetti en utilisa une située au sous-sol pour reproduire tous les documents de Bracegirdle. Il expliqua à une Mme Park perplexe mais coopérative que tout cela avait à voir avec un film qu'il avait une chance de tourner (il y avait du vrai). Est-ce qu'il pourrait aussi lui demander un cylindre à expédition et acheter quelques timbres ?

Il glissa les reproductions enroulées dans le cylindre et ajouta les originaux des lettres chiffrées et les sermons. Comme il accomplissait ces gestes, il se demanda pourquoi il ne les avait pas montrés à Bulstrode en même temps que la lettre de Bracegirdle. Parce que ce type était un connard et que sa proposition était d'une manière ou d'une autre un piège à cons, même si Crosetti n'aurait pu le prouver. Et en plus il devait prendre Carolyn en compte ! Mais garder les documents chiffrés pour lui seul lui procurait un plaisir obscur. Shakespeare ou pas, ces feuilles avaient conservé leur secret pendant quatre siècles et il répugnait à les confier à d'autres mains, car c'était lui qui les avait découvertes. Il scella le cylindre, écrivit une adresse sur une étiquette, colla les timbres, déposa le cylindre dans le casier du courrier à envoyer et regagna Hamilton Hall à la hâte.

Quinze minutes plus tard, il traversait à nouveau le centre du campus avec Rolly, mais dans la direction opposée. Crosetti avait un chèque de trois mille cinq cents dollars plié dans son portefeuille. Il ne se sentait pas à proprement parler bien, car il s'était fait avoir de plusieurs manières, mais il avait le sentiment d'avoir bien agi. Bien agir avait été une expression fréquemment utilisée chez lui dans son enfance. Son père avait été inspecteur de deuxième classe dans la police de New York à une époque où être inspecteur signifiait toucher des bakchichs, mais Charlie Crosetti n'avait pas accepté les bakchichs, et il en avait bavé, jusqu'aux révélations de Serpico : les chefs s'étaient alors mis en quête de flics intègres et ils l'avaient trouvé et promu lieutenant en charge d'une brigade criminelle du Queens. Dans la famille Crosetti cela avait été interprété comme un signe que la vertu était toujours récompensée. Le jeune Crosetti avait toujours tendance à le croire, malgré toutes les preuves du contraire qui s'étaient accumulées au fil des années. La jeune femme qui marchait à côté de lui, quant à elle, semblait se moquer littéralement de ce qui était moral ou non. Certes, elle avait été abominablement maltraitée (du moins c'est ce qu'elle affirmait) mais elle avait réagi avec une sorte d'amoralité désespérée, position qu'il avait du mal à justifier. Chaque crapule peut vous faire pleurer lorsqu'il vous raconte son manque de chance, disait son père. Mais il ne pouvait considérer Carolyn comme une simple crapule. Pourquoi pas ? À cause de ses gonades ? Parce qu'il avait envie d'elle ? Non, ce n'était pas ça non plus, ou pas seulement. Il voulait atténuer sa douleur, la faire sourire, faire ressortir la jeune femme qu'il avait devinée sous son apparence de relieuse ascétique et austère.

Il l'observa qui traînait des pieds à côté de lui, silencieuse, tête baissée, agrippant son rouleau de cuir à reliure. Non, il n'allait pas se satisfaire d'une poignée de main au métro et la laisser regagner son univers débilitant comme ça. Il s'arrêta et posa une main sur son bras. Elle leva les yeux, le visage dénué d'expression.

« Attends, dit-il, qu'est-ce qu'on fait maintenant ?

– Je dois aller voir le marchand de papier à Brooklyn pour les pages de garde, répondit-elle d'un air sombre. Tu n'es pas forcé de venir.

– Ça peut attendre. Ce qu'on va faire, c'est qu'on va aller à l'agence de la Citibank là-bas, où est tiré le chèque que j'ai dans mon portefeuille, et on va l'encaisser. Puis on prendra un taxi jusqu'à Bloomingdale's, où je vais m'acheter une veste, un pantalon et une chemise... peut-être aussi une paire de mocassins italiens. Et toi, tu t'achèteras une robe, avec de la couleur, quelque chose d'estival. Et également un chapeau. Ensuite, on mettra nos nouveaux habits, on prendra un taxi jusqu'à un restaurant chic et on fera un long, un très long repas. Avec du vin. Et après on... je ne sais pas... on fera ce qu'on fait dans une ville, on ira au musée ou dans une galerie ou on fera du lèche-vitrines jusqu'à ce qu'on ait à nouveau faim et on sortira dîner. Après cela, je te ramènerai en taxi jusqu'à ton loft dépouillé et illégal avec tes deux chaises et ton lit solitaire. »

Quelle était cette expression sur son visage, se demanda-t-il : de la peur, de la surprise, de la joie ?

« C'est ridicule.

– Non. C'est exactement ce que les criminels sont censés faire avec leur argent malhonnêtement acquis. Tu peux être ma poule d'une journée.

– Tu n'es pas un criminel.

– Si. J'ai détourné la propriété de mon employeur pour mon propre bénéfice, probablement un vol qualifié, pour parler en termes techniques. Mais je m'en fous. Allez, Carolyn ! Tu n'en as pas marre de ne jamais te laisser aller, de compter le moindre penny pendant que ta jeunesse s'envole un peu plus chaque jour ?

– Je n'en reviens pas d'entendre ça, répliqua-t-elle. On dirait un mauvais film.

– Tu ne vas pas au cinéma, alors qu'est-ce que tu en sais ? Mais mettons ça de côté, tu as absolument raison. C'est exactement le genre de choses qu'ils disent dans les films, parce qu'ils veulent rendre les gens joyeux, ils veulent que les gens s'identifient à des personnages magnifiques qui s'amusent. Et maintenant c'est ce qu'on va faire, on va imiter l'art, on va être dans notre propre film et voir ce que ça fait dans la vraie vie. »

Il voyait qu'elle réfléchissait à sa proposition, qu'elle la testait, comme on teste un membre fraîchement débarrassé d'un plâtre, craignant de mettre trop de pression dessus.

« Non, répondit-elle, et si cet argent te brûle les doigts, pourquoi ne me le donnes-tu pas ? Je pourrais vivre trois mois avec...

– Non, la question n'est pas là, Carolyn. La question, c'est de vivre une expérience, pour une fois. Au diable la prudence ! Manger de la viande rouge et pas tes putains de nouilles ramen ! »

Sur ce, il lui attrapa le bras et lui fit traverser de force la 116e Rue.

« Lâche-moi !

– Non, si tu ne viens pas de toi-même, je te kidnappe. C'est un délit grave.

– Et si je me mettais à crier ? suggéra-t-elle.

– Vas-y, hurle. Les flics m'arrêteront et je leur déballerai toute l'histoire du vieux livre et du manuscrit, et après, tu feras quoi ? Tu seras bien dans la merde, au lieu de porter une superbe robe neuve et de boire du champagne dans un bon restaurant. Tu ferais mieux de choisir maintenant, ma chérie, parce qu'on arrive à la banque. »

Il dénicha une veste Varvatos en soie et lin couleur cacao, soldée trois cent cinquante dollars, un pantalon en lin, une chemise en soie noire avec de petits reliefs et des mocassins italiens en cuir tressé. Puis il la harcela jusqu'à ce qu'elle essaie une robe à jabot à fleurs de chez Prada, une écharpe de soie et des chaussures assorties, des sous-vêtements La Perla irrésistibles et un grand panama au bord retourné façon écolière anglaise. Cela lui revint à presque mille dollars. Après quoi ils déjeunèrent au Metropolitan, allèrent voir l'exposition Vélasquez, puis écoutèrent un concert au Frick, concert dont il savait qu'il avait lieu parce que sa mère lui avait donné des billets qu'elle avait récupérés auprès de la mafia des bibliothèques (trouve-toi une fille pour t'accompagner !). Encore une preuve que la magie existait :

il avait trimballé ces foutus bouts de papier dans son portefeuille pendant quinze jours sans aucune intention d'y aller, et le concert avait lieu pile cet après-midi-là. Ils s'y rendirent donc. Le Concerto Vocale donnait un programme de musique sacrée de Monteverdi. Ils prirent place sur des chaises pliantes et se laissèrent porter, autant que leur développement spirituel le permettait, jusqu'en des contrées divines.

Ce monde n'était pas inconnu à Crosetti car sa mère avait fait en sorte qu'il échappe à la barbarie américaine. Mais lorsqu'il jetait des regards furtifs en direction de Carolyn, il voyait une jeune femme subjuguée. Ou morte d'ennui, il n'aurait vraiment su dire ; et une fois le concert terminé, il hésita à lui demander. Pourtant, après l'un de ses longs silences, elle déclara :

« Ne serait-ce pas agréable si le monde était comme ça, comme cette musique, débordant de beauté ? »

Crosetti se dit que ce serait extrêmement agréable, et songea comme Hemingway que ce serait joli de le penser.

Comme ils descendaient Madison, il l'incita à faire comme si leur richesse n'était pas juste temporaire et lui demanda de sélectionner des articles de choix dans les vitrines des superbes boutiques, puis, lorsqu'ils en eurent assez, il l'emmena dans une petite rue et la fit entrer dans le premier restaurant qu'ils trouvèrent. Il était certain que, quel que soit l'endroit où ils iraient, ce serait parfait. Et cet endroit l'était en effet : une minuscule *boîte*[1] qui proposait de la cuisine provinciale française et dont le patron se prit d'amitié pour le charmant jeune couple et se mit à leur faire servir des petits plats exquis, leur recommanda du vin, et les regarda, rayonnant, manger leurs entrées. Ainsi que le remarqua Crosetti, hormis le fait qu'il ne se mit pas à chanter avec un accent, c'était exactement comme dans *La Belle et le Clochard*, film que Carolyn avait vu. Ils en parlèrent, ainsi que d'autres dessins animés de Walt Disney, et des films qu'il aimait, de ceux qu'il allait faire, choses qu'il n'avait jamais dites à personne. Puis elle parla de beaux livres, de leur esthétique, de leur structure et des beautés subtiles et mystérieuses du papier, des caractères et de la reliure, et elle lui expliqua, en ces termes, qu'elle

1. En français dans le texte. *(N.d.T.)*

voulait fabriquer des choses que les gens manipuleraient et aimeraient encore dans mille ans.

Il dut agiter un billet de cent dollars dans le rétroviseur d'un taxi avant que le chauffeur ne consente à les emmener jusqu'à Red Hook, chose qu'il n'avait jamais faite auparavant, ni jamais rêvé de faire. Ils arrivèrent dans la sombre rue industrielle, et lorsque le chauffeur fut reparti sur les chapeaux de roues avec son billet de cent, Crosetti saisit Carolyn Rolly, la fit pivoter sur elle-même et lui planta un bon baiser sur sa bouche qui sentait le vin et le café. Elle lui rendit son baiser. Comme au cinéma.

Mais contrairement à ce qu'on voyait au cinéma, ils ne s'arrachèrent pas leurs vêtements tout en montant l'escalier d'un pas chancelant, ni dans le loft, avant de se jeter sur le lit. Crosetti avait toujours trouvé ça cliché et irréaliste ; une telle chose ne lui était jamais arrivée, ni à aucune de ses connaissances, à moins d'être soûl ou complètement défoncé. Ça ne se produirait donc pas dans son film. À la place, il soupira profondément et elle soupira à son tour. Il lui tint légèrement la main, comme si cela avait été une fleur séchée, tandis qu'ils montaient lentement. Ils entrèrent dans le loft, s'embrassèrent à nouveau. Elle s'écarta et fouilla dans un tiroir. Elle va allumer une bougie, pensa-t-il, et c'est ce qu'elle fit. Une simple chandelle qu'elle fixa minutieusement sur une soucoupe avant de la poser près du lit. Crosetti ne bougea pas. Puis elle lui fit face. Son visage figé était à la fois beau et grave, et elle ôta silencieusement et lentement ses vêtements à la lueur de la bougie, les pliant tendrement, exactement comme il aurait voulu tourner la scène. Avec peut-être un peu plus de bleu filtrant par la fenêtre, se dit-il, et cette pensée le fit rire.

Elle lui demanda pourquoi il riait et il lui expliqua, puis elle lui demanda de se déshabiller, c'était la partie qu'on ne voyait jamais dans les films, le moment où l'image disparaissait en fondu. Mais lorsqu'ils furent dans le lit, il pensa à cet oncle horrible et se sentit confus et hésitant, jusqu'à ce qu'elle utilise ses ongles et lui ordonne d'un ton rude et impérieux de libérer l'animal. Ils n'utilisèrent pas de préservatif, ce qu'il trouva un peu bizarre et lui occupa l'esprit jusqu'à ce qu'il ne soit plus en mesure de réfléchir.

Après cela, le réalisateur disparut du loft pendant un long moment. Lorsqu'il réapparut, Crosetti était étendu sur le dos, sentant la sueur et d'autres fluides sécher sur sa peau, regardant fixement le plafond en étain. La bougie ne mesurait plus que deux centimètres. Il n'avait rien à dire et ne pensait à rien : silence, écran blanc. Ils avaient eu la mise en place, le développement, la première intrigue (découverte du manuscrit), la seconde intrigue (cette soirée incroyable), et maintenant quoi ? Il n'avait aucune idée de ce que serait le troisième acte, mais il commençait à avoir peur. Rien de tel ne lui était jamais arrivé, sauf en rêve. Il tendit le bras pour la caresser à nouveau mais elle lui serra la main et l'embrassa.

« Tu ne peux pas rester, dit-elle.

– Pourquoi ? Tu vas te transformer en chauve-souris ?

– Non, mais tu ne peux pas rester. Je ne suis pas prête pour.. les matins... et tout le reste. Tu comprends ?

– Un peu. Je suppose. Bon, Red Hook à... où est ma montre ? Trois heures dix du matin en trimballant un rouleau de billets et une odeui de bordel. Ça va être marrant.

– Non, répondit-elle. Je vais te laver. »

Elle le prit par la main et le mena au lavabo derrière l'écran, elle alluma deux chandelles enfoncées dans des bougeoirs muraux fabriqués à partir de boîtes métalliques et remplit le lavabo d'eau fumante. Elle le fit se tenir sur un épais tapis de bain en paille et nettoya le moindre centimètre de son corps avec un gant de toilette et un savon bon marché. Puis elle le rinça à l'eau fraîche, s'appuyant légèrement sur un genou telle une courtisane devant son prince. Elle avait de petits seins un peu plats avec de larges mamelons roses. Malgré leurs récentes acrobaties héroïques, ce traitement lui provoqua une érection douloureuse. Son pénis avait une apparence étrange, on aurait dit l'un de ses outils de reliure, quelque chose qui aurait servi à lustrer le cuir. Elle leva les yeux vers lui et dit :

« Tu ne peux pas sortir dans Red Hook à trois heures du matin dans cet état.

– Non, ce serait imprudent.

– Bon, dans ce cas », fit-elle.

Il remarqua qu'elle le tenait à deux doigts, à la base, et que les trois autres étaient tendus, comme ceux d'une duchesse sirotant une tasse de thé. Sa petite tête sombre allait et venait lentement. Où apprennent-elles à faire ça, se demanda-t-il, et aussi : Qui es-tu ? Qu'est-ce que tu es en train de me faire ? Qu'est-ce qui va se passer ?

La Lettre de Bracegirdle (6)

Ainsi débuta ma vie d'artilleur de la Tour. 10 shillings par mois, un salaire d'apprenti, mais les mendiants ne choisissent point. Nous prîmes logis dans deux misérables chambres de Fenchurch Street près d'Aldgate. Nous estions bien pauvres, mais possédant ma livrée de la Tour je lésinois sur les vestements. Une année s'écoula ainsi : le froid s'abattit durant l'hiver de la seconde année, ma mère tomba malade et nous n'avions point assez de charbon pour la réchauffer. Je crois aussi qu'elle se languissoit de chagrin. Hélas elle ne méritoit point telle fin : elle avoit toujours été une femme bonne, sobre, vertueuse, et point une papiste, car lorsque je lui demandai elle répondit : « Non fils mais j'ai prié pour les âmes de mes enfants morts et pour les âmes de mes parents comme nous l'avons appris dans l'ancienne religion, un grand péché, je le sçais, et je bruslerai en Enfer, mais je prie Dieu de m'épargner. » Elle mourut le 2 février de l'An 1606 et repose à St. Katherine Colemanchurch. Tu sçais, chère Nan, qu'après cette triste période tu m'as réconforté et j'ai voulu t'épouser, mais ton père a dit : « Non non, nul homme ne peut se marier avec un salaire d'apprenti, comment nourriras-tu ma fille ? » Et n'ayant nulle réponse je repartis triste et le demeurois de nombreux jours.

Arriva Thomas Keane disant : « Hé Dick, que dirois-tu des Flandres ? Car je pars demain livrer quatre canons royaux au Hollandois à Sluys et les tirer contre les Espagnols. Viens, sois mon compagnon : nous mangerons du fromage et boirons du genièvre et enverrons les chiens papistes en Enfer. » Je répondis : « Oui, tudieu », et l'affaire fut conclue d'une poignée de main. Nous dûmes quitter la Tour de nuit car Sa Majesté le Roy avoit conclu la paix avec l'Espagne et il auroit esté mal vu d'armer les ennemis des Espagnols. Mais certains de la cour (dont ce Prince Henry, je crois, qui connut par la suite une mort prématurée) estimoient une honte que l'Angleterre fuie lâchement la guerre constre le mauvais Roy Philippe qui s'opposoit si cruellement à la foy reformée. De plus les Hollandois avoient déjà payé les canons, ce n'estoit donc que justice, car le Roy refusoit de restituer un penny, ainsi partîmes-nous aussi pour l'honneur de l'Angleterre.

Nous portâmes nos canons et leurs chariots en pièces et tout le nécessaire : 500 boulets, refouloirs, écouvillons, poudre, et cætera en chaland jusques à la rade où des marins les placèrent dans les cales du *Groene Draek*, une corvette de 6 canons appartenant au Capitaine Willem van Brille. Avec un vent favorable nous descendîmes la rivière. Le voyage dura trois jours et la mer fut bonne pour l'hiver et point trop froide et nous mangeâmes bien : pain et fromages, hareng mariné, bière. Sluys estoit un lieu plat et morne, tout de briques brunes ou rouges, mais le commerce estoit florissant car depuis que les Espagnols avoient pris Ostende c'estoit le seul port de l'Ouest des Flandres. Nous déchargeâmes donc les canons et les plaçâmes sur leurs chariots.

Mais je m'éternise sur ma sotte jeunesse et je crains de n'avoir que peu de temps. Ma blessure me fait souffrir plus qu'auparavant, le chirurgien affirme qu'elle est infectée et il m'accorde deux jours au plus.

7

OUI, RIDICULE. Ai-je donné l'impression que je suis un célèbre coureur de jupons en ville ? Faux. Il semble que je tombe tout le temps amoureux, ce qui n'est pas la même chose. Oui, docteur Freud, je compense le manque d'affection maternelle, et oui, docteur Jung, je suis incapable de faire la paix avec mon *anima* négative, et oui, mon père, j'ai péché par ma propre faute, par mes actions et par ce que je n'ai pas fait. Pourtant, j'insiste, il ne s'agit pas simplement de sexe. Je n'ai jamais eu de meilleure relation sexuelle que celle que j'ai eue avec Amalie, mais, clairement, ça ne suffisait pas. Dès le tout début de notre mariage, j'ai pris l'habitude d'avoir une liaison à côté, et comme je crois l'avoir déjà fait remarquer, ce n'est pas ce genre d'opportunité qui manque à New York.

Ingrid, ma petite amie du moment, est un bon exemple, et le lecteur intelligent et impatient doit penser : « Oh, il évite de parler de Miranda, il gagne du temps. » C'est vrai, et tant pis pour vous. Je risque de mourir mais, contrairement à ce pauvre Bracegirdle, le processus est loin d'être engagé. Peut-être ai-je tout mon temps.

Ingrid a été heureuse en mariage pendant presque douze ans, avec Guy, un cadre éminent d'une chaîne de télévision, et en tout point un prince parmi les hommes. Mais un matin de sa cinquante-deuxième année il s'est levé, s'est rendu à la salle de bains et a commencé de se raser, lorsque quelque chose s'est rompu dans son cerveau et il est mort sur place. Pas de symptômes, en parfaite santé, bonne tension artérielle, cholestérol bas, mais mort. Ingrid a passé les trois années suivantes dans le deuil le plus intense, après quoi son tempérament naturellement enjoué a repris le dessus, et elle a décidé de passer à autre chose. Elle qui n'était pas sortie de ces trois années a alors accepté une invitation à l'une de ces remises de prix anonymes ou de ces galas de levée de fonds qui permettent aux riches de se mêler aux créateurs et d'insuffler ainsi un peu de leur inspiration divine dans leur vie desséchée. Elle s'est fait refaire une beauté dans un centre, couper les cheveux par un coiffeur dans le vent, elle s'est acheté une nouvelle toilette et a fait son apparition.

Et elle a de l'allure : quarante ans tout juste, plutôt grande, peut-être un peu trop joufflue pour danser au plus haut niveau, raison pour laquelle elle est très tôt passée à la chorégraphie. Elle a les cheveux courts à la garçonne et châtain clair, très bouffants, et de longs yeux gris de louve. Une superbe bouche large avec des dents un peu longues, ce que je trouve très attirant. Et un corps de danseuse. J'étais également à la soirée, étant moi-même une personne riche en quête d'un souffle de réalité, et dès que je l'ai vue, j'ai attrapé le bras de mon associé, Shelly Grossbart, qui connaît tout le monde dans le milieu de la musique, et lui ai demandé qui elle était. Il a dû réfléchir un moment avant de répondre : « Bon Dieu, on dirait Ingrid Kennedy. Je la croyais morte. » Il a fait les présentations. Nous avons discuté danse et propriété intellectuelle et avons d'ailleurs eu une conversation fascinante sur la protection de la danse par les lois sur le droit d'auteur. Je l'ai trouvée intelligente et amusante ; je suppose qu'elle a pensé la même chose de moi.

Plus tard dans la soirée, après que nous eûmes consommé pratiquement deux bouteilles de Krug, elle m'a regardé de ses longues mirettes grises et m'a demandé si elle pouvait me poser une question personnelle. J'ai répondu par l'affirmative et elle m'a demandé : « Aimez-vous coucher avec les femmes ? »

J'ai répondu que, avec une partenaire appropriée, j'aimais plutôt ça.

« Eh bien, a-t-elle repris, je n'ai couché avec personne depuis la mort de mon mari il y a trois ans. Vous semblez gentil, et j'ai éprouvé ces derniers temps une excitation incroyable que je n'arrive pas à assouvir en me masturbant. »

J'ai répondu que ça ne fonctionnait pas pour moi non plus.

« Donc, a-t-elle dit, si vous n'avez pas de MST... ? » Je l'ai assurée que non, et elle a poursuivi : « J'habite à Tarrytown et je réserve toujours une chambre quand je viens à ces soirées pour ne pas avoir à rentrer à la maison ivre, mais ce soir j'espérais également rencontrer un homme à peu près correct qui pourrait m'accompagner dans ma chambre. »

Oui, elle était ivre, mais pas de manière rebutante. Nous avons discrètement quitté la salle de bal sans plus de discussion et avons pris l'ascenseur. Elle était, et est toujours, une rieuse, ce qui est dans mon expérience le son le plus rare au moment de l'orgasme. Pas de grands éclats de rire façon vaudeville, mais des vagues allant glissando, quelque part entre le son qu'on produit lorsqu'on se cogne le coude et l'hystérie joyeuse des petites filles que l'on chatouille. Il faut un moment pour s'y habituer, mais c'est réellement délicieux ; vous avez l'impression d'être avec une bonne copine et non engagé dans une sinistre escarmouche de plus de la guerre entre les sexes.

Ça a donc commencé ainsi. Ingrid et moi avons peu de choses en commun. Nous parlons principalement de nos anciens conjoints, sessions qui s'achèvent occasionnellement par des larmes. J'avais l'habitude d'avoir plusieurs Ingrid en même temps, mais plus maintenant. Je ne pense pas qu'il s'agisse d'un soudain désir de fidélité, mais simplement d'épuisement. Certains hommes que je connais (et Mickey Haas en fait partie, je crois) se complaisent à entretenir un réseau de tromperies, jouant une femme contre une autre, provoquant des scènes mélodramatiques, et ainsi de suite, mais pas moi. Je ne suis même pas un coureur digne de ce nom. C'est juste que je ne sais opposer aucune résistance, et s'il est généralement convenu que c'est l'homme qui pourchasse et fait la cour, j'ai découvert que ce n'était pas vrai. La petite histoire sur Ingrid et moi n'est pas du tout unique, ni même inhabituelle. Elles vous regardent, font quelques remarques, se tiennent d'une certaine façon, et peut-être existe-t-il aussi des phéromones secrètes ; elles annoncent en tout cas leur disponibilité, et l'on se dit : « Oh, pourquoi pas ? » Du moins, moi, je me le dis.

La seule véritable campagne de séduction que j'aie jamais menée a été dirigée contre ma femme, Amalie, née Pfannenstieler, et il va falloir que j'en parle aussi avant de poursuivre avec l'histoire de Miranda.

(Faites comme si le temps était suspendu pour le moment, Miranda et moi sommes toujours dans la salle lambrissée de la bibliothèque, nos mains se touchant, l'électricité déferlant comme si un barrage avait cédé, les phéromones perlant sur nos corps moites...)

Donc j'obtiens mon premier emploi après la fac de droit, à trimer en tant qu'associé chez Sobel Tennis Carrey, sur Beaver Street, dans le quartier financier. La société exerçait de façon modeste dans le domaine des marques déposées et des droits d'auteur, mais n'importe qui voyait alors – c'était il y a une vingtaine d'années – que la propriété intellectuelle allait prendre de l'ampleur, et je travaillais comme un dingue, comme tous les jeunes associés. La révolution sexuelle était alors à son apogée. C'était la première fois dans l'histoire récente que n'importe quel jeune homme raisonnablement bien foutu pouvait coucher à volonté avec des femmes qui n'étaient ni des prostituées ni des courtisanes, et, dans ma recherche de cette délicieuse horreur, je me rendais presque chaque soir dans un bar ou un autre (des marchés à viande, comme on les appelait plaisamment) de l'East Village ou des beaux quartiers et j'assouvissais ma vengeance sur les filles.

Un samedi matin, traînant une gueule de bois et venant de quitter ma conquête du marché à viande de la veille, je me suis rendu au bureau pour terminer un travail que j'avais laissé en plan afin de bien démarrer mes débauches du vendredi soir. J'étais dans la bibliothèque de la société lorsque j'ai entendu des coups lointains, dont j'ai vite déterminé qu'ils étaient frappés contre la porte extérieure du bureau qui était fermée à clé. Je suis allé ouvrir et ai découvert une jeune femme qui se tenait dans le couloir désert. Je l'ai reconnue comme une employée de Barron & Schmidt, la société financière avec laquelle nous partagions le quinzième étage. Nous avions souvent pris l'ascenseur ensemble, moi engourdi par les excès de la veille, elle silencieuse et coquette, mais arborant sur le visage cette expression qui fait détourner le regard aux hommes presque aussi efficacement qu'une burka afghane.

Elle s'est présentée et m'a expliqué qu'elle avait par erreur refermé la porte de son bureau. Je voyais qu'elle était terriblement embarrassée, d'autant que c'était une visite aux toilettes qui avait occasionné sa mésaventure. De charmantes petites rougeurs ont fleuri sur ses joues tandis qu'elle racontait son histoire. Elle avait de fins cheveux blond pâle rassemblés en petites tresses torsadées qui lui remontaient autour des oreilles, ce qui lui donnait un côté Fifi Brindacier, et portait un jean blanc et un T-shirt du groupe Kraftwerk dont les lettres noires étaient adorablement distendues par ses jolis seins pointus. Une tenue décontractée bien différente des tailleurs convenables du genre cache-seins qu'elle portait toujours au travail. Elle avait les yeux surnaturellement grands, presque exorbités, sa bouche était un petit bouton rose. Elle paraissait dix-sept ans mais en avait (comme je l'ai découvert plus tard) presque vingt-six. Elle mesurait une douzaine de centimètres de moins que moi, grand pour une femme, et avait un corps athlétique (sports d'hiver comme je l'ai aussi appris – elle était suisse), la taille fine et des jambes interminables.

Je l'ai invitée à entrer, elle a passé un coup de fil au service d'entretien de l'immeuble et on lui a répondu qu'on allait lui envoyer quelqu'un, mais que ça prendrait un moment. Elle était véritablement en plan, car son sac qui contenait tout son argent et ses papiers était enfermé dans le bureau de M. Schmidt. Elle était sa secrétaire particulière et apprenait le business de la finance internationale. Aimait-elle la finance internationale ? Non, elle trouvait ça idiot. Elle n'arrivait pas à être excitée par l'argent. Il en fallait, c'était horrible d'être pauvre, mais il y avait quelque chose de malsain à toujours vouloir plus. C'était parfois presque vicieux, a-t-elle ajouté en plissant adorablement le nez. Elle m'a demandé ce que je faisais dans la société et je lui ai répondu en ajoutant que je pensais que je ne ferais jamais un bon avocat en propriété intellectuelle car la plupart des affaires me semblaient plutôt stupides et n'avaient pas grand-chose à voir avec le véritable objectif du droit de la propriété intellectuelle, qui était de s'assurer que l'acte de création était récompensé et que l'essentiel de l'argent allait au créateur. Malheureusement, c'était, l'ai-je informée, rarement le cas ; en règle générale, c'était plutôt le contraire. Eh bien, a-t-elle dit, vous devez réparer ça.

Et elle l'a dit avec une telle confiance – supposant premièrement qu'une telle réparation était possible, et deuxièmement que j'étais l'homme de la situation – que j'ai été sidéré. Je suis peut-être même resté bouche bée. Elle a souri : la lumière a inondé la pièce sombre et la zone sombre de mon cerveau. J'ai ressenti un choc inhabituel. Pour me remettre, je lui ai demandé si elle était elle-même vraiment vicieuse. Elle a répondu qu'elle essayait de l'être, car tout le monde affirmait que c'était tellement amusant, mais ce n'était pas amusant du tout, ça la rendait malade plus qu'autre chose, et elle détestait se faire tricoter par les hommes qu'elle ne connaissait pas.

Tricoter ? ai-je demandé. Un petit lapsus idiomatique ; elle voulait dire tripoter. Quoi qu'il en soit, c'était ça qui lui avait fait quitter la vieille Zurich guindée pour la coquine New York. Sa famille était profondément catholique, et elle aussi, supposait-elle, mais elle avait besoin d'un peu plus de peps dans sa vie. Est-ce que c'est correct ? Peps ?

Je l'ai assurée que ça l'était. Et je l'ai informée que c'était son jour de chance car je faisais certainement partie des hommes les plus vicieux de New York et serais ravi de l'emmener dans les lieux de plaisir des dépravés pour lui offrir un peu de peps sans toutefois la tricoter. À moins qu'elle ne le désire, ce qui était, naturellement, mon plan vicieux, mais j'ai gardé ça pour moi. Ses yeux se sont illuminés et elle m'a encore fait ce sourire. Des vagues de bonté ont déferlé sur mon front amer.

C'est ainsi que je suis sorti pour la première fois avec Amalie. Le responsable de l'entretien de l'immeuble a pris son temps pour monter au bureau, ce dont je lui ai été du fond du cœur reconnaissant, et nous avons attendu en discutant de la seule chose que nous avions découverte (remarquable !) avoir en commun, à savoir que nous étions tous deux des athlètes olympiques. Elle avait concouru pour la Suisse (ski alpin) à Sapporo. Nous avons aussi parlé de nos familles, ou plutôt de la sienne, qui semblait tout droit sortie de Heidi. (Plus tard, quand elle a récupéré son sac, elle m'a montré des photos de bourgeois suisses portant des parkas colorées sur les pistes, devant un chalet, mangeant de la fondue. Non, mensonge, pas de photos autour d'une fondue, mais Dieu sait qu'ils en mangeaient, et j'en ai moi aussi beaucoup mangé durant notre mariage.) Je n'avais pas conscience qu'il y avait des Suisses catholiques car j'associais la minuscule république montagnarde au sombre vieux Calvin, mais bien sûr il y a les gardes suisses du pape, qui sont réellement suisses, et le frère de la mère d'Amalie en faisait partie. Les Pfannenstieler étaient de la haute. Et votre famille, Jake ?

Oh, ma famille ? Mère morte à l'époque, père « voyageant », frère étudiant en Europe (un brin de vantardise ici), sœur... J'ai songé à mentir, mais ne sais pas le faire (du moins dans ma vie personnelle ; en tant qu'avocat je suis, bien entendu, un affabulateur parfaitement compétent), j'ai donc expliqué que ma sœur était Miri de Lavieu. À cette époque à New York il aurait fallu être plus ou moins aveugle pour ne pas savoir qui elle était, ou complètement déconnecté de la culture populaire. « Le mannequin », ai-je ajouté en voyant son visage impassible. Je lui ai demandé si elle avait déjà entendu parler de Cheryl Tiegs, Lauren Hutton ou Janice Dickinson, et elle m'a demandé si c'étaient aussi mes sœurs. Je n'ai jamais rencontré quelqu'un, ni avant ni après, se désintéressant autant de la célébrité. Amalie n'est pas complètement de ce monde. J'aurais dû prendre ça comme un avertissement, mais ne l'ai pas fait.

Le type de l'entretien est alors arrivé pour lui ouvrir son bureau, elle a fini le travail qu'elle avait en cours, après quoi nous sommes sortis. Je possédais à l'époque une moto BMW R70 avec laquelle je venais au travail par presque n'importe quel temps. Elle a grimpé derrière moi, j'ai démarré. Elle a légèrement posé ses mains autour de ma taille.

Existe-t-il quelque chose de plus agréable que chevaucher une moto puissante avec une fille qui s'agrippe à vous, ses cuisses serrant votre taille, ses seins formant deux ovales chauds contre votre dos, dont vous pouvez subtilement augmenter la pression chaque fois que vous en avez envie en actionnant les freins un peu plus fort que nécessaire ? Si oui, je ne l'ai jamais découvert. Je l'ai emmenée à Union Square, où, à cette saison, il y avait une immense affiche publicitaire pour un alcool qui recouvrait tout un pan d'un immeuble et sur laquelle on voyait une femme blonde dans une robe du soir moulante. Je me suis arrêté et l'ai montrée du doigt. C'est ma sœur, ai-je dit. Amalie a ri et désigné une autre affiche, celle-ci représentant un jeune type en jean et torse nu. Mon frère, a-t-elle répliqué avant de se remettre à rire. J'ai redémarré, un brin déconfit, mais c'était plutôt agréable. J'avais fait des tas de touches rien qu'en étant le frère de ma sœur, car les personnes rêvant d'un contact même indirect avec la célébrité sont légion dans cette ville, et être avec quelqu'un pour qui ça ne signifiait rien du tout était étrange et quelque peu excitant.

Je l'ai invitée à manger dans un restaurant caribéen fréquenté par de véritables *guapos* et leurs nanas, où la salsa était bruyante et où flottaient les vibrations d'une violence contenue, puis nous avons fait le tour de divers bouges et boîtes, le genre d'endroit où l'on pouvait se procurer de la drogue dans les toilettes et se faire tailler une pipe dans l'allée à l'arrière. Je n'étais pas assez célèbre pour entrer dans certains d'entre eux, mais le nom de Miri et le fait que je connaissais un certain nombre de videurs à cause de mon goût pour l'haltérophilie m'ont permis de franchir les cordes de velours, ça et la femme remarquable qui me tenait le bras. Elle s'est révélée être une formidable danseuse ; je n'étais pas mal non plus à l'époque, mais elle m'a mis sur les rotules. Les gens la dévisageaient avec une expression particulière que je ne parvenais pas vraiment à interpréter – mépris, désir ? Les damnés contemplant les élus, sans doute ; je suis certain que j'arborais la même expression qu'eux la moitié du temps.

Faisons court : je l'ai ramenée chez elle, un appartement en sous-location dans la Première Avenue au niveau de la 68e Rue, et, immense surprise et consternation, n'ai reçu qu'une poignée de main sèche à la suisse et un baiser chaste sur la joue. *Idem* au deuxième rendez-vous, *idem* au troisième. Après ça, quelques papouilles, mais elle refusait, comme elle disait, de coucher. Elle affirmait qu'elle avait couché avec un garçon à la fac, que celui-ci lui avait brisé le cœur, et qu'elle s'était aperçue qu'elle n'était pas faite comme les autres filles qu'elle connaissait, ni celles qu'on voyait dans les films, qu'elle ne pouvait pas supporter le sexe sans engagement, qu'elle n'était pas d'accord avec tout ce que disait l'Église, mais qu'elle pensait qu'elle avait raison sur ce chapitre, et qu'elle avait été parfaitement abstinente depuis. Vous attendez le prince charmant, lui ai-je demandé, et, ignorant mon ironie, elle a répondu oui. Cette conversation s'est tenue, soit dit en passant, au milieu d'une boîte infâme qui était pratiquement une réserve de maladies sexuellement transmissibles.

Je devrais ajouter qu'à cette époque de ma vie je fréquentais au moins quatre femmes, toutes adorables, toutes sexuellement disponibles, mais que je me souviens désormais à peine de leurs noms et de leurs visages tant Amalie avait pris le contrôle de ma vie érotique. Je n'avais jamais hésité à faire savoir à mes maîtresses que j'en avais d'autres – c'était après tout la révolution sexuelle. J'en ai fait de même avec Amalie, qui, chose étonnante, m'a prévenu que je devais arrêter si je voulais continuer à lui tenir compagnie, et, chose plus étonnante encore, je lui ai obéi. J'ai appelé mes amantes du moment pour un dernier baiser, si je puis dire.

Car – et c'est là tout le sujet de cette longue excursion – être avec Amalie était mieux que le sexe. C'était mystique. C'était comme vous laisser porter par un rayon de soleil. Les couleurs étaient plus vives, la musique plus séduisante, tout bougeait lentement, élégamment, comme un monarque d'antan faisant une entrée grandiose, des zéphyrs parfumés vous caressaient. J'avais entendu parler de ce genre de choses, mais je croyais que c'était une façon de parler. La lune ne m'a pas frappé les yeux comme une grosse pizza, mais à part ça, tout ce qu'affirmaient les chansons était vrai.

J'ai fini par la séduire, à la façon ancienne, longue et honorable. Cet hiver-là, nous nous sommes mariés, à la Liebfrauenkirche de Zurich, devant sa grande et très convenable famille suisse, papa banquier, maman professeur de linguistique et les six frères et sœurs, tous blonds aux joues roses. Aucun d'entre eux n'estimait qu'elle avait touché le gros lot, mais tous ont été aussi polis et corrects que possible. Ma sœur et mon frère étaient aussi présents. Miri, qui se trouvait à Paris pour une séance de photos de mode, était arrivée avec son dégénéré de mari cocaïnomane, Armand Étienne Picot de Lavieu, et Paul était venu d'Italie où il étudiait ; c'était donc pratique. Peut-être seraient-ils également venus si ça ne l'avait pas été, mais je n'y aurais pas mis ma main au feu à l'époque. Mon père n'avait pas été invité. Le mariage ne m'a laissé qu'un souvenir flou, comme c'est je suppose souvent le cas pour les principaux intéressés. La seule chose dont je me souvienne est qu'à un moment Paul m'a brutalement agrippé au-dessus du coude et m'a dit : « Celle-là, il faut la garder, gamin, ne fous pas tout en l'air. » Je me souviens aussi que Miri a pleuré et que, pour autant que je sache, elle n'a pas pris de drogue durant le mariage.

Nous sommes allés à Zermatt pour notre lune de miel et avons logé dans le chalet familial et fait du ski. Ou plutôt, c'est elle qui faisait du ski. Je passais l'essentiel de mon temps à tomber et à la regarder dévaler magnifiquement les pistes, après quoi nous nous adonnions à ce qui est resté l'expérience sexuelle la plus fantastique de ma vie. Un orgue à vapeur orgasmique. Elle produisait des roucoulements de colombe, de délicieux *uoh uoh uoh*, dès le moment où nous commencions, et était capable de générer un crescendo quasi épileptique au cours duquel le temps s'arrêtait pour de bon, comme il est censé le faire au paradis – l'existence sans la durée. Naturellement, dans les six mois, comme je l'ai dit, j'ai recommencé à coucher avec d'autres femmes, bien que j'aie réussi à garder ce secret pendant de nombreuses années, profitant intelligemment de la quasi-incapacité d'Amalie de penser en mal de quiconque. Aucune excuse, monsieur : c'était odieux, purement et simplement, aussi sinistre que la nuit noire. J'ai bel et bien tout foutu en l'air, comme l'avait craint Paul, et c'était pour ça qu'il m'avait serré si fort le bras, jusqu'à y laisser un bleu.

Et, ayant gâché le paradis, je souhaite depuis des années y retourner (sans, naturellement, avoir à faire le moindre changement majeur dans ma façon d'être) et je nourris le désir d'une nouvelle Amalie, mais cette fois pas aussi bonne, quelqu'un qui me ressemblerait plus, sans toutefois *trop* me ressembler, si vous voyez ce que je veux dire, quelqu'un avec la même électricité mais sans l'insupportable fardeau de culpabilité que j'apporte à mes relations avec ma femme. C'est pour ça que j'ai fait cette longue excursion, pour éclairer ce qui s'est passé dans la salle de lecture Brooke Russell Astor. Un nouveau départ, et elle était là avec ses minuscules nattes blondes et ses airs d'Amalie, me serrant la main tandis que la chair de poule me remontait le long du bras.

Je lui ai demandé ce qu'elle faisait, et elle a désigné un épais volume ouvert sur le bureau. Une chose que mon oncle voulait que j'étudie – histoire familiale. J'ai désigné les chaises et nous nous sommes assis. C'était une bibliothèque, nous devions donc parler doucement, en conséquence de quoi je devais approcher ma tête plus près de la sienne que lors d'une conversation ordinaire. Elle portait un parfum léger, fleuri.

« Vous êtes également universitaire, je suppose ?

– Non, je travaille pour le ministère de l'Éducation à Toronto. C'est plutôt une activité secondaire, et pour l'aider.

– Mais il est décédé.

– Oui. Je me suis dit que je pouvais achever le travail et envisager une publication posthume. Je crois que ça lui aurait plu.

– Vous étiez donc proches ?

– Oui.

– Bien que séparés par des océans.

– Oui. » Puis, quelque peu impatiemment, un petit pli se dessina sur son joli front : « Mon oncle Andrew comptait beaucoup pour moi, monsieur Mishkin. Mon père a quitté ma mère quand j'avais quatre ans, nous laissant dans une situation financière très précaire. C'était une espèce de feu follet et la paternité ne l'intéressait pas du tout. Il est mort maintenant, comme ma mère. En attendant, l'oncle Andrew a payé pour mon éducation, il m'a fait venir en Angleterre pratiquement chaque été depuis l'âge de huit ans et... oh, mon Dieu, pourquoi est-ce que je vous raconte ça ? Je suppose que je ne me suis pas encore remise de ce qui lui est arrivé. Je suis désolée. Je n'avais pas l'intention de raconter ma vie comme ça.

– Pas de problème, ai-je répondu. Perdre un parent proche de mort violente peut être une expérience dévastatrice.

– On dirait que c'est l'expérience qui vous fait dire ça.

– Oui, ai-je répondu, mais sur un ton qui n'encourageait pas les questions supplémentaires. Depuis combien de temps êtes-vous en ville ? ai-je demandé pour changer de sujet.

– À Toronto ?

– Non, ici. Je suis désolé – quand les New-Yorkais parlent de "la ville", ils pensent toujours à l'île de Manhattan. »

À ces mots elle a souri, notre premier sourire partagé.

« Depuis lundi. Deux jours.

– Vous êtes à l'hôtel ?

– Oui, au Marquis, sur la Huitième Avenue. Je pensais loger chez oncle Andrew, mais il y a des complications légales. C'est toujours une scène de crime et tout est sous scellés, toutefois le professeur Haas a eu la grande gentillesse de me montrer son bureau et il m'a laissé récupérer quelques affaires personnelles.

– Vous êtes bien installée ? » demandai-je histoire de faire la conversation.

Dieu sait ce que je pensais, je suppose que je voulais juste continuer à la faire parler, faire durer le moment. Ridicule, comme je l'ai dit, mais dans l'intérêt d'un récit honnête...

« Eh bien, pour être franche, a-t-elle répondu, c'est plutôt cradingue. C'est censé être bon marché, mais bon marché à New York est plus que ce que je peux m'offrir, surtout avec des dollars canadiens.

– Avez-vous vu la police ?

– Oui. Hier. Je pensais que j'allais devoir identifier le corps comme à la télé, mais ça avait déjà été fait. Ils m'ont posé quelques questions, en fait, des questions assez horribles.

– Leur théorie est qu'il a été tué au cours de quelque rituel sexuel gay ?

– Oui. Mais au nom du ciel, leur ai-je dit, oncle Andrew n'était pas du tout comme ça. Il ne faisait aucun secret de son… hum… orientation romantique, mais il était fidèle à Ollie. C'est un professeur à Oxford. Ils étaient comme un vieux couple lorsqu'ils se retrouvaient. » Son ton changea brusquement et elle demanda : « Croyez-vous que nous pourrons conclure notre affaire aujourd'hui ?

– Notre affaire étant… ?

– Le manuscrit d'oncle Andrew. »

Ah, ça ! Je lui ai demandé ce qu'elle savait sur le sujet.

« Eh bien, il ne m'a pas dit grand-chose, seulement que c'était un manuscrit de l'époque jacobéenne. Il l'a acquis pour quelques milliers de dollars, mais il pensait qu'il vaudrait peut-être beaucoup plus si certaines choses pouvaient être vérifiées.

– Comme quoi ?

– Je ne sais pas. Il ne l'a pas dit. » L'adorable pli sur son front est apparu à nouveau. « Et franchement, je ne crois pas que ça vous regarde. Ce manuscrit m'appartient.

– À vrai dire, mademoiselle Kellogg, ai-je répliqué d'un ton quelque peu chicanier, c'est la propriété de la succession. Afin de le récupérer, vous devez prouver que vous êtes qui vous êtes, et que vous êtes la seule héritière légale d'Andrew Bulstrode. Pour y parvenir, vous devez produire un testament et le faire homologuer par la cour du comté de New York. Ce n'est qu'alors que l'exécuteur testamentaire aura autorité pour me charger de vous transmettre ce qui vous revient au titre de la succession.

– Oh, mince ! Ça va prendre si longtemps que ça ?

– Ça pourrait. Si le testament est mal fait ou contesté, ça pourrait prendre des semaines, des mois, voire des années pour être réglé. Comme dans Dickens. »

À ces mots, elle a lâché un cri désespéré, s'est mordu la lèvre et a porté les mains à son visage. L'employé au guichet nous a jeté un regard désapprobateur.

« Je ne peux pas attendre tout ce temps, a-t-elle gémi. Je n'ai pu prendre que quelques jours de congé. Je dois être de retour à Toronto lundi et je n'ai pas les moyens de rester à l'hôtel. Et… »

Elle s'est interrompue et a baissé les yeux, comme on fait lorsqu'on est sur le point de révéler quelque chose qu'il vaudrait mieux ne pas révéler. Intéressant... J'ai pensé que c'était peut-être en partie la raison pour laquelle elle avait refusé de venir à mon bureau. J'ai décidé de pousser dans cette direction.

« Et... ?

– Rien. »

Une piètre menteuse, ai-je pensé en observant la rougeur délicate sous sa mâchoire.

« Non, pas rien, me semble-t-il. Vous m'avez demandé de vous rencontrer dans un endroit isolé, vous n'arrêtez pas de regarder la porte, comme si vous vous attendiez à ce que quelqu'un fasse irruption, et maintenant vous semblez dissimuler quelque chose. Ajoutez à cela le fait que votre oncle est mort dans des circonstances mystérieuses, voire effrayantes, et vous me donnez l'impression d'être une femme ayant un problème. Une femme qui, si je puis me permettre, a besoin de...

– D'un avocat ? Est-ce que vous vous proposez ? a-t-elle demandé d'un ton soupçonneux.

– Pas du tout. Vous avez besoin d'un avocat en succession qui pourra vous aider pour l'homologation. Je ne suis pas ce genre d'avocat, mais il y en a de bons dans mon cabinet. Je songeais à me proposer en tant qu'ami.

– Vous croyez que j'ai besoin d'un ami ?

– À vous de me le dire. J'ai le sentiment qu'on vous a contactée à propos de ce manuscrit et que ce contact vous a inquiétée. »

Elle a acquiescé vigoureusement, faisant gigoter ses nattes. Délicieux !

« Oui. J'ai reçu un coup de fil juste après celui de la police m'informant qu'oncle Andrew était mort. C'était un homme avec une voix profonde et un accent.

– Un accent anglais ?

– Non, plutôt slave ou moyen-oriental. Je lui ai plus ou moins hurlé dessus parce que j'étais si bouleversée, je venais de découvrir qu'oncle Andrew était mort et ce vautour me sautait déjà dessus. J'ai raccroché et il a rappelé aussitôt et son ton était... je sais que ça a l'air stupide de dire "menaçant" mais c'est l'impression qu'il m'a donnée. Il m'a offert cinquante mille dollars canadiens pour les documents, et je lui ai dit que j'y réfléchirais. Cette réponse ne lui a pas plu, et il a dit quelque chose comme... j'ai oublié ses mots exacts... quelque chose comme il vaudrait vraiment mieux pour vous que vous acceptiez ces conditions. C'était comme cette réplique dans *Le Parrain*, une proposition que vous ne pouvez pas refuser. Tout ça m'a paru si irréel que j'ai failli rigoler. Puis, après mon arrivée au Marquis, j'ai reçu un autre coup de fil, même voix. Comment savaient-ils que j'étais là ? Personne à Toronto ne savait où j'allais loger.

– Pas de petit ami ? ai-je demandé en dissimulant mon optimisme.

– Non. Et mes collègues ont mon numéro de portable. Bref, quand j'ai quitté l'hôtel ce matin il y avait une voiture, un de ces gros 4 × 4, noir, avec des vitres fumées, garé non loin de l'hôtel, et il y avait un homme, un homme costaud, avec une tête ronde et des lunettes de soleil, appuyé contre. Je me suis retournée après être passée devant lui et il me regardait avec un sourire vraiment horrible, puis il est monté dans sa voiture, et j'ai pris le bus, et quand je suis arrivée à la bibliothèque, la voiture était à nouveau là.

– C'est inquiétant, ai-je dit.

– Oui, concéda-t-elle après une longue pause, d'une voix légèrement tremblante.

– Écoutez, disons que la police se trompe au sujet de la mort de votre oncle, comme vous le suggérez, et qu'il ait été assassiné. Assassiné pour ce... hum... document. Mélodramatique, oui, mais de telles choses se produisent à l'occasion. Supposez donc pendant un moment que cette chose, pour quelque raison, soit extrêmement précieuse et vaille bien plus que cinquante mille dollars canadiens, et que des criminels aient appris son existence et cherchent à l'obtenir par tous les moyens. Est-ce que ça vous semble plausible ? »

Elle a acquiescé lentement. J'ai cru la voir frissonner et ai eu envie de la prendre dans mes bras, mais me suis retenu.

« Oui, c'est horrible, a-t-elle répondu, même si je ne vois pas de quoi il peut s'agir. Je parle de la valeur du document. Oncle Andrew m'a dit qu'il l'avait payé quelques milliers de dollars, et c'est probablement à peu près ce qu'il vaut, sinon pourquoi le vendeur l'aurait-il cédé ? Et si pour quelque raison il s'avère qu'il vaut beaucoup plus, pourquoi des criminels seraient-ils impliqués ?

– C'est la question, bien sûr. J'ai cependant le sentiment que ce n'est pas le document en lui-même qui a de la valeur, mais ce à quoi il mène. Votre oncle vous a-t-il dit quoi que ce soit à ce sujet ?

– Non. Pour autant que je sache, c'était une sorte de lettre de l'époque jacobéenne, d'un intérêt purement universitaire. Il était vraiment excité par le document, et il a fait un voyage spécial en Angleterre l'été dernier pour vérifier certaines choses qui y étaient liées, mais il n'a pas laissé entendre qu'il avait la moindre valeur *pécuniaire*. Et vous, est-ce qu'il vous a dit ce que c'était ? Je veux dire, ce à quoi le document peut bien mener ?

– Oui, il prétendait que c'était un manuscrit autographe de Shakespeare, mais je crains qu'il n'ait été indûment optimiste. Plus tard, j'ai discuté avec Mickey Haas, qui a laissé entendre que c'était improbable et que votre oncle semblait prêt à tout pour, en quelque sorte, se refaire.

– Très juste. Il avait tendance à se comporter ainsi depuis le scandale. Vous êtes au courant ?

– Je connais les faits, oui. Mais il devait être conscient de l'intérêt que lui portaient ces criminels puisqu'il m'a laissé ce fichu document. Il devait soupçonner qu'il risquait de se le faire voler et a voulu empêcher que ça ne se produise. Donc... pour continuer, la première chose à faire serait de s'assurer de votre sécurité. Vous ne pouvez de toute évidence pas retourner dans votre hôtel miteux. Nous pourrions changer d'hôtel...

– Je n'ai pas les moyens de changer d'hôtel. De toute manière, tout a été payé d'avance. Oh, mon Dieu, c'est en train de virer au cauchemar...

– ... ou, si je puis me permettre, je possède un grand loft dans le centre-ville. Il comporte deux chambres qui servent à mes gosses pendant les vacances. Vous pourriez en prendre une. C'est probablement aussi miteux que le Marquis, mais c'est gratuit. J'ai aussi un chauffeur pour vos déplacements en ville. Avant c'était une sorte de garde du corps.

– Un garde du corps ? » s'est-elle exclamée, avant de demander : « Qui protégeait-il ?

– Yasser Arafat. Mais nous aimons garder ça sous silence. Je ne vois pas d'autre endroit où vous seriez plus à l'abri. » Sauf de moi, mais passons pour le moment. Honnêtement, je ne pensais pas à tout ça quand j'ai fait ma proposition. Je me rappelais très bien la terreur sur le visage de son oncle et je ne voulais pas voir la même expression sur le sien. « Une fois que vous serez à l'abri, nous verrons si nous pouvons apprendre quelque chose sur les personnes impliquées à partir de leur véhicule. J'alerterai la police et les laisserai s'en occuper. »

Elle a accepté ce plan après avoir opposé les objections polies de rigueur. Nous avons quitté la salle de lecture, puis la bibliothèque. Au sommet des marches, je l'ai fait avancer à l'ombre des colonnes et ai jeté un coup d'œil dans la Cinquième Avenue. Pas de 4 × 4 noir avec des vitres fumées en vue. J'ai appelé Omar depuis mon portable et lui ai demandé de me récupérer du côté de la 42e Rue, puis nous avons traversé Bryant Park à la hâte et avons attendu jusqu'à l'arrivée de la Lincoln.

Mon loft se trouve dans Franklin Street, près de Greenwich. Il mesure trois cent soixante-dix mètres carrés et le bâtiment était autrefois une usine de pantalons, puis un entrepôt, mais il est maintenant bourré de gens riches. J'ai emménagé avant que les prix de l'immobilier en centre-ville ne deviennent dingues, mais il m'a tout de même coûté un paquet, sans compter les rénovations. Nous y avons vécu comme une famille, Amalie, les gosses et moi, jusqu'à ce qu'elle déménage. D'ordinaire, c'est l'homme qui déménage, mais Amalie savait que j'aimais vraiment cet endroit et elle voulait aussi être plus près de l'école des gosses, qui se trouve dans la 78e Rue au niveau de Lexington. Ils vivent donc désormais dans un duplex de la 76e Rue Est. Nous partageons les dépenses en deux, car elle a de bons revenus et elle ne voit pas pourquoi je devrais être ruiné simplement sous prétexte que je suis sexuellement un connard.

Sur le coup, cependant, je ne pensais pas à ça. Je faisais faire le tour de mon domicile à Amalie 2 (alias Miranda Kellogg). Elle était comme de juste impressionnée, ce qui était un progrès par rapport à Amalie 1 qui n'était jamais impressionnée par les choses que l'argent pouvait offrir. J'ai commandé un repas chinois à emporter et nous avons déjeuné aux chandelles sur une table basse d'où j'ai une jolie, quoique étroite, vue sur la rivière. Je me suis comporté en gentleman et j'ai été raisonnablement honnête lorsque nous nous sommes raconté nos vies. Il s'est avéré qu'elle était psychiatre pour enfants de formation mais qu'elle occupait un simple emploi de bureau. Nous avons parlé de Niko, mon fils, et de ses problèmes. Elle a compati, mais avec une certaine distance. À mesure que je me suis habitué à son visage, j'ai décidé qu'elle ne ressemblait pas autant à Amalie que je l'avais initialement cru, pas trait pour trait, mais j'éprouvais toujours cette excitation bouillonnante chaque fois que je la regardais. « Nous en savons si peu, nous avons tant à découvrir, d'amant à amant », comme dit la chanson.

Elle a commencé à bâiller et, avec une parfaite correction, je lui ai fait son lit dans la chambre d'Imogen. Je lui ai donné un T-shirt blanc pour dormir et, bien entendu, j'avais des brosses à dents neuves à cause de mes gosses. J'ai eu droit à des mercis ensommeillés et à un agréable baiser sur la joue. Quel était ce parfum ? Insaisissable, mais familier.

Le lendemain, nous nous sommes levés tôt, avons pris un petit déjeuner constitué de café et de croissants dans une atmosphère plus amicale, je dois l'admettre, que si nous étions passés à l'acte durant la nuit. Elle avait un certain air distant qui n'encourageait pas une recherche d'intimité agressive, ce qui me convenait tout à fait : un autre point commun avec l'Amalie de jadis. Elle a revêtu le même petit tailleur en laine de grand magasin qu'elle avait porté la veille, et Omar nous a emmenés à mon bureau. Une fois là-bas, je l'ai présentée à Jasmine Ping, notre excellente avocate en succession, puis je les ai laissées sonder les mystères de l'homologation testamentaire et arranger le rapatriement du corps de Bulstrode en Angleterre.

Mon agenda me dit que j'ai passé la matinée à dissuader un écrivain de poursuivre un autre écrivain qui avait soi-disant volé ses idées et produit un livre qui avait connu un bien plus grand succès que le sien. Toujours selon mon agenda, j'ai eu plus tard au téléphone un type du Bureau du représentant américain au commerce pour organiser une réunion sur (quoi d'autre ?) les contrefacteurs chinois. Une matinée typique. Vers midi et demi, Miranda est apparue dans mon bureau et j'ai suggéré d'aller déjeuner. Elle a refusé, j'ai insisté, et elle a honteusement avoué qu'elle avait toujours trop peur pour déambuler librement en public et qu'elle souhaitait manger dans le bureau ou être reconduite au loft.

Nous avons donc passé commande chez un traiteur, et tandis que nous attendions, Miranda a abordé le sujet du manuscrit. Elle a expliqué que sous l'influence de son oncle elle avait appris à lire l'écriture de secrétaire jacobéenne : ne pouvait-elle y jeter un coup d'œil maintenant ? J'ai hésité mais n'ai vu aucune véritable objection. Les héritiers ont souvent des jugements indépendants quant à la valeur d'héritages potentiels. J'ai envoyé Mlle Maldonado à la salle des coffres.

Miranda a enfilé des gants de coton avant de manipuler les feuilles brunes et rigides. Elle en a tenu plusieurs devant la fenêtre pour examiner les filigranes. Mais le ciel s'était assombri et il commençait à pleuvioter. Elle a dû utiliser la lampe de bureau à la place.

« Intéressant, a-t-elle déclaré à plusieurs reprises en plaçant les pages devant la lumière. Ce papier plus lourd est ce qu'on appelle un feuillet à couronne, marqué des armoiries d'Amsterdam, qui provient d'une papeterie bien connue et très commune au XVIIe siècle. Les pages ont l'air d'avoir été arrachées d'un grand-livre de comptes. Ces autres feuilles semblent être des copies d'imprimeur sans relation avec les autres. » Elle a mentionné le nom d'un fabriquant de papier, puis a brièvement discouru sur la provenance du papier. Ça m'est entré par une oreille pour aussitôt ressortir par l'autre. Elle a tiré une loupe pliable de son sac à main. « Ça vous ennuie ? » a-t-elle demandé.

Ça ne m'ennuyait pas. J'étais content de l'observer. Elle a étudié les pages, j'ai étudié son cou de cygne qui dodelinait au-dessus du papier et les volutes de cheveux qui bougeaient délicatement dans la faible brise produite par le système de chauffage. Le temps s'écoulait. J'ai griffonné quelques notes sur des documents, sans enthousiasme. Les bruits du cabinet derrière ma porte semblaient provenir d'un autre monde. Elle a lu quatre pages. De temps à autre, elle marmonnait. Puis je l'ai entendue qui retenait son souffle.

« Quoi ?

– L'auteur de cette chose, Richard Bracegirdle – il prétend avoir voyagé avec Somers. Il était dans le naufrage du *Sea Adventure*. Oh, mon Dieu ! J'en tremble. »

J'ai demandé ce que ça avait de suffisamment important pour provoquer ces tremblements.

« Parce que c'est un événement célèbre. Le gouverneur de la colonie de Virginie était à bord. Ils ont fait naufrage aux Bermudes, ont vécu de ressources naturelles et ont reconstruit un navire qui leur a permis de regagner la Virginie. Certains d'entre eux ont écrit des récits, et on pense que Shakespeare s'en est servi pour créer l'atmosphère de l'île de Prospero dans *La Tempête*. Et si ce type connaissait Shakespeare en 1610 comme il le prétend... il a pu être avec lui, lui fournir la couleur tropicale pendant qu'il écrivait. Rien que cela en fait... écoutez, monsieur Mishkin...

– S'il vous plaît, vous êtes mon hôte. J'aimerais que vous m'appeliez Jake.

– D'accord – Jake. Il faut absolument que j'étudie ce document. Est-ce que nous pourrions le rapporter chez vous ? »

Mon premier instinct d'avocat a été, bien entendu, de refuser. Tout le monde sait que les avocats ont libre accès à l'argent et aux objets de valeur d'autrui, et le premier pas vers une pente glissante est de les manipuler sans la prudence la plus stricte. Emportez un manuscrit hors du bureau pour qu'une héritière putative puisse l'examiner, et vous vous retrouvez bientôt à accrocher le Renoir d'un client dans une petite chambre et à emmener la famille à Saint-Bart sur le yacht du défunt.

Oui, certes, mais elle me regardait avec espoir, les joues encore rougies par le frisson de la découverte, et j'ai alors pensé à Amalie, qui ne m'avait jamais rien demandé, qui s'attendait à ce que je sache ce qu'elle voulait à travers les liens mystiques de l'affection. Ce à quoi j'ai inévitablement échoué. C'est agréable de se voir demander quelque chose. J'ai donc répondu que ça me semblait possible, vu que légalement les documents demeureraient en ma possession. Je me suis procuré une chemise rigide dans laquelle j'ai glissé le manuscrit de Bracegirdle. J'ai appelé Omar, saisi mon parapluie et ma serviette, et après m'être entretenu avec Mlle Maldonado de choses diverses, j'ai quitté le cabinet au côté de Miranda. Le hasard voulait que j'avais promis de récupérer mes enfants à l'école et de les ramener à la maison. C'était quelque peu délicat, mais Miranda était après tout une cliente et non une femme qui partageait une intimité radioactive avec papa, du moins, pas encore. Je suis passé les chercher, ai présenté les gosses, et le trajet a été parfaitement agréable. Imogen s'est montrée inhabituellement charmante. Elle a voulu savoir si Miranda parlait français, étant donné qu'elle était canadienne, mais celle-ci lui a répondu (avec embarras) qu'elle n'était pas du tout douée pour les langues. Puis Niko nous a tous distraits en faisant des nœuds sur une cordelette et en expliquant minutieusement la provenance, l'utilité, et les caractéristiques topologiques de chacun. J'ai été ravi de constater que Miranda était gentille avec le garçon – de nombreuses personnes ne le sont pas, à commencer par moi – et je me suis dit que c'était un bon présage pour l'avenir.

Après les avoir déposés, nous avons continué vers le sud (lentement, à cause de l'obscurité et de la pluie qui tombait de plus en plus), et durant le trajet, après les compliments de rigueur sur les enfants, Miranda a disserté avec une faconde inhabituelle sur les merveilles de la missive de Bracegirdle. Je devrais me souvenir de cette conversation, mais je n'y parviens pas et ne me sens pas le courage de l'inventer, comme je l'ai fait pour les précédentes. Il est presque trois heures du matin et je vais bientôt avoir besoin de dormir un peu. Quoi qu'il en soit, nous sommes arrivés, et Omar est reparti.

Mais à peine ses feux arrière s'étaient-ils évanouis au croisement que nous avons entendu le gémissement sonore de pneus tournoyant sur la chaussée humide, et un grand 4 × 4 noir, un Denali, est apparu en trombe au coin de Greenwich Street, s'est arrêté en dérapant à notre niveau, et trois hommes en sont sortis. Ils portaient tous des sweat-shirts à capuche et des gants de cuir et se sont rapidement approchés de nous d'un air menaçant. L'un d'eux a tenté d'attraper Miranda et je l'ai frappé au visage (vainement, j'en ai peur) avec la virole de mon parapluie. Celui-ci m'a été arraché des mains par le plus grand des deux autres tandis que son compagnon se glissait derrière moi et m'attrapait les mains. Le grand gaillard s'est avancé pour m'asséner un coup au plexus qui m'aurait mis hors d'état de nuire ; probablement avec l'intention d'en ajouter quelques autres pour venger le coup de parapluie.

Je n'ai jamais été un grand cogneur, mais j'ai passé une bonne partie de mon temps libre dans les bars, et il existe une certaine espèce de petits mecs bagarreurs qui, une fois soûls, ne peuvent pas s'empêcher de chercher des noises aux types grands, surtout lorsqu'ils n'ont pas l'air en forme et sont loin de ressembler à Schwarzenegger, ce qui est mon cas. Contrairement à la plupart de mes collègues, la violence physique ne m'était donc pas étrangère. Les haltérophiles ne courent pas les rues, et ces gens n'avaient tout simplement pas la moindre idée de qui j'étais.

J'ai commencé par fléchir les bras pour rompre l'étreinte du type derrière moi, et l'instant d'après, je m'accroupissais et pivotais sur mes talons de manière à me trouver face aux cuisses de l'homme qui venait de m'empoigner. Je lui ai alors attrapé les jambes au niveau des genoux. Mes mains sont immenses et très, très puissantes. J'ai senti le grand type à qui je venais de tourner le dos commencer à me saisir la nuque, mais je me suis relevé en levant les deux mains au-dessus de ma tête. L'homme que j'avais attrapé ne pesait que dans les quatre-vingts kilos, je n'ai donc eu aucun mal à le soulever. Je me suis écarté d'un pas, ai pivoté à nouveau, et j'ai frappé le grand type sur la tête avec son ami. Un corps d'homme constitue une massue peu efficace, mais pour ce qui est de démontrer sa force et de démoraliser l'adversaire, surtout la personne qui fait elle-même office de massue, difficile de faire mieux. Le grand type a reculé en chancelant, il a glissé sur la chaussée humide et s'est retrouvé sur le cul. Puis j'ai fait tournoyer ma massue au-dessus de ma tête à deux reprises et l'ai balancée dans la rue.

Hélas, afin d'accomplir ces exploits, j'avais dû lâcher ma serviette, et l'homme qui avait attrapé Miranda l'a brutalement projetée contre le mur de mon immeuble, puis il s'est emparé de ma serviette, a crié quelque chose aux autres dans une langue étrangère, et s'est précipité vers le Denali. Les autres se sont relevés et ont fui à leur tour en criant des imprécations. Le véhicule s'est éloigné en hurlant, trop rapidement pour que je puisse noter son immatriculation. Miranda allait bien, malgré son poignet blessé à l'endroit où le voyou l'avait tordu. Elle avait également une main et un genou éraflés.

Après m'avoir rassuré d'un ton impatient sur ses blessures, elle m'a demandé : « Est-ce qu'ils ont pris votre serviette ?

– J'ai bien peur que oui et ça ne me fait vraiment pas plaisir de la perdre. Je l'avais depuis que j'ai passé le barreau.

– Mais le *manuscrit*..., a-t-elle gémi.

– Le manuscrit est en parfaite sécurité, lui ai-je assuré. Il était dans la doublure de mon imperméable. »

Je m'apprêtais à lui expliquer que je transporte toujours les articles particulièrement précieux sur moi, depuis le jour où, alors que j'étais encore à la fac de droit, j'avais laissé mon ancienne serviette dans le métro de Boston avec à l'intérieur l'unique exemplaire d'un mémoire de loi constitutionnelle qui m'avait demandé plusieurs centaines d'heures d'un travail fastidieux... Au lieu de cela, elle a saisi mon visage et m'a embrassé sur la bouche.

La Lettre de Bracegirdle (7)

Quelques jours après nostre arrivée M. Keane fut tué par un boulet : à un moment je lui parlois, l'instant suivant il se tenoit sans teste et tomboit. Qu'alloit-il advenir de moy ? Les canons furent laissés à un autre maistre qui avoit ses propres gens et je me trouvois à Sluys avec à peine un sou en poche et ne sçachant point le hollandois : mais un jour que j'errois près du port je vis le *Groene Draek*, montai à bord et dis au Capitaine que je pouvois servir aux canons aussi bien qu'un autre. « Je le sçais mon garçon, dit-il, mais connois-tu la nature de mon commerce ? » Car il parloit bien l'anglois. Je répondis que je l'ignorois, et il dit : « Je suis un pirate et un fribustier, mot que je ne connaissois point et qu'il m'expliqua : un homme qui fraude les droits de Sa Majesté, tonnage, douane et cætera. Tu serviras donc mes canons dans ce commerce ? demanda-t-il. C'est un travail sanglant et cruel, mais qui rapporte de l'or. » Et je répondis : « Oui monsieur », car j'estois affamé, et je pensois de par moy-mesme, ce ne seront que des papistes que nous tuerons. Et je désirois de tout mon cœur posséder de l'or.

Nous voguions depuis Sluys et d'autres ports de Hollande, attaquant les Espagnols qui alloient de la Mer d'Allemagne jusques à la Baie de Biscaye, prenant moult vaisseaux et tuant moult Espagnols et quelques François, débarquant de nuit en Angleterre des chargements de soie, épices, vins et liqueurs au nez et à la barbe des gardes-costes. Tandis que nous mouillions au port je perfectionnai mon quadrant que j'avois imaginé : un homme de Rotterdam en fabriqua un à partir de cuivre, coupant les lignes à l'eau-forte et fixant un petit miroir pour pouvoir voir les deux costés d'un seul regard. Ayant placé cela sur un axe nous chargeâmes nos canons avec la quantité suffisante pour atteindre une certayne distance, disons huit cents mètres. Je plaçai le bras mobile à l'angle nécessaire pour cette distance, puis je regardai dans mon instrument et attendis que l'ennemi apparût clairement dans les deux miroirs, et lorsque la portée fut exacte je donnai l'ordre de faire feu et chaque boulet fit mouche sans avertissement. L'ennemi estant surpris et maistrisé, nous prîmes le navire aisément.

Après deux ans sur les mers je possédois 80 souverains d'or que je confiois à un Juif de Sluys. Car l'équipage dépensoit tout en boisson et en catins, mais point moy. À l'An Neuf comme nous le sçavons tous une tresve fut signée entre le Roy d'Espagne et les Hollandois, et le Stadthouder ordonna que cessassent les pillages de navires Espagnols. Mais van Brille affirma que l'on ne nous ordonnait point de cesser la piraterie car elle ne concernoit point ce maudit Stadthouder. Nous continuâmes donc comme auparavant, mais j'estois inquiet et un jour j'allai voir mon Juif, qui m'écrivit une traite me permettant de récupérer mon or auprès de tout Juif à qui je la montreroi du Portugal à Moscou. Nous gagnâmes l'Angleterre un soir et tandis que nous déchargions nos réserves avec certayns hommes de Plymouth, je partis dans la nuit et abandonnai la piraterie, du moins le croyais-je.

À Plymouth je passois quelques jours à l'Anchor Inn, songeant à ce que j'allois faire, lorsqu'un homme arriva qui cherchoit des marins et d'autres hommes pour le Voyage de l'Amiral Geo, de Somers vers la Virginie dans le Nouveau Monde, et pensant que c'estoit un signe je luy dis : « Je suis canonnier en mer ou sur terre et je peux observer les étoiles à l'arbalète ou au quadrant pour définir les latitudes et établir des relevés au besoin. » Et luy répliqua : « Marches-tu aussi sur l'eau ou as-tu besoin d'un bateau ? » Et toute l'assemblée se mit à rire : mais il me mena voir M. Tolliver, le maistre du navire étendard *Sea Adventure*. Celui-ci me reçut avec gentillesse et me demanda de luy monstrer mes talents, ce que je fis, et lorsqu'il fut satisfait que je pouvois faire tout ce que j'affirmois, je signois comme maistre canonnier à 1 shilling 4 pences per diem.

Nous mîmes les voiles le 2 juin de l'An Neuf. Après le *Groene Draeck* le navire me parut un palais de seigneur tant il estoit spacieux et bien équipé et la nourriture meilleure, point de fromage hollandois ni de poisson ni de vin allemand mais de la bonne bière et du bœuf anglois : j'estois donc bien heureux. Je me liai d'amitié avec M. Tolliver qui m'enseigna plus avant l'art de la boussole et l'utilisation du quadrant et le moyen de calculer la longitude d'après les étoiles, chose des plus difficiles à bien entreprendre. C'estoit un homme des plus étranges tel que je n'en avois jamais rencontré, car il n'accordoit nul crédit à la grâce de Dieu et estimoit qu'il n'y avoit nulle différence entre la superstition papiste et la foy réformée : il pensoit que Dieu avoit créé le monde puis l'avoit abandonné à son sort comme une femme laisse refroidir des gâteaux et qu'Il ne se soucioit nullement de nous autres Ses créatures. Nous discutions ces questions durant le quart de nuit jusques à l'aube : mais cela ne portoit guère de fruits car nous n'estions jamais d'accord puisqu'il rejetoit l'autorité des Sainctes Escritures. Estois-tu présent lorsqu'elles furent écrites ? Non ? Alors comment sçais-tu que ce sont les paroles de Dieu et non celles d'un idiot tel que toy ? Il ne craignoit point non plus le Feu de l'Enfer et affirmoit n'avoir jamais vu ni diable ni ange ni rencontré personne (outre quelques fous) qui en avoit rencontrés. Il songeoit que l'Église ne faisoit point de mal à la plupart des gens et se plaisoit à y aller le dimanche sans se soucier du service ni du sermon : que le Roy commande de vénérer une simple pierre ou le Pape, il auroit été bien aise d'obeïr. Pour luy cela revenoit au mesme : et je me demandois pourquoy tout le monde prenoit ces choses tant au sérieux mais point luy : c'estoit pourtant un homme bon et doux avec toute sa teste.

8

La mère de Crosetti, Mary Margaret Crosetti (Mary Peg, comme elle était universellement connue), possédait un certain nombre de caractéristiques personnelles à la fois utiles à une bibliothécaire haut de gamme et à une mère, parmi lesquelles une mémoire prodigieuse, un amour de la vérité, une attention méticuleuse au détail et un détecteur de bobards surpuissant. Ainsi, si elle tentait de laisser à son fils l'intimité qui convenait à l'adulte qu'il était, la vie de tous les jours dans un pavillon du Queens pas très grand entraînait suffisamment d'interactions entre mère et fils pour qu'elle ait une bonne idée de son état d'esprit à tout moment. Dix jours plus tôt, cet état avait été extraordinairement bon. Al avait tendance à l'austérité, mais elle se rappelait que pendant un jour ou deux il avait chanté sous la douche et semblé rayonner de l'intérieur. Il est amoureux, avait-elle pensé, avec le mélange de joie et d'inquiétude que cette perception éveille chez la plupart des parents, et puis, peu de temps après, patatras. Il s'est fait larguer, avait-elle conclu, en songeant aussi que c'était une fin étonnamment rapide pour ce qui avait semblé une joie étonnamment intense.

« Je m'inquiète pour lui, dit-elle au téléphone à sa fille aînée. Ça ne ressemble pas à Albert.

– Il se fait toujours larguer, m'man, répondit Janet Keene, qui, outre le fait qu'elle était la principale complice de sa mère, était psychiatre. C'est un type bien qui n'a rien compris aux femmes. Ça passera.

–Tu n'es pas ici, Janet. Il est comme un zombie. Quand il rentre du travail on dirait qu'il a passé la journée dans une mine de sel. Il ne mange pas, il se couche à huit heures et demie – ce n'est pas naturel.

–Bon, je pourrais le voir... commença Janet.

–Quoi, en tant que *patient* ?

–Non, m'man, ce n'est pas autorisé, mais si tu veux un deuxième avis.

–Écoute, chérie, je sais quand mes enfants sont fous et quand ils ne le sont pas. Et Albert n'est pas fou – je veux dire, pas fou à lier. Samedi, je vais lui préparer un bon petit déjeuner, je vais le faire asseoir et je le ferai parler. Qu'est-ce que tu en penses ? »

Même dans ses rêves les plus fous, Janet n'aurait jamais pu imaginer disposer de la capacité qu'avait sa mère à obtenir des gens qu'ils se mettent à table.

Une réponse affirmative étant requise lorsque Mary Peg demandait conseil, Janet accomplit son devoir et, sans s'engager davantage, elle répondit qu'elle était d'accord. Elle se disait que ce dont son petit frère avait surtout besoin, c'était par ordre d'importance croissante : d'une fille, d'un boulot décent et de quitter le toit maternel. Mais elle refusa de poursuivre ce raisonnement. Elle et ses deux sœurs avaient mis les voiles à la première occasion : ce n'est pas qu'elles n'aimaient pas tendrement leur mère, mais celle-ci jetait une ombre très dense sur le reste de la maisonnée. Pauvre Allie !

Mary Peg se sentait toujours mieux après avoir sollicité les conseils professionnels de Janet et était heureuse que ceux-ci s'accordent si bien avec ses propres instincts. Fille d'un conducteur de métro, elle avait six frères et sœurs. Chose inhabituelle pour quelqu'un de sa classe et de sa culture, elle avait succombé au charme des années soixante et suivi jusqu'au bout la voie de la contre-culture – groupie de groupe de rock, vie en communauté en Californie, un peu de drogue, quelques rapports sexuels par ci par là. Puis cela avait été le retour à demi penaud à la vraie vie sous la forme d'une licence au City College et d'une maîtrise en bibliothéconomie. Sa propre famille n'avait rien su des moments les plus échevelés de son histoire car, contrairement à de nombreux jeunes de cette époque, elle évitait de répondre avec impertinence à ses parents ; l'audace de ce qu'elle venait de vivre avait été amplement suffisante. Mais elle avait toujours éprouvé une culpabilité catholique tonifiante à les tromper et avait résolu, quand elle en était venue à avoir ses propres enfants, que le mensonge intergénérationnel n'aurait pas sa place chez elle. Elle se disait de temps en temps que c'était pour ça qu'elle avait épousé un flic.

Comme prévu, elle prépara un beau petit déjeuner. Son fils arriva à la table en traînant des pieds, but quelques gorgées d'orange pressée, avala quelques bouchées de pain perdu, puis annonça que merci, il n'avait pas vraiment très faim. Mary Peg se mit alors à donner des coups de petite cuiller sur un verre imitant de manière convaincante une alarme incendie. Il sursauta et leva les yeux vers elle.

« O.K., mec, vide ton sac ! lança-t-elle, le fixant de ses yeux qui avaient la couleur d'une flamme de gaz et qui, à cet instant, étaient presque aussi brûlants.

– Quoi ?

– Quoi... Ça fait presque deux semaines que tu nous joues *La Nuit des morts-vivants.* Tu crois que je n'ai rien remarqué ? Tu es une épave.

– Ce n'est rien, maman...

– Si, c'est quelque chose. C'est cette fille, machin chose, Carol.

– Carolyn, corrigea-t-il, et il poussa un grand soupir.

– Oui, elle. Bon, tu sais que je ne fourre jamais mon nez dans la vie personnelle de mes enfants...

– Ha.

– Ne fais pas ton malin, Albert ! » Puis, d'un ton plus doux : « Sérieusement, je commence à m'en faire pour toi. Tu as déjà rompu avec des filles, mais tu n'as jamais été si bizarre que ça.

– Ce n'est pas une rupture, maman. Ce n'est pas... Je ne sais pas ce que c'est. C'est le problème. Je veux dire, nous ne sommes sortis qu'une fois ensemble, c'était très chouette, mais après, elle... disons qu'elle s'est en quelque sorte évaporée. »

Mary Peg but une gorgée de café et, au bout de quelques minutes, elle était parvenue à lui faire confusément vider son sac : la vie alambiquée de Rolly, le manuscrit, Bulstrode. Son mari lui avait décrit bon nombre d'interrogatoires, car il ne faisait pas partie de cette majorité d'inspecteurs qui estimaient leurs épouses trop sensibles pour entendre leurs histoires de flics. Elle non plus. Elle savait comment procéder : une oreille compatissante et un mot d'encouragement. Elle fut troublée d'apprendre que son fils avait participé à ce qu'une personne malveillante pourrait considérer comme un délit, et n'apprécia pas non plus ce qu'elle apprit de Mlle Rolly. Mais elle s'abstint de tout commentaire. Puis Albert aborda la période qui avait succédé à leur premier rendez-vous. Bien entendu, il ne lui donna pas les détails larmoyants, mais elle avait suffisamment d'expérience et d'imagination pour les deviner.

« Eh bien, comme je te l'ai dit, nous avons passé un moment agréable et je me sentais vraiment bien. Je suis allé travailler le lendemain en m'attendant à la trouver à la boutique, mais elle n'était pas là. J'ai demandé à Glaser et il m'a répondu qu'elle avait appelé pour l'informer qu'elle devait quitter la ville deux ou trois jours. J'ai trouvé ça un peu bizarre. Enfin quoi, je pensais qu'après ce qui s'était passé entre nous, c'est moi qu'elle aurait dû appeler, mais comme j'ai dit, c'était une nana étrange. Donc j'ai pris ça, tu vois, tranquillement. Mais le jour arrive où elle est censée revenir, et pas de Carolyn. M. Glaser l'appelle – son téléphone est déconnecté, alors on se met à flipper un peu et je lui dis que je vais passer chez elle après le boulot pour voir de quoi il retourne. Quand je suis arrivé dans sa rue, il y avait un gros camion benne garé devant chez elle et une équipe de démolition était dans le bâtiment. Ils finissaient leur journée, mais je voyais qu'ils avaient installé l'un de ces tubes que les démolisseurs utilisent pour faire glisser les débris et d'autres trucs dans la benne, et il était fixé à sa fenêtre au dernier étage. J'ai parlé au chef d'équipe, il ne savait rien. Il avait reçu un coup de fil des personnes qui exploitaient le bâtiment, ils voulaient un boulot vite fait, le bâtiment devait être vidé et réduit à sa coquille de briques et préparé pour les rénovations. Il m'a communiqué le nom de la société d'exploitation mais n'a pas voulu me laisser entrer dans le bâtiment. Comme je t'ai dit, Carolyn avait construit tous ses meubles avec du bois de palettes, du travail magnifique, et ils étaient là, complètement bousillés, sa table de travail et tout. C'était comme voir son cadavre. »

Crosetti sembla frissonner. Il fit tourner le pain perdu dans son assiette du bout de sa fourchette.

« En tout cas, je ne pouvais rien faire là-bas, et j'étais, tu vois, complètement sidéré. J'ai commencé à m'éloigner et j'ai remarqué que les rues et les trottoirs étaient jonchés de bouts de papier. Il y avait du vent et je suppose que les trucs les plus légers s'étaient envolés de la benne, ou que le vent les avait emportés entre le tube et la pile d'ordures dans la benne. Alors comme un idiot j'ai ramassé les machins dans la rue en me disant, oh, elle va vouloir ça, cette photo, cette carte postale, n'importe quoi. Stupide, vraiment, parce qu'elle avait dû emporter ce qu'elle voulait garder. »

Il produisit son portefeuille et lui montra une carte postale et une photo pliées.

« Pathétique, hein ? Trimballer ces machins sur moi. C'est un peu comme s'ils avaient un pouvoir magique, si je m'accroche à quelque chose qui lui a appartenu, il y a toujours un lien, elle n'a pas totalement disparu... »

Il les replaça dans son portefeuille et eut l'air si désemparé que Mary Peg dut réprimer une soudaine envie atavique de le prendre sur ses genoux et de l'embrasser sur le front. Elle se contenta de demander :

« Et ces fameux volumes ? Tu crois qu'elle les a emportés ?

– J'espère. Je ne les ai pas vus. Pour ce que j'en sais, ils pouvaient aussi être au fond de la benne. Ce serait ironique, comme la poussière d'or dans *Le Trésor de la Sierra Madre.* »

Cette allusion mit du baume au cœur de Mary Peg ; s'il faisait référence à un film, c'est qu'il n'allait pas si mal que ça.

« Bien sûr, tu as appelé l'exploitant du bâtiment, dit-elle.

– Bien sûr. Je suis même allé à leurs bureaux. Gestion Immobilière Able, près de Borough Hall, à Brooklyn. Un réceptionniste qui n'y connaissait que dalle et un patron qui n'était jamais là. Quand j'ai finalement réussi à l'avoir au téléphone, il m'a dit qu'il ne connaissait pas de Carolyn Rolly et que le dernier étage n'avait jamais été loué en tant qu'habitation, que de toute manière il n'était pas homologué pour être occupé et que c'était d'ailleurs la raison pour laquelle ils vidaient le bâtiment. J'ai demandé à qui il appartenait et il a répondu que c'était confidentiel. Un consortium, qu'il a dit. J'ai alors appelé le professeur Bulstrode, et la secrétaire de son département m'a dit qu'il était parti pour l'Angleterre la veille et qu'ils ne savaient pas avec certitude quand il reviendrait. Les professeurs temporaires étaient plus ou moins libres de partir à leur guise s'ils n'avaient pas de cours à donner, et il n'en avait pas. C'était l'été. Elle n'a pas voulu me donner son numéro à Oxford. »

Il lui lança un regard si triste qu'elle éprouva un petit pincement au cœur.

« Je ne sais pas quoi faire, m'man. Je crois qu'il lui est arrivé quelque chose. Et bizarrement j'ai l'impression que c'est ma faute.

– Eh bien, tu dis n'importe quoi. La seule chose que tu n'aurais pas dû faire, c'est participer à sa combine. Écoute, je sais que tu aimais bien cette fille, mais pourquoi ne se serait-elle pas simplement enfuie avec son argent acquis malhonnêtement ?

– Son argent acquis malhonnêtement ? M'man, ce n'est pas comme si elle avait fait un braquage. Elle était relieuse. Elle réparait un magnifique ensemble de livres que leur propriétaire voulait réduire en pièces. Glaser n'aurait pas perdu un penny – il voulait juste l'argent que lui aurait rapporté la vente des gravures.

– Mais il ne l'a pas eu, ne l'oublie pas.

– Hé, je ne lui cherche pas des excuses, mais si c'était une voleuse, c'était une voleuse d'un certain genre. Il y avait des trucs qu'elle n'aurait pas faits, et foutre le camp comme ça sans donner son dû à Glaser en faisait partie. Enfin quoi, elle était au beau milieu d'un projet qui lui tenait vraiment à cœur et… Tu n'as pas vu son appartement, mais elle avait créé tout un petit univers dans ce loft minable de Red Hook. Elle avait tout construit de ses mains, c'était son lieu de travail, et le travail, c'est tout pour elle. Elle n'aurait jamais tout plaqué.

– Je ne sais pas, chéri : ça semble être une jeune femme très imprévisible et presque… puis-je dire *instable* ? Enfin quoi, d'après ce qu'elle dit, elle a été horriblement maltraitée. Et tu dis que c'était une sorte de fugitive – peut-être que son passé l'a rattrapée ? Tu secoues la tête.

– Je ne suis pas d'accord. Je ne suis certain de rien pour cette histoire de fuite. J'ai fait énormément de recherches sur Internet. On pourrait croire que l'histoire d'un type nommé Lloyd qui aurait gardé une fille nommée Carolyn Rolly enfermée pendant dix ans pour lui servir d'objet sexuel aurait occasionné quelques réponses, mais je n'ai rien trouvé. J'ai appelé le *Kansas City Star* et le *Topeka Capital-Journal* et le *Wichita Eagle* et deux ou trois autres journaux du Kansas : que dalle ! Personne n'a jamais entendu parler de cette affaire. O.K., elle a pu changer de nom, mais même… donc j'ai appelé Patty. »

Mary Peg vit une pointe de gêne apparaître sur le visage de son fils comme il faisait cet aveu, et ce n'était pas volé, pensa-t-elle. Patricia Crosetti Dolan, sa seconde fille, avait suivi les traces de son père dans la police de New York et atteint le grade d'inspecteur troisième classe. Les agents de la police new-yorkaise ne sont pas censés accomplir de petites enquêtes au profit de leurs familles, mais nombre d'entre eux le font tout de même. Mary Peg avait occasionnellement profité des relations de sa fille pour ses propres recherches, ce qui lui avait valu de copieuses critiques de la part de son fils, et maintenant, ha ha !

Elle se retint de jubiler et se satisfit d'un « Oh ? » tout simple mais lourd de sens.

« Oui, je lui ai demandé de consulter les rapports pour voir si elle était fugitive ou non.

– Et...

– Il n'y a rien sur elle, pas en tant que Carolyn Rolly en tout cas.

– Tu veux dire qu'elle a menti ? À propos de l'oncle et du fait qu'elle était en cavale ?

– Je suppose. Qu'est-ce que ça pourrait être d'autre ? Et c'est un peu ce qui m'a filé le bourdon. Parce que... j'aimais beaucoup cette fille. C'était chimique. Tu sais, toi et papa parliez toujours du jour où vous vous étiez vus pour la première fois quand tu travaillais au guichet de la bibliothèque de Rego Park et qu'il venait emprunter des livres. Tu *savais*. Tout simplement. C'était pareil avec elle.

– Oui, mais, chéri, avec ton père, c'était réciproque. Je n'ai pas fait mes valises et mis les voiles après notre premier rendez-vous.

– Je croyais aussi que c'était réciproque. Je croyais que c'était elle la bonne. Et si je me suis trompé, si je me suis juste monté le bourrichon, alors, eh bien, que me reste-t-il ? Je dois être fou.

– Je t'en prie, tu n'es absolument pas fou, fais-moi confiance. Je serais la première à te le dire si tu déraillais. Comme j'espère que tu le feras pour moi quand la démence sénile pointera sa sale tête. » Elle battit sèchement des mains, comme pour indiquer que ça n'était pas prêt d'arriver, puis demanda : « En attendant, qu'allons-nous faire à propos de tout ça ?

– Nous ?

– Bien sûr. Maintenant, de toute évidence, tout tourne autour du professeur Bulstrode. Que savons-nous de lui ?

– M'man, de quoi est-ce que tu parles ? Qu'est-ce que Bulstrode a à voir avec la disparition de Carolyn ? Il a acheté les papiers, il s'est tiré. Point final. Même si j'ai fait une recherche sur lui et que c'est une espèce de brebis galeuse. »

Crosetti raconta alors la célèbre affaire du faux quarto, dont, en fait, elle se souvenait.

« Oh, ce type-*là* ! s'exclama-t-elle. Eh bien, l'affaire se corse, pas vrai ? Bon, la première chose à faire, c'est d'en parler à Fanny, comme tu aurais dû le faire dès le début. » Il la regarda d'un air ahuri et elle poursuivit. « Albert, tu n'imagines pas que Bulstrode t'a donné la vraie traduction de ce document ! Il a évidemment menti. Tu as dit que tu sentais que tu te faisais avoir, et que tu ne le lui aurais pas vendu si cette Rolly n'avait pas déclenché les grandes eaux et ne t'avait pas raconté ces bobards. Ils étaient de mèche.

– Impossible, maman...

– C'est la seule explication. Elle s'est foutue de toi. Je suis désolée, chéri, mais le fait est que nous tombons parfois amoureux de gens peu recommandables, et c'est pour ça que Cupidon porte un arc et des flèches et non un carnet rempli de tests de personnalité. Ça m'est assurément arrivé quand j'étais jeune, et pas qu'une fois.

– Par exemple ? » demanda Crosetti d'un air intéressé.

Le passé de soi-disant débauche de leur mère avait été un sujet de fascination pour tous ses enfants, mais elle ne l'évoquait que sous la forme d'allusions réprobatrices telles que celle-là. Sa réponse lorsqu'on l'interrogeait était invariablement, comme en ce moment :

« Moi, je sais, à toi de découvrir. » Puis elle ajouta : « Quoi qu'il en soit, je vais appeler Fanny sur-le-champ et organiser ça. Tu pourras la voir lundi après son travail. »

Crosetti n'avait aucune objection incontestable à formuler. Ainsi, à six heures le jour dit, il se présenta avec les papiers enroulés dans un tube à expédition au département des manuscrits de la bibliothèque publique de New York. Il trouva Fanny Doubrowicz à son bureau. C'était une femme minuscule, elle mesurait moins d'un mètre cinquante, était dotée d'un visage de carlin agréablement laid et d'yeux acajou brillants profondément enfoncés derrière d'épaisses lunettes rondes ; ses cheveux gris et rêches étaient tirés en arrière et formaient un chignon de bibliothécaire maintenu en place par le sempiternel crayon jaune. Orpheline, elle était arrivée de Pologne après la guerre. Bibliothécaire depuis plus de cinquante ans, dont la plupart passés à la bibliothèque publique de New York, elle s'était spécialisée depuis une vingtaine d'années dans les manuscrits. Crosetti avait toujours connu tante Fanny et il la considérait comme la personne la plus sage de son cercle de connaissances, même si, lorsqu'on la complimentait sur son savoir encyclopédique, elle riait toujours et répondait : « Mon ange [ou *anche*], je [*che*] ne sais rien, mais je [*che*] sais où tout trouver. » Lorsqu'ils étaient enfants, ses sœurs et lui avaient essayé d'imaginer des choses que tante Fanny ne parviendrait jamais à élucider (combien de bouteilles de Coca avaient été vendues à Ashtabula en 1928 ?), mais c'était toujours elle qui gagnait, et elle leur racontait des anecdotes remarquables sur la manière dont elle avait obtenu les informations.

Donc : salutations, questions sur ses sœurs, sur sa mère, sur lui-même (bien que Crosetti fût certain qu'elle avait été mise au parfum par Mary Peg), et vite au travail. Il tira les feuillets du tube et les lui tendit. Elle les porta jusqu'à une large table de travail et étala les pages en trois longues rangées parallèles, les copies de ce qu'il avait vendu à Bulstrode et les originaux qu'il avait conservés.

Lorsqu'elle les eut étalés, elle prononça quelques paroles d'étonnement en ce qu'il supposait être du polonais.

« Albert, ces dix-huit feuilles... ce sont des *originaux* ?

– Oui, on dirait des lettres chiffrées. Je ne les ai pas vendues à Bulstrode.

– Et tu les enroules comme un vulgaire calendrier ? Tu devrais avoir honte ! »

Elle s'éloigna et revint avec des enveloppes transparentes, dans lesquelles elle rangea soigneusement les lettres.

« Bon, fit-elle. Voyons ce que nous avons là. »

Doubrowicz étudia longuement les copies, examinant chaque feuille avec une grande loupe rectangulaire.

« Intéressant, dit-elle enfin. Tu sais qu'il y a en tout trois documents distincts. Ces copies qui proviennent de deux sources différentes, plus ces originaux.

– Oui, j'ai découvert ça. Ces quatre feuilles sont de toute évidence la copie d'imprimeur de quelconques sermons et elles ne m'intéressent pas. Tout le reste est la lettre de ce type, Bracegirdle.

– Hum, et tu as vendu cette lettre à Bulstrode, d'après ce qu'affirme ta mère.

– Oui. Je suis désolé, Fanny, j'aurais dû venir te voir directement.

– Oui, tu aurais dû. Ta chère mère pense que tu t'es fait rouler.

– Je sais. »

Elle lui tapota le bras.

« Eh bien, c'est ce qu'on va voir. Montre-moi la partie où tu penses qu'il évoque Shakespeare. »

Crosetti obéit, la petite bibliothécaire ajusta une lampe à pied recourbé pour diffuser un faisceau intense sur le papier brillant, puis elle l'observa à la loupe.

« Oui, cette écriture de secrétaire est assez claire, remarqua-t-elle. J'ai déjà eu affaire à pire. » Elle lut lentement le passage à haute voix, telle une écolière un peu bouchée, et lorsqu'elle eut atteint la fin, elle s'exclama : « Doux Jésus !

– Merde ! lâcha Crosetti en se donnant un coup de poing à la cuisse assez fort pour se faire mal.

– Tu peux le dire, dit Doubrowicz, tu t'es bel et bien fait entourlouper. Combien t'a-t-il payé ?

– Trois mille cinq cents.

– Oh, mon Dieu. Quelle honte !

– J'aurais pu en tirer bien plus, n'est-ce pas ?

– Oh, oui. Si tu étais venu me voir et que nous avions incontestablement établi l'authenticité de ce document – ce qui, pour une chose de cette importance, aurait en soi constitué une tâche considérable – alors il est impossible de savoir combien il serait allé chercher aux enchères. Nous n'aurions certainement pas été sur le coup, car ce n'est pas vraiment notre domaine, mais les bibliothèques Folger et Huntington auraient mis le prix. Plus que ça, pour quelqu'un comme Bulstrode, être en possession, en possession *exclusive*, d'une telle chose – c'est sa carrière qui est faite. Pas étonnant qu'il t'ait roulé ! Il a dû voir immédiatement que cette chose le replacerait au centre des études sur Shakespeare. Personne n'aurait plus jamais évoqué cette malheureuse contrefaçon. Ça aurait été comme une explosion ouvrant tout un nouveau champ de recherches. Les gens se battent depuis des années à propos de la religion et des positions politiques de Shakespeare, et nous avons ici un officiel du gouvernement anglais qui le soupçonne non seulement de papisme, mais d'un papisme d'une nature potentiellement équivalente à de la trahison. Puis il y a tout un domaine de recherches à explorer : ce Bracegirdle, son histoire, qui il connaissait, où il a voyagé, et l'histoire de l'homme pour qui il travaillait, ce lord D. Peut-être existe-t-il des dossiers dans quelque vieille salle des titres que personne n'a jamais explorés. Et comme nous savons que Shakespeare n'a jamais été poursuivi, nous voudrions savoir pourquoi. Était-il protégé par une personne encore plus puissante que ce lord D. ? Et ainsi de suite. Ensuite nous avons une collection de lettres chiffrées décrivant apparemment l'enquête d'un espion sur William Shakespeare, un véritable compte rendu détaillé et d'époque de ses activités – un trésor inimaginable en soi, en supposant qu'on parvienne à les déchiffrer, et crois-moi, les cryptographes se battraient à coups de bâton pour mettre la main dessus. Mais au moins nous avons les originaux de ces lettres. »

Doubrowicz se pencha en arrière et regarda le plafond coffré, elle s'éventa théâtralement avec la main et lâcha son rire proche d'un petit aboiement. C'était un geste que Crosetti connaissait depuis l'enfance, quand les gamins arrivaient avec ce qui leur semblait être une énigme insoluble.

« Mais, cher Albert, tout cela, aussi séduisant soit-il, est une simple broutille comparé au gros lot. »

Crosetti sentit sa gorge s'assécher.

« Tu veux dire qu'il est possible qu'un manuscrit autographe existe ?

– Oui, et pas seulement cela. Voyons voir, donne-t-il une date quelque part ? » Elle souleva sa loupe et la fit courir au-dessus des feuilles, tel un oiseau cherchant un insecte en déroute. « Hum, oui, il y en a une, 1608, et ici, ah oui, il semble avoir débuté sa carrière d'espion en 1610. Tu comprends ce que signifie cette date, Albert ?

– *Macbeth* ?

– Non, non, *Macbeth*, c'est 1606. Et nous savons comment il l'a écrit et aucun Bracegirdle secret n'était impliqué. L'année 1610 est l'année de *La Tempête*, et après ça, hormis quelques petites choses, des collaborations et des choses de ce genre, Shakespeare n'a plus écrit de pièce, ce qui signifie...

– Oh, bon Dieu, c'est une nouvelle pièce !

– Une pièce inconnue, non répertoriée, insoupçonnée de William Shakespeare. Une pièce autographe. » Elle porta une main à sa poitrine. « Mon cœur. Chéri, je crois que je suis un peu trop âgée pour ce genre d'émotion. En tout cas, s'il est authentique, je dis bien, *s'il* est authentique, eh bien... tu sais que nous disons très facilement que les choses n'ont "pas de prix" de nos jours, et par là nous entendons qu'elles sont très chères, mais ceci pourrait vraiment être dans une classe à part.

– Des millions ?

– Peuh ! Des centaines... des centaines de millions. Le manuscrit à lui seul, peut-être l'objet portable le plus cher au monde, comparable aux plus grands tableaux. Et alors, la personne possédant le manuscrit posséderait aussi les droits d'auteur. Je ne suis pas experte en la matière, mais c'est ce que je dirais. Les productions théâtrales – tous les metteurs en scène et producteurs du monde vendraient père et mère pour obtenir le droit de monter la première, sans parler du cinéma ! D'un autre côté, ne nous faisons pas trop d'illusions, tout cela pourrait être une imposture complexe.

– Une imposture ? Je ne saisis pas, qui chercherait à tromper qui ?

– Eh bien, tu sais que Bulstrode s'est fait berner par un contrefacteur malin. Peut-être qu'il s'est dit qu'il était mûr pour une autre tentative.

– Vraiment ? J'aurais pensé qu'il serait la dernière personne à tomber dans le piège. Qui le croirait ? Sa crédibilité est flinguée, et c'est pour ça qu'il veut absolument se refaire. »

Elle partit à rire.

« Tu devrais aller à Foxwood parfois, au casino. Si toutes les personnes qui ont subi de lourdes pertes n'essayaient pas de se refaire, comme tu dis, ils fermeraient les portes. Bien sûr, si j'étais un escroc, je ne tenterais pas une telle machination.

– Pourquoi ?

– Parce que, chéri, comment créerais-tu le gros lot ? La pièce elle-même ? C'est une chose de contrefaire un mauvais quarto de *Hamlet*. Nous avons *Hamlet* et nous avons de mauvais quartos et nous avons une idée des sources que Shakespeare a utilisées pour cette pièce. Et le texte n'a pas besoin de posséder de qualités particulières. Par endroits, il n'est même pas nécessaire qu'il ait du sens ; les mauvais quartos n'en ont souvent aucun. Tu sais ce qu'est un mauvais quarto, oui ? Bien, tu dois donc comprendre que nous avons ici affaire à un cas tout à fait différent. Ici tu dois inventer dans sa totalité une pièce entière du plus grand poète dramaturge qui ait jamais vécu, et qui était alors au sommet de son talent. C'est impossible. Quelqu'un a déjà essayé, tu sais.

– Qui ça ?

– Un petit idiot nommé William Henry Ireland, au XVIIIe. Son père était érudit, et comme il voulait l'impressionner, il s'est mis en quête de documents ayant un lien avec Shakespeare dans de vieilles malles. Complètement ridicule, mais vu l'état de l'analyse et des recherches à l'époque, de nombreuses personnes sont tombées dans le panneau. Mais ça ne lui suffisait pas, il voulait une nouvelle pièce de Shakespeare, et il y est arrivé. Un torchon qu'il a intitulé *Vortigern* et que Kemble a produit au théâtre de Drury Lane. La pièce s'est fait huer, naturellement. Pendant ce temps, le grand érudit Malone avait démontré que tous les autres manuscrits étaient frauduleux et tout le projet s'est cassé la figure. Bon, Ireland était un nullard facile à mettre à jour. Pascoe, l'homme qui a trompé Bulstrode, était nettement plus malin, mais nous parlons ici d'autre chose. Ça ne pourrait pas être un simple pastiche, tu vois : il faudrait que ce soit du *Shakespeare*, et il est mort.

– Donc, tu penses que tout est vrai.

– Ça, je ne peux pas le dire sans examiner l'original. En attendant, je vais recopier cette lettre de Bracegirdle dans un document Word pour que tu n'aies pas à apprendre l'écriture de secrétaire jacobéenne et que tu puisses lire ce qu'il raconte. Et puis je vais préparer un autre document basé sur ces prétendues lettres chiffrées pour que tu puisses au moins voir à quoi ressemble un texte chiffré. Si ça ne te dérange pas, j'aimerais garder les lettres ici et leur faire subir quelques tests élémentaires. Si elles ne sont pas réellement du XVIIe siècle, bien sûr, nous pourrons tous rire un bon coup et oublier toute cette histoire. D'ailleurs, c'est par là que je vais commencer, et si elles s'avèrent authentiques, je t'enverrai les deux documents par e-mail et je te donnerai aussi le nom d'un homme qui s'intéresse aux chiffres et à ce genre de choses. Si nous pouvons découvrir une solution, nous aurons de quoi négocier avec Bulstrode. Car il n'a pas ces lettres, et elles contiennent peut-être des informations sur l'emplacement de la pièce autographe, tu vois ? »

Crosetti voyait.

« Merci, Fanny, dit-il. J'ai l'impression d'être un vrai con.

– Oui, mais je le répète, tout n'est peut-être pas perdu. Je serais heureuse de rencontrer ce Bulstrode et de lui dire ce que je pense de ses coups fourrés. Laisse-moi commencer par la transcription du cryptogramme. Ça ne devrait pas prendre trop longtemps. Tu veux rester ?

– Non, je dois retourner au travail. Je ne connais pas grand-chose à la cryptographie mais c'est peut-être une simple substitution. Ils ne pouvaient pas être si sophistiqués que ça à l'époque.

– Oh, je crois que tu serais surpris. Il y a des cryptogrammes français de l'Ancien Régime qui n'ont jamais été percés. Mais on pourrait avoir de la chance.

– Qui est cet expert dont tu parles ?

– Oh, Klim ? Lui aussi est polonais, mais un immigrant plus récent. Il était cryptanalyste pour le WSW à Varsovie, c'est-à-dire le contre-espionnage militaire. Il conduit désormais un corbillard. Si tu me laisses seule maintenant, j'aurais fini dans peu de temps. Et ne t'en veux pas trop, Albert. Il y avait une femme impliquée, après tout, et tu es encore jeune. »

Se sentant néanmoins aussi vieux que Fanny, Crosetti se traîna hors de la bibliothèque et prit le bus de Madison vers la librairie. Une nouvelle femme y travaillait, Pamela, celle-ci véritablement sortie de Barnard : petite, sérieusement intellectuelle, séduisante, bien habillée, fiancée à quelqu'un de Wall Street. C'était comme si Carolyn Rolly n'avait jamais existé, sauf que Glaser évoquait occasionnellement le fait qu'elle avait disparu sans lui dire ce qu'elle avait fait des gravures des *Voyages* de Churchill. Cependant, lorsque Crosetti entra dans la boutique ce jour-là, Glaser l'interpella et le mena au petit bureau qu'il avait à l'arrière de la boutique.

« Vous serez intéressé d'apprendre que Rolly a refait surface, annonça Glaser. Regardez ça. »

Il tendit à Crosetti une enveloppe brune dont la texture gaufrée et lisse annonçait qu'elle provenait de l'étranger. Elle portait un timbre britannique et un cachet de Londres. À l'intérieur, Crosetti trouva une lettre écrite de la belle écriture italique de Rolly, encre noire sur épais papier crème. Il ressentit une bouffée de chaleur et un serrement au milieu de la poitrine et dut se retenir de porter le papier à son nez et de le renifler. Il lut :

Cher Sidney,

S'il vous plaît pardonnez-moi de vous avoir laissé en plan et de ne pas vous avoir contacté pour vous informer de ce que je faisais. Comme je ne savais pas quand la boutique rouvrirait, j'ai pensé que ce ne serait pas trop un fardeau pour vous et que ça vous laisserait suffisamment de temps pour me remplacer. Mais j'ai été impolie de ne pas vous appeler plus tôt et j'en suis désolée. J'ai été appelée à Londres pour une affaire de famille urgente, qui s'est ensuite transformée en opportunité de carrière, il semble donc que je vais rester ici indéfiniment.

La bonne nouvelle, de votre point de vue, est que j'ai réussi à vendre les cartes et les planches du Churchill cassé pour ce qui me semble être un bien meilleur prix que ce que nous aurions reçu sur le marché américain – 3 200 livres sterling ! Ils semblent avoir ici un appétit insatiable pour les gravures de bonne qualité datant de leurs jours de gloire. J'inclus un mandat international de 5 712,85 $. J'ai payé les divers frais de ma poche, pour compenser les désagréments que j'ai pu vous causer.

Dites au revoir de ma part à Mme Glaser et à Albert. Vous avez tous été bien plus gentils avec moi que je ne le mérite.

Bien à vous,

Carolyn Rolly

Crosetti lui rendit la lettre avec l'impression d'avoir du plomb dans l'estomac. Il dut se racler fortement la gorge avant de dire :

« Bien. Tant mieux pour elle. Je ne savais pas qu'elle avait de la famille en Angleterre.

– Oh, si, répondit Glaser. Elle m'a un jour expliqué que son nom était originellement Raleigh, comme sir Walter, et a laissé entendre qu'elle avait des rapports de parenté avec l'illustre ancêtre. Peut-être a-t-elle hérité du château familial. Quoi qu'il en soit, c'est une sacrée vente. J'ai toujours pensé que Carolyn se destinait à des choses plus élevées que travailler dans une librairie. Avez-vous imprimé ces avis de mises aux enchères que je voulais ?

– Ce matin. Ils devraient être dans votre courrier. »

Glaser acquiesça, grommela un remerciement et s'éloigna. Crosetti descendit alors d'un pas lourd les marches qui menaient à son antre. Son environnement de travail était plus agréable qu'avant l'incendie car la compagnie d'assurances avait payé des rénovations complètes, incluant de belles étagères et un nouvel ordinateur Dell avec tout le matériel qui allait avec. Une odeur de peinture et de carrelage adhésif avait remplacé celle de poussière et de graisse, mais ces améliorations n'arrangeaient pas particulièrement l'humeur de Crosetti. Chaque fois que la question « Comment a-t-elle pu faire ça ? » apparaissait sur son écran mental, la réponse arrivait rapidement : « Crétin ! Tu es sorti une fois avec elle. Tu t'attendais à quoi, à l'amour éternel ? Elle a eu une meilleure occasion et s'est tirée. » D'un autre côté, Crosetti croyait avec ferveur que le corps ne mentait jamais, et il ne pouvait accepter que Carolyn lui ait menti de quelque manière que ce fût cette nuit-là. C'était une menteuse, pour sûr, mais il ne pouvait accepter ce genre de tromperie. Pourquoi aurait-elle fait ça ? Pour le rembourser d'une soirée agréable ? Ça n'avait aucun sens.

Et à propos de mensonges, poursuivait sa voix intérieure, cette lettre était un ramassis de foutaises. Nous savons qu'elle n'a pas cassé ces volumes, donc elle n'a pas vendu les gravures. Il en était aussi sûr qu'il était sûr de l'honnêteté de la chair. Donc, où avait-elle trouvé les presque six mille dollars qu'elle avait payés à Glaser ? Réponse : quelqu'un les lui avait donnés, plus le prix d'un voyage en Angleterre. Et pour ça, le seul suspect était le professeur Bulstrode, car aucune des autres personnes impliquées n'avait suffisamment d'argent ni ne se trouvait en Angleterre. Elle était partie en Angleterre avec Bulstrode. Mais pourquoi ? Kidnappée ? Non, c'était absurde : les professeurs d'anglais ne kidnappent pas les gens, sauf dans certains films ridicules que Crosetti méprisait. Alors pourquoi était-elle partie ?

Deux possibilités se présentaient, l'une déplaisante, l'autre effrayante. La première était que Carolyn avait décelé l'opportunité de toucher le pactole, la possibilité de trouver le prétendu trésor shakespearien. Elle avait lu la lettre de Bracegirdle et avait appelé Bulstrode derrière le dos de Crosetti (cette longue attente devant son loft !), organisé la vente du manuscrit de Bracegirdle, fait pression sur Crosetti pour qu'il le vende, et après – il voulait le croire – était un peu tombée amoureuse, mais pas suffisamment pour laisser passer sa chance de se sortir de sa pauvreté accablante.

La seconde possibilité était qu'elle agissait sous la contrainte, que Bulstrode disposait d'un moyen de pression sur elle, une menace bien pire que simplement perdre son travail d'employée et avoir affaire aux flics. Non, c'était un autre mensonge – les flics ne recherchaient pas Carolyn Rolly, pas d'après la sœur de Crosetti en tout cas. Mais peut-être qu'il y avait un peu des deux, une carotte et un bâton. Il devait trouver plus d'informations. Les informations étaient ce qui vous permettait de séparer les mensonges de la vérité.

Dès que cette idée lui vint, Crosetti pivota sur sa chaise et fit face à son ordinateur. Il possédait bien des informations, et à force de se morfondre ces derniers temps, il n'avait pas pensé à les utiliser. Il tira de la poche revolver de son jean les deux objets qu'il avait ramassés dans la rue devant l'ancien logement de Carolyn. La photographie était un cliché à tirage rapide représentant deux femmes et deux enfants, un garçon d'environ quatre ans et une fillette. L'une des femmes était Carolyn Rolly plus jeune, les cheveux coincés sous une casquette, et l'autre était une jolie blonde. Elles étaient assises sur un banc dans une sorte de parc ou de terrain de jeux, sous un soleil d'été, parmi des arbres chargés de feuilles qui projetaient des ombres sombres sur le sol. Elles regardaient le photographe en souriant, le soleil les faisant légèrement plisser les yeux. Ce n'était pas une bonne photo ; l'appareil bon marché avec lequel elle avait été prise ne pouvait pas gérer le contraste entre la lumière vive et l'ombre, et les visages étaient donc pâles, surtout ceux des gamins. Mais Carolyn l'avait gardée avant de l'abandonner, comme si elle abandonnait sa vie une fois de plus. Il étudia les visages argentés, cherchant des airs de famille, mais l'image était trop floue.

Il scanna la photo, ouvrit Photoshop et joua avec le contraste pendant un moment, puis il téléchargea un programme dont il s'était déjà servi qui améliorait ce genre de photos en utilisant des méthodes statistiques. Il put alors examiner de plus près la famille, car il était maintenant clair que c'était une famille. Ça devait être la sœur de Carolyn, ou du moins une cousine, et les deux enfants étaient clairement ceux de l'une ou l'autre des deux femmes. Crosetti n'aurait pu dire exactement comment il le savait, mais il venait d'une grande famille, et d'un milieu social et ethnique où les grandes familles étaient communes, et ce fait fut instinctivement une évidence pour lui.

La photo de la carte postale portait la légende CAMP WYANDOTTE en lettres censées ressembler à des brindilles de bouleau, et représentait un lac de montagne bordé de sapins, un embarcadère et quelques garçons qui faisaient du canoë. Le revers de la carte portait un cachet vieux de trois ans et le message disait, en lettres capitales enfantines : « Chère maman je mamuse au camp. On a atrapé un serpen. Je taime Emmett. » Elle était adressée, dans une écriture d'adulte, à Mme H. Olerud, 161 Tower Rd., Braddock PA 16571.

Crosetti se tourna à nouveau vers l'ordinateur, généra une carte à partir de l'adresse et découvrit qu'elle était située dans l'ouest de la Pennsylvanie, près d'Erie. Il entra l'adresse dans Google Earth et fit apparaître le toit d'une modeste maison à charpente de bois avec des dépendances, entourée par des bois broussailleux. En effectuant un zoom arrière, il découvrit un voisinage semi-rural comme ceux qui entourent les petites villes fatiguées de l'ancienne ceinture industrielle américaine : des terrains de deux hectares, des voitures et des appareils déglingués dans les jardins, des tas de bois. Des zones miteuses habitées par des gens qui avaient eu de bons jobs dans des usines ou dans des mines et qui peinaient désormais à joindre les deux bouts grâce à des boulots sporadiques chez McDo. Ce milieu avait-il engendré la créature exotique qu'était Rolly ? Il regarda à nouveau la photo des deux femmes et des gamins dans le terrain de jeux et aurait voulu être trente ans plus tard, quand Google (il en était certain) vous mènerait à l'intérieur des maisons et vous permettrait d'étudier le visage de tous les habitants de la planète. Pour le moment, cependant, un voyage serait nécessaire.

La Lettre de Bracegirdle (8)

Nous traversâmes les mers sous des vents favorables jusques au 23 juillet, puis le ciel devint noir comme la nuit et un grand vent commença de souffler. La flotte fut entièrement dispersée et notre navire heurta un rocher et s'échoua, mais par la grâce de Dieu seuls trois hommes périrent, dont M. Tolliver, que Dieu ait pitié de son âme. Et ainsi s'achevèrent ses questionnements, car il Le vit en face. Lorsque la tempeste retomba nous prîmes grand peur : nous estions aux Bermudes, que tous les marins nomment l'Isle des Diables car elle est peuplée de sauvages avides de chair humaine, ou du moins le croyions-nous. Mais n'ayant nul autre choix nous accostâmes et ne trouvâmes point de sauvages mais une isle semblable au Paradis, des eaux, des prairies, des arbres fruitiers et cætera. Et un air chargé du parfum de fleur le plus doux. Le bon bois de cèdre estant abondant nous commençâmes à construire deux bateaux capables de nous transporter tous, et nous restâmes près d'une année avant que de reprendre la mer. L'on m'accorda grand crédit car je sçavois naviguer grâce aux étoiles et au soleil, et nous arrivâmes avec l'aide du Seigneur à Jamestown le 23 mai de l'An Dix. Cette histoire a déjà été contée dans des livres écrits par un M. Wm Strachey de nostre partie que tu as lus, aussi n'en dirois-je rien de plus.

Dès nostre retour en Angleterre, le premier navire accostant à Plymouth le 6 juillet, je voulus aller à Londres afin d'échanger ma traite contre des pièces d'argent et monstrer à ton père que j'estois digne d'avoir ma chère Nan. Je pris donc un bateau le lendemain et trouvai mon Juif et fus fier d'avoir une bourse pleine ; mais arrivant à l'auberge de l'Iron Man j'appris que tu avois été mariée quelques mois plus tôt à Tom Finch, poissonnier dans Puddyng Lane.

Mon cœur en fut déchiré car j'avois mis tous mes espoirs en ce mariage et je n'avois plus ni famille ni amis ni maison ; de plus les idées de M. Tolliver avoient entamé mon ancienne foy dans la religion pure et je ne sçavois plus que croire. Je supposois néanmoins que je brusleroi probablement en Enfer et ne m'en souciais point, du moins point trop. Ainsi s'égarent les âmes. Mais j'avois de l'or : et certayn genre d'amis se peut toujours trouver si l'on en a, aussi baguenaudai-je de nombreuses semaines. Nan, j'aurois voulu qu'il n'en fût rien et je ne dirai point les horribles choses que je fis durant ce temps, mais je me réveillai un matin à Plymouth dans le lit d'une catin avec seulement 2 shillings et 3 pences dans ma bourse. Parmi mes amis d'ivresse se trouvoit un Cranshaw qui se disoit gentilhomme de la coste, ce qui signifie un fribustier, et il me dit : « Tu es un solide gaillard, Dick, et tu connois la navigation, viens avec moy, nous deviendrons riches en rapportant du vin et d'autres biens de la mer. » Mais ce Cranshaw aimant autant boire le vin que le vendre, il travailloit mal et estoit maladroit, se vantant dans les tavernes et cætera, et une nuit les gardes-costes nous prirent, nous mirent tous deux aux fers et nous enfermèrent dans la Tour.

M. Hastynges eut alors la bonté de me venir voir et il me dit : « Mon garçon, tu es bon pour la potence car t'estant fait attraper avec des biens illicites rien ne te peut plus sauver : quel sot – que n'es-tu point venu à moy, t'aurais-je refusé du travail ? » Et j'eus grandement honte d'être tombé si bas. Pourtant je recommençai de prier, ce que je n'avois point fait depuis si longtemps, et j'y trouvai de la consolation, me disant que la miséricorde de Dieu sauveroit peut-être mesme une personne telle que moy, car le Christ est venu pour sauver les pécheurs non les vertueux.

Nan, tu sçais tout ceci ou presque tout, et c'est pour le jeune Richard que je l'écris afin de luy parler en père depuis ma tombe : mais je vais maintenant te conter ce que nul homme ne sçait outre ceux qui furent présents, et seul moy vis encore. Par un matin, comme je gisois enchaisné sur la paille immonde, songeant à tous ceux meilleurs que moy qui furent ainsi enchaisnés au nom de Dieu et regrettant de n'être qu'un fripon voleur et non l'un d'eux, un garde vint et me dit : « Lève-toy », puis il me libéra et me porta de l'eau pour me laver et raser ma barbe et des vestements neufs. Puis il m'ordonna de le suivre. Il me mena à une petite pièce dans la Tour Blanche avec du jonc frais au sol et un bon feu, des tables et des chaises, de la viande sur la table et du vin dans des coupes, et un homme qui se tenoit là, un inconnu qui me dit : « Assoye-toy et mange. »

9

« MINCE, JE SUIS DÉSOLÉE, a-t-elle dit d'une voix entrecoupée tout en s'écartant d'un air confus. Vous devez me trouver horrible. Je ne sais même pas pourquoi j'ai fait ça.

– Une réaction instinctive après avoir échappé à un danger ? ai-je suggéré. Une sorte de réflexe ancestral. Le mâle tire la femelle d'un danger, il découpe les côtelettes du mammouth laineux, et la femelle le remercie en lui montrant son attirance sexuelle. Je suis sûr qu'il n'y avait rien de personnel », ai-je ajouté après une pause en espérant le contraire. Elle m'a juste regardé fixement. J'ai ouvert la porte de l'immeuble. « Ça va ? Vous n'êtes pas blessée ?

– Quelques ecchymoses. Et je me suis éraflé les genoux. Aïe ! »

Elle chancela contre moi, tremblante.

« Nous avons trois volées de marches à monter, ai-je dit en plaçant mon bras autour de ses épaules. Vous pouvez marcher ?

– Je ne sais pas. J'ai les jambes en coton.

– C'est l'adrénaline. Tenez, laissez-moi vous aider. »

Sur ce, je l'ai soulevée à la façon d'un jeune marié portant sa dulcinée et ai gravi les marches. Elle s'est laissée aller contre moi sans marquer d'objection. J'étais pour ma part encore étourdi par le baiser.

Je l'ai déposée sur le divan, nous ai servi un cognac et suis allé chercher ma trousse à pharmacie et une poche en plastique remplie de glace. Elle avait ôté son collant déchiré et retroussé sa jupe de telle sorte que ses cuisses nues étaient exposées. Je lui ai donné la poche de glace pour qu'elle l'applique sur les bleus qui en avaient le plus besoin tandis que je nettoyais et pansais ses genoux comme j'avais appris à le faire jadis à l'armée. Je devais me pencher assez près pour ôter les minuscules saletés qui s'étaient incrustées. L'excitation que je ressentais était presque insupportable, mon visage si près, à quelques centimètres, de ses délicieuses cuisses légèrement entrouvertes pour me permettre de prodiguer mes soins. Je m'imaginais qu'elle éprouvait la même chose, mais elle ne disait rien, et je parvenais à peine à me retenir de plonger tête la première dans l'ombre de cette jupe retroussée. Je suppose que je souhaitais faire durer un peu plus longtemps cette tension délicieuse, chose que j'ai appris à apprécier tandis que je courtisais Amalie, et que nous avons pour la plupart perdue en ces temps de copulation *allégée*.

Elle ne disait rien tandis que je m'occupais d'elle. Lorsque le pansement a été fini, elle m'a remercié avant de demander : « Qu'est-ce que vous avez fait à ce type ? Une espèce de prise de judo ? »

J'ai répondu que je n'y connaissais rien en arts martiaux, mais que j'étais simplement très fort, et ai expliqué pourquoi. Elle a écouté sans faire de commentaire, puis m'a demandé si je connaissais nos assaillants.

« Non, bien sûr que non. Et vous ?

– Non, mais je crois que l'un d'eux était celui qui m'observait l'autre jour, le costaud que vous avez à moitié assommé avec son complice. On aurait dit le même 4 × 4 aussi. Ils parlaient russe, n'est-ce pas ?

– Je crois. Je ne le parle pas, mais je vais à une salle de sport dirigée par un Russe et j'entends souvent cette langue. Et vous avez eu cet homme avec un accent au téléphone... »

À ces mots, Miranda s'est contorsionnée pour faire face au divan et s'est recouvert la tête d'un coussin. Des sanglots étouffés ont retenti.

Ce genre de détail est-il important ? Qu'est-ce que ça peut faire maintenant ce qu'une personne a dit à une autre ? Pour information : elle a pleuré, je l'ai réconfortée. Eh oui, je suis assez mufle pour séduire une femme dans un état de panique extrême et dépendante. Elle a soupiré et s'est laissée retomber contre moi, sa bouche contre mon cou. Je l'ai soulevée et portée jusqu'à la chambre de ma fille.

Je l'ai déposée sur le lit et l'ai soigneusement déshabillée – chemisier, jupe, soutien-gorge, sous-vêtements. Elle ne m'a pas beaucoup aidé mais n'a pas objecté non plus. Je dois dire que, malgré mon ardeur, elle aurait eu du mal à entrer dans mon Top 40. Elle n'arrivait pas à la cheville d'Amalie bien que leurs corps aient été remarquablement similaires, la musculature et la structure des membres, les tétons roses qui pointaient.

Miranda était étendue, pas exactement comateuse, mais comme une personne qui rêve, les yeux clos. Quelque chose se passait car elle produisait avec ses lèvres ces petits souffles que certaines femmes produisent lorsqu'elles éprouvent du plaisir sexuel, puis elle a soulevé la tête de l'oreiller à quelques reprises, plissant son front large comme si elle se concentrait pour un jeu télévisé. À la fin, elle a lâché un unique cri perçant, tel un petit chien percuté par une voiture. Puis elle a roulé sur le flanc sans un mot et semblé s'endormir, à la manière d'un homme marié depuis des années.

D'un autre côté, il arrive que la première fois soit un ratage. Je l'ai embrassée sur la joue (pas de réponse) et je l'ai recouverte avec la couette. Le lendemain matin, j'ai entendu la douche couler de bonne heure, et quand je suis arrivé dans la cuisine, elle était là, tout habillée, l'air reposé. Elle m'a demandé si nous pouvions nous arrêter quelque part pour acheter un nouveau collant. Aucun commentaire sur les événements de la nuit précédente, et rien de cette proximité des corps à laquelle on s'attend plus ou moins après un rapport sexuel de quelque qualité fût-il. Je n'ai pas non plus évoqué le sujet sur le coup.

J'ai dû m'assoupir car il fait jour et ma montre indique six heures du matin passées. Il y a un épais brouillard sur le lac et la rosée scintille sur chaque feuille et épine des arbres. Le soleil n'est qu'un rayonnement rose vif dans les nuages au-dessus de la rive est du lac. Très étrange et surnaturel, comme se trouver à l'intérieur d'une perle. Mon pistolet est démonté sur le bureau, le chargeur ôté et les sept balles Parabellum 9 mm alignées à côté tels des soldats de plomb. Je ne me souviens pas de les avoir disposées ainsi. Ai-je pu le faire dans mon sommeil ? Peut-être que je perds un peu la boule, à cause de la tension, du manque de sommeil et de ma vie parfaitement foutue en l'air. Sept balles. Il y en avait originellement huit.

Vous savez, les journaux sont pleins d'histoires de gens qui ont une arme à feu à la maison et leur gamin met la main dessus et fait quelque chose d'horrible, la leçon étant que les gamins trouveront toujours le flingue, qu'importe le soin avec lequel les parents l'ont caché. Mais pour autant que je sache, aucun d'entre nous n'a jamais trouvé le *Pistole*-08 de notre mère, aucun de nous ne savait même pas qu'elle en détenait un. Je suppose que c'était un génie de la dissimulation, trait dont ses enfants ont hérité dans une certaine mesure. Mes frères et sœurs ne savent pas que je le possède, ou peut-être dissimulent-ils le fait qu'ils le savent. Ça n'a pas été facile, car techniquement c'est une arme non enregistrée, mais avec des relations on peut généralement obtenir ce qu'on veut à New York, et à l'époque du décès de ma mère je travaillais pour un excellent juriste nommé Benjamin Sobel. Quand je lui ai expliqué la situation, il s'est arrangé pour que la police me restitue l'objet, bien que je ne me sois pas attardé sur sa provenance. Un souvenir de guerre précieux, ai-je expliqué, qui pouvait être vendu pour payer les dépenses des funérailles. Mais je ne l'ai pas vendu, et les dépenses étaient minces. Paul étant en prison et Miri en croisière sur un yacht, les funérailles se sont réduites à un petit groupe d'inconnus dans un funérarium bon marché, quelques personnes de son église et de son service à l'hôpital, plus moi. Son prêtre n'est pas venu, à cause des circonstances de sa mort, je suppose. Cela fait d'ailleurs partie des péchés que je n'ai pas pu pardonner à mon Église.

J'ai conservé ses cendres dans une urne d'étain dans mon appartement jusqu'à ce que je trouve mon premier emploi, puis je lui ai acheté un emplacement dans un mausolée communautaire du cimetière de Green-Wood, à Brooklyn, pas trop loin d'Albert Anastasia, Joey Gallo et L. Frank Baum, l'auteur du *Magicien d'Oz*. Elle est donc en bonne compagnie. Je pense lui avoir pardonné, mais comment le savoir vraiment ? Je n'ai jamais pu en être sûr. Je sais qu'elle cherchait à me dire quelque chose car elle savait que je rentrais à Brooklyn ce samedi après-midi-là. En tant que bon fils officiel, je me suis souvent plié au rituel de la messe à St. Jerome, précédée et suivie par de lourds dîners teutoniques et des soirées télé ou cartes. Ce samedi-là, elle avait mis le dîner en route, langue aigre-douce avec des boulettes, l'un de mes plats préférés. Son odeur emplissait l'appartement lorsque je suis entré dans la cuisine et l'ai découverte. Elle avait positionné la chaise sur laquelle elle était assise de sorte que je la voie et étalé des journaux tout autour afin de ne pas tout saloper lorsqu'elle se collerait le canon dans la bouche.

Je relate ceci pour démontrer ma presque parfaite insensibilité à l'état intérieur des êtres qui me sont chers, ce qui, je suppose, est l'une des clés de certains aspects de cette histoire. Je n'avais vraiment rien vu venir, même si je voyais alors la pauvre Mutti presque chaque semaine. Certes, Ermentrude cachait bien son jeu, mais quand même, n'aurais-je pas dû soupçonner quelque chose ? Quelque dépression incurable ? Je n'avais rien vu venir, et elle n'a pas laissé de lettre. Quarante-quatre ans.

Plus tôt, avant d'entrer dans ma terrible puberté, nous étions extraordinairement proches. Au cours de ma neuvième année, par quelque heureuse coïncidence, il m'arrivait de finir l'école tôt, et ma mère avait pris un service tardif à l'hôpital, nous nous retrouvions donc pour notre théâtre œdipien deux fois par mois. Elle me préparait des gâteaux, de merveilleux délices bavarois riches en noix, cannelle et raisins secs farcis dans une pâte feuilletée aussi mince que l'espoir. Tel un avant-goût du paradis, leur odeur me frappait le nez dans le couloir lorsque je sortais de l'ascenseur qui puait l'urine. Et nous parlions, ou plutôt elle parlait, principalement de ses souvenirs d'enfance dans l'Allemagne nouvelle – la musique, les parades, combien les hommes étaient beaux dans leurs uniformes, combien son père était merveilleux, combien tout le monde était gentil avec elle. Elle avait d'ailleurs fait partie de ces petites têtes blondes que l'on voit dans les vieilles actualités présenter un bouquet au Führer lors d'une visite officielle. Ça avait été possible grâce aux contacts de son père dans le parti, et elle se rappelait chaque détail, combien elle était fière, comment le Führer avait saisi son petit visage entre ses mains et lui avait tapoté la joue. Oui, la joue que j'embrassais chaque jour. Veinard de Jake !

Quant aux horreurs qui sont arrivées plus tard, elle en parlait moins. Che n'aime pas penser à zes chours-là, disait-elle, seulement les chours zeureux ch'aime penser. Mais j'insistais et elle me décrivait les rats et les mouches, l'absence d'animaux domestiques, l'odeur, ce que ça faisait de se faire bombarder, les corps explosés de ses amis et de ses parents, les juxtapositions étranges provoquées par les déflagrations, la baignoire qui avait traversé le mur de l'école et atterri sur le bureau du professeur. Cela avait bien fait rire les enfants !

En faisant le tri dans ses affaires, j'ai découvert un trésor de souvenirs de famille qu'elle ne nous avait jamais montrés, mais qu'elle devait trimballer dans sa valise quand elle avait rencontré mon père : des lettres en provenance des divers fronts, des photos de famille, des certificats scolaires, des cartes postales de vacances. Il y avait aussi un bon paquet d'objets nazis, bien sûr. Des récompenses SS, les diverses médailles de mon grand-père, et le coffret en bois de rose du pistolet. J'ai sauvé une photo en particulier, que j'ai encadrée plus tard et qui se trouve toujours dans ma chambre. Elle représente sa famille, juste avant le début de la guerre, dans quelque station balnéaire. Elle a dix ou onze ans, est aussi adorable qu'une nymphe. Ses deux frères sont là dans leurs maillots de bain tricotés à l'ancienne, têtes blondes souriant dans le soleil, et ma grand-mère paraît très svelte dans son maillot de bain une pièce, étendue sur une chaise longue et riant. Et, penché au-dessus d'elle, partageant la plaisanterie, se trouve le Hauptsturmfürher-SS Stieff d'alors. Il rentre de toute évidence du travail car il a une cravate, il est en bras de chemise et porte sa tunique, son équipement et sa casquette. À moins d'y regarder de très près, impossible de distinguer de quel type d'uniforme il s'agit.

J'aime cette photo car ils ont tous l'air heureux, même s'ils vivaient sous le pire régime de l'histoire humaine et que le père de famille travaillait pour une organisation déterminée à accomplir un génocide. Par contraste, de telles photos de ma famille n'existent pas, car s'il nous arrivait de rire, mon père ne s'intéressait pas à la photographie et, contrairement à son beau-père, avait une sainte horreur d'être capturé sur pellicule. Les seules photos de famille que nous possédons sont des clichés de grands magasins avec des poses guindées, pris à l'occasion de nos anniversaires, ou des souvenirs d'événements – premières communions, diplômes et ainsi de suite – plus de nombreux clichés pris par des voisins ou des inconnus car, comme je l'ai dit, exception faite de moi, ma famille est formidablement photogénique.

Non, oublions le passé lointain (si seulement !) et revenons à l'histoire principale. Miranda et moi avons convenu qu'elle ne pouvait pas rester seule. Je me suis arrangé pour qu'Omar vienne et utilise ses compétences de protecteur, puis pour qu'il reste la nuit et ajoute un peu de puissance de feu au cas où nos assaillants tenteraient quoi que ce soit lorsqu'ils auraient découvert que la serviette ne contenait pas ce qu'ils voulaient. Demeurait une question : comment des caïds qui parlaient russe en étaient-ils venus à s'intéresser à l'histoire personnelle de Richard Bracegirdle ? Bulstrode avait-il un lien avec eux ? J'ai posé la question à Miranda et elle m'a regardé comme si j'étais fou. Oncle Andrew connaissait à peine qui que ce soit à New York hormis des professeurs, et il n'avait jamais mentionné de Russes, criminels ou non. Des voyous à leur propre compte, alors ? Plus probable. Malgré ce que décrivent les fictions de la télé, le crime organisé a eu tendance à passer entre les mains des Russes au cours des dernières décennies : la *mafiya*, comme elle est appelée, mais pas par les Russes. Quelqu'un qui cherchait à nous intimider, qui avait besoin de gros bras, de tortionnaires, les avait embauchés. L'identité de cette personne demeurait obscure, mais la trouver (comme je l'expliquais maintenant à Miranda) n'était pas de notre ressort. Ce que nous devions faire, c'était assurer sa sécurité, ce qui me semblait dans les cordes d'Omar, et rapporter les derniers événements à la police.

Vers huit heures, un type nommé Rashid envoyé par une agence de location est passé me prendre pour m'emmener au bureau. J'ai laissé Omar dans le loft avec Miranda, avec pour instruction de ne pas la quitter des yeux, et l'ai interrompu lorsqu'il s'est mis à décrire avec enthousiasme toute l'artillerie qu'il avait apportée. Je ne voulais pas savoir. Une fois au bureau, j'ai appelé l'inspecteur Murray et lui ai raconté ce qui s'était passé la veille au soir. Il m'a demandé si j'avais l'immatriculation de la voiture, j'ai répondu que non, et il a expliqué qu'il ne pensait pas pouvoir faire grand-chose pour la perte de ma serviette et qu'il allait me transférer vers un agent qui me donnerait un numéro de déclaration à communiquer à mon assurance. Je me suis alors quelque peu échauffé et ai indiqué que cet incident devait être lié au meurtre d'Andrew Bulstrode, sur lequel il était censé enquêter ; il y a eu une pause au bout du fil, après laquelle l'inspecteur m'a demandé avec une patience exagérée comment j'en étais arrivé à cette conclusion. Je lui ai alors parlé de Mlle Kellogg et raconté qu'une personne avec un accent avait essayé de lui acheter un vieux manuscrit, celui que Bulstrode avait possédé, et que les hommes qui nous avaient attaqués avaient parlé en ce qui semblait être du russe, et que tout cela devait être lié. Il m'a demandé ce que valait ce manuscrit et j'ai répondu que Bulstrode l'avait acheté quelques milliers de dollars, mais...

Et là je me suis arrêté, car tout le reste était pure spéculation, toutes ces histoires de Shakespeare, et je savais ce qu'en penserait un flic de New York. J'ai donc conclu la conversation d'une façon plutôt minable et accepté d'être mis en attente. Quand l'attente s'est enfin achevée, j'ai rapporté la petite agression à un homme mort d'ennui et j'ai reçu mon numéro de déclaration. J'ai ensuite appelé J. Ping pour savoir où en était le testament de Bulstrode. Elle ne voyait pas de problème à première vue, il s'agissait d'une succession parfaitement simple. Un mois devrait suffire à son homologation, puis elle m'a demandé s'il y avait urgence, et j'ai dit, non, bien au contraire, ça ne presse pas. Le corps du défunt, ai-je appris, était censé être rapatrié le jour même, pour être remis à un certain Oliver March, sans doute le vieux compagnon dont j'avais entendu parler.

Mon agenda m'informe que j'ai sauté le déjeuner ce jour-là et que je me suis rendu à la salle de sport, bien que ça n'ait pas été mon jour de sport habituel. Je voulais parler des Russes à quelqu'un, et la salle était le meilleur endroit dont je disposais pour le faire. À mon arrivée, cependant, c'est Arcady qui a voulu me parler. Il m'a mené jusqu'à son minuscule bureau, un lieu en désordre avec de la moquette industrielle et à peine assez de place pour y loger un bureau et quelques chaises. Bureau presque invisible sous la masse de magazines d'haltérophilie, de morceaux d'équipements défectueux et d'échantillons de suppléments diététiques, dont certains pouvaient même être légalement utilisés lors des événements olympiques. Une vitrine dans le bureau abritait la remarquable collection de médailles et de coupes d'Arcady – la vieille URSS ne négligeait décidément pas ses petits chéris. Les murs étaient recouverts de bien plus de photos triomphantes que je n'en possédais moi-même. Arcady Demichevski est trapu et poilu, avec des yeux marron profondément enfoncés et un tour de cou de cinquante centimètres. Il ressemble à un hominidé primitif, mais c'est un homme civilisé, cultivé et gentil, doté d'un bon sens de l'humour. Ce jour-là, il était inhabituellement solennel.

« Jake, a-t-il commencé, faut que nous parlions. »

J'ai indiqué qu'il avait la parole et noté qu'il ne semblait pas vouloir croiser mon regard.

« Jake, tu sais que je me fiche de ce que font à l'extérieur les gens qui viennent à ma salle de sport. C'est leur vie, d'accord ? S'ils se tiennent bien ici, ils peuvent rester, sinon... » Il jeta alors un objet imaginaire par-dessus son épaule en produisant un sifflement. « Donc, Jake, je te connais depuis longtemps et ça me gêne de te demander dans quoi tu es impliqué, dans quel... *bizness*, avec des sales types.

– Tu parles de sales types russes ?

– Oui ! Des gangsters ! Ça s'est passé avant-hier soir... Je suis allé dans un club, à Brighton Beach, pour les gens d'Odessa, tu sais ? Je prends un bain russe, je joue aux cartes, je bois un coup. Alors deux types s'assoient à côté de moi dans le bain de vapeur, ils ont ces tatouages, des dragons, des tigres, ça veut dire que ce sont des *zeks*, des prisonniers de Sibérie, ils en sont fiers, tu comprends. Ce sont des gens pas du tout cultivés. Donc ils me demandent est-ce que je connais Jake Mishkin. Je dis oui, je dis que Jake Mishkin est un bon citoyen américain honnête, un haltérophile. Ils disent on s'en fout, on veut savoir ce qu'il fait, est-ce qu'il a des relations, dans quoi il travaille. Je dis, hé, je le vois à la salle, je suis pas son collègue. Alors ils veulent savoir d'autres choses, tout un tas et je comprends pas ce qu'ils disent, une femme, jamais entendu parler d'elle, Muesli ou je sais pas quoi, alors je leur dis...

– Muesli ?

– Oui, un nom comme ça, sur la boîte, je me souviens pas...

– Kellogg.

– Oui ! Kellogg. Je dis que je connais pas de Kellogg, je sais rien des affaires privées de Jake Mishkin et je veux pas savoir. Alors ils disent que je devrais ouvrir les oreilles et découvrir ce qui se passe avec cette Kellogg et Jake Mishkin. Alors je fais quoi ? Je viens te parler d'homme à homme : Jake, qu'est-ce qui t'arrive, ces gangsters tout d'un coup ?

– Je ne sais pas, Arcady, ai-je répondu. J'aimerais le savoir. »

Après quoi je lui ai raconté l'attaque dont Mlle K. et moi avions été victime et le vol de la serviette, même si je ne me suis pas étendu sur ce qui était censé se trouver à l'intérieur. Arcady s'est caressé le menton en acquiesçant.

« Donc qu'est-ce qu'il y a dans cette serviette, Jake ? Pas de la drogue ?

– Pas de la drogue. Des papiers.

– Tu peux leur donner pour qu'ils te foutent la paix ?

– Je ne peux pas. C'est une longue histoire, mais j'aimerais savoir pour qui travaillent tes *zeks*, si tu en as la moindre idée.

– C'est pas moi qui te l'ai dit », répondit Arcady. Il se mordillait la lèvre et jetait des coups d'œil furtifs tout autour de lui. Le voir comme ça, cet homme imposant, confiant, aussi nerveux qu'une hirondelle, était presque aussi stupéfiant que l'agression par les voyous. Après une pause, il ajouta d'une voix rauque : « Ils travaillent pour Osip Shvanov. L'Organizatsia.

– La quoi ?

– À Brighton Beach. Des gangsters juifs. Tu en as entendu parler ? Il y a vingt ans les Américains disent aux Soviétiques : "Vous gardez des juifs contre leur volonté, c'est comme les Nazis, vous les persécutez, laissez-les partir." Alors les Soviétiques disent : "O.K., vous voulez les juifs, on vous donne les juifs." Alors ils vont au goulag et ils trouvent tous les criminels avec juif marqué sur leur passeport, ils disent vous allez en Amérique, vous allez en Israël, bon voyage. Donc certains viennent ici. Bien sûr la plupart des juifs d'Union soviétique étaient des gens bien, mon comptable est l'un d'eux, un homme très gentil, mais aussi beaucoup de criminels, et ils reprennent leurs anciennes activités, les prostituées, le porno, la drogue et... comment ça s'appelle... l'extorsion. Des gens très mauvais, comme ces *Soprano* que vous avez sur le câble, mais les *Soprano* sont stupides et eux sont malins, ce sont des juifs ! Et Osip est le pire de tous.

– Eh bien, ai-je dit, merci pour cette information, Arcady. »

Sur ce, je me suis levé pour partir, mais il a fait un geste pour m'arrêter et a ajouté :

« Ils sont venus ici aussi, ces hommes, hier matin, et ils m'ont demandé si tu allais venir aujourd'hui, et ils sont restés assis là. Je pouvais pas avaler mon déjeuner, ils me regardaient comme des animaux. Alors, Jake, je suis désolé, mais je crois que tu devrais plus venir t'entraîner ici. Je vais te rembourser ton abonnement, sans rancune.

– Tu me fiches à la porte ? Ça fait presque vingt ans que je viens ici, Arcady.

– Je sais, je sais, mais tu peux aller ailleurs, tu peux aller à Bodyshop...

– Quoi ! Bodyshop ? Avec des beaux garçons et des jolies filles habillés par des stylistes, et des obèses qui lisent le *Wall Street Journal* sur des tapis roulants. Bodyshop, mon cul !

– Alors ailleurs. Continue de venir ici et ils vont me demander de t'espionner et si je dis non... Je ne veux pas qu'on brûle ma maison et j'ai une famille. Si tu as quelque chose qu'ils veulent, suis mon conseil : donne-le-leur. »

J'ai vu qu'Arcady avait raison, alors nous nous sommes serré la main et je suis reparti en emportant mon équipement dans un sac Nike. J'avais l'impression de me faire virer de l'école parce qu'un autre avait triché. Mais c'était l'évocation de sa famille qui avait fait mouche. Je me suis souvenu que moi aussi j'en avais une.

Mon agenda dit simplement « A. » à dix-huit heures trente le jour en question, soit le premier mercredi de novembre, c'était donc le soir de mon dîner *en famille*[1] dans la maison de la 76e Rue Est de mon ex-femme, car tel est notre arrangement le premier mercredi du mois. Pas exactement « ex », car officiellement, aux yeux de l'État, de l'Église et de ma femme, nous sommes toujours mariés. Amalie ne consent pas à divorcer, en partie pour des motifs religieux, en partie parce qu'elle croit que nous nous remettrons ensemble lorsque j'aurai soigné ma maladie mentale. Elle considère que ce serait une honte de m'abandonner alors que je suis malade, et le fait que ma maladie consiste à avoir des liaisons n'y change rien. Je ne connais personne d'autre qui a ce genre de relation, même si je ne crois pas une seconde que nous soyons uniques. Mes trois associés du cabinet ont, je crois, à peu près huit femmes entre eux, et dans chaque cas j'ai eu droit à toute la litanie : la folie, les vengeances haineuses, les manipulations d'enfants, les extorsions financières. Or, je m'aperçois que je n'ai rien connu de cet enfer conjugal. Je souffre atrocement, mais par ma propre faute, non à cause de la malveillance de mon épouse, car elle est généreuse, gentille et indulgente. Je dois donc supporter seul tout ce putain de fardeau. Jésus avait raison, vous savez : si vous voulez vraiment que les personnes infâmes souffrent, soyez gentil.

1. En français dans le texte. *(N.d.T.)*

Ces dîners sont un bon exemple. Que pourrait-il y avoir de plus civilisé ? Une petite famille est assise autour de la table et démontre que, malgré les différends qui opposent maman et papa, il y a toujours de l'amour. Le papa qui a quitté la famille les aime toujours beaucoup, ou, pour dire les choses autrement (comme j'ai récemment entendu ma fille l'expliquer à son frère) : « Papa aime se taper des femmes plus qu'il ne veut rester avec nous. » Dans mon tort, dans mon tort ! Même les gamins peuvent le voir, même Niko, qui s'intéresse à peine aux autres humains, peut classer ce fait dans sa vaste bibliothèque mentale et éprouver (en supposant qu'il éprouve quoi que ce soit) du mépris.

Je sais que me taper des femmes n'a aucun sens, et ma femme aussi le sait, car, comme je crois l'avoir déjà mentionné, Amalie est ce qui se fait de mieux dans le domaine du plaisir. Comment sait-elle qu'elle est la meilleure, ayant si peu d'expérience à part moi ? Réponse : elle est extrêmement amie, amie *intime*, avec ma sœur, qui est une encyclopédie de la baise, et elle lui a, je crois, raconté le moindre détail lubrique de notre vie sexuelle avec une franchise clinique digne de la Suissesse qu'elle est. Miri lui a assuré qu'il ne lui manquait rien côté baise, et aussi que j'étais le roi des cons de tromper une telle merveille. Je ne supporte pas ça ; mais je vais quand même à ces horribles dîners, peut-être en guise de pénitence. Mais ça ne fonctionne pas.

Avant d'y aller, j'ai demandé au chauffeur de me mener, comme souvent en ces occasions (par pénitence peut-être), à une obscure petite boutique près de la Première Avenue et de la 40e Rue qui propose des orchidées hors de prix, et j'en ai acheté une pour Amalie. Elle les collectionne, et même si elle avait les moyens de se payer l'Amazonie entière avec son propre argent, cela me semble tout de même un beau geste. Celle-ci était d'un vert pâle avec des mouchetures magenta sur son tubercule aux allures de parties génitales, une *Paphiopedilum hanoiensis*, en danger dans son Vietnam d'origine, et complètement illégale ici. Je crois qu'Amalie sait que ces orchidées sont importées clandestinement, mais elle les accepte toujours, et j'éprouve un plaisir pervers à voir ma sainte se laisser débaucher par son amour des fleurs.

Rashid m'a déposé et, quand j'ai sonné, Lourdes Munoz, la domestique de ma femme, une réfugiée de la guerre civile salvadorienne, a ouvert la porte. Amalie lui a véritablement sauvé la vie grâce à une de ses organisations caritatives et, contrairement au dicton qui affirme qu'aucune bonne action ne demeure impunie – ce qui est toujours vrai dans mon cas – cette charité désintéressée lui a valu de mettre la main sur la domestique et la nourrice parfaite. Lourdes ne me fait pas confiance, et elle a bien raison. Elle m'a comme d'habitude accueilli avec un visage de marbre, m'a débarrassé de mon imperméable, et je suis entré dans la maison de ma femme avec mon orchidée.

J'ai entendu des éclats de rires en provenance du salon et les ai suivis, sentant l'appréhension croître un peu en moi car, ayant reconnu le rire le plus sonore, je connaissais la source de cet amusement. Le tableau de famille, moins papa : Amalie dans sa tenue de travail, chemisier de soie pâle et pantalon sur mesure sombre, les boucles d'or de sa chevelure relevées sur sa tête, assise dans sa chaise en cuir, les pieds remontés sous son corps. Miri, ma sœur, est assise sur un divan de cuir aussi doux que des cuisses, flanquée de mes enfants. Miri et Imogen, aussi belles que l'aurore, blondes et rosées, puis il y a le pauvre Niko, notre petit Nibelung sombre. Les deux enfants aiment leur tante Miri. Imogen parce qu'elle ne tarit pas d'histoires sur les célébrités. Miri connaît tout le monde (c'est-à-dire, tous les gens riches et célèbres) à New York, et un bon paquet à Londres, Rome, Paris et Hollywood, et parfois elle semble avoir été mariée à, ou avoir eu des liaisons avec, environ dix pour cent des hommes de cette population. Elle a un Rolodex gros comme un train d'atterrissage de 747.

Niko aime Miri parce qu'elle a été brièvement l'épouse de l'un des plus célèbres magiciens du monde et qu'il lui a appris à cette époque des tours de passe-passe, talent qui le fascine. Elle prétend que le magicien était aussi stupide que les lapins qu'il avait dans ses chapeaux, et que s'il pouvait faire disparaître des choses, alors elle aussi. Elle est assez douée à ce petit jeu, car il est généralement difficile de capter l'attention de Niko, et elle y parvient presque aussi bien qu'Amalie ou Lourdes. De plus, elle brûle d'amour pour eux ; elle ne peut apparemment pas avoir d'enfants, et jouer à la tante est donc l'une de ses principales joies.

Les rires se sont tus lorsque je suis entré dans la pièce. Ils m'ont tous regardé, chacun à sa manière, sauf Niko, qui ne me regarde presque jamais. Il continuait de fixer les mains de ma sœur, qui faisait à demi consciemment tournoyer et disparaître des balles d'éponge. Le regard de ma fille me défiait d'être ce que je n'étais pas, un père parfait pour compléter sa propre perfection, et ma sœur était, comme à son habitude, ironique et tolérante. Elle n'est plus la plus belle femme de la ville, mais elle demeure assez unique et a les moyens de préserver et d'arranger son apparence autant que le permettent la médecine et la science. Elle portait du Dior noir de la tête aux pieds et ses gros bijoux brillaient de mille feux. Quant à Amalie, elle ne peut jamais s'empêcher de me sourire avec des yeux pleins d'amour, avant de se rappeler la situation et de se retrancher derrière sa bienséance toute suisse. Toujours une femme adorable, Amalie, même si elle n'est plus exactement celle dont je suis tombé amoureux. Deux enfants et la tension du mariage ont ramolli ses chairs et creusé des rides sur son visage. Je n'ai pas pu me retenir de penser à Miranda à cet instant, et à cette deuxième chance que j'avais tant recherchée.

Je leur ai fait la bise à tous à la manière européenne qui est depuis longtemps la coutume familiale (Niko rechignant comme d'habitude) et j'ai offert mon orchidée. Remerciements polis d'Amalie, roulement d'yeux d'Imogen et Miri (exactement la *même* expression de mépris amusé sur les deux visages adorables ; était-ce inné ou acquis ?) et de la part de Niko, un bref laïus sur la classification taxonomique de cette espèce particulière, et les détails de la morphologie de la fleur qui rendaient cette classification évidente. Niko s'intéresse aux orchidées, comme il s'intéresse à presque tous les sujets complexes qui exigent de la mémoire et un minimum de relations avec les autres humains.

J'ai demandé à Miri ce qui les faisait tous rire à mon arrivée. Elle a à nouveau raconté l'histoire de cette actrice très célèbre et de cette femme connue-pour-ses-seins-et-qu'on-voyait-dans-les-émissions-de-télé qui se faisaient faire un masque dans le même salon de beauté haut de gamme quand leurs minuscules chiens ont commencé à se battre. Une histoire assez drôle où il était question de boue qui dégoulinait, de fourrure qui volait dans l'air et d'homosexuels qui hurlaient. Elle a continué tandis que nous gagnions la salle à manger et prenions place autour de la table ovale en tek et en verre. Amalie avait elle-même cuisiné notre dîner, une sorte de cassoulet préparé à partir de saucisses de poulet, d'agneau et de haricots blancs, l'un de mes plats préférés soit dit en passant, avec une salade aux artichauts et une bouteille d'hermitage. Étant donné ce que valait son temps ces jours-ci, c'était probablement l'un des repas les plus chers de la planète. Niko avait son bol de Cheerios, céréales qui constituent quatre-vingt-dix pour cent de son régime.

Durant le dîner, Amalie et moi nous échinons à entretenir la conversation, et l'un de nos sujets préférés est le travail. Ma femme, en dépit de son dédain pour le fait de gagner de l'argent (ou peut-être à cause de ce dédain), est un prodige de la finance. Elle publie un rapport sur Internet intitulé « La Lettre d'Arbitrage de Mishkin », dans laquelle elle explique à ses quelque mille cinq cents abonnés la tendance des places financières au cours de la semaine suivante. Naturellement, les types malins prennent ses informations en compte, ce qui affecte le marché. Et les types encore plus malins prennent *ça* en compte, mais planifient leurs échanges de yens-dinars-renminbis à contre-pied, ce qui fait de certains d'entre eux des milliardaires. Je me considère comme un parasite inutile comparé à ceux qui accomplissent un réel travail, comme écrire des chansons, mais je suis un ingénieur civil comparé à ces types. Amalie, cependant, n'a aucun scrupule à leur facturer vingt-cinq mille dollars par an d'abonnement, puisqu'elle injecte peut-être un tiers de ses profits dans de bonnes œuvres. Je tombe occasionnellement sur des gens qui font du business dans ce monde à part et ils me demandent souvent si je connais *cette* Mishkin. Je réponds toujours non, tout en éprouvant en même temps une étrange fierté.

Le repas s'est achevé et tante Miri, comme de coutume, est allée jouer avec les gosses. N'en ayant elle-même aucun, elle en a assez des conversations entre adultes. Lourdes a servi le café ; Amalie et moi pouvions désormais parler agréablement de nos enfants. Nous sommes civilisés. Elle m'a interrogé sur Ingrid. Elle est au courant pour Ingrid, nous sommes très ouverts quant à cet aspect de ma vie. J'ai répondu qu'elle allait bien, et elle a lancé : « Pauvre Ingrid ! » Je lui ai demandé pourquoi et elle a répondu : « Parce que tu as une nouvelle femme dans ta vie. » J'ai senti le sang me monter au visage, mais ai affiché un sourire tout en lui demandant ce qui lui faisait croire ça. Elle a soupiré et répliqué : « Jake, je ne suis ni stupide, ni aveugle. Pendant les années où je te faisais confiance, bien sûr, je ne cherchais jamais ces signes, ou je les interprétais de travers, mais maintenant que je sais regarder, tout est très transparent. Qui est-ce ?

– Personne, ai-je menti. Honnêtement. »

Elle m'a fixé un long moment, puis a baissé les yeux vers la table et bu une gorgée de son café presque froid.

« Si tu le dis », a-t-elle répliqué.

Elle a reposé la tasse, s'est levée et a quitté la pièce sans un mot ni un regard. Lourdes est entrée et a commencé à débarrasser les assiettes, m'ignorant également.

L'homme invisible s'est alors rendu à la salle de jeux des enfants à l'étage. Niko, coiffé d'écouteurs, était devant son ordinateur. Miri et Imogen regardaient MTV, assises l'une contre l'autre sur une causeuse miteuse, captivées par les paillettes à l'écran.

Me sentant encore plus crétin que d'habitude, j'ai aggravé mon cas en demandant à Imogen si elle avait fait ses devoirs, et, sans quitter l'écran des yeux, elle a répondu d'un ton plein d'ennui :

« Je les ai faits à l'école. »

J'ai songé à demander à les voir. J'ai aussi songé à saisir la batte de base-ball en aluminium qui se trouvait dans un coin et à démolir la télévision et l'ordinateur et à prendre les enfants en otages jusqu'à ce qu'ils se plient à mes exigences, à savoir : que tout soit différent, que j'obtienne l'amour et l'admiration de mes enfants et la dévotion de ma femme, mais aussi le frisson des idylles, et que je ne grandisse jamais et vole éternellement sur un fil électrique vêtu de collants verts...

Au lieu de cela, je me suis assis à côté de Miri et ai étudié un moment les minuscules cicatrices de ses liftings et les étranges zones brillantes et mortes laissées par le Botox, puis, me sentant presque submergé par la compassion, j'ai tendu le bras et pris sa main dans la mienne. Miri est, je suppose, la personne dont je me sens le plus proche dans la famille maintenant. Nous étions un refuge l'un pour l'autre durant notre enfance, et elle est devenue encore pire que moi. Nous avons donc une base pour nous comprendre. Je me rappelais comment elle venait toujours me prendre la main quand mon père piquait une de ses crises ; je n'ai aucune idée de ce qu'elle pensait alors, pour autant qu'elle ait pensé quelque chose, mais elle m'a serré la main en retour, et nous sommes restés ainsi un moment à regarder le porno soft que notre civilisation utilise pour distraire la jeunesse. Puis une petite mélodie a retenti et Imogen a tiré son téléphone portable, scruté son minuscule écran et disparu pour une séance de bavardage avec quelque acolyte.

Miri a coupé le volume de la télé, elle s'est tournée vers moi et m'a jaugé du regard.

« Alors, qui est cette nouvelle femme ? a-t-elle demandé.

– Toi aussi ?

– C'est évident. Tu as cet air fiévreux et tu es moins morose que d'ordinaire. Faut que tu grandisses, Jake. Tu ne vas pas finir comme l'un de ces vieux ringards qui courent après les gamines.

– Oh, elle est bien bonne, recevoir des conseils d'abstinence de ta part.

– Ne sois pas vache, Jake. Nous sommes deux putes, toi et moi, mais au moins je n'entraîne pas ma famille dans mes histoires. Et surtout faire ça à quelqu'un comme Amalie. »

Ce n'était pas le genre de conversation que j'avais envie d'avoir pour le moment, alors j'ai demandé :

« Comment va papa ? »

Miri est la seule de nous trois à avoir gardé le contact avec le vieux gangster. Mais elle est avare de détails sur cette relation, sans doute sur son insistance à lui. Ça lui ressemblerait bien.

« Papa va bien. Je l'ai vu il y a environ trois semaines. Il a bonne mine. On a dû lui placer une endoprothèse coronaire.

– J'espère qu'ils ont utilisé un matériel particulièrement résistant à la corrosion. De la brique serait ma suggestion. Où vous êtes-vous rencontrés, au fait ?

– En Europe.

– Tu pourrais être plus précise ? Cannes ? Paris ? Odessa ? »

Elle a ignoré ma question.

« Il a demandé de vos nouvelles à toi et à Paul.

– Oh, c'est gentil de sa part. J'espère que tu lui as fait savoir que nous pensions toujours à lui. Qu'est-ce qu'il fabrique ces temps-ci ?

– Ceci et cela. Tu connais papa, il a toujours quelque chose sur le feu. Tu devrais aller le voir. Emmène Amalie et les enfants. »

Cette suggestion m'a fait rire.

« C'est une bonne idée, Miri. Je ne vois vraiment rien qui pourrait être plus parfaitement amusant qu'une telle expédition.

– Tu sais, a dit ma sœur après une pause offensée, as-tu jamais remarqué que ta femme n'est jamais sarcastique ? Tu ferais bien de t'en inspirer. Tu pourrais essayer de pardonner un peu aussi. Enfin quoi, c'est sûr que tu as tout à gagner avec ce genre d'attitude.

– Et maintenant les conseils religieux... Es-tu sûre que tu n'es pas Paul déguisé ?

– Si tu veux jouer au con, alors je m'en vais. J'ai besoin d'un autre verre de toute façon. »

Elle a essayé de dégager sa main de la mienne, mais je l'ai retenue et elle s'est laissée retomber sur la causeuse.

« Quoi ?

– J'ai juste une question à te poser... Au cours de tes fréquentations du demi-monde, est-ce qu'il t'est arrivé de tomber sur un gangster russe nommé Osip Shvanov ? »

J'ai observé attentivement son visage en posant cette question et ai vu un petit tremblement traverser ses surfaces sculptées. Elle a passé le bout rose de sa langue sur ses lèvres.

« Pourquoi me poses-tu cette question ?

– Parce que ses sbires sont après moi. Il pense que j'ai quelque chose qu'il veut. Je crois. » Je lui ai brièvement expliqué l'affaire Bulstrode/Shakespeare tout en omettant de mentionner le nom de Miranda. « Tu le connais ?

– Nous nous sommes rencontrés.

– Un client ?

– En quelque sorte. Il donne beaucoup de fêtes. Quelques-unes de mes filles sont allées à certaines d'entre elles.

– Est-ce que tu pourrais organiser une rencontre ? Je veux dire, en société.

– Je ne crois pas que ce soit une bonne idée, Jake.

– Parce que c'est une telle crapule ?

– C'est vraiment un sale type. Même les sales types pensent que c'est un sale type.

– Aussi mauvais que papa ?

– Le même genre, les deux principales différences étant que papa n'a jamais joué des muscles et que Shvanov n'est pas notre père. Pourquoi veux-tu le rencontrer ?

– Pour un honnête échange de vues. Quoi qu'il en soit, est-ce que tu vas le faire ?

– Je lui en toucherai un mot. Est-ce qu'il voudra te voir ?

– Je le pense. Nous partageons un intérêt pour les vieux manuscrits. Je suis sûr que nous aurons beaucoup de choses à nous dire. Tu devrais venir aussi. Ce sera une soirée marrante. On pourra organiser notre voyage en Israël pour aller voir papa. »

Elle s'est levée.

« Je t'appellerai », a-t-elle dit, puis elle est sortie, me laissant seul avec l'être étrange qui pianotait à n'en plus finir sur son clavier.

Je suis allé me poster derrière Niko et ai regardé son écran. Sur un fond gris pâle, d'incompréhensibles lettres bleues apparaissaient et s'évanouissaient telles des gouttes de pluie sur un pare-brise. Niko était en train de programmer. Je devrais préciser que, pour un avocat, je m'y connais en ordinateurs. La plupart des avocats croient que leur peau va se mettre à pourrir s'ils touchent à un clavier, mais pas moi. Je suppose que j'en suis au niveau qu'avait Niko à l'âge de quatre ans. J'ai soulevé l'un des écouteurs et lui ai demandé :

« Qu'est-ce que tu fais ? »

J'ai dû répéter ma question plusieurs fois.

« Moteurs de recherches, a-t-il répondu.

– Oh, moteurs de recherches, ai-je répété d'un air entendu. Qu'est-ce que tu cherches ?

– N'importe quoi. Laisse-moi. »

Il a secoué la tête et essayé de remettre ses écouteurs en place, mais je les ai soulevés avant de faire pivoter sa chaise pour qu'il me regarde.

« Je dois te parler de quelque chose d'important », ai-je dit.

Il a commencé à se raidir et son regard s'est fixé sur un point près du plafond dans le coin de la pièce.

« Écoute-moi bien, Niko ! Des gangsters sont après moi et je crois qu'ils vont peut-être vouloir vous faire du mal à toi, à Imogen et à maman. J'ai besoin de ton aide. »

Ces mots ont semblé pénétrer son esprit. Il a demandé, d'un air las :

« C'est pour de faux, n'est-ce pas ?

– Non, pas pour de faux. Pour de vrai.

– Pourquoi est-ce qu'ils sont après toi ?

– Parce que j'ai des papiers qu'ils veulent. Un de mes clients me les a donnés et ils l'ont tué. Ils l'ont torturé, et avant de mourir il leur a donné mon nom. »

Oui, plutôt brutal pour un gamin, mais Niko est difficile à atteindre. Non pas qu'il soit insensible. Je suppose que si quelqu'un me torturait il regarderait avec fascination.

« Pourquoi est-ce qu'ils veulent ces papiers ?

– Je ne suis pas sûr. Je crois qu'ils pourraient mener à un trésor. »

Tandis qu'il réfléchissait, je me suis imaginé les étranges roulements dans sa tête tournoyant comme ceux d'une horloge.

« Pour de vrai ?

– C'est ce qu'ils croient, ai-je répondu.

– Nous devrions trouver le trésor, a-t-il dit. Comme ça, ils nous laisseraient tranquilles. »

Je crois que c'est une des rares fois où Niko a utilisé le pronom « nous », en nous associant tous les deux.

« C'est une très bonne idée, ai-je dit. Maintenant, il y a deux choses que je veux que tu fasses. La première, c'est que tu surveilles attentivement la rue et que tu m'appelles immédiatement si tu vois quoi que ce soit de suspect. Ces types sont russes et ils se déplacent dans de gros 4 × 4 noirs, alors appelle-moi si tu les repères, O.K. ? La seconde, c'est que je veux que tu fasses des recherches sur un homme nommé Richard Bracegirdle. Il est mort en 1642 en Angleterre. »

J'ai noté ces détails sur une feuille de papier prélevée dans son imprimante.

« Qui est-ce ?

– L'homme qui a enterré le trésor. Renseigne-toi sur lui et sur ses descendants, et vois si certains sont encore en vie. Tu peux faire ça ?

– Oui », a répondu Niko.

Pourquoi l'avais-je impliqué ainsi ? Question idiote, car Niko était l'un des meilleurs experts en recherches de données que je connaisse, ce qui lui a valu plusieurs prix. Certains professeurs d'université correspondent même avec lui sans savoir qu'il a onze ans. Il est clair que j'aurais pu faire appel à une société commerciale pour ces recherches, et nous disposons aussi de personnes compétentes à mon cabinet. Peut-être que je me sentais seul et que c'était une chose que père et fils pouvaient faire ensemble, comme une randonnée au milieu des pins. J'ai agi sans réfléchir, comme le font les coureurs de jupons. Bien entendu, c'était la partie facile. Il me restait maintenant à descendre tout raconter à sa mère.

La Lettre de Bracegirdle (9)

Le personnage affirma s'appeler James Piggott et être au service de Monseigneur Dunbarton, un homme hautement placé auprès de Sa Majesté le Roy, et il me demanda si j'estois de la religion pure. Cet homme avoit le visage blesme et les yeux froids dont je me rappelois de mon enfance comme les marques du Puritain hypocrite et je répondis donc : « Oh, oui, monsieur, de tout mon cœur », puis je me jetai sur mon repas, un pasté au chapon et de la bière. Tandis que je mangeois il me questionna sur toutes sortes de sujets concernant la religion comme : la dépravation de l'homme, la prédestination, l'inefficacité des actions, la révélation par les seules Sainctes Escritures, le salut par la foy uniquement et cætera, et semblant satisfait de mes réponses il continua : « M. Hastynges m'a dit du bien de toy », à quoy je répondis : « M. Hastynges est un homme bon et un vray croyant. » Nous parlâmes quelque temps de M. H., puis il dit soudainement : « J'ai ouï dire que ta mère estoit une papiste et une descendante d'un traistre papiste. Que réponds-tu à cela ? » À ces mots je fus grandement surpris et courroucé, mais je ravalai ma colère et répondis qu'elle l'avoit peut-être esté à une époque mais s'estoit repentie de son erreur et estoit demeurée fidèle à l'église Réformée tout le restant de sa vie. Il me demanda si elle estoit une Arden du Warwickshire, et lorsque je répondis qu'elle l'estoit il dit : « C'est ce qui t'a sauvé de la potence, mon garçon, car Monseigneur Dunbarton a besoin de quelqu'un comme toy, de religion pure mais ayant des liens avec des papistes, surtout avec la famille de ta mère. » Il me demanda ensuite : « As-tu déjà vu une pièce de theastre ? »

Je répondis non car n'estoient-elles pas de très mauvaises choses ? « Si, dit-il, et bien pis que tu ne le croies. Car les acteurs se pavanent au grand jour et fomentent la trahison. Comment, me diras-tu ? Par trois moyens. D'abord, les pièces de theastre corrompent les esprits et les âmes des hommes qui les voyent en présentant des actions dévoyées : meurtre, vol, rapine, débauche, fornication, pour que ceux qui les écoutent les imitent par la suite, sèment le désordre dans l'État et vouent leur propre âme aux Enfers. Ensuite, ces pièces méprisent la Loy de Dieu en monstrant des garçons habillés en femmes, ce qui est en soy un péché, mais bien pis, ils déchaisnent l'abjecte luxure de Sodome, dans laquelle je ne doubte point que ces acteurs sombrent tant qu'ils sont une insulte au paradis. Troisièmement et pis que tout : ils ne sont rien qu'un masque dissimulant les trahisons papistes, et il répéta, un masque, rien qu'un masque. »

Il poursuivit : « Car tu sçais bien que Rome la Catin usoit de riches spectacles, de déguisements soyeux et d'hommes vestus en femmes pour éblouïr le peuple et l'éloigner du vray culte du Christ. Qu'est donc leur messe baragouinante sinon du theastre ? Maintenant que nous avons fait cesser leurs messes n'essayeront-ils point de détourner les gens de la vraye foy par un autre moyen ? » « Quoi, dis-je, vous croyez que ces acteurs sont des papistes secrets ? » « Non, dit-il, ils sont plus subtils, pis que serpents. Que dirois-tu maintenant si je te disois qu'il est un homme libre en ce moment mesme qui est le chef de ces acteurs et qui conçoit des calomnies secrètes contre la vraye religion, aussi, qui donne à admirer des prêtres papistes dans de telles pièces. Et aussi dont le père estoit un papiste de nombreuses fois mis à l'amende pour avoir fui l'église protestante et dont la mère estoit la descendante d'une famille longtemps honnie à cause qu'elle estoit inflexiblement réfractaire, indubitablement une papiste elle-mesme. Cet homme, encore, a conspiré traistreusement pour rallier les forces du corrompu comte d'Essex alors qu'il se rebelloit constre feue nostre Reine en monstrant à ses partisans au matin de la rébellion la pièce *Richard II* comme exemple inspirant à la trahison et au régicide. Il auroit dû être arresté en ce temps mais ne le fut point, car certayns du culte le protégeoient, qu'ils bruslent en Enfer. Que dis-tu d'un homme tel que luy ? » Je répondis (car je sçavois bien que c'estoit lors la seule réponse) : « Qu'on le jette à la Tour, il ne devroit point jouir une heure de plus de sa liberté. »

Il sourit alors froidement disant : « Eh bien, tu parles vray garçon, pourtant dans l'état de désordre du royaume nous ne le pouvons point, ou point encore. Car regarde, le Roy ne s'entoure point d'hommes pieux mais de ses favoris lascifs et corrompus tels le Lord de Rochester et d'autres semblables, tous aussi proches des papistes que ta chemise est proche de ton corps. Et ceux-ci se délectent de spectacles aussi vains que des pièces de theastre : le Roy luy-mesme avoit une troupe d'acteurs à qui il commandoit des pièces pour satisfaire à ses caprices, et celui dont je t'ai parlé est le plus vil de ces coquins. »

« Maintenant, continua-t-il, nous avons un prince Henry aussi bon Protestant qu'il n'en fût jamais, sobre, sage au-delà de ses années : pourtant son père le Roy ne trouve rien mieux que de luy faire épouser une princesse papiste, et nous ne pouvons laisser ceci se faire car ce seroit la ruine de l'Église de Dieu en Angleterre, ruine que le Roy a déjà ébauchée avec sa blasphématoire loy des évesques. Aussi mon Lord D. et d'autres nobles dignes de la vraye foy, songeant à ce passé lamentable, ont élaboré un plan et longtemps cherché quelqu'un pour l'accomplir. Et nous avons trouvé cette personne. »

« Qui, demandai-je ? » « Toy », répondit-il. En entendant ces paroles je pris grand peur et demandai : « Pourquoy ? » Ainsi expliqua-t-il : « Tu sçais que la mère du Roy estoit la vaine et vile traistresse papiste Marie Reine d'Écosse justement exécutée par feue nostre Reine, et le Roy souffre depuis longtemps que les bons Anglois dussent mépriser sa mère et songeassent peut-être : telle mère tel fils. Il considéreroit donc favorablement une pièce présentant la Reine Marie sous les traits d'une bonne femme déshonorée, et sans doute commanderoit-il à ce fripon dont je t'ai parlé de l'écrire. Qu'en dis-tu garçon ? »

Je pensai alors, soyes aussi malin que tu le peux Dick car ton sort est entre les mains de cet homme, et je répondis : « Ce seroit un scandale pour tous les bons protestants du royaume, ils ne le souffriroient point. » Il dit : « Certes, et voilà pourquoy le Roy ne l'envisage point. Mais suppose qu'une personne se prétendant au service de quelque grand Lord, un conseiller privé mesme, s'en aille voir ce faiseur de pièces en disant : "Je suis envoyé par Sa Majesté le Roy : écris telle pièce et tu seras récompensé et gagneras les faveurs du Roy." Et suppose qu'une telle pièce vînt à voir le jour et qu'elle fût jouée au-devant du Roy et de sa cour, que crois-tu qu'il arriveroit ? Car tu sçais que nulle pièce ne peut être monstrée sans l'agrément du maistre des festivités : cependant en vérité nul agrément ne seroit promulgué pour une telle pièce, car elle cousteroit sa teste à l'officier. Mais suppose encore que nous possédions le sceau et que nous le fournissions à nostre fripon avec un faux agrément et que luy, inconscient, produise la pièce. Qu'arriveroit-il alors ? »

Je dis : « Il seroit ruiné je pense. » « Tu penses bien garçon, et il lâcha un rire dans lequel il n'y avoit que peu de joye, il seroit ruiné et tout son maudit theastre avec luy et pis encore, le scandale comme tu dis se répand à travers le royaume : le Roy a fait passer sa mère pour une femme louable injustement assassinée par la Reine Élizabeth, qui de plus apparaistra dans sa pièce sous les traits d'une vile bastarde intrigante. On sonne l'alarme : le Roy nie tant qu'il peut, ce fripon dont j'ai parlé est arresté et passé au supplice du chevalet, oh oui j'y veillerai moy-mesme : et sous la torture il donne les noms de tous ceux qui ont comploté cet outrage, d'abord Rochester, puis tous les autres qui ont recherché une alliance papiste pour nostre prince. Ils sont disgraciés, ils nient à cor et à cri, et cette alliance papiste est abandonnée pour toujours. Qu'en dis-tu ? »

« Monsieur, dis-je, un formidable plan il me semble, mais je vous le demande encore, pourquoy choisir Dick Bracegirdle ? » Il répondit : « Parce que tu es un Arden par ta mère, comme l'homme que nous visons, vous estes cousins ou pouvez le paraistre, et tu peux feindre au besoin le mesme demi-papisme que celui qu'il professe. Si Lord Rochester désiroit envoyer un messager privé à cet homme qui d'autre choisiroit-il que toy ? Souviens-toy que tout doit rester secret, ou tu seras perdu, car Monseigneur désire surprendre le Roy à son anniversaire avec une nouvelle pièce. Mais dis-moy, es-tu nostre homme ? »

À cela il n'y avoit qu'une réponse car je souhaitois respirer encore l'air libre, aussi répondis-je oui, et il me fit jurer sur la Bible et m'avertit que je courrois un grand péril si je le trahissois. Je lui demandai ensuite le nom de cet homme, et il répondit William Shaxspure : c'estoit la première fois que j'entendois ce nom.

On me libéra donc le soir suivant, et dans la nuit nous passâmes par bateau depuis les escaliers de la Tour jusques à une grande demeure dans le Strand appartenant à Lord Dunbarton. On me présenta à luy, un homme très grave et gras grandement occupé par les affaires, mais qui me traita avec gentillesse et affirma que la réussite de nostre entreprise seroit une grande chose pour l'Angleterre. Mais ce ne fut en fin de compte point le cas, Dieu en décida autrement dans Sa grande sagesse, et ces dernières années j'ai souvent songé qu'eussions-nous réussi tout ce que nous avions projeté et espéré, peut-être les présentes brouilles qui promettent de ravager nostre triste pays eussent-elles pu être évitées. Mais je n'estois qu'un petit pion sur l'échiquier et il doit être dit que Ses pensées sont plus grandes que les nostres, Amen.

Je passois quelques semaines dans la maison de Dunbarton, bien nourri, vestu d'habits plus beaux que je n'en avois jamais eus quoy que sobres. La journée M. Piggott m'apprenoit à écrire et lire les messages chiffrés, et comme il estoit ébloui par ma capacité je lui dis que mon esprit estoit depuis longtemps entraisné aux mathématiques et que ses chiffres y ressembloient quelque peu. Cela luy plut grandement. Je me plongeai dans le *Traicté des chiffres*, un livre françois par la suite anglicisé, et dans les grandes subtilités du *De Furtivis* du Sigr. Porta, et aussi dans les grilles de Mstr. Cardano, dont l'art me plut tant que j'y travaillois jusque tard dans la nuit, car les chandelles ne manquoient point dans la demeure de Dunbarton, puis je monstrois mes résultats à M. Piggott : et après quelques semaines il fut grandement stupéfait car j'avois créé un nouveau chiffre tel qu'il n'en avoit jamais vu, et il dit : « Mesme le Pape ne le sçauroit déchiffrer. »

Par la suite il m'entraisna à mémoriser des mots qu'il disoit par dizaines, me les faisant répéter dans le mesme ordre et les noter par écrit. Il me monstra aussi des reproductions d'hommes et de femmes et des vues de villes et de paysages tous très joliment peints, me demandant de les décrire après seulement un bref coup d'œil. Mesmement : luy et un autre feignirent une machination papiste lors mesme que j'estois caché derrière un écran, et l'on me demanda ensuite de raconter tout le complot. Ici encore il admit que je faisois bien. Je luy demandai alors si c'estoit là tout l'art des espions et il répondit : « Non, ce n'est qu'une petite partie », réponse qui me troubla grandement.

Pourtant plus tard je le compris, car vint ensuite un certayn Henry Wales, un fat au regard mauvais, me sembla-t-il, vestu de beaux habits modernes qui auroient mieux convenus à une personne de plus haut rang, mais M. Piggott luy parla civilement et luy donna une bourse, puis il me dit : « Dick, voici ton bon ami Henry Wales que tu connois depuis ton enfance dans le Warwickshire et que tu retrouves à Londres avec grande joye. C'est un acteur de la Compagnie du Roy et il connoit très bien M. Wm. Shaxespur. » Alors M. Piggott me jeta un regard tel que je compris ce qu'il entendoit : je devois aussi être un acteur, mais dans la vie, point sur la scène, car le travail d'intelligence ne concerne point que les chiffres, l'écoute et la mémoire, et je pensai alors à ma première année à la forge lorsque je jouais au rustre apprenti rude en paroles et en actions tout en dissumulant ma vraye personne, et je me dis, oui, je puis faire cela, et que les papistes et les traistres tremblent.

Tout ce qui arriva ensuite, tu le trouveras par écrit dans les lettres que j'ai fait passer à Lord D., à savoir : ma rencontre avec ce Shaxspure, ce qui se passa entre nous, la pièce qu'il écrivit sur cette vile reine des Écossois et ce qu'il en advint, et enfin la manière dont nous avons échoué. Je ne le répéterai donc point ici car je crains de ne plus avoir que quelques heures et écrire m'épuise. Tu connois bien, Nan, ma vie par la suite, et je suis attristé de ne point la luy pouvoir conter comme les années précédentes. Dis-luy que ton homme fut canonnier dans les Guerres d'Allemagne pour la bonne cause Protestante : qu'il fut vaincu à la Montagne Blanche par les Papistes et qu'il aida à les vaincre à Breitenfeilde et Luttzen. Mais que, las de la guerre et cruellement blessé au pied par une balle, je rentrai, mon père venant de mourir et ton poissonnier se mourant aussi (ce pour quoy j'avois prié, et j'espère que toy et Dieu me pardonnerez !) et nous nous mariâmes le 3 avril 1632 à St. Margaret Pattens et eûmes nostre fils l'an suivant, par la grâce de Dieu, et j'espère qu'il vivra longtemps.

Quelques autres choses d'importance car le temps me manque ; je vois à peine la page bien qu'il fasse grand jour et je suis aux affres de ma mortelle agonie : tu connois bien ma boîte en cuir que je conserve dans mon armoire privée, tu trouveras au-dedans les lettres chiffrées à la manière que j'ai inventée. Garde-les à l'abri et ne les monstre à personne. Elles content l'histoire du complot de mon Lord D. et nostre observation du papiste secret Shaxpure. Ou du moins le pensions-nous tel, car je suis maintenant moins certayn. Par ses manières et son style de vie il n'estoit Rien. Mais il est certayn qu'il écrivit la pièce sur Marie l'Écossaise que je luy commandai au nom du Roy. Je trouve infiniment étrange que bien que je soyes mort, et luy aussi, pourtant la pièce continue de vivre, voulue par sa propre main et conservée en un endroit connu de moy seul, et puisse-t-elle y rester à jamais.

Pour ce qui est des lettres : si le Roy devoit l'emporter dans la présente affaire, que Dieu l'en préserve, et si ses ministres te venoient voir avec de sombres intentions, ces pages t'aideront peut-être à assurer vostre fortune, à toy et à nostre fils. Tu sçais lire le chiffrement et je te rappelle que la Clef est le Saule où gît ma mère, et si tu le peux j'aimerois que mes os reposent près des siens.

Porte-toy bien ma fille, et par la grâce de Dieu j'espère te revoir dans le corps pur que nous promet notre Seigneur et Sauveur Jésus-Christ au nom de qui je signe ceci, ton mari,

RICHARD BRACEGIRDLE

10

Crosetti était assis dans la voiture de son père, une Plymouth Fury noire de 1968, et il se sentait stupide. La maison de deux étages à charpente de bois avait besoin d'une couche de peinture et était bâtie sur une pelouse pleine de mauvaises herbes abritée par un grillage. La rangée de genévriers brunâtres bordant la maison semblait être la limite des talents de H. Olerud en horticulture. Ce nom s'étalait sur une boîte aux lettres noire cabossée fixée au moyen de clous à un poteau tordu. Une berline Chevy verte mouchetée de rouille était garée dans l'allée, capot ouvert, et des outils étaient éparpillés sur une bâche à côté. Dans le garage ouvert aux allures d'appentis qui jouxtait la maison, il voyait un tracteur rouge et un méli-mélo de formes qui pouvaient être du matériel agricole. Le lieu avait un air fatigué, comme si les gens qui vivaient là avaient été mis K.-O. et attendaient de retrouver leur souffle. C'était un samedi. Crosetti avait quitté la ville à l'aube et traversé l'État de Pennsylvanie, presque quatre cent quatre-vingts kilomètres, sur les routes I-80 et I-79, et il avait atteint Braddock peu après trois heures. Braddock était bâtie autour d'un simple croisement et comportait deux stations-service, un McDonald's, une pizzeria, un centre pour anciens combattants, deux bars, une épicerie 7-Eleven, une laverie automatique et une série de bâtiments commerciaux plus anciens en brique. La plupart des boutiques qu'ils avaient abritées n'avaient pas résisté aux grandes surfaces, et étaient désormais occupés par des brocanteurs ou des centres d'assistance aux personnes en détresse. Derrière cette rue commerçante se trouvaient des douzaines de grandes maisons qui avaient dû être construites pour les aristos de l'industrie à l'époque où les aciéries et les mines étaient en activité. Crosetti se demandait qui pouvait bien y vivre de nos jours.

Tower Road et la triste maison qui s'y dressait n'avaient pas été difficiles à trouver grâce à la carte de Google qu'il avait imprimée, et après être arrivé il avait frappé à la porte sans résultat. Crosetti avait poussé la porte qui n'était pas fermée à clé et avait lancé : « Ohé ! Il y a quelqu'un ? » Il avait immédiatement éprouvé la sensation que la maison était déserte en cet instant. Mais habitée : en désordre mais pas dégoûtante : jouets par terre, petites voitures et pistolet en plastique, un plateau avec une assiette vide posé devant une télé à écran large. Il y avait aussi le satellite – derrière la maison, une parabole blanche balayait les cieux. Devant la télé, un fauteuil inclinable en vinyle marron accompagnait un divan affaissé recouvert d'un tissu chenille. Une étroite tablette de cheminée supportait des photos encadrées, mais Crosetti ne pouvait pas les distinguer depuis la porte et il ne souhaitait pas s'aventurer plus avant dans la maison. Aucun chien n'aboyait, ce qui lui parut étrange. N'y avait-il pas un chien dans chaque foyer rural ? Un autre indice prouvant il ne savait quoi. Il fit le tour de la maison. Dans le jardin de derrière il trouva un parc en plastique pour très jeunes enfants totalement décoloré par le soleil. Au centre du jardin s'élevait un machin pour faire sécher le linge qui ressemblait à un parasol à l'envers. Il était vide, et plusieurs de ces fils étaient brisés et pendouillaient, balançant faiblement dans la brise légère. Dans la véranda à l'arrière se trouvait une antique machine à laver à tambour. Il y jeta un coup d'œil : sèche et pleine d'araignées.

Après sa brève exploration, il reprit place dans la voiture et se mit à réfléchir à tout ça, tout en se disant qu'il fallait être idiot pour se taper toute cette route à cause d'une carte postale trouvée dans la rue. Il ne savait absolument pas si Carolyn Rolly avait le moindre lien avec cette maison. Elle avait pu ramasser la carte sur un trottoir, ou la trouver dans un livre tel un marque-page. Non, se dit-il, ne pense pas à ça. Fie-toi à ton instinct. Ça a quelque chose à voir avec elle et avec cette photo représentant les deux femmes et le gamin.

D'ailleurs, il y a eu un gamin ici, un garçon. Il prit la photo et la regarda une fois de plus. Il estima qu'elle avait été prise environ cinq ans plus tôt, étant donné l'âge apparent de Carolyn sur le cliché, et le garçon devait maintenant avoir huit ou neuf ans. Crosetti observa une bicyclette qui avait été négligemment jetée en travers de l'allée. Ça collerait avec un gamin de cet âge, et les divers jouets éparpillés à travers la maison et le jardin suggéraient la même chose. Aucun jouet pour filles en vue, ni d'autre bicyclette. Crosetti se demanda ce qu'il était advenu de la petite fille sur la photo... non, attends, là, dans le bac à sable attaché au parc, une Barbie solitaire, abîmée, nue. Ça collait donc aussi, à moins que la Barbie n'ait été abandonnée par un visiteur. Ou volée.

Il songea au jardin de derrière. Une journée ensoleillée, un samedi, pas de vêtements sur le séchoir en mauvais état, et la machine à laver ne semblait pas souvent servir. Ce qui signifiait qu'il n'y avait probablement pas de femme logeant dans la maison. Le type vivait ici avec son gosse (ou ses gosses), et le samedi il allait faire sa lessive en ville à la laverie automatique, parce que c'était indigne d'un homme de faire la lessive à la maison. En allant en ville le samedi, il pouvait rencontrer des femmes et faire savoir qu'il était disponible, et peut-être qu'il allait faire un saut chez les anciens combattants et buvait quelques bières pendant que le séchoir tournait. Le gamin – ou les gamins – pouvait jouer à des jeux vidéo à l'épicerie en buvant une boisson gazeuse.

Crosetti se surprit à se raconter ce scénario et il se demanda d'où il venait, tout en comprenant qu'il était aussi vrai que s'il avait tourné un documentaire sur la vie de H. Olerud. Le fait qu'il était le fils d'un inspecteur de police légendaire et d'une bibliothécaire célèbre ne lui sembla pas sur le coup être l'explication, car il avait toujours inventé des histoires, même quand il était enfant. Cela l'avait poussé à vouloir faire des films et pour lui il ne faisait aucun doute qu'il était doué. Il prenait ses dons d'observation et de déduction pour acquis, tout comme les musiciens naturels ne font pas grand cas du fait de produire sur un appareil inerte la musique secrète qu'ils entendent dans leur tête.

Il n'avait pas mangé depuis un arrêt dans une station-service à dix heures du matin et comme il était maintenant près de quatre heures de l'après-midi, il avait faim. Il songeait à retourner en ville pour grignoter un morceau et était sur le point de démarrer lorsqu'il vit un panache de poussière approchant depuis la ville, qui s'avéra bientôt être un pick-up vert, qui ralentit, passa devant lui et tourna dans l'allée du 161 Tower Road. Il vit avec quelque satisfaction qu'il y avait dans la cabine un homme et un enfant d'environ neuf ans, dont la petite tête apparaissait juste au-dessus du tableau de bord. La camionnette négocia son virage un peu trop vite et sa roue avant heurta le vélo du garçon qui gisait dans l'allée.

Beuglement de rage du conducteur comme il enfonçait brutalement la pédale du frein, puis cri strident de l'enfant. La portière du conducteur s'ouvrit d'un coup et un homme sauta de la camionnette, trapu, un peu plus âgé que Crosetti, portant un jean et un T-shirt blanc propre. Il avait une bedaine conséquente et une coupe en brosse roussâtre au-dessus d'un visage plat, crispé et rouge, le genre de visage du mec toujours en colère. Il courut à l'avant de la camionnette, jura à nouveau, écarta la bicyclette d'un coup de pied et ouvrit sèchement la portière côté passager. Des hurlements stridents jaillirent de la cabine, et Crosetti s'aperçut qu'il y avait un autre passager, plus jeune, et aussi que l'homme n'avait attaché aucun des enfants avec une ceinture de sécurité. L'homme attrapa le garçon et le tira hors de la camionnette par le bras. Sans lui lâcher le bras, il le frappa plusieurs fois sur la tête, des coups lourds qui produisirent un bruit de viande que Crosetti entendit depuis l'endroit où il se tenait, tout en demandant au garçon combien de fois il lui avait dit de ne pas laisser son putain de vélo dans cette putain d'allée et en lui demandant aussi s'il espérait avoir un jour un nouveau vélo ou n'importe quoi de neuf, espèce de petit connard.

Crosetti se demandait avec une sorte d'impuissance s'il devait agir lorsque l'homme cessa de frapper le garçon et tendit à nouveau le bras dans la cabine de la camionnette et en tira une fillette d'environ quatre ans. Le visage de l'enfant était rouge et grimaçant, au paroxysme de la douleur et de la peur. Une partie de sa rougeur provenait du sang qui coulait d'une blessure qu'elle avait à la bouche. Elle se tortilla comme un lézard sous l'emprise de l'homme, son dos s'arqua. L'homme lui dit de la fermer, qu'elle n'avait pas mal, que si elle ne la fermait pas à cet instant il allait vraiment lui donner une bonne raison de brailler. Les hurlements se transformèrent en horribles halètements sifflants, et l'homme entraîna la petite fille dans la maison.

Peu après, Crosetti entendit le son assourdissant d'une télévision qu'on venait d'allumer. Il descendit de voiture et se dirigea vers le garçon qui était recroquevillé par terre à l'endroit où l'homme l'avait battu. Il pleurait d'une façon particulière, poussant de grands halètements qui s'achevaient en sanglots étranglés, presque inaudibles. Crosetti ignora l'enfant et s'agenouilla pour examiner la bicyclette. Puis il remonta l'allée jusqu'à l'endroit où la berline était en réparation, sélectionna quelques clés à molette et de lourdes pinces parmi les outils éparpillés, puis s'occupa du vélo abîmé. Il ôta la roue avant, redressa le guidon, posa le pied sur la fourche avant pour la redresser également et se servit des pinces pour replacer les rayons à peu près dans leur alignement original. Il sentait les yeux du garçon posés sur lui tandis qu'il travaillait et entendit ses sanglots s'atténuer pour n'être plus que des reniflements. Il tordit la jante pour lui rendre à vue d'œil sa circularité, replaça la roue sur la fourche, et, tandis que le vélo était posé à l'envers, donna un tour de pédales. La roue était voilée mais tournait librement autour de son axe.

« Certains disent que les roues sont comme les cœurs, dit Crosetti, quand on les tord, impossible de les réparer. Il va te falloir une nouvelle roue, fiston, mais celle-ci fera l'affaire si tu ne prends pas des routes trop défoncées. Comment tu t'appelles ?

– Emmett », répondit l'enfant après une pause, et il s'essuya le visage du revers de la main, y dessinant une affreuse traînée de larmes et de poussière.

Bingo, pensa Crosetti, le nom sur la carte postale, et il examina l'enfant avec intérêt. C'était un beau gamin, quoiqu'un peu maigre, avec des yeux bleus intelligents largement espacés et des lèvres fines dont Crosetti croyait reconnaître la provenance génétique. Ses cheveux étaient coupés si court qu'il était difficile de dire de quelle couleur ils étaient.

« Mon nom est Al, dit Crosetti. Écoute, Emmett, est-ce que tu aimerais me donner un coup de main ? »

Le garçon hésita, puis acquiesça. Crosetti tira un agrandissement de la photo de Carolyn Rolly de sa poche revolver et il le déplia.

« Est-ce que tu sais qui sont ces femmes ? »

Le garçon observa la photo en écarquillant les yeux.

« C'est ma maman et ma tante Emily. Elle vivait avec nous mais elle est morte.

– C'est ta mère ? demanda Crosetti en posant le doigt sur Rolly plus jeune.

– Hum, hum. Elle s'est enfuie. Il l'a enfermée dans la cave, mais elle s'est échappée. Elle s'est échappée la nuit et le matin elle était plus là. Où elle est allée, monsieur ?

– J'aimerais le savoir, Emmett, j'aimerais vraiment », répondit Crosetti d'un air absent.

Tout s'était mis à tourner dans sa tête à cause de l'arrivée du garçon et de la confirmation de sa supposition, et il ressentait une tension dans le ventre. À sa grande honte, il ne pensait qu'à l'unique nuit qu'il avait passée avec Rolly, à ce qu'elle lui avait fait et à ce qu'elle avait bien pu éprouver. Et il se demandait aussi si elle avait fait la même chose à son mari, cet homme brutal, dans la chambre à coucher de cette petite maison minable. Un besoin impérieux s'empara de lui, de partir de là et aussi (même si ce serait plus difficile) de débarrasser son cœur de cette personne qu'il connaissait sous le nom de Carolyn Rolly. Il était désolé pour les enfants, qui étaient coincés avec ce père, mais il ne pouvait rien faire pour eux. Une tache supplémentaire à mettre au passif de Carolyn.

Il commençait à s'éloigner lorsque le garçon lança :

« Est-ce que vous la connaissiez ? Ma mère ?

– Non, répondit Crosetti, pas vraiment. »

Il grimpa dans sa voiture et démarra. Le garçon fit quelques pas vers lui en courant, la photo claquant entre ses doigts, puis il s'immobilisa et se perdit dans la poussière de la rue.

Crosetti trouva un McDonald's et mangea un Big Mac, des frites et un Coca. Il avala ces cochonneries et retourna au comptoir pour en commander d'autres lorsqu'il se raisonna. Il mangeait quand ça n'allait pas, il le savait, et s'il ne se surveillait pas, il allait ressembler à Orson Welles – la réussite en moins. Il essaya de se calmer, effort d'autant plus difficile qu'il avait perdu l'itinéraire qu'il avait imprimé sur Internet, et se trompa deux fois de route sur le chemin du retour.

Lorsqu'il fut enfin sur la bonne autoroute, il composa dans sa tête le scénario du film *Carolyn Rolly*. Pas un mauvais titre, il pouvait probablement l'utiliser sans autorisation vu que Mme Olerud avait probablement elle-même inventé ce nom. O.K. Enfance brutale, utilise ça, le côté « fille dans la cave », même si ces histoires de viols en série par l'oncle étaient peut-être un peu crues. Faisons d'oncle Lloyd un fanatique religieux qui voulait préserver sa nièce de la corruption du monde. Il meurt, ou elle s'échappe, et elle se retrouve, disons, à dix-sept ans, totalement ignorante, n'ayant jamais eu le moindre contact avec la culture de masse. Ici un petit hommage à *L'Énigme de Kaspar Hauser* de Herzog. L'étrange affaire fait un peu de bruit localement, et disons que le flic qui la découvre tombe amoureux de Carolyn. Il s'entiche de sa pureté, son innocence, et l'épouse. Elle laisse faire parce qu'elle est toute seule, elle ne sait rien du fonctionnement du monde, et ils fondent un foyer. Il cherche à tout contrôler, c'est un flic après tout, Crosetti connaissait des types de ce genre chez les flics, mais elle se soumet. Fin du premier acte.

Après quoi on montre sa vie. Elle a deux gamins et elle les emmène à la bibliothèque locale et la bibliothécaire lui fait découvrir l'art et la culture. C'est une illumination, puis il y a une exposition itinérante sur les beaux-livres à laquelle la bibliothécaire la convie sans que son mari le sache. Peut-être qu'elles vont à Chicago (ils tourneraient à Toronto, bien sûr), et elle s'aperçoit qu'elle veut fabriquer des livres, elle veut vivre entourée de livres, mais comment faire, elle a deux gamins, elle est piégée ! Elle décide néanmoins de s'inscrire à un cours de reliure par correspondance. Son mari le découvre et lui colle une raclée, puis les choses dégénèrent et il l'enferme dans la cave comme l'avait fait son oncle. Elle s'échappe. Fin du deuxième acte. Ensuite, au troisième acte, elle va à New York et... non, tu ne pourrais pas faire ça, le rôle principal masculin doit arriver plus tôt, tu dois évoquer son histoire au moyen de flash-back : l'employé humble qui a peut-être lui aussi un passé, ça pourrait être un ancien flic, ils sortent ensemble, tombent amoureux et elle disparaît. Alors...

Pourquoi disparaît-elle ? Crosetti n'en savait rien, et il s'aperçut qu'il n'arrivait pas à trouver un motif romanesque qui tenait la route. Se faisait-elle kidnapper ? Non, trop mélodramatique. Une occasion se présentait-elle qui lui permettrait de gagner suffisamment d'argent pour éloigner les enfants de leur sale père ? Cela avait plus de sens. Elle s'enfuirait avec Bulstrode en quête du manuscrit de Shakespeare. Il y avait un indice dans la lettre de Bracegirdle, Bulstrode l'avait découvert, et ils allaient en Angleterre pour découvrir le lieu marqué d'une croix. Des centaines de millions, avait dit Fanny. Ça devait être ça, et maintenant il fallait que le héros déchiffre à son tour l'indice et découvre l'endroit où ils étaient allés pour les retrouver en Angleterre. Ça aussi on pouvait le tourner au Canada. Bien. Il allait lui falloir une intrigue secondaire, quelqu'un d'autre qui chercherait le manuscrit, et le cruel père flic devait aussi être de la partie. Ils se retrouveraient tous dans un vieux château, dans l'obscurité, s'arrachant des mains la serviette qui contenait le manuscrit, avec tout un tas de fausses serviettes, une petite référence au *Faucon maltais*, bien sûr... Et l'ultime problème du dernier acte serait la relation entre le héros et Rolly. Est-ce qu'il la sauverait, est-ce que ce serait elle qui le sauverait, est-ce qu'ils s'en tireraient sans le trésor, ou le trésor serait-il perdu ? Ou peut-être que le père cruel se ferait tuer et qu'elle abandonnerait le trésor pour rester avec le héros et les gamins...

Il ne savait pas comment ça finirait, mais plus il y réfléchissait, plus il songeait au chevauchement entre fiction et réalité, plus il se disait qu'il devait prendre l'avantage sur Bulstrode, le spécialiste de Shakespeare, et que le meilleur moyen d'y parvenir serait de percer le code. Car malgré tout son savoir, c'était une chose que Bulstrode ne possédait pas. Donc, outre le fait qu'il allait devoir en apprendre beaucoup plus sur Shakespeare, il allait lui falloir déchiffrer et lire les lettres de l'espion Bracegirdle. Telles étaient les réflexions de Crosetti durant le long retour vers la ville, émaillées des habituelles rêveries : il se retrouve face au mari en colère, ils se battent, Crosetti l'emporte ; il retrouve Carolyn, a une attitude ironique, distante. Il a compris toutes ses manigances et la pardonne ; le manuscrit lui rapporte une fortune et il explose dans le milieu du cinéma grâce à un film qui, sans qu'il ait à se plier aux exigences commerciales, touche les cœurs du public partout dans le monde, évitant ainsi le long apprentissage habituel, les films à petit budget d'étudiant, le job de factotum auprès de quelque connard d'Hollywood...

Il regagna le Queens vers huit heures samedi soir, s'écroula aussitôt sur son lit, dormit douze heures d'affilée et se réveilla plein d'une énergie qu'il n'avait pas ressentie depuis longtemps, mais avec un sentiment de frustration car c'était dimanche matin et il allait devoir attendre avant de se mettre en route. Il accompagna donc sa mère à la messe, ce qui la remplit de joie, après quoi elle lui prépara un petit déjeuner colossal qu'il dévora avec gratitude tout en pensant aux gamins chétifs qu'il avait vus dans cette maison et en se disant qu'il avait vraiment de la veine d'avoir la famille qu'il avait, même s'il savait que de telles pensées n'étaient absolument pas cool. Comme il mangeait il expliqua succinctement à sa mère ce qu'il avait découvert.

« C'était donc un tissu de mensonges, observa-t-elle.

– Pas nécessairement, répondit Crosetti, encore sous le charme de la version romanesque qu'il avait concoctée. Elle fuyait de toute évidence une situation terrible. Ça pouvait être en partie vrai. Elle a changé les lieux et certains détails, mais ce type l'a bel et bien enfermée dans une cave, d'après le gamin. Elle a pu être maltraitée dans son enfance et se retrouver dans une situation où on abusait d'elle.

– Mais elle est mariée, ce qu'elle n'a pas pris la peine de mentionner, et elle a abandonné ses gosses. Désolée, Allie, mais ça ne joue pas en sa faveur. Elle aurait pu aller voir les autorités. »

Crosetti se leva abruptement de la table et porta son assiette et sa tasse jusqu'à l'évier, puis il les lava avec les gestes brusques d'une personne en colère.

« Ouais, lança-t-il, mais nous n'étions pas là. Tout le monde n'a pas une famille heureuse comme la nôtre, et les autorités merdent parfois. Nous n'avons aucune idée de ce qu'elle a traversé.

– O.K., Albert, concéda Mary Peg, pas besoin de casser la vaisselle pour te faire comprendre. Tu as raison, nous ne savons pas ce qu'elle a traversé. C'est juste ton implication émotionnelle avec une femme mariée que tu connais à peine qui m'inquiète un peu. On dirait une obsession. »

Crosetti se détourna du robinet et fit face à sa mère.

« C'est bien une obsession, maman. Je veux la retrouver et je veux l'aider si je le peux. Et pour le faire, je dois déchiffrer ces lettres. » Il marqua une pause. « Et j'aimerais que tu m'aides.

– Aucun problème, chéri, répondit sa mère, souriant désormais. C'est mieux que jouer au Scrabble pour occuper mes soirées interminables. »

Le lendemain, Mary Peg se mit à rassembler des informations sur la cryptographie grâce à Internet et à ses nombreux contacts dans des bibliothèques à travers le monde, par téléphone et par e-mail. Crosetti appela Fanny Doubrowicz à la bibliothèque et fut rassuré d'apprendre qu'elle avait élucidé l'écriture jacobéenne de Bracegirdle et recopié le texte de sa dernière lettre sur son ordinateur. Elle avait aussi fait une transcription des lettres chiffrées et envoyé un échantillon du papier et de l'encre des originaux au laboratoire pour analyse. Le document datait bien, pour autant que le labo puisse en juger, du XVIIe siècle.

« Ce Bracegirdle raconte une sacrée histoire, soit dit en passant, remarqua-t-elle. Ça va être une révolution chez les chercheurs, à moins que ce ne soit un tissu de mensonges. Si seulement tu n'avais pas été assez idiot pour vendre l'original !

– Je sais, mais je ne peux plus rien y faire maintenant, répondit Crosetti tout en s'efforçant de conserver un ton plaisant. Si j'arrive à retrouver Carolyn, je parviendrai peut-être à le récupérer. En attendant, est-ce que des rumeurs commencent à circuler parmi les bibliothécaires ? Découverte d'un manuscrit qui va casser la baraque ?

– Pas un mot, et j'ai passé quelques coups de fil dans le milieu des spécialistes en manuscrits. Si le professeur est en train de le faire authentifier, il est très discret sur ses activités.

– Ce n'est pas étrange ? J'aurais pensé qu'il organiserait des conférences de presse.

– Oui, mais nous avons affaire à un homme qui s'est déjà brûlé les doigts une fois. Il ne veut pas tout rendre public tant qu'il n'est pas absolument sûr. Quoi qu'il en soit, il n'y a qu'une poignée de personnes au monde dont l'avis sur un tel manuscrit aurait valeur de preuve, et je leur ai parlé à toutes. Elles ont ri quand j'ai cité le nom de Bulstrode, et aucune d'entre elles n'avait entendu parler de lui récemment.

– Oui, bon, peut-être qu'il est terré dans son château secret et qu'il jubile. Écoute, est-ce que tu peux me balancer ces documents par e-mail ? Je veux commencer à travailler sur ce code secret.

– Oui, je te les envoie tout de suite. Et je t'envoie aussi le numéro de mon ami, Klim. Je crois que tu vas avoir besoin d'aide. Je me suis un peu penchée dessus et il n'a pas l'air simple, ce code. »

Lorsqu'il eut reçu l'e-mail, Crosetti prit soin d'imprimer la transcription que Fanny avait faite de la lettre de Bracegirdle au lieu de la lire immédiatement à l'écran. Puis il la lut plusieurs fois, surtout la dernière partie, celle qui concernait la mission d'espionnage, tout en essayant de ne pas trop se maudire d'avoir laissé échapper l'original. Il éprouvait presque de la compassion pour Bulstrode, ce salaud – la découverte était si énorme qu'il comprenait bien ce qui avait dû passer par la tête du bonhomme quand il l'avait vue. Il s'interdit de penser à l'autre découverte, le gros lot, contrairement à Bulstrode qui y avait de toute évidence songé sur-le-champ. Il essaya d'oublier Carolyn et le fait qu'elle avait un lien avec toute cette histoire. Crosetti était la plupart du temps un étudiant indifférent, mais il était capable d'une concentration intense lorsque quelque chose l'intéressait, comme l'histoire du cinéma, sujet sur lequel il avait une connaissance encyclopédique. Il se concentra donc sur le code de Bracegirdle et sur la grosse pile d'ouvrages sur la cryptographie que sa mère avait rapportés de diverses bibliothèques ce soir-là.

Au cours des six jours suivants, il ne fit rien que lire, étudier la cryptographie et essayer de déchiffrer la lettre. Le dimanche, il retourna à l'église et se surprit à prier avec une ferveur inhabituelle dans l'espoir de trouver une solution. À son retour à la maison, il se dirigeait vers sa chambre, prêt à se mettre à nouveau au travail, lorsque sa mère l'arrêta.

« Fais une pause, Allie, on est dimanche.

– Non, je viens de penser à une solution. Je veux l'essayer.

– Chéri, tu es épuisé. Tu n'y vois plus clair et ça ne te fait aucun bien de tourner en rond comme un hamster. Assieds-toi, je vais nous préparer quelques sandwiches, tu vas boire une bière et me dire où tu en es. Ça te fera du bien, crois-moi. »

Il se força donc à s'asseoir et mangea des sandwiches grillés au fromage et but une Bud. Il s'aperçut que sa mère avait raison, il se sentait en effet un peu plus humain. Lorsqu'il eut fini de manger, Mary Peg demanda :

« Alors, tu en es où ? Tu as quelque chose ?

– Ça se pourrait. Tu t'y connais en codes secrets ?

– Suffisamment pour faire les jeux du journal du dimanche.

– Oui, eh bien c'est un début. Bon, le type d'écriture secrète le plus répandu au début du XVIIe siècle était ce qu'on appelait un nomenclateur, c'est-à-dire une sorte de code chiffré. Tu as un petit vocabulaire de mots codés, *boîte* pour *armée*, *épingles* pour *bateaux*, ce que tu veux, et ces mots et les mots qui les relient étaient chiffrés au moyen d'une simple substitution, avec peut-être quelques complications fantaisistes. Ce que nous avons ici n'est pas un nomenclateur. En fait, je pense que c'est le code dont Bracegirdle parle dans ses lettres, celui qu'il a inventé pour lord Dunbarton. Ce n'est pas une simple substitution non plus. Je crois que c'est un vrai chiffrement polyalphabétique.

– Ce qui signifie ?

– C'est un peu compliqué. Laisse-moi te montrer quelques trucs. » Il quitta la pièce et revint avec une poignée de papiers en désordre. « Bon, le chiffrement le plus simple substitue une lettre à une autre, généralement en décalant l'alphabet, afin que A devienne D et C devienne G et ainsi de suite. Ça s'appelle le code de César parce que ce serait Jules César qui l'aurait inventé, mais de toute évidence tu peux le percer en quelques minutes si tu connais les fréquences normales des lettres dans la langue dans laquelle le message est écrit.

– ETAOIN SHRDLU[1].

– C'est ça. Bon, évidemment, les espions connaissaient ce code, ils ont donc développé des méthodes de chiffrement pour déguiser la fréquence des lettres en utilisant un alphabet différent pour chaque substitution dans le texte chiffré.

– Tu veux littéralement dire un alphabet différent, comme le grec ?

– Non, non, je veux dire comme ceci. » Il tira une feuille de la liasse et la lissa sur la table. « Au XVIIe siècle, l'architecte Alberti a inventé un chiffrement de substitution qui utilisait de multiples alphabets arrangés sur des disques de cuivre, et un peu plus tard, en France, un mathématicien nommé Blaise Vigenère a prétendument inventé ce qu'on a appelé une substitution polyalphabétique en utilisant vingt-six alphabets décalés à la manière de César, et je me suis dit que c'était une chose que Bracegirdle connaissait s'il étudiait l'art du chiffrement à l'époque. Ça, c'est ce qu'on appelle une *tabula recta,* ou tableau de Vigenère. Ça consiste en vingt-six alphabets, les uns au-dessus des autres, commençant par l'habituel A à Z, puis chaque nouvel alphabet commence par la lettre suivante sur la droite, de B à Z plus A, puis de C à Z plus A et B, et ainsi de suite, et il y a des alphabets réguliers le long du côté gauche et en haut pour servir de repères.

– Alors comment tu l'utilises pour déguiser la fréquence ?

– Tu utilises une clé. Tu choisis un mot précis et tu l'appliques en haut du tableau, en alignant chaque lettre de la clé avec chaque

1. Ordre de fréquence d'apparition des douze lettres le plus souvent utilisées en anglais. *(N.d.T.)*

colonne et en la répétant jusqu'à atteindre la fin de l'alphabet. Par exemple, prenons MARY PEG comme clé. Ça fait sept lettres et il n'y a pas de répétitions, c'est donc un bon choix. »

Il l'écrivit plusieurs fois au crayon, puis poursuivit : « Maintenant il nous faut un texte à chiffrer.

– Fuyez, tout est découvert[1], suggéra Mary Peg.

– Toujours à propos. Nous écrivons le texte au-dessus de la clé, comme ça... »

F U Y E Z T O U T E S T D E C O U V E R T
M A R Y P E G M A R Y P E G M A R Y P E G

« Et maintenant pour chiffrer, nous prenons la première lettre du texte, à savoir F, et la première lettre de la clé, à savoir M, puis nous allons sur le tableau, nous descendons la colonne F jusqu'à la ligne M, et nous notons la lettre qui se trouve à l'intersection, qui se trouve être R. La combinaison suivante est U de « fuyez » et A de « Mary », donc U reste U, et la suivante est Y et R, ce qui nous donne P. Les divers E de « fuyez tout est découvert » auront des équivalents *différents* dans le texte chiffré, et c'est pour ça que l'analyse des fréquences échoue. Laisse-moi finir ça vite fait pour que tu puisses voir... »

Crosetti remplit rapidement le texte chiffré et produisit le texte suivant :

F U Y E Z T O U T E S T D E C O U V E R T
R U P C O X U G T V Q I H K O O L T T V Z

1. Mark Twain aurait par plaisanterie envoyé un télégramme comportant ce message à douze de ses amis, qui, en le recevant, auraient immédiatement quitté la ville. D'autres sources attribuent la plaisanterie à sir Arthur Conan Doyle. *(N.d.T.)*

	A	B	C	D	E	F	G	H	I	J	K	L	M	N	O	P	Q	R	S	T	U	V	W	X	Y	Z
A	A	B	C	D	E	F	G	H	I	J	K	L	M	N	O	P	Q	R	S	T	U	V	W	X	Y	Z
B	B	C	D	E	F	G	H	I	J	K	L	M	N	O	P	Q	R	S	T	U	V	W	X	Y	Z	A
C	C	D	E	F	G	H	I	J	K	L	M	N	O	P	Q	R	S	T	U	V	W	X	Y	Z	A	B
D	D	E	F	G	H	I	J	K	L	M	N	O	P	Q	R	S	T	U	V	W	X	Y	Z	A	B	C
E	E	F	G	H	I	J	K	L	M	N	O	P	Q	R	S	T	U	V	W	X	Y	Z	A	B	C	D
F	F	G	H	I	J	K	L	M	N	O	P	Q	R	S	T	U	V	W	X	Y	Z	A	B	C	D	E
G	G	H	I	J	K	L	M	N	O	P	Q	R	S	T	U	V	W	X	Y	Z	A	B	C	D	E	F
H	H	I	J	K	L	M	N	O	P	Q	R	S	T	U	V	W	X	Y	Z	A	B	C	D	E	F	G
I	I	J	K	L	M	N	O	P	Q	R	S	T	U	V	W	X	Y	Z	A	B	C	D	E	F	G	H
J	J	K	L	M	N	O	P	Q	R	S	T	U	V	W	X	Y	Z	A	B	C	D	E	F	G	H	I
K	K	L	M	N	O	P	Q	R	S	T	U	V	W	X	Y	Z	A	B	C	D	E	F	G	H	I	J
L	L	M	N	O	P	Q	R	S	T	U	V	W	X	Y	Z	A	B	C	D	E	F	G	H	I	J	K
M	M	N	O	P	Q	R	S	T	U	V	W	X	Y	Z	A	B	C	D	E	F	G	H	I	J	K	L
N	N	O	P	Q	R	S	T	U	V	W	X	Y	Z	A	B	C	D	E	F	G	H	I	J	K	L	M
O	O	P	Q	R	S	T	U	V	W	X	Y	Z	A	B	C	D	E	F	G	H	I	J	K	L	M	N
P	P	Q	R	S	T	U	V	W	X	Y	Z	A	B	C	D	E	F	G	H	I	J	K	L	M	N	O
Q	Q	R	S	T	U	V	W	X	Y	Z	A	B	C	D	E	F	G	H	I	J	K	L	M	N	O	P
R	R	S	T	U	V	W	X	Y	Z	A	B	C	D	E	F	G	H	I	J	K	L	M	N	O	P	Q
S	S	T	U	V	W	X	Y	Z	A	B	C	D	E	F	G	H	I	J	K	L	M	N	O	P	Q	R
T	T	U	V	W	X	Y	Z	A	B	C	D	E	F	G	H	I	J	K	L	M	N	O	P	Q	R	S
U	U	V	W	X	Y	Z	A	B	C	D	E	F	G	H	I	J	K	L	M	N	O	P	Q	R	S	T
V	V	W	X	Y	Z	A	B	C	D	E	F	G	H	I	J	K	L	M	N	O	P	Q	R	S	T	U
W	W	X	Y	Z	A	B	C	D	E	F	G	H	I	J	K	L	M	N	O	P	Q	R	S	T	U	V
X	X	Y	Z	A	B	C	D	E	F	G	H	I	J	K	L	M	N	O	P	Q	R	S	T	U	V	W
Y	Y	Z	A	B	C	D	E	F	G	H	I	J	K	L	M	N	O	P	Q	R	S	T	U	V	W	X
Z	Z	A	B	C	D	E	F	G	H	I	J	K	L	M	N	O	P	Q	R	S	T	U	V	W	X	Y

« Et remarque comme les divers T sont aussi déguisés, dit-il. Maintenant tu as un message qui ne peut pas être déchiffré par une simple analyse des fréquences, et pendant trois cents ans, personne n'a pu décrypter ce genre de chiffrement sans apprendre le mot-clé.

– Comment est-ce que tu peux le décrypter ?

– En découvrant la longueur du mot-clé, ce qui est possible en analysant les motifs répétitifs du texte chiffré. Ça s'appelle la méthode Kasiski-Kerckhoff. Dans un message assez long ou une série de messages, FU sera à nouveau aligné avec MA et tu obtiens à nouveau RU, et il y aura d'autres motifs de deux ou trois lettres, et ainsi tu peux compter la distance entre les répétitions et découvrir tous les facteurs numériques communs. Dans notre exemple, avec une clé de sept lettres, tu peux obtenir des répétitions à sept, quatorze, et vingt et un, à une fréquence telle qu'il ne peut s'agir du fruit du hasard. Évidemment, de nos jours tu utilises des outils statistiques et des ordinateurs. Et après, une fois que tu sais que notre clé a sept lettres, c'est du gâteau, parce que tu as maintenant tout simplement sept alphabets de substitution dérivés du tableau de Vigenère. Et tu peux utiliser une analyse de fréquence ordinaire pour décrypter le texte chiffré et reconstruire le mot-clé. Il y a des programmes de déchiffrement téléchargeables qui peuvent le faire en une seconde sur un PC.

– Alors pourquoi ne l'as-tu pas déchiffré ? »

Il se passa la main dans les cheveux et lâcha un grognement.

« Si j'en connaissais la raison... je *saurais* comment le déchiffrer. Ce machin n'est pas un simple Vigenère.

– Peut-être que si, mais avec une clé plus longue. D'après ce que tu dis, plus la clé est longue, plus il est difficile de déterminer les groupes qui se répètent.

– Bon point. Le problème avec les clés longues, c'est qu'elles s'oublient facilement et sont difficiles à transmettre si tu veux en changer. Par exemple, si ces types voulaient changer la clé chaque mois pour être absolument sûrs qu'aucun espion ne la découvrirait, il leur fallait quelque chose qu'un agent pouvait recevoir dans un murmure dans le noir ou dans un message totalement innocent. Ce qu'ils font aujourd'hui, c'est que l'agent reçoit ce qu'ils appellent un masque jetable, c'est-à-dire une série de segments préimprimés d'une clé infiniment longue, totalement aléatoire. L'agent chiffre un message puis il brûle la feuille. C'est totalement inviolable, même avec des ordinateurs puissants. Mais ce genre de méthode n'existait pas en 1610.

– Alors quoi d'autre ?

– Ça pourrait être une grille, auquel cas on serait foutus. » En voyant la mine perplexe de sa mère, il ajouta : « Une grille de Cartan, un véritable morceau de papier rigide avec des trous percés dedans qui révèlent le message lorsque tu la places sur la page. Ça signifierait que ce n'est pas du tout un chiffrement. Par exemple, suppose que le texte chiffré que je viens d'écrire soit purement aléatoire, mais si tu fais glisser une grille dessus, tu peux obtenir ROI ou COU ou VOL...

– Mais s'ils utilisaient une grille, le message chiffré ressemblait sans doute à une lettre. "Chère maman, je m'amuse bien à Londres, j'ai acheté un nouveau pourpoint, participé à des combats d'ours, tu me manques, je t'embrasse, Dick." Et la grille révélerait le texte : "Fuyez, tout est découvert." Car enfin, le but est de permettre au message caché d'avoir l'air innocent, non ? »

Crosetti se tapota la tête d'un geste qui semblait vouloir dire : « Mais quel con ! »

« Bien sûr. De toute évidence, je perds la boule. Quoi qu'il en soit, je colle, je ne sais plus dans quelle direction chercher.

– C.Q.F.D. Comme je t'ai dit, tu as besoin de faire une pause.

– Tu as raison. » Il se frotta le visage à deux mains puis demanda : « Quel jour sommes-nous ?

– Le 14 octobre. Pourquoi ?

– Il y a un festival de films caribéens à l'Académie de musique de Brooklyn, et je voulais voir *Des Hommes et des Dieux*. Peut-être que si je me perds dans le vaudou haïtien gay je reviendrais avec un nouveau regard.

– C'est une bonne idée, mon chéri », approuva Mary Peg.

Quelque chose dans le ton de sa mère et l'expression de son visage lui fit marquer un temps d'arrêt. Il la regarda attentivement.

« Quoi ?

– Rien, mon chéri. Je me disais que si ça ne t'ennuie pas j'aimerais y jeter moi-même un coup d'œil.

– Hé, fais-toi plaisir ! répondit Crosetti avec juste une pointe de suffisance. Ce ne sont pas des mots croisés. »

Il fut absent plus de quatre heures car, après le film, il tomba sur quelques copains férus de cinéma et ils allèrent boire un café, histoire de disséquer le film techniquement et artistiquement. Il apprécia le débat, amusant et acerbe, habituel à ce genre de groupe. Il fit quelques remarques pertinentes et eut l'occasion de discuter avec une petite femme passionnée qui tournait des documentaires. Ils finirent même par échanger leurs numéros de téléphone. Crosetti avait l'impression d'être une véritable personne pour la première fois depuis ce qui lui semblait un bon bout de temps. Ça faisait presque deux mois que son... affaire avec Rolly avait commencé et pris fin, laissant derrière elle un étrange tas de cendres émotionnel. Pas de l'amour, pensait-il maintenant. De la chimie, assurément, mais comme l'avait fait remarquer sa mère, pour que la chimie se transmue en relation, il fallait de la réciprocité et un minimum d'engagement, choses qu'il n'y avait certainement pas eues avec Rolly... juste un néant et cette lettre stupide, oh, et P.-S., dites un au revoir chaleureux à Albert. Ça le foutait toujours hors de lui, pas tant comme un coup porté à son amour-propre mais plutôt comme une insulte à son sens de l'esthétique. Ça ne collait pas ; il n'aurait jamais écrit une intrigue comme celle-ci dans un scénario, et comme il était un auteur plutôt réaliste, il estimait qu'un tel événement ne pouvait se produire dans le monde réel. Ainsi allaient les pensées de Crosetti dans le métro.

À son retour, il trouva Mary Peg dans son salon, buvant de la vodka avec un homme étrange. Crosetti se tint dans l'embrasure de la porte et regarda sa mère, qui présenta froidement (une froideur plutôt excessive, *soupçonneuse*) l'homme comme Radeslaw Klim. L'homme se leva, révélant une taille immense, peut-être quinze centimètres de plus que Crosetti, et il lui serra la main en effectuant une petite révérence rigide. Il avait un visage aquilin et intelligent, un visage étranger, bien que Crosetti eût été incapable de dire en quoi il n'était pas américain. Ses yeux bleu pâle regardaient à travers des lunettes rondes à montures d'acier sous une grande touffe de cheveux raides argentés qui se dressaient au-dessus de son front large comme un casque de centurion. Il avait à peu près le même âge que Mary Peg, ou un petit peu plus, et portait un costume ample couleur rouille avec une chemise noire, pas de cravate, un costume bon marché qui était mal ajusté à sa longue charpente élancée. L'homme avait malgré tout une posture presque militaire, comme s'il avait temporairement égaré son bel uniforme taillé sur mesure.

Crosetti s'assit dans un fauteuil et sa mère lui servit un verre de vodka glacée, substance pour laquelle il éprouvait un besoin inhabituel mais urgent. Après qu'il eut bu une gorgée, il regarda d'un air défiant Mary Peg, qui déclara platement :

« M. Klim est l'ami de Fanny. Je lui ai demandé de passer jeter un coup d'œil au texte chiffré. Puisque tu étais coincé.

– Hum, hum, fit le fils.

– Oui, dit Klim. J'ai regardé, et examiné un peu. Comme vous l'avez deviné, c'est probablement un chiffrement de substitution polyalphabétique et il est aussi vrai que ce n'est pas un simple Vigenère. C'est bien sûr élémentaire. »

Il avait un petit accent qui rappela à Crosetti celui de Fanny ; il avait un air suffisamment doux et érudit pour apaiser, du moins en partie, le ressentiment naissant de Crosetti.

« Alors qu'est-ce que c'est ? demanda Crosetti d'un ton brusque.

– Je crois que c'est une clé courante, répondit Klim. Tirée de quelque livre. Vous comprenez comment elles fonctionnent ?

– Comme un livre de codes ?

– Non, ce n'est pas la même chose. Un livre de codes est un code. Le texte du code est, disons, 14, 7, 6, et ça veut dire vous allez dans *L'Almanach mondial* ou quelque chose du genre et vous regardez à la page 14, ligne 7, mot 6. Ou vous pouvez utiliser les lettres si vous voulez, la quatrième lettre, la dixième lettre. Une clé courante utilise un livre, de la même façon, mais il utilise le texte du livre comme une clé continue. Mais ces méthodes ne sont pas aussi sûres que le pensent les gens.

– Pourquoi pas ? C'est similaire à un masque jetable. »

Klim secoua la tête.

« Non. Le masque jetable crée une trop grande entropie, un trop grand désordre, car les lettres sont générées au hasard. C'est-à-dire, avec une lettre de votre clé, vous n'avez aucune idée de laquelle des vingt-six autres suivra. Alors qu'avec une clé courante basée sur n'importe quel texte anglais, eh bien, si vous voyez un Q, quelle est à coup sûr la lettre suivante ?

– U.

– Exactement. Faible entropie, comme je dis. Pour les déchiffrer on compare un texte original plausible à un texte chiffré jusqu'à trouver quelque chose d'intelligible.

– Que voulez-vous dire par "texte original plausible" ?

– Oh, des mots qui apparaissent toujours dans les textes. "Les", "et", "cela" et ainsi de suite. Nous les comparons au texte chiffré et supposons que nous découvrons que "les" correspond à "ent" ou "bat" quand nous remontons le tableau. Nous utilisons de tels indices pour découvrir d'autres mots dans la clé. Au bout du compte, nous reconnaissons la source de la clé courante, je veux dire, le livre dont elle provient, et alors nous avons complètement décrypté le chiffrement. Ce n'est pas très complexe, mais il nous faudrait un ordinateur, ou plusieurs équipes de femmes intelligentes. »

Il sourit, laissant voir de petites dents tachées, et ses lunettes brillèrent. Crosetti eut l'impression que Klim avait par le passé supervisé de telles équipes.

« Est-ce que mon ordinateur ferait l'affaire ?

– Oui, s'il est relié en réseau à d'autres, ce qui est faisable. Il y a un certain nombre de gens dans le monde qui aiment déchiffrer des codes pour s'amuser et ils laissent les autres emprunter leurs ordinateurs lorsqu'ils ne s'en servent pas, tard le soir par exemple, et il est toujours tard quelque part. Je peux vous arranger ça si vous voulez. Aussi, nous avons de la chance que ce chiffrement soit de 1610.

– Pourquoi ça ?

– Parce qu'il y a moins, *beaucoup* moins, de textes imprimés qui pourraient servir de source pour la clé courante. À vrai dire, d'après ce que votre mère m'a dit du caractère de ces gens, j'avancerai que le texte est presque à coup sûr la Bible. Alors, on commence ?

– Maintenant ?

– Oui. Vous avez des objections ?

– Eh bien, il est assez tard, dit Crosetti.

– Aucune importance, je dors très peu.

– J'ai proposé à Radeslaw l'ancienne chambre de Patty », intervint Mary Peg.

Crosetti termina sa vodka et réprima le frisson habituel. Il se leva et dit :

« Eh bien, tu sembles avoir tout arrangé, m'man. Je crois que je vais juste aller me coucher. »

Le lendemain matin, ce n'est pas le bourdonnement de son réveil qui réveilla Crosetti, mais sa mère qui frappait sèchement à sa porte puis le secouait vigoureusement par les épaules. Il la regarda en clignant des yeux.

« Quoi ?

– Il faut que tu lises ça. »

Elle lui passa vivement le *New York Times*, l'ouvrit aux pages consacrées aux délits locaux, à la corruption et aux célébrités.

Un professeur d'anglais découvert assassiné dans la résidence de la faculté de Columbia

Le titre acheva de le réveiller complètement. Il se frotta les yeux et lut l'article, puis il le lut à nouveau. C'était un article court, la police étant à son habitude peu bavarde, mais le journaliste avait utilisé le mot torture, ce qui suffit à nouer l'estomac de Crosetti.

« Appelle Patty, dit-il.

– C'est déjà fait, répondit Mary Peg, mais je suis tombée sur sa messagerie. Elle va rappeler. Qu'est-ce que tu en penses ?

– Ça s'annonce mal. Il disparaît juste après que je lui ai vendu le manuscrit, il passe probablement deux mois en Angleterre, peut-être avec Carolyn, peut-être pas, puis il revient ici et quelqu'un le torture à mort. Peut-être que le manuscrit de la pièce existe vraiment, qu'il a découvert où il était et que quelqu'un l'a torturé pour qu'il lâche le morceau.

– Albert, ça, c'est du *cinéma*. Ce genre de choses n'arrive pas aux professeurs d'anglais dans la vraie vie.

– Alors pourquoi a-t-il été torturé et assassiné ? Pour son code de carte bancaire ?

– Peut-être que la mère d'un autre imbécile qu'il aurait berné s'est vengée. D'après ce que nous savons de son caractère, il a pu être mêlé à tout un tas d'histoires sordides.

– Maman, crois-moi, cinéma ou pas, c'est ce qui s'est passé. Faut que je me lève. »

C'était le signal pour que sa mère s'en aille, ce qu'elle fit. Sous la douche, les pensées de Crosetti retournèrent à Rolly et à l'intrigue de son film et la possibilité qu'elle pouvait en fait être la méchante du scénario, Brigid O'Shaughnessy telle que l'avait interprétée Mary Astor dans *Le Faucon maltais*. Sa mère se trompait. Non seulement la vie était comme un film, mais c'était à cause des films que la vie était telle qu'elle était. Les films montraient aux gens comment se comporter, comment être un homme, comment être une femme, ce qui était drôle et ce qui était affreux. Les gens qui tournaient ces films n'en avaient aucune idée, ils essayaient juste de gagner de l'argent, mais c'était comme ça.

Ils étaient bien là, en plein *Faucon maltais*, son deuxième film préféré après *Chinatown*, qui en était essentiellement une récriture, mise au goût du jour des années soixante-dix. Au fait, pourquoi aimait-il les films où les filles étaient les méchantes ? *Bonnie and Clyde* naturellement, *Nikita*, et des douzaines d'autres. Il se demanda quel rôle il jouait, le défunt Miles Archer, ou le défunt capitaine de marine au deuxième plan, ou Sam Spade ? « Vous avez tué Miles et vous allez tomber pour ça. » Ou encore : « J'espère qu'ils ne vous pendront pas, ma jolie, par cet adorable cou. Oui, mon ange, je vais vous envoyer au trou. » Il connaissait presque tout le script par cœur et récitait maintenant ces répliques à la pomme de douche en reproduisant le zézaiement de Bogart. Il se demandait si, le cas échéant, il pourrait envoyer Carolyn Rolly au trou, au cas où elle aurait vraiment contribué au meurtre de Bulstrode. Ou peut-être qu'il serait le dindon de la farce. À cette idée, son cœur se mit à battre la chamade. Il baissa d'un cran la température de l'eau et la laissa couler sur son visage enfiévré.

La Première Lettre Chiffrée

Monseigneur, deux semaines et quelques jours ont passé depuis que j'ai quitté vostre maison et j'ai connu une grande réussite comme je vous le vais conter. Un vendredi je quittai mon logis au Vine dans Bishopsgate en compagnie de M. Wales, qui est resté avec moy tout ce temps, et ce fut une douloureuse épreuve car ce sot est un vray fat qui mit souvent en péril la sûreté de notre entreprise par ses allusions et ses fanfaronnades dans les tavernes. J'ai souvent dû le porter jusqu'à nostre chambre en le souffletant et le menaçant ; mais sobre il est lâche et agit alors comme sous la menace. Lorsqu'il n'estoit point pris de boisson, il m'a enseigné diverses ruses et tournures papistes telles qu'ils en usent dans leurs messes et leurs spectacles superstitieux, pour que je puisse au besoin passer pour l'un deux.

La grande partie des hostes est ici constituée de conducteurs et de quelques acteurs ; de ces derniers, une moitié est à demi papiste et les autres sont de maudits athées, il est à peine un Chrestien parmi eux. Nous marchions donc dans Bishopsgate, luy pâle et suant à grosses gouttes à cause de la boisson et voulant s'arrester dans des tavernes pour boire encore, mais je l'en empeschai en disant : « Nous avons à faire, M. Wales », et je vis la peur poindre sur son visage. Nous arrivâmes donc au Swan dans Leadenhalle Street que, prétendit-il, W. S. fréquentoit souvent. M. Wales affirme de celui-ci qu'il aime à louer des chambres ici et là, lorsqu'il n'est point attablé dans une grande maison. Il logeoit jadis près de Silver Street mais plus maintenant, tout comme il alloit auparavant chaque jour au Globe ou au theastre de Black-Fryares mais se tient désormais quelque peu à l'écart de ces bordels car ce débauché est devenu riche. Une piètre compagnie au Swan : acteurs, catins, escroqueurs, et autres forbans. Le tavernier dit à Waley que W. S. se trouvoit à l'étage dans une chambre louée, son habitude semblant d'y passer ses matinées à ses papiers. Waley envoya donc une jeune femme luy dire qu'un de ses parents le désiroit voir ; c'est-à-dire moy. Bientôt entra dans la pièce un homme à la barbe maigre et de taille moyenne, au crasne chauve et un peu gras, portant un pourpoint de couleur pâle et ressemblant à un marchand de tissus. M. Waley nous présenta l'un à l'autre : « Will Shakespur voici ton cousin de Warwick, Dick Bracegirdle. »

Il dit alors : « Ce doit être par ta mère que nous sommes cousins car jamais il n'y eut tel nom dans le Warwickshire », et je répondis : « Oui, ma mère est née Arden ». À ces paroles il sourit, me donna une tape dans le dos, me mena à une table et me demanda ce qui me feroit plaisir, et le garçon nous apporta de la bière, mais M. Waley commanda du vin bien qu'on ne luy eût rien demandé et il appela d'autres vauriens et une traisnée de sa connoissance et leur servit du vin de son pichet. W. S. me parloit directement mais je ne comprenois point un mot sur trois de ce qu'il disoit tant ses accents estoient étranges ; voyant cela, il s'interrompit et dit : « Tu n'es point né à Warwick. » Je répondis : « Non, je suis né à Londres et ai passé ma jeunesse à Titchfield », et il expliqua qu'il s'estoit souvent rendu à Titchfield pour visiter Monseigneur de Southampton, et ceci avec une voix du Hampshire qui eût pu être celle de mon oncle, ce qui m'étonna grandement. Mais après je songeai, il est acteur, c'est son art de singer la façon de parler d'autrui.

Nous parlâmes ensuite de nos familles et découvrîmes que sa mère descendoit anciennement de Sir Walter Arden de Park Hall tout comme la mienne, mais la sienne par Thomas le fils aisné de ce gentilhomme et non par Richard comme la mienne, et cela le contenta grandement et je luy contai que mon grand-père avoit été pendu pour papisme sous une fausse accusation de trahison et il eut l'air grave et dit : « Oui mon oncle connut le mesme sort au temps de la Reine. » Ainsi nous continuâmes de converser, il me demanda de conter ma vie et je luy dis peu ou prou la vérité, parlant de ma vie d'enfant et d'apprenti à la fonderie, et des grands canons et des guerres Hollandoises ; jamais je n'ay rencontré homme si heureux d'en écouter longuement un autre ; car les hommes aiment avant tout à parler d'eux-mesmes et se dépeindre sous un jour advantageux ; mais point luy. Je ne racontai que la vérité car M. Piggott m'avoit expliqué : « Si tu veux dire un grand mensonge, pare-le de mille histoires vraies afin qu'il passe pour l'une d'elles. » À ce moment M. Wales ayant bu une pinte et plus du meilleur vin estoit ivre et il commença à injurier W. S., disant qu'il n'avoit point d'employ depuis de nombreuses semaines lors mesme que W. S. utilisoit des acteurs moins talentueux que luy dans ses pièces, et celui-ci répondit : « Non, M. Burbadge ne t'a-t-il point alerté de nombreuses fois ? Si tu viens au theastre si pris de vin que tu bredouilles et ne te souviens point de tes répliques tu perdras ta place ; et c'est ce que tu as fait ; et tu as perdu ta place, comme il te l'avoit promis ; je ne puis rien pour toy, mais voici une pièce d'or car tu fus jadis une bonne Portia. » Mais M. Wales refusa la pièce. « Vaniteux, dit-il, je te verroi pendu et ruiné, et déjà se referme sur toy le piège qui fera ta perte. » Je lui donnai alors un coup de pied dans la cheville et il cria et tira son épée, ou du moins essaya, et je le frappai sur la teste avec un pichet de pierre et son sang se mit à couler. Maintenant ces amis qu'il avoit abreuvés me cherchèrent querelle et je me levai pour tirer mon épée mais W. S. commanda plus de vin et des gâteaux au safran et il parla si doucement et plaisamment à ces vauriens qu'ils s'apaisèrent. Il demanda ensuite à une jeune fille et un garçon de porter M. Wales sur un banc, puis il paya tout et me mena hors de cet endroit en disant : « Allons dans une maison plus calme car je désire parler plus avant avec toy. »

Nous descendîmes donc Bishopsgate, puis Cornhill et West Cheap vers St. Paul, et il s'enquit encore de ma vie et je fis de mon mieux, me remémorant nombre de choses que j'ai oubliées, et lorsque je luy racontai que j'avois été fribustier il s'interrompit et me fit répéter ce mot qu'il juroit n'avoir jamais ouï auparavant, et il l'écrivit sur le moment avec une mine de plomb dans un petit livre qu'il portoit sur luy et sembla aussi heureux que s'il eût découvert un schilling dans la boue. Nous arrivâmes à l'enseigne du Mer-mayde dans Friday Street tout près de St. Paul, et là se trouvoient nombre de gens de sa connoissance qui le reçurent avec affection. Après qu'il les eut salués chacun très courtoisement il me mena à un coin près du feu qui estoit il me semble sa place habituelle : car le garçon luy apporta de la petite bière sans qu'il eût à demander et un pichet pour moy aussi. Puis il m'invita à parler encore de ma vie, surtout en mer ; et lorsqu'il entendit que je m'estois trouvé sur le *Sea Adventurer* et avois été naufragé sur l'Isle des Bermudes son excitation crût, le plaisir parut sur son visage et il prit encor son petit livre et écrivit beaucoup tandis que je parlois. Il désiroit en apprendre sur les Caribéens, leur caractère et leurs coutumes, et mangeoient-ils la chair humaine, et je luy jurai n'en avoir jamais rencontré de ma vie car il n'y en avoit point aux Bermudes. Mais je luy contai longuement comment nous avions construit des bateaux et fui nostre prison qu'estoit cette Isle, puis navigué sauvement vers la Virginie, et je lui parlai des Indiens dont les Anglois affirment qu'ils mangent la chair des hommes et qu'ils sont des sauvages très féroces. Il affirma qu'il avoit déjà lu des récits sur ce sujet ; mais mieux valoit l'entendre de la bouche d'une personne qui avoit esté présente, et il me questionna encore sur le naufrage : comment les marins et les passagers de qualité s'estoient-ils comportés, avoient-ils gémi et pleuré par peur des présents périls, et je lui contai comment nostre maistre d'équipage avoit injurié le Gouverneur Thom. Gates lorsque celui-ci s'estoit adventuré sur le pont au milieu de la tempeste et l'avoit pourchassé par une écoutille avec un bout de corde : ce pour quoy l'Amiral l'auroit voulu faire fouetter, mais il ne le fut point car le navire heurta le rocher peu après.

Tandis que je contois ce récit W. S. appela quelques gens qui entrèrent où estoient déjà présents : « Venez et écoutez cette histoire, voici mon cousin qui est allé au Nouveau Monde et fut naufragé et cætera. » Nous eûmes bientôt bonne compagnie autour de nous, à la fois assise et debout. Certayns ne me croyoient point pensant que mon récit n'estoit que fantaisie telle qu'en content les marins ; mais W. S. s'adressa à eux disant : « Non cet homme dit vray car il n'y a ni dragon, ni monstre, ni mesme déluge, ni aucune chose fantastique, mais seulement des périls tels qu'en rencontrent les navires dans leurs voyages. » Il ajouta : « J'ay lu un récit de ce naufrage dont il parle et chaque détail concorde. »

Ainsi fus-je justifié devant cette assemblée. Après que j'eus fini mon récit, ils discutèrent et cette discussion ne ressembla à aucune que j'avois entendue auparavant, et je peine à me la rappeler car c'estoit le genre de badinage qui ne reste point dans l'esprit. Du moins point dans le mien. Elle estoit très légère, il n'estoit question que de cons et de vits, mais déguisés sous un autre propos, et ils ne prononçoient jamais ces mots mais tournoient autour encore et encore, si bien que je ne sçavois jamais ce qui estoit dit. Ils appellent cela des Mots d'Esprit. Et l'un de ces gens, un M. Johnson, peut faire des Mots d'Esprit en Latin et en Grec, ce qu'il fit mais peu le comprirent : ils rirent cependant et l'appelèrent un triste pédant. Luy aussi écrit ces viles pièces qui complaisent à ces misérables et est presque aussi reconnu que W.S : bien que luy-mesme se jugeât supérieur. Un homme fier et prétentieux, et un vray papiste je crois car il vitupère vivement la foy reformée et les pasteurs. W. S. expliqua alors que j'avois été en Flandres lutter constre les Espagnols et M. Johnson dit qu'il y estoit aussi et il me questionna longuement sur les batailles et les sièges auxquels j'avois pris part et sous quel commandeur et quand. Je luy répondis donc ; mais lorsqu'il découvrit que j'estois canonnier il dit : « Bah, cela n'est point travail de soldat mais simple transport de canon », et il me conta comment il avoit traisné sa pique devant Flessingue et Zutfen, et il estoit clair que tous avoient déjà entendu ce récit car ils le moquèrent et firent des mots d'esprit sur sa pique, prétendant qu'il l'avoit usée pour piquer plus de vierges des Flandres que d'Espagnols ; par cela je crois qu'ils entendoient son membre privé. W. S. écoutoit surtout, mais lorsqu'il parloit, tous luy prestoient attention. Ainsi M. Johnson fit monstre de son esprit au moyen de citations latines, il but considérablement et mangea une tourte à la viande, et bientôt il souleva sa hanche et lâcha un gros vent, et W. S. à cet instant dit : « Ainsi parle un Maistre d'Epée, écoutez bien et apprenez » ; et tous rirent, mesme M. Johnson. Mais je ne compris point la plaisanterie.

Ainsi passèrent les heures je crois jusques à la nuit presque tombée, et W. S. me dit : « Dick j'ai affaire au theastre de Black-Fryares, viendras-tu avec moy car je souhaite te parler privément. » Je l'accompagnai donc et il me demanda ce que j'allois faire, allois-je retourner en mer ? Je répondis : « Non je n'en ai plus le cœur après le naufrage, et j'en ai fini avec mes voyages ni n'ai plus aucun goût pour la guerre, je ne désire qu'un endroit où je serois certayn d'avoir de la viande, un lit où dormir et un bon feu, et faire ma fortune ; car j'avois l'intention de me marier un jour. » Il demanda : « Comment gagneras-tu ton pain, Dick, si tu abandonnes la guerre et la fribuste et ne fabriques point de canons ? » Je répondis que j'estois doué avec les nombres, que je trouverois peut-être un travail de géomètre et pouvois me trouver un maistre. Mais nous arrivâmes au theastre lorsque la pièce estoit finie et le public en sortoit encore, de nombreuses gens vestues de riches fourrures et de brocarts mais aussi des gens du peuple, et nous dûmes nous frayer nostre chemin parmi une foule de chaises, porteurs, chevaux, servants, palefreniers, et cætera qui attendoient. Nous traversâmes la grande salle tout illuminée de chandelles que l'on éteignoit déjà et passâmes dans une petite pièce derrière la scène où se trouvoient quelques hommes, l'un tout de magnifique velours noir vestu avec encor de la peinture au visage, deux autres en habits de marchands, une sorte de petit scribe, et deux solides gaillards armés de dagues, l'un d'eux n'ayant point d'oreilles et l'autre un seul œil. J'appris leurs noms, d'abord Dick Burbage, acteur, puis John Hemmynge, associé dans la Compagnie des Acteurs ; Henry Watkins, associé dans la Compagnie des Intendants ; Nicholas Pusey, qui gardoit la bourse de la Compagnie des Hommes du Roy et le livre des comptes. Spade et Wyatt estoient les deux hommes armés, Spade étant le borgne. À part ces deux derniers, tous se querelloient et s'appelaient coquin, tricheur et cætera.

W. S. se mêlant à eux demanda : « Qu'est-ce donc messieurs, pourquoy cette émeute ? » Voici le sujet de la brouille : l'argent payé chaque soir. Les acteurs associés devoient recevoir telle portion, les intendants associés une autre, et d'autres appointements diversement calculés en fonction de la recette du soir. M. Pusey tenoit un livre dans lequel toutes les sommes estoient notées, mais en le regardant discrètement je vis qu'il estoit pauvrement tenu à la manière ancienne comme s'il s'agissoit d'un petit poissonnier et non d'une grande entreprise comme ce theastre : car le vice rapporte moult profit. W. S. demanda : « M. Pusey, apportez votre table de comptes et vos jetons et nous verrons vos calculs de nos yeux, ne sommes-nous point tous d'honnestes gens qui sçavons déchiffrer ? » Tous sourirent de son mot d'esprit et M. Pusey partit. Je demandai alors à W. S. quelle estoit la part de chacun et comment elle estoit calculée, puis j'étudiai le livre de comptes qui estoit ouvert et observai les ratures que font les hommes lorsqu'ils utilisent une table et des jetons pour faire leurs comptes, et je vis l'erreur. M. Pusey ne revenant point, M. Burbage cria à Spade de l'aller chercher, et comme il sortoit je pris ma mine de plomb et effectuai les additions nécessaires et les divisions entre parties. Revint alors M. Spade avec M. Pusey à sa suite portant sa table, les jetons lui tombant de ses manches : il estoit allé boire et estoit trop ivre pour faire sens de ses papiers. Je pris alors la parole et leur monstrai mes calculs, expliquant mes méthodes, qui les éblouirent, et je vis W. S. me sourire : car il aime avant tout l'intelligence en toute chose. Je dis alors : « Messieurs il est vain de vous quereller pour sçavoir qui a droit à quoy, car avec ces comptes il n'est point possible de dire quel est vostre gain. De plus, bien que je n'aie rien contre ce gentilhomme, que je ne connois point de par ailleurs, dans la situation actuelle n'importe qui pourroit vous voler à sa guise et vous n'en sçauriez jamais rien. C'est comme si vous marchiez les yeux bandés dans Shoreditch à minuit avec une bourse pleine et ne vous attendiez point à vous la faire dérober. » Après moult discussions il fut convenu que je devrois être employé pour refaire les comptes à la manière italienne avec les entrées doubles, et avoir la charge de la division des parts : W. S. dit alors qu'il se porteroit garant de moy car j'estois son cousin.

Après cela W. S. me mena souper au Mer-mayde et il fut très gai avec ses amis comme je l'ai décrit plus tôt, puis nous couchâmes dans des chambres près de la sienne dans une maison qu'il loue près de Black-Fryres, et comme nous estions là-bas je me mis à rire de tout mon cœur et il me demanda pourquoy. Je répondis : « Vous vouliez dire Maistre des Pets », car M. Johnson avoit alors lâché un vent. Il sourit disant : « Nous t'apprendrons l'esprit, Dick, un jour tu comprendras la plaisanterie sur l'instant et non point plus tard dans la semaine. » Nous nous couchâmes ensuite et je pense avoir bien fait car je suis au sein de ces vilenies, ce qui je crois fait grandement avancer nostre plan. Avec tout l'honneur et le respect que je vous dois, Monseigneur, et que Dieu vous protège et bénisse nostre entreprise, à Londres ce vendredi 10 janvier 1610.

RICHARD BRACEGIRDLE

11

Quelqu'un a dit un jour, Paul Goodman il me semble, que la stupidité était un mode de défense instinctive et n'avait pas grand-chose à voir avec l'intelligence. C'est l'une des raisons pour laquelle les soi-disant meilleurs et plus brillants d'entre nous nous ont envoyés au Vietnam, et c'est aussi pour ça que des gens qui sont assez malins pour accumuler des fortunes énormes persistent à faire des choses qui leur valent de passer pas mal de temps derrière les barreaux. « *Mit der Dummheit kämpfen Götter selbst vergebens* », comme, paraît-il, disait ma grand-mère maternelle, citant Schiller : « Contre la stupidité même les dieux luttent en vain. » En tout cas, parler des gangsters à mon fils puis à ma femme avait été stupide. Non, attendez, la première stupidité avait été de ne pas remettre *immédiatement* le manuscrit de Bracegirdle, après quoi aucun gangster ne se serait intéressé à moi ou aux miens.

Comme je l'ai dit, Amalie est d'ordinaire d'une patience de sainte, mais, comme Notre Seigneur, lorsqu'elle est confrontée à l'hypocrisie ou à l'injustice, elle a la capacité de générer suffisamment de colère pour dessécher les figuiers. Après qu'elle m'eut tiré les vers du nez, par petites bribes horribles mêlées à des mensonges futiles, sa colère s'est déchaînée dans toute son ampleur, tant et si bien que, ayant épuisé les ressources de son anglais parfaitement courant pour insulter mon intelligence, elle a dû avoir recours à l'allemand : « *saudumm, schwachsinnig, verblödet, verkorkst, vertrottelt, voll abgedreht* et *dumm wie die Nacht finster sein* », pour n'en citer que quelques-uns. L'allemand regorge de telles exclamations, et elles emplissaient souvent l'air de la maison de mon enfance. « Aussi stupide que la nuit est noire » était d'ailleurs l'une des préférées de Mutti. Elle termina par : « *du kotzt mich an* », qui est assez vulgaire et signifie grosso modo, « tu me fais gerber ». Avec ça, je me suis retrouvé dans la rue. J'avais encaissé le savon dans un quasi-silence, conscient du plaisir pervers que me procurait le fait d'avoir enfin mis à mal la patience sacrée de mon épouse. J'ai appelé Rashid, il est arrivé au bout de quelques minutes, est descendu de voiture pour m'ouvrir la portière (chose que j'ai demandée à Omar de ne pas prendre la peine de faire) et, remarquant qu'il regardait en l'air, j'ai fait de même et ai vu le *Paphiopedilum hanoiensis* s'envoler du dernier étage de la maison d'Amalie, manquant d'un rien ma voiture. Je l'avais rendue à la fois furieuse et violente – du bon boulot pour une soirée, et un nouvel acompte de versé pour ma place en enfer.

Ça, comme j'allais le découvrir, c'était la *meilleure* partie de la soirée. Après que Rashid m'a déposé, j'ai enfoncé la clé dans la serrure de la porte d'entrée de l'immeuble et ai remarqué qu'elle s'ouvrait toute seule. Quelqu'un avait coincé le loquet avec un bout de toile adhésive. Le cœur battant à cent à l'heure, j'ai gravi les marches quatre à quatre. Dans l'appartement, dans l'étroit couloir qui mène aux chambres, j'ai trouvé Omar. Il était à quatre pattes, grognait tout en semblant examiner un ovale rouge vif sur le plancher de chêne ciré, car du sang gouttait de chaque côté de son visage depuis une blessure à l'arrière de son crâne rasé. Je l'ai aidé à se relever et à s'asseoir dans un fauteuil, puis suis allé chercher un torchon propre, une bassine d'eau et un sac plein de glace dans la cuisine. Après avoir nettoyé la plaie et jugulé le saignement, je lui ai demandé ce qui s'était passé. Je me souviens que j'éprouvais un calme surnaturel tandis que, assis là, j'écoutais ses marmonnements indistincts, en arabe au début. Ce calme me rappelait la période où j'avais été médecin dans l'armée, lorsque des quantités de blessés étaient déchargées de l'hélicoptère d'évacuation sanitaire après une fusillade : au tout début, vous vouliez vous enfuir en hurlant, puis un calme surnaturel s'emparait de vous qui vous permettait de vous occuper des garçons estropiés. J'aurais voulu courir en hurlant à travers mon appartement pour voir ce qui était arrivé à Miranda, mais je me suis forcé à m'asseoir, à l'interroger et à écouter. Il n'y avait pas grand-chose à raconter. Il avait entendu un cri de femme et un grand bruit sourd et était arrivé en courant du salon où il regardait les informations sur le câble. Il n'avait vu personne. Miranda, bien entendu, avait disparu, de même que l'original du manuscrit de Bracegirdle.

J'ai trouvé la carte de l'inspecteur Murray dans mon portefeuille et lui ai laissé un message urgent, puis j'ai composé le 911. Après cela, nous avons eu droit à l'espèce d'agitation confuse causée par la présence de nombreux inconnus, le genre de scène qui est toujours coupée dans les séries télévisées, mais qui dans la réalité absorbe de nombreuses heures frustrantes. Des secouristes ont emmené Omar, bien qu'il ait insisté pour descendre l'escalier par ses propres moyens, et j'ai reçu la police. D'abord une paire d'agents en uniforme, puis une paire d'inspecteurs, Simoni et Harris. Ils ont examiné la porte d'entrée de mon loft et déclaré que le verrou montrait des signes d'effraction, ce qui rendait l'affaire plus sérieuse. Il ne s'agissait plus d'une dispute domestique, ce à quoi, m'imaginais-je, ils pensaient en arrivant – un homme en sang, une femme portée disparue, des gens riches, des liaisons inavouables... Néanmoins, leurs voix conservaient un ton cassant. J'imaginais qu'ils cherchaient une réplique caustique, du genre de celles que balançait Jerry Orbach dans les vieux épisodes de *New York District*. Ils voulaient savoir qui était Omar et d'où il venait et quel lien il y avait entre lui et la femme disparue ; et il a fallu expliquer pourquoi Omar avait un pistolet, pourquoi je supposais que Mlle Kellogg était menacée, et ce qui s'était passé dans la rue avec des types qui étaient peut-être des gangsters russes. Mlle Kellogg logeait-elle ici avec vous ? Pourquoi n'était-elle pas dans un hôtel ? Était-elle votre petite amie, monsieur Mishkin ?

Non, elle n'était pas ma petite amie. Non, je ne sais pas pourquoi quelqu'un aurait voulu l'enlever, ils s'intéressaient seulement au manuscrit. Pourquoi voulaient-ils le manuscrit, monsieur Mishkin ? Avait-il beaucoup de valeur ? Pas en tant que tel, mais certaines personnes pensaient qu'il pouvait mener à quelque chose de très précieux. Oh, comme une carte au trésor ? Les roulements d'yeux ont commencé, les sourires narquois. Et j'ai dit quelque chose comme : « Vous pouvez rigoler tant que vous voulez, mais un homme a été torturé à mort pour révéler l'emplacement de ce document, une femme vient de se faire kidnapper, et vous continuez de traiter cette histoire comme une plaisanterie. » Nous avons alors eu une discussion sur le professeur Bulstrode.

Pour être honnête, c'était le genre d'affaire que les inspecteurs de police urbaine rencontrent rarement. Ils voulaient à tout prix que ce soit une querelle domestique impliquant un type riche un brin cinglé. Les agents ont recouvert les surfaces de poudre à empreintes digitales noire, ils ont pris de nombreuses photos, le pistolet d'Omar, des échantillons du sang qu'il avait versé à mon service, puis ils sont repartis en disant qu'ils me contacteraient. Juste après leur départ, je suis sorti à mon tour et me suis rendu au garage où Rashid avait garé la Lincoln, puis j'ai conduit jusqu'à l'hôpital St. Vincent pour prendre des nouvelles d'Omar. Je n'ai pas été surpris d'y trouver les deux inspecteurs, et n'ai pas été autorisé à le voir tant qu'ils n'avaient pas fini de lui arracher ce qu'il savait, c'est-à-dire rien. Les médecins voulaient le garder pour la nuit en observation à cause de sa commotion, et je l'ai donc appelé en lui promettant de prévenir sa famille et en l'assurant qu'il n'avait pas à s'en faire pour les frais médicaux.

J'avais passé ce coup de fil déplaisant à partir de mon portable et étais juste en train de le ranger lorsqu'il s'est remis à sonner. C'était Miranda.

« Où êtes-vous ? » et « Est-ce que ça va ? » ont naturellement (et bêtement) été les premiers mots qui me sont sortis de la bouche, même si je savais qu'elle ne pouvait pas répondre à la première question et que la réponse à la seconde était effroyablement évidente.

« Ça va, a-t-elle dit d'une voix qui indiquait le contraire.

– Où êtes-vous ? *(Stupide !)*

– Je ne sais pas. Ils m'ont mis un sac sur la tête. Écoutez, Jake, vous ne pouvez pas appeler la police. Ils m'ont ordonné de vous appeler pour vous le dire.

– D'accord, je ne le ferai pas, ai-je menti.

– Est-ce qu'Omar va bien ? Ils l'ont frappé…

– Il va bien. Qu'est-ce qu'ils veulent ? Ils ont la foutue lettre – pourquoi est-ce qu'ils vous ont emmenée ?

– Ils veulent les autres lettres, le texte chiffré.

– Je ne saisis pas, je vous ai donné tout ce que votre oncle m'a donné. Je n'ai entendu parler d'aucun texte chiffré.

– Non, ils ont dit qu'elles faisaient partie de la découverte originale. Il y a une femme ici, Carolyn – je crois qu'ils la détiennent aussi...

– Une Russe ?

– Non, une Américaine. Elle affirme qu'il y avait des lettres codées dans le paquet mais que quelqu'un ne les a pas remises comme il était censé le faire.

– Qui ça ?

– Ça n'a pas d'importance. Ces gens disent que les documents leur appartiennent, ils affirment avoir payé mon oncle en espèces pour les avoir, une grosse somme, et il a essayé de les rouler. Jake, ils vont... »

En fait, reconstituer ce dialogue est trop douloureux. Nous criions tous les deux dans le téléphone, même si je prends d'ordinaire soin de ne pas élever la voix lorsque je parle dans un portable, contrairement à tant de mes concitoyens, ce qui donne souvent l'impression que les rues sont prises d'assaut par des fous – je me demande alors ce que les vrais fous en pensent. À cet instant, quelqu'un la coupa au milieu d'une phrase. Le fond de la conversation était clair : à moins que je ne leur fournisse certaines lettres chiffrées mentionnées par Bracegirdle ils la traiteraient comme ils avaient traité son oncle. Et aussi : s'ils pensaient que la police était impliquée, ils se débarrasseraient d'elle sur-le-champ.

Coups de feu dans le brouillard, trois bruits plats, cinglants, puis indubitablement le son d'un engin à moteur, un bourdonnement d'insecte qui semble provenir de loin. Des chasseurs ? Peut-être est-ce la saison du canard. Je n'en sais rien. Mais dans le cas contraire, je viens juste de recharger et d'armer mon pistolet, histoire de me rassurer. J'aurais dû préciser plus tôt que le chalet de Mickey est situé à l'extrémité sud du lac Henry. Une carte hydrographique détaillée du lac est encadrée sur le mur du salon, sur laquelle on peut voir qu'il était originellement constitué de deux lacs. Vers 1900, les ploutocrates estivants qui possédaient les terrains ont bâti un barrage à l'embouchure, et l'eau a monté et créé un chapelet d'îles s'étirant depuis la rive est, un lieu idéal pour jouer aux pirates, m'a informé Mickey, mais il est impossible de piloter un bateau de quelque taille que ce soit entre elles à cause des rochers cachés. Pour atteindre cette maison il faut soit passer par New Weimar, un long trajet interminable sur une route de troisième zone puis sur un chemin de graviers (c'est ce que j'ai fait), soit quitter la voie rapide à Underwood et emprunter un petit moment une route de bonne qualité jusqu'à la ville de Lake Henry, située à l'extrémité nord du lac, puis grimper à bord de votre vedette en acajou et, après une balade de vingt kilomètres, arriver avec plus de classe. C'est le chemin que Mickey et sa famille prennent presque à chaque fois. Le trajet par la terre permet d'économiser une heure, mais il est bien moins confortable. Si j'étais un voyou avec de la classe, je louerais ou achèterais une embarcation à moteur, je naviguerais vers le sud depuis la ville, je buterais ma cible, puis je balancerais son cadavre pendant le retour, dans le lac, qui atteint en certains endroits vingt mètres de profondeur, certes pas une profondeur abyssale, mais suffisante.

En examinant mon agenda pour le lendemain, je découvre que les rendez-vous du matin sont biffés et je me rappelle avoir téléphoné à Mlle Maldonado après une nuit presque sans sommeil. Je lui ai demandé d'annuler ces rendez-vous et de les repousser. Je lui ai aussi posé une question importante, à laquelle elle a répondu par l'affirmative. Mlle Maldonado fait deux copies d'absolument tout, c'est la princesse de la Xerox, et il s'est avéré qu'elle avait bien fait deux copies du manuscrit de Bracegirdle. Puis Omar m'a appelé en m'implorant de venir le sauver des mains des médecins, et je suis allé le chercher. Il a été heureux de prendre le volant, ressemblant pour une fois, avec son turban médical blanc, à ses ancêtres du désert. Comme il m'en a fièrement informé, il possédait un autre pistolet. Je n'ai pas voulu en savoir plus.

Sur mes ordres, il s'est arrêté à mon bureau pour récupérer les copies du manuscrit de Bracegirdle, puis nous avons continué sur East River Drive jusqu'à Harlem. Je l'ai questionné à nouveau sur les événements de la veille au soir mais il n'avait rien à ajouter, hormis ses excuses pour s'être fait mettre K.-O. et avoir laissé filer la personne dont il avait la charge. Il ne comprenait pas comment quelqu'un avait pu pénétrer dans l'appartement et le prendre par surprise, et moi non plus – un autre mystère à ajouter à tous ceux qui s'étaient déjà accumulés dans cette histoire.

Notre destination ce matin-là était un groupe d'immeubles d'habitation dans la 151e Rue, près de Frederick Douglass Boulevard, groupe d'immeubles que mon frère, Paul, possède, ou plutôt, qu'il gère, puisqu'il ne possède officiellement rien. Il les a acquis alors que ce n'étaient que des carcasses carbonisées il y a quelques années quand des bâtiments de ce type brûlaient presque quotidiennement, et les a rénovés pour en faire ce qu'il appelle un monastère urbain. Paul est prêtre jésuite, révélation peut-être surprenante puisque, la dernière fois que j'ai mentionné son nom, c'était un petit caïd en prison. Mais c'est toujours une sorte de caïd, et c'est pour ça que je suis allé le voir après la disparition de Miranda. Il sait parfaitement ce qu'est la violence.

Je suppose que l'un des grands chocs de ma vie a été la découverte que Paul était intelligent, probablement plus intelligent que moi à bien des égards. De nombreuses familles attribuent des rôles à leurs membres. Dans notre famille, Miriam était la belle idiote, j'étais l'intelligent, et Paul était le dur à cuir, le mouton noir. Il n'avait jamais rien fichu à l'école, avait laissé tomber ses études à dix-sept ans, et, comme je l'ai mentionné, avait effectué un séjour de vingt-six mois à Auburn pour un braquage à main armée. Vous pouvez imaginer le destin d'un beau petit blond à Auburn. Le choix habituel est soit de se faire violer par tout le monde, soit se faire violer exclusivement par l'un des gros caïds. Paul a estimé que la seconde solution était plus saine et plus sûre, et il s'est soumis aux attentions de cette personne jusqu'à ce qu'il se soit fabriqué un couteau, puis, une nuit, il a sauté sur le gros mâle et l'a poignardé un nombre de fois remarquable (mais, par chance, sans le tuer tout à fait). Paul a passé le reste de son temps à l'isolement, avec les pédophiles et les informateurs de la mafia. C'est là qu'il a commencé à lire, ce que je sais car je lui préparais chaque mois un colis de livres en fonction de ses demandes. En deux ans, j'ai observé avec stupéfaction sa progression des romans de gare aux romans de qualité, à la philosophie et à l'histoire, et enfin à la théologie. Lorsqu'il a obtenu sa liberté conditionnelle, il lisait Küng et Rahner.

À sa libération, il s'est immédiatement enrôlé dans l'armée, faute d'autre perspective et par désir de recevoir une formation. La guerre du Vietnam battait son plein et les recruteurs n'étaient pas trop regardants. Je suppose que les gènes du grand-père Stieff ont dû entrer en action, car il s'est avéré être un soldat exemplaire : aéroportée, Ranger, Forces Spéciales, Étoile d'Argent. Il a fait ses deux séjours au front essentiellement dans les « Shans », comme on disait alors, dans la région contestée où Laos, Vietnam et Cambodge se rejoignaient, crapahutant avec une bande de *montagnards*[1] exactement comme Marlon Brando dans *Apocalypse Now.* C'est pratiquement le seul commentaire qu'a fait Paul sur cette expérience : « C'était exactement comme dans le film. »

Étrangement, l'horreur n'a pas fait de lui un monstre mais l'a transformé en une sorte de saint. Il est allé étudier à l'université St. John et s'est engagé chez les jésuites. Quand il m'a dit ça, j'ai cru qu'il plaisantait, enfin quoi, l'idée de Paul prêtre, et surtout jésuite ! Mais ça montre combien on ne connaît jamais ses proches. Je suis, comme je dis, tombé des nues.

En tout cas, il est revenu à New York avec l'idée de bâtir une sorte de centre d'œuvres sociales dans un quartier déshérité, et c'est ce qu'il a fait, mais comme il s'agissait de Paul et compte tenu du peu de goût de la Société de Jésus pour l'expérimentation sociale, tout cela avait quelque chose d'insolite ; il ne ressemblait pas franchement à Jane Addams[2]. Je dis que c'était un saint, mais il demeurait aussi un voyou. Ils sont un certain nombre dans le calendrier des saints, à commencer, notamment, par le fondateur de l'ordre de Paul lui-même. La théorie de Paul est que notre civilisation s'enfonce dans un âge des ténèbres et que ce déclin est visible dans les ghettos urbains. Il affirme que les âges des ténèbres trahissent l'oubli de la civilisation et de ses arts et aussi la réticence croissante des classes dominantes à payer pour la vie civile. C'est ce qui a scellé le sort de Rome, prétend-il. Il ne croit cependant pas que le ghetto ait besoin d'être élevé spirituellement, mais plutôt que lorsque l'effondrement se produira, les pauvres survivront mieux que leurs maîtres. Ils ont besoin de moins, affirme-t-il, ils sont plus charitables et ont moins de choses à désapprendre. C'est pourquoi Jésus les a préférés. Oui, complètement fou ; mais lorsque j'observe la parfaite impuissance de mes compères des classes moyennes et supérieures, notre dépendance absolue à l'électricité, à l'essence bon marché, et l'asservissement physique de millions d'invisibles, notre réticence à payer notre juste part, nos

1. En français dans le texte. *(N.d.T.)*

2. Pionnière de l'aide sociale aux États-Unis, cofondatrice du centre d'œuvres sociales Hull House, à Chicago, en 1889, prix Nobel de la paix en 1931. *(N.d.T.)*

absurdes enclaves barricadées, nos « bons bâtiments », et notre incompétence à toute tâche autre que la manipulation de symboles, je me dis souvent qu'il n'a pas tort.

Paul a donc construit, sous le couvert d'une église et d'une école de missionnaires, une sorte d'abbaye du début du Moyen Âge. Elle est constituée de trois bâtiments, ou plutôt de deux bâtiments et de l'espace les séparant, qui était autrefois occupé par un immeuble totalement dévasté par le feu et démoli par la suite. Cet espace est séparé de la rue par un mur et un portail, portail qu'Omar et moi avons franchi ce jour-là. Il est toujours ouvert. (Nous avons laissé la limousine dans la rue. L'abbaye exerce une telle influence sur le quartier que j'étais certain que personne ne la saccagerait.) L'empreinte de l'ancien bâtiment est désormais une sorte de cloître, avec un jardin potager, une petite terrasse avec une fontaine, et un terrain de jeux. L'un des bâtiments est une école primaire et secondaire avec quelques logements. L'autre abrite bureaux, dortoirs et ateliers. Il y a une communauté de L'Arche sur le site. Il s'agit d'un groupe qui s'occupe de personnes atteintes de handicaps sévères et qui vit avec elles. On trouve aussi une clinique médicale ouverte à temps partiel et une soupe populaire du Mouvement des ouvriers catholiques. Il régnait sur place le désordre habituel : les boiteux, les fous et les estropiés vaquaient à leurs occupations, des grappes de gangsters réintégrés travaillaient à diverses tâches, et des écoliers en uniformes soignés couraient un peu partout. Une vraie cour des miracles. Omar se sent toujours chez lui ici.

Je suis allé voir Paul en cette occasion car son intelligence a quelque chose de retors, un peu comme celle de notre père. Je suis un gamin comparé à lui, et même si ça m'exaspère souvent de dépendre ainsi de mon frère, je m'en remets parfois à lui. Il prétend que c'est bon pour mon âme.

Nous l'avons trouvé dans le sous-sol du bâtiment de l'école, discutant d'une chaudière avec des entrepreneurs. Il portait une salopette bleue et était complètement dégoûtant. Pourtant Paul est capable de rendre la crasse belle. Il est un peu plus petit que moi, mais possède une charpente beaucoup plus élégante. À mes yeux, il n'a pas beaucoup changé depuis le jour où je suis allé le chercher à l'aéroport lors de son retour de l'armée il y a presque vingt-cinq ans, sauf que ses cheveux sont plus longs sur le dessus. Il ressemble toujours à Rutger Hauer dans *Blade Runner* ou à une affiche de recrutement pour les SS. Il nous a fait un grand sourire, ses dents étincelant dans le sous-sol obscur, et nous a étreints tous les deux. Après avoir ajouté quelques mots, il a abandonné les entrepreneurs à leur travail, filé avec nous à son bureau, une minuscule pièce encombrée avec une vue sur la terrasse/cloître et sur le terrain de jeu, et, bien sûr, il nous a demandé ce qui était arrivé à la tête d'Omar. Je crois qu'il préfère Omar à moi. Non, c'est un mensonge, mais ce qui est écrit est écrit. Paul m'adore, et ça me rend dingue. Je ne suis absolument pas gentil avec lui. Je ne peux pas m'en empêcher. Je crois que c'est l'introjection d'Izzy qui bouillonne en moi, pleine d'un dédain méprisant.

Après avoir raconté toute l'histoire à Paul, et après lui avoir fourni un bon paquet d'informations fastidieuses sur sa famille et les souffrances de ses parents en Cisjordanie, Omar s'est excusé pour ses prières de midi. Juste après son départ, un garçon exquis à la peau brune est entré porteur d'un message ; il avait particulièrement fière allure dans son uniforme d'écolier, consistant en un blazer bleu marine, un pantalon gris, une chemise blanche et une cravate à rayures noires et blanches. Quand il est reparti, j'ai demandé en roulant des yeux :

« Tu donnes là-dedans maintenant ? De jolis petits culs étincelant dans la sombre lueur de la sacristie...

– Les vieilles nonnes assouvissent mes désirs résiduels, merci, a-t-il répondu en continuant de sourire. Et puisqu'on parle d'excès sexuels, tu sembles encore t'être fourré dans la panade à cause d'une femme. Qui est cette Miranda ?

– Personne en particulier, juste une cliente. Je l'ai seulement hébergée chez moi parce que des gens semblaient la suivre.

– Hum, hum. Tu sais, Amalie a appelé ce matin. Elle semblait dans tous ses états.

– Oh, mince alors, je suis désolé qu'Amalie soit dans tous ses états. J'ai une idée ! Pourquoi toi, tu ne l'épouserais pas ? Vous seriez parfaits ensemble et je pourrais continuer de m'enfoncer dans la dépravation. Moi et Miri...

– Miri aussi s'en fait pour toi. C'est quoi cette histoire de gangsters russes ? »

Une autre chose qui me rend dingue, c'est que ma famille parle de moi derrière mon dos. L'une des raisons pour lesquelles j'essaie de vivre une vie irréprochable (l'aspect sexuel mis à part), c'est que je veux réduire la quantité de commérages, mais il est clair que j'ai échoué. J'ai réprimé les sentiments que j'ai éprouvés sur le coup car l'unique but de ma visite était de demander conseil à Paul. Je ne connais personne ayant un tel réseau de contacts à tous les niveaux de la société new-yorkaise, depuis les clodos jusqu'au maire. Je lui ai donc raconté toute l'histoire – Bulstrode, le manuscrit de Bracegirdle, le meurtre, l'agression, la conversation avec Miri (même s'il était déjà au courant), la rencontre avec Miranda, son enlèvement et le coup de téléphone.

Il a écouté plus ou moins en silence, et quand j'ai eu fini, il a fait un geste de rotation avec la main et a demandé :

« Et... ?

– Et quoi ?

– Tu l'as fait ? Avec Mlle Kellogg ? Non, inutile de mentir, je le vois sur ton visage.

– Et c'est ce qui te paraît le plus important ? Que j'aie couché avec cette femme ? Le meurtre, le kidnapping, tout ça ne compte pas comparé à l'endroit où je trempe ma nouille ?

– Non, mais l'endroit où tu trempes ta nouille semble déterminer le cours de ta vie, et foutre en l'air celle d'un certain nombre de personnes que j'aime. D'où mon intérêt.

– Oh, je croyais que baiser était la *seule* chose qui intéressait l'Église. Ou ne parlais-tu pas *ex cathedra* ?

– Oui, tu persistes à croire que le désir sexuel est ton problème. Mais ce n'est pas ton problème, pour parler *ex cathedra*, et d'ici une douzaine d'années, ça se réglera tout seul. C'est après tout un misérable petit péché. Non, ton problème, c'est l'apathie, et ça l'a toujours été. Le refus d'accomplir le travail spirituel nécessaire. Tu as toujours assumé la responsabilité de chaque mauvaise chose qui s'est produite dans la famille, y compris, probablement, la Seconde Guerre mondiale, tu as tout endossé tout seul...

– Tu étais en prison.

– Oui, mais ça ne compte pas. Dieu n'était pas en prison, mais tu n'as pas demandé la moindre assistance dans cette direction. Non, tu as tout assumé et tu as échoué, et tu ne te l'es jamais pardonné, et tu crois donc que tu es au-delà de tout pardon, ce qui te donne le droit de faire du mal à tous ceux qui t'entourent parce que, après tout, le pauvre Jake Mishkin est tellement irrécupérable, si privé du moindre espoir d'aller au paradis que tous les gens qui l'aiment doivent se faire des illusions et ne méritent donc pas qu'on fasse attention à eux. Et pourquoi tu souris comme ça, espèce de con ? Parce que tu m'as fait dire ce que je dis chaque fois que tu viens me voir et que maintenant tu peux à nouveau l'oublier, même si tu sais que c'est vrai. La paresse. Le péché contre l'espoir. Et tu sais qu'un jour ça te tuera.

– Exactement comme Mutti ? Tu le crois vraiment ? »

Un grincement aigu a retenti dans l'atelier de réparation de vélos en dessous. Il a attendu jusqu'à ce qu'il s'interrompe, puis a répondu :

« Oui, je le crois. Comme tu le sais. Ainsi que l'a dit saint Augustin, Dieu, qui t'a créé sans ton aide, ne te sauvera pas sans ton consentement. Soit tu implores la miséricorde et pardonnes et es pardonné, soit tu meurs.

– Oui, mon père », ai-je dit en levant pieusement les yeux.

Il a soupiré, las du vieux jeu pathétique auquel je le fais jouer. J'en avais également assez mais ne pouvais m'empêcher de gratter la démangeaison insupportable, incurable.

« Oui, a-t-il dit, tu m'as manipulé jusqu'à me faire prêcher, et donc tu as encore gagné. Félicitations. En attendant, qu'est-ce que tu vas faire pour ton problème ?

– Je n'en sais rien. C'est pour ça que je suis venu te voir.

– Tu crois que ce Russe, Shvanov, est impliqué ?

– En tant que gros bras, oui. Mais je n'arrive pas à deviner qui est derrière.

– Qu'est-ce que ça peut faire ? Le manuscrit s'est envolé, et la disparition de cette femme semble être l'affaire des flics.

– On m'a recommandé de ne pas en parler aux flics. Elle a dit qu'ils la tueraient.

– Et tu estimes qu'il est de ta responsabilité de la secourir.

– J'ai dit que je la protégerai et je ne l'ai pas fait, donc, oui.

– Tu veux poursuivre votre liaison. Tu es amoureux.

– Qu'est-ce que ça peut foutre ? C'est un être humain qui court un danger mortel. »

Il a joint les doigts sous son menton et m'a lancé un regard désagréablement pénétrant, chose qu'il fait désormais au lieu de me casser la figure. Puis il a dit :

« Bon, bien sûr que je vais faire tout mon possible pour t'aider. J'ai quelques contacts dans la police. Je vais passer quelques coups de fil, obtenir des renseignements sur ce Shvanov, et aussi leur faire savoir que c'est sérieux...

– Non, ne fais pas ça ! N'implique surtout pas la police. Tu as d'autres genres de contacts.

– Certes. D'accord, je vais voir ce que la rue en pense.

– Merci. Je m'en fais surtout pour Amalie et les gosses. S'ils veulent me mettre la pression...

– Je vais aussi m'occuper de ça », a-t-il répondu après un bref moment de réflexion.

C'était bien sûr pour ça que j'étais venu. Paul connaissait beaucoup de petits durs du quartier, et il a une relation étrange avec eux. Il les considère exactement comme les barbares germains ou slaves que les missionnaires des siècles obscurs rencontraient et convertissaient – fiers, violents, avides d'ils ne savent quoi. Aux premiers jours de la mission, Paul devait littéralement se battre avec les gens de la rue pour prouver qu'il était plus coriace qu'eux, ce qui était vrai. Sa réputation, le fait qu'il était connu pour avoir poignardé quelqu'un en prison, ne faisait pas de mal. Le fait qu'il avait personnellement tué plus de gens qu'eux tous réunis, et que ça se voyait, était un autre plus.

Aussi, Paul prétendait que comparés aux *montagnards,* les membres des gangs de New York n'étaient pas vraiment des durs. Aucun d'entre eux n'avait jamais eu faim et ceux qui avaient été emprisonnés s'étaient retrouvés dans ce qui aurait ressemblé à des maisons de vacances luxueuses pour le Hmong moyen. Il affirmait que ses acolytes au Vietnam auraient bouffé tout crus tous les Crips, Bloods et autres Gangsters Disciples. Et leurs fanfaronnades pathétiques lui inspiraient de la compassion plutôt que la terreur commune dans les classes plus aisées. (Paul n'a peur d'aucun mortel, et il en était déjà ainsi lorsqu'il avait dix ans.) Mais il les prenait au sérieux en tant que tribus, et comme les jésuites d'autrefois, il avait ciblé leurs meneurs, les plus violents des violents, et, au fil du temps, avait conclu une sorte de concordat avec eux, à savoir qu'il ne devait y avoir ni drogue ni prostituées à l'intérieur d'un certain périmètre autour du bâtiment de Paul, et que ceux d'entre eux qui voulaient fuir la vengeance de la rue pourraient y trouver un sanctuaire.

Quelques rares seigneurs de la rue s'étaient d'ailleurs convertis. Un plus grand nombre envoyait leurs enfants ou leurs jeunes frères et sœurs à son école. Cet arrangement digne de l'âge des ténèbres était parfaitement naturel pour un homme comme mon frère.

Maintenant qu'il avait pris sa décision, je voyais que Paul avait hâte de me foutre dehors. Pas un homme agréable, mon frère, un peu comme Jésus dans Matthieu : toujours à cavaler, impatient avec les apôtres, conscient de la brièveté du temps, du besoin de préparer la succession pour le moment où le fondateur devrait quitter la scène. Il s'est juste retourné et s'est mis à parler à quelques garçons, alors je suis allé chercher Omar et suis reparti, reconnaissant.

Nous avons roulé vers l'est jusqu'à ce que le campus de Columbia apparaisse. J'ai généralement une assez bonne idée de l'emploi du temps de Mickey Haas et je savais donc que le mardi il recevait dans son bureau toute la matinée. Je l'ai appelé, il a dit qu'il était là et que, oui, ça lui ferait plaisir de déjeuner avec moi, au club de la faculté pour changer. J'ai toujours trouvé que la salle à manger située au troisième étage de la Maison de la faculté de Columbia était l'un des endroits les plus agréables de New York pour déjeuner : une salle magnifiquement proportionnée et aérée, offrant l'une des plus belles vues sur la ville depuis ses hautes fenêtres, et un buffet à prix fixe parfaitement convenable, mais Mickey préfère notre Sorrentino habituel. Je pense que c'est parce qu'il aime se soûler un peu pendant nos déjeuners et qu'il préfère le faire hors de la vue de ses pairs. Peut-être qu'il aime aussi que je lui envoie ma limousine.

Juste avant qu'on atteigne le club, mon téléphone a sonné. C'était ma sœur.

« Tu avais raison, a-t-elle annoncé. Osip aimerait vraiment te rencontrer.

– Ça a été rapide, ai-je observé. Il te devait sans doute une faveur.

– Osip ne doit de faveurs à personne, Jake, c'est à lui qu'on en doit. À vrai dire, c'est lui qui m'a appelée pour me demander d'organiser ça. Ce qui n'est pas bon signe.

– Je suis sûr que ça se passera bien, ai-je dit alors que je n'étais sûr de rien. Où et quand ?

– Tu connais Rasputin ? Dans Lafayette Street ?

– Tu plaisantes. Ce serait comme rencontrer Al Capone dans une pizzeria Cosa Nostra.

– Qu'est-ce que je peux dire ? Osip a un certain sens de l'humour. En tout cas, il dit qu'il y sera après dix heures demain soir. Je te dirais bien "fais attention", mais c'est tellement banal. Et puis, tu *feras* attention, n'est-ce pas ? Sinon, je suppose que tu voudras être enterré à côté de Mutti à Green-Wood. Je t'enverrai la couronne la plus vulgaire qu'on puisse imaginer. »

Je me rappelle que Mickey et moi avons mangé du rosbif et partagé une bouteille de cabernet Melville, si approprié, a-t-il plaisanté pour un professeur d'anglais. De fait, Mickey était plutôt de bonne humeur, et je lui ai demandé si sa situation financière s'était arrangée, à quoi il a répondu que oui. S'en est suivi un blizzard d'informations sur les fonds spéculatifs et les sociétés d'investissement immobilier et le négoce des matières premières, qui m'est entré par une oreille et ressorti par l'autre. Sentant mon absence d'intérêt, il a poliment changé de sujet et m'a demandé ce qu'il y avait de neuf de mon côté. En réponse, j'ai sorti une copie de la lettre de Bracegirdle que j'avais récupérée auprès de Mlle M. le matin même et l'ai fait glisser sur la table.

« Juste ça, ai-je répondu.

– C'est ça ? Le machin de Bulstrode ? Doux Jésus ! »

Naturellement, il pouvait lire les gribouillages jacobéens aussi facilement que vous lisez le Times New Roman, et il s'y est mis sur-le-champ, captivé, ignorant le serveur lorsque celui-ci vint nous demander la commande des desserts, chose que je ne l'avais jamais vu faire. Environ vingt minutes se sont écoulées au cours desquelles il tournait les pages, lâchant de temps à autre une exclamation à voix basse, « Bordel de merde ! », et d'autres du même tonneau, tandis que je buvais mon café et observais les clients tout en faisant de l'œil à une jolie brune assise à une autre table. Dans mon théâtre intérieur se déroulait la même scène qu'à chaque fois que je rencontrais mon frère : un dénigrement total de lui et de ses œuvres. Pour qui se prenait-il ? À jouer les dieux blancs aux yeux bleus descendus sur le ghetto sans y avoir été convié pour apporter le salut aux petits Noirs ! C'était absurde, presque obscène, presque nazi dans sa colossale arrogance. Le triste plaisir de ce spectacle d'ombres n'a cessé que lorsque Mickey, à côté de moi, a lancé un « Ouah ! » suffisamment sonore pour attirer l'attention de la brune et de plusieurs autres clients. Il martelait les papiers du bout de son doigt boudiné.

« Tu te rends compte de ce que c'est ?

– À peu près. Miranda l'a lu et m'a expliqué sa valeur, même si je suis sûr que ça ne me fait pas le même effet qu'à un spécialiste.

– Miranda Kellogg ? Elle a vu ça ? »

Il semblait un peu vexé.

« Eh bien, oui. C'est elle la propriétaire légale de l'original.

– Mais tu en as la garde pour le moment ? »

J'ai alors relaté les événements des dernières vingt-quatre heures. Il a été stupéfait.

« C'est terrible, a-t-il dit. Absolument catastrophique.

– Oui, je suis extrêmement inquiet pour elle.

– Non, je parle du manuscrit, de *l'original*, a-t-il rétorqué avec une insensibilité digne d'un avocat. Sans lui, ceci n'a aucune valeur, a-t-il ajouté en martelant à nouveau la pile de copies. Bon sang, faut que nous le récupérions ! Est-ce que tu as la moindre idée de ce qui est en jeu ?

– Les gens passent leur temps à me poser cette question, et ma réponse est "pas vraiment". Des munitions pour quelque chamaillerie littéraire ? »

J'avais dit ça d'un ton froid, mais il m'a ignoré, car j'avais affaire à un nouveau Mickey, à l'opposé du gentleman érudit et décontracté qui se moquait des luttes opposant ses confrères dans leur hargne à gravir les échelons glissants du milieu universitaire. Un feu brûlait dans ses yeux. Le nouveau Mickey dissertait sur la colossale valeur qu'avait pour les chercheurs la missive de M. B. J'écoutais, comme on écoute quelqu'un décrivant les détails d'une procédure chirurgicale complexe et rébarbative. Au bout d'un moment, j'ai lancé :

« Donc, c'est important de savoir que Shakespeare était catholique ?

– *Tout* ce que Shakespeare pouvait bien être est important. Je t'ai déjà expliqué tout ça. Nous ne savons presque rien de la vie intérieure du plus grand écrivain de l'histoire de l'humanité. Écoute... juste un exemple parmi des milliers d'autres, et il touche au sujet qui nous concerne. Une femme a récemment écrit un livre. C'est une chercheuse amatrice, mais aucun doute qu'elle a été au bout des choses. Dans ce livre, elle prétend que presque tout le corpus de l'œuvre de Shakespeare, en particulier les pièces, est une apologie complexe et codée du catholicisme et un appel lancé à l'intention du monarque du moment pour que les désavantages dont souffraient les catholiques soient levés. Elle donne littéralement des *centaines* de lectures hétérodoxes, appliquant sa théorie à toutes les pièces, et elle avance aussi que c'est grâce à la protection de puissants pairs catholiques de l'époque que Shakespeare n'a pas été sommé de rendre des comptes pour avoir écrit ce code – facilement déchiffrable – pour la scène publique. »

J'ai haussé les épaules et demandé :

« Et alors... elle a raison ?

– Je n'en sais rien ! Personne n'en sait rien ! » Ce demi-cri attira de nouveaux regards d'autres clients. Je comprenais maintenant pourquoi Mickey hésitait à venir manger ici. « Putain, Jake ! Toute la question est là. Elle *pourrait* avoir raison. Ou quelqu'un pourrait écrire un livre démontrant grâce à une analyse tout aussi poussée des mêmes pièces que Shakespeare était homo, un bon pédé protestant. Ou monarchiste. Ou un gaucho. Ou une femme. Ou le comte d'Oxford. C'est le problème de base, insoluble, de *toutes* les études sur Shakespeare traitant de ses intentions ou de sa biographie, et maintenant ça ! » Nouveau martèlement des pages. « Si elles sont authentiques... Je dis bien *si* elles sont authentiques, ce sera le plus grand événement survenu dans le domaine des études sur Shakespeare depuis... je ne sais pas, de *tous les temps.* Car ce champ d'études n'est né en tant qu'entité rationnelle qu'au XVIIIe siècle.

– Cette lettre aurait une telle capacité ?

– Pas en tant que telle. C'est juste un amuse-gueule, le premier minuscule avant-goût du paradis. Mais Jake... » Il a baissé la voix et a approché les lèvres de mon oreille dans une quasi-parodie de l'homme cherchant la confidentialité. « Jake, si ce type a *espionné* William Shakespeare, s'il a décrit la vie de Shakespeare comme il a décrit sa propre misérable vie... oh, bon Dieu, nous aurions quelque chose de concret. Pas juste des spéculations basées sur l'utilisation d'images dans le deuxième acte du *Roi Lear*, mais de vraies informations. Qui il voyait, ce qu'il disait, sa façon de parler, en quoi il croyait, ce qu'il mangeait et buvait, s'il laissait de gros pourboires, la taille de sa bite... Jake, tu n'as pas la moindre foutue idée.

– Eh bien, j'ai une certaine idée de ce que pourrait valoir cette pièce manuscrite. »

Il a roulé les yeux et s'est théâtralement éventé le visage.

« Oh, ça ! N'y pensons même pas. Non, je jouirai dans mon froc rien que si on arrive à mettre la main sur ces lettres chiffrées dont il parle. Pas étonnant que le vieux Bulstrode l'ait joué si serré, le pauvre couillon. Sans vouloir dire du mal des morts, on aurait pu croire qu'après tout ce que j'ai fait pour lui il m'aurait laissé jeter un petit coup d'œil quand ça lui est tombé entre les mains.

– Ça a dû le rendre fou. Il n'en a pas parlé à sa nièce non plus.

– Oui. La pauvre femme. Tu n'as aucune idée de l'endroit où ces sacrées lettres pourraient se trouver ?

– Non, mais ce que je veux savoir maintenant, et peut-être que là tu peux m'aider, c'est pourquoi un gangster russe s'y intéresse assez pour commettre un crime fédéral. Il n'est probablement pas membre de l'Association des langues modernes.

– Une organisation regorgeant de gangsters et pire encore, observa Mickey en souriant. Mais je vois où tu veux en venir. »

Il a marqué une pause, et une drôle d'expression rêveuse est apparue sur son visage pendant un bref instant, comme s'il venait d'inhaler une bouffée d'opium, les yeux mi-clos, semblant contempler un paradis juste au bout de ses doigts. Il a repris ses esprits avec un déclic presque audible et dit :

« À moins que... »

Je savais exactement ce qu'il voulait dire.

« Oui, à moins que Bulstrode n'ait découvert quelque chose au cours de son voyage en Angleterre qui établirait l'existence de... la chose. Mettons que cette chose existe vraiment, et que ces types – ou ceux qui les emploient – sont au courant et la veulent. Mais il s'avère que les lettres chiffrées font partie du chemin qui y mène. Est-ce qu'on sait même si elles étaient avec cette lettre ?

– C'est à moi que tu le demandes ?

– Eh bien, oui. Tu en sais plus sur ces trucs que n'importe qui hormis Bulstrode lui-même et peut-être Miranda, qui s'avèrent en ce moment tous deux injoignables. De toute évidence, quelqu'un a proposé à Bulstrode un manuscrit. Et s'il y avait d'autres documents dans le paquet, et qu'il avait refusé de les acheter ?

– Impossible ! Il aurait vendu ses deux grands-mères pour un paquet comme celui-là.

– Oui, mais faute d'un marché de grands-mères à la hausse, combien aurait-il dû offrir, disons juste pour l'original de Bracegirdle ?

– Je ne sais pas... cinquante mille, peut-être, si le vendeur voulait du cash rapidement. Aux enchères, Dieu sait dans les combien ce serait allé chercher. Peut-être deux fois ça, trois fois...

– Et est-ce que Bulstrode disposait d'une telle somme en espèces ?

– Bon Dieu, non. Il s'était fait dépouiller par les avocats suite à cette histoire de *Hamlet* bidon. J'ai dû lui faire une avance sur salaire quand il est venu. Attends une minute... !

– Oui, c'est ça. S'il n'avait pas une somme sérieuse, comment a-t-il mis la main sur le manuscrit ? Deux possibilités. Soit il a payé un prix bien inférieur à un propriétaire qui ne savait pas de quoi il s'agissait, auquel cas, lorsqu'il a berné le vendeur en lui faisant croire que le Bracegirdle ne valait pas tant que ça, l'autre, s'il avait les lettres chiffrées, ne les lui a pas proposées du tout. Ou, Bulstrode voit le tout et le vendeur connaît la vraie valeur du lot et il veut un paquet de pognon en échange. Alors pourquoi Bulstrode ne s'adresse-t-il pas à la Folger ? Ou à son bon pote le docteur Haas tant qu'on y est ? »

Un rire amer.

« Parce qu'il savait que j'étais également fauché ?

– Ah oui ? Mais disons que c'est parce que la provenance est douteuse. Le vendeur est lui-même une espèce d'escroc, mais il connaît la valeur de ces lettres en tant que clés menant à quelque chose d'encore plus gigantesque. Alors Bulstrode va voir un big boss et lui propose un marché – aidez-moi à acheter le paquet et nous aurons l'objet le plus précieux sur terre et...

– C'est ridicule ! Enfin, bien sûr, Andrew a pu arnaquer un vendeur naïf, mais il était impossible qu'il connaisse le moindre big boss. Il connaissait à peine qui que ce soit à New York. »

J'ai songé à ce qu'il venait de dire et ai concédé que Mickey avait probablement raison. Miranda avait dit à peu près la même chose. J'ai réfléchi un moment.

« Alors il doit y avoir une tierce partie, ai-je déclaré.

– Tu veux dire quelqu'un qui connaissait la valeur de ce que Bulstrode avait et qui connaissait aussi des gangsters ? Et qui voulait la grosse récompense. Est-ce qu'il y a des gens comme ça ?

– Oui, j'en suis. Je connais un professeur de littérature émérite, toi, et je connais aussi quelques gros bras. Ce n'est probablement pas si rare que nous aimerions le croire. Les agents de change ne semblent jamais avoir de problèmes à trouver un voyou pour buter leur femme. Ou vice versa. En tout cas, Bulstrode est peut-être allé voir cette personne pour lui confier qu'il était sur le point d'obtenir la chose. Cette personne, pour une raison mystérieuse, en informe les gros bras. Bulstrode part en Angleterre puis revient. Il se sait suivi, alors il met le paquet à l'abri chez moi. Puis les gangsters le chopent et le torturent assez pour qu'il dévoile mon nom, et c'est pour ça que je suis dans leur collimateur et que Miranda a été enlevée, parce qu'ils veulent mettre la main sur les lettres chiffrées.

– Que ni elle ni toi n'avez, puisque Bulstrode ne les avait pas. Est-ce qu'on est sûr qu'elles existent ?

– La troisième personne le sait de toute évidence. Dis-moi, Bulstrode t'a-t-il jamais dit le nom de la personne qui lui a vendu le manuscrit ?

– Jamais. Bon sang ! Pourquoi est-ce qu'il n'est pas venu me voir ? Organiser un achat à un prix raisonnable aurait été on ne peut plus simple. »

Je lui ai alors relaté ce que Miranda m'avait dit de la honte qu'éprouvait Bulstrode à cause de l'affaire du faux *Hamlet* et de l'étendue de sa paranoïa. Mickey a secoué la tête.

« Quel pauvre âne ! Bon Dieu, il serait encore en vie. Mais, tu sais, apprendre le nom du vendeur ne devrait pas être si difficile que ça. Andrew notait ses rendez-vous dans un agenda. Ou alors il a pu le payer par chèque. Le problème, c'est que son agenda et son carnet de chèques sont toujours entre les mains de la police.

– Oui. Mais il y a peut-être moyen de contourner ça. Il se trouve que je suis l'avocat de Bulstrode et de son héritière. Je vais voir si les flics me laissent examiner ces documents. »

Etc., etc. Je suis à peu près certain que c'est à ce moment que l'idée de vérifier qui avait vendu les papiers nous est venue. Après avoir quitté Mickey, j'ai reçu sur mon téléphone portable un coup de fil de l'inspecteur Murray, en réponse à celui que je lui avais passé la veille au soir. Il avait, bien sûr, entendu parler de l'effraction, du vol et de l'enlèvement, et il souhaitait me parler. Je lui ai concocté une histoire. Il n'y avait pas eu d'enlèvement, ai-je dit. Mlle Kellogg m'avait appelé pour me dire qu'elle allait bien, qu'elle avait quitté l'appartement avant l'agression, qu'elle avait les papiers sur elle. Ils lui appartenaient, techniquement, et nous n'avions vraiment aucune raison de nous alarmer sous prétexte qu'une femme adulte avait décidé d'aller faire un tour. Il a répondu que c'était la bonne attitude à adopter car il n'y avait clairement pas le moindre lien entre le brouhaha qui entourait mes vieux papiers et la mort d'Andrew Bulstrode, et que l'enquête sur celle-ci était close à partir d'aujourd'hui. Il avait été assassiné par un prostitué homosexuel de dix-neuf ans nommé Chico Garza, qui était détenu par la police et avait fait une confession complète, et il s'agissait bien de ce qu'ils pensaient, un jeu sexuel qui avait mal tourné. Le garçon s'était fait prendre en essayant d'utiliser la carte Visa de Bulstrode.

« Vous aviez donc raison », ai-je concédé, feignant le soulagement.

Une agression dans la rue, une tentative de cambriolage avec violences, une femme qui disparaissait : rien que des coïncidences. Je me suis excusé d'avoir douté de lui, et il a gracieusement répondu que les citoyens, inspirés par les énigmes des films policiers, cherchaient généralement à rendre les choses plus complexes qu'elles ne l'étaient vraiment, alors que les *vrais* crimes étaient le plus souvent stupides et simples, comme ici. Toujours la même chose.

J'ai convenu que c'était probablement vrai et ai supposé que, puisque l'enquête était close, il ne verrait pas d'objection à ce que, en tant qu'avocat dans cette affaire, je jette un coup d'œil à certains des papiers relatifs à l'héritage ? Pas la moindre objection, a-t-il répondu.

La Deuxième Lettre Chiffrée

Monseigneur, soyez assuré que je suis bien contrit de vostre lettre du 16 janvier et m'attacherai à mieux vous plaire dorénavant en écrivant plus brièvement ; car n'ayant que récemment commencé ce travail d'intelligence je ne sçais ce qui mérite d'être écrit et ce qui est déchet et indigne de vostre attention. Nostre stratagème a ainsi progressé : le jour de la feste de la Princesse Élizabeth comme vous l'aviez prédit, une célébration et des festivités furent organisées à White Hall et l'on nous commanda de jouer *Beaucoup de bruit pour rien* et certaines mascarades de M. Johnson. Je suis depuis mon dernier courrier entré dans la compagnie, non seulement en tant que comptable mais aussi comme tous les autres en tant que factotum : je soulève et je porte, je peins et je construis, et outre ces travaux manuels je sers aussi à grossir les scènes, comme soldat, serviteur, et cætera avec de fausses robes, berceaux, épées d'étain, et cætera, au péril de mon âme il me semble, mais Dieu le comprendra et pardonnera, car je ne déclame point sur la scène. Durant ces semaines j'ai été souvent avec W. S. car il m'apprécie et me loge dans sa maison près de Black-Fryares. Le jour susmentionné j'estois censé être le Gardien de nuit et aussi serviteur de Don Pedro ; mais après presque une heure de représentation notre M. Usher eut le malheur de tomber de la scène et ne put plus se tenir. Je dus donc aussi jouer le Garçon, c'est-à-dire un rôle parlant, mais seulement deux répliques, et je jure que je préférerois affronter le tercio de Séville au champ de bataille que de parler devant un public, d'autant que celui-là estoit royal ; mais je fis bien, bien que je tremblasse.

Le Roy s'endormit à l'Acte III, ce qu'il fait chaque fois m'a-t-on dit, mais la Reine et la Princesse applaudirent à tout rompre, puis l'on nous donna des gâteaux et du vin de malvoisie dans une salle à l'écart. Arriva alors un noble seigneur magnifiquement vestu, Sir Robert Veney, qui estoit de la partie de Monseigneur le Comte de Rochester. Il s'entretint avec W. S. et M. Burbadge, puis W. S. me fit signe d'approcher avec sur son visage une mine confuse. J'y allai et Veney me mena un peu à l'écart et me demanda si je sçavois ce qui se tramoit. Oui, monsieur, répondis-je ; car vous m'en avez parlé dans vostre lettre, Monseigneur, et il me donna secrètement (du moins sous l'apparence du secret) une lettre scellée et dit : « Mon garçon, j'aimerois maintenant voir la peur sur ton visage, comme si tu avois vu un fantôme. » Puis il partit. Je serrai la lettre contre ma poitrine et n'eus point besoin du talent d'acteur pour trembler et monstrer un visage effrayé.

Tous désiroient apprendre de quoy m'avoit entretenu le Seigneur Veney, mais je refusai, disant que c'estoit une affaire privée, et tous me moquèrent : quelle affaire privée un seigneur a-t-il avec une personne telle que toy si ce n'est la débauche ? Et ils firent moult mots d'esprits sur ce sujet, se saisissant l'estomac et s'amusant et m'appelant la catin de Lord Débauche. Mais je vis que W. S. ne se joignoit point à eux, ou à peine, et qu'il m'observoit avec quelque gravité.

Le lendemain à Black-Fryares, il entra dans le réduit où j'estois seul face à mes livres de comptes et s'assit : « Dick, dit-il, tu es un garçon à la mine brave mais point assez beau me semble-t-il pour attiser le désir de Sir Robert Veney, et de plus tu es fait pour posséder des jeunes femmes. Allons, n'ai-je point été ton bon cousin ? Dis-moy ce qui s'est passé entre toy et ce gentilhomme ; ou si sur ton honneur tu ne me le puis dire dans le détail, alors peins-moy l'affaire dans ses grands traits pour que je connoisse sa forme et m'assure qu'elle ne concerne ni moi ni cette compagnie. » « Pourquoy croyez-vous, monsieur, demandai-je, qu'elle pourroit vous concerner ? » Il toucha alors l'insigne royal sur sa livrée et dit : « Garçon, tu n'es point sot. Nous sommes les Hommes du Roy et ce Veney est avec Lord Rochester, et ce Lord gouverne le Roy, comme chacun le sçait. Or, si Monseigneur doit s'entretenir avec la compagnie il s'adressera à moy, ou à M. Burbadge, ou à M. Hemmynge, ou à tout autre associé : aussi dois-je te demander pourquoy il a mandé un garçon ; un garçon récemment venu à nous en prétendant être mon cousin ; un garçon qui lorsqu'il s'assoye pour dîner fait secrètement le signe de croix sur son cœur. Donc, cousin, ne mens point. » Et il me regarda fixement avec un air sévère que je ne luy avois jamais vu : et je pensai, il voit tout, me voilà découvert ; mais je rassemblai mon courage en pensant aussi : ah, il mord à l'hameçon.

Je tombai alors à genoux en implorant : « Oh mon cousin, épargnez vostre colère bien que je sois un traistre ; je suis chargé de vous espionner pour Lord Rochester. » Il pâlit : « Comment cela est-il, demanda-t-il, je n'ai rien fait contre ce noble seigneur et il semble encore me traiter aimablement. » « Oh monsieur, dis-je, il est question de graves affaires de foy et de politique et des intentions des puissants, et je ne suis qu'un pauvre garçon, un marin naufragé, et je ne sçais comment je me suis trouvé mêlé à ces choses. » Je me mis alors à pleurer, et ces larmes estoient réelles, je le jure. Il me demanda : « Es-tu vrayment mon cousin ou estoit-ce une fausse invention ? » Je répondis : « Non, ce n'estoit que vérité et je jure sur la tombe de ma mère que le Comte m'a choisi pour cette raison, afin que j'obtinsse vostre confiance. »

Puis il m'aida à me rasseoir sur ma chaise et me demanda : « Allons, sois un homme, mon garçon, et dis-moy tout. » Je luy contai donc tout ce que nous avions convenu entre nous, Monseigneur, et tout ce qui estoit écrit dans vostre dernière lettre, à sçavoir : le Roy désire une alliance Catholique pour le Prince Henry au nom de la paix, ce que les Puritains au Parlement condamnent justement. Monseigneur le Comte y est favorable et en a la charge, ce qui luy vaut d'être haï des Puritains ; ces fripons s'écrient que la défunte Reine ne nous traitoit point ainsi (je crois que si, mais leur mémoire s'efface avec le temps), et ils grondent que le Roy n'est que le rejeton d'une putain papiste. Le Roy s'inquiète de cette comparaison et du mépris envers la Reine sa mère, et il se veut monstrer en plus grand monarque qu'Élizabeth. Aussi Monseigneur le Comte a-t-il conçu un plan. Et si une pièce estoit écrite sur Marie Reine d'Écosse, qui la monstreroit sous un jour meilleur et dépeindroit la vieille Bess comme une harpie tyrannique à la botte des Puritains hypocrites, une pièce qui lorsqu'elle seroit entendue tempéreroit les sentiments du peuple envers la Reine d'Écosse. Car telle chose a déjà esté faite : Harry Bolingbroke ne fut-il point l'usurpateur anobli et Dick le Bossu la cruelle canaille ? Et telle pièce ne gêneroit-elle point la faction Puritaine et ne tourneroit-elle point le peuple contre elle ? Et qui en Angleterre écrit le mieux de telles pièces ?

Il comprit alors où je voulois en venir et s'écria : « Quoi, il veut que j'écrive cette pièce ? » « Oui, cousin, dis-je, c'est ce que vous commande Sa Seigneurie le Comte. » Mais W. S. s'indigna qu'on n'avoit jamais ouï parler de telle pièce. « Tu sçais que le Roy a renvoyé les garçons de Black-Fryares et ruiné leur compagnie suite à un affront contre l'Écosse dans leur *Edward II*, que feroit-il d'une pièce portant affront à la grande Élizabeth et à toute l'Église protestante ? Morbleu ! Je ne te crois point, garçon ; ce doit être quelque ruse montée contre moy par mes ennemis. »

Ces paroles me laissèrent quelque peu déconcerté, Monseigneur, car je le vis près de découvrir nos stratagèmes, mais je dis : « Non, monsieur, car c'est un commandement du Comte, regardez : c'est pour quoy le seigneur Veney m'a approché moy et non point vous ni un autre associé. Des espions nous observent qui ne doivent point sçavoir que cela vient du Comte. Vous devez l'écrire en secret, seuls vous et moy le sçaurons, puis vous la monstrerez au Comte, qui adoucira le Roy pour la laisser jouer. Car Sa Majesté est timorée ; elle voudroit écraser les Puritains mais n'ose point, du moins point encore. Cette pièce fait partie d'un plan plus vaste qui nécessite plus de temps : l'alliance Espagnole, les nouveaux évesques, les nouvelles loys constre les conventicules Puritains et le secours aux Papistes. » Comme je disois cela, je l'étudiai de près mais son visage ne laissoit rien paraistre. « Pourquoy, demanda-t-il, le Roy favoriseroit-il les Papistes qui l'ont presque tué en l'An Cinq ? » Et je répondis : « Pourquoy donneroit-il son fils à ceux qui payèrent Guy Fawkes ? Ainsi est la politique, cousin, et les gens tels que nous ne la pouvons point comprendre, mais nous devons faire ainsi que nous demandent les puissants. Ainsi une chose est certayne : le Roy a besoin que ses évesques gouvernent l'Église et en ceci il est plus proche des Papistes que des Puritains. » Mais W. S. ne me croyant toujours point, je produisis la lettre contrefaite avec le sceau de Monseigneur de Rochester : « Alors croyez ceci », dis-je, et je la luy tendis. Il la lut ; puis il dit : « Monseigneur la désire pour la Noël. » Je demandai : « Ne la pouvez-vous point faire d'ici là ? » « Si, répondit-il, j'ai une petite chose à terminer, une pièce sur le Nouveau Monde avec un naufrage, des isles magiques et ce maistre d'équipage ; deux semaines suffiront à l'achever. Ensuite je pourrai commencer cela, et que Dieu nous préserve. » Et sur ces mots il se signa comme je le fais, et je pensois de par moi-mesme, monsieur, nous vous tenons.

Alors son visage soucieux s'éclaircit soudain et il dit : « Tu as promis de me monstrer comment pratiquer l'arithmétique à la nouvelle manière », et comme il ne trouvoit point le mot je dis : « Vous voulez dire l'algorithme ? » Il écrivit ce mot dans son livre et demanda en quelle langue il estoit. Je répondis : « Mon maistre affirmoit que c'estoit de l'Arabe », et il le répéta plusieurs fois. Nous commençâmes donc à étudier l'arithmétique et il me semble, Monseigneur, que nous devons passer vite à l'action et être prudents si nous voulons l'attraper. Car jamais je ne vis homme si fermé et impénétrable. M. Burbadge joue son rôle sur la scène, certes, mais dès lors qu'il la quitte, il redevient luy-mesme : mais ce Shaxespure joue encore et toujours et je crois que personne ne peut voir l'homme caché sous l'acteur. Avec tout l'honneur et le respect que je vous dois, Monseigneur, que Dieu déjoue les ennemis de la vraye religion, à Londres ce vendredi 26 janvier 1610.

RICHARD BRACEGIRDLE

12

Crosetti avait été interrogé des centaines de fois par la police, mais jamais auparavant par un agent qui n'était pas un parent proche. Il trouvait beaucoup plus facile de mentir à des inconnus, d'autant qu'ils le manipulaient prudemment. Ils étaient tous dans le salon de la maison de famille, l'inspecteur Murray perché sur le divan, l'inspecteur Fernandez dans le fauteuil qui lui faisait face, son carnet à la main, Crosetti dans le dernier fauteuil de l'ensemble de brocart bleu usé ; des tasses étaient posées sur la table basse, Mary Peg ayant servi le café avant de faire sa sortie discrète. Derrière la tête de Crosetti se trouvait un grand portrait peint à partir d'une photo et représentant le lieutenant Crosetti, flic héroïque, dans son uniforme couvert de lourdes médailles, entouré de sa jeune famille.

Les yeux des deux flics se tournaient de temps à autre vers l'icône tandis qu'ils posaient leurs questions : ils ne risquaient pas de malmener les Crosetti. De toute manière, hormis sa complicité dans la conversion de la propriété de Sidney Glaser (les manuscrits de Bracegirdle) pour un usage non autorisé, Crosetti n'avait rien fait d'illégal, et les policiers ne l'interrogeaient pas sur ça. Ils voulaient des informations de routine sur Bulstrode car ils avaient trouvé le nom de Crosetti dans son carnet de rendez-vous et ils effectuaient les vérifications habituelles. Ils ne se souciaient guère de Rolly ; le fait qu'elle avait disparu les intéressait, mais lorsque Crosetti leur parla de la lettre de Londres, leur intérêt s'évanouit. Quitter le pays n'était pas un crime. Crosetti savait qu'il était inutile de leur demander où en était l'enquête sur le meurtre ; les flics n'étaient pas là pour fournir des informations mais pour en recueillir. Ils restèrent vingt minutes, dont une partie consacrée à ressasser des souvenirs du défunt lieutenant Crosetti, puis ils repartirent, aussi enjoués que peuvent l'être des inspecteurs de la criminelle.

Mais quand le flic était votre *sœur*, c'était une autre histoire, et lorsque Patty Dolan arriva quarante minutes plus tard, Crosetti aurait été parfaitement enclin à lui rentrer dans le lard. Après avoir établi qu'il n'était qu'un personnage mineur dans la vie de la victime, il demanda :

« Alors, vous en pensez quoi vous autres ? »

Il parlait des collègues flics de sa sœur ; en posant cette question, il regarda aussi sa mère.

« Eh bien, le type était britannique et gay, répondit Patty. Ils pensent à un jeu sexuel qui aurait mal tourné.

– J'en doute, dit Crosetti.

– Pourquoi, tu as couché avec lui ? demanda la grande sœur. Tu as exploré toutes ses petites déviances ?

– Non, et toi ? La première fois que je l'ai vu je me suis dit, hé, ce type plairait vraiment à Patty. Il est gros, il transpire, il est chauve... »

C'était une allusion à Jerry Dolan, son mari. Chez les Crosetti, se moquer des imperfections physiques des autres faisait partie du jeu. Patty Dolan en avait elle-même fait les frais en grandissant. Elle était trapue, avait un visage aux traits marqués qui rappelait le portrait de son père. Elle avait aussi les mêmes cheveux noirs, mais avec les yeux bleus de la mère.

« C'est toi qui dis ça », rétorqua l'inspectrice, projetant sa main en avant d'un geste entraîné pour tordre le gras qui entourait la taille de Crosetti.

D'une tape, il lui fit ôter sa main, puis dit :

« Non, sérieusement. Je suppose que tu sais qu'il a été impliqué dans une grosse escroquerie il y a quelques années. Et il m'a arnaqué sur un manuscrit précieux. Ça dénote un sale tempérament.

– Qui aurait pu s'étendre à sa vie sexuelle. Où veux-tu en venir ?

– Je ne sais pas, répondit Crosetti. Mais regarde ce qui s'est passé. Il m'arnaque puis il disparaît en Angleterre. Carolyn Rolly plaque tout et disparaît aussi en Angleterre, ou c'est ce qu'elle affirme dans une lettre dont je sais avec certitude qu'elle contient neuf dixièmes de baratin. Puis Bulstrode revient et se fait torturer à mort. Avez-vous retrouvé ce manuscrit sur lui ?

– Je ne sais pas. Je ne suis pas sur l'affaire.

– Eh bien, si le manuscrit a disparu, vous l'avez votre mobile.

– Combien il vaut ?

– Difficile à dire. Selon Fanny, peut-être cinquante mille aux enchères. »

À ces mots l'inspecteur Dolan arqua un sourcil et fit la moue.

« C'est beaucoup d'argent.

– Des clopinettes comparé à sa vraie valeur.

– Qu'est-ce que tu veux dire ? »

Crosetti regarda sa mère.

« Est-ce qu'on lui dit ?

– À moins que tu ne préfères qu'elle te fasse cracher le morceau par la force, répondit Mary Peg. »

Crosetti lui raconta donc ce qu'ils savaient et ce que la lettre de Bracegirdle suggérait, après quoi Patty se tourna vers sa mère.

« Tu crois tout ça ?

– Je ne sais pas, répondit Mary Peg. Fanny affirme que les feuilles originales proviennent bien du XVIIe siècle, alors peut-être que le contenu de la lettre est lui aussi authentique. Il pourrait vraiment y avoir un manuscrit inconnu de William Shakespeare enterré quelque part. Peut-être que Bulstrode avait une piste, peut-être pas. Peut-être qu'il en a parlé à quelqu'un quand il le cherchait en Angleterre et peut-être que c'est arrivé aux oreilles du genre de personnes prêtes à tuer pour de l'argent.

– Ça fait beaucoup de " peut-être", maman. Ce que je n'aime pas, c'est qu'Allie soit mêlé à une série d'événements menant à un assassinat vraiment affreux. Et qu'il ait eu une liaison avec cette femme qui a disparu.

– Qu'est-ce que ça veut dire ? demanda Crosetti.

– Juste qu'en regardant ça avec un œil de flic, si on suppose une minute que ce meurtre n'est pas juste une histoire de sexe comme le pensent les types sur l'affaire, il est bien plus probable que ce soit une escroquerie, comme celle qui avait déjà causé des soucis à Bulstrode. Quelqu'un glisse un indice bidon dans un vieux livre pour qu'il soit découvert par quelqu'un – cette Rolly – qui le passe ensuite à Bulstrode... tu secoues la tête. »

Crosetti avait en effet secoué la tête, et il déclara, d'un ton quelque peu acerbe :

« Non, la découverte était authentique. J'étais là, Patty. C'est à la suite d'un pur accident que ces livres ont brûlé et qu'ils ont été cassés.

– Vrai, mais elle avait pu préparer ces feuilles et faire semblant de les trouver dans ces livres.

– Et quelqu'un les aurait glissées dans tous les volumes en espérant un incendie ? Tu délires. Je les ai vues sortir de ces couvertures de mes propres yeux.

– Oh, en voilà une preuve ! N'importe quel escroc pourrait effectuer ce genre de tour de passe-passe. Désolée, mais quand j'entends parler de trésor secret et de manuscrit mystérieux, je fais gaffe à mon porte-monnaie.

– C'est ridicule, rétorqua Crosetti en élevant la voix. C'est un vrai manuscrit, écrit par un type qui a existé, et le chiffrement est lui aussi réel. Demande à Fanny si tu ne me crois pas. Ou à Klim.

– Klim ?

– Oui, notre nouvel invité. Il est dans ton ancienne chambre. »

Patty toisa sa mère.

« Ne me lance pas ce regard de flic, Patricia, dit celle-ci. C'est un gentleman polonais parfaitement respectable qui nous aide à déchiffrer ces lettres. Et je dois dire que tu es indûment soupçonneuse, voire injuste, envers ton frère.

– Soit », fit Dolan en soupirant. Vous perdiez à coup sûr si vous vous placiez entre Mary Peg et son bébé. « Mais si un personnage mielleux débarque avec un paquet dont il prétend que c'est le manuscrit de Shakespeare et demande dix mille dollars en signe de bonne foi...

– Oh, ne sois pas ridicule ! » s'exclamèrent la mère et le fils presque simultanément, ce qui fut suffisamment drôle pour faire baisser la tension.

L'inspectrice de la famille dit qu'elle se tiendrait au courant de l'affaire Bulstrode dans la mesure où le permettaient ses obligations et le protocole du département et qu'elle les informerait de toute découverte significative.

« Je vais voir si Radi veut du café, dit Mary Peg dès qu'elle fut partie. Je crois qu'il n'a pas dormi de la nuit.

– Radi ?

– Oh, occupe-toi de tes oignons ! » lança Mary Peg.

Elle quitta la cuisine, abandonnant Crosetti à ses réflexions sur les catégories maman et romance, deux mots qui jusqu'alors n'avaient rien en commun. Il alla au travail, où il dut dissimuler le fait qu'il en savait un paquet sur Bulstrode et ses récentes activités tandis que Sidney Glaser n'arrêtait pas de répéter que c'était vraiment affreux de connaître quelqu'un qui s'était fait assassiner, encore un signe de l'effondrement de la ville et de la civilisation occidentale. À son retour ce soir-là, il trouva une maison pleine de l'odeur riche du ragoût qui mijote. Dans la cuisine, sa mère et Radeslaw Klim buvaient du sherry et riaient. Elle n'était pas assise sur ses genoux, mais Crosetti n'aurait pas été surpris si ça avait été le cas, étant donné l'atmosphère qui régnait dans la pièce : il n'y avait pas que la casserole sur la gazinière qui dégageait de la chaleur.

« Bonsoir chéri, lança gaiement Mary Peg, sers-toi un verre de sherry. »

Crosetti n'avait jusqu'alors jamais été accueilli de cette manière à la maison. Il regarda sa mère, et observa qu'elle semblait avoir rajeuni de dix ans. Deux marques rose vif barraient ses joues, mais elle avait une pointe de nervosité dans les yeux, comme si elle était à nouveau une jeune fille accueillant un garçon sur sa terrasse, pendant que son père les observait en douce. Klim se leva, ils échangèrent une poignée de main formelle. Crosetti avait l'impression d'être dans un film, pas l'un de ceux qu'il dirigerait ou même qu'il voulait voir, l'une de ces farces familiales où la mère célibataire s'entiche de l'homme peu recommandable et où les gamins conspirent pour les faire rompre, pour finalement découvrir...

Mais avant qu'il ait pu adopter une attitude pour cacher sa gêne, Mary Peg dit, de sa voix d'hôtesse, un gazouillement qui ne lui ressemblait pas :

« Je parlais juste à Radi de ton goût pour les films polonais. Il est très calé sur le sujet.

– Vraiment ? » répondit poliment Crosetti.

Il s'approcha du coin du comptoir de la cuisine où était posée une carafe (il y en avait toujours eu une à cet endroit) et se remplit à ras bord un verre à jus de fruits.

« Pas du tout, objecta Klim. Je suis juste un fan. Bien sûr, je n'ai pas besoin des petits mots au bas de l'écran pour apprécier.

– Hum, hum. Quels films polonais en particulier ?

– Oh, récemment j'ai aimé *Życie jako śmiertelna choroba* de Zanussi. Très beau, bien que le... comment dites-vous ? Prêche catholique ?

– Prosélytisme.

– Oui, c'est ça. C'est trop grossier, aussi – comment vous dites – *évident*, pour moi. Bien sûr, Kieślowski a fait la même chose en plus subtil. Il disait souvent, on ne tape pas sur la tête avec l'Église, c'est aussi mauvais que taper sur la tête avec le communisme. C'est suffisant que nous ayons un cinéma moral, inutile que ça se voie. Comme par exemple *Trois couleurs* et bien sûr *Le Décalogue*.

– Attendez une minute, vous *connaissiez* Kieślowski ?

– Oh, oui. C'est un très petit pays, nous venions du même quartier à Varsovie et je suis juste un peu plus âgé que lui. On jouait au football dans la rue et ainsi de suite. Plus tard j'ai pu lui rendre service.

– Vous voulez dire, pour ses films ?

– Indirectement. On m'a chargé de l'espionner puisque je le connaissais déjà. Je vois que vous êtes choqué. Tout le monde était espionné et tout le monde espionnait. Lech Wałęsa lui-même a été un agent pendant un moment. Le mieux qu'on pouvait espérer, c'était de tomber sur un espion compatissant qui ne rapporterait que ce qu'on voulait que les autorités sachent. Il en était ainsi avec Krzysztof. »

Après cela, pendant une vingtaine de minutes, les deux hommes discutèrent de films polonais, l'une des passions de Crosetti, qui apprit enfin à prononcer le nom des réalisateurs et des films qu'il vénérait depuis des années. La conversation en revint au grand Kieślowski, et Klim ajouta :

« J'étais dans l'un de ses films, vous savez.

– Sans blague !

– Ce n'est pas du tout une blague. *Robotnicy* en 1971. J'étais l'un des jeunes policiers au fond, un briseur de grèves. Une période assez dingue, qui me semble très similaire à celle de votre Bracegirdle. Je dois dire que j'ai fait quelques progrès sur votre chiffrement.

– Vous l'avez déjà percé ?

– Hélas, non. Mais j'ai identifié son type. Extrêmement intéressant pour un chiffrement classique, me semble-t-il, unique même. Vous voulez que je vous montre ? Ou que j'attende après l'excellent souper de votre mère.

– Oh, s'il vous plaît, montrez-nous, dit Mary Peg. J'ai une salade à préparer et nous pouvons manger le ragoût n'importe quand. »

Klim fit son habituelle petite courbette hésitante et quitta la pièce. Crosetti croisa immédiatement le regard de sa mère et roula des yeux.

« Quoi ? demanda-t-elle, défiante.

– Rien. C'est juste que ça va plutôt vite. Nous vivons seuls ici depuis des années et tout d'un coup nous nous retrouvons dans un film polonais.

– Oh, arrête ! répliqua Mary Peg avec un geste dédaigneux. C'est un homme charmant, et il a beaucoup souffert – sa femme est morte, il a été en prison. Ça fait des années que Fanny veut que je le rencontre. Tu l'aimes bien, non ?

– Hé bien, oui. De toute évidence pas autant que toi. Donc... est-ce que tous les deux... ? »

Il se frotta les mains, comme s'il étalait de la pommade sur ses paumes. Elle attrapa une cuiller en bois et le tapa vivement sur le sommet de la tête.

« Fais attention, mon pote. Je peux encore te flanquer une fessée. »

Et ils éclatèrent tous les deux d'un rire sonore.

Ils riaient toujours lorsque Klim revint les mains chargées d'une liasse de papier d'imprimante recouverte de lignes de texte denses et d'un bloc couvert d'une écriture européenne soignée. Klim s'assit près de Crosetti et sourit poliment.

« On s'amuse ? Bien. Ça aussi sera peut-être amusant. Donc. Vous pouvez voir à mes yeux rouges que j'ai passé l'essentiel de la nuit avec des collègues à travers le monde et nombre d'entre eux m'ont fait part de leurs commentaires sur ce cryptogramme des plus fascinants. Donc nous commençons bien sûr par travailler sur la superposition de Friedman. C'est élémentaire, oui ? Nous devons distinguer les différents alphabets utilisés dans les chiffrements polyalphabétiques pour pouvoir trouver la solution de Kerckhoff grâce à l'analyse de fréquence ; et nous faisons ceci en superposant une ligne de texte chiffré à une autre pour trouver des coïncidences. Si nous le faisons correctement, le nombre de lettres coïncidant approchera la valeur *kappa sub p* ou approximativement sept pour cent. C'est clair, oui ?

– Non. Peut-être que vous pourriez aller directement à la conclusion. »

Klim eut l'air déconcerté et se mit à feuilleter les pages.

« La conclusion ? Mais la conclusion est chiffrée comme tout le reste...

– Non, c'est une façon de parler. Je veux dire, s'il vous plaît, résumez vos découvertes sans tout le jargon technique.

– Ah, oui. La conclusion. La conclusion est que nous ne pouvons pas effectuer la superposition sur ce chiffre car la clé ne se répète pas du tout dans le nombre de caractères chiffrés que nous avons, à savoir 42 466. Aussi, nous trouvons que la clé génère un trop grand désordre, beaucoup plus grand que ce à quoi on s'attend pour une clé courante provenant d'un livre, alors nous ne pouvons pas faire une analyse à partir de mots fréquemment utilisés. Donc, soit votre homme n'utilise pas une *tabula recta* ordinaire, ce qui me semble très improbable, soit il a découvert un système à usage unique trois cents ans avant Mauborgne, vers 1918. Ce que je ne peux pas croire non plus. Il n'y a aucune trace d'une telle découverte. En fait, même le chiffre de Vigenère n'était pas beaucoup utilisé. La plupart des services d'intelligence européens se satisfaisaient de simples nomenclateurs jusqu'à l'arrivée de la télégraphie, et même après. Il n'y a pas besoin d'une sécurité aussi haute. Ce serait un sacré coup de vol.

– Vous voulez dire un coup de bol, le reprit Crosetti. Donc, si ce n'est pas un système à usage unique, qu'est-ce que c'est ?

– Ah, j'ai une théorie. Je crois que votre homme a débuté avec une simple clé courante, tirée d'un livre, comme nous l'avons cru tout d'abord. Mais je crois aussi qu'il était très intelligent et qu'il a vite vu comment une clé courante tirée d'un livre pouvait être compromise par la substitution. Il a donc pu transformer sa *tabula* en une sorte d'alphabet mêlé, afin de déguiser les digrammes fréquents tels que *tt*, *ss*, *in*, *ch*, et ainsi de suite, mais nous ne pensons pas qu'il ait fait ça. Non, je pense qu'il a simplement combiné deux méthodes bien connues à l'époque. Je crois qu'il a associé une grille à une clé courante tirée d'un livre. C'est une manière de générer une clé pseudo-aléatoire de longueur arbitraire.

– Ce qui signifie ? Je veux dire pour ce qui est de déchiffrer ?

– Eh bien, malheureusement ça signifie que nous sommes bloqués. Comme vous le savez, les masques jetables sont indéchiffrables. Certes, il ne s'agit pas d'un vrai masque jetable. Si nous avions dix mille messages, je suppose que nous pourrions faire quelques progrès, même en décoder mille. Mais ces quelques cryptogrammes sont absolument sûrs.

– Même avec des ordinateurs, la force brute...

– Oui, même avec. Je pourrais vous le démontrer mathématiquement...

– Non, j'ai toujours été nul en algèbre.

– Vraiment ? Mais vous êtes une personne intelligente et c'est tellement facile ! Pourtant, vous comprendrez si je dis que c'est comme une équation à deux inconnues, les inconnues étant le texte de la clé et le texte chiffré. Exemple : quelle est la solution de $x + y = 10$?

– Heu... x égal un, y égal neuf.

– Oui. Mais aussi deux et huit, ou trois et sept, ou cent et moins quatre-vingt-dix, et ainsi de suite, et c'est la même chose avec les systèmes à usage unique. Pour résoudre un cryptogramme, vous devez avoir une solution unique pour chaque lettre particulière, peu importe qu'elle soit déguisée par de multiples alphabets et clés. Sinon, comment distinguer entre "fuyez tout de suite" et "venez à Paris" ? Les deux peuvent être dérivés à partir d'exactement le même texte chiffré avec un système à usage unique. Même si vous trouvez une partie de texte déchiffré vous n'êtes pas plus avancé car il est impossible de remonter à l'envers depuis le texte déchiffré jusqu'au texte chiffré pour déterminer quelle est la clé, car cette clé change continuellement et n'est jamais réutilisée. Non, ce texte est indéchiffrable, à moins, bien entendu, que vous ayez à la fois le livre et la grille qu'il a utilisés.

– Je croyais que nous avions le livre. Vous aviez dit que c'était la Bible.

– J'ai dit *probablement* la Bible. J'en ai parlé à Fanny et elle affirme qu'ils auraient plus que probablement utilisé une édition de la Bible de Genève datant de 1560 ou postérieure. C'était la Bible la plus populaire de l'époque, la "Bible Breeches", comme on l'appelait, très commune et aussi portable, vingt-deux centimètres sur dix-sept. La grille serait en carton ou en métal fin, les trous percés dessineraient peut-être un motif simple pour déguiser son utilisation secrète. Votre Bracegirdle place la grille sur les pages dont il a préalablement convenu avec son interlocuteur, puis il recopie les lettres qui apparaissent sous ces trous. C'est sa clé. Il recopie suffisamment de lettres pour chiffrer le message et de l'autre côté son interlocuteur fait la même chose, mais à l'envers. Pour le message suivant il utilise une autre page. Comme je dis, si nous avions des millions de caractères de texte chiffré et qu'il était obligé de *répéter* les mêmes positions de grille sur les pages, alors on pourrait résoudre ce problème par les méthodes habituelles, mais pas dans l'état actuel. Je suis désolé. »

Et il semblait vraiment désolé, Crosetti n'avait jamais vu quelqu'un de si désolé, c'en était presque comique, comme un clown triste. Mais à ce moment, Mary Peg annonça que le dîner était prêt et posa une énorme soupière pleine d'agneau fumant devant eux, et l'expression de Klim passa en un instant à un air de ravissement absolu. Crosetti se sentit lui-même un peu plus gai. Ça le rassurait toujours d'être dans un scénario de film, et maintenant, comme il l'avait dit à sa mère, ils étaient dans un film polonais : des gens croulant sous le poids de l'histoire et de problèmes insolubles reprenant vie à la perspective d'un bon repas chaud.

Vers la fin du dîner, Klim revint au sujet qu'ils avaient évité durant leur agréable repas.

« Vous savez, il y a une chose qui me trouble, dit-il d'un air songeur. Pourquoi un chiffre ?

– Que voulez-vous dire ? demanda Crosetti.

– Eh bien, cet homme, votre Bracegirdle, dit qu'il espionnait Shakespeare pour le gouvernement anglais. Moi aussi j'étais espion pour le gouvernement, et j'ai écrit des rapports, comme des milliers de mes concitoyens. Il y en a des tonnes et des tonnes dans les archives de Varsovie, pas un seul n'est chiffré. Ce sont seulement les espions étrangers qui utilisent les chiffres. Un Espagnol espionnant des Anglais utiliserait un chiffre. Ou si votre homme était à l'étranger et vous envoyait des messages, alors il ferait la même chose. Mais les espions du gouvernement n'utilisent pas de chiffres. Pour quoi faire ? C'est leur gouvernement qui ouvre le courrier, oui ?

– Ils étaient paranos ? suggéra Crosetti. Peut-être qu'ils se disaient que les gens après qui ils en avaient savaient aussi ouvrir le courrier ? »

Klim secoua la tête, faisant trembloter sa crête blanche de façon amusante.

« Je ne crois pas que ce soit possible. Les espions *créent* des messages secrets, ils ne les déchiffrent pas. Les chiffres et les codes sont utilisés par les gouvernements seulement quand ils pensent que d'autres gouvernements les liront. Ce chiffre que nous avons ici, il est difficile à utiliser, oui ? Chaque lettre doit être chiffrée à la main, et au moyen d'une clé qui est très laborieuse à générer. Pourquoi ne pas simplement écrire en clair et donner la lettre au messager royal ?

– Je sais pourquoi », dit Mary Peg, après que le groupe eut plongé dans un silence pensif.

Les hommes la regardèrent, le plus âgé d'un air ravi, le plus jeune avec incertitude. « Pourquoi ? demanda celui-ci.

– Parce qu'ils ne travaillaient *pas* pour le gouvernement. Ils complotaient *contre* le roi et ses politiques. N'avez-vous pas lu toutes ces histoires de mariage du prince avec une catholique dans les comptes rendus de Bracegirdle, et comment ils allaient forcer le roi Jacques à s'opposer encore plus aux catholiques ? Enfin quoi, c'était ça, le but de toute l'opération. Ils allaient détruire le théâtre et discréditer les politiques procatholiques d'un seul coup. Ils ne pouvaient pas laisser qui que ce soit dans l'entourage du roi ou dans l'administration découvrir ce qu'ils faisaient, et c'est pour ça qu'ils ont utilisé ce chiffrement complexe. »

Après quelques discussions, ils concédèrent que cette interprétation avait du sens. Klim était particulièrement généreux dans ses louanges. Mary Peg attribuait ses talents à son éducation irlandaise, au cours de laquelle elle avait appris à rechercher la fourberie et la perfidie les plus extrêmes chez les Anglais. Crosetti était également impressionné, mais pas surpris, car il avait été élevé par cette femme ; il était toutefois heureux de voir que son intelligence lui valait l'admiration d'un espion formé par le KGB. À ce stade, la grande carafe de rouge californien qui était pleine en début de soirée était presque vide. La conversation désormais quelque peu alcoolisée revint aux films. Klim raconta quelques anecdotes sur Kieślowski, fournissant à Crosetti des munitions pour bon nombre de conversations de bar à venir, après quoi Crosetti lui demanda ce qu'il pensait de Polanski. Klim renifla, tira d'un air songeur sur le bout de son nez, et répondit :

« Je ne peux pas l'aimer. Je ne suis pas un ami du nihilisme, même exécuté avec brio.

– Vous êtes un peu dur, vous ne trouvez pas ? Vous avez dit tout à l'heure que vous trouviez Zanussi *trop* religieux. La religion, ou l'absence de religion, n'est pas le sujet. C'est un grand réalisateur. Il sait raconter une histoire à l'écran avec des personnages vivants et un rythme et une ambiance terribles. Ça revient à dire que si vous aimez *Rosemary's Baby*, vous êtes du côté du diable.

– N'est-ce pas le cas ? »

Crosetti était sur le point de se lancer dans un exposé sur l'esthétique pure du cinéma, mais cette réponse à ce qu'il prenait pour une question purement rhétorique lui parut inadaptée. Il regarda Klim pour s'assurer qu'il était sérieux, observa ses yeux bleu pâle, qui l'étaient assurément, on ne peut plus sérieux.

« Si le cinéma, poursuivit Klim, ou n'importe quel art d'ailleurs, ne repose pas sur quelque base morale, alors autant observer des motifs oscillants ou des scènes aléatoires. Je ne précise pas quelle est cette base morale, je dis juste qu'il devrait y en avoir une. L'hédonisme païen est une base morale parfaitement acceptable pour une œuvre d'art, par exemple, comme à Hollywood. Le bonheur domestique. La romance. Ça n'a pas besoin d'être... quel est le mot ? Là où le méchant meurt toujours et le héros a la fille...

– Un mélodrame ?

– C'est ça. Mais ça ne peut pas être *rien*. Ça ne peut pas être le diable se moquant de nous, ou alors pas juste ça.

– Pourquoi pas ? Si c'est la façon dont vous voyez le monde.

– Parce qu'alors l'art suffoque. Le diable ne nous donne rien, il prend seulement, il prend. Écoutez, en Europe, au siècle dernier, nous avons décidé de ne plus vénérer Dieu, à la place nous avons vénéré les nations, les races, l'histoire, les classes ouvrières, tout ce que vous voulez, et le résultat, c'est que tout est complètement en ruine. Et donc ils ont dit, enfin les artistes ont dit, ne croyons plus à rien qu'à l'art. Ne croyons plus, c'est trop douloureux, ça nous trahit, alors que nous avons confiance en l'art, nous le comprenons, alors croyons au moins à ça. Mais l'art aussi trahit. Et aussi, il n'est pas reconnaissant pour la vie.

– Que voulez-vous dire ? »

Klim se tourna vers la mère de Crosetti avec un sourire qui transforma totalement son visage et fit entrevoir à Mary Peg l'image décolorée de l'homme qu'il était quand il connaissait Kieślowski.

« Je ne m'attendais pas à parler de telles choses. Nous pourrions être dans un café enfumé de Varsovie.

– Je peux brûler quelques toasts pour la fumée, dit Mary Peg. Mais que vouliez-vous vraiment dire ?

– Donc... ce Polanski. Il a eu une vie horrible. Il est né pile au mauvais moment. Il est juif, ses parents ont été déportés dans des camps de la mort, il devient indomptable. Il obtient le succès grâce à beaucoup de travail et à son talent. Il épouse une belle femme, qui est assassinée par un fou. Pourquoi croirait-il à quoi que ce soit à part que c'est le diable qui dirige le monde ? Mais je suis né un peu plus tôt à la même époque, pas juif mais tout de même, la vie n'était pas rose pour les Polonais non plus, les Nazis pensaient que nous étions presque aussi mauvais que les juifs, et donc je dis que j'étais, peut-être pas exactement comme Polanski, mais, vous serez d'accord, dans la même classe. Père assassiné par les Nazis, mère tuée dans le soulèvement, 1944, je suis à la rue, un bébé entre les mains de ma sœur, elle a douze ans. Mon premier souvenir, ce sont les cadavres qui brûlent, une pile de corps en flammes et l'odeur. Comment nous avons survécu, je ne le sais pas, nous sommes toute une génération. Plus tard, je dois ajouter, comme Polanski j'ai perdu ma femme, pas à cause d'un fou mais elle aussi torturée à mort, pendant des mois. Je n'avais pas à cette époque de très bonnes relations avec les autorités et c'était difficile de lui obtenir de la morphine. Mais bon, sans parler de ces questions personnelles. Ce que je voulais dire, c'est qu'après la guerre, malgré les Allemands et les Russes, nous avons regardé autour de nous et découvert que nous avions toujours de la vie en nous. Nous avons appris, nous avons fait l'amour, nous avons eu des enfants. La Pologne survit, notre langue vit, les gens écrivent de la poésie. Varsovie est reconstruite, chaque brique, pareille qu'avant la guerre. Miłosz obtient le Nobel, Szymborska obtient le Nobel, et l'un de nous est pape. Qui aurait imaginé ça ? Et donc quand nous faisons de l'art, cet art dit le plus souvent quelque chose comme, oh, pauvre petit moi, comme j'ai souffert, le diable est aux commandes, la vie est pourrie, nous ne pouvons rien faire. Voilà ce que je veux dire. »

Crosetti réfléchit autant qu'il pouvait à cette déclaration, autant dire pas beaucoup, car il était américain et voulait tourner des films et les vendre, et il se disait qu'il était au mieux un touriste dans ces zones d'ombres. La souffrance, le nihilisme, le diable riant, toutes ces histoires de Polanski, ça ajoutait du goût, comme l'origan, mais on n'élaborait pas tout un dîner à partir de ça. Ce qu'il admirait chez les Polonais, c'était l'évidente compétence, les mouvements de caméra, l'éclairage, la manière qu'avait la caméra de s'attarder sur un visage.

« Bon, quoi qu'il en soit, est-ce que vous voudriez regarder quelques films ? proposa-t-il après une pause.

– Pas *Chinatown* s'il te plaît ! s'exclama Mary Peg.

– Non. On va regarder de l'art moral, répondit son fils. On va se faire un festival John Wayne. »

C'est ce qu'ils firent donc. Crosetti possédait presque cinq cents DVD et plusieurs centaines de cassettes vidéo, et ils commencèrent par *La Chevauchée fantastique* avec l'intention de visionner les meilleurs moments de la carrière du Duke. Mary Peg piqua du nez à la moitié de *La Charge héroïque*, sa tête retombant sur l'épaule de Klim. À la fin du film, ils l'étendirent sur le divan avec une couverture au-dessus d'elle, éteignirent le poste et regagnèrent la cuisine. Crosetti remarqua que c'était la première fois que, dans son souvenir, elle ratait le « Tonight Show », et il éprouva une sensation agréable, comme si elle avait remporté un prix quelconque.

« Je vais aussi aller me coucher, je crois, dit Klim. Merci pour cette soirée très intéressante. J'avoue que j'ai toujours aimé les westerns. Ils m'apaisent, comme les berceuses lorsqu'on est enfant. Dites-moi, que comptez-vous faire avec ce chiffrement ? »

Le changement de sujet prit Crosetti de court, puis il se rappela que son père lui avait expliqué que c'était un vieux truc utilisé par les flics pour déstabiliser les suspects.

« Je ne vois pas ce que je peux faire. Vous avez dit qu'il était indéchiffrable.

– Oui, mais... votre mère m'a raconté toute l'histoire, tout ce qu'elle en sait, et je suis donc au courant qu'un homme est déjà mort. Maintenant vous devez penser : les hommes qui ont tué ce professeur ne savent pas que le code est indéchiffrable. Supposons qu'ils aient la lettre de Bracegirdle ou une copie. Cette lettre fait référence à d'autres lettres, des lettres chiffrées. Celles-là, ils ne les ont pas, et ils doivent commencer à les vouloir, et je suis certain qu'ils ont appris votre nom de l'homme mort. Cette jeune femme qui était avec vous quand vous les avez trouvées, elle au moins sait que le texte chiffré existe. Elle a déjà disparu, et elle envoie une lettre qui vous paraît, à juste titre, suspecte : n'importe qui peut écrire une lettre, ou forcer quelqu'un à écrire une lettre, et l'envoyer de n'importe où. Elle est peut-être tout près d'ici. Ou morte elle aussi. »

Crosetti avait envisagé cette possibilité de nombreuses fois et l'avait écartée. Carolyn avait pu fuir – quoi, il ne le savait pas encore – mais il refusait d'admettre qu'elle pût être morte. En un sens, il savait qu'il se comportait de façon puérile : les gens mouraient, mais pas Carolyn Rolly. C'était une battante, elle savait se cacher, et le scénario exigeait qu'elle réapparaisse pour achever son histoire avec Albert Crosetti. Un petit film polonais passait encore, mais pas ça.

« Elle n'est pas morte, dit-il, autant pour entendre le pouvoir magique de cette phrase que pour convaincre Klim. Mais bon, où voulez-vous en venir ?

– Je veux en venir au fait que nous avons ici affaire à des gens violents, et il n'y a aucune raison pour qu'ils ne s'en prennent pas ensuite à vous. À vous ou à votre mère.

– Ma mère ?

– Eh bien, oui. Je suppose que s'ils avaient votre mère, vous leur donneriez tout ce qu'ils veulent. »

Un rire involontaire jaillit de la bouche de Crosetti.

« Bon Dieu, Klim ! Je crois que j'ai eu tort de vous faire regarder John Wayne. Ils peuvent avoir ce foutu machin dès maintenant. Je vais publier une petite annonce : "Avis aux voyous qui ont buté Bulstrode, vous pouvez passer chercher les lettres chiffrées quand vous voulez."

– Oui, mais bien sûr ils verraient ça comme un coup monté. Le problème avec ces gens, c'est qu'ils ne voient que le mal chez les autres. C'est l'une des pires malédictions quand on est soi-même mauvais, on ne sait plus ce que c'est qu'être bon. Croyez-moi, car j'ai peut-être vu plus de mauvaises personnes que vous. Dites-moi, votre père était policier, avez-vous une arme à la maison ? »

À ces mots, Crosetti resta bouche bée et il sentit à nouveau l'hystérie monter en lui, mais il la contint.

« Oui, nous avons ses armes. Pourquoi ?

– Parce que quand vous serez parti je serai obligé de rester ici armé.

– Comment ça, parti ? Quand je serai au travail ?

– Non. Je parle de quand vous serez en Angleterre. Vous devriez y aller immédiatement. »

Crosetti le regarda fixement. Il semblait parfaitement calme, mais on ne savait jamais avec ce genre de cinglé. Ou peut-être qu'il était comme ça quand il était soûl. Crosetti était lui-même assez éméché, et il décida de prendre leurs propos comme une discussion d'ivrognes, ou comme le genre de conversation que lui et ses amis avaient lorsqu'ils se demandaient comment réunir suffisamment d'argent pour tourner un film. Il afficha un visage amusé.

« Pourquoi est-ce que j'irais en Angleterre, Klim ?

– Deux raisons. Premièrement, pour disparaître d'ici. Deuxièmement, pour découvrir ce que Bulstrode a appris tandis qu'il était là-bas, si possible. Et aussi pour retrouver la grille.

– Hum, hum. Eh bien, ça devrait être réglé en un clin d'œil. Ils ont probablement la grille que nous voulons chez Grilles R Us. Ou chez Grille World. Mais d'abord, je crois que je vais aller me coucher. Bonne nuit, Klim.

– Oui, mais d'abord les pistolets. Peut-être vont-ils venir ce soir.

– Bon sang, vous êtes vraiment *sérieux*, pas vrai ?

– Extrêmement sérieux. On ne plaisante pas avec les pistolets. »

Crosetti avait juste atteint ce degré d'ivresse où l'on est physiquement capable d'accomplir des actes que l'on n'envisagerait pas une seconde si l'on était à jeun. (Hé, si on allait faire des dérapages sur le lac glacé avec le pick-up !) Il se rendit donc dans la chambre de sa mère et attrapa le carton qui contenait tous les objets de policier de son père – la plaque dorée, les menottes, les carnets et les deux pistolets dans leurs étuis de cuir à fermeture Éclair. L'un était un gros Smith & Wesson Model 10, le 9 mm classique que tous les agents de patrouille de New York avaient porté avant l'arrivée du semi-automatique, et l'autre était le 9 mm Chief's Special avec le barillet de cinq centimètres que son père avait utilisé lorsqu'il était inspecteur. Il y avait aussi une boîte à moitié vide de balles Federal 9 mm Special chemisées à pointe creuse qu'il sortit et posa sur le bureau de chêne blond de sa mère. Il fourra le Chief's Special, encore dans son holster, dans sa poche et quitta la pièce, le Model 10 à la main.

« Je suppose que vous savez vous servir de ça, dit-il en le tendant crosse en avant à Klim. Vous ne vous tirerez pas dans le pied. Ou sur ma mère.

– Oui », répondit Klim, le soupesant dans la paume de sa main comme si ça avait été une livre de saucisses. Crosetti fut heureux de voir qu'il n'avait pas mis en joue avec le doigt sur la détente. « C'est un pistolet à la John Wayne. Tout le monde sait se servir de ce genre d'arme.

– C'est un peu plus compliqué que ça en a l'air.

– Je plaisantais. En fait, j'ai reçu une formation en armes assez poussée.

– Super. Eh bien, éclatez-vous.

– Excusez-moi, je vous demande pardon ?

– Une autre façon de parler. Je vais dormir. »

Il alla se coucher et se réveilla à quatre heures dix du matin avec l'impression que tout avait été un rêve, qu'il n'avait pas réellement donné une arme chargée à un homme qu'il connaissait à peine. Il se leva d'un bond et se rendit à l'endroit où son pantalon était suspendu à la poignée de la porte, et il sentit le poids de l'autre pistolet dans sa poche. Il jura à voix basse, saisit l'arme et se dirigea vers la chambre de sa mère avant de changer d'avis. Mary Peg se réveillait invariablement la nuit après s'être endormie devant la télé, et il n'osait s'imaginer ce qu'elle penserait si elle se réveillait à nouveau et trouvait son fils dans sa chambre brandissant un revolver. Il le plaça dans la serviette de toile qu'il emmenait chaque jour au travail et retourna se coucher. Il dormit ensuite par intermittence, déplorant durant ses périodes de veille cette dernière preuve de son incurable stupidité.

Il descendit prendre son petit déjeuner tard dans la matinée, espérant maintenir ses contacts avec les deux autres occupants de la maison au strict minimum socialement acceptable. Mais lorsqu'il arriva dans la cuisine, sa mère était là, tout habillée et maquillée, et Klim était assis à la table, affublé de son vilain costume. Pas de pistolet en vue. Mary Peg préparait du bacon et des œufs tout en discutant jovialement avec son invité. La journée s'annonçait belle, pas trop froide, aussi allaient-ils sortir faire un tour en voiture, peut-être jusqu'à Long Island, déjeuner quelque part, etc. Ce bavardage aimable ne fit qu'accroître la dépression et le sentiment de culpabilité de Crosetti. C'était pour Klim qu'elle cuisinait le petit déjeuner, de toute évidence, car pendant la semaine, les Crosetti se satisfaisaient de céréales froides et de café. Crosetti se força à manger par simple loyauté et, lorsqu'il jugea avoir suffisamment fait acte de présence, il attrapa son manteau et sa serviette et s'en alla.

Il avait songé à demander quand Klim partirait, maintenant que le décryptage était dans une impasse, mais avait décidé de ne pas le faire car ç'aurait été mal poli. C'était la maison de sa mère, elle pouvait se mettre en ménage avec qui elle voulait. Pourquoi vivait-il chez sa mère de toute manière ? C'était ridicule et inopportun, et tant pis pour les économies pour l'école de cinéma. Carolyn Rolly avait réussi à se sortir d'une situation impossible, elle disposait de beaucoup moins de ressources que lui (comme elle le lui avait indiqué) et il résolut alors de changer les choses. Il connaissait des gens à Williamsburg et Long Island City qui partageaient des appartements, des fanas de musique et de cinéma de son âge. Le loyer lui coûterait un paquet, mais peut-être qu'il pourrait oublier l'école de cinéma pendant un temps, peut-être qu'il pourrait tourner un court-métrage et s'en servir pour obtenir un stage ou une bourse, ou peut-être qu'il ferait bien de commencer à envoyer des scénarios aux concours d'écriture. Il s'occupait l'esprit avec des pensées qui n'avaient rien à voir avec des pistolets ou des menaces mystérieuses, et cela fonctionna bien jusqu'au moment où il souleva sa serviette pour franchir le tourniquet du métro. Il entendit un claquement métallique lorsque sa serviette effleura le tourniquet d'acier, et il s'aperçut qu'il avait emporté le pistolet avec lui.

La Troisième Lettre Chiffrée

Monseigneur, il n'est point d'événement notable, comme dans ma dernière lettre, car la compagnie est engagée au theastre du Globe et je prie que vous ne fussiez point contrarié de me voir écrire moins souvent, car chiffrer est fastidieux tout comme interpréter doit l'être de vostre côté. Pourtant nostre plan progresse bien, il me semble. En ayant fini avec sa pièce *La Tempeste* et l'été arrivant, W. S. s'en est allé à Stratford-upon-Avon ainsi qu'il en a l'habitude depuis de nombreuses années et m'a demandé de l'accompagner et de loger chez luy. Nous quittâmes donc Londres le 5 juin, nostre partie estant constituée, outre W. S. et moy, de quelques marchands de laine et du camarade Spade comme garde. Nous arrivâmes le 8 de ce mois et fûmes reçus avec moult joye par la famille de M. S. : son épouse et ses deux filles, l'aînée Susannah et la puînée Judith ; ainsi que d'autres gens de cette ville, W. S. estant désormais un homme de considérable propriété dans cette région et sa maison de New Place estant des plus spacieuses. Mais le salaire du péché est la mort.

W. S. se monstre encore en vil hypocrite et il est un homme tout autre à Stratford qu'à Londres, car il parle franc à la manière de ce pays tel un simple bourgeois de la ville et use le dialecte local : il ne parle point du theastre ni de sa vie à la ville, n'est point licencieux lors mesme qu'il l'est copieusement dans les tavernes de Londres. Son épouse est une sorte de mégère qui le réprimande d'entretenir des catins et de ne luy point envoyer assez d'argent, et il la souffre sans répondre. Il est vray qu'il entretient une femme, une chanteuse d'Italie, il me semble, ou une Juive, très noire de peau, avec qui je l'ai vu coucher trois ou quatre fois; mais il ne se vante point d'elle auprès des autres: c'est un homme privé sur ces questions, et il ne fréquente point non plus les bordels. Ici il ne parle que de terre et d'acheter des terres et de loyers et de prêts, d'hypothèques et cætera. Pourtant, avec sa fille Susannah il semble plus joyeux, et on le trouve souvent en sa compagnie. Elle a plus d'esprit que les femmes n'en ont communément, ou du moins est-ce ce qui se dit ici. Elle est mariée à Jn. Hall, un médecin et un Puritain de bonne réputation. Ils ne parlent point de religion; aussi les soupçonnai-je: car qui ne le fait point quand il est honneste homme et partisan de la vraye foy? Ils vont à l'église et ne sont point mis à l'amende bien que la rumeur affirmât que le père le fut souvent et qu'il fut un maudit réfractaire papiste jusqu'à sa mort; la mère aussi. J'ai cherché dans la maison une chambre secrète abritant un prêtre, mais point n'en ai trouvée.

W. S. est très à son aise avec moy et à moy seul il parle du theastre et des pièces, notamment de celle de Marie qui luy a été commandée (croit-il). Pourtant des jours durant il n'écrit point, ou seulement quelques lignes dans son petit livre. Nous sommes souvent dehors et grâce à mon nouvel instrument je l'ai aidé à mesurer la terre près de Rowington dont son voisin luy dispute les limites, ce qui luy fit grand plaisir. Son épouse, bien que très vieille, est vive et veille à tout; ses comptes sont sens dessus dessous (je les ai examinés en secret) mais elle connoit chaque mètre de terre et leur loyer et chaque chose dans son détail. La plus jeune fille est assez laide; elle n'est point mariée et n'a nulle alliance en perspective; elle ne m'aime point et je ne sçais pourquoy car je la traite avec la plus grande courtoisie. Mais j'ai écouté les servantes jaser derrière les portes et ai entendu qu'elle estoit jalouse de sa sœur aisnée qui est la préférée de son père, ou du moins le pense-t-elle; il y eut aussi un frère jumeau mort il y a quelques années, et W. S. eut préféré que ce fût elle qui mourût et non son frère; il semble que je sois du mesme âge que ce garçon mort, ou un peu plus jeune, aussi me favorise-t-il, et c'est la raison pour laquelle sa fille me déteste. Ainsi parlèrent les servantes et nous verrons si elles disent vray ou non; mais si telle est la vérité, il me semble que cela favorisera nostre entreprise.

J'ai échappé à un danger que je vous vais conter. Il entra un soir dans ma chambre dans sa maison tandis que je chiffrois avec ma grille et me demanda ce que je faisois, et bien que décontenancé je parlai bravement et répondis que je lisois les Sainctes Escritures. Il me demanda ce qu'estoit cette feuille de métal et je répondis que c'estoit une copie que j'avois faite de la lanterne qui ornoit la crypte où gisoit ma mère, un souvenir d'elle. Puis il manda : « Es-tu aussi poète, Dick, car je t'ai vu cacher vivement ce que tu écrivois à mon entrée comme le font certayns poètes, moy y compris. » « Non cousin, dis-je, je faisois quelques mathématiques. » « Ho, fit-il, des écrits sacrés et des nombres à la fois, c'est prodigieux, point étonnant qu'il n'y ait plus de place dans ton crâne pour les mots d'esprit. » Et sur ce il partit.

Maintenant voici un secret que j'ai découvert sur luy : le dimanche il a pour habitude après le service divin de prendre son cheval et quitter la ville avec le camarade Spade, soy-disant pour se promener dans la forest d'Arden non loin de là. Je pris un jour un cheval et les suivis sur une route à travers la forêt au nord-est de la vallée, parcourant deux lieues ou plus, et j'arrivai à une élévation du terrain d'où je distinguois le château de Warwick et ses tours. Je m'approchai de leurs chevaux, mis à mon tour pied à terre et empruntai un sentier dans la forêt. Après un temps j'arrivai aux ruines de quelque ancien prieuré ou autre bâtisse catholique close depuis le temps du Roy Henry et je vis de nombreuses gens agenouillées disant des chapelets, ainsi qu'un prêtre papiste portant calice et marmonnant ; et W. S. se tenoit aussi là. J'observai et écoutai, puis les gens quittèrent les lieux et W. S. s'entretint un moment avec le prêtre ; tandis que je m'adventurois plus près espérant ouïr leurs complots diaboliques, je fus saisi par derrière et une grande main s'abattit sur ma bouche, puis l'on me plaqua constre le sol, je sentis une pointe constre ma joue, et une voix dit : « Silence ou tu es un homme mort. » Je restai ainsi un moment ; puis quelqu'un me souleva et je vis que c'estoit W. S., tandis que Spade tenoit toujours sa dague hors de son fourreau. « Dick, demanda W. S., pourquoy rôdes-tu dans l'ombre sans te joindre à la messe, es-tu bon Catholique oui ou non ? » « Monsieur, répondis-je, je craignois que ce ne fût quelque piège tendu par des officiers du Roy pour prendre les noms de ceux qui assistent à la messe sacrée comme il arrive souvent ces temps-ci. » « Non, dit-il, ce ne sont que bonnes gens de la campagne qui restent fidèles à l'ancienne religion. » « Et vous en êtes, dis-je. » En aparté il répondit : « Je suis un homme loyal au Roy et me soumets aux exigences du pouvoir, et je me monstre le dimanche là où le pouvoir l'exige. » « Et ne croyez-vous point ? demandai-je. » « Cela, dit-il, il appartient à Dieu seul de le sçavoir et non à toy ni à Sa Majesté le Roy ; et mesme si Jean Calvin et tous les évesques affirment que je ne puis prier pour les âmes de mes parents et de ma petite personne, je le ferai : et tant pis si je dois brusler en enfer. » Comme il disoit cela, il me regardoit férocement. Puis il sourit et dit : « Viens je vais te monstrer une chose merveilleuse. Mon bon Spade, range ton épée, cet homme est un ami. »

Nous marchâmes au travers des vieilles pierres du prieuré toutes recouvertes de fougères et d'arbrisseaux. Ceci fut le prieuré de St. Bosa, m'expliqua-t-il comme nous marchions, jadis la demeure de sainctes sœurs. Il pointa divers endroits : ici la chapelle, là le cloistre, et enfin nous arrivâmes à un cercle de pierres au centre duquel se trouvoit un rond noir. « Voici le puits sacré de St. Bosa dit-il ; penche-toi bien au-dessus et jette un caillou, et il s'écoulera un long moment avant que nous n'entendions une infime éclaboussure. » « Il est profond, dis-je. » « Tudieu, extrêmement profond, m'assura-t-il, d'aucuns affirment qu'on n'en vit jamais le fond. Par le passé les vierges se rassembloient ici au jour de la St. Agnes. Elles hissoient un seau et observoient l'eau pour percevoir le visage de leur futur mari. Mais plus maintenant, plus maintenant ; car Dieu comme on nous l'instruit aujourd'hui n'aime point le confort, ni la badinerie, ni la musique, ni les spectacles magnifiques, ni aucune belle chose, ni même les œuvres de charité. Il désire juste que nous tremblions dans de mornes chambres vides, vestus d'habits de deuil, tandis que quelques pasteurs hypocrites et blesmes grondent que nous sommes damnés, damnés à l'Enfer. » Il rit alors, me tapa sur l'épaule et dit : « Assez de ce discours sectaire, rentrons à la maison, allons festoyer et boire et jouer au Morris comme de simples bonnes gens. »

Nous rentrâmes puis, après le repas, sortîmes sur la pelouse avec la famille dans son entier et Spade coupa de l'herbe avec son couteau pour fabriquer un plateau, et ils commencèrent à jouer. « Je ne connois point ce jeu, dis-je. » « Quoy, tu ne sçais point jouer au Morris ? s'écria W. S. » « Non, tes jeux mon audacieux cousin sont plus profonds que le puits sacré de St. Bosa. » Je luy demandai ce qu'il vouloit dire et il répondit : « J'entends les jeux de cartes que l'on joue à Londres comme le pinero et le gleake. » Mais je crois pour ma part qu'il parloit d'autre chose.

Cette nuit-là sa chandelle brusla tard et je l'entendis arpenter sa chambre ; j'écoutai attentivement et ouïs le raclement d'un crayon et des froissements de papier, et je pense qu'il devoit écrire nostre pièce sur Marie. Monseigneur, vous me demandez d'examiner ses papiers pour voir ce qu'il écrit et j'essayerai ; mais il y veille de près et ne laisse personne les voir tant qu'il n'a point fini. Je prie pour vostre santé, Monseigneur, et pour la prospérité de vostre maison, à Stratford-upon-Avon, le 19 juin 1611, le plus humble serviteur de Vostre Seigneurie.

RICHARD BRACEGIRDLE

13

Je lis un peu Shakespeare maintenant, dans les intervalles qui séparent les moments où je dors, où je mange, où j'écris cette chose. Mickey possède naturellement une édition Riverside ici, sans mentionner un certain nombre de textes supplémentaires, de lexiques, de travaux critiques, et ainsi de suite. Dois-je ajouter ma propre petite fiente d'oiseau à cet Everest ? Je ne crois pas, même si je dois dire que Bracegirdle m'a donné une approche différente du bonhomme. Comme je l'ai déjà dit, j'ai eu affaire à des types créatifs et ai en effet perçu en eux la même absence étrange que celle observée chez W. S par notre Dick. Ils vous parlent et gèrent leurs affaires et tout, mais vous n'avez pas l'impression d'avoir affaire à une personne normale, plutôt à un personnage fictif qu'ils ont inventé. Je parle ici juste des écrivains ; les musiciens sont très différents, ils ressemblent plutôt à de grands enfants poilus.

Il s'avère, me dit mon petit agenda, que j'ai passé le lendemain matin avec un musicien dont vous connaissez à coup sûr le nom si vous écoutiez du rock dans les années quatre-vingt. Ce type a écrit au moins quinze chansons qui sont entrées dans le Top 20, paroles et musique, et (n'ayant pas pris la précaution de consulter un bon avocat spécialiste de la propriété intellectuelle) il a laissé sa maison de disques percevoir les droits d'auteur de ces chansons, en échange de quoi le salaud à qui appartenait la maison de disques lui a donné une avance de quelque chose comme vingt-cinq mille dollars. Et, la belle affaire, le salaud a continué de lui verser des queues de cerises, et bien entendu le musicien est devenu célèbre et a fait des tournées et gagné encore plus d'argent. Faites un bond en avant d'environ vingt ans, le groupe original s'est depuis longtemps dissous et les foules de fans aussi, mais les chansons sont désormais des classiques constamment diffusés par des tas de stations à travers le pays. Alors le salaud de la maison de disques revend son catalogue à une multinationale des médias pour pas loin d'un milliard de dollars. Et que touche mon client ? Que dalle, voilà ce qu'il touche, la même chose que ce qu'il touche pour ces millions et ces millions de passages radio, parce que, comme pratiquement tout le monde l'ignore, quand vous entendez une chanson à la radio ou à la télé, l'interprète ne perçoit rien : seul le détenteur des droits perçoit des royalties.

J'ai donc rencontré les gens de la multinationale et ceux-ci m'ont expliqué que, s'ils comprenaient que mon client s'était fait royalement baiser, ils avaient juste lâché un paquet de fric pour ce qui n'était au fond qu'un produit industriel, et le fait que ledit produit était né des tripes et du cœur de mon client n'entrait pas en considération. Le musicien l'a pris, je dois l'avouer, plutôt bien. Il s'est contenté de faire un grand sourire et a exprimé sa stupéfaction d'avoir créé quelque chose qui était devenu un énorme patrimoine et d'avoir à se satisfaire de tout le plaisir qu'il avait donné à tant de gens. Comme je disais, de grands gamins poilus.

Contrairement à Shakespeare, qui a toujours gardé un œil sur le résultat financier. Bien sûr, il a vendu *Hamlet* pour dix livres, soit peut-être quarante mille dollars d'aujourd'hui, mais il se l'est vendu à lui, puisqu'il était actionnaire de la compagnie théâtrale qui l'a acheté, et il a probablement gagné beaucoup plus lorsque le bon vieux Dick Bracegirdle est devenu son comptable.

Je digresse encore car la partie qui arrive est vraiment douloureuse.

Après les mauvaises nouvelles de la réunion avec l'ancien gamin poilu, j'ai traversé la ville en compagnie d'Ed Geller et Shelly Grossbart pour un boxon monstrueux impliquant des escadrons d'avocats, choses qui se produisent souvent de nos jours lorsqu'une société de médias propose d'en racheter une autre, et j'étais là parce que j'en connais un paquet sur les droits d'auteur à l'étranger, sujet bien trop barbant pour l'évoquer ici. Ce que je veux dire, c'est que je n'étais pas au meilleur de ma forme car je pensais à ma Miranda envolée et aussi à ce pauvre crétin de musicien. Personne à la longue table cirée autour de laquelle nous étions assis n'était poilu, et aucun d'entre nous n'avait jamais créé quoi que ce soit qu'une personne normale voudrait voir ou entendre. Quelqu'un a soulevé la question des sonneries de téléphones portables et de la manière dont l'Union européenne allait les gérer. Ed m'a regardé vu que j'étais celui qui avait le plus approfondi le sujet, et j'ai bafouillé et donné ce qui s'est avéré être la mauvaise réponse. Shelly a dû me couvrir en noyant ingénieusement le poisson.

Quoi qu'il en soit, j'étais absent du bureau lorsque le coup de fil fatidique est arrivé, et Mlle Maldonado, au lieu de me laisser l'habituel message rose dans ma bannette de courrier, a collé un Post-it jaune sur ma lampe de bureau, chose qu'elle fait lorsque quelqu'un appelle et que nous ne voulons pas conserver de traces. Dans la plupart des cas, ça signifie une maîtresse (même si mes maîtresses m'appellent rarement au bureau) mais pas ce jour-là. Je suis allé à son bureau, agitant le petit bout de papier jaune d'un air interrogateur, et elle m'a dit que Miranda Kellogg avait appelé de Toronto. J'ai immédiatement appelé le numéro qu'elle m'a donné et suis tombé sur une messagerie vocale dans un bureau du ministère de l'Éducation m'informant que Miranda Kellogg n'était pas à son bureau mais que je pouvais laisser un message après le bip. C'était l'un de ces systèmes familiers qui génèrent une voix de machine pour le corps de l'annonce, tandis que le nom lui-même est enregistré, *a priori*, par le propriétaire de la boîte vocale. C'était une voix canadienne plutôt agréable, mais une voix que je n'ai pas reconnue. Mon ventre a commencé à se retourner ; je n'ai pas laissé de message.

Après ça, j'ai appelé les flics et me suis arrangé avec l'inspecteur Murray pour récupérer les documents de Bulstrode. J'ai envoyé Omar et ai attendu, composant trois fois le numéro à Toronto, et la troisième fois a été la bonne, quelqu'un a décroché le téléphone et j'ai entendu la voix inconnue, plus lourde et lente que celle de la personne que j'avais déjà commencé à appeler « ma » Miranda. Je me suis présenté et lui ai demandé si elle était la nièce du défunt Andrew B. et elle a répondu par l'affirmative, expliquant qu'elle avait juste appris son décès car elle venait de rentrer à Toronto. Elle était dans l'Himalaya et complètement injoignable. L'Himalaya ? Oui, elle avait gagné un prix ; quelqu'un l'avait appelée un soir pour lui dire qu'elle avait gagné un voyage de randonnée au Népal. C'était soit le Népal, soit Tahiti, soit le Kenya, à vous de choisir, et comme elle avait toujours voulu voir l'Inde et le Népal, elle avait opté pour ce dernier. Au début elle avait cru à une arnaque, mais non : un paquet était arrivé le lendemain, courrier aérien express, contenant tous les tickets et les détails du séjour, mais elle devait partir dans la semaine ou alors tout tombait à l'eau. Je lui ai demandé quand c'était et elle a répondu à peu près six semaines plus tôt. C'est-à-dire, début octobre, juste avant le retour de Bulstrode aux États-Unis. Quoi qu'il en soit, elle avait appris la mort de son oncle à son retour et s'était dit qu'elle ferait bien d'appeler, même si elle supposait que le corps serait rapatrié à Oxford et remis à Oliver. Elle a ajouté qu'elle ne pensait pas qu'il y avait de l'argent en jeu car elle savait que son vieux fou d'oncle était fauché, mais est-ce que je pourrais lui passer un coup de fil lorsque j'aurais lu le testament ? Elle supposait que la plupart de ses biens iraient à Oliver, mais il y avait un pendentif qui avait appartenu à sa grand-mère et qu'il lui avait promis. J'ai répondu que je le ferai et ai raccroché, replaçant le combiné couvert de ma sueur sur son support.

J'ai immédiatement appelé notre section spécialisée dans les successions et laissé un message urgent à Jasmine Ping. Continuant de transpirer, j'ai essayé de m'intéresser au droit de la propriété intellectuelle, mais en vain. Même si je devais préparer une réponse pour cette histoire de fusion entre titans des médias, non, les mots ne s'accrochaient pas aux bons tissus cérébraux ; puis Omar est arrivé avec un grand carton marron sous chaque bras et j'ai fouillé dedans et trouvé une copie du véritable testament d'Andrew Bulstrode au lieu des dernières volontés bidon que ma Miranda m'avait présentées. Bulstrode, comme l'avait indiqué la vraie Miranda, laissait tous ses biens à Oliver March, l'ancien compagnon, hormis quelques legs à des individus, et j'ai été heureux de voir que la vraie Miranda aurait son pendentif. La boîte contenait aussi une petite photo dans un cadre en cuir représentant le professeur Bulstrode en compagnie d'une femme plus jeune dotée de cette silhouette de grenouille agréablement trapue – sans doute la marque des Bulstrode – et dont je supposais qu'elle était la véritable Miranda Kellogg.

Mlle Ping est entrée alors que j'étais par terre au milieu des papiers éparpillés. Sans un mot je lui ai tendu le testament et expliqué mes soupçons. Elle s'est assise, l'a lu, et j'ai trouvé intéressant d'observer son visage de parfaite porcelaine se transformer en l'espèce de masque de démon que l'on voit pendant les festivals de danse populaire chinoise. Ce n'est pas une bonne chose pour un avocat de présenter un faux testament pour homologation. Jasmine a eu des paroles sévères et quelque peu injustes à mon avis à propos de mes affaires privées, mais je ne me suis pas défendu. Elle voulait savoir comment j'avais laissé ça se produire et laissait fortement entendre que (bien qu'elle soit trop polie pour utiliser un tel langage) je m'étais fait mener par le bout de la quéquette. Elle a poursuivi en disant qu'il allait falloir informer mes associés ; j'ai concédé que c'était en effet la chose à faire. Elle voulait que je lui assure que je n'avais laissé les imposteurs mettre la main sur aucune partie des biens avant l'homologation, et j'ai bien dû avouer qu'un article de valeur avait en effet disparu, ainsi que l'imposteur. J'ai expliqué quel était cet article et elle m'a informé de ce que je savais déjà, à savoir que si le vrai légataire souhaitait nous causer des problèmes, et si cette affaire devait être portée à l'attention de la cour, alors j'avais commis un délit qui pouvait me valoir une radiation du barreau. En tout état de cause, je ne devais plus me mêler des questions juridiques concernant la succession de Bulstrode. Elle a jeté un coup d'œil aux papiers qui jonchaient le sol avec sur le visage une expression qui n'était pas du tout plaisante, une expression dégoûtée, comme si j'avais farfouillé dans les possessions du défunt dans l'espoir de piller quelque tirelire que personne n'aurait remarquée. Coupant court à toute discussion, elle a passé un coup de téléphone au responsable du bureau pour modifier certains documents au plus tôt. Alors qu'elle était en pleine conversation, je me suis arrangé pour planquer le carnet de rendez-vous de Bulstrode sous le divan de mon bureau.

Deux porteurs costauds sont arrivés, ils ont remballé tous les papiers de Bulstrode et les ont emportés. Dès que mon bureau a été à nouveau vide, j'ai récupéré le carnet et ai feuilleté les pages correspondant aux semaines qui avaient précédé sa mort. C'est en juillet que j'ai découvert ce que je cherchais, le vingt-quatre, à onze heures trente : la note disait « Man. Sh. ? Carolyn R. Crosetti ». Ça devait être ça. La fausse Miranda avait mentionné une Carolyn qui était d'une manière ou d'une autre impliquée, et il y avait aussi le « Man. Sh. ». Carolyn R. Crosetti devait être soit le vendeur, soit l'agent de celui-ci. Je me suis précipité jusqu'au bureau de Mlle Maldonado, j'ai fait une photocopie de la page en question puis lui ai donné le carnet en lui expliquant qu'il avait bizarrement échappé à l'attention des porteurs et lui ai demandé de le porter immédiatement à Mlle Ping. Je crois que c'était la première fois que je mentais à Mlle M., ce qui était un signe bien plus grand de ma dépravation que mon erreur concernant le testament ou le dédain que celle-ci m'avait valu de la part de Mlle Ping. C'est très, très mal quand un avocat se met à mentir à sa secrétaire.

Crosetti n'est pas, par chance, un nom particulièrement répandu. Après avoir parcouru les pages blanches des cinq circonscriptions et des comtés environnants, j'en avais trouvé vingt-huit, mais pas de Carolyn R. Crosetti. J'ai regagné mon bureau avec une liste que j'avais recopiée et ai commencé à enfoncer les touches de mon téléphone. Bien entendu, seules les personnes âgées ou malades étaient chez elles à cette heure, et je n'avais pas envie de laisser beaucoup de messages. Pour des raisons qui m'échappent aujourd'hui, j'avais commencé par les noms en banlieue pour me rapprocher petit à petit de la ville. Comme j'en étais au Queens, Mlle M. a passé la tête dans mon bureau pour m'informer que M. Geller aimerait me voir sur-le-champ. J'ai acquiescé et continué de composer des numéros. Après une avalanche de répondeurs ou de sonneries dans des maisons vides, j'ai entendu une voix de femme, un accent new-yorkais rauque. Quelqu'un de cultivé, malgré tout. J'ai demandé si elle connaissait une Carolyn Crosetti et elle a répondu qu'elle pensait connaître tous les Crosetti de la région et que cette personne n'existait pas. Puis une pause, un bref éclat de rire, et elle a ajouté :

« À moins que mon fils ne l'ait épousée sans me prévenir.

– Qui ? » ai-je demandé.

Une nouvelle pause, puis d'une voix plus formelle :

« À qui ai-je l'honneur ? »

Je regardais à cet instant la page du carnet de Bulstrode et je me suis aperçu que j'avais commis une légère erreur. Bulstrode avait une écriture négligée, une écriture de médecin, et son rendez-vous du 24 juillet au matin avait empiété sur la ligne de la veille. Il n'avait pas écrit « Carolyn R. Crosetti » mais :

Carolyn R.
A. Crosetti

J'ai décidé d'être à moitié franc et ai répondu :

« Mon nom est Jacob Mishkin, de Geller Linz Grossbart & Mishkin. Je suis l'avocat chargé de la succession d'Andrew Bulstrode et j'essaie de retracer une transaction que le professeur Bulstrode a effectuée en juillet dernier. J'ai repéré une note dans son agenda indiquant un rendez-vous avec A. Crosetti et Carolyn R. Sauriez-vous quoi que ce soit à ce sujet ?

– Oui, a répondu la femme. Albert Crosetti est mon fils. Je suppose qu'il s'agit du manuscrit. »

À ces mots, une vague de soulagement m'a envahi.

« Oui ! Oui, c'est ça ! » me suis-je exclamé.

Les mots m'ont alors manqué et je me suis mis à envisager les diverses possibilités que j'avais exposées à Mickey Haas. Parlais-je à une voleuse, à une victime, à une crapule ?

« Et... ? a relancé la femme.

– Et quoi ?

– Et est-ce que la succession va valider le misérable stratagème qui a permis à votre défunt client d'acheter à mon fils un précieux manuscrit du XVIIe siècle pour une somme dérisoire ? »

C'était donc la victime.

« C'est certainement une question ouverte à discussion, madame Crosetti, ai-je répondu.

– J'espère bien.

– Nous devrions nous rencontrer.

– Je demanderai à mon avocat de vous contacter. Au revoir, monsieur Mishkin. »

Je l'aurais immédiatement rappelée, mais l'embrasure de la porte de mon bureau était maintenant occupée par la silhouette corpulente et pugnace d'Ed Geller. Bon, sur le papier tous les associés de Geller Linz Grossbart & Mishkin sont égaux, mais comme c'est souvent le cas dans de telles sociétés, le commandement va là où il est le plus convoité, et comme dans notre société c'était Ed qui le convoitait, il avait d'ordinaire les choses en main. En plus, Marty Linz et lui étaient les membres fondateurs, ce qui les rendait un peu plus égaux que les autres. Ed bouillonnait de colère, principalement je suppose parce que je n'étais pas venu quand il m'avait appelé et qu'il était obligé de me parler debout, plutôt qu'assis derrière son bureau, qui est subtilement surélevé et entouré de fauteuils sans pieds et bien rembourrés dans lesquels on s'enfonce profondément. Je savais que ce n'était pas le moment de me lever pour le dépasser d'une tête.

« Je suppose que tu as parlé à Jasmine, ai-je dit.

– Oui, en effet, a-t-il répondu. Et est-ce que tu pourrais me dire ce que c'est que ces *conneries* ?

– Juste un malentendu, Ed. Je suis sûr que tout va rentrer dans l'ordre sous peu.

– Heu, heu. Donc tu n'as pas détourné une partie précieuse des biens de notre client pour ton usage personnel et refilé ladite propriété à ta petite amie ?

– Non. J'ai été victime d'une imposture. Une femme s'est présentée comme la légataire des possessions de Bulstrode avec un testament qui semblait authentique...

– Un testament que nous avions préparé ?

– Non. J'ai supposé qu'il avait été retrouvé avec ses effets à son décès. Je... nous étions seulement engagés par le défunt pour un motif précis, à savoir garder au coffre un document et le conseiller sur son statut au regard de la propriété intellectuelle et le statut d'autres documents qui auraient pu en découler.

– En découler comment ? »

J'ai inspiré profondément.

« C'était un document du XVIIe siècle soi-disant écrit par un homme qui connaissait William Shakespeare. Hormis sa valeur pour les spécialistes, qui était considérable, il suggérait l'existence d'une pièce autographe inconnue de Shakespeare et fournissait des indices sur l'emplacement actuel de cette dernière. »

Ed est un excellent avocat plaidant, comme je crois l'avoir déjà dit, et son art consiste en partie à ne jamais avoir l'air surpris. Mais il était maintenant bouche bée.

« Putain de bordel de merde ! Et c'était du sérieux ?

– Aucune idée, mais Bulstrode y croyait, et c'était l'un des plus grands experts mondiaux sur le sujet.

– Et cette propriété, ce manuscrit du XVIIe siècle, est désormais entre les mains de ta bimbo fraudeuse ?

– Je ne l'appellerai pas ma bimbo fraudeuse. Mais oui, c'est elle qui l'a. »

Il passa la main dans ses implants.

« Je ne comprends pas. Comment as-tu pu être si idiot ? Attends, ne réponds pas à ça ! Tu t'es envoyé cette poulette, pas vrai ?

– Tu veux entendre toute l'histoire, Ed ?

– Pour sûr. Mais allons dans mon bureau. »

Ça s'est à peu près passé comme ça, avec en prime des locutions un peu plus obscènes. Ed est le genre d'avocat pour qui jouer les durs revient à utiliser un langage grossier. Durant le cours trajet jusqu'à son bureau, tandis que le personnel m'adressait des regards compatissants, je me suis brièvement demandé si je pouvais dissimuler quelques faits d'importance à l'un des avocats les plus doués pour vous tirer les vers du nez de tout le barreau de New York. Non. La douloureuse vérité allait devoir sortir, mais pas les spéculations, ni mes plans. Lorsque nous avons été bien calés à nos places respectives, je lui ai donné les faits de base, et quand mes explications lui ont semblé satisfaisantes il a expliqué que nous allions devoir mêler la police à tout ça et contacter le légataire légal, Oliver March, pour l'informer des événements. Ce n'était pas moi qui me chargerai de ces tâches, il avait remarqué que je n'avais pas trop la tête sur les épaules ces temps-ci, ce qui, j'ai dû l'avouer, était en effet le cas. Nous avons discuté de ma piètre performance durant la réunion du matin et il m'a fait remarquer que la fusion impliquait les intérêts de quelques clients importants et qu'il était peu probable que je leur fasse beaucoup de bien dans mon état présent. Il a suggéré que je songe à prendre un peu de congés, puis il a joué les oncles bienveillants, chose qu'il fait rarement avec moi, un peu comme si King Kong jouait les assistantes sociales au lieu de saccager Manhattan. Au bout d'un moment, il m'a fait part de sa désolation quand Amalie et moi avions rompu, ajoutant que je n'avais plus vraiment été le même homme depuis. Dès qu'il a dit ça, aussitôt que ces paroles ont flotté dans l'air, j'ai senti comme un ballon qui explosait dans ma tête... c'est difficile à décrire, pas vraiment comme ces allumés qui se voient quitter leur corps, mais un profond détachement, comme si tout le bla-bla d'Ed s'adressait à quelqu'un qui n'était pas vraiment moi.

C'était très intéressant, vraiment, et affreux aussi, et j'ai pensé de façon inexplicable à ma mère durant ses derniers jours et me suis demandé si c'était ce qu'elle avait éprouvé : seule dans un appartement miteux, les enfants partis (oui, j'étais là, mais ne lui faisais-je pas clairement comprendre que c'était un devoir sinistre pour moi que d'aller la voir ?), un boulot idiot – pourquoi continuer, à quoi ça servait ? Ed parlait maintenant de confier mon travail à divers associés – jusqu'à ce que tu te remettes sur pieds – et une partie de ce travail concernait, bien sûr, les sonneries de téléphones portables, expression qui occupait désormais complètement mon esprit (*sonneries de téléphones portables ! SONNERIES DE TÉLÉPHONES PORTABLES !*). Et la puissance de cette absurdité m'a frappé de plein fouet : nous étions là, deux adultes, deux êtres humains, le triomphe de la création, occupés à faire en sorte que l'argent aille dans la bonne poche chaque fois que le téléphone portable de quelque abruti faisait *bee-dee-boop-a-doop-doop* au lieu de *ding-ding-a-ling*. Cette absurdité s'est mêlée à mon détachement et au souvenir de ma mère et je me suis mis à rire et à pleurer en même temps sans pouvoir m'arrêter pendant un temps affreusement long.

Mlle Maldonado a été convoquée, et elle a judicieusement suggéré d'appeler Omar, qui est venu et m'a fait quitter nos locaux par une porte dérobée afin de n'embarrasser personne et de ne pas effrayer les secrétaires. Durant le trajet vers mon appartement, j'ai demandé à Omar s'il avait déjà songé au suicide. Il a répondu par l'affirmative, après que son plus jeune fils s'était pris une balle dans la tête alors qu'il jetait des pierres aux soldats durant la première Intifada, il a expliqué qu'il avait voulu se faire exploser, lui et autant d'Israéliens que possible, et qu'il y avait des gens du Fatah qui encourageaient ce genre de choses à l'époque. Mais il s'était dit que le suicide et le meurtre de gens ordinaires étaient des péchés. Mourir *après* avoir assassiné une personne au pouvoir était une autre histoire, mais personne ne lui avait jamais donné l'opportunité de le faire. Alors il était venu en Amérique à la place.

C'est cet après-midi-là que j'ai récupéré au fin fond d'un placard le pistolet que j'ai maintenant ici et que j'ai pour la première fois sérieusement songé à la grande question de Camus puisque, contrairement à Omar, j'étais déjà en Amérique. Je me suis même collé le canon dans la bouche histoire de sentir le goût de la mort, puis ai laissé libre cours à mon imagination, essayant de voir qui ma mort pourrait ennuyer. Amalie serait soulagée et libre d'épouser quelqu'un qui la méritait plus que moi. Les gosses savaient à peine que j'existais. Paul serait furax, mais il s'en remettrait. Miriam prendrait un peu plus de médicaments pendant environ un mois. Ingrid se trouverait un autre amant, pas très différent de moi pour l'essentiel. Dans mon testament, Omar hérite de la Lincoln et d'un beau legs, il avait donc lui aussi tout à y gagner.

De toute évidence, je n'ai pas appuyé sur la détente puisque je suis toujours là à écrire. À vrai dire, je me suis assez rapidement remis de mon hystérie ; c'est l'un des avantages qu'il y a à être complètement superficiel. Je n'ai pas non plus passé une semaine au lit, ni renoncé à manger, ni cessé de me raser. Non, je me suis alors dit que mon personnage de Jake Mishkin reprendrait sa place et que je continuerais de vivre ce qui passait pour ma vie, mais sans les sonneries de téléphones portables. En fin de compte, je crois que c'est la curiosité qui fait que je suis toujours vivant. Je voulais voir ce que les activités d'espion de Bracegirdle avaient donné et découvrir si la pièce existait toujours. Je voulais aussi rencontrer Osip Shvanov. Oui, la curiosité et un léger désir de revanche. Je voulais savoir qui était à l'origine des petites manigances qui avaient foutu ma vie en l'air et mettre la main sur la femme qui s'était fait passer pour Miranda Kellogg et m'avait fait passer pour un idiot.

J'avais rendez-vous avec Shvanov à dix heures à SoHo, mais j'avais d'abord promis d'emmener Imogen à sa répétition à l'école. Mme Rylands, la prof de théâtre de Copley, monte *Le Songe d'une nuit d'été* tous les trois ans, en alternance avec *Roméo et Juliette* et *La Tempête*. L'année dernière, Imo a joué un esprit dans *La Tempête*, mais cette année elle joue le rôle de Titania et est insupportablement fière. Je ne l'ai pas vue quand elle jouait un esprit car, comme je crois l'avoir mentionné, je ne vais pas au théâtre. Mais pas parce que je n'aime pas les pièces qui sont montées de nos jours. Il m'est littéralement insupportable de rester assis dans un auditorium plongé dans le noir pour regarder des acteurs sur une scène. Mes voies respiratoires se referment trois minutes après le lever du rideau, j'étouffe, un étau douloureux me comprime la tête, et mon système digestif veut se débarrasser de son contenu par les deux côtés. Ma sœur a clairement raison lorsqu'elle dit que j'ai besoin de me faire soigner la tête, besoin que je refuse, toutefois, de satisfaire.

Les répétitions ne me dérangent cependant pas, avec les lumières allumées, les gens qui vont et viennent, le metteur en scène qui crie ses indications et les acteurs qui manquent leur effet ou leurs répliques. C'est plutôt divertissant et ça n'a rien à voir avec le fait de se retrouver cloué dans un fauteuil, contraint au silence, dans le noir, pendant que des gens recouverts d'un maquillage effrayant font mine d'être ce qu'ils ne sont pas. Comme je le fais moi.

Lorsque je suis arrivé chez ma femme, ma fille m'attendait sur les marches de la maison, discutant avec deux jeunes hommes. Ceux-ci étaient de toute évidence descendus de l'Explorer blanche à dorures qui était garée en double file avec le hayon arrière ouvert pour mieux partager avec le voisinage le martèlement de la musique à la scansion ennuyeuse diffusée à un volume suffisant pour faire trembler les pierres. Elle semblait s'amuser et je n'avais pas envie de lui gâcher sa petite fête. Les jeunes hommes m'ont salué poliment, car c'était Paul qui les avait envoyés pour garder la maison à l'œil, comme il l'avait promis. Nous avons pris place à l'arrière de la Lincoln et Imogen a semblé un peu agacée quand je lui ai expliqué qui ils étaient ; elle avait en effet cru transgresser les règles en discutant avec deux types qui étaient clairement des membres de gangs. Après quoi nous avons roulé vers l'école en silence, du moins pour ma part ; Imogen a immédiatement dégainé son téléphone portable pour discuter avec des filles avec qui elle venait de passer toute la journée et qu'elle allait revoir quelques minutes plus tard. Tout plutôt qu'une gentille conversation avec papa.

Bon, vous savez, rien n'égale vraiment Shakespeare, même interprété par des enfants. Mme Rylands aime *Le Songe d'une nuit d'été* car la pièce lui permet de faire jouer des enfants d'âges divers, des petites classes aux grandes classes ; son idée de génie consiste à utiliser les gamins les plus jeunes en tant que fées et ceux un peu plus âgés pour les rôles de fées plus importants, les élèves de seconde et de première jouent les monarques et les amants. Et elle emploie les plus vieux pour les rôles des grossiers artisans. Lorsque les garçons se mettent à chahuter et à se tordre de rire, elle leur explique que les plus beaux rôles féminins du théâtre ont été créés sur scène par des garçons de douze ans et que personne ne trouvait ça ridicule, et ça y est, bande de butors, vous jouez enfin des rôles d'hommes ! Et, comme par miracle, lorsque les répliques admirables commencent à franchir leurs lèvres, ils quittent pendant un moment l'enfer solitaire du narcissisme adolescent pour habiter un univers plus vaste, plus riche. Ou c'est du moins ce qu'il me semble. J'ai regardé ma fille faire son entrée dans la première scène de l'acte II et déclamer sa grande tirade furieuse : « Ce sont les impostures de la jalousie. » Je ne sais pas d'où elle tient ça, comment elle a su dire

> « Nous sommes réunies sur la colline, au vallon, au bois, au pré
> Près d'une source cailloutée, où d'un ruisseau bordé de joncs
> Ou sur une plage baignée de vagues
> Pour danser nos rondes au sifflement des vents »

et déformer son visage et bouger son corps en sorte d'engendrer une vision des fées dansant. Mme Rylands était également en extase, et aucun doute que l'année prochaine, à quatorze ans, Imogen jouera Juliette et brisera des cœurs.

Comme je l'ai dit, j'apprécie plutôt les répétitions et j'ai le sentiment qu'y assister autant que je le peux compense un peu mon absence aux représentations. D'autant que le lieu était plein de jolies jeunes filles et de leurs adorables mères, ce qui ne gâchait rien. J'ai échangé quelques regards attendris avec les mères en pensant à Ingrid. Lorsqu'Imogen a terminé sa scène, je suis sorti et ai téléphoné à Tarrytown pour voir si je pouvais passer après mon rendez-vous avec le Russe, mais Ingrid a été distante et a prétendu avoir du travail à faire. J'ai toujours eu un certain don pour détecter les mensonges au téléphone. J'ai su qu'elle mentait. Ça ne lui ressemblait pas, Ingrid est une fille droite. Avait-elle un autre amant ? Probablement. Est-ce que ça me faisait quelque chose ? Oui, un peu. Ça me fait toujours quelque chose, mais pas tant que ça ; et elles le savent, ce qui explique que ma vie sentimentale connaît une importante rotation.

Après la répétition, j'ai demandé à Imogen si elle voulait aller boire un verre quelque part. Autrefois, lorsqu'elle était la chouchoute à son papa, elle adorait que je l'emmène dans quelque bar du coin pour boire un Shirley Temple décoré de cochonneries fruitées, mais plus maintenant. Imogen trouve le divorce ennuyeux, presque toutes ses amies sont ce qu'on appelait des enfants de foyers désunis, et elle trouvait que vivre dans un foyer uni avait un certain cachet. Ou peut-être que non. Je n'ai aucun moyen de savoir ce qui se passe dans son adorable petite tête. Nous nous sommes donc enfermés dans un quasi-silence. Elle m'a simplement dit que son ringard de frère avait passé presque toute la semaine précédente à imprimer des pages et des pages de données généalogiques et qu'elle aimerait bien que je lui dise d'arrêter, car sa mère lui passait tout. J'ai répondu que je lui parlerai, ce que j'ai fait lorsque nous sommes arrivés chez Amalie.

Je suppose qu'avec les récents événements j'avais presque oublié la tâche que j'avais confiée à Niko. Mais comme j'ai eu la tristesse de le découvrir, mon fils fait passer les personnes atteintes de troubles obsessionnels compulsifs pour des fées dansant sur une plage baignée de vagues. Je l'ai trouvé dans la pièce informatique, occupé à ranger des feuilles de papier sur la longue table à tréteaux, alignant précisément chaque feuille en sorte que toutes les lignes et toutes les colonnes aient le même espace entre elles. Je l'ai observé un moment avant de m'adresser à lui.

« Niko ? Imogen dit que tu as trouvé quelque chose pour moi. Sur Bracegirdle ?

– Oui, c'est vrai », a répondu Niko.

L'un des avantages lorsqu'on fait appel à des professionnels pour effectuer ce genre de recherches, c'est qu'ils viennent vous voir, vous communiquent leur meilleure réponse, prennent leur chèque, et s'en vont. Mais quand vous posez une question à Niko, il vous raconte toute l'histoire, dans son moindre détail, depuis le début, décrivant les diverses stratégies adoptées, les sources consultées, les fausses pistes exposées, expliquant la moindre de ses découvertes. Comme je suis un être humain normal, je vais résumer : notre Bracegirdle a eu un fils, lui aussi nommé Richard, qui lui a survécu, s'est marié et a eu sept enfants, dont cinq ont atteint l'âge adulte, se sont mariés et ont eu des enfants. Les mâles avaient tendance à opter pour des carrières dans la marine ou l'armée jusqu'à atteindre des grades d'officier à la fin du XVIIe siècle et au cours du XVIIIe. Un Bracegirdle a commandé une des batteries de l'armée de Wolfe dans les plaines d'Abraham près de Montréal, et un autre a été capitaine de fusiliers à Plessy. Il y a aussi eu des baleiniers et des esclavagistes, et le dernier descendant mâle de notre Richard a succombé sans héritier en 1923 des blessures reçues durant la Grande Guerre.

O.K., une bonne idée qui est tombée à l'eau. J'imaginais peut-être un trésor de famille, une caisse dans le grenier remplie de vieux papiers qui se seraient révélés être une pièce de Shakespeare dont personne n'aurait entendu parler. J'ai regardé avec une pointe de tristesse mon fils et son travail inutile et ai eu envie de le prendre dans mes bras, mais je me suis abstenu.

« Bon, dommage, Niko, ai-je dit. Ça valait le coup d'essayer. Est-ce que tu as repéré des voyous russes dans les parages ?

– Non. J'ai vu deux Noirs. L'un d'eux conduit une Ford Explorer blanche, immatriculation new-yorkaise HYT-620, et l'autre conduit une Pacer verte, immatriculation new-yorkaise IOL-871. Je n'en ai pas fini avec les descendants. Je n'ai parlé que des hommes.

– Il y a des femmes ?

– Oui. En moyenne, la moitié des descendants sont des femmes. Le fils de Richard Bracegirdle a eu trois filles. L'aînée, Lucinda Anne, a épousé Martin Lewes en 1681... »

Et il s'est lancé dans un long monologue. Je n'ai pas trop prêté attention, je dois l'avouer. Être avec Niko est souvent comme être assis au bord d'un torrent, étrangement apaisant. Je pensais à mon rendez-vous à venir avec le Russe, et aussi à la manière dont je m'étais effondré dans l'après-midi, tout en me demandant d'où viendrait ma prochaine aventure sexuelle, sans jamais oublier la grande plaie lancinante laissée par Miranda Kellogg. Niko a achevé son compte rendu. Il a ramassé les diverses piles de papier bien nettes et les a soigneusement agrafées ensemble. Il a expliqué que je devais emporter les documents car sa mère affirmait qu'il y avait trop de choses dans ses dossiers et la généalogie de Bracegirdle ne l'intéressait plus. Il s'est tourné vers son écran, a mis son casque et m'a laissé en plan. J'ai trouvé une grande enveloppe, fourré les papiers dedans et l'ai laissé en plan à mon tour. Je n'ai pas cherché Amalie, même si je sentais sa présence dans la maison, telle une menace de guerre.

Rasputin est une petite chaîne de restaurants aux allures de fast-foods créée par deux immigrants russes, l'une des innombrables tentatives de proposer une alternative aux pizzerias. On y sert une variété de *piroshki*, de *bortsch*, de pâtisseries russes, et du thé fort dans de grands verres. Le décor rappelle les grandes heures de l'Union soviétique : affiches socialistes réalistes, sols carrelés, serveuses vêtues de chemises paysannes et de longues jupes, samovars fumants et objets militaires ingénieusement disposés. Les menus sont écrits en faux alphabet cyrillique avec des R à l'envers et ainsi de suite. Omar m'a déposé devant le seul Rasputin de Manhattan, dans

Lafayette Street, à dix heures moins cinq, et s'est tapi dans la Lincoln garée au bord du trottoir au cas où notre gangster chercherait à en venir aux mains.

L'atmosphère à l'intérieur était à vrai dire assez plaisante, chargée de vapeur et d'un relent de cannelle et de chou. Je me suis assis sous le portrait au cadre richement décoré du moine fou qui avait donné son nom au lieu, de sorte à avoir le dos au mur et à faire face à la porte d'entrée, et j'ai commandé un thé et deux *piroshki*. Le restaurant était à moitié rempli d'une clientèle principalement constituée d'habitants du quartier qui cherchaient à changer des restaurants chinois ou italiens à la mode et hors de prix. À dix heures passées, un homme a franchi la porte et s'est posté devant ma table. Je me suis levé, ai serré sa main tendue et il s'est assis en parcourant en souriant la pièce du regard. Il avait à peu près mon âge, mesurait la moitié de ma taille, avait une tête épaisse dotée de cheveux poivre et sel, d'un gros nez proéminent, et d'yeux sombres et intelligents profondément enfoncés dans leurs orbites. Il portait un manteau en peau d'agneau et un col roulé en soie noire élégamment...

Oh, qu'est-ce que ça peut foutre à quoi il ressemblait ou ce qu'il portait ? Je viens de faire le tour de la propriété. Tout est silencieux dans les brumes du petit matin. J'ai vérifié le hangar à bateaux, la station de pompage et le garage conçu pour deux voitures dans lequel j'ai garé ma Cadillac Escalade de location, un véhicule presque assez grand pour que je puisse m'installer à la place du conducteur. Je comprends pourquoi ces monstres sont prisés des Américains volumineux. À côté de ma voiture de location se trouve la Harley-Davidson Electra Glide que Mickey s'est achetée alors que je venais d'acquérir ma moto BMW, il y a un bail de cela, pour me montrer, je suppose, que lui aussi avait du cran. En réalité, la raison pour laquelle je m'étais acheté une moto était que je n'avais pas les moyens de me payer une voiture en ville. Un petit déjeuner rapide, et me revoilà au clavier.

J'ai dû regarder autour de moi d'un œil interrogateur car Shvanov m'a demandé : « Quoi, vous attendez quelqu'un d'autre ? » et j'ai répondu que je m'étais toujours imaginé que les gangsters russes se déplaçaient avec leur entourage. Ça l'a fait rire et il a dévoilé des dents qui avaient été munies de couronnes hors de prix dans l'une des démocraties industrielles.

« Oui, six petites frappes en cuir noir et deux putains ukrainiennes. Ça vous dirait ? Je peux passer un coup de fil. »

Il parlait presque sans accent et ne commettait que rarement les omissions d'articles et de pronoms caractéristiques des gens dont la langue maternelle comporte des déclinaisons. Il voulait papoter, comme si nous étions deux vieux amis se retrouvant après une brève séparation. Je l'ai laissé faire et nous avons parlé de ma sœur et de sa fabuleuse carrière, du restaurant, dont il m'a expliqué qu'il était l'un des premiers investisseurs. J'ai demandé en plaisantant s'il avait fait une proposition qu'ils ne pouvaient pas refuser.

À ces mots il a souri et répondu :

« Monsieur Mishkin, je ne sais pas pour qui vous me prenez. Alors laissez-moi vous dire, pour qu'il n'y ait pas de malentendus : je suis un homme d'affaires. Par le passé, j'ai travaillé pour le gouvernement soviétique, comme tout le monde, mais depuis quinze ans, je suis dans les affaires. J'ai des intérêts en Russie, en Ukraine, au Kazakhstan, en Israël, et aussi ici. Quel genre d'affaires, vous voulez savoir ? Principalement, je suis un investisseur. Quelqu'un a une idée, j'ai l'argent, et aussi les contacts. Les contacts sont très importants dans la communauté russe, car c'est ainsi que nous avons appris à faire des affaires dans le passé. La confiance, vous comprenez. Car nous n'avons pas ce que vous appelez un code commercial, pas de système judiciaire, et ainsi de suite. En échange de mon investissement je reçois une part de l'affaire, comme à la Bourse de New York.

– Vous êtes un usurier, ai-je dit.

– Et les gens de Citicorp sont-ils des usuriers ? Et les gens de J. P. Morgan ? Qu'est-ce que vous en dites, ils ne font pas payer d'intérêts ? Ils ne prennent pas de gages ? Ce que je fais, c'est du crédit à haut risque, comme pour cet endroit. Personne d'autre ne pourrait leur trouver autant d'argent, alors ils viennent voir Shvanov et ils me donnent une part du restaurant et tout le monde est content.

– Et s'ils ne sont pas contents, vous leur envoyez des gens pour leur casser les jambes, ce qui vous différencie de Morgan Chase. »

Il a une nouvelle fois esquissé son sourire pincé et balayé ma réflexion d'un geste des mains.

« Je vous en prie, je n'ai aucun contact avec des collecteurs de dettes d'aucune sorte. Tout cela est externalisé à des sociétés complètement différentes, je vous l'assure.

– Externalisé ?

– Exactement. Quand vous achetez une paire de Nike, comment savez-vous qui les a fabriquées ? Peut-être une petite fille kidnappée enchaînée à une machine en Chine, ils l'affament et la battent. Vous voyez Nike, c'est tout ce que vous savez. Une société respectable. Je crois que même Nike ne sait pas qui les fabrique. Si vous voulez être si pur que ça autant aller à l'église et oublier les affaires. Vous êtes d'accord ?

– Pas vraiment. Et à propos de petites filles kidnappées, puisque vous abordez le sujet, je pense que l'une de vos sociétés externalisées a agressé l'un de mes employés et kidnappé une jeune femme à mon domicile l'autre soir. »

Shvanov a fait signe à une serveuse et commandé du thé et des blinis. Lorsqu'elle s'est éloignée, il a demandé :

« Et pourquoi est-ce que je ferais ça, d'après vous ?

– Peut-être que vous pourriez me le dire. »

Il a ignoré ma réponse et affiché un air grave.

« Le kidnapping est un délit sérieux. Vous avez contacté les autorités, je suppose ?

– Pour l'agression de mon employé, oui. Mais pas pour l'enlèvement. Je préférerais que ça reste entre nous autres, hommes d'affaires. »

La serveuse a apporté sa commande, bien plus rapidement qu'elle avait apporté la mienne. Il a bu un peu de thé, avalé une bouchée de blinis, puis il a soupiré et dit :

« Écoutez, monsieur Mishkin, nous sommes deux hommes occupés, alors allons droit au but, d'accord ? Voici toute mon histoire, telle que je la vois. Cet universitaire, Bulstrode, vient me voir et me dit, Shvanov, j'ai la clé menant à un grand trésor culturel et je fais appel à vous en tant qu'homme de culture pour m'aider à le trouver et à le dévoiler au monde. J'ai besoin d'un peu d'argent pour y arriver. Et je réponds, bien sûr, professeur, bien sûr, voici vingt mille billets, des dollars américains, demandez-moi s'il vous en faut plus. Vous comprenez, même un homme d'affaires comme moi a une âme et ne souhaite pas passer toute sa vie dans les bains publics, les boutiques de *piroshki* ou les bars à filles. En plus j'y vois peut-être une source de financement non négligeable pour ma société. Je lui donne donc l'argent pour qu'il trouve son trésor. Après ça, il quitte le pays et je n'ai plus de nouvelles. Quelques semaines passent, et je reçois un message troublant d'une source sûre. Cette source affirme que le professeur est revenu et a trouvé ce trésor, mais qu'il ne veut pas le partager avec Shvanov. Alors, qu'est-ce que je suis censé faire ? Je l'appelle et il nie tout : pas de trésor, c'est une impasse. Bon, dans mes affaires, il est fréquent que les gens refusent de partager, et je dois prendre des mesures dissuasives...

– Vous l'avez fait torturer.

– Je vous en prie ! Je ne lui ai *rien* fait. Je n'ai *rien* à voir avec une quelconque torture, comme le président Bush. Quoi qu'il en soit, mes sources m'informent que mon professeur a confié les papiers – qui, j'estime, m'appartiennent – à votre société, monsieur Mishkin. Ensuite, j'entends dire qu'une héritière débarque, qu'elle peut arranger tout ça, et naturellement j'espère qu'elle va faire ce qu'elle a à faire et me rendre ces papiers. Elle vous joint, dans un cadre légal, et je m'attends à ce qu'elle me contacte bientôt pour que nous fassions affaire. Or vous me dites maintenant qu'elle a été kidnappée. Je ne sais absolument rien de cette histoire, que Dieu me soit témoin. »

Curieusement, je l'ai cru, ce que je n'aurais jamais fait si je n'avais pas su que Miranda était une usurpatrice.

« Bon, monsieur Shvanov, ça jette un tout nouvel éclairage sur les choses. Si vous ne tenez pas Miranda Kellogg, pourquoi nous rencontrons-nous ?

– Pourquoi ? Parce que vous êtes l'avocat de Bulstrode et que l'héritage comporte quelque chose qui m'appartient. À savoir, un manuscrit du XVIIe siècle écrit par Richard Bracegirdle. J'ai vu ce manuscrit. J'ai payé pour faire établir son authenticité au moyen de tests scientifiques. J'ai des documents attestant qu'il m'appartient. Tout cela est tout à fait légal et régulier. Ce n'est pas pour ça que vous êtes venu ?

– Eh bien, ai-je dit, quand j'ai demandé à ma sœur d'organiser ce rendez-vous, j'imaginais que vous cherchiez à obtenir le manuscrit de Bracegirdle par la violence et des menaces.

– Comment ça, la violence et des menaces ?

– Envoyer des gens voler le manuscrit chez moi. Envoyer des gens à ma salle de sport pour menacer le propriétaire, ce qui m'a valu de me faire exclure. Et, comme je l'ai dit, le supposé kidnapping de Miranda Kellogg. »

Il secouait la tête, agitait un doigt en l'air.

« Tout d'abord, je n'ai jamais envoyé de gens voler. Comme je l'ai expliqué, pourquoi le ferais-je ? Quant à la salle de sport, c'est un malentendu. Je souhaitais seulement vous contacter de façon confidentielle, sans menacer qui que ce soit. Mais comme je dis, les sous-traitants sont souvent difficiles à contrôler. Je leur en toucherai un mot et vous ferai réintégrer comme vous le souhaitez, avec mes excuses.

– Merci.

– Je vous en prie. Et maintenant, comment puis-je récupérer mon bien ?

– Ah, eh bien, là nous avons un petit problème. J'ai le regret de vous informer que la femme que je connaissais en tant que Miranda Kellogg n'était pas du tout Miranda Kellogg, et qui plus est cette femme a disparu, et le manuscrit avec. Je pense que nous avons tous les deux été bernés par la même personne. »

Pendant un instant, le masque d'homme d'affaires avenant de Shvanov s'est effacé et une lueur véritablement affreuse a jailli de ses yeux. Puis il a repris contenance, aboré un sourire contrit et haussé les épaules.

« Bon, vous avez peut-être raison. On ne peut pas gagner à tous les coups, pas vrai ? Si vous parvenez à la localiser ou à localiser le manuscrit, j'espère que vous me contacterez, d'accord ? J'ai tous les documents légaux pour prouver que ce manuscrit m'appartient. »

J'ai répondu que je le ferais certainement et lui ai demandé d'en faire de même.

« Naturellement, a-t-il répondu, et pour tout autre document du même genre, bien sûr.

– Qu'entendez-vous par tout autre document ?

– Selon mes informations, lorsque le manuscrit de Bracegirdle a été découvert, il y avait d'autres documents historiques que le vendeur n'a pas donnés à Bulstrode. Ce n'est pas la pratique habituelle, il me semble. Dites-moi, monsieur Mishkin, possédez-vous ces papiers ?

– Non.

– Si vous tombiez dessus un jour, vous vous rappellerez qu'ils sont aussi mon bien.

– Je me rappellerai votre requête », ai-je répondu.

Je me suis alors aperçu que c'était la véritable raison pour laquelle il avait accepté de me rencontrer, la possibilité que j'aie les foutus textes chiffrés. J'ai immédiatement décidé de ne pas croire un mot de ce qu'il avait dit.

« Merci. Je suppose que nous avons fait le tour de la question. Ça a été un plaisir. »

Nous avons échangé une poignée de main et il a tiré un épais rouleau de billets de sa poche, en a déposé un de vingt sur la table.

« Pour la fille, a-t-il dit. Le reste est gratuit, je vous invite. »

Puis il m'a regardé fixement, la tête inclinée et les yeux plissés, comme on le fait lorsqu'on compare une chose que l'on voit avec une image mentale. Ce qu'il a alors dit a failli me faire tomber de ma chaise.

« Vous savez, c'est incroyable ce que vous ressemblez à votre père.

– Vous connaissez mon *père* ?

– Bien sûr. Nous avons fait des investissements ensemble, et ainsi de suite. En Israël. » Il s'est levé, et a ajouté : « La prochaine fois que vous le verrez, saluez-le bien de ma part. »

Puis il est sorti, me laissant abasourdi.

La Quatrième Lettre Chiffrée

Monseigneur, je suis votre humble serviteur et mes prières vont vers vous et les vostres. Cela fait maintenant longtemps que je n'ai point reçu de lettre de vous, Monseigneur, ni de M. Piggott ; mais vous avez sans doute des affaires plus importantes à traiter. La nouvelle est que W. S. a achevé la pièce, je veux dire celle sur Marie Reine d'Écosse, et aussitôt qu'il me l'eût fait sçavoir je l'implorai de me la laisser lire sur l'instant. Il refusa d'abord, affirmant qu'il la vouloit recopier et auroit peut-être des corrections à adjouter comme il le fait souvent, mais je me fis si importun qu'il céda. Monseigneur, je crois que nous nous sommes trompés sur son compte : sauf erreur de ma part il n'a point écrit ce que nous luy avions commandé. Mais vous pourrez juger par vous-mesme car j'ai ré-écrit de mémoire son sujet et la matière de quelques dialogues ; car il refusoit de m'en laisser copier ne fût-ce qu'une ligne.

Tout commence par un prologue qui affirme que cette pièce traite de deux grandes reines dont la discorde mit au péril le sort non seulement du royaume mais aussi des âmes : les querelles d'Église sont la fin de nostre État Anglois. Mais comme vous avez pitié de celle qui perdit, ayez aussi pitié de celle qui gagna. Ou quelque chose de cet ordre. Il a fait ainsi. Nous espérions qu'il monstreroit une Élizabeth arbitraire et tyrannique, et c'est ce qu'il fait ; tout en déplorant son ventre stérile et le fait que son royaume ira au fils d'une autre, de cette mesme femme qu'elle doit assassiner, et il implore pitié pour cet être solitaire qui doit au nom de la politique tuer la seule créature qui eût pu être son amie.

Nous espérions qu'il dépeindroit Marie en bonne Chrestienne pour attiser nostre colère face à son destin, et il le fait ; mais il la monstre aussi en imprudente convoiteuse courant à sa perte. Elle se jette yeux ouverts dans le complot qui causera sa ruine ; car (ainsi qu'il l'écrit) elle considère Babbington comme un idiot et sçait que ses messages sont lus par Walsingham, mais elle continue de les envoyer néanmoins. Et pourquoy ? Elle désesperoit d'être secourue, n'avoit plus cure d'être Reine d'Angleterre ni d'Écosse ni d'ailleurs et ne désiroit que respirer l'air libre et monter à cheval. Depuis sa fenêtre elle espionne une femme chassant au faucon et voudroit échanger sa place, échanger tous ses titres contre une brise légère et cætera. Elle se repent de son ancienne perfidie et se croit pardonnée par ses superstitions papistes. Bien que prisonnière, elle se vante et méprise la Reine Élizabeth pour son ventre infertile et sa chasteté et dit : « Grande Bess, ta virginité est une prison plus solide que mes barreaux. » Elle se vante aussi d'avoir connu l'amour quand la Reine d'Angleterre n'en a reçu que témoignages. Ensuite il dit de la Reine Marie que les preuves apportées constre elle estoient pour partie fausses ; car il affirme que Marie n'a point comploté la mort d'Élizabeth mais seulement souhaité échapper à son pouvoir et être libre. Walsingham apparaist donc en vil parjure.

De la religion : il a un rôle pour le chapelain de Marie, un certayn Du Preau qui s'oppose à Sir Amyas sur la question de la vraye foy des Chrestiens, et qui je crois l'emporte de très peu. Il y a de vulgaires bouffons, l'un Protestant et l'autre Papiste, dont les discordes sont cause de moqueries. Peut-être suffiroient-ils à eux seuls à faire pendre W. S. mais mieux eût valu qu'il fût plus hardi. La scène où la Reine Marie va à sa mort est très complaisante et destinée à faire oublier à quiconque l'entend qu'elle estoit une vile putain meurtrière. Peut-être Monseigneur en sera-t-il satisfait, mais mon récit n'est en rien comparable à la pièce dans son entier, car celle-ci est plus ingénieuse et pleine d'esprit, bien que je soyes piètre juge en la matière. Mais lorsque je serai à mesme de vous l'envoyer vous pourrez juger si elle convient à vostre dessein. Dans l'attente, je demeure vostre fidèle et obeïssant serviteur, souhaitant prospérité et longue vie à Vostre Gracieuse Seigneurie, à Londres le 28 octobre 1611.

RICHARD BRACEGIRDLE

14

CROSETTI S'APERÇUT QU'ÊTRE ARMÉ ressemblait beaucoup à avoir une braguette qui refuse de se fermer. Vous vous sentiez emprunté et quelque peu stupide, et il se demanda comment son père avait pu supporter ça durant toute sa carrière. Ou peut-être était-ce différent pour les flics. Ou pour les criminels. Lorsqu'il arriva au travail, il hésita entre laisser ce machin dans son sac – on risquait de le voler ou quelqu'un pourrait le trouver – et le garder sur lui. Au début, il le laissa dans sa serviette qu'il ne quittait pas de vue, mais après avoir été mal à l'aise pendant environ une heure, il sortit le pistolet et l'enfonça dans son pantalon, le dissimulant sous la veste de coton qu'il portait dans la cave qui lui faisait office de bureau.

M. Glaser était parti en voyage pour de nouvelles acquisitions et serait absent un bon bout de temps, et la charge de travail de Crosetti était plutôt légère, sauf qu'il devait prendre la relève de Pamela, la remplaçante de Carolyn, durant ses pauses. Peu de clients entrent dans les boutiques de livres haut de gamme, même dans Madison Avenue, et Pamela passait donc l'essentiel de son temps au téléphone avec ses amis, qui étaient tous de grands comiques à en croire les éclats de rire perçants qui résonnaient jusque dans la cave, ou à consulter les petites annonces en quête d'un meilleur boulot – dans l'édition, avait-elle expliqué sans qu'il lui eût rien demandé. Crosetti s'aperçut qu'il se comportait comme un imbécile avec elle – ça ne le tuerait pas d'être un peu plus gentil – mais il n'arrivait pas à éprouver le moindre intérêt pour une fille bon chic bon genre qui voulait faire son trou dans l'édition.

Ce jour-là, lors d'une des relèves de la garde, elle lui demanda d'attraper un livre sur une étagère située en hauteur, et comme il s'exécutait il l'entendit pousser un petit cri d'inquiétude. Lorsqu'il lui tendit le livre, elle demanda, les yeux écarquillés :

« Est-ce bien un pistolet que tu portes à la ceinture ? Je l'ai vu quand tu as levé le bras...

– Oui. C'est un business dangereux, les livres. On n'est jamais trop prudent. Il y a des gens qui feraient n'importe quoi pour un Brontë original – *n'importe quoi.*

– Non, sérieusement !

– Sérieusement ? Je suis le spécialiste mondial du mystère. »

Piètre réplique. Il songea très brièvement à dire qu'il était juste content de la voir, pour voir si elle reconnaîtrait la réplique de *Lady Lou.* Après quoi il pourrait lui demander si elle avait vu le film, expliquant que c'était la seule nomination de Mae West aux Oscars, etc., etc., son baratin habituel, mais pourquoi se donner la peine ? Il haussa les épaules, lui tendit le livre et se rendit derrière le comptoir.

À son retour de déjeuner, elle semblait moins chercher à être sympathique qu'avant. Elle semblait même avoir un peu peur de lui, ce qui convenait parfaitement à Crosetti. Il passa le reste de l'après-midi à appeler des gens qu'il connaissait à la recherche d'un endroit où loger, puis flâna sur Internet avec la même intention. Après le travail, il passa voir l'hébergement le plus probable qu'il avait déniché, une chambre dans un loft près du chantier naval de Brooklyn occupé par un ami de fac, un ingénieur du son à son compte, et sa petite amie, une chanteuse. La liste des locataires était riche en personnes qui voulaient faire leur trou dans les médias et l'ami expliqua que le quartier du chantier naval était destiné à devenir le prochain Williamsburg. Le bâtiment puait les vieilles toxines mais était envahi d'une pâle lumière ocre qui s'engouffrait par les énormes fenêtres industrielles crasseuses, ce qui lui rappela douloureusement le loft de Carolyn. Comme il était du genre à remuer le couteau dans la plaie, ce simple fait suffit à lui faire conclure la location, et il redescendit les marches fendillées huit cents dollars plus pauvre mais avec la possibilité d'emménager après Thanksgiving. Il emprunta ensuite un trajet compliqué à bord de plusieurs bus pour regagner la ligne A et le train vers la 104e Rue, à Ozone Park.

Comme il quittait Liberty Avenue pour s'engager dans la 106e Rue, où il vivait, il passa devant un 4 × 4 noir aux vitres teintées. Ce n'était pas le genre de quartier où l'on voyait des véhicules à quarante mille dollars flambant neufs, et il connaissait chaque voiture de sa rue. L'avertissement que Klim lui avait fait la nuit précédente lui revint immédiatement à l'esprit, et Crosetti ne fut pas complètement pris de court par ce qui se produisit ensuite. Comme il passait à la hâte, il entendit deux portières s'ouvrir et un bruit de pas sur le trottoir. Il se retourna et vit deux hommes vêtus de manteaux de cuir noir qui se dirigeaient vers lui. Ils étaient plus grands que lui, surtout l'un des deux qui était immense. Ils avaient le visage enfoncé dans des capuches et leurs yeux étaient cachés par de grandes lunettes noires, ce qui lui parut être une indication de leurs mauvaises intentions. Sans trop réfléchir, Crosetti tira le 9 mm de son père et fit feu en direction du plus grand des deux. La balle traversa son manteau de cuir et fit voler en éclats le pare-brise du 4 × 4. Les deux hommes s'immobilisèrent. Crosetti leva son pistolet et le pointa sur la tête du plus grand. Les deux hommes reculèrent lentement et remontèrent dans leur véhicule, qui démarra aussitôt dans un hurlement de pneus.

Crosetti s'assit sur le bord du trottoir, la tête entre les genoux, jusqu'à ce que son envie de s'évanouir et de vomir eût disparu. Il regarda le pistolet comme si c'était un objet venu d'une civilisation inconnue, et le laissa tomber dans sa serviette.

« Albert ! Qu'est-ce qui s'est passé ? »

Crosetti pivota sur lui-même et vit une petite femme aux cheveux gris portant un survêtement rose et un gilet bleu pâle debout devant la porte de sa maison.

« Ce n'est rien, madame Conti. Des types ont essayé de m'enlever, j'ai tiré sur l'un d'eux et ils sont repartis. C'est fini. »

Pause.

« Tu veux que j'appelle les secours ?

– Non, merci, madame Conti. Je vais les appeler moi-même.

– *Madonna* ! C'était autrefois un quartier bien », lâcha Mme Conti avant de regagner sa cuisine.

Crosetti se releva et marcha d'un pas incertain jusqu'à chez lui. Un vieux corbillard Cadillac à la carrosserie étincelante stationnait au bord du trottoir. Il l'observa amèrement tandis qu'il remontait l'allée jusqu'à la porte de derrière. Il voulait entrer discrètement par la cuisine, peut-être se verser un verre de vin, puis grimper à sa chambre pour se reposer, mais non, il n'avait pas refermé la porte depuis vingt secondes que Mary Peg était là.

« Allie ! Te voilà. J'ai essayé de te joindre toute la journée. Tu ne réponds plus à tes messages ?

– Désolé, m'man, j'ai passé beaucoup de temps sur mon portable. » Il inspira profondément. « En fait, je cherchais un logement. Je crois que j'ai trouvé un endroit à Brooklyn, avec Beck, tu sais, de la fac ? »

Mary Peg cligna des yeux, acquiesça et dit :

« Eh bien, c'est ta vie, mon chéri. Je voulais te dire que l'avocat de Bulstrode avait téléphoné.

– Bulstrode est mort, répondit-il stupidement.

– Oui, mais même les morts ont des avocats. Pour la succession. » Elle le regarda de plus près. « Albert, est-ce qu'il y a quelque chose qui ne va pas ? »

Crosetti songea brièvement à lui taire les événements qui venaient de se dérouler à une rue de là, mais il se souvint qu'Agnès Conti distribuait les informations avec une vitesse que les ingénieurs des télécoms s'échinaient toujours à égaler et qu'elle appellerait bientôt pour fournir les détails, vrais et imaginés.

« Assieds-toi, maman », dit-il.

Ils s'assirent dans la cuisine, Crosetti se versa un verre de vin et raconta son histoire. Mary Peg l'écouta jusqu'au bout en se disant qu'elle prenait les choses plutôt bien. À vrai dire, elle se disait que ça la plaçait plutôt dans une meilleure position, étant donné ce qu'elle allait devoir maintenant annoncer à son fils.

« M'man ! Pourquoi tu as fait ça ? gémit Crosetti. Bon Dieu ! Je déteste quand tu fais des trucs derrière mon dos.

– Comme voler les armes de ton père et transformer ma maison en camp retranché ?

– Ce n'est pas pareil. C'était une urgence », répliqua Crosetti sans enthousiasme.

Il avait vraiment envie d'aller s'étendre.

« Eh bien, moi aussi je me suis dit qu'il fallait agir, et comme tu n'étais pas joignable et trop occupé à fuir la maison, ou je ne sais quoi, pour répondre à mes messages... »

Le son d'une voiture s'immobilisant devant la maison la fit s'interrompre.

« Oh, je parie que c'est Donna », dit Mary Peg, et elle marcha jusqu'à la porte.

Crosetti se versa un autre verre de vin. Comme il le vidait d'un trait, Radeslaw Klim entra dans la pièce, fraîchement rasé, portant une veste d'uniforme et une cravate noires et tenant une casquette noire à la visière brillante.

« Vous voulez du vin, Klim ?

– Non, merci. Je dois bientôt conduire.

– Il fait déjà nuit. On n'enterre pas les gens la nuit.

– Non, ce n'est pas un véritable enterrement. C'est pour les vampires.

– Pardon ?

– Oui, c'est très à la mode, vous savez, les jeunes gens riches font semblant d'être des vampires, ils se promènent dans des corbillards et organisent des fêtes dans la crypte d'une ancienne église. Ah, voilà votre mère. Et ça doit être sa fille. Enchanté. »

Donna Crosetti, ou La Donna comme on l'appelait dans la famille, était le clone maigrichon et roux de sa mère et ajoutait sa touche de charme à la Société d'aide légale de New York. Selon que vous parliez à sa mère ou à sa sœur Patsy, c'était une amie des opprimés ou une âme sensible qui permettait aux criminels endurcis d'être lâchés dans les rues. Elle était la plus jeune des filles et avait juste un an de plus que Crosetti lui-même. Elle avait éprouvé dans toute sa mesure l'injustice cosmique de l'enfant né au milieu, injustice provoquée, dès le tout premier éveil de sa conscience, par ce frère à peine plus jeune, ce presque jumeau, objet de haine et de ressentiment, mais aussi la créature qui devait être défendue contre toutes les menaces, jusqu'à la dernière goutte de son sang. Crosetti éprouvait exactement la même chose et était tout aussi incapable de l'exprimer. Illustration parfaite de l'incommunicabilité de l'amour.

Klim se présenta, serra la main d'une Donna Crosetti plutôt surprise et embrassa formellement Mary Peg sur les joues, puis il prit congé.

« Qui c'était, *ça* ?

– Le nouveau petit ami, nourri logé, répondit Crosetti.

– Quoi ? s'exclama La Donna, qui n'avait pas été consultée.

– Non, dit Mary Peg.

– Si, rétorqua Crosetti. Il conduit un corbillard.

– La nuit ?

– Oui, il prétend que c'est pour les vampires. Comment vas-tu, Don ?

– Ce n'est *pas* mon petit ami nourri logé, reprit Mary Peg. Comment peux-tu dire une telle chose, Albert !

– *Si* ! » insista Crosetti, sentant les années s'évanouir de façon désagréablement quasi psychotique mais aussi réconfortante.

Dans une minute, Donna allait se mettre à hurler et à le pourchasser autour de la table en serrant un ustensile de cuisine dans son petit poing et leur mère se mettrait à hurler pour les faire arrêter, distribuant des gifles au hasard et les menaçant d'apocalypse quand leur père rentrerait.

Donna Crosetti lança un regard furieux à sa mère et à son frère.

« Non, vraiment ?...

– Vraiment, dit Mary Peg. C'est un ami de Fanny qui nous aide à déchiffrer une lettre du XVIIe siècle qu'Allie a découverte. Il a travaillé tard dessus et je lui ai proposé la chambre de Patsy pour la nuit.

– Ça, c'était il y a trois nuits », intervint Crosetti.

Il serra les bras autour de son torse et produisit des bruits de baisers.

« Tu vas enfin te conduire en adulte ! » lança sa sœur. Crosetti lui tira la langue, elle fit les gros yeux et s'assit à la table de la cuisine. Puis elle tira un portefeuille en cuir de son sac imposant, l'ouvrit d'un geste professionnel et dit :

« Si ce type vient à huit heures, nous n'avons pas beaucoup de temps. Racontez-moi, depuis le début. »

Crosetti regarda sa mère.

« Je ne comprends pas pourquoi nous devons faire ça, grogna-t-il.

– Parce que tu t'es fait rouler, et nous sommes ici pour voir si tu as un droit sur la succession, pour les faire payer ce que valait vraiment l'original, ou pour le récupérer.

– Je ne veux *pas* le récupérer, objecta Crosetti, qui devenait boudeur à mesure que les vapeurs d'alcool lui montaient à la tête. Je voudrais que rien de tout ça ne soit arrivé. *Voilà* ce que je voudrais.

– Eh bien, mon enfant, dit Mary Peg, c'est un peu trop tard pour ça. Il faut qu'un avocat démêle tout ça, et dans notre famille, l'avocate, c'est Donna. Je me suis dit que tu apprécierais son aide, d'autant que tu viens de tirer sur quelqu'un juste devant la maison...

– Quoi ! s'exclama l'avocate de la famille. Tu as *tiré* sur quelqu'un ? Est-ce que tu as appelé la...

– Non, et je ne vais pas le faire. Deux types ont essayé de me kidnapper...

– Quoi ! Qui ?

– Donna, calme-toi, répondit-il, on dirait un numéro d'Abbott et Costello. Tu veux que je te raconte, oui ou non ? »

Donna inspira profondément et sembla à nouveau adopter son attitude professionnelle. Entre les questions de la sœur, les retours en arrière et les tergiversations du petit frère – si typiques et exaspérants – les explications compliquées concernant les chiffres, le rôle de Klim dans la maison, et le cas particulier de Carolyn Rolly, Crosetti mit presque une heure à raconter son histoire. Lorsque Donna fut satisfaite, la cuisine s'était agréablement réchauffée et le niveau du pichet de vin avait considérablement baissé. Donna parcourut ses pages de notes et consulta sa montre.

« Bon, passons un peu les choses en revue avant que ce type n'arrive. Tout d'abord, cette prétendue escroquerie ne te donne aucun droit sur la succession de Bulstrode car tu n'étais pas autorisé à vendre le manuscrit. Et ta copine Rolly non plus. Vous avez tous les deux conspiré pour voler un bien qui appartenait de droit à ton employeur. Ma principale tâche va donc être de convaincre ce Mishkin d'oublier toute cette fichue histoire et de rentrer chez lui. Tu aurais vraiment dû me parler plus tôt.

– Personne n'a rien volé, Donna, répliqua son frère. Je te l'ai expliqué. Sidney nous a demandé de casser les livres et c'est ce que nous avons fait. Il a touché tout son argent pour les cartes et les planches et le reste faisait l'objet d'une assurance. C'est comme quand on met une voiture à la casse. Le ferrailleur en donne dix dollars, et s'il trouve un CD sous le siège avant, il n'est pas forcé de le rendre.

– Merci, maître. Je vois que nous ne sommes pas allés à la même faculté de droit. Celui qui trouve qui garde, c'est bon pour le bac à sable. Si ton ferrailleur trouve une bague avec un diamant dans l'épave de la voiture, tu crois qu'il peut la donner à sa petite amie ?

– Pourquoi pas ? demanda Crosetti.

– Parce qu'il ne peut pas raisonnablement expliquer qu'il s'attendait à ce que la voiture contienne un diamant. Si le propriétaire légal voyait la bague au doigt de la petite amie, il pourrait entamer une procédure de restitution et il gagnerait. Quand Glaser vous a confié ces livres, il ne se doutait pas qu'ils contenaient un manuscrit qui valait beaucoup d'argent. Quand vous l'avez trouvé, votre devoir était de l'informer de l'augmentation de la valeur de son bien, pas de le détourner à votre propre usage.

– Donc si je trouve un tableau dans une brocante et que je sais que c'est un Rembrandt mais que le vendeur n'en sait rien, je dois le lui dire ? Je ne peux pas simplement lui filer dix dollars et le revendre dix millions ?

– Une situation complètement différente. Tu profiterais de tes connaissances supérieures, ce qui est légal, et tu serais *propriétaire* du tableau avant de le vendre. Ça, d'ailleurs, c'est ce que Bulstrode a fait. C'est mesquin, mais parfaitement légal. D'un autre côté, tu n'as jamais été le propriétaire des livres dont est sorti le manuscrit. C'était le cas de Glaser, et ça l'est toujours. En fait, je te conseillerais de le contacter sur-le-champ et de lui expliquer ce qui se passe.

– Oh, arrête !

– Petit idiot, écoute-moi bien ! Tu as *volé* un objet valant entre quinze et cent mille dollars. Dans quelques minutes va débarquer un type qui croit que ce bien fait partie d'une succession dont il a la charge. Qu'est-ce que tu crois qu'il va faire, en tant que membre du barreau, quand nous allons lui dire que cet objet précieux appartient en fait à quelqu'un d'autre, et que c'était déjà le cas quand tu l'as vendu à son client ?

– Écoute-la, Albert », conseilla Mary Peg d'une voix sévère.

Crosetti se leva de table et quitta la pièce d'un pas raide, bouillant de colère. D'un point de vue logique, il s'était convaincu que cette histoire de manuscrit relevait de la farce, au même titre que piquer un panneau de stop sur un poteau, et qu'il avait été dûment puni en se faisant arnaquer par Bulstrode. Moralement, il s'était persuadé qu'il avait payé. Mais il se retrouvait désormais avec deux des trois femmes qu'il souhaitait le plus impressionner au monde (Rolly étant portée disparue), et elles s'accordaient à dire qu'il était un véritable abruti et un criminel. Il sentait tout le poids de la famille l'accabler : la déception, même voilée derrière de la gentillesse, quant au fait qu'il n'était pas le héros que son père avait été, qu'il n'avait pas réussi comme ses sœurs, qu'il n'était pas *en particulier* diplômé de Princeton *et* de la fac de droit de Columbia comme Donna. Il était un peu dans les vapes à cause du vin et il se disait qu'il ferait aussi bien de regagner sa chambre avec son pistolet et de se tirer une balle, ça épargnerait bien des soucis à tout le monde.

Mais au lieu de cela, vu qu'il était en fait un jeune homme bien, issu d'une famille aimante et non l'artiste névrosé qu'il s'imaginait parfois être (comme, brièvement, en ce moment), il tira son téléphone portable et appela Sidney Glaser à Los Angeles. Il avait le numéro de portable de Glaser enregistré dans son propre appareil, bien sûr, et Glaser répondit à la troisième sonnerie. Un type à l'ancienne, Glaser, mais il faisait une exception pour les téléphones portables.

« Albert ! Est-ce qu'il y a un problème ?

– Non, tout va bien à la boutique, monsieur. Il s'est passé quelque chose et je suis désolé de vous déranger, mais j'ai besoin d'une réponse sur-le-champ.

– Oui ?

– Eh bien, heu, c'est une longue histoire. Vous pouvez parler ?

– Euh, oui. J'étais sur le point de descendre dîner, mais je peux discuter un moment. Qu'est-ce que c'est.

– Bon, il s'agit du Churchill. Celui qui a été saccagé dans l'incendie et que vous avez demandé à Carolyn de casser.

– Oui, et alors ?

– Je m'interrogeais juste sur le, euh, le reste. Je veux dire les livres dépecés... »

Une pause.

« Avez-vous reçu un coup de fil de l'assurance ? demanda Glaser.

– Non, ce n'est vraiment pas un problème d'assurance...

– Parce que, euh, ce qu'ils ont payé ne correspondait pas du tout à ce que nous aurions pu avoir aux enchères et donc... écoutez, Albert, s'ils appellent, si *jamais* ils appellent, dites-leur s'il vous plaît de s'adresser à moi, compris ? Ne leur parlez pas du fait que ces livres ont été cassés, ni de ce que Carolyn a fait, ni de rien du tout. Je veux parler des gravures et des cartes, des dos de décorateurs, ce sont vraiment des questions futiles et vous savez que ces gens des assurances sont...

– Excusez-moi... "les dos de décorateurs" ?

– Oui, Carolyn a dit qu'elle avait un client pour les dos et qu'elle pouvait les polir, les désodoriser et le reste... Pour les vendre. Et je les lui ai fait porter. Il doit y avoir une facture dans les dossiers. Mais l'essentiel, c'est...

– Excusez-moi, monsieur. Quand était-ce ?

– Oh, le lendemain, le lendemain de l'incendie. Elle est venue me voir à l'étage et m'a demandé si elle pouvait s'amuser avec les carcasses, le cuir et ainsi de suite. Saviez-vous qu'elle faisait de la reliure en amateur ? »

Mary Peg l'appela.

« Albert ? Reviens parler !

– Une minute, maman ! cria Crosetti en posant son pouce sur les fentes du micro. Je suis au téléphone avec M. Glaser. » Puis il reprit sa conversation : « Euh, oui, monsieur, je le savais. Et vous lui avez donc vendu les livres ?

– Oh, oui, juste les carcasses, sans les gravures ni le reste. Je crois qu'elle a payé trente dollars par volume. Je n'aime vraiment pas m'occuper de cet aspect du métier et ça fait quelques années qu'elle gagne un peu d'argent comme ça, en retapant de belles reliures prélevées sur des livres sans valeur et en les vendant à des décorateurs, qui les revendent alors, à des illettrés, j'imagine, pour dissimuler leurs caves à liqueurs. Alors, qu'est-ce que vous vouliez me demander ? »

Crosetti inventa quelque chose, une question sur la manière de gérer les pertes causées par l'incendie dans leur système d'inventaire comptable, il reçut une brève réponse et mit un terme à la conversation. Il était à la fois soulagé et abasourdi par ce qu'il venait d'apprendre : soulagé car ça réglait la question du propriétaire légal du manuscrit, abasourdi car Carolyn l'avait laissé croire qu'il y avait quelque chose de louche dans ce qu'ils faisaient quand ce n'était pas le cas. Alors pourquoi lui avait-elle permis de prendre les manuscrits comme s'il en était propriétaire ? Pourquoi avait-elle prétendu être soumise à cette espèce de chantage pour qu'il le prenne ? Pourquoi avait-elle utilisé ce prétendu délit comme levier émotionnel pour lui faire vendre le manuscrit à Bulstrode ? Tout cela n'avait aucun sens. Et comment allait-il faire avaler ça à sa sœur ?

Il regagna la cuisine et raconta dans les grandes lignes la conversation qu'il venait d'avoir et, comme il s'y attendait, Donna exprima les mêmes objections que celles qu'il venait de passer mentalement en revue. Mais, se sentant d'humeur plus agressive, il la coupa en affirmant qu'il avait désormais le droit de son côté.

« Donna, pour l'amour de Dieu, tout cela n'a aucune importance. En pratique, je suis le propriétaire du manuscrit de Bracegirdle. Carolyn n'est pas là et Glaser ne va pas faire d'histoires car j'ai l'impression qu'il arnaque la compagnie d'assurances avec les volumes endommagés. Il a probablement réclamé toute leur valeur en oubliant de mentionner le profit réalisé sur les cartes et les gravures, soit environ cinq mille dollars. Il n'y a donc plus de problème de ce côté-là.

– Oh, je ne sais pas, répliqua Donna. La compagnie d'assurances s'estime peut-être propriétaire du manuscrit. Elle l'a payé.

– Elle n'a qu'à intenter un procès, lança sèchement Crosetti. En attendant, est-ce qu'on a la moindre chance de récupérer légalement le manuscrit ?

– Tu n'as qu'à intenter un procès ! répliqua Donna tout aussi sèchement.

– Les enfants, intervint Mary Peg d'un ton familier, calmez-vous. Si personne n'a rien volé, la situation est complètement différente, Dieu merci. Pourquoi n'attendons-nous pas de voir ce que ce M. Mishkin va dire ? Ce qui m'inquiète beaucoup plus, c'est cette histoire de tentative d'enlèvement. Je vais appeler Patty. Je pense qu'il faut prévenir la police. »

Sur ce, elle s'approcha du téléphone de la cuisine mais eut à peine le temps de composer le numéro que la sonnette de la porte retentit. Mary Peg ouvrit et fit entrer un homme imposant vêtu d'un manteau de cuir noir. Il avait les cheveux coupés à ras et une expression froide et dure. L'espace d'un instant, Crosetti crut avec effroi qu'il s'agissait de l'un des hommes qui venaient de l'agresser. Mais comme l'homme s'avançait en se présentant, Crosetti s'aperçut que, malgré ses traits durs, l'homme n'était pas une brute ; il lut une certaine tristesse dans ses yeux sombres et songea à son père, lui aussi un homme au visage dur et à l'expression triste.

Mary Peg déclara qu'ils seraient plus à l'aise dans le salon (ce qui signifiait : loin des embarrassants verres à gelée qui jonchaient la table et du relent de vin rouge), et ils gagnèrent donc comme un seul homme les divans usés, les bibelots et le portrait, puis elle annonça qu'elle allait préparer du café et demanda à M. Mishkin si elle pouvait le débarrasser de son manteau.

Lorsqu'ils furent assis, Donna ne tarda pas à montrer que c'était elle qui avait les choses en main. Elle se présenta au colosse, lui expliqua qu'elle représentait temporairement la famille et exposa ce qui lui semblait être les éléments principaux de l'affaire : son frère était allé voir le professeur Bulstrode en toute bonne foi pour faire évaluer un manuscrit du XVIIe siècle qui était en sa possession. Bulstrode avait abusé de sa position en ne fournissant pas une évaluation honnête, il avait même menti sur le contenu du manuscrit, qui constituait un ajout précieux aux recherches sur Shakespeare, et il avait acheté le document à Albert Crosetti pour une fraction de sa valeur, transaction que n'importe quel tribunal jugerait inacceptable. Que comptait faire M. Mishkin à ce sujet ?

« Eh bien, mademoiselle Crosetti, répondit Mishkin, je ne peux pas faire grand-chose. Vous voyez, je suis ici sous un faux prétexte, d'une certaine manière. Mon implication personnelle dans cette affaire vient du fait que le professeur Bulstrode est venu me voir peu de temps avant son décès tragique pour confier à mon cabinet le manuscrit qu'il avait acheté à M. Crosetti. Il voulait des conseils en matière de propriété intellectuelle, que je lui ai donnés. Le manuscrit faisait partie de sa succession à son décès, et lorsqu'une femme s'est présentée en prétendant être son héritière, notre service chargé des successions l'a reçue. Je ne m'occupe personnellement pas de cet aspect.

– Alors *pourquoi* êtes-vous ici ? » demanda Donna. Puis, saisissant le sens de sa phrase, elle ajouta : « Et qu'entendez-vous par "en prétendant être son héritière" ?

– Eh bien, à cet égard, il semble que nous ayons été bernés. Cette femme, la soi-disant nièce du défunt, Miranda Kellogg, a mis les voiles avec le manuscrit. Nous ne savons pas pour le moment où elle se trouve.

– Vous plaisantez ! s'exclama Donna, stupéfaite.

– J'aimerais bien, mademoiselle Crosetti. Et j'avoue que c'est entièrement ma faute. Cette personne a gagné ma confiance avec une histoire tout à fait plausible et je lui ai donné le document. »

Mishkin posa son regard triste sur Crosetti.

« Vous m'avez demandé pourquoi je viens vous voir. Dites-moi, avez-vous été menacé de quelque manière, ou toute autre personne liée à vous a-t-elle été menacée ? »

Crosetti échangea un bref coup d'œil avec sa sœur, puis répondit :

« Oui. Le fait est que deux types viennent d'essayer de m'enlever.

– Il s'agissait de deux hommes, l'un très grand et l'autre un peu moins, se déplaçant dans un 4 × 4 noir ?

– Oui, c'est ça. Comment le savez-vous ?

– Ils s'en sont aussi pris à moi, la semaine dernière, pour tenter de me voler le document. J'ai réussi à m'en débarrasser sur le coup, mais peu après, ces mêmes hommes ou d'autres ont pénétré chez moi, assommé mon assistant, et sont repartis avec le manuscrit et la femme qui se faisait passer pour Mlle Kellogg. J'ai cru qu'elle avait été kidnappée, mais il semble plutôt qu'elle était de mèche avec les agresseurs. Je peux juste supposer que la première agression avait pour but de renforcer le lien entre cette femme et moi, et d'écarter mes soupçons. Sinon, nous avons affaire à deux groupes distincts. À ce propos, monsieur Crosetti, je suppose que vous connaissez la personne mentionnée dans l'agenda de Bulstrode en tant que Carolyn R.

– Oui ! Oui, je la connais. Carolyn Rolly. C'est elle qui a trouvé le manuscrit dans des livres. Vous savez où elle est ?

– Non, mais Mlle Kellogg m'a appelé après avoir disparu et m'a dit qu'une personne nommée Carolyn était impliquée. Je ne saurais dire si elle est victime ou complice. Mais il est clair qu'elle a compris que vous ne vous étiez pas séparé de la totalité du manuscrit et que vous aviez conservé un certain nombre de pages, apparemment sous forme chiffrée. La personne derrière tout ça, quelle qu'elle soit, le sait et les veut.

– Mais elles sont inutilisables, protesta Crosetti. Elles sont indéchiffrables. Bon sang, je veux bien les leur donner tout de suite. Vous les voulez ? Je vous les file…

– Je n'aime pas l'idée que tu te sépares de ce qui t'appartient à cause de menaces, intervint Donna.

– Non ? Alors pourquoi tu ne les prends pas, toi ?

– Prendre quoi ? demanda Mary Peg, qui revenait avec un plateau chargé de tasses à café et d'une assiette de biscuits.

– Albert veut donner ses manuscrits chiffrés aux gangsters, répondit Donna.

– Absurde, dit Mary Peg en tendant les tasses. On ne se soumet pas à la violence. » Elle s'assit sur le divan à côté de son fils. « Bon, il semble que nous soyons tous, d'une manière ou d'une autre, impliqués dans cette affaire, alors pourquoi ne partageons-nous pas tout ce que nous savons, exactement comme dans les livres policiers, avant de nous mettre d'accord sur une ligne d'action ?

– Maman, c'est dingue ! cria Donna. Nous devrions appeler la police sur-le-champ et les laisser s'occuper de tout ce bazar.

– Chérie, la police a d'autres chats à fouetter. Je vais raconter ce qui se passe à Patsy, mais je suis sûre qu'elle sera d'accord avec moi. Les flics ne peuvent pas placer chaque membre de la famille sous protection vingt-quatre heures sur vingt-quatre. Nous devons régler ça, nous-mêmes, ce dont nous sommes parfaitement capables. De plus, tout ça commence à m'exaspérer, je n'aime pas que des petites frappes malmènent ma famille. Quand ça se produit, je riposte. »

En entendant ces mots, les enfants de Mary Peg la regardèrent et se rappelèrent pour la première fois depuis de nombreuses années certains événements mortifiants de leur enfance. Tous les enfants Crosetti avaient été à l'école Holy Family, juste à côté, et ils faisaient partie de la dernière génération d'enfants catholiques américains à avoir été, du moins en partie, éduqués par des religieuses. Contrairement aux parents de tous leurs amis, Mary Peg ne s'était jamais laissé rabaisser le caquet par les sœurs et était souvent apparue dans les couloirs blafards pour protester contre quelque injustice ou inattention ou incompétence qu'elle avait détectée en relation avec ses enfants, et toutes leurs supplications ne suffisaient pas à la faire taire. Et ils croyaient toujours qu'une personne capable d'affronter une gigantesque sœur de la Charité cracheuse de feu pouvait régler leur compte à quelques simples gangsters.

« Pourquoi ne commencez-vous pas, monsieur Mishkin ? suggéra-t-elle.

– Jake, dit-il.

– Comme dans *Chinatown*, observa-t-elle.

– J'espère bien que non, répliqua Mishkin tout en tirant un petit carnet de sa poche de chemise. Voyons voir. Le 11 octobre, Bulstrode arrive à mon bureau en quête de conseils en propriété intellectuelle... »

Et il raconta toute l'histoire, omettant les parties grivoises et achevant son monologue par son entrevue avec Osip Shvanov, qui avait nié être impliqué dans la moindre brutalité.

« Et vous l'avez cru ? demanda Mary Peg.

– Pas du tout. D'ailleurs il m'a questionné sur les lettres chiffrées. » Puis, se tournant vers Albert, il ajouta : « Les gens qui ont essayé de vous kidnapper l'ont fait parce qu'ils veulent une chose que vous possédez, ce qui me laisse penser que vous n'avez pas réussi à déchiffrer le document. »

Les trois Crosetti échangèrent un bref coup d'œil. Après un long silence, Albert répondit que non et expliqua pourquoi.

« Albert, tu comprends ce que ça veut dire ? demanda Mary Peg.

– Non », répondit-il.

Un mensonge temporaire pour éviter de voir la vérité en face.

« Eh bien, ça me semble clair, poursuivit sa mère. Il n'y a que deux personnes toujours en vie qui savaient que les livres endommagés contenaient une série de lettres chiffrées, toi et cette Carolyn, et les seules personnes à qui tu en as parlé sont totalement dignes de confiance...

– Oh, d'accord ! Et Klim alors ?

– *Totalement* digne de confiance, ce qui signifie que cette Rolly est derrière tout ça depuis le premier jour.

– Ben voyons.

– Non, vraiment, Albert, regarde les choses en face ! Qui t'a fait vendre à Bulstrode ? Rolly. Qui a disparu en Angleterre juste après la vente ? Rolly. Bulstrode a dû trouver quelque chose en Angleterre, et ils étaient probablement ensemble quand il l'a découvert. Et puis il revient et se fait torturer à mort pour révéler sa découverte. Comment le tortionnaire était-il au courant ? Rolly !

– Maman, c'est complètement... complètement tiré par les cheveux. Tu supposes que Carolyn est coupable sans la moindre preuve. Elle pourrait tout aussi bien être une victime de plus. Elle aussi a pu être torturée, et c'est comme ça que la personne a appris l'existence des lettres chiffrées.

– Il a raison, maman, dit Donna, prenant à nouveau naturellement sa défense. Nous n'en savons pas assez pour spéculer sur la culpabilité de Carolyn Rolly, même si c'est elle qui a dû lâcher le morceau à propos des documents chiffrés. À moins que la fuite ne provienne indirectement d'Allie. En attendant, il s'agit clairement d'une affaire criminelle et... »

Pan.

Le bruit venait de dehors, et les trois Crosetti surent immédiatement de quoi il s'agissait car ils n'étaient pas le genre de famille à dire : « Je croyais que c'était un pétard ou une voiture qui démarrait. » Dans les secondes qui suivirent, une fusillade éclata dans la rue. Tout le monde se leva et Mary Peg se précipita vers le téléphone sans fil posé sur une table basse. Un bruit de verre brisé retentit, puis des bruits de pas lourds, et trois hommes imposants se ruèrent dans la pièce, chacun armé d'un pistolet semi-automatique 9 mm. L'un d'eux cria à Mary Peg de lâcher le téléphone. Elle l'ignora et composa le 911. Lorsque l'opérateur répondit elle donna deux fois son adresse et dit : « Coups de feu ! Des gens sont entrés chez moi. » Puis le téléphone lui fut arraché des mains et un homme puissant l'attrapa par le cou et lui colla un pistolet contre la tempe.

La Cinquième Lettre Chiffrée

Monseigneur, je n'ai plus reçu de messages de vous de ces cinq mois. Que dois-je faire ? W. S. dit qu'il ne laissera sa pièce sur Marie entre nulles autres mains que celles de Monseigneur de Rochester ou de quelqu'autre de sa maison. Dois-je la luy voler et l'envoyer ? M. Wales est mort cette semaine, retrouvé poignardé dans Mincing Lane. À Londres le 2 décembre 1611, demeurant vostre plus loyal et obeïssant serviteur.

Richard Bracegirdle

15

Après le départ de Shvanov, j'ai appelé Miriam depuis mon téléphone portable. Elle était, bien entendu, sortie et son téléphone était éteint (je n'ai jamais, en plus de vingt ans, réussi à joindre ma sœur du premier coup), je lui ai donc laissé un message quelque peu affolé. Pourquoi ? Parce que personne n'est censé connaître notre père hormis nous trois ? Ridicule, mais j'éprouvais une sensation d'effroi.

Vers dix heures le lendemain matin, j'ai reçu un coup de fil d'une femme nommée Donna Crosetti qui affirmait représenter son frère, Albert, dans une affaire de papiers obtenus frauduleusement par le défunt Bulstrode. J'ai répondu qu'il restait à prouver qu'une fraude avait eu lieu, mais que je serais heureux de la rencontrer, elle ou Albert, pour en discuter, tout en me disant que c'était étrange qu'une avocate représente un membre de sa famille, et que l'endroit qu'elle proposait était lui aussi bizarre, à savoir une maison dans le Queens plutôt qu'un cabinet. Nous avons fixé un rendez-vous pour le soir même, puis j'ai composé le numéro à partir duquel elle avait appelé et ai été surpris de tomber sur un bureau de l'Aide légale. Ceci indique encore combien j'étais alors à côté de la plaque, car si j'avais eu toute ma tête je n'aurais jamais accepté un tel rendez-vous.

En attendant, mon agenda ne m'est plus d'aucune aide car j'avais alors laissé tomber toutes mes tâches habituelles au bureau. Mes rendez-vous étaient annulés pour une durée indéterminée, ce qui ne s'est pas révélé être une si bonne chose. On conseille souvent aux personnes qui ont des boulots stressants de prendre du repos, mais c'est parfois ce stress qui leur fait tenir le coup, comme ces vieux biplans maintenus en l'air par des élastiques sans lesquels ils s'écraseraient au sol. Donc, tandis que j'étais désormais soumis à une oisiveté inhabituelle, tous les petits engrenages ont commencé à avoir du jeu ou à se gripper. Je tournais en rond. Je zappais. Je regardais les pigeons et la circulation par la fenêtre. Ne manquait plus qu'un énorme infarctus...

Et j'ai un moment cru que c'est ce qui m'arrivait, alors qu'il s'agissait juste d'un début de crise de panique : souffle coupé, transpiration, picotement dans les bras, un peu de dyskinésie. Le carillon de sortie d'usine de mon téléphone portable a retenti et je me suis jeté dessus comme si ma vie en dépendait pour entendre Omar me demander si je sortirais aujourd'hui ? À vrai dire, oui. J'avais un bon nombre d'amis et de connaissances en ville, mais il n'y avait qu'une seule personne que je pensais pouvoir aller voir après m'être fait virer de mon boulot pour faute professionnelle : ma femme. Je me suis donc débarbouillé et habillé de manière décontractée mais soignée. Je me suis observé dans le miroir à la recherche de signes corporels de dépravation – ils étaient nombreux – puis j'ai pris un Xanax pour ne pas trop m'en faire à ce sujet et nous avons pris le chemin des beaux quartiers. Nouvelle *dummheit* ! J'oublie toujours que ma femme me comprend.

Je crois avoir mentionné le fait qu'Amalie gère un bulletin financier depuis un petit bureau situé dans notre maison. Ceci est quelque peu trompeur, car elle possède aussi un véritable bureau rempli de gnomes dans Broad Street, et quelques autres éparpillés à travers la planète dans les fuseaux horaires qui comptent pour la finance internationale. Ma femme s'y rend aussi peu souvent que possible, car elle aime se voir comme une simple épouse et mère avec un passe-temps qui rapporte, comme si elle faisait du macramé au lieu de diriger une entreprise valant plusieurs millions de dollars. C'est un sujet de plaisanterie dans le milieu de la finance, me suis-je laissé dire, mais il s'avère (demandez à Mike Bloomberg) qu'au bout d'un moment les empires d'informations financières se dirigent plus ou moins tout seuls, et que la principale responsabilité du fondateur est de résister à la tentation de mettre son grain de sel partout.

J'avais donc tout lieu de croire qu'Amalie serait disponible pour me consoler. Lorsque je suis arrivé à la maison et que Lourdes m'a fait entrer, j'ai demandé où était Amalie et elle m'a répondu (avec ce qui m'a paru être une satisfaction excessive) qu'Amalie n'était pas disponible car elle était en réunion. Je pouvais attendre dans le salon.

J'ai donc attendu, fumasse, regrettant de ne pas avoir d'avantage de calmants et éprouvant une oppression à la poitrine pendant ce qui m'a paru des heures, mais qui, à en croire ma montre fréquemment consultée, a duré moins de quarante minutes. Puis j'ai entendu des voix dans le couloir, je me suis levé d'un bond pour voir Amalie indiquer la sortie à un trio de types en costume qui m'ont regardé curieusement, comme si j'avais été une pièce à conviction (du moins est-ce ce que je me suis imaginé) : ex-mari sans emploi, en train de rôder. Amalie, pour sa part, n'a montré aucune surprise et ne m'a pas non plus présenté aux costumes-cravates, qu'elle s'est contentée de faire sortir gracieusement. À son retour, j'ai demandé, d'un ton qui se voulait léger :

« Réunion importante ?

– Oui, a-t-elle répondu. Qu'est-ce qui se passe, Jake ? »

Je lui ai raconté mes mésaventures au cabinet avec autant de pathétique et d'autodénigrement que possible, assis sur son/mon canapé de cuir tandis qu'elle était assise avec un air guindé sur la chaise d'en face. Je n'ai omis que l'horrible Russe de la veille au soir.

« Pauvre Jake, a-t-elle dit lorsque j'ai eu fini. Qu'est-ce que tu vas faire ?

– Je n'en sais rien. Prendre un peu de temps, réfléchir à la vie. Peut-être que je vais chercher cette pièce perdue.

– Oh, ne plaisante pas à ce sujet !

– Pourquoi pas ? ai-je demandé. Où est le mal ?

– Le mal, c'est qu'un homme a été tué à cause de cette pièce, à t'en croire, et que mes enfants doivent être surveillés par les gangsters de Paul. Je ne supporte pas de vivre comme ça, Jake. J'ai remercié Paul mais lui ai demandé d'arrêter.

– Quoi, personne ne surveille les enfants ?

– Non, et inutile de s'en faire pour eux puisque tu n'as plus ce qu'ils veulent. »

Elle a dû remarquer quelque chose sur mon visage dont je n'ai pas eu conscience car elle a ajouté, avec un peu plus de force : « Du moins c'est ce que tu laisses entendre. Est-ce qu'il y a autre chose ?

– Non, ai-je vivement répondu. Bien sûr que non. Ils ont déjà la lettre originale et c'est tout ce que j'ai jamais eu. C'est fini. »

Elle a continué de me regarder comme si elle attendait quelque chose.

« Quoi ? ai-je fini par demander.

– Rien. Je n'ai rien à dire. C'est toi qui es venu chez moi.

– Je pensais que nous pourrions discuter.

– De quoi ? Est-ce que tu veux qu'on parle de ta nouvelle maîtresse ?

– Il n'y a pas de nouvelle maîtresse.

– Ça m'étonnerait bien. Écoute, nous avons eu une terrible dispute, une terrible et déplorable dispute de *plus* à cause de tes mensonges et de tes filles, et maintenant tu as fichu ta vie et ta carrière en l'air à cause de l'une d'elles et tu reviens vers moi pour… pour quoi, j'aimerais le savoir ? Pour que je te punisse ? Tu veux que je me tienne à la porte comme dans un dessin animé, tapant du pied, bras croisés, un rouleau à pâtisserie à la main ? Ou pour que je te reprenne ? Avec quelles garanties ? Que tu te comporteras comme un clébard en chaleur dès que ça te chantera pendant que j'attendrai comme une idiote ? »

Je ne me rappelle pas ce que j'ai répondu. Je ne me rappelle pas ce que j'attendais de ma maudite femme. Que le passé soit effacé, je suppose, qu'on passe l'éponge. Je crois même être tombé assez bas pour faire appel à sa charité chrétienne : m'accorderait-elle son *pardon* ? Elle m'a alors fait remarquer ce que je savais pertinemment, qu'il n'y a pas de pardon sans repentir, et que je ne m'étais pas vraiment repenti ; puis elle s'est interrompue et s'est mise à crier que je remettais ça, que je la faisais passer pour une foutue donneuse de leçons et une sermonneuse, qu'elle n'était pas là pour enseigner la morale à son mari, qu'il était déjà censé l'avoir apprise.

Et ainsi de suite. Au début de notre liaison, Amalie m'avait révélé que lorsqu'elle avait treize ans, on avait découvert à son père adoré une deuxième famille totalement séparée, de l'autre côté du tunnel du Mont-Blanc, une maîtresse et deux femmes, *à la Mitterrand*[1] ; l'affaire avait été traitée de manière très correcte et civilisée, bien sûr.

1. En français dans le texte. *(N.d.T.)*

Pas question de divorce, juste un lent enfer ponctué de repas silencieux et de chambres à part et d'enfants envoyés au pensionnat. Amalie avait donc horreur de l'infidélité, et elle avait fui l'Europe décadente et sophistiquée pour l'Amérique puritaine, car bien que nous soyons gras, idiots et incultes, les hommes américains ne sont peut-être pas si hypocrites quant à leurs vœux de mariage. Et elle m'a épousé.

Puis elle a changé de sujet, s'est levée et à fait les cent pas, légèrement voûtée, les mains enfoncées dans les poches du gilet de cachemire qu'elle porte souvent lorsqu'elle travaille. Elle m'a expliqué que les hommes que j'avais vus sortir travaillaient pour la société Dow Jones. Ça faisait un moment qu'ils négociaient l'acquisition de la « Lettre d'arbitrage Mishkin » et Amalie venait juste d'accepter de la vendre pour un montant qui aurait presque pu lui permettre de s'offrir une escadrille d'avions de chasse. Elle a ajouté qu'elle allait vendre la maison et retourner à Zurich. Sa mère se faisait vieille et se sentait seule et déprimée. S'occuper de ses petits-enfants lui ferait du bien. De plus, Amalie en voulait à mon pays, elle ne voulait pas élever ses gosses dans un empire christo-fasciste, ce n'était pas ce qu'elle avait espéré quand elle avait traversé l'océan vers la libre Amérique. Elle voulait se consacrer à plein temps à des œuvres charitables dans les régions les plus déshéritées de la Terre... J'ai alors lâché sans réfléchir :

« Et moi dans tout ça ? »

Ça fait assurément mal quand une personne que vous avez aimée vous regarde avec pitié, comme l'a alors fait Amalie. Maintenant que j'y repense, j'aurais dû savoir à ce moment que l'amour était toujours vivant dans mon cœur, sans quoi ça n'aurait pas fait si mal. J'aurais pu rester le « séparé » décontracté et coureur de jupons qu'on voit dans les parcs et les restaurants chic le dimanche à Manhattan : mal à l'aise, faussement jovial, cédant à tous les caprices de ses mômes malheureux. Elle a baissé les yeux comme si ce qu'elle voyait l'embarrassait et a tiré un Kleenex de la boule qu'il y a toujours au fond de sa poche de gilet, s'est essuyé les yeux, mouchée. Avec mon habituelle cruauté j'ai pensé, ah, elle pleure, c'est bon signe ! Puis je me suis retrouvé à l'implorer de ne pas partir, à promettre que je serais différent, etc. Elle a répondu qu'elle m'aimait et m'aimerait toujours, qu'elle aimerait vraiment pouvoir être indulgente mais n'y parvenait pas, et que si jamais je décidais de revenir en jurant d'honorer parfaitement notre mariage, alors elle verrait, et j'ai dit : « Maintenant, maintenant, ma décision est *prise* », et elle m'a scruté comme elle seule sait le faire avant de dire : « Oh, non, Jake, j'ai bien peur que non. »

Ce qui était vrai car juste *avant* ce moment, quand je m'étais dit qu'elle marcherait peut-être, j'envisageais toujours de récupérer Miranda et de régler notre petit malentendu afin d'avoir à la fois l'ancienne et la nouvelle Amalie à ma disposition. Je ne supporte plus de taper le compte rendu hideux de ce qui se passait dans ma tête ambivalente. Ça n'a pas d'importance.

Qu'est-ce que j'ai fait après qu'elle m'a, à proprement parler, mis à la porte ? Je suis allé à la salle de sport, où Arcady m'a accueilli avec une poignée de main chaleureuse, une accolade et un regard de faux jeton. Dieu seul sait ce que Shvanov avait manigancé pour me faire réintégrer, mais il était clair que la camaraderie facile entre sportifs était terminée. Apparemment, le mot avait été aussi passé aux autres haltérophiles russes du lieu car j'ai été traité comme un prince radioactif, aucune attente devant les bancs ou les machines pour moi ! J'ai soulevé de la fonte jusqu'à avoir envie de vomir, puis ai pris une douche bouillante ; la salle d'Arcady est connue pour son eau dangereusement chaude (il y a même des pancartes d'avertissement), et je me suis demandé si l'on pouvait se suicider accidentellement de cette manière. Quand j'ai été rouge comme de la viande, j'ai complètement arrêté l'eau chaude et souffert sous la douche glaciale jusqu'à avoir les dents qui claquent.

J'étais en train de m'habiller lorsque mon portable a sonné. C'était ma sœur. Je lui ai demandé sans préambule si elle savait qu'Osip Shvanov connaissait notre père. Bien sûr, a-t-elle répondu. Ils se connaissaient en Israël. Pourquoi ?

Pourquoi, en effet ? Je me suis senti envahi par une espèce de peur infantile, comme lorsque vous savez que vous devez dissimuler quelque chose à un parent sans trop savoir quoi, mais que, s'il le découvre, il va agir avec malveillance, ou pire, succomber à quelque impulsion inconsciente de vous prendre un bout de votre âme, de vous *dévorer* en toute innocence.

« Jake, est-ce qu'il y a un problème ? »

Honnêtement, je ne me souviens pas de ce que j'ai dit pour qu'elle me pose cette question ; j'ai dû bafouiller d'une façon inhabituelle. Et je me suis arrêté net, car Miri s'intéresse rarement aux problèmes des êtres qui lui sont chers, elle a tellement de problèmes à *elle* dont elle préfère parler.

« Non, ai-je menti. Écoute, Miri, est-ce que tu as, disons, *discuté* de cette histoire de manuscrit dans laquelle je suis impliqué avec qui que ce soit ? Avec Shvanov ? Ou papa ?

– Quelle histoire de manuscrit ?

– Tu sais, je t'en ai parlé l'autre soir chez Amalie... Shakespeare, le type torturé à mort ?

– Oh, ça. Je ne crois pas, mais tu sais, je ne garde pas, heu, une *retranscription* méticuleuse de tout ce dont je parle. Pourquoi ? Est-ce que c'est censé être un grand secret ? Non, ne le laissez pas là ! Mettez-le près du piano !

– Excuse-moi ?

– Oh, on me livre quelque chose. Écoute faut que j'y aille, chéri, ces gens vont complètement me bousiller mon salon. Bye-bye. »

Sur ces mots elle a raccroché, me laissant contempler la probabilité qu'elle avait raconté l'histoire amusante de son frère qui aurait trouvé la clé d'un trésor fabuleux à son vaste cercle d'amis, parmi lesquels un bon paquet de personnes flottant dans la zone floue entre business et crime. Miri ne s'était jamais trop souciée de la distinction, ce qui signifiait que Shvanov disait peut-être la vérité – la ville était pleine de gangsters russes à louer, et ceux qui m'avaient attaqué n'avaient peut-être rien à voir avec lui. Peut-être était-ce une vaste conspiration. On m'observait, attendant de frapper, et pourquoi avais-je été assez stupide pour venir dans une salle de sport pleine de Russes durs à cuir ? La panique ne se cantonne pas à l'esprit, il me semble, elle est aussi fluctuante qu'une odeur, même si on peut la faire revenir comme la madeleine de Proust en déclenchant à nouveau le stimulus original. Je suis un peu timbré maintenant, et je parviens parfaitement à éprouver à nouveau le désespoir irrationnel que j'ai ressenti, assis à moitié nu dans ce vestiaire où flottait une odeur de *wintergreen*. J'avais mon téléphone portable à la main et, presque sans réfléchir, j'ai composé le numéro de Mickey Haas. J'ai laissé un message lui demandant de me contacter immédiatement. Je devais avoir l'air affolé, car il m'a rappelé vingt minutes plus tard tandis que j'attendais sur le trottoir qu'Omar revienne avec la voiture.

« On déjeune ? ai-je suggéré lorsque je l'ai eu au bout du fil.

– C'était une invitation à déjeuner ? On aurait dit que tu avais le feu au cul.

– C'est une invitation désespérée à déjeuner. Je suis pourchassé par des gangsters russes. Il faut vraiment que je parle à quelqu'un.

– O.K. J'avais prévu quelque chose avec mon éditeur, mais je peux annuler. Tu envoies Omar ?

– J'arrive. On ira dans un nouvel endroit. »

Évidemment, ils devaient surveiller mes repaires habituels.

Nous sommes allés au Sichuan Garden dans la 96e Rue, ce qui n'a pas manqué d'amuser Mickey. C'est un endroit obscur situé au premier étage d'un centre commercial, et je tournais le dos au mur recouvert de miroirs afin de pouvoir surveiller l'entrée. Pour affiner encore plus ma vigilance, j'ai bu un Martini.

« Alors, gaucho, a-t-il commencé lorsque nous avons commandé, on a les gangsters au cul ?

– Ça ne m'amuse pas, mon vieux, ai-je répondu. Ma vie n'est pas censée être comme ça.

– Non, ta vie est censée être une suite de longues journées monotones au bureau à accomplir un boulot que tu n'aimes pas particulièrement et dont le but est de faire de l'acte créatif encore plus un produit qu'il ne l'est déjà. Et à chasser les filles pendant ton temps libre, à la recherche de l'histoire romantique qui mettra fin à toutes tes histoires, même si tu l'as déjà trouvée il y a des années. Et même si tu te persuadais une fois de plus d'avoir déniché Miss Perfecto, tu te remettrais à chasser les filles aussitôt que possible après le mariage, un cycle ennuyeux qui ne s'achèvera que lorsque tu tomberas sur une personne solide, fiable et intéressée qui s'occupera de toi quand tu auras un pied dans la tombe puis qui touchera le pactole.

– Merci de ton soutien, Mickey, ai-je dit du ton le plus glacial possible. Et va te faire foutre.

– Alors que maintenant, poursuivit-il, imperturbable, tu vis une vie d'homme, chaque moment est riche de sens, de danger et d'excitation. Une vie shakespearienne, pourrait-on dire, une vie digne de Richard Bracegirdle. Tu voudrais qu'Hamlet retourne à la fac et s'inscrive dans une association d'étudiants ? Qu'il se soûle et fasse la nouba et s'en tire avec une petite moyenne en première année de scolastique ?

– Ne se fait-il pas tuer à la fin de la pièce ?

– Si, mais n'est-ce pas notre lot à tous ? Nous choisissons seulement la façon dont nous vivons au cours des cinq actes précédents. As-tu fait des progrès pour retrouver l'original de Bracegirdle, puisqu'on parle du grand frisson ?

– Non, et je n'en ai pas l'intention », ai-je répondu d'un ton hargneux. J'étais franc avec Mickey et je ne recherchais pas sa compassion, je me moquais qu'il me croie en danger, raison pour laquelle j'avais de façon mensongère suggéré cette possibilité à ma femme. « Je ne veux plus rien avoir à faire avec Bracegirdle hormis m'assurer que les gangsters russes ou toute autre personne à la recherche des lettres chiffrées me foutent la paix. Et toi ? As-tu pénétré le mystérieux manuscrit depuis la dernière fois que je t'ai vu ?

– Non, et je n'en ai pas l'intention, a-t-il répondu en écho. Donner une chose de ce genre à un universitaire, c'est comme donner une belle photo de rosbif à un affamé. Ça le fera saliver sans le nourrir. Sans l'original, comme je crois l'avoir dit, le texte en lui-même ne vaut rien. Sans parler d'une prétendue lettre d'espion, je pourrais pondre un fac-similé convaincant du journal de Shakespeare en un après-midi, répondant ainsi à des questions qui ont tourmenté les universitaires pendant des années. Quels gangsters russes ? »

J'ai alors tout déballé précipitamment – Miranda, Amalie, les Russes, le cabinet et tout le reste. Mickey mangeait son bœuf épicé aux nouilles de blé noir et m'écoutait en silence, comme il le faisait depuis des années, comme je le faisais pour lui. Quand les mots m'ont manqué, je lui ai demandé son opinion et ai suggéré qu'il ne se contente pas de me dire que j'étais à la masse, parce que je le savais déjà.

« Tu vas aller voir ce petit Crosetti qui a les lettres chiffrées ? a-t-il demandé.

– Oui, mais ils croient que j'y vais pour négocier la restitution de l'original que Bulstrode lui a soutiré. Je n'ai absolument aucun moyen de pression sur lui, si ce n'est l'argent.

– Ça m'a toujours semblé un moyen de pression tout à fait convenable. En attendant, qu'est-ce que tu comptes faire de ta vie ? Est-ce que tu penses que tu risques de te faire radier de l'ordre des avocats ?

– Peut-être, si l'héritier porte plainte. Je serai alors obligé d'effectuer une restitution, de toute évidence...

– Tu devrais aller le voir.

– L'héritier ? Je ne peux pas faire ça !

– Pourquoi pas ? Vous discutez, tu lui expliques ce qui s'est passé, tu te frappes la poitrine en implorant sa pitié. Tu sais, le problème avec vous autres avocats c'est que parfois, dans votre volonté de respecter absolument la loi, vous oubliez les relations humaines normales. Qu'est-ce qu'il peut te faire ? Te traiter de connard ? Tu sais déjà que tu en es un. Et peut-être que tu découvriras quelque chose sur tu sais quoi. Peut-être qu'Andrew s'est confié à son vieux compagnon. En tout cas, vous aurez une bonne discussion. Tu es probablement l'une des dernières personnes à avoir vu son petit ami vivant – il sera probablement reconnaissant. Et tu peux lui rapporter les effets personnels de Bulstrode. Ce serait un beau geste après tes diverses bévues. »

Oui, c'est assurément Mickey qui m'a mis en tête l'idée d'aller en Angleterre et de parler à Oliver March. Je ne savais toujours pas si j'irais ou non lorsque j'ai laissé Mickey au campus, mais les événements ultérieurs y ont remédié. Je me sentais un peu mieux après le déjeuner. Curieusement, quasiment chaque restaurant de New York possède un bar, même les bouis-bouis qui n'ont pas l'air de vendre un Martini par mois. J'en ai bu trois, chose que je n'avais jamais faite de ma vie au déjeuner.

Le reste de l'après-midi est un peu flou. Peut-être ai-je discuté mariage avec Omar, l'interrogeant sur les pratiques musulmanes dans ce domaine. La fidélité était-elle plus facile si vous aviez deux ou trois femmes ? Je ne me souviens pas exactement de sa réponse. Nous sommes retournés à mon loft et j'ai bu un autre verre, un scotch, puis j'ai fait une sieste. Dont j'ai été tiré par le joyeux *dring dring* de mon téléphone portable, sur lequel je dormais. J'ai appuyé brutalement sur le bouton vert. « Espèce de connard ! » m'a retenti dans l'oreille, et j'ai su que c'était mon frère.

Il avait de toute évidence parlé à Amalie et Miri pendant que je déjeunais et dormais. Il avait appris toute l'histoire – en tout cas *leurs* versions – et il me faisait savoir ce qu'il pensait de mon récent comportement.

« C'est tout ? ai-je demandé quand l'explosion s'est dissipée. Parce que j'ai rendez-vous dans un bordel avec un gamin dans vingt minutes. »

Il a ignoré ma réflexion comme elle le méritait et a dit...

Qu'est-ce que ça peut faire ce qu'il a dit, exactement ? J'avais l'esprit embrouillé par la boisson et par les rêves désagréables provoqués par l'alcool, et je ne m'en souviens donc pas vraiment. Je crois que nous avons parlé d'Amalie, du fait qu'elle lui avait demandé de rappeler ses voyous, et de son intention de quitter le pays. J'ai probablement été grossier avec lui comme je le suis si souvent, car je ne lui ai jamais totalement pardonné de devenir un meilleur homme que moi, et j'en ai aussi ras-le-bol de me faire sermonner par ma famille à propos de mes nombreux défauts. Je l'ai peut-être interrogé sur notre père, pour savoir s'il était lié de quelque manière que ce soit à Shvanov et à ses activités. Il m'a répondu qu'il n'en savait rien, mais c'était possible, si un coup monté avait été organisé. Quel genre de coup monté ?

Cette histoire de Shakespeare, a-t-il dit, imbécile. Ça a tous les signes d'une grosse arnaque : le document secret, jamais authentifié et maintenant égaré, le trésor inestimable, Bulstrode le dupe, la fausse héritière. Ça puait la fraude, et comme c'était une bande de gangsters extrêmement dangereux qui s'était fait arnaquer, il serait sage de ne pas m'impliquer plus et de faire savoir que je n'étais plus dans le coup. Quelque chose comme ça. L'ai-je supplié d'intercéder auprès d'Amalie pour qu'elle ne quitte pas le pays ? Possible. Comme je l'ai dit, c'est vague.

En revanche, ce qui s'est passé durant le reste de la soirée est abominablement clair. J'avais l'estomac dérangé, comme chaque fois que je bois trop dans la journée, et je me suis donc préparé des œufs pochés, des toasts et du thé, et, vers six heures, j'ai demandé à Omar de me conduire dans un coin paumé du Queens, à Ozone Park. Il faisait nuit quand nous sommes arrivés dans une rue bordée de petits pavillons déprimants, chacun précédé d'une pelouse grande comme un mouchoir de poche, protégée par des grillages et ornée de madones et de boules chromées sur des piédestaux. Ça m'a fortement rappelé mes racines à Brooklyn et mon enfance malheureuse. J'étais préparé à ne pas aimer les habitants.

La porte a été ouverte par une femme mince avec une trogne d'Irlandaise, couverte de boucles d'un brun roux et vêtue d'un pull ras du cou en coton noir et d'un jean usé. Un joli visage moucheté de taches de rousseur mais doté du genre d'yeux bleus perçants auxquels il serait dur de mentir. Je me suis présenté, nous avons échangé une poignée de main. C'était Mary Crosetti, la mère. Dans le salon : mobilier ancien, usé, raisonnablement bien nettoyé, une maison de la classe moyenne similaire à celle dans laquelle j'avais été élevé, propre, mais pas aussi bien entretenue que celle de ma mère. Pas d'odeur d'encaustique ni d'eau de Javel, mais une puissante odeur de vin. Albert Crosetti était un type de taille moyenne, bien nourri, au visage franc et ouvert et aux grands yeux sombres qui cherchaient à avoir l'air prudent sans trop savoir comment s'y prendre. La sœur avocate était, par contraste, l'une des *nôtres* – vive, flegmatique, quelque chose d'une tueuse. Jolie et svelte, mais encore une rousse, d'un roux plus vif, ses cheveux étaient serrés en une queue-de-cheval d'écolière, elle avait moins de taches de rousseur que sa mère : le genre de femme sur qui mon charme n'opère pas. Le père de famille avait été flic, apparemment, et il nous observait depuis l'un de ces affreux tableaux peints à partir d'une photographie sur lesquels tout le monde à l'air empaillé et barbouillé de peinture vinyle.

Après les préliminaires, j'ai raconté mon histoire, fait ma confession. J'ai appris qu'ils avaient les lettres chiffrées mais n'avaient fait aucun progrès dans leur interprétation. Nous avons ensuite parlé de Carolyn Rolly, la femme avec qui Crosetti était allé vendre le manuscrit à Bulstrode. Rolly semblait être une femme intéressante, et peut-être un personnage clé de l'affaire. J'étais sur le point de demander si quelqu'un avait sérieusement cherché à la localiser lorsque les gangsters sont entrés.

Je crois avoir déjà dit que je ne suis pas un homme violent et que mon expérience militaire a largement consisté à m'occuper des blessés ; mes actions au cours des événements qui ont suivi ne devraient donc pas laisser entendre que je diffère en quelque manière que ce soit du lâche ordinaire. Un coup de feu a retenti dans la rue, que je n'ai pas identifié en tant que tel, puis de nombreux autres ont suivi. J'ai pensé à des pétards, mais tous les Crosetti se sont redressés d'un bond et le jeune Albert est allé regarder par la fenêtre. Mme Crosetti a attrapé un téléphone sans fil et composé le 911.

« Qu'est-ce qui se passe ? » ai-je demandé, bêtement.

Personne n'a répondu, il y a eu un bruit de verre brisé, puis trois hommes se sont engouffrés dans le salon ; pour saisir exactement ce qui s'est ensuite passé vous devez comprendre que nous nous trouvions dans une pièce qui faisait environ trois mètres de long.

J'ai reconnu les hommes qui m'avaient attaqué dans la rue devant mon loft, le type immense, celui qui m'avait servi de massue, et le troisième. Ils étaient tous armés. Des hurlements ont retenti, mais aucune des femmes n'a crié. Je crois que les bandits voulaient que nous nous étendions par terre ou quelque chose du genre, mais aucun des Crosetti ne bougeait. Ce dont je me souviens, c'est que la massue humaine s'est approchée de moi et a levé son pistolet, comme pour me frapper sur la tête, pour se venger, je suppose, du mauvais traitement que je lui avais infligé. Je me rappelle avoir alors éprouvé quelque chose comme du soulagement, car ça signifiait que c'étaient des amateurs.

J'ai saisi dans ma main le pistolet qui s'abattait, lui ai serré le poignet et arraché son arme. Une expression de surprise est apparue sur son visage, car les films qu'il avait vus, dans lesquels on assommait fréquemment les gens avec une arme, ne l'avaient pas préparé à cette manœuvre évidente. Comme me l'a fait remarquer mon frère, si vous avez un pistolet et que vous souhaitez faire du mal à quelqu'un, la meilleure chose à faire est d'appuyer sur la détente. C'est pour ça qu'on met des balles dedans, affirme-t-il, et, de plus, un pistolet semi-automatique est une machine très délicate qui n'est pas conçue pour heurter violemment un crâne.

Pendant ce temps, le type immense s'était précipité sur Mme Crosetti et lui avait arraché le téléphone des mains. Il l'a attrapée par le cou et lui a collé son pistolet sur la tempe. Il criait quelque chose, mais son accent était si prononcé et il était si agité que, pour ma part, je ne comprenais rien. Le troisième était posté près de la porte du salon, il agitait son pistolet autour de lui et criait également. Quand il a vu que je tenais l'arme de son acolyte, il a fait feu dans ma direction, mais son champ de vision était bloqué par le corps dudit acolyte. J'ai braqué le pistolet, reculé d'un pas et me suis tourné vers l'homme qui tenait Mme Crosetti.

Il faisait beaucoup de bruit, m'ordonnait de lâcher mon arme sans quoi il allait la tuer, et, pour donner plus de poids à sa menace, il lui a brutalement enfoncé le canon de son pistolet sur la tête. C'était encore un amateur de cinéma qui reproduisait ce qu'il avait vu à l'écran, ignorant ainsi l'un des avantages évidents que confère une arme à feu, à savoir que l'on peut s'écarter de sa victime et causer des dégâts sans que la victime désarmée ne puisse rien faire. Mais

Mme Crosetti savait faire la différence entre réalité et fiction et elle a éloigné le pistolet de sa tête. J'ai tiré un coup de feu inoffensif vers le plafond, après quoi je lui ai pulvérisé l'arête du nez à une distance qui ne pouvait excéder un mètre vingt.

La massue humaine m'a ensuite saisi par-derrière, mais à cet instant un autre coup de feu a retenti et l'homme a poussé un cri avant de s'écrouler contre moi, car le troisième type lui avait par inadvertance tiré dessus alors qu'il venait de m'attraper héroïquement par-derrière, se plaçant ainsi dans la ligne de mire de son camarade. L'homme blessé a hurlé dans une langue étrangère (probablement du russe) et s'est assis sur la table basse qui s'est effondrée sous son poids. Et comme il dégageait ma ligne de feu j'ai touché deux fois le troisième homme à la poitrine. Il s'est écroulé par terre et vidé de son sang.

Je dirais qu'environ quarante-cinq secondes s'étaient écoulées depuis le premier coup de feu. Je me revois debout, pistolet à la main, tandis que le voyou à qui je l'avais arraché se relevait lentement des débris de la table basse. Il se tenait de travers, comme s'il avait vieilli de quarante ans dans ce bref laps de temps. Il m'a regardé dans les yeux et a reculé en traînant des pieds. J'avais les oreilles qui sifflaient, mais d'autres coups de feu semblaient provenir de la rue, et je me suis demandé, de façon plutôt abstraite, ce qui se passait. Je n'ai esquissé aucun mouvement pour retenir l'homme et, voyant mon indifférence, il s'est retourné lentement et s'est traîné hors de la pièce. Personne n'a tenté de l'arrêter.

Tout cela est remarquablement clair, marqué au fer rouge dans ma mémoire, et a depuis formé le thème de nombreux cauchemars : je me réveille en sueur, imaginant que j'ai tué deux hommes, puis je me souviens brutalement que ce n'est pas un rêve, que je les ai vraiment tués. Une expérience particulièrement déplaisante. Tuer un homme avec une arme à feu est en fait très difficile à moins de pulvériser le cœur ou le cerveau, ou de provoquer une hémorragie interne, car les balles ne sont pas terriblement puissantes. Un 9 mm standard génère environ cinq cents joules d'énergie à la gueule du canon, ce qui ne fait pas du bien quand ça vous atteint, mais n'est pas absolument dévastateur, et c'est pour ça qu'il nous arrive de voir les flics tirer quarante fois sur quelqu'un. Ils sont entraînés à continuer de tirer jusqu'à ce que la cible soit au sol, et c'est parfois la quantité de plomb nécessaire pour y parvenir. Une balle de 30.06 génère presque quatre mille joules, et... oui, ce baratin, glané auprès de mon frère durant sa glorieuse carrière militaire, me permet d'éviter d'aborder la suite des événements car leur souvenir est à la fois horrible et vague. Comme un mauvais rêve, lorsque vous vous dites que les choses auraient pu être encore pires que ce dont vous vous souvenez, vous vous accrochez à cette hypothèse jusqu'à ce que, de temps en temps, un détail miséricordieusement oublié surgisse de l'obscurité pour vous affliger de plus belle.

Je suis donc là au milieu de la puanteur des armes et les enfants Crosetti sont rassemblés autour de leur mère, la soulevant et l'installant sur le divan. Et elle est complètement recouverte du sang et des morceaux de tissus provenant de la blessure du type dont je viens de faire exploser la cervelle. Je baisse les yeux vers le visage du troisième homme : je ne lui ai tiré que deux fois dessus, mais j'ai de toute évidence fait mouche car il est clairement mort, les yeux à demi ouverts, le visage blafard et relâché. La mare de sang est immense, de la taille d'un petit trampoline. Un beau gosse, approchant de la trentaine. Bon, comme je n'ai aucune envie de m'attarder sur lui, ni sur le type dont la cervelle a giclé sur la table basse de Mme Crosetti, je m'approche de la fenêtre, j'entrouvre les stores, et je vois la fusillade en cours qui oppose un type dans le 4 × 4 noir, un inconnu qui fait feu par-dessus le capot d'un corbillard Cadillac, et Omar qui s'abrite derrière la Lincoln. Étrangement, je n'arrive pas à m'y intéresser, ça me semble si loin. Je remarque alors que mes genoux tremblent tellement que je ne peux littéralement plus tenir debout. Je me laisse donc tomber dans un fauteuil. J'entends les sirènes, même si au début j'ai du mal à les distinguer du sifflement dans mes oreilles. Puis il y a une transition dont je ne me souviens pas bien, mais je crois que Mme Crosetti m'a demandé comment j'allais.

Puis la pièce s'est soudain remplie de flics hurlants, le genre de types équipés de mitraillettes, de casques et d'uniformes noirs assez semblables à ceux que mon grand-père portait. (Comment la police américaine en était-elle venue à s'habiller comme les SS, et comment se faisait-il que personne ne trouvait rien à y redire ? Ni aux casques de Nazi que nos troupes arborent désormais ? Où sont les sémioticiens quand nous avons besoin d'eux ? Tous à râler à propos de Shakespeare, probablement.) Nombre de ces mitraillettes étaient pointées vers moi et je me suis aperçu que je tenais toujours le pistolet sur mes cuisses, telle une femme tenant son sac à main à l'opéra.

On m'a fait étendre face contre terre et j'ai été menotté, mais pas arrêté, car l'officier qui avait dirigé l'intervention, un ancien collègue du défunt lieutenant Crosetti, était enclin à écouter Mme Crosetti, ou Mary Peg, comme elle m'a depuis demandé de l'appeler. Nous sommes maintenant tous copains, semble-t-il. Mlle Crosetti – Donna – s'est autodésignée pour assurer notre défense à Omar et à moi, ainsi que celle d'un conducteur de corbillard nommé Klim, qui était aussi un cryptographe polonais travaillant sur les textes chiffrés, ainsi que je l'ai appris par la suite. Des secouristes sont aussi arrivés, qui ont constaté le décès de mes victimes avant de les emporter, laissant derrière eux une quantité véritablement remarquable de sang en train de coaguler. La police a enregistré nos dépositions sur place. Chaque participant s'est rendu individuellement dans la cuisine pour parler à deux officiers dont j'ai oublié le nom, de la même manière que j'ai oublié ce que je leur ai raconté. Ils ont semblé satisfaits que j'évoque l'autodéfense, et j'ai eu l'impression que Mary Peg disposait d'une bonne dose d'influence dans la police de New York. Seuls ont été arrêtés le chauffeur du 4 × 4 et le gangster blessé, qui s'était fait prendre à errer à travers le quartier quelques rues plus loin.

Les policiers ont fini par partir. Ils avaient deux pigeons sur le dos desquels ils pouvaient coller la fusillade, et n'avaient aucun moyen d'arrêter qui que ce soit d'autre sans impliquer la veuve et le fils d'un flic héroïque. Mary Peg a regardé les débris de son salon et s'est mise à gémir, et je me suis joint à elle d'une façon tout à fait indigne. Klim l'a prise dans ses bras et lui a chuchoté doucement à l'oreille. Omar a fait la même chose avec moi. Avec le recul, je perçois clairement ce qui a déclenché la fusillade dans la rue. Omar attendait dans la Lincoln quand le 4 × 4 a déboulé et que les trois hommes en ont jailli et se sont précipités dans la maison. Il a attrapé son pistolet et s'est lancé à leur poursuite, mais le chauffeur lui a tiré dessus et Omar a plongé derrière notre voiture et riposté. Puis le corbillard est arrivé et Klim s'est joint à l'échauffourée. Chose remarquable, aucun des trois n'a été blessé, ce qui montre une fois de plus combien les armes de poing sont dérisoires pour provoquer un massacre sérieux, sauf par accident ou à bout portant contre une personne désarmée.

Plus tard, des pizzas ont été commandées et nous avons tous pris place autour de la table de la cuisine et mangé en buvant du vin rouge et en nous félicitant d'être toujours en vie. Donna Crosetti est partie, après avoir conseillé à ses clients de ne pas parler à la police. Mary Peg et Albert Crosetti ont semblé se détendre un peu et se mettre à parler et à boire plus librement. Du café a été servi, accompagné de généreuses rasades de whiskey Jameson. Les événements de la soirée se sont un peu éloignés et je n'ai fondu en larmes qu'une fois de plus, mais en parvenant à gagner furtivement les toilettes avant l'arrivée des spasmes. On parle aujourd'hui de stress post-traumatique pour décrire ce que l'on éprouve après avoir tué un autre homme – peu importe que ça ait été justifié ou non – bien que le meurtre soit le sport national dans biens des pays à travers le monde et que des milliers et des milliers de personnes semblent capables de s'y adonner sans inquiétude ni remords. Je ne m'en remettrai pour ma part probablement jamais.

En fait, ce n'est pas vrai. Vous *croyez* que vous ne vous en remettrez jamais, mais si. Du moins j'y suis arrivé. Peut-être ai-je plus de mon grand-père en moi que je ne le croyais. Paul s'est apparemment remis d'une carrière d'assassin beaucoup plus riche, même s'il affirme prier chaque jour pour les âmes des personnes qu'il a abattues en Asie. Je ne sais pas vraiment ce que ça signifie, *prier pour les âmes*.

Quoi qu'il en soit, personne n'a fait attention à mes yeux rouges lorsque je suis ressorti des toilettes. Klim et le jeune Crosetti étaient lancés dans une conversation que je trouvais intrigante. Le Polonais soutenait que la seule manière de faire cesser ce qui ressemblait désormais à une escalade de la violence était de retracer les pas de Bulstrode et de découvrir ce qu'il avait découvert, pour autant qu'il ait découvert quoi que ce soit, et de s'en emparer. Une fois que la chose serait entre nos mains, bien sûr, et rendue publique, plus personne n'aurait besoin d'avoir recours à la violence. En revanche, s'il n'y avait rien, alors nous serions obligés d'en convaincre les méchants, tâche un peu plus difficile, mais pas impossible. Le plus important était d'accélérer les choses de sorte à ne pas réagir défensivement mais à être les maîtres du jeu. Comme aux échecs.

Crosetti affirmait que non, la solution n'était *pas* de s'impliquer plus, mais de régler les problèmes qu'ils avaient sur les bras. Si quelqu'un voulait les papiers, il pouvait les prendre, il ne voulait plus rien avoir à faire avec cette histoire. Je me sentais désolé pour le gamin. Je compatissais – j'aurais moi aussi voulu que rien de tout ça n'arrive. Mais j'estimais aussi que Klim avait raison. Tant qu'une personne dénuée de morale et ayant accès à des hommes armés croyait que nous pouvions le mener à une chose qui pouvait valoir cent millions de dollars, alors aucun d'entre nous n'était en sécurité. Klim pensait pouvoir protéger Mary Peg pendant un petit moment, et les flics garderaient un œil sur le reste de la famille, au moins quelque temps, tout en mettant la pression sur divers mafieux russes. Mais c'était juste une solution temporaire, comme il l'a fait remarquer. Cette histoire de trésor allait se répandre dans le milieu, et d'ici peu, quelque autre crapule tenterait sa chance.

« O.K., mettons que je sois d'accord, a fini par concéder Crosetti. Qu'est-ce que je suis censé faire ? Errer indéfiniment à travers l'Angleterre ? Avec quel argent ?

– Tu as de l'argent, non ? demanda Mary Peg.

– Oh, d'accord ! J'ai bossé comme un chien pour avoir cet argent. Il est pour mes études, et j'aimerais mieux être pendu plutôt que le claquer à cause d'une idée folle.

– Je pourrais prélever une partie de ma retraite complémentaire, a-t-elle suggéré.

– Quoi, et vivre uniquement sur ta pension ? C'est débile ! Tu t'en sors déjà à peine.

– L'argent n'est pas un problème, ai-je dit, et ils se sont tous tournés vers moi comme si j'avais déclaré que la Terre était plate. Non, sérieusement, ai-je poursuivi. Je suis riche. Et je serais heureux d'emmener Albert en Angleterre à mes frais. »

La Sixième Lettre Chiffrée (Fragment 1)

Ne recevrai-je donc nulle faveur de vous ? Car je suis allé constre mon Roy mais je jure, Monseigneur, sur tout ce que je puis nommer que je ne le sçavois point et fus trahi et rendu traistre par les ruses de Lord Dunbarton comme je l'ai dit.

Je vais maintenant vous dire comment j'en fus venu à être moi-mesme trahi et à me jeter à la merci de Vostre Seigneurie. C'estoit l'hiver passé quelques jours après la Noël, je crois, lorsque je vis M. Piggott marcher dans Fenchurch Street. J'allai le saluer mais il me fit discrètement signe de n'en rien faire et continua sa marche. Je n'allois néanmoins point me laisser user ainsi, car j'estois resté de nombreuses semaines sans un mot de Lord D. ni de M. Piggott et fus fort marri d'être ainsi ignoré comme si j'estois un obstacle à leurs complots. Je le suivis et il tourna vers la rivière à St. Clements Lane, puis entra dans une taverne nommée The Lamb, un endroit sordide et obscur. Je trouvai un garçon qui balayait et luy donnai une pièce de six pences en luy demandant d'aller s'acheter de la bière et de s'asseoir aussi près qu'il le pourroit de M. Piggott, que je décrivis du mieux que je pus, puis de me rapporter ce qu'il auroit entendu et qui estoit l'homme que M. Piggott retrouvoit, s'il y en avoit un, et je luy promis une autre pièce s'il faisoit bien.

J'attendis donc dans l'ombre d'un avant-toit, et après un moment le garçon sortit, qui m'informa que mon homme avoit retrouvé Harry Crabbe et John Simpson, et qu'ils avoient parlé bas mais qu'il les avoit entendus se passer de l'argent. Nous attendîmes dans l'ombre et bientôt sortit M. Piggott, suivi de deux hommes laids, l'un au nez coupé avec un nez en cuir à la place et l'autre, un véritable ours, noir de visage, mais portant trompeusement une longue plume jaune à son chapeau. Le garçon les désigna discrètement, disant que c'estoient les hommes qu'il avoit rencontrés. « Et quelle manière d'hommes estoient-ce ? » luy demandai-je, et il répondit : « Crabbe (celui au faux nez) porte bien son nom car il aime tant les crabes qu'il les transmet aux hommes, et ce Simpson est appelé Jean le Baptiste par ici, car il baptise dans les eaux de la Tamise, et mieux qu'un évesque, car ceux qu'il baptise ne commettent plus de péchés dans ce monde. » Par quoy il entendoit qu'il les noye. Je demandai : « N'as-tu rien entendu de leurs complots ? » « Si, répondit-il, j'ay entendu que l'acteur devoit mourir, et Simpson a dit que dix pièces d'or n'en faisoient qu'une et qu'il devoit luy en donner dix de plus s'il vouloit qu'il jette son Richard dans la rivière, et vostre homme a accepté de mauvaise grâce et luy en a donné plus, et pussiez-vous mon maistre être aussi généreux que luy. » Je le payai donc et quittai cette rue très effrayé et ne sçachant vers qui me tourner pour demander de l'aide.

Dans cette confusion je traversai la rivière jusques au Globe, où je vaquai à mes tâches, mais avec tristesse, et d'autres s'en aperçurent, et comme il n'est rien tel qu'une compagnie d'acteurs pour répandre les ragots je fus l'objet de bien des tourments ce jour-là, l'un disant : « Il est amoureux », un autre : « Non, il a appris qu'il a la vérole et va devoir vendre son manteau et sa dague aux Juifs. » Je finis par jeter un tabouret à Samuel Gilbourne, et sous peu Thomas Pope et moy en vînmes presque à dégainer nos dagues. M. Burbadge et quelques autres nous demandèrent de cesser en nous menaçant d'un bain dans la rivière, mais nous ne voulions point les entendre et fûmes jetés à l'eau pour nostre propre bien.

Nous donnâmes la tragédie de *Hamlet* cet après-midi-là et je dus jouer un serviteur du Roy et entrer en scène avec eux tous à l'Actus Primus, scena II, mais lorsque je regardai le parterre dans les places à un penny mon cœur cessa de battre dans ma poitrine car au-devant se trouvoient les deux vilains du Lamb. Je jure que je ne pouvois pas plus bouger qu'un homme peint sur du bois et manquai ma réplique jusqu'à ce que Harry Cordell me tapât dans les costes pour que je me reprenne…

16

LES DOUTES DE CROSETTI quant au bien-fondé de la présente expédition furent quelque peu apaisés par l'excitation de voyager dans un jet privé. Il n'était, bien entendu, jamais monté à bord d'un tel avion auparavant, et aucune de ses connaissances non plus. Mais il se disait qu'il pourrait s'y habituer. Mishkin n'avait apparemment jamais voyagé autrement. Il possédait une carte de sa société qui lui donnait droit à un certain nombre d'heures de vol en jet privé. Et s'il emmenait suffisamment de personnes avec lui, comme c'était le cas maintenant, le surcoût par rapport à un voyage en première classe était une broutille, si vous estimiez que deux mille dollars par personne étaient une broutille, ce qui était le cas de Mishkin. Il avait dû expliquer ça à Crosetti durant le trajet vers l'aéroport de Teterboro. Il semblait vouloir que Crosetti le considère comme un type normal et non comme une personne incroyablement riche. Certes, il était millionnaire, mais tout juste. C'était surtout qu'il avait dû mal à rentrer, physiquement, dans les avions des lignes commerciales. Sinon, il aurait été heureux de faire la queue et d'ôter ses chaussures avec ses compatriotes. Crosetti ne savait pas pourquoi Mishkin essayait de lui faire gober ça, mais il avait remarqué cette même propension chez deux ou trois personnes qu'il avait rencontrées grâce à ses contacts dans le milieu du cinéma. Des types qui vendaient des scénarios pour un million de dollars ou plus et qui s'escrimaient à démontrer qu'ils étaient des gars ordinaires comme tout le monde : je me suis juste payé une Carrera à cause de mon mal de dos, ses sièges sont les mieux conçus du point de vue orthopédique...

L'appareil était un Gulfstream 100 configuré pour huit passagers et, à la surprise de Crosetti, ils étaient six : outre Mishkin et lui, il y avait Mme Mishkin et les deux mioches Mishkin (expression qui avait surgi dans son esprit lorsqu'ils étaient arrivés à l'aérogare et étaient restés collés à eux tels deux chewing-gums sous des sièges de cinéma) plus un type qui ressemblait tellement à Rutger Hauer que c'en était un peu effrayant et qui s'était avéré être Paul, le frère de l'hôte. Apparemment, la femme et les gamins continuaient jusqu'à Zurich après l'escale à Londres, mais le frère allait les accompagner dans la mission Bulstrode.

Crosetti trouvait ça un peu étrange, mais bon, il avait l'impression que Jake Mishkin n'avait pas toute sa tête. Par exemple, tandis qu'ils attendaient dans le salon de Teterboro réservé aux passagers de jets privés, était arrivé un homme, visiblement l'une de ces personnes dont dépendent complètement des empires commerciaux, car il semblait passer son temps au téléphone. Le fait que ses sous-fifres étaient une bande de fainéants récalcitrants était rendu évident par sa manière de leur donner des ordres, qui était bruyante – il hurlait presque – et ponctuée d'obscénités. Il ne cessait d'ordonner à ses interlocuteurs de fermer leur gueule et d'écouter, et leur conseillait de dire aux autres stupides enfoirés d'aller se faire mettre. Cette personne mettait Mme Mishkin mal à l'aise, ainsi que tous les autres passagers du salon. Enfin, le malotru mit fin à sa conversation dans un aboiement : « Dites à cette tête de con de m'appeler tout de suite ! Sur-le-champ ! » Il avait regardé son petit instrument pendant presque une minute en jurant à voix basse, jusqu'à ce que le téléphone sonne à nouveau, sur le thème de *La Walkyrie* de Wagner. Il avait alors repris sa tirade à l'intention de la nouvelle tête de con. Mishkin s'était donc levé et approché de l'homme, le dominant telle la Jungfrau au-dessus de Stechelberg. Il avait dit quelque chose à voix basse et reçu pour toute réponse un « Allez vous faire foutre ! » auquel Mishkin avait répondu à son tour en arrachant le téléphone portable des mains de l'homme avant de le briser en deux et de le balancer dans la poubelle. Quelques applaudissements avaient retenti de la part des autres passagers qui attendaient, puis Mishkin avait regagné son groupe. Au bout d'un moment de stupéfaction, M. Odieux avait filé hors du salon, peut-être à la recherche d'un autre téléphone ou d'un flic. Ils ne l'avaient jamais su car à cet instant une jeune femme coquette dans un uniforme beige était arrivée et avait prévenu Mishkin qu'ils pouvaient maintenant embarquer.

Crosetti avait été le dernier à entrer dans l'avion et il s'était installé dans le dernier fauteuil, au cuir aussi doux que la peau d'une fille et assez confortable pour mériter de figurer parmi les péchés mortels. La femme en uniforme lui demanda s'il voulait boire quelque chose. Bien sûr, il demanda du champagne et l'obtint, une petite bouteille de Krug, parfaitement frais, ainsi qu'une flûte en cristal pour le boire, une corbeille de petits biscuits et un pot de céramique plein de fromage à tartiner. L'homme de l'autre côté de l'allée buvait une bière, mais il avait lui aussi droit à la petite corbeille. C'était le frère. Crosetti l'examina du coin de l'œil tandis que l'avion roulait à travers les taxiways. Il portait un pull noir et un jean et avait des baskets bon marché aux pieds. Le parent pauvre ? Il lisait le *New York Times* du matin, le parcourait à vrai dire, comme si les nouvelles le lassaient, ou comme s'il savait déjà ce qu'elles racontaient. Crosetti connaissait cette sensation ; c'était ainsi qu'il lisait lui-même le journal, sauf les critiques de cinéma. Il se demanda si l'homme était acteur. Il avait vraiment une sacrée allure, et il s'étonna aussi que la génétique ait pu produire ce type et Mishkin dans une même fournée. Soudain, l'homme referma sèchement le journal, le replia et l'enfonça dans la poche du siège. Il se tourna vers Crosetti et déclara :

« J'ai perdu la capacité à distinguer la vérité de la fiction dans les nouvelles, à l'exception des résultats sportifs. Je ne sais pas pourquoi je m'obstine. Ça me met juste en colère sans me fournir d'exutoire raisonnable.

– Vous pourriez déchirer le journal en lambeaux et piétiner les morceaux. »

L'homme sourit.

« Je le pourrais, mais ça ressemble au genre de choses que pourrait faire mon frère.

– Il a le sang chaud. Cette histoire de téléphone portable ?

– Oui, et tuer deux personnes. Mais le plus étrange, c'est qu'il n'a pas le sang chaud. C'est le type le plus doux, le plus résistant à la souffrance du monde. Dans la famille, c'est *moi* qui ai le sang chaud.

–J'aurais pu m'y laisser prendre.

–Oui, mais il n'est plus lui-même, expliqua le frère. La violence a parfois cet effet. Je l'ai souvent observé dans l'armée. Les gens se construisent une image, un masque, et ils en viennent à croire que c'est vraiment eux, au plus profond d'eux-mêmes, puis un événement survient auquel ils ne s'étaient jamais attendus et tout se fissure, exposant leur chair tendre aux éléments hostiles.

–Comme le stress post-traumatique ? »

L'homme fit un geste dédaigneux de la main.

« Si vous croyez à ce baratin psychologisant. Voilà à quoi mène notre culture : fourrer toute une série de symptômes sans rapports éprouvés par des personnes totalement différentes, suite à des événements eux aussi complètement différents dans une boîte avec une étiquette. C'est à peu près aussi utile et intellectuellement pertinent que collectionner les timbres. Mon frère menait une existence fermement contrôlée qui, malgré son énorme réussite, était coupée des sources de la vie à cause de ses dépendances. Sa vie était un mensonge, comme on dit, et de telles vies sont de fait fragiles. Elles n'offrent aucune véritable possibilité de résistance.

–De quoi est-il dépendant ?

–Mon vieux, vous êtes bien curieux », répondit-il sans animosité.

Crosetti sourit. « Je plaide coupable. C'est une mauvaise habitude. Je l'excuse en disant que c'est parce que je veux sonder les profondeurs de la condition humaine pour mon travail.

–Oh, d'accord, vous êtes le scénariste. Jake m'a vaguement parlé de ça. Qu'est-ce que vous pensez de Tarantino ?

–Pas un sondeur des profondeurs, répondit Crosetti. Qu'est-ce que vous faites en Europe ?

–Affaires de famille.

–En rapport avec tout ça ? Je veux dire, la chasse au document, le manuscrit secret... ?

–Indirectement.

–Hum, hum. Vous êtes aussi avocat ?

–Non.

–Vous savez, si vous voulez faire des mystères, la meilleure façon de procéder n'est pas de faire des déclarations cryptiques mais d'adopter une personnalité fictive et ennuyeuse. James Bond prétendait toujours qu'il était fonctionnaire en retraite, ce qui mettait d'ordinaire un terme à toute conversation. Juste un tuyau du monde du cinéma.

– O.K. Je suis prêtre jésuite.

– Ça, je prends. Je crois que nous allons décoller. Nous n'avons même pas eu droit à une démonstration de sécurité. Est-ce parce qu'ils s'en fichent ou parce que personne ne peut concevoir qu'un malheur puisse survenir aux classes dirigeantes ?

– La deuxième raison, je pense, répondit Paul. Il est difficile de rester riche sans développer un manque d'imagination compassionnelle. »

Crosetti n'avait jamais connu de décollage aussi rapide. Les moteurs rugirent brièvement, puis la cabine s'inclina comme une chaise longue et ils furent au-dessus des nuages en ce qui sembla quelques secondes. Lorsque l'avion fut à nouveau à l'horizontale, Crosetti déclara :

« Je suppose que vous connaissez toute l'histoire jusqu'à maintenant. Je veux dire, les lettres de Bracegirdle et le texte chiffré et tout.

– Eh bien, j'ai lu la lettre et Jake m'a un peu expliqué ce que vous avez appris sur la nature du chiffrement.

– Qu'est-ce que vous en dites ?

– De nos chances de l'interpréter et de découvrir cette prétendue pièce perdue ? Négligeables. Enfin quoi, d'après vous il nous faudrait la grille originale, et quelles sont les chances qu'un bout de papier perforé ait survécu pendant presque quatre cents ans ? Et comment la reconnaîtrions-nous même ? Et pas de chiffrement, pas de pièce – ça semble assez clair.

– Alors pourquoi êtes-vous ici ?

– Je suis ici parce que depuis que cette lettre a refait surface, mon frère m'a demandé de l'aider pour la première fois de sa vie. À deux reprises. Je veux encourager ça. Jake a besoin de beaucoup d'aide. Et j'ai une dette envers lui. Il a été très bon avec moi quand j'étais en prison et aussi après, même s'il me méprisait totalement. C'était un véritable acte de charité, et je veux le rembourser si je le peux.

– Pourquoi étiez-vous en prison ? » demanda Crosetti.

L'homme sourit, lâcha un petit rire bref en secouant la tête, puis il tira un épais livre de poche de son sac de voyage et chaussa ses lunettes. Crosetti-le-curieux jeta un coup d'œil au titre : *Dieu existe-t-il ?* de Hans Küng, ce qui lui sembla un choix étrange pour un livre de voyage, mais que savait-il de cet homme ? Il tira son ordinateur portable de sa sacoche, le plaça sur la table et l'alluma. À sa grande surprise, la petite icône qui annonçait qu'une connexion Internet était disponible s'alluma. Bien entendu les personnes qui volaient dans des jets privés ne pouvaient simplement pas supporter d'être coupés de l'Internet pendant leurs trajets. Les téléphones portables fonctionnaient sans doute aussi. Il enfila son casque et inséra une copie de *Electric Shadows* dans le lecteur. Oh, bien sûr, le siège était aussi équipé d'une prise électrique, il ne faudrait surtout pas que les riches aient à dépendre des batteries de leurs portables ! Il regarda le film avec le mécontentement critique qu'il éprouvait chaque fois qu'il voyait le premier film d'une personne de sa génération. Une femme, qui plus est. Une Chinoise ! Xiao Jiang était plutôt douée, et il tenta de lui rendre cette justice sans s'imaginer toutes les saletés qu'elle avait dû faire pour qu'on lui donne sa chance. C'était *Cinéma Paradiso* sur fond de Révolution culturelle. Le sujet central semblait être qu'en aucun cas un art médiocre, même associé au contrôle étatique ne pouvait empêcher les films d'être glamour. Les sauts de trente ans dans le temps étaient bien maîtrisés et le film avait la grâce esthétique typique de tous les films chinois, mais l'intrigue et les émotions générées par les acteurs faisaient un peu feuilleton à l'eau de rose, jugea-t-il, écrivant mentalement sa critique : un bon premier film d'une réalisatrice talentueuse, mais rien à voir avec Albert Crosetti, bien sûr, à qui on ne donnerait *jamais* sa chance d'écrire et réaliser un film...

À la fin du film, il ouvrit le logiciel d'écriture de script Final Cut et commença un nouveau scénario. Il voulait un titre. Il tapa *Carolyn Rolly* et pensa à des films dont le titre était un nom de femme : *Stella Dallas. Mildred Pierce. Erin Brockovich. Annie Hall.* Oui, mais... Il effaça et tapa *La Relieuse,* un scénario original de A. P. Crosetti. A. Patrick Crosetti. Albert P. Crosetti.

Crosetti mettait d'ordinaire longtemps à écrire, il effaçait beaucoup, tournait en rond, repoussait, mais cette fois-ci, le scénario, pour reprendre une expression idiote, s'écrivit tout seul. Il avait presque fini le premier acte, depuis l'incendie de la librairie à la première nuit dans le loft de la relieuse et la découverte du manuscrit, incluant même le premier flash-back, une courte scène décrivant l'effroyable enfance de Carolyn. Il le relut et trouva ça bon, étrangement bon, mieux que tout ce qu'il avait écrit auparavant, profond, sombre, européen, mais avec plus de rythme que la moyenne des films européens sérieux. Il consulta sa montre : presque deux heures s'étaient écoulées. De l'autre côté du hublot la nuit tombait ; l'avion survolait un amas de nuages arctiques. Il s'étira, bâilla, sauvegarda son travail et se leva pour aller aux toilettes. À son retour il trouva Mishkin assis à sa place lancé dans ce qui semblait être une conversation urgente avec son frère.

« Vous pouvez nous accorder un moment ? demanda Mishkin.

– C'est votre avion, patron », répondit Crosetti.

Il récupéra son ordinateur portable et se rendit vers l'avant pour s'installer à la place laissée libre par Mishkin, de l'autre côté de l'étroite allée par rapport à Mme Mishkin. Ou ex-Mme, il n'avait pas encore saisi quelle était leur relation. Il dut passer devant les deux enfants et ne put s'empêcher de remarquer qu'ils étaient tous deux équipés des derniers Apple Powerbook. Crosetti n'avait jamais connu de gamin vraiment riche et il se demanda à quoi ressemblait leur vie. Étaient-ils gâtés pourris, faisaient-ils semblant d'être moins riches qu'ils ne l'étaient, comme leur père, où étaient-ils si pris dans leur vie qu'ils n'en avaient plus rien à foutre ? La fille regardait une vidéo musicale, des rappeurs accomplissant leur rêve de sexe et de violence. Le garçon descendait des monstres dans Warcraft. Crosetti s'assit à la place de Mishkin, non loin de la femme-ou-ex, qui semblait dormir, la tête appuyée contre le hublot, son visage totalement invisible derrière la courbure d'une chevelure blonde, son cou blanc émergeant d'un pull gris. Il ralluma sa machine et se replongea dans son univers fictif.

L'hôtesse vint lui servir un autre verre de champagne glacé et déposa un menu sur sa table. Apparemment vous pouviez avoir du filet mignon cordon bleu ou du saumon écossais froid ou un hot-dog au chili con carne. Crosetti opta pour le filet. Il était à nouveau en train de pianoter sur son ordinateur lorsqu'il prit conscience d'un son particulier, comme un aboiement de petit chien, non, une toux – une espèce de vagissement haut perché. Il crut tout d'abord qu'il provenait de l'un des ordinateurs des gamins, mais lorsqu'il regarda en direction de Mme Mishkin, il remarqua que les sons étaient coordonnés avec les soubresauts spasmodiques de son épaule et de sa tête. Elle pleurait.

« Excusez-moi, est-ce que ça va ? » demanda-t-il.

Elle fit un geste de la main qui pouvait vouloir dire « donnez-moi une seconde » ou « occupez-vous de vos affaires », puis elle se moucha, étonnamment fort, dans une boule de mouchoirs en papier. Elle se tourna vers lui et la première pensée de Crosetti fut « une étrangère ». Il avait toujours trouvé que les visages américains avaient quelque chose de vague comparés à ceux qu'il voyait dans les films venus d'ailleurs, et celui-ci était un exemple de cette différence. La femme de Mishkin avait le type de visage d'Europe du Nord dont la structure intéressante semblait destinée à rayonner dans un film en noir et blanc. Elle avait le bout du nez et le bord des yeux rouges, ce qui gâchait plutôt l'effet, mais il ne put s'empêcher de la regarder avec enchantement. Encore un signe qu'il avait quitté sa vraie vie et se trouvait maintenant au beau milieu d'un scénario. Elle croisa son regard et porta la main à son visage et à ses cheveux dans ce geste éternel de la femme surprise au saut du lit.

« Oh mon Dieu, je dois être épouvantable ! dit-elle.

– Non, pas du tout. Est-ce que je peux faire quelque chose ? Enfin, je ne veux pas me mêler de ce qui ne me regarde pas...

– Non, c'est bon. Juste la stupidité habituelle de la vie qui oblige parfois à pleurer. »

Elle avait aussi l'accent qu'il fallait. Dans deux secondes Bergman ou Fassbinder allait sortir du cockpit et ajuster l'éclairage. Quelle était sa prochaine réplique ? Il cherchait désespérément les paroles désabusées et existentielles qui conviendraient à la situation.

« Ou à boire du champagne, dit-il en levant son verre. Nous pourrions noyer notre chagrin. »

Elle récompensa sa petite saillie d'un sourire, l'un des plus beaux sourires qu'il ait vus de sa vie, à l'écran comme à la ville.

« Oui, consentit-elle, buvons du champagne. Ainsi les tristes problèmes des riches s'évanouiront-ils. »

L'hôtesse leur apporta une nouvelle bouteille bien fraîche, et ils burent ensemble.

« Vous êtes l'auteur qui a découvert ce terrible manuscrit, dit-elle après avoir fini son premier verre. Un manuscrit qui a semé le trouble dans nos vies à tous. Et pourtant vous continuez d'écrire. Malgré mon état, je vous ai entendu pianoter. Désolée, j'ai oublié votre nom... »

Crosetti le lui donna et elle lui demanda en retour de l'appeler Amalie.

« Qu'écrivez-vous ?

– Un scénario.

– Oui ? Et de quoi parle ce scénario ? »

Le champagne le rendait hardi.

« Je vous le dirai si vous me dites pourquoi vous pleurez. »

Elle lui lança un long regard, tant et si bien qu'il crut l'avoir vexée, mais elle demanda alors :

« Vous trouvez ça juste comme échange ? La vérité contre la fiction ?

– La fiction *est* la vérité. Si elle est bonne. »

Elle marqua une nouvelle pause puis opina rapidement du chef.

« Oui, je vois ce que vous voulez dire. D'accord. Pourquoi je pleure ? Parce que j'aime mon mari et il m'aime aussi, mais il souffre d'un trouble qui l'oblige à coucher avec d'autres femmes. Il y a beaucoup de femmes qui s'en accommoderaient, qui auraient des liaisons de leur côté et poursuivraient leur vie de couple par convention sociale. C'est ce qu'on appelle être civilisé dans certains endroits. La moitié des Italiennes et des Sud-Américaines s'en satisfont. Mais je n'y arrive pas. Je suis vieux jeu. Je crois au sacrement du mariage. Je voudrais être la seule et qu'il soit le seul, sinon je ne peux pas vivre. Dites-moi, êtes-vous croyant ?

– Eh bien, j'ai été élevé dans la religion catholique...

– Ce n'est pas ce que je vous demande.

– Vous voulez dire *vraiment* croyant ? Je dois répondre non. Ma *mère* est croyante et je vois la différence.

– Mais vous croyez à... à quoi ? Au cinéma ?

– Je suppose. Je crois à l'art. Je pense que si une chose telle que le Saint-Esprit existe il s'exprime à travers les grandes œuvres d'art et, oui, certaines d'entre elles sont des films. Je suis probablement plus proche de vous que de votre mari.

– Je suppose. Mon mari ne croit à rien. Non, c'est faux. Il croit que je suis une sainte et que son père est le diable en personne. Mais je ne suis pas une sainte, et son père n'est pas le diable, mais il le croit parce que ça lui évite de se dire qu'il me fait du mal – c'est une sainte, alors bien sûr elle est au-dessus de la jalousie, vous voyez ? Et il n'a pas besoin de pardonner son père. Quoi que celui-ci ait fait, il ne m'a jamais dit de quoi il s'agissait. Jake est un homme bon, gentil, mais il voudrait que le monde soit différent de ce qu'il est. Et c'est pour ça que je pleure. Alors, c'est quoi votre film ? »

Crosetti lui raconta, et pas seulement le scénario à proprement parler, mais aussi son point de départ dans le monde réel, Carolyn et leur rencontre pathétiquement brève, puis il parla de sa vie et de ce qu'il comptait en faire. Elle écouta attentivement et presque en silence, contrairement à sa mère qui avait plein d'idées vaseuses et n'hésitait pas à les partager avec les autres. Lorsqu'il eut fini, Amalie déclara, d'un ton de franche admiration :

« Et vous avez inventé tout ça tout seul ? Je suis épatée, car je ne suis absolument pas créative, je suis tout juste bonne à produire des enfants et des petites choses comme des décorations ou des petits plats. Est-ce que c'est ça, être créative ? Je ne pense pas.

– En tout cas c'est utile, répondit Crosetti, qui ne possédait aucun de ces talents.

– Je suppose. Mais au bout du compte c'est un art mineur, comme la plomberie. Et on a toujours l'impression que c'est immérité. Ce qui est le cas. C'est pour ça que les riches trouvent si difficile d'aller au paradis. »

À ce moment, l'hôtesse apparut de derrière son rideau et commença à servir le dîner. Amalie fit ôter leurs écouteurs à ses enfants pour qu'ils aient ce qu'elle appela un dîner civilisé. Les fauteuils pivotaient et Crosetti se retrouva à faire face au garçon assis de l'autre côté de la large table en imitation bois recouverte d'une nappe, d'assiettes en porcelaine véritable, de couverts en argent et d'un soliflore dans lequel se trouvait une minuscule rose. Apparemment Mishkin avait choisi de manger avec son frère plutôt que sa famille. Au bout de quelques minutes, Crosetti comprit pourquoi. Les gamins n'arrêtaient pas de causer tout au long du repas qui, pour le garçon, était curieusement constitué d'un bol de céréales. La conversation de la fille consistait essentiellement en futilités – choses à acheter, endroits où aller, ce qu'elle aurait peut-être la permission de faire en Suisse, ce à quoi elle refusait de se soumettre. Amalie était ferme avec elle, mais sa mine épuisée présageait, selon Crosetti, des larmes et de violentes disputes au milieu des Alpes. Le garçon répondit à une question polie sur le jeu auquel il jouait par un torrent continu d'informations sur la totalité de son histoire dans l'univers de Warcraft, chaque caractéristique du personnage qu'il incarnait, chaque trésor qu'il avait remporté, chaque monstre contre lequel il s'était battu. Il était impossible de l'interrompre par la moindre stratégie d'évitement de la sociolinguistique conventionnelle. L'ennui de Crosetti devint si intense qu'il semblait ôter toute saveur à l'excellent filet et au chambertin. Il aurait volontiers poignardé le gamin avec son couteau à steak.

« Niko, souviens-toi que lorsque tu as fini de parler tu dois laisser les autres parler à leur tour », intervint sa mère, qui avait dû sentir les mauvaises ondes se propager.

Le garçon s'interrompit au milieu d'une phrase comme une radio qu'on aurait éteinte, puis il dit à Crosetti :

« Maintenant, à vous de dire quelque chose.

– Est-ce qu'on pourrait discuter d'autre chose que de Warcraft ? demanda Crosetti.

– Oui. Combien de pièces y a-t-il dans un pied cube de pennies ?

– Aucune idée.

– Quarante-neuf mille cent cinquante-deux. Combien dans un mètre cube ?

– Non, maintenant c'est mon tour. Quel est ton film préféré ? »

Il lui fallut un moment pour répondre, d'autant que Niko se sentait obligé de raconter les intrigues de ses choix, mais il finit par opter pour le premier *Jurassic Park.* Bien entendu, il l'avait sur son disque dur (il l'avait vu quarante-six fois, annonça-t-il), et Crosetti lui demanda de le passer en lui promettant de lui expliquer comment ils faisaient tous les effets, puis il alla chercher le petit adaptateur spécial qui permettait de brancher deux écouteurs sur un même ordinateur. Après quoi ils se retrouvèrent devant l'écran comme deux pauvres types, mais Crosetti se dit qu'au moins il ne s'était pas déshonoré en le noyant sous des informations barbantes.

Le pilote annonça leur descente vers l'aéroport de Biggin Hill. Ils firent pivoter leurs fauteuils et bouclèrent leurs ceintures. L'hôtesse distribua des serviettes chaudes. Amalie sourit en direction de Crosetti et dit :

« Merci d'avoir supporté Niko. C'était très gentil de votre part.

– Pas de problème.

– C'en est un pour la plupart des gens. Niko est impossible à aimer, mais même les personnes impossibles à aimer ont besoin d'amour. Les aimer est un triste sort, mais peut-être êtes-vous l'un des nôtres et partagez-vous ce sort. »

Crosetti ne trouva rien à répondre, mais il se surprit à penser à Rolly. Certainement impossible à aimer, mais l'aimait-il ? Et était-ce important qu'il l'aime ou non, puisqu'il était peu probable qu'il la revoie ?

L'avion atterrit doucement et roula brièvement à travers le petit aéroport jusqu'à l'aérogare. La pluie fouettait les hublots du jet. Crosetti et les frères Mishkin rassemblèrent leurs bagages à main et leurs manteaux. Crosetti reçut une poignée de main et une bise inattendue sur la joue de la part d'Amalie Mishkin.

« Merci de m'avoir parlé et d'avoir parlé à Niko, dit-elle. Et maintenant vous allez suivre Jake dans Dieu sait quelle folle aventure et nous ne vous reverrons jamais. J'espère que vous ferez votre film, Crosetti. »

Jake Mishkin se posta alors derrière lui, le dominant de sa hauteur. Crosetti eut la ferme impression de tenir la chandelle et il quitta rapidement l'avion. L'aérogare était petite, propre, bien organisée. Une petite équipe de femmes en uniformes lui fit passer la douane et les contrôles d'immigration avec le genre de service réservé aux très riches auquel Crosetti n'avait jamais eu droit auparavant. Une limousine Mercedes attendait à l'extérieur, ainsi qu'un type muni d'un énorme parapluie. Crosetti monta dans le véhicule et fut rejoint moins de dix minutes plus tard par Paul et Jake Mishkin. La voiture démarra.

« Où allons-nous ? demanda Crosetti.

– En ville, répondit Jake. J'ai quelques affaires à régler, des broutilles vraiment, mais suffisamment pour justifier ce voyage et faire plaisir à mes associés, ou du moins me racheter un peu à leurs yeux. Ça ne devrait pas prendre plus d'une journée, voire moins. Je suis sûr que vous trouverez plein de choses à faire à Londres. Paul peut vous montrer ce qu'il y a à voir. C'est un vrai globe-trotteur.

– Chouette, fit Crosetti. Et après ?

– Nous irons rendre visite à Oliver March à Oxford. Nous lui rendrons les effets personnels de Bulstrode, puis nous essaierons de voir s'il sait ce que Bulstrode a fait ici l'été dernier. Sinon nous allons devoir avancer à l'aveugle. »

Ils logèrent dans un petit hôtel élégant de Knightsbridge. Mishkin y avait déjà séjourné et les membres du personnel lui firent comprendre qu'ils étaient heureux de le revoir et accordèrent à Crosetti le même accueil chaleureux. Paul ne logea pas à l'hôtel.

« Mon frère n'a pas le goût du luxe », expliqua plus tard Mishkin dans le minuscule bar de l'hôtel. Il avait bu plusieurs scotchs alors que Crosetti n'en était qu'à sa première pinte de bière. « Je pense qu'il est allé loger chez ses amis jésuites. Et aussi organiser notre sécurité.

– Il travaille dans la sécurité ?

– Non, il est prêtre jésuite.

– Vraiment ? Il me l'a dit, mais je croyais qu'il me faisait marcher. Qu'est-ce qu'il y connaît en sécurité ?

– Eh bien, Paul est un homme aux facettes multiples, comme vous l'avez sûrement compris. Je me dis souvent qu'il doit faire partie du corps d'élite des assassins du Vatican dont on entend tant parler de nos jours. Que pensez-vous de mon adorable famille ?

– Ils m'ont semblé très gentils, répondit Crosetti avec méfiance.

– Ils *sont* gentils. De vrais anges. Bien trop gentils pour moi. Ma femme est suisse, le saviez-vous ? Les Suisses sont *très* gentils. C'est leur spécialité nationale avec les chocolats et l'argent. Saviez-vous que la Suisse était un pays très pauvre avant la Seconde Guerre mondiale ? Puis elle est soudain devenue très riche. Parce qu'ils ont fourni aux Nazis toutes sortes de joujoux techniques produits dans des usines qui ne pouvaient pas être bombardées vu qu'ils étaient si neutres. Et puis il y a le problème des cent cinquante millions de reichsmarks que les Nazis ont volé aux juifs exterminés. Ça fait presque trois quarts de milliards de dollars actuels. Je me demande ce qu'est devenu tout cet argent. Sans parler des œuvres d'art. Mon beau-père a une superbe collection de tableaux impressionnistes et postimpressionnistes – Renoir, Degas, Kandinsky, Braque, il les a tous.

– Vraiment ?

– Vraiment. Il était employé de banque avant et pendant la guerre. Comment a-t-il fait pour accumuler une telle collection ? En étant *gentil* ? Mes enfants sont à moitié suisses, ce qui signifie qu'ils sont seulement à moitié gentils, comme vous l'avez probablement observé. Vous êtes sans doute très observateur, Crosetti. Un auteur comme vous, du genre créatif, est toujours aux aguets et à prendre des notes. Vous avez probablement déjà tout compris sur Amalie et moi et les gamins. Vous avez un scénario dans votre tête ? La famille Mishkin, sur tous les écrans. L'autre moitié est à moitié juive et à moitié nazie, et il n'y a assurément *rien* de gentil là-dedans. Buvez un autre verre, Crosetti ! Commandez un Cosmopolitan ! La boisson de notre génération.

– Je vais rester à la bière. À vrai dire, je me sens un peu fatigué à cause du décalage horaire alors...

– Balivernes ! Je vous paye un Cosmopolitan. Rien de tel contre le décalage horaire, tout le monde le sait. Barman, servez un Cosmo à ce monsieur ! Et à vous aussi. Et servez-m'en un autre, un double. »

Le barman, un type basané un peu plus âgé que Crosetti, lui jeta un coup d'œil avant de commencer à préparer les cocktails, le genre de coup d'œil qui semblait demander, est-ce que ce colosse va foutre le bordel dans mon minuscule bar et êtes-vous en position de le faire sortir d'ici avant que ça dégénère ? Crosetti baissa lâchement les yeux.

« Vous croyez que je suis soûl, pas vrai ? demanda Mishkin comme s'il sentait les vibrations qui flottaient dans la pièce. Vous croyez que je vais perdre le contrôle. Eh bien, vous vous trompez. Je ne perds *jamais* le contrôle. Sauf parfois. Mais ça ne va pas se produire aujourd'hui. Les juifs ne se soûlent pas, d'après ma belle-mère. C'est le seul avantage qu'elle voit au mariage autrement honteux de sa fille. Ils ne se sont pas laissé berner par mon appartenance à la seule Église sacrée, catholique et apostolique. Et aussi les juifs subviennent aux besoins de leur famille. Argent, sobriété... oh, oui, et en plus ils ne vous battent pas. Elle a vraiment dit ça, assise sur son canapé de soie sous son Renoir volé à un juif mort. Les catholiques du sud de l'Europe sont extrêmement antisémites, le saviez-vous, Crosetti ? La plupart des principaux Nazis étaient catholiques – Hitler, Himmler, Heydrich, Goebbels. Et vous, Crosetti ? Vous êtes catholique ? Vous êtes antisémite ? Il vous arrive de râler après la mafia juive qui contrôle les médias ?

– Je suis à moitié irlandais, répondit Crosetti.

– Oh, eh bien, ça vous tire d'affaire, alors, les Irlandais étant connus pour ne pas avoir une once de racisme en eux. Je suis moi-même à moitié antisémite du côté de ma mère. N'est-il pas amusant que tous les grands Nazis aient eu l'air à moitié juif ? Goebbels ? Himmler ? Heydrich se faisait constamment tabasser dans la cour de récréation parce que les gamins le prenaient pour un juif. Traits aryens mais un gros cul. Mon grand-père, en revanche, était un vrai

Aryen, comme, bien sûr, ma mère, sa fille. Et ma femme. Trouvez-vous ma femme séduisante, Crosetti ? Désirable ?

– Oui, elle est très jolie », répondit Crosetti en évaluant la distance qui le séparait de la sortie.

La pièce était si petite et Mishkin si énorme que ça allait être sacrément serré s'il devait s'enfuir en courant. C'était comme être piégé dans une salle de bains avec un orang-outan.

« Oh, elle est plus que *jolie*, Crosetti. Il y a de profonds puits de chaleur en Amalie. J'ai remarqué comment vous étiez penchés l'un vers l'autre au-dessus de l'allée. Et vous avez aussi eu droit à un petit baiser à la fin. Vous êtes-vous arrangés pour vous retrouver quelque part ? Enfin quoi, ça ne me surprendrait pas le moins du monde – une réparation s'impose. J'ai dû baiser quarante ou cinquante femmes depuis notre mariage, alors qu'est-ce que je pourrais dire, hein ? Vous devriez tenter votre chance, mon vieux ! Oubliez cette connerie shakespearienne et partez pour Zurich. Ils sont au 114 de la Kreuzbühlstrasse. Vous pourrez la baiser dans son petit lit d'enfant jaune. Je vais même vous donner quelques tuyaux sur ce qu'elle aime : par exemple…

– Je vais me coucher, coupa Crosetti, et il se laissa glisser de son tabouret.

– Pas si vite ! » cria Mishkin.

Crosetti sentit qu'on lui saisissait le bras ; comme s'il se l'était coincé dans une portière de voiture. Avant de savoir ce qu'il faisait, il attrapa le Cosmo auquel il n'avait pas touché et le jeta au visage de Mishkin. Celui-ci fit la grimace et s'essuya de sa main libre sans le lâcher. Le barman fit le tour du bar et demanda à Mishkin de partir. Mishkin secoua Crosetti suffisamment fort pour que ses dents s'entrechoquent et répondit au barman :

« C'est bon. J'expliquais juste à ce monsieur comment baiser ma femme et il m'a jeté son verre au visage. Est-ce que vous trouvez ça normal ? »

Le barman fit alors l'erreur de saisir le bras de Mishkin, peut-être dans l'espoir qu'il le suivrait, mais au lieu de cela le colosse lâcha Crosetti et balança le barman par-dessus le bar et l'homme alla s'écraser contre ses étagères lumineuses recouvertes de bouteilles. Crosetti prit ses jambes à son cou et n'attendit pas l'ascenseur, gravissant quatre à quatre les trois volées de marches qui menaient à sa chambre.

Le lendemain matin, Crosetti quitta l'hôtel très tôt et se rendit au British Film Institute sur la rive sud, où il regarda *Boudu sauvé des eaux* et *La Règle du jeu* de Renoir. Il serait bien resté pour *La Grande Illusion*, mais tandis qu'il était dans le hall en quête d'un verre d'eau, quelqu'un le tira par la manche, et lorsqu'il se retourna il vit Paul Mishkin portant une veste en cuir et une tenue d'ecclésiastique. Crosetti se dit qu'il ressemblait à un acteur déguisé en prêtre.

« Comment avez-vous su que j'étais ici ?

– Où auriez-vous pu être ? Pas à Madame Tussaud's. Venez, il y a eu un léger changement de programme.

– Du genre ?

– Nous partons immédiatement pour Oxford. La voiture attend dehors.

– Et nos affaires à l'hôtel ?

– Tout a été récupéré, les valises sont dans le coffre. Venez, Crosetti. Vous pourrez poser des questions plus tard. »

La Mercedes attendait dans la rue et Jake était affalé à l'arrière, emmitouflé dans un Burberry à col de fourrure et une écharpe, la tête enfoncée dans une casquette de tweed. Paul s'installa à la place du mort (étonnamment, du mauvais côté !) et Crosetti s'assit à l'arrière, aussi loin que possible de Mishkin qui ne disait pas un mot. La petite zone de peau visible au-dessus de son col semblait grise et reptilienne.

Ils quittèrent la ville, traversèrent des kilomètres de banlieues de briques humides. La campagne gagna du terrain après qu'ils eurent passé Richmond, puis ils empruntèrent bientôt l'autoroute. Crosetti remarqua que Paul observait les rétroviseurs et inspectait les véhicules qui les dépassaient avec un intérêt inhabituel.

« Alors, pourquoi ce changement de programme ? demanda Crosetti lorsque, après avoir roulé un bon moment, il devint évident que personne n'allait proposer d'explication.

– Deux raisons. La première est que nous sommes suivis par deux groupes de personnes. Ils s'y prennent bien, de vrais professionnels, pas comme ces abrutis à qui vous avez eu affaire à New York. La seconde raison est qu'après le numéro de Jake au bar hier soir, on lui a demandé de partir, et plutôt que chercher un autre hôtel à Londres, nous avons décidé d'aller tout de suite à Oxford, d'y passer la nuit et de voir notre type demain.

– Je veux en savoir plus sur ces professionnels, dit Crosetti. S'ils sont si forts, comment avez-vous découvert qu'ils étaient là ?

– Parce que nous avons engagé une société de professionnels encore plus compétents qu'eux. Pas vrai, monsieur Brown ? »

Cette question s'adressait au chauffeur, qui répondit :

« Si, monsieur. Ils ont suivi M. Crosetti dès le moment où il a quitté l'hôtel ce matin, et, bien sûr, ils vous ont suivi depuis le foyer de jésuites jusqu'à St. Olave. Ils sont dans la BMW bleue située trois voitures derrière nous et dans la Ford Mondeo qui précède ce camion blanc sur la voie de droite juste devant nous.

– Brown fait partie d'une société de sécurité hautement respectée et extrêmement chère, expliqua Paul. C'est une bonne chose que nous ayons de l'argent.

– Est-ce qu'il va y avoir une course-poursuite ?

– Probablement. Et au moins une belle explosion orange. Voulez-vous savoir ce que j'ai découvert à St. Olave ?

– Des indices sur l'emplacement du Saint-Graal ?

– Presque. Vous vous rappellerez que Bracegirdle a écrit que la clé du chiffrement était enterrée à St. Katherine Colemanchurch. Malheureusement, cette église, qui avait survécu au grand incendie, a succombé à la dépopulation de la vieille cité de Londres et à la triste vague de scepticisme, et elle a été démolie en 1926. La paroisse a été unie à St. Olave, dans Hart Street, en 1921, et je m'y suis donc rendu.

– C'est pour ça que vous portiez votre habit de prêtre.

– Exact. Père Paul s'adonnant à de petites recherches généalogiques. Apparemment, quand St. Katherine a mordu la poussière, les tombes ont été déplacées vers le cimetière d'Ilford, mais il y avait aussi une crypte sous l'église. Au Moyen Âge, vous savez, les gens étaient enterrés dans des cimetières jusqu'à ce qu'ils soient décomposés, après quoi les os étaient déterrés et placés dans des ossuaires, car évidemment les petits cimetières urbains ne pouvaient pas contenir les morts d'une paroisse pendant plus de quelques générations. Et cette crypte avait une porte, dotée d'une sorte de fenêtre recouverte d'une petite plaque de cuivre rectangulaire, perforée pour laisser passer la lumière. Les perforations dessinaient un saule pleureur. Quand St. Katherine a été démolie, cette plaque a été déplacée à St. Olave en même temps que les autres objets précieux et souvenirs de l'église et exposée dans une vitrine de la sacristie.

– L'avez-vous vue ? demanda Crosetti.

– Non. D'après le vicaire à qui j'ai parlé, quelqu'un est entré par effraction dans l'église l'été dernier et l'a piquée. La personne n'a rien pris d'autre, juste cette plaque. Je suppose que nous pouvons désormais estimer qu'il s'agit de la grille. Autre chose intéressante : peu de temps avant le vol, une jeune femme a visité l'église. Elle faisait des reproductions par frottage des cuivres de l'église et a demandé si du mobilier ou des cuivres de St. Katherine Colemanchurch étaient disponibles. Le vicaire lui a montré les divers objets, elle a pris un certain nombre de photos et a fait une reproduction de la plaque recouvrant la fenêtre de la crypte. Quelques jours plus tard, la plaque avait disparu. »

Jake Mishkin remua, s'éclaircit la voix.

« Miranda », dit-il.

Et presque au même moment, Crosetti s'exclama :

« Carolyn ! »

La Sixième Lettre Chiffrée (Fragment 2)

... mais les deux me tenoient, et bien que luttant comme un diable je ne pouvois me libérer : et il y avoit la boîte vide et les pièces accusatrices éparpillées ici et là. Puis M. W. S. leva une chandelle devant mon visage et dit : « Dick, qu'est-ce ? Voles-tu tes amis ? Me voles-tu ? » Avec sur son visage une expression telle que je fondis en larmes tel un enfant. Il m'assit doucement sur une chaise, manda à la personne qui me tenoit d'attendre dehors et s'assit aussi, puis il dit : « Dick, tu n'es point un voleur, si tu es dans le besoin ne peux-tu point venir voir ton cousin. Will ne t'aidera-t-il point ? » De nouvelles larmes coulèrent de mes yeux et je crus que mon cœur s'alloit briser et je répondis : « Non, vous êtes trop bon, je ne suis qu'un vil traistre et non vostre ami, car je travaille à vostre perte depuis de nombreux mois et je suis maintenant si empestré dans les complots que je n'y vois plus clair, ô malheur ! » Il dit : « Dick, confesse tout, je serai ton prêtre et nul homme ne sçaura ce qui sera dit entre nous. »

Aussi, Monseigneur, je lui racontai tout, comme je vous l'ai relaté plus tôt dans cette lettre, Lord Dunbarton, M. Piggott, la pièce sur Marie et tous les complots. Et aussi ce que j'avois appris ce matin-là au Lamb, à St. Clements, et les deux assassins qui nous pourchassoient tous deux. Il eut alors l'air grave et caressa sa barbe et dit : « Dick, petit imbécile, nous devons échapper à leurs filets. » « Ô cousin, dis-je, pardonnez-moy », et il répondit : « Oui, tu es un enfant » et fus forcé de prendre part aux complots de ces coquins pour échapper à la potence. Mais tout n'est point perdu, car je ne suis point un enfant.

Puis il arpenta la pièce en long et en large de nombreuses fois et dit enfin : « Sçais-tu que Lord Verey est emprisonné dans la Tour, celui-là mesme qui te porta la supposée lettre de Lord Rochester qui débuta ces joyeusetés ? » Et je répondis : « Non, je ne le sçavois point, et que cela nous apporte-t-il ? » « Eh bien, fit-il, Verey est l'homme du seigneur Rochester, et s'il est arresté, cela nous dit qu'il a été découvert qu'il fomentoit quelque complot contre l'alliance Espagnole, peu importe comment, et il risque d'être bientôt soumis à la question et tout sera révélé et cette affaire de nostre pièce sera dévoilée. Ils doivent donc recouvrir leurs traces : toy et moy devons être tués et la pièce bruslée, pour que Lord Dunbarton puisse dire, non, Monseigneur, ce n'est que le fantasme d'un homme torturé que je ne connois point, et personne ne pourra alors contredire son mensonge. »

Je luy demandai comment nous pouvions échapper à ce danger et ce que je devois faire, et il me demanda : « Sçais-tu utiliser une épée, garçon ? » Je répondis : « Bien peu car je suis canonnier et n'ai jamais appris cet art », et il dit : « Qu'importe, nous aurons Spade et M. Wyatt, et M. Johnson sera de nostre partie car il a tué un homme, ou du moins le prétend-il souvent, et moy aussi. » « Quoy, vous ? » demandai-je. « Oui, dit-il, n'ai-je point pris part à plus de duels que la moitié des Espagnols des Flandres ? » « Certes, mais seulement avec de fausses épées », dis-je. « Le crois-tu ? demanda-t-il. Cette épée à ma ceinture n'est point une tromperie, garçon, et n'ai-je point mille fois traversé Shoreditch de nuit avec un sac plein d'argent, et ne me suis-je battu contre ces coquins voleurs de bourses avec cette arme ? Demande à Spade si je sçais utiliser une lame, car c'est luy qui me l'a enseigné et je pense que je n'estois point son plus mauvais élève : ho, Shakespeare, si nous croisions le fer ce soir. Tremblez assassins ! »

Nous rassemblâmes donc nos forces. Spade et Wyatt, M. W. S. et M. Johnson et moy-mesme nous retrouvâmes à la George Inn dans South-Wark. W. S. et moy partîmes seuls dans la nuit, les autres nous suivant à quelque distance, et nous voilà attaqués par ces gredins, trois ou quatre il me semble. Je tirai mon épée de son fourreau mais un homme me frappa sur la teste et je m'effondrai et ne vis plus rien que des formes noires et de petites lueurs, et lorsque je parvins à me relever je vis W. S. jouant de son épée et entendis l'un des gredins hurler de douleur, ô je suis mort canaille ! Nostre partie vint alors à nostre secours et se joignit à la lutte, mais je ne pus que tomber à genoux et vomir. Nous remportâmes pourtant la lutte, les deux assassins estoient morts, et Spade alla quérir une charrette et déposa dessus les cadavres. « Ils nourriront les poissons », dit-il, et M. W. S. ajouta : « Point de marée mais du rôti pour nous durant une quinzaine, Dick, ou nous serons appelés des cannibales, et point de crabe jusques à la Saint-Michel. »

17

Au cours des jours qui ont suivi la soirée de la mort j'ai organisé notre voyage, auquel participaient ma famille et Crosetti. Amalie aime passer les vacances à Zurich et elle aurait pu affréter un avion elle-même, j'ai donc dû pleurnicher un peu et l'apitoyer sur mon sort pour qu'elle accepte de partır avec moi, ce qui a représenté une économie considérable, et comme la plupart des gens riches, Amalie s'enorgueillit de faire de petites économies.

Les flics – pas de problème de ce côté, mais pas d'information non plus. Les voyous capturés se sont contentés de leur rire au nez lorsqu'ils leur ont demandé pour qui ils travaillaient. Mes associés, trop heureux de me voir prendre un peu de repos, m'ont, sans rechigner, autorisé à utiliser un jet pour régler une affaire insignifiante à Londres. Je ne leur ai pas dit que j'allais rendre visite à l'héritier de Bulstrode.

Suis allé voir Paul. Gentille conversation au sujet de la tuerie. Ai eu envie de pleurer mais me suis retenu avec l'aide de deux mg de Xanax. Il a proposé de m'accompagner, afin de, selon ses termes, garder un œil sur moi. Je n'avais jamais entendu cette expression utilisée littéralement et j'ai ri, puis j'ai changé d'avis. Je lui ai demandé ce qu'il faisait de sa mission sacrée. Pas de problème, Dieu aurait les choses à l'œil, et en plus il voulait passer Noël avec Amalie et les gosses. Il méritait un congé loin des champs du Seigneur. J'ai donc accepté. De temps en temps, comme alors, il m'arrive de croire que mon frère m'aime vraiment, que je ne suis pas juste un méprisable emmerdeur. Ce qui m'inspire à chaque fois une espèce de peur, je ne sais pas pourquoi. Omar voulait venir aussi, mais franchir les frontières est difficile pour lui car il figure sur toutes les listes de personnes à surveiller au nom de la lutte contre le terrorisme. Il a cependant dit qu'il prierait pour moi.

Le lendemain matin nous sommes allés chercher Crosetti dans sa petite baraque et nous sommes assurés qu'il avait bien des copies des lettres chiffrées, juste au cas où. Il a expliqué que les originaux étaient aux mains d'une amie digne de confiance de la librairie publique de New York, à l'abri derrière des portes de bronze. Bonne initiative. Ai retrouvé les autres à Teterboro. Me sentais à bout de nerfs. Épisode désagréable avec un petit connard qui jurait dans son téléphone portable, approbation des autres passagers, mais Amalie m'observait d'un air consterné. Quoi ? ai-je demandé d'un ton hargneux. Nous avons eu des mots. Dans l'avion : l'habituel service de qualité et, comme par hasard, l'hôtesse est Karen « Belles Jambes » McAllister. Nous simulons tous deux une froideur de glace vu les circonstances, même si nous nous sommes souvent envoyés en l'air au cours de précédents vols. Amalie le flaire, naturellement. Comment ? Est-ce que je laisse mon odeur sur les femmes ? Mon visage me trahit-il sans que je le sache ? Quoi qu'il en soit, nous avons eu droit à une crise de larmes, des sanglots silencieux, et, pire, elle m'a repoussé d'un haussement d'épaules. N'ai pas pu le supporter, suis allé à l'arrière, ai piqué son fauteuil à Crosetti et discuté avec Paul.

Je me rappelle m'être plaint de ma femme, un couplet assommant que je ne vais pas répéter. Il m'a écouté, puis étrangement nous nous sommes mis à parler de notre père et de Mutti, nous demandant lequel de nous deux était le fils préféré, rengaine familière entre nous les rares fois où nous évoquons notre passé. Nous nous sommes joyeusement rappelé le jour où Paul, âgé d'environ sept ans, avait brisé une précieuse figurine de Meissen. Mutti l'avait pourchassé avec sa brosse à cheveux, son instrument habituel pour faire régner la discipline. Ce n'était pas, soit dit en passant, l'un de ces modèles en plastique bon marché, mais un vrai morceau d'érable *Made in Germany* percé de soies de sanglier de la *Schwarzwald*, arme qui aurait suffi à prendre Jérusalem aux sarrasins. En cette occasion, Paul tentait de lui échapper en courant autour de la table à manger ovale, hurlant comme un hystérique, avec Mutti à ses trousses qui proférait des menaces en allemand tandis que nous autres benjamins les regardions fascinés. Après que nous eûmes ressassé ce vieux souvenir, je lui ai fait remarquer que, contrairement à lui et Miriam, je n'avais que très rarement essuyé le feu de la brosse à cheveux, vu que j'étais le bon fils. Il m'a regardé étrangement et a rétorqué :

« Oui, elle te frappait avec sa main. Dans la chambre.

– De quoi parles-tu ? Elle ne m'a jamais touché.

– Tu ne t'en souviens vraiment pas ? Presque chaque fois que papa la tabassait, elle te cherchait des noises et t'emmenait dans la chambre. Puis elle t'allongeait sur ses cuisses et te filait des fessées cul nu. Tu hurlais comme une âme perdue, et après elle te prenait dans ses bras sur le lit et te berçait en murmurant des mots doux jusqu'à ce que tu arrêtes. Miri et moi avions l'habitude de regarder par le trou de la serrure. Elle t'appelait *mein kleines Judchen*.

– Oh, conneries ! Tu inventes. »

Il a haussé les épaules.

« Hé, ne me crois pas – demande à Miri. On trouvait déjà ça bizarre à l'époque, même comparé au bazar habituel qui régnait chez nous.

– Tu penses que j'ai *refoulé* ces mauvais traitements ? Bon Dieu, c'est d'une banalité incroyable ! Et ça expliquerait tous mes problèmes actuels sur le front de l'amour et de la famille ?

– Non, l'explication est que Dieu t'a donné le libre arbitre et tu as décidé de t'en servir pour pécher, au lieu d'abandonner ta fierté monstrueuse et de te soumettre à sa volonté. Puisque tu veux le savoir. »

Ou quelque chose d'analogue, le genre de discours qui me passe au-dessus de la tête. L'autre chose intéressante qui est ressortie de cette conversation est qu'un peu plus tard j'ai demandé à Paul pourquoi nos parents s'étaient entichés l'un de l'autre pour commencer, et il m'a lancé un regard étrange et a dit :

« Tu ne le sais vraiment pas ?

– Un amour de guerre, c'est ce que j'ai toujours pensé. Mais ils n'ont jamais évoqué leurs sentiments.

– Sans déconner. Ça ne t'a jamais paru bizarre qu'une princesse nazie choisisse d'épouser un juif ? Et un juif très juif par-dessus le marché.

– Les mystères de l'exogamie ?

– Non, elle se comportait juste en bonne nazie. » Ma perplexité a dû se voir car il a poursuivi : « Écoute, ils prenaient cette histoire de race des maîtres au sérieux. Les *Herrenvolk* ont le droit de conquérir tous les autres parce qu'ils sont forts, d'accord ? Et qui est le principal rival pour la domination du monde ?

– Les Russes ?

– Non, les Russes sont du bétail. La seule race rivale, ce sont les juifs. Ils contrôlent la Russie et ils contrôlent les puissances occidentales, notamment les États-Unis. Leur guerre était une guerre contre les juifs. Et les juifs ont gagné.

– Quoi ? Ils ont été décimés.

– Ils ont gagné. Ils ont perdu six millions de personnes, c'est sûr, mais ils ont récupéré Jérusalem, et les Allemands ont perdu *sept* millions des leurs. Et les armées qui ont écrabouillé l'Allemagne étaient contrôlées par les machinations secrètes de la race juive. Elle ne t'a jamais expliqué ça ?

– Jamais.

– J'ai eu de la chance, alors. Il s'ensuit que puisque les juifs ont conquis, c'était la race juive qui était supérieure – désolé pour les camps – ce qui signifie que le rôle d'une jeune Aryenne est de s'accoupler avec un membre de la race supérieure. Tout cela est parfaitement logique, à condition toutefois d'être cinglé. »

Je dois avouer que ça ne m'était jamais venu à l'esprit, et ni Paul ni ma sœur n'avaient jamais évoqué le sujet. Mes parents se disputaient comme des diables, bien sûr, mais j'avais tissé autour de ces disputes une histoire d'amour, que j'étais allé chercher dans les films. Les gens tombaient amoureux, ils avaient des enfants, l'homme était infidèle et la femme balançait des assiettes. À ce moment l'homme se rachetait et s'apercevait que sa famille était ce qu'il avait de plus cher, ou alors il partait, et la mère se trouvait un nouveau mari, un homme meilleur (Robert Young) et chassait le mauvais premier mari lorsqu'il revenait en rampant, ou (encore mieux) il mourait.

Après ce qui m'a semblé un très long intervalle, l'avion ne s'étant pas écrasé, j'ai demandé, d'une voix grinçante :

« Qu'est-ce que tu es en train de dire, Paul ? Que nous sommes la phase deux du projet destiné à créer une race des maîtres ? Je croyais que le métissage était ce qu'ils cherchaient à éviter.

– Oui, mais ils étaient fascinés par les bâtards et par l'idée d'élevage. Ils ont même sauvé des fours des gamins juifs qui avaient l'air aryens pour les faire élever par de bonnes familles nazies, ce qu'ils n'auraient jamais dû faire s'ils avaient vraiment cru à la pureté de leur lignée raciale. Et toutes ces mesures de crânes qu'ils effectuaient, et les expériences de Mengele sur des jumeaux... »

Je me suis souvenu d'une chose qu'il venait de dire et l'ai interrompu.

« Que voulais-tu dire à l'instant par "j'ai eu de la chance" ?

– Oh, juste que Mutti nous a asséné à Miri et à moi cette histoire de race, à laquelle tu as apparemment échappé. Enfin quoi, tu croyais que j'avais découvert ça tout seul ?

– C'est elle qui t'a *dit* qu'elle avait épousé papa pour faire avancer les théories raciales du IIIe Reich ?

– Sans entrer dans les détails, mais nous avons souvent entendu que les Nazis avaient perdu parce qu'ils étaient trop purs et nobles et qu'elle se sacrifiait pour injecter quelques gènes juifs sournois au mélange. Enfin quoi, tu ne t'étais jamais dit que la manière dont elle nous traitait tous les trois avait quelque chose à voir avec nos caractéristiques physiques ? Oh, c'est vrai, tu as en partie oublié ça. En tout cas, nous n'étions pas les *Übermensch* qu'elle espérait, même si nous avions une apparence incontestablement aryenne : j'étais un voyou et Miri était une pute, mais toi, tu étais, pour ainsi dire, le bâtard en or qui ferait que tout ça en valait la peine. C'est pour ça qu'elle s'est suicidée. Nous étions tous les deux hors de portée et elle ne voulait pas te distraire de tes études en t'obligeant à t'occuper d'une vieille femme. La *Ritterkreuz mit Eichenlaub, Schwertern und Brillianten*[1] pour l'héroïque Mutti. Tu as l'air surpris, Jake. Tu n'avais jamais pensé à ça ?

– Non, et je veux te remercier de l'avoir porté à mon attention. Nous devrions plus souvent avoir ce genre de conversation entre frères – ça m'a franchement remonté le moral. Mince, quel dommage que Mutti ne soit pas restée pour voir l'enfant prodige revenir en gloire afin de juger les vivants et les morts. Elle aurait été si fière ! »

---

1. Distinction militaire nazie *(N.d.T.)*

Paul a ignoré mon sarcasme comme il le fait presque toujours et a répliqué doucement :

« Oui, je l'ai toujours regretté. Est-ce que nous en avons fini sur ce sujet, au fait ? Car j'ai quelques hypothèses sur ta situation présente. »

Après cela, nous avons parlé stratégie. D'après lui toute cette affaire était une imposture et il en a tiré des conclusions sur la suite des événements en Angleterre. Je me suis dit qu'il avait raison. Bien sûr que c'était une imposture. Tout n'en était-il pas une ?

L'avion a atterri. Nous nous sommes rendus à Londres dans une limousine fournie par les Services de sécurité Osborne, la société de sécurité que Paul a engagée. Le chauffeur, un certain Brown, était un agent de ladite société et, à en croire Paul, un ancien acrobate des unités d'élite. Il ne m'impressionnait pas, il était plutôt petit et avait une tête de fouine. À l'hôtel, j'ai bu un coup de trop – compréhensible étant donné les circonstances, il me semble – et suis allé me coucher. Le matin, bien trop tôt, je me suis réveillé avec un terrible mal de tête et la bouche pâteuse, infecte. Mon frère, vêtu de ses habits d'ecclésiastique, m'a alors informé que nous partions immédiatement. Apparemment, son équipe de sécurité avait repéré des crapules et nous devions les semer. Je l'ai laissé m'aider à rassembler mes affaires et nous n'avons pas mis longtemps à récupérer Crosetti qui semblait s'être transformé en un petit crétin hostile au cours de la nuit. Il a à peine ouvert la bouche durant le trajet jusqu'à Oxford.

J'ai peut-être piqué du nez, mais la voix de Paul décrivant une chose qu'il avait trouvée dans une église de la vieille ville m'a réveillé. Il pensait que c'était la grille dont Bracegirdle s'était servi pour chiffrer les lettres, ce qui, je suppose, était une découverte majeure, mais franchement, je n'arrivais pas vraiment à m'y intéresser sur le moment. Je suis un homme routinier, comme je crois l'avoir indiqué, et traverser à toute vitesse un pays étranger n'a pour moi aucun attrait. J'ai cependant remarqué que les yeux du jeune Crosetti brillaient, et je me serais peut-être à nouveau laissé gagner par le sommeil si Paul n'avait pas expliqué que la grille avait été dérobée par une jeune femme. Qui d'autre aurait-ce pu être ? J'ai rejeté d'emblée l'hypothèse de Crosetti selon laquelle ça aurait aussi pu être Carolyn Rolly. Le vol était signé Miranda : l'approche innocente, cette façon de gagner la confiance d'un vicaire peut-être seul, le dénouement rapide, violent... Miranda ! Je n'ai même pas pris la peine de discuter avec lui. Je me rappelle avoir pensé que nous avions le texte chiffré et qu'elle allait donc venir à nous avec sa grille, et je me rappelle avoir éprouvé un sentiment d'anticipation que j'avais rarement connu, comme un gamin en route vers un carnaval.

Nous avons approché des faubourgs d'Oxford vers midi, et je commençais à avoir faim. Je l'ai fait savoir à Paul qui m'a expliqué que nous devions rencontrer Oliver March dans un pub de campagne. Peu de temps après qu'il m'a communiqué cette information, Brown s'est mis à conduire comme un cinglé, traversant quatre voies de la M40 au dernier moment pour filer sur la A40, puis la quittant à son tour rapidement pour emprunter une route de campagne, juste à l'ouest d'Oxford.

Crosetti lui a demandé s'il essayait de semer nos poursuivants, et Brown a répondu : « Non, juste l'un d'eux. » Après cela, Brown a foncé sur de petites routes, projetant des giclées d'eau et de boue et nous ballottant impitoyablement. J'ai croisé le regard de mes compagnons, qui semblaient apprécier la balade, et aussi peut-être mon malaise croissant. Puis, après un virage particulièrement serré sur ce qui ressemblait à un chemin menant à une ferme, Brown a arrêté la voiture, est sorti d'un bond et a ouvert le coffre dont il a tiré un long sac en nylon noir. J'ai quitté la voiture à mon tour, titubé jusqu'à une clôture basse, et vomi pendant un long moment. Quand je me suis senti mieux, j'ai entendu le bruit d'un véhicule qui approchait et, en regardant dans la direction d'où provenait le bruit, j'ai vu Brown sous un saule dépouillé au bord de la route ; il avait calé une énorme carabine à l'allure exotique dans une fourche formée par les branches de l'arbre et la braquait en direction de la route. Une BMW bleue roulait rapidement vers lui, et lorsqu'elle a été à environ cent mètres de distance, il a fait feu. Le moteur a émis un bruit de casse hors de prix et la voiture s'est immobilisée, de la vapeur s'élevant depuis son capot. Brown a replacé la carabine dans son étui et m'a vu planté là à le regarder en roulant de gros yeux ronds tout en me tapotant la bouche avec un mouchoir.

« Vous allez bien, monsieur ? a-t-il demandé.

– Ça va. Vous avez tiré sur quelqu'un ?

–Non, monsieur, juste sur le véhicule. C'est une carabine Barrett, monsieur, rien de tel pour arrêter une voiture. Père Paul voulait un peu de tranquillité pour ce rendez-vous. » Je l'ai regardé fixement et il m'a saisi par le coude. « Nous devrions remonter en voiture maintenant, monsieur. »

Ce que nous avons fait, puis nous avons emprunté d'autres petites routes jusqu'à arriver à un parfait petit village anglais, dont j'ai complètement oublié le nom : Dorking Smedley ? Inching Tweedle ? Quelque chose comme ça. Nous nous sommes garés dans la cour du genre de relais de poste qui ornent les emballages de biscuits de luxe : toit de chaume, poutres Tudor noires, lourdes fenêtres à petits carreaux tirant sur le violet, le genre d'endroit où Dick Bracegirdle allait boire une chope de malvoisie. Nous sommes tous entrés à l'intérieur, sauf Brown, qui a attendu dans la voiture, parlant dans une radio grésillante.

L'intérieur était sombre et douillet, un feu brûlait dans l'âtre. Un homme grand, affublé de rouflaquettes rousses démodées se tenait derrière le bar, et lorsqu'il nous a vus il a acquiescé en nous désignant une porte sur le côté. La porte donnait sur une petite pièce dotée d'un chauffage au gaz et d'une table ronde cabossée, à laquelle était assis un homme menu et charmant approchant de la soixantaine, vêtu d'une veste en tweed, d'une chemise à carreaux et d'une cravate de laine noire. Il s'est levé à notre entrée, Paul a fait les présentations et nous avons tous échangé des poignées de main avant de nous asseoir. C'était Oliver March, le compagnon. Un autre signe que Paul avait pris cette expédition en main. Ça m'était égal. Je me sentais comme l'un de ces grands réservoirs noirs pleins de produits chimiques industriels que l'on voit sur les péniches dans les ports, inertes et massifs, déplacés par petits à-coups.

« Bon, comme dans les réunions secrètes, déclara March après quelques menus propos. Ça a l'air tellement étrange : quand as-tu vu ton père pour la dernière fois, et ainsi de suite... »

J'ai sursauté à ces mots et regardé Paul d'un air affolé. Celui-ci m'a expliqué qu'il s'agissait d'un célèbre tableau représentant un jeune royaliste interrogé par des Têtes rondes, une façon de parler. Le professeur a poursuivi :

« Oui, tout à fait : et je n'aurais pas accepté de vous rencontrer dans un endroit si peu pratique si vous n'aviez laissé entendre, père

Mishkin, que l'explication de la mort d'Andrew fournie par la police n'était pas exacte. »

C'était la première fois que j'entendais parler de l'implication de Paul dans l'affaire Bulstrode, et j'ai écouté avec intérêt tandis qu'il expliquait :

« Non, elle ne l'est pas. Ils ont trouvé un prostitué camé nommé Chico Garza qui utilisait la carte de crédit de votre ami et lui ont arraché une confession. Mais le garçon n'avait rien à voir avec la mort d'Andrew.

– Quelles preuves avez-vous ?

– Eh bien, pour commencer, j'ai rendu visite au garçon en prison. Il dormait dans un squat au moment du meurtre et s'est réveillé avec le portefeuille d'Andrew dans son sac. Il n'a jamais rencontré Andrew Bulstrode, mais on lui a minutieusement collé le meurtre sur le dos. La police a trouvé des traces de Garza dans l'appartement d'Andrew, tout était donc bien préparé. L'autre preuve, plus incontestable, est que personne hormis mon frère et sa secrétaire ne savait qu'Andrew avait déposé les papiers de Bracegirdle auprès d'un cabinet d'avocats. Pourtant, quelques jours à peine après le meurtre, des voyous russes le suivaient comme son ombre. Comment étaient-ils au courant ? Ils ont dû arracher cette information à votre ami. »

Le mot « arracher » a flotté dans l'air, et March a brièvement fermé les yeux. Voici ce que je pensais à cet instant : Shvanov a évoqué des « sources » quand il m'a expliqué comment il en était venu à s'intéresser à moi, et je n'ai pas cherché à en savoir plus. Bien sûr, les gangsters ont des « sources ». On leur raconte des choses, ou ils font suivre les gens. Ou peut-être que Shvanov mentait, peut-être que c'était un tortionnaire...

(Encore une fois, avec le recul, maintenant que toute cette agitation a disparu, les choses paraissent merveilleusement claires, mais sur le coup, elles sont recouvertes d'un épais brouillard. Et nous sommes tellement doués pour ignorer ce qui est juste sous nos yeux, comme, par exemple, les scènes entre Mutti et moi que Paul m'a décrites dans l'avion et auxquelles j'ai, depuis lors, pensé chaque jour. Il ne faut donc pas m'en vouloir de ne pas avoir vu ce qui est devenu si évident plus tard.)

Une serveuse est alors arrivée, pas le genre de serveuse qu'un tel endroit était censé avoir, pas une blonde joviale au teint rosé portant un chemisier de paysanne et un tablier de toile, mais une fille mince, sombre, austère portant un tailleur-pantalon vert olive, une Maltaise ou une Corse peut-être, qui a pris nos commandes et est repartie sans le moindre badinage falstaffien.

« Je n'arrive pas à comprendre comment Andrew a pu se retrouver mêlé à des gangsters russes, a déclaré March. Enfin quoi, c'est ahurissant.

– Il avait besoin d'argent pour financer l'authentification du manuscrit, ai-je dit, et s'il était authentique, pour localiser la pièce manuscrite dont parle Bracegirdle.

– Excusez-moi… Bracegirdle ? a demandé March, et nous l'avons tous trois regardé avec stupéfaction.

– Andrew ne vous a rien dit de ce qui l'a amené en Angleterre l'été dernier ? a lâché Crosetti.

– Seulement qu'il effectuait des recherches. Mais il avait toujours une recherche ou une autre en cours. Qui est Bracegirdle ? »

Je lui ai donné la version courte, et la serveuse est arrivée avec nos plats et nos boissons. J'avais commandé une pinte de bière amère et l'ai finie à temps pour faire signe à la fille de m'en apporter une autre. March écoutait attentivement, posant peu de questions. Quand j'eus terminé, il a secoué la tête d'un air contrit.

« Andrew et moi avons été ensemble de façon plus ou moins continue pendant presque trente ans, a-t-il déclaré, et nous avons toujours été relativement ouverts quant à ce qui se passait dans nos vies – enfin, ouverts pour des profs d'université, sans exubérance ni rien de tel – mais je dois dire que je n'avais pas la moindre idée de ça. Andrew pouvait garder des choses pour lui, bien sûr, surtout après le foutu pépin qui lui est arrivé, mais tout de même… et cela ne répond pas à la question originale. Pourquoi, s'il avait besoin de financement, ne s'est-il pas adressé à moi ?

– Êtes-vous particulièrement riche ? ai-je demandé.

– Oh, pas du tout, mais j'ai quelques biens, un peu de propriété, certaines choses héritées. Je suppose que j'aurais pu à la rigueur lever environ cent mille sans me retrouver absolument sur la paille. Pensez-vous qu'il avait besoin de plus que ça ?

– Si vous parlez de cent mille livres, alors non. Tout laisse entendre qu'il n'a pas emprunté plus de vingt mille dollars aux Russes.

– Doux Jésus ! Alors ça a encore moins de sens. Pourquoi n'est-il pas venu me voir ?

– Peut-être qu'il était embarrassé à cause du scandale », ai-je suggéré.

J'ai mentionné le fait que Mickey Haas avait posé la même question. Dès que j'ai prononcé ce nom, j'ai été surpris de voir une expression sarcastique apparaître sur le visage raffiné de March.

« Eh bien, évidemment qu'il n'allait pas demander à Haas, a-t-il rétorqué. Haas le détestait.

– Quoi ! Comment pouvez-vous dire ça ? ai-je objecté. Ils étaient amis. Mickey était l'une des rares personnes du milieu universitaire à avoir pris sa défense quand le scandale du faux quarto a éclaté. Il lui a trouvé un poste à Columbia quand personne ne voulait plus rien avoir à faire avec lui.

– Je suppose que Haas est un bon ami à vous, a dit March.

– Oui. C'est mon plus vieil ami et l'une des personnes les plus honnêtes et généreuses que je connaisse. Pourquoi Andrew s'imaginait-il que Mickey le détestait ?

– Ça n'a rien à voir avec l'imagination, répliqua sèchement March. Écoutez, il y a vingt ans, Haas a écrit un livre sur les femmes de Shakespeare, je veux dire sur les personnages féminins des pièces. Selon lui, envisager Shakespeare comme un génie original renforçait simplement l'individualisme toxique de la culture bourgeoise. Je crois qu'il a affirmé que les personnages centraux de *Macbeth* étaient en fait les trois sorcières, et tout un tas d'âneries du même tonneau. On a demandé à Andrew d'en écrire la critique dans le *Times Literary Supplement*, et il a descendu le livre en flèche comme il le méritait, indiquant non seulement des failles dans sa logique et ses recherches, mais laissant aussi entendre que Haas le savait. Il prenait pour preuve ses écrits précédents, et affirmait qu'il avait simplement écrit ce méli-mélo pour chercher à gagner la faveur des marxistes et autres féministes qui contrôlent, m'a-t-on dit, toutes les embauches dans les universités américaines. Non pas que j'y connaisse moi-même quoi que ce soit, j'ai à peine un niveau terminale en la matière, je suis juste un simple biologiste. Il est étonnant qu'Andrew et moi nous soyons si bien entendus ; absence de rivalité, peut-être, deux moitiés faisant un tout. Il avait coutume de me lire des passages le soir. Bref, ça a été un grand scandale, il y a eu des échanges de lettres outragées dans le *Times Literary Supplement*, des laïus dans des petits journaux, et je me souviens de m'être dit à l'époque que j'étais bien heureux de travailler dans un domaine où l'on se fonde sur des données concrètes. Puis ça s'est calmé, comme toujours. Et lorsque Andrew a perdu sa réputation à cause de ce sale petit bonhomme, Haas l'a bravement défendu, et lui a plus tard proposé un poste. Si je me souviens bien, ni Andrew ni moi n'avons évoqué la bagarre qui avait eu lieu. Nous supposions qu'elle avait été oubliée, que ce genre de querelles était habituel dans le débat entre chercheurs. Mais nous nous trompions. Presque dès l'arrivée d'Andrew à New York, Haas s'est mis à le tourmenter. Au début, c'était juste des piques sournoises, des petites choses qui pouvaient être prises pour une espèce d'humour américain suffisant, mais après, ça a empiré, de petits actes de tyrannie...

– Comme ?

– Oh, on lui a promis un séminaire sur Shakespeare, et certains cours de troisième cycle, mais à la place on lui a confié les sections rédaction des élèves de première année, un peu comme si on demandait à un neurochirurgien de ranger la salle d'opération, d'éponger le sang et de vider les récipients. Lorsqu'il s'est plaint de ce traitement scandaleux, Haas a répondu qu'il devrait s'estimer heureux d'avoir quelque chose et de ne pas être chômeur ou vendeur de montres à la sauvette. Andrew m'a appelé pour me raconter cette histoire épouvantable, et j'ai bien sûr exigé qu'il dise à Haas où il pouvait se coller son foutu poste et qu'il rentre aussitôt à la maison. Mais il ne voulait pas. Je crois qu'il se disait que c'était une sorte d'expiation pour l'erreur qu'il avait commise. Et... vous savez, je sais que ça va vous paraître bizarre, comme si Andrew s'enfonçait dans une paranoïa infernale, mais il m'a expliqué qu'il croyait que Haas le tourmentait aussi de manière plus fourbe. Ses chèques de salaire disparaissaient. Des petites choses s'évanouissaient de sa serviette, de sa chambre. Quelqu'un a changé le verrou de la porte de son bureau. Un jour, il est venu travailler et a trouvé toutes ses affaires dans le couloir. On l'avait fait changer de bureau sans le prévenir. Des classes qu'il devait retrouver dans une salle étaient mystérieusement programmées dans une autre salle à l'autre bout du campus, et il devait courir les retrouver dans la chaleur de l'été. Ces terribles étés new-yorkais, lui qui souffrait tant de la chaleur. Il n'y était pas habitué, vous voyez, vu qu'il était d'ici. Et sa climatisation tombait toujours en panne...

– Est-ce qu'il tenait aussi Mickey pour responsable de ces choses-là ? ai-je demandé d'un ton peu aimable.

– Oui, je vois où vous voulez en venir et j'avoue que je me suis également posé la question. Est-ce qu'il devient fou ? Mais c'était le poids des indices, vous voyez, l'accumulation de détails affreux – avait-il vraiment pu les inventer ? Peu probable, d'après moi : le pauvre Andrew n'était pas un doux rêveur, loin de là. Nous avions coutume de plaisanter sur son absence d'imagination, et puis il y a ce que j'ai vu à son retour en août dernier. »

Il a alors marqué une pause et bu une gorgée de bière. J'ai eu l'impression que ses yeux étaient humides, et j'espérais de tout cœur qu'il n'allait pas fondre en larmes à cause du pauvre Andrew. J'ai bu une gorgée de ma propre pinte, ma troisième.

« C'est difficile à décrire. À la fois hystérique et effrayé. Une jeune femme l'accompagnait et il a insisté pour qu'elle loge chez nous, bien qu'il y ait eu des hôtels parfaitement convenables à proximité.

– Carolyn Rolly, a dit Crosetti.

– Oui, je crois que c'était son nom. Elle l'aidait dans ses recherches...

– Est-ce qu'il a dit en quoi consistaient ses recherches ? a demandé Paul.

– Pas vraiment, non. Mais il a dit que c'était la découverte la plus importante de toute l'histoire des recherches sur Shakespeare, et qu'il ne fallait surtout pas en parler. Comme si j'allais tout raconter. Quoi qu'il en soit, ils étaient toujours en vadrouille. Il semblait avoir beaucoup d'argent à sa disposition ; il a loué une voiture, ils ont disparu pendant plusieurs jours, et à son retour il était euphorique. Une chose qu'il a dite, c'est qu'il faisait authentifier un manuscrit mais que personne ne devait être au courant. C'était la principale raison pour laquelle Mlle Rolly était avec lui. D'après ce que j'ai pu comprendre, ils l'ont bien authentifié, avec des moyens techniques, puis ils sont partis pour le Warwickshire.

– Où dans le Warwickshire, le savez-vous ? ai-je demandé.

– Oui, je suis tombé sur des papiers que Mlle Rolly a laissés derrière elle qui laissaient entendre qu'ils étaient allés à Darden Hall. Andrew est rentré seul, et il semblait très découragé et encore plus effrayé. Je lui ai demandé où était Mlle Rolly, mais il m'a envoyé promener. Elle était "ailleurs", occupée à ses recherches. Je ne l'ai pas cru une seconde – je me disais qu'ils s'étaient peut-être disputés. En tout cas, comme je l'ai dit, c'était un homme différent. Il insistait pour qu'on tire tous les rideaux et faisait le tour de la maison la nuit, armé d'un tisonnier et d'une lampe torche avec laquelle il examinait les recoins obscurs. Je l'ai supplié de me dire quel était le problème, mais il a répondu qu'il valait mieux pour moi que je ne sache rien. »

Crosetti a demandé à March ce qu'était devenue Rolly. Pensait-il qu'elle était retournée aux États-Unis en même temps que Bulstrode ? Il n'en savait rien, et nous en sommes plus ou moins restés là. Après avoir assuré au professeur que nous lui ferions livrer tous les effets personnels de Bulstrode et que Mlle Ping s'occuperait du testament du défunt (en éludant naturellement la question du manuscrit perdu) nous avons pris congé.

De retour dans la voiture, nous avons eu un petit désaccord quant à la suite des événements. Paul estimait que nous devrions poursuivre notre plan original et suivre les pas de Bulstrode, ce qui signifiait aller dans le Warwickshire et visiter Darden Hall. Crosetti a objecté que si Bulstrode n'y avait rien trouvé, pourquoi aurions-nous eu plus de chance qu'un expert ? Il suggérait de rester là et d'enquêter chez March et Bulstrode, et de consulter ces « papiers » que March avait mentionnés. J'ai fait remarquer qu'il semblait plus se préoccuper de retrouver Mlle Rolly que de localiser l'objet. Il a répondu que Rolly était la source, la clé, et le moteur de toute cette affaire. Retrouvez Rolly et vous avez toutes les informations pour le moment disponibles sur l'objet, y compris, probablement, la grille dérobée. Nous avons parlementé pendant quelques minutes, avec une irritation croissante de ma part (car, naturellement, je savais que c'était Miranda qui avait volé la grille !) jusqu'à ce que Brown nous rappelle que d'autres agents allaient écumer les alentours et demander aux gens du coin si quelqu'un avait vu une Mercedes SEL, probablement pas le genre de voiture qui courait les petites routes du rural Oxfordshire, et ainsi être à nouveau à nos basques.

Paul a suggéré que Crosetti retourne dans l'auberge et demande à March s'il consentirait à une inspection de ces papiers ; il pouvait loger dans l'un des hôtels parfaitement convenables évoqués par le professeur. March n'était pas opposé à ce plan, et nous avons laissé Crosetti avec lui. J'étais soulagé car je le trouvais de plus en plus irritant. Je l'ai fait savoir à Paul tandis que nous nous éloignions du pub, et il m'a demandé pourquoi. Crosetti lui avait semblé d'un tempérament assez doux. Il avait à peine prononcé un mot dans la voiture durant tout le trajet depuis Londres.

« Je ne l'aime pas, ai-je répondu. Un poseur typique de la banlieue. Un scénariste, pour l'amour de Dieu ! Impossible de lui faire confiance. Je ne comprends pas ce qui m'est passé par la tête quand je l'ai invité à nous accompagner.

– Tu devrais faire plus attention aux gens qui t'irritent, a répliqué Paul.

– Qu'est-ce que ça veut dire ?

– Oh, je pense que tu le sais, a-t-il dit du ton insupportablement confiant qu'il a parfois, comme une voix venue des nuages.

– Je ne sais pas. Je l'aurais dit si je le savais, ou est-ce qu'on t'a octroyé le pouvoir de lire dans les esprits ?

– Hum. Est-ce que tu vois un autre poseur de banlieue ? Mais cette fois un acteur plutôt qu'un scénariste. Un type qui n'a pas eu une famille aussi heureuse que les Crosetti, qui n'a pas eu une mère aimante, pas de père héroïque...

– Quoi, tu penses que je suis jaloux de lui ? Que je suis comme lui ?

– ... qui a décidé de jouer la sécurité et de faire des études de droit au lieu de tenter sa chance dans ce qu'il voulait vraiment faire, et il voit un gamin avec une famille chaleureuse et aimante qui a le cran de suivre ses rêves...

– Foutaises...

– Non. En plus, tu l'as pratiquement accusé de séduire ta femme, alors qu'en fait, c'est toi qui l'as encouragé à le faire. Juste avant de démolir le bar de ton hôtel et d'envoyer le barman à l'hôpital.

– Je n'ai rien fait de tel, ai-je spontanément rétorqué.

– Je sais que tu ne penses pas l'avoir fait, mais c'est pourtant le cas. As-tu déjà eu des trous de mémoire comme ça auparavant ?

– Oh, merci ! Je parie que les Alcooliques Anonymes se réunissent dans la cave de ton église et que j'aurais parfaitement ma place parmi eux.

– Non, je ne crois pas que tu sois alcoolique, du moins pas encore, même si trois pintes de bière anglaise forte, c'est beaucoup pour le milieu de la journée.

–Je suis grand », ai-je dit, de manière un peu minable, car tout commençait à revenir, des petits fragments de souvenirs horribles.

D'ordinaire, je ne bois pas.

Ça suffit.

Nous sommes arrivés à Darden Hall vers quatre heures, sous des cieux détrempés. La journée d'automne – étonnamment courte sous ces latitudes – était presque finie, et nos phares illuminaient des amas de feuilles sombres dans la longue allée qui partait de la route. Le lieu avait récemment été classé Monument historique, au décès du dernier baron Reith en 1999, et n'avait pas encore été rénové pour être ouvert au public. Nous avions appelé à l'avance pour prendre rendez-vous avec la conservatrice qui habitait sur place, une certaine Mlle Randolph.

L'endroit était l'habituel amas de ruines évoquant davantage les films d'horreur que les fantaisies anglophiles du *Masterpiece Theatre*[1]. Il possédait un chœur jacobéen, deux ailes géorgiennes, et quelques fioritures victoriennes qui gâchaient la façade. Nous avons rencontré par hasard un ouvrier sur un minuscule tracteur devant la bâtisse et celui-ci nous a indiqué de la contourner jusqu'à ce qui faisait jadis office d'entrée de service. La porte a été ouverte par une solide femme d'une quarantaine d'années très *british* qui portait des lunettes demi-lune, une jupe de tweed et deux gilets, mesure sage car la pièce dans laquelle elle nous a fait entrer était presque assez froide pour que la vapeur de notre souffle soit visible. Un minuscule radiateur électrique ronronnait vaillamment, mais de toute évidence sans effet. C'était l'ancien bureau de l'intendant, a-t-elle expliqué, la seule pièce habitable de la maison, et son quartier général.

Elle nous a demandé ce qu'elle pouvait faire pour nous et j'ai répondu :

« Nous sommes venus voir le comte Dracula. »

Elle a souri et répliqué dans un accent tout droit sorti du *Masterpiece Theatre* :

« Oui, c'est ce que tout le monde dit, ou alors il est question de paysans venant chercher Frankenstein. Trop de romans et de films

1. Anthologie télévisée américaine reprenant des productions britanniques, notamment des adaptations de romans célèbres et de biographies. *(N.d.T.)*

gothiques, mais je crois qu'il y a quelque chose dans toutes ces absurdités, vous savez. Je crois même qu'alors, au XIXe siècle, quand le style de vie qui produisait ces bâtisses semblait destiné à durer éternellement, les écrivains savaient qu'il y avait quelque chose qui clochait, que ces maisons reposaient en définitive sur la souffrance la plus affreuse, et cela s'est retrouvé dans le roman gothique.

– Sur quel genre de souffrances celle-ci a-t-elle été bâtie ?

– Oh, vous avez le choix. Le lord Dunbarton original l'a volée, grâce à Henry VIII, à des nonnes bénédictines qui y avaient installé un hôpital de bienfaisance. Pas de ça pour le baron, bien sûr, et après les Dunbarton ont fait fortune dans le commerce du sucre et celui des esclaves. Ça a permis de financer les parties géorgiennes, après quoi ils ont eu du charbon et du gaz et des propriétés en ville à Nottingham et Coventry. Aucun d'eux n'a jamais travaillé honnêtement de sa vie et ils ont vécu comme des empereurs. Mais...

– Quoi ? a demandé Paul.

– C'est difficile à expliquer. Suivez-moi, je vais vous montrer quelque chose. »

Nous l'avons suivie hors de son bureau et dans un couloir faiblement éclairé par des appliques murales dotées d'ampoules de quinze watts. La fraîcheur de la pièce était confortable comparée à la froideur humide des couloirs, froids comme une tombe, ai-je pensé, me laissant aisément happer par l'atmosphère gothique. Nous avons franchi une porte et elle a appuyé sur un interrupteur. J'ai eu le souffle coupé.

« C'était la salle à manger à l'époque jacobéenne, et plus tard la salle du petit déjeuner. On considère qu'elle abrite l'un des plus beaux exemples de boiseries en noyer avec des sculptures en serviette plissée des Midlands, sans parler des ciselures des buffets et du parquet marqueté. Regardez le détail ! Ça a été fait par des artisans anglais au profit de bandits qui n'y connaissaient rien, alors pourquoi mettre toute leur âme dans cet ouvrage ? Par amour, voilà pourquoi, et je les respecte pour ça, et c'est pour ça que je m'attache à préserver leur travail. Venez, ce n'est pas fini. »

La pièce suivante était une salle de bal.

« Regardez ce plafond. Giacomo Quarenghi, vers 1775, Britannia dominant les vagues. La voici dans son chariot amphibie tiré par des dauphins, et tous les nègres lui rendent hommage autour de la frontière. La pièce elle-même est d'Adam. Regardez les proportions ! Les fenêtres ! Le parquet ! Personne ne construira plus jamais une telle maison, jamais, même s'il y a des gens dans ce pays qui pourraient s'acheter tous les lords Dunbarton rien qu'avec la menue monnaie au fond de leur poche, ce qui signifie que le monde a perdu quelque chose de merveilleux, et j'aimerais savoir pourquoi.

– Moi aussi, a concédé Paul. Je sais ce que vous éprouvez. Je ressens souvent la même chose à Rome. La corruption et le vice en tout genre, la ruine de la vraie religion, et pourtant... toutes ces choses merveilleuses qu'ils ont construites ! »

Après cela, ils ont discuté aimablement de Rome et d'esthétique tandis que je levais les yeux vers Britannia et tentais d'identifier les divers personnages. Puis nous sommes retournés au bureau presque chaud et à l'affaire du jour. Le contact ayant été déjà établi entre Paul et Mlle Randolph, c'est lui qui a poursuivi. De plus il portait le col ! Qui ne fait pas confiance à un prêtre ? Lorsqu'il eut terminé elle a demandé :

« Vous avez donc parcouru tout ce chemin à cause d'une défaillance de la justice ? Vous suivez les traces de ce Bulstrode dans l'espoir de tirer un fil qui vous mènera à son véritable assassin ?

– Vous avez saisi, a dit Paul. Avez-vous le moindre souvenir de sa visite ?

– Oh, oui, bien sûr. Je n'ai pas beaucoup de visiteurs avec qui je peux discuter d'autre chose que de football et du prix de l'essence, je crains donc de leur être tombée dessus et de les avoir assommés avec mes bavardages. Comme je l'ai fait avec vous, honte à moi. Oui, le professeur Bulstrode, ancien de Brasenose College, détaché dans quelque université américaine, et il y avait une jeune femme avec lui, Carol Raleigh ? Est-ce exact ?

– À peu près. Est-ce que vous vous souvenez par hasard de ce qu'ils cherchaient ? »

La femme songea un moment à la question en regardant fixement les bobines du radiateur électrique.

« Ils disaient qu'ils effectuaient des recherches sur l'histoire familiale des Dunbarton, mais il y avait autre chose, je crois. Ils échangeaient des regards, si vous voyez ce que je veux dire, et ils étaient plutôt avares de détails. Je me suis aperçue que les universitaires ont d'ordinaire tendance à s'étendre sur leur sujet, mais pas le professeur Bulstrode et son assistante. Mais ça ne me regardait pas après tout. Et comme il avait les références nécessaires, je lui ai confié la clé de la salle des titres avant d'aller vaquer à mes occupations. Ils ont passé toute la journée là-haut, ce qui est vraiment remarquable, car c'est un vrai capharnaüm, rien n'y a jamais été correctement catalogué. Lorsqu'ils sont redescendus, ils étaient recouverts d'une poussière séculaire. Je leur ai demandé s'ils avaient trouvé ce qu'ils recherchaient et ils m'ont dit que oui et m'ont remerciée. Puis le professeur a fait une donation au fonds consacré à la restauration. Cent livres, je m'en souviens. Très généreux. Puis ils sont repartis.

– Ont-ils emporté quoi que ce soit ?

– Vous voulez dire un document ? Je ne pense pas, mais ils auraient pu en prendre tout un tas. Je ne les surveillais pas, et je ne suis certainement pas allée vérifier après leur départ. »

À cet instant le téléphone a sonné et Mlle Randolph a soulevé l'instrument antique et écouté, puis elle a dit qu'elle devait prendre cet appel, c'était le maçon. Nous l'avons remerciée et sommes repartis.

De retour dans la voiture bien chauffée j'ai demandé à Paul ce qu'il en pensait.

« À mon avis, a-t-il répondu, ils ont trouvé quelque chose et Rolly s'est enfuie avec. J'ai l'impression que c'est une sacrée emmerdeuse.

– Je suppose. Bon, frangin, et maintenant ? Il me semble que nous avons épuisé nos possibilités.

– Oui, dans cette voie en tout cas. » Il a consulté sa montre. « La journée est foutue, de toute évidence. Je suggère que nous retournions à Oxford, que nous passions la nuit dans un hôtel parfaitement convenable, puis que nous récupérions Crosetti demain matin pour aller à Aylesbury.

– Pour quoi faire ? Qu'est-ce qu'il y a à Aylesbury ?

– Springhill House, une des prisons de Sa Majesté. Je veux parler à Leonard Pascoe, le faussaire de documents anciens internationalement connu. Monsieur Brown, pensez-vous que nous pouvons nous arranger pour qu'on nous suive jusque là-bas ?

– Oui, monsieur. Je suis sûr qu'une personne mal intentionnée pourrait en informer une autre de notre destination.

– Oui, les personnes mal intentionnées sont légion dans ce bas monde », a dit Paul. Il arborait une telle expression de satisfaction sournoise que j'ai eu envie de lui en coller une. « Oh, au fait, monsieur Brown... a-t-il repris.

– Monsieur ?

– Est-ce que vous pourriez essayer de localiser une ferme en route ? Une ferme avec un élevage d'oies.

– Un élevage d'oies, a répété le chauffeur. Oui, monsieur.

– Qu'est-ce qui se passe, Paul ? lui ai-je demandé.

– Oh, nous allons juste rencontrer Richard Bracegirdle », a-t-il répondu en refusant de donner plus d'informations, espèce de salopard suffisant.

La Sixième Lettre Chiffrée (Fragment 3)

... au George et nous conversâmes tard : M. W. S. dit comme de par luy-mesme : « J'ai tué un homme et je dois être absous, mais où trouver un prêtre à cette heure ? » Puis il dit : « Dick, nous avons envoyé tes deux coquins en Enfer mais il reste de la place en Enfer, le diable les garde dans des tonneaux comme des harengs, aussi quand ton Piggott aura vent de cette escarmouche il en enverra d'autres, puis d'autres encore, jusqu'à ce que nous soyons vaincus. Non, nous devons frapper à la racine, c'est-à-dire Lord Dunbarton. Nous devons faire appel à de plus grands que nous, car les grands seigneurs ne sont jamais renversés que par de plus grands qu'eux. Je suis bien avec les Montague et les Montague sont bien avec les Howard, ces deux familles estant toutes deux fidèles à l'ancienne religion, et Frances Howard tient le cœur de Monseigneur de Rochester, comme toute la cour le sçait, et elle portera la lettre et jurera qu'elle est vraye, car elle l'est, et ainsi le seigneur Dunbarton sera défait et toy sauvé. » « De quelle lettre parlez-vous, monsieur ? » demandai-je. « Non, répondit-il, j'aurois dû dire deux lettres, la première estant celle que t'a donnée ce faux Verey, celle soy-disant écrite de la main de Monseigneur de Rochester, et l'autre celle que tu vas écrire ce soir et dans laquelle tu conteras toute ton histoire. » Et c'est ainsi que j'écrivis, Monseigneur, ce que vous lisez maintenant, et lorsqu'il eut fini de la lire W. S. fit des marques aux endroits où je la devois changer mais je dis : « Non, c'est ma lettre, ne faites point de moy l'une de vos créatures car tout ceci est réel et non point une pièce. » Il se mit à rire et implora ma merci, disant : « Mon garçon, tu en as le droit car tel un boucher je dois frapper chaque veau que je vois, qu'il m'appartienne ou non. »

Je luy demandai alors : « Monsieur êtes-vous certayn que ceci nous sauvera ou devrons-nous faire autre chose ? », et il répondit : « Je crois que cela te sauvera toy, quant à moy je ne sçais. » « Mais pourquoi, si vous êtes ami avec les puissants comme vous l'avez dit ? » Et il me répondit ainsi : « Les choses changent toujours et le vent ne souffle point en ma faveur. Le Roy Henry de France assassiné il y a peu, et par un moine qui plus est, a tourné le Roy Jacques une fois encor contre les complots Papistes. Il a nommé un Puritain fanatique Archevesque de Canterbury et son entourage opprime de plus en plus les acteurs. Je suis moy-mesme publiquement attaqué par écrit et personne n'ose s'élever à mon secours. Le pouvoir de mes amis dans la maison de Montague et celui d'autres personnes vénérables diminue, leurs maisons, jadis sûres, sont désormais fouillées comme celles de vulgaires gens. » Je demandai : « Pourtant vous avez écrit la pièce. » « Oui, dit-il, je l'ai fait, tel un prisonnier longuement entravé se divertit et fait claquer ses talons lors que tombent les chaisnes. Ô, garçon, t'imaginois-tu que je pensois qu'une telle pièce pust jamais être donnée ? Non, mais elle est sortie de moy dès que tu me l'as suggérée et ne voulut point s'arrester ; une grande sottise, je le sçais, mais elle est mort-née et que dois-je en faire ? » « La brusler », répondis-je. « Oui, il faut la brusler, dit-il, brusler mes papiers hérétiques. »

18

Toc.

Crosetti s'agita dans son sommeil et tenta de se replonger dans un rêve plutôt agréable dans lequel il discutait gentiment cinéma sur un plateau de tournage avec Jodie Foster et Clark Gable, et il faisait de l'œil à Jodie car ils savaient tous deux que Gable n'était pas vraiment mort et attendaient qu'il explique comment il avait trompé le monde, mais ce bruit de cailloux ne cessait pas et il annonça qu'il allait voir de quoi il s'agissait...

Toc toc toc toctoctoctoc

Il se réveilla dans une chambre qui ne lui était pas familière de l'hôtel Linton Lodge, à la périphérie d'Oxford, une très jolie chambre que le professeur March lui avait gentiment réservée. Elle comportait un triple bow-window donnant sur le jardin, fenêtres noires de nuit d'où provenait le bruit qui l'avait tiré de son rêve. Une nouvelle volée de cailloux heurta le verre. Il regarda sa montre : deux heures et demie du matin.

Il se leva en enfilant son jean, marcha jusqu'à la fenêtre, l'ouvrit, et reçut une volée de gravier en plein visage. Il jura, se pencha par la fenêtre et aperçut une silhouette sombre sur la pelouse en bas, penchée pour ramasser une nouvelle poignée de gravier.

« Qui est-ce ? » demanda-t-il en chuchotant comme on le fait lorsqu'on ne veut pas réveiller une maison qui dort.

La personne en dessous se redressa et annonça dans un murmure similaire :

« C'est Carolyn.

– Carolyn *Rolly* ?

– Non, Crosetti, une autre Carolyn. Descends et viens m'ouvrir ! »

Il observa un long moment le visage blanc et familier qui était levé vers lui, puis il ferma la fenêtre, enfila une chemise et des baskets, quitta sa chambre, rebroussa chemin en courant pour récupérer sa clé juste avant que la porte ne se referme. Il se précipita dans le petit couloir, descendit l'escalier quatre à quatre et traversa le salon jusqu'à la porte donnant sur le jardin. Il l'ouvrit. Elle était là, trempée, portant un T-shirt noir à manches longues et un jean. Des lianes de cheveux sombres plaqués pendaient de chaque côté de son visage. Elle entra dans le salon en le bousculant.

« Bon Dieu, je gèle », dit-elle, et ça avait l'air vrai : à la lueur rouge de l'ampoule désignant la sortie de secours, ses lèvres semblaient bleu foncé. Elle jeta un coup d'œil en direction du bar. « Tu peux me servir un verre ?

– Le bar est fermé à clé. Mais j'ai une bouteille dans ma chambre. »

Exact : une bouteille de Balvenie achetée à l'aéroport pour sa mère. Lorsqu'ils furent dans la chambre, il lui fit couler un bain, lui tendit son vieux peignoir écossais et lui dit d'ôter ses vêtements mouillés. Il versa deux doses généreuses de whisky dans les verres à eau de l'hôtel tandis qu'elle se changeait dans la salle de bains, et lorsqu'elle réapparut, portant le peignoir et une serviette sur la tête, il lui en tendit un. Elle but une longue gorgée, toussa et soupira tandis qu'il regardait fixement son visage.

« Quoi demanda-t-elle ?

– Quoi ? Carolyn, nous sommes le 2 décembre, non, le 3 maintenant, et tu as disparu depuis, je ne sais pas, fin août. Bulstrode est mort, est-ce que tu le savais ? Quelqu'un l'a assassiné. Son avocat a descendu deux types dans le salon de ma mère, des gangsters ont essayé de me kidnapper et... oh, bon sang, je ne peux même pas... Carolyn, où étais-tu, nom de Dieu, et qu'est-ce que tu fabriquais ?

– Ne me crie pas dessus ! lança-t-elle d'une voix tendue. S'il te plaît, je peux m'asseoir tranquillement une minute ? »

Il désigna un fauteuil près de la fenêtre et elle y prit place pendant qu'il s'asseyait sur le lit face à elle. Elle semblait désormais ridiculement petite et jeune, malgré les taches de maquillage sous ses yeux dont le bleu semblait s'être émoussé, comme du métal terni.

Elle acheva son whisky en silence et tendit son verre pour qu'il le remplisse à nouveau.

« Non, dit Crosetti. Ton histoire d'abord.

– À partir d'où ? De ma naissance ?

– Non, tu peux commencer par ton mariage avec H. Olerud, demeurant au 161 Tower Road, à Braddock, en Pennsylvanie. »

Elle prit une inspiration rapide, et il vit ces taches roses familières s'épanouir sur ses pommettes. Rolly contrôlait moins bien son rougissement qu'il ne l'aurait cru nécessaire pour une menteuse si aguerrie.

« Tu es au courant ? demanda-t-elle.

– Oui. J'y suis même allé, jusqu'à la maison. J'ai eu une petite conversation avec Emmett. »

À ces mots, Rolly écarquilla les yeux et porta la main à sa bouche.

« Oh, mon Dieu, tu l'as vu ? Comment va-t-il ?

– Plutôt bien, je le trouve peut-être un peu maigrichon. Il a l'air d'un gamin intelligent. J'ai également aperçu la fille, elle aussi en bonne santé, d'après le peu que j'en ai vu. Leur père m'a l'air d'un type assez violent.

– Tu peux le dire. Harlan a le bras long.

– J'ai vu. Comment as-tu atterri avec lui ? Il semble beaucoup plus vieux que toi.

– C'était mon beau-frère. Ma mère est morte quand j'avais treize ans, et m'a sœur Emily s'est occupée de moi. Elle avait quatre ans de plus que moi et lui, six ans de plus qu'elle.

– Et ton père ? »

Elle lâcha un petit rire railleur.

« Inconnu au bataillon. Ma mère était serveuse dans une petite ville et elle arrondissait les fins de mois en collectionnant les mecs. Paie le loyer ce mois-ci et tu pourras me baiser tant que tu veux. Elle était ce qu'on appelle une fille à routiers. L'un d'eux l'a descendue en même temps que le type avec qui elle était à l'époque. Je suppose que pour lui c'était ça l'amour. Je suis rentrée du collège un jour, les flics étaient là et j'ai appelé Emily, qui est passée me chercher. C'était à Mechanicsburg, et j'ai commencé à vivre avec eux. Tu as vraiment besoin d'entendre ça ?

– Oui. Donc il n'y avait pas d'oncle Lloyd.

– Non, j'ai menti à ce sujet. Mais il y avait Harlan. Il a commencé à s'amuser avec moi quand j'avais quatorze ans, et Emily ne faisait rien pour l'en empêcher car il lui flanquait des raclées terribles. Il m'a mise une première fois enceinte quand j'avais seize ans, puis j'ai aussi eu Molly quatre ans plus tard, et qu'est-ce que je peux dire si ce n'est que je croyais que c'était ça la vie. Harlan avait un boulot à l'usine de piles, il y avait à manger sur la table, et c'est comme ça que nous vivions. J'avais Emily, elle m'avait, et nous avions toutes les deux les enfants. Tu serais surpris d'apprendre combien de gens vivent ainsi dans des endroits comme Braddock. Puis Harlan a été licencié et il a dû accepter un boulot de merde dans un entrepôt de supermarché et Emily est morte et...

– Comment est morte Emily ?

– Elle s'est électrocutée avec la machine à laver. Elle faisait toujours des étincelles, et Harlan promettait toujours de la réparer mais sans jamais le faire. Il fallait faire gaffe quand nous l'utilisions. Je crois qu'elle s'est plus ou moins suicidée accidentellement. Il la tabassait assez régulièrement à l'époque.

– Je vois. Et que vient faire la reliure là-dedans ? »

Le visage de Carolyn se crispa soudain.

« Tu veux connaître toute ma vie ? Pourquoi ? Parce qu'on a couché ensemble ? Ça te donne droit à la vie de merde de Carolyn Rolly en cinq volumes ?

– Non, Carolyn, répondit Crosetti. Je n'ai droit à rien. Mais tu es venue à moi, au milieu de la nuit. Pourquoi ? Pour un bain chaud ? Un verre de scotch ? Pour discuter du bon vieux temps à la librairie ?

– Non, mais... écoute, j'ai besoin de ton aide. Je leur ai faussé compagnie. Je ne savais plus où aller. Et nous n'avons pas le temps d'entrer dans chaque détail. Quand ils se réveilleront et s'apercevront que je suis partie, ils viendront ici.

– Qui ça, ils, Carolyn ?

– Les hommes de Shvanov. Ils sont quatre, dans un hôtel à environ trois kilomètres d'ici. Ils savent où tu es. C'est comme ça que j'ai su où te trouver.

– Et maintenant... quoi ? On est à nouveau du même côté ? Pourquoi est-ce que je croirais ce que tu me racontes ?

– Oh, bon Dieu ! Je te l'ai déjà dit, je ne sais pas comment me comporter avec les gens... *vrais*, comme toi. Je mens, je panique totalement et je m'enfuis et... bon sang, tu ne peux pas me resservir à boire ? S'il te plaît ? »

Il remplit son verre. Elle le vida.

« Bon, écoute, nous n'avons pas de temps pour la version longue. La reliure – j'ai emmené les gamins chez le médecin un jour, pour leurs vaccins pour l'école, et pendant que j'attendais dans le cabinet... j'ai vu ce livre. Il faisait partie de la décoration. Tu sais, il y a des gens qui ont de belles bibliothèques avec de vieux livres dedans. Eh bien, ce médecin en avait une et Emmett et Molly jouaient avec, ils sortaient les livres et s'en servaient comme des blocs et la réceptionniste leur a demandé d'arrêter, alors je les ai replacés sur l'étagère et il y en avait un qui s'appelait *L'Art du relieur* et je l'ai piqué. Il avait une reliure en vachette avec des repoussés dorés. Je ne sais pas pourquoi je l'ai pris. Peut-être parce qu'il paraissait si riche, le toucher du cuir et le papier, ça ressemblait tellement peu à Braddock, comme un morceau d'un autre monde tombé là par accident, juste dans ma main, comme un bijou. Et quand je suis rentrée à la maison je l'ai caché pour le lire le soir, chaque soir, pendant des mois. L'idée que des gens pouvaient simplement fabriquer des livres à la main qui seraient des beaux objets... je ne sais pas pourquoi mais ça m'a fascinée. Et puis Emily est morte et c'est sur moi qu'il s'est mis à taper. Je savais que si je ne partais pas je finirais aussi morte qu'elle, soit par sa main soit par la mienne, ou alors c'est moi qui le tuerais. Alors je suis partie. La première fois, il m'a rattrapée et enfermée dans la cave, et il m'a tellement tabassée que je pouvais à peine marcher. La fois suivante j'ai attendu le jour de sa paye et j'ai pris cinq cents dollars en espèces pendant son sommeil, puis je suis partie. J'ai fait du stop, et j'ai atterri à New York où j'ai logé dans un refuge. J'ai été embauchée pour nettoyer des bâtiments la nuit. C'est grâce à ce boulot que j'ai trouvé mon loft. C'était illégal et toxique, comme je te l'ai dit, mais c'était super bon marché car le propriétaire voulait quelqu'un sur place pour que les gangs de charognards ne viennent pas dépouiller le bâtiment de tout son cuivre. C'est la première fois que j'ai entendu le nom de Shvanov.

– Pourquoi ?

– Parce que c'était lui, le propriétaire du bâtiment, ou d'une partie. Gestion Immobilière Able. Bon, j'avais donc un endroit où loger et j'ai été femme de ménage pendant plus de deux ans, travaillant la nuit, passant tout mon temps libre à la bibliothèque à lire des livres sur la reliure et le commerce des livres et à apprendre ce dont j'avais besoin pour bidouiller un faux C.V. J'ai ensuite démissionné et me suis trouvé un boulot de serveuse dans un restaurant de Manhattan parce que j'avais besoin d'observer des gens normaux, de voir comment ils s'habillaient, comment ils parlaient, leurs gestes. Je me suis transformée en une personne de la classe moyenne. Ça m'a pris quasiment toute une année. C'est alors que j'ai eu le boulot chez Glaser. Voilà ma triste histoire. Maintenant, est-ce que tu veux que je te parle du manuscrit ?

– Oui.

– Je connaissais déjà Bulstrode – je crois te l'avoir déjà dit à New York. Sidney nous a présentés et j'ai suivi un cours qu'il dispensait sur les manuscrits dans le cursus d'études générales de Columbia. Dès que j'ai vu les pages que j'ai sorties du Churchill j'ai su que c'était une découverte importante. » Elle but une gorgée de whisky et regarda la nuit noire de l'autre côté de la fenêtre. « Et tu veux savoir pourquoi j'ai menti en prétendant posséder les carcasses, pourquoi j'ai fait comme si ce n'était pas grand-chose, et pourquoi j'ai prétendu que j'étais en fuite pour que tu vendes les pages à Bulstrode contre une somme de misère ?

– Je suis tout ouïe.

– O.K., je suis une employée de librairie qui a trouvé un manuscrit dans ce qui est soi-disant une couverture que j'ai payée des clopinettes à mon employeur. Je n'ai pas de ressources et je savais qu'il en faudrait pas mal pour le faire authentifier puis le vendre aux enchères. Mais je savais aussi qu'une fois l'affaire sur la place publique, Sidney allait me tomber dessus et...

– Comment ça, te tomber dessus ?

– Oh, je vois que tu ne connais pas Sidney. Il va dire que j'ai ouvert les couvertures et découvert le manuscrit, puis que je l'ai arnaqué en lui achetant les livres comme de simples couvertures. Une ombre flotte donc immédiatement sur la transaction et aucune maison d'enchères ne se mouillera. Sidney est un grand manitou dans le milieu et moi je ne suis personne. Il me fallait donc une couverture et j'ai pensé à Bulstrode. Je l'ai appelé pendant que tu attendais dans la rue ce matin-là. Je lui ai expliqué ce que nous avions trouvé et j'ai mis au point ce qui s'est ensuite déroulé dans son bureau. Il a dit que s'il était authentique il me donnerait cinquante mille dollars en plus de ce qu'il t'avait donné. Le manuscrit appartenait donc dès lors à Bulstrode. Même s'il s'était fait berner une fois, il demeurait un spécialiste et un paléographe éminent ayant accès à des tonnes de manuscrits sources. Le lien avec moi ou Glaser ne serait jamais établi.

– Soit, mais Carolyn, je ne saisis toujours pas pourquoi tu ne m'as pas dit ça sur le coup.

– Oh, pour l'amour de Dieu – je ne te connaissais pas. Tu aurais pu en parler à Glaser le lendemain – hé, Carolyn a trouvé un manuscrit jacobéen inestimable dans ces livres que vous lui avez vendus pour de la camelote, ha ha. Je devais donc faire semblant de t'impliquer dans l'arnaque sans pour autant te faire savoir ce qu'était vraiment le manuscrit.

– Je vois. Et ce qui s'est passé ensuite, cette nuit-là... ça faisait aussi partie de l'arnaque ? »

Presque pour la première fois de la nuit elle le regarda directement. Son père avait un jour dit à Crosetti que les menteurs pathologiques regardaient toujours leur interrogateur droit dans les yeux et maintenaient le regard plus longtemps qu'il n'était naturel. Il fut heureux de remarquer que Carolyn ne le fit pas. Son regard était hésitant et, s'imaginait-il, un peu honteux.

« Non, répondit-elle, ça ne faisait pas partie du plan. Je savais que tu m'en voulais, et je t'ai raconté ce bobard sur oncle Lloyd et je pensais que tu t'en irais, mais quand tu es resté et que tu as fait toutes ces choses gentilles... écoute, de toute ma vie je n'ai *jamais* vécu une pareille journée, aucun garçon ne m'a jamais emmenée en balade, fait écouter cette musique magnifique, fait des cadeaux, juste parce qu'il tenait à moi et ne voulait pas simplement me peloter...

– Mais je *voulais* te peloter.

– Je veux dire, un garçon par qui je voulais bien me faire peloter, quelqu'un de mon âge, quelqu'un de gentil. Je n'ai jamais été enfant, jamais adolescente. Je n'ai jamais traîné au drive-in avec des garçons. C'était comme une drogue.

– Donc, tu m'aimes bien ?

– Oh, je t'adore », répondit-elle, d'un ton si neutre qu'il était plus convaincant qu'un aveu ponctué de soupirs. Crosetti sentit son cœur battre un peu plus fort. « Mais et après ? Tu étais si bon avec moi que c'en était ridicule, et c'était sans compter mes enfants, fallait vraiment mettre de l'ordre dans ce merdier, alors je me suis dit, O.K., juste une nuit de... je ne sais pas, ce que tu as dit, une nuit de *jeunesse*, le genre de choses que les gens ordinaires font à notre âge, et après ça c'était comme la fin de Cendrillon, sauf qu'il n'y avait pas de pantoufle de vair ni de prince charmant. Le lendemain j'ai vu Bulstrode pour préparer ce que nous allions faire ensuite, et il a affirmé qu'il avait un commanditaire pour l'argent dont il avait besoin et nous sommes allés voir Shvanov. Tu as déjà vu Osip Shvanov ?

– Non. Seulement des gens qui travaillent pour lui.

– Oh, il est unique. Très lisse, sauf autour des yeux. Il m'a fait penser à Earl Ray Bridger.

– Je te demande pardon... ?

– Un criminel avec qui ma mère est sortie pendant un temps et dont je n'ai pas envie de parler pour le moment. Bref, j'ai tout de suite su que c'était un sale type, mais le pauvre Bulstrode ne voyait rien, et ce n'est certainement pas *moi* qui allais lui mettre la puce à l'oreille. Il a fait son petit topo sur la pièce de Shakespeare à Shvanov. Il a expliqué que le document de Bracegirdle en lui-même valait entre cinquante et cent mille dollars, mais que si nous trouvions le manuscrit de Shakespeare... impossible de savoir jusqu'à combien le prix grimperait. Cent millions ? Cent cinquante ? Et Shvanov ne risquerait rien car même si nous revenions les mains vides, il aurait toujours le Bracegirdle à revendre. Bref, Shvanov lui a donné vingt mille dollars en lui conseillant de se rendre immédiatement en Angleterre pour effectuer des recherches sur Bracegirdle et lord Dunbarton et retrouver la piste de cette pièce. Ce qu'il a fait. Et je suis partie avec lui...

– Sans un au revoir. Tu ne trouves pas que c'était un peu dur ?

– C'était le meilleur côté de la chose, je savais que tu ne serais jamais impliqué avec ce fils de pute.

– Tu me protégeais ?

– C'est ce que je croyais », admit-elle, avant d'ajouter, sur la défensive : « Et ne crois pas que tu n'en avais pas besoin. Tu ne connais pas ce type.

– À ce propos, comment se fait-il qu'un universitaire britannique connaissait un voyou comme Shvanov ?

– Aucune idée. Un ami commun les a mis en contact. Je croyais que c'était une espèce d'usurier – Bulstrode était fauché comme les blés et peut-être qu'il a essayé de lever des fonds à droite à gauche et que ça l'a mené là. Bon Dieu, ce que je suis fatiguée ! Où en étais-je ?

– Tu partais en jet, sans savoir quand tu reviendrais. Et pas d'au revoir.

– Exact. O.K., on arrive en Angleterre, on file direct à Oxford et on loge chez Ollie March. Bulstrode voulait je reste avec eux, ce qui n'a pas trop plu à March, mais il affirmait que c'était pour des questions de sécurité. Il m'appartenait de faire dater le manuscrit, comme ça personne ne saurait que Bulstrode était impliqué, et quand on a appris que la datation était positive, il est vraiment devenu parano. Je n'avais pas le droit de passer de coups de fil, et la seule raison pour laquelle j'ai pu écrire cette lettre à Sidney est que je l'ai convaincu que ça éveillerait encore plus les soupçons si je n'écrivais pas, si je n'inventais pas une histoire sur les planches et que je n'envoyais pas de chèque. Il me soupçonnait comme un dingue, il avait peur que je travaille pour Shvanov et que je lui dise ce qu'on faisait, nos recherches et tout.

– Mais ce n'était pas vrai.

– Si. Bien *sûr* que je travaillais pour Shvanov. Je travaille *toujours* pour Shvanov, pour autant que Shvanov sache. Il m'a donné un numéro de téléphone portable quand j'ai quitté New York et m'a demandé de garder le contact. Qu'est-ce que j'étais censée dire à un homme comme ça ? Non ? »

Crosetti demeura silencieux tandis qu'elle le regardait avec un air de défi. Elle arracha la serviette qu'elle avait sur la tête et s'essuya les cheveux si violemment qu'il fit la moue. Au bout d'un moment, il lui demanda :

« Qu'a dit Bulstrode quand tu lui as parlé des lettres chiffrées ? »

Elle rougit à nouveau.

« Je ne lui en ai pas parlé. C'est Shvanov qui l'a fait.

– Mais tu en as parlé à Shvanov.

– J'ai confirmé ses soupçons, admit-elle vivement. Il sait des choses, Crosetti. Il a des gens partout. De toute évidence il avait entendu parler de toi de la bouche de Bulstrode, et il a dû faire des vérifications. Tu ne crois pas qu'il peut découvrir ce qui se passe à la bibliothèque publique de New York ? Il sait ce qui se passe à la CIA, nom de Dieu !

– Et toi qui parlais de me laisser hors de tout ça, dit-il.

– Je suis désolée. Je suis lâche et il me fait peur. Je ne peux pas lui mentir. Bref, quand Bulstrode a été au courant pour les lettres chiffrées, il a piqué une crise. J'ai quasiment dû m'asseoir sur lui pour le calmer. Il a compris que ces lettres étaient la clé qui nous permettrait de trouver la pièce manuscrite, et que si Shvanov les obtenait de ta part, alors il n'aurait plus besoin de *nous*. Ce qui ne serait sans doute pas très bon pour notre santé. J'ai dit que nous devrions essayer de voir si les copies des lettres chiffrées envoyées à Dunbarton existaient toujours du côté du destinataire.

– C'est pour ça que vous êtes allés à Darden Hall.

– Exact. Mais elles n'étaient pas là, ou du moins nous ne les avons pas trouvées. Mais on a trouvé une Bible Breeches. Tu sais ce que c'est ?

– Oui, répondit Crosetti, une petite Bible Tudor de 1560, vingt-trois centimètres sur dix-huit. Nous pensons qu'elle a servi de base au chiffrement de Bracegirdle. Mais comment le savais-tu ? Tu n'avais pas le texte chiffré.

– Non, mais nous avons trouvé une Bible Breeches percée de petits trous dans la bibliothèque de Dunbarton, des trous remplaçant des lettres de façon aléatoire. Bulstrode s'est dit que les lettres sélectionnées étaient la clé et qu'une grille avait dû faire partie du chiffrement. Il en sait un paquet sur les vieilles méthodes de chiffrement.

– C'est pourquoi tu as volé la grille dans cette église.

– Tu es au courant ? demanda-t-elle d'un ton quelque peu alarmé.

– Je sais tout. Pourquoi n'as-tu pas simplement volé la Bible ?

– Si, Bulstrode l'a volée. Et après il m'a demandé de piquer la grille. Bon sang, à cette époque il était tellement parano qu'il s'imaginait des gangs d'universitaires cherchant la même chose, et il voulait les ralentir, au cas où ils auraient simplement possédé le texte chiffré. Il supposait que tu allais donner les pages chiffrées à quelqu'un, à ton amie à la bibliothèque par exemple, et qu'une traque générale allait être lancée. C'est pour ça qu'il est retourné à New York. Il voulait te contacter et obtenir les pages chiffrées de ta part. Il avait la grille et...

– Shvanov lui a mis la main dessus et l'a torturé. Pourquoi ?

– Il croyait que Bulstrode cherchait à le doubler. Quelqu'un, je n'ai jamais découvert qui, a appelé Shvanov et lui a dit que Bulstrode négociait avec un autre groupe qui recherchait aussi la pièce manuscrite. Shvanov est devenu fou de rage et...

– Un autre groupe ? Tu veux dire nous ? Mishkin ? »

Elle réfléchit un moment à sa suggestion en se mordillant la lèvre. « Non, je ne crois pas qu'ils pensaient à vous. Quelqu'un d'autre, d'autres gangsters. Un type nommé Harel, lui aussi russe. Ce sont des juifs russes. Ils se connaissent tous, ils sont rivaux ou anciens partenaires. Ils parlent principalement en russe, je n'obtiens donc pas beaucoup d'informations...

– Et cette Miranda Kellogg dont Mishkin n'arrête pas de nous rebattre les oreilles ? Quelle est son histoire ?

– Je ne l'ai rencontrée qu'une fois, répondit-elle. Je n'ai aucune idée de qui elle était vraiment, une espèce d'actrice ou de mannequin que Shvanov a embauchée pour prendre l'original des lettres de Bracegirdle à Mishkin. Ils ont envoyé la véritable héritière en vacances et présenté l'actrice sous l'identité de Kellogg.

– Qu'est-ce qui lui est arrivé ?

– Je crois qu'elle a cherché à soutirer plus d'argent à Shvanov lorsqu'elle a eu les documents, et il s'est débarrassé d'elle.

– Il l'a tuée ?

– Oh, oui. Elle est morte. Partie. » Elle frissonna. « Aussi morte que Bulstrode. Shvanov n'aime pas se faire entuber.

– Bulstrode cherchait-il vraiment à doubler Shvanov ?

– Oh, oui. Mais pas avec d'autres gangsters, pour autant que je sache. Il n'a cependant jamais eu l'intention de lui donner la pièce si jamais nous la trouvions. Il ne plaisantait pas. March m'a confié qu'il contait l'offrir à la nation, à condition bien sûr qu'il soit le seul à pouvoir y accéder et qu'il puisse publier la première édition. Ils l'enfermeraient avec la pièce dans la Tour de Londres et Shvanov pourrait aller se faire voir chez les Grecs. Enfin quoi, ce type avait Shakespeare dans le sang. Il en parlait souvent, les yeux luisant d'espoir, le pauvre type !

– Eh bien, aucune Bible perforée n'a refait surface pour autant que je sache, nous devons donc supposer que c'est Shvanov qui l'a. Qu'est devenue la grille ?

– Shvanov l'a aussi, de toute évidence, car Bulstrode l'a emportée quand il a quitté l'Angleterre. Quand ils lui sont rentrés dans le lard, Bulstrode a dû leur raconter que Mishkin avait la lettre originale, et il savait déjà que tu avais dû garder les originaux des lettres chiffrées. Personne n'a cherché à te les prendre ?

– Oh, si, ils ont essayé », répondit Crosetti, et il relata brièvement les événements qui s'étaient récemment déroulés dans le Queens. Il ajouta : « Donc, la situation est la suivante : nous n'avons que les documents codés, et il n'a que la grille. L'impasse classique. Ou est-ce que quelque chose m'échappe *encore*, Carolyn ? »

Cette dernière question avait été motivée par l'expression particulière qui avait vivement traversé le visage de Carolyn.

« Est-ce que tu as les documents chiffrés ici ? demanda-t-elle. Je veux dire, dans cette chambre.

– Eh bien, les originaux sont en sécurité dans une chambre forte de la bibliothèque publique de New York. Mais j'ai une version numérisée sur mon portable ici. Cryptée, bien sûr. J'ai aussi une Bible Breeches. Mishkin en a acheté deux. Et j'ai le texte numérisé de l'édition de 1560 que j'ai récupéré à New York avant que nous...

– J'ai la grille, coupa-t-elle.

– Tu l'as ? Où ? »

En réponse, elle se leva, écarta le peignoir et posa un pied sur l'accoudoir du fauteuil, exposant l'intérieur de sa cuisse.

« Ici », dit-elle en montrant une constellation de petits points bleus sur sa peau blanche et lisse. Il s'agenouilla et scruta, son visage à tout juste quelques centimètres. L'odeur du savon à la rose et la proximité de Carolyn lui firent trembler les genoux. Au début les points semblaient aléatoires, mais il distingua alors le motif : un saule pleureur stylisé. Il se racla la gorge, mais sa voix demeura rauque.

« Carolyn, est-ce que c'est un tatouage de prisonnière ?

– Oui. Je l'ai fait dans ma chambre chez Ollie après avoir piqué la grille. Je me suis servi d'une aiguille et d'un stylo à bille. Il y a quatre-vingt-neuf trous.

– Nom de Dieu ! C'est précis ?

– Oui. J'ai transféré le motif sur du papier-calque et je l'ai comparé à la Bible de Darden Hall. Les trous correspondent.

– Mais pourquoi ?

– Parce que je me suis dit que je tomberais peut-être un jour sur toi, et que tu aurais peut-être toujours les documents chiffrés. Et le papier se perd, ou il est volé, comme nous le savons bien, sans oublier que les autres salauds ont dû me fouiller cinquante fois. Mais bien sûr la salope qui m'a fouillée ne savait pas précisément ce qu'elle cherchait, ils lui avaient seulement dit que je n'étais pas censée avoir quoi que ce soit d'enfoncé dans mes divers orifices. Et beaucoup de gens ont des tatouages. Est-ce que tu as du calque ?

– Non. Mais j'ai un marqueur à pointe fine. Nous pouvons utiliser le verre de ce petit cadre. Il fait à peu près la bonne taille. »

Elle s'étendit sur le lit, sur le dos, sa cuisse gauche posée à plat formant un angle droit avec son corps, et Crosetti s'agenouilla par terre entre ses jambes écartées. Toutes les lumières de la chambre étaient allumées. Il plaqua le verre contre sa peau et utilisa le marqueur pour placer un point rouge au-dessus de chaque point bleu de sa peau. Sa main gauche touchait la chair chaude et son visage n'en était guère loin. C'était l'expérience la plus érotique de sa vie, à une exception près, et il avait presque envie de glousser. Ils ne disaient rien. Rolly était aussi immobile qu'un cadavre. Lorsque ce fut fini, Rolly rajusta son peignoir et dit :

« Bulstrode s'était dit à cause du motif des trous dans la Bible de Darden Hall qu'ils avaient commencé à la deuxième page de la Genèse et qu'ils avaient avancé dans l'ordre. Tu places les trous les plus proches du bord de la grille en bas à gauche et en bas à droite au-dessus de la première et de la dernière lettres de la dernière ligne de chaque page – ce sont les marqueurs d'index – et tu lis les lettres sous chacun des trous dans l'ordre de lecture habituel, de gauche à droite et de haut en bas. »

Crosetti était déjà au bureau devant la vieille Bible. Son ordinateur était allumé et le logiciel Word était ouvert. Il plaça la plaque de verre sur la Genèse et aligna les points de l'index au-dessus des lettres. L'encre du marqueur étant à demi transparente, il pouvait facilement lire les lettres en dessous.

« Je dis les lettres et tu les tapes, dit-il. D... a... v... o... v... »

C'était un travail incroyablement fastidieux. Crosetti avait bien sûr compté les caractères des lettres chiffrées, et il y en avait plus de trente-cinq mille, sans compter les espaces, et pour chacun d'entre eux la clé était une lettre différente tirée de la Bible. Il fit un rapide calcul mental. En dictant à la vitesse de, disons, un caractère par seconde, trente-cinq mille caractères nécessiteraient presque dix heures, sans compter les pauses et les vérifications. C'était beaucoup trop si les gens à qui Rolly avait échappé la cherchaient, et il était sûr que c'était le cas. Ils pouvaient donc partir maintenant et se terrer quelque part. Dès qu'il eut cette idée, Crosetti trouva l'endroit idéal, mais il mourait aussi d'envie de lire les lettres secrètes sur-le-champ. Il s'arrêta de dicter.

« Quel est le problème ? demanda Rolly.

– Le problème, c'est que ça craint. Il doit y avoir un moyen plus simple. Nous ne sommes pas des espions de l'époque jacobéenne. Merde ! J'ai un ordinateur sous le nez et ça ne m'a même pas traversé l'esprit...

– De quoi tu parles, Crosetti ?

– De ça. Regarde la grille. La première lettre de la clé est la troisième lettre de la première ligne, puis la quinzième lettre, puis la vingt-deuxième. Ligne suivante : lettre deux, puis sept, puis quatorze. La grille génère le même motif pour chaque page qu'ils ont utilisée. Ils n'ont pas utilisé les pages de titre, si ?

– Non, les seules pages marquées étaient celles avec du texte. Et, bien entendu, une page sur deux pour ne pas confondre avec les trous qui traversent le papier.

– Bien sûr. Ils ont uniquement utilisé les pages de droite sans titre. Donc, tout ce que nous avons à faire, c'est utiliser la version numérisée de la Bible de 1560, enlever les pages avec des titres de chapitres et les pages de gauche, puis effectuer une simple recherche pour compter et lister uniquement les caractères indiqués par la grille. Nous pouvons générer la clé automatiquement. J'ai aussi un programme pour résoudre les tableaux de Vigenère. Si ça fonctionne, nous pourrons peut-être lire les secrets de Bracegirdle dans la matinée.

– Est-ce que je pourrais faire un somme pendant que tu fais ça ?

– Je t'en prie », dit-il, et il se tourna de nouveau vers le bureau.

Comme à chaque fois avec les ordinateurs, ça prit plus longtemps que prévu. Les premières lueurs de l'aube étaient apparues dans les bow-windows lorsque Crosetti enfonça la touche ENTRÉE. Il envoya la longue série de caractères qui, espérait-il, comportait la clé, dans la gueule virtuelle du programme destiné à résoudre les codes Vigenère. Programme qu'il avait préalablement chargé avec la totalité des lettres chiffrées de Bracegirdle. Les mots « EN COURS DE RÉSOLUTION... » apparurent à l'écran et, en dessous, dans une longue fente blanche, une série de petits rectangles apparurent les uns après les autres telle une série de wagons sur des rails. Crosetti avait passé la nuit à boire le café instantané de l'hôtel, il avait la bouche sèche et se sentait agité.

« Crosetti... bon sang, quelle heure est-il ? demanda une voix provenant de sous l'édredon.

– Presque sept heures. Je crois que j'ai fini. Tu veux voir ?

– Je sens une odeur de café.

– Il en reste un peu, mais il est infect. Viens voir ça. Ça pourrait être la solution. »

Elle se laissa rouler hors du lit et vint se poster près de lui, dégageant une odeur de sommeil. Le dernier petit rectangle apparut et fut remplacé par un écran montrant un simple nom de fichier :

Texte de Bracegirdle déchiffré.txt

Crosetti plaça le curseur dessus et dit :

« À toi l'honneur. Tape sur ENTRÉE. »

Elle enfonça la touche. À l'écran apparut un bloc compact de lettres dont la première ligne disait :

mfnsaipneurdevxsemainosetguelguesjovrsontqacses
dequisguejaiguittevoutremeisan

« Oh, non ! s'écria-t-elle. Ça n'a pas fonctionné.

– Si. Souviens-toi qu'ils travaillaient sur deux Bibles différentes, celle de Bracegirdle et celle de Dunbarton, et la qualité moyenne des impressions était mauvaise, surtout dans le cas d'un ouvrage grand public comme la Bible Breeches, il n'y avait donc pas deux copies exactement similaires. Et ils ont dû rencontrer le même problème à l'époque. La grille, selon qu'elle était placée sur l'exemplaire de Bracegirdle ou sur celui de Dunbarton, produisait un texte légèrement différent, mais suffisamment proche. Regarde, laisse-moi recopier ceci dans un nouveau document... voilà... et ajouter des espaces et de la ponctuation et corriger les erreurs évidentes... voilà... Et voici la première ligne.

Monseigneur : deux semaines et quelques jours ont passé
depuis que j'ai quitté vostre maison

– Oh, mon Dieu ! Crosetti, tu es incroyable. »

Elle arborait un sourire ravi, celui-là même qui hantait les rêves de Crosetti depuis quelques mois, et il sentit un sourire similaire poindre sur son propre visage.

« Pas vraiment, répondit-il. C'est évident pour n'importe quel vrai génie transcendantal. Est-ce que tu vas m'embrasser maintenant ? »

Elle le fit. Peu après, il était nu sous l'édredon et elle aussi. Crosetti s'écarta d'elle et la regarda dans les yeux.

« Je suppose qu'on ne va pas lire les lettres maintenant », dit-il.

Elle l'embrassa à nouveau.

« Elles ont attendu quatre cents ans. Une heure de plus ne va pas leur faire de mal. Et tu es sans doute trop fatigué.

– Fatigué de regarder un texte sur un écran, oui, mais pas trop fatigué pour *ça.* »

Et ils remirent ça, puis il s'écarta d'elle de façon abrupte et croisa son regard.

« Tu vas rester maintenant, n'est-ce pas ? demanda-t-il. Je veux dire, tu seras ici demain, et après-demain...

– Je crois que je peux m'engager pour ces jours précis.

– Mais pas au-delà ? Ou est-ce que ça va être une négociation quotidienne sans fin ?

– Crosetti, s'il te plaît...

– Ah, Carolyn, tu vas me tuer. » Il soupira. « Je vais finir dans la tombe si tu continues comme ça. »

Et il aurait continué plus longtemps dans la même veine, mais elle le fit taire avec sa langue et appuya la grille perdue de Bracegirdle contre son bas-ventre.

« C'était rapide, dit-il.

– Oui. Rapide et enragé.

– J'aime la manière dont tes yeux s'ouvrent d'un coup quand tu prends ton pied.

– Un signe infaillible, lui accorda-t-elle, c'est pour me rappeler avec qui je suis.

– Sage. Bon, j'aimerais poursuivre ainsi plus ou moins indéfiniment, mais...

– Tu veux lire les lettres. Oh, moi aussi, mais je ne voulais pas le dire.

– De crainte que ce soit mal interprété. Je comprends. Donc, puisque nous sommes d'accord, rendons-nous à la salle de bains à tour de rôle, puis lisons-les. »

Elle l'embrassa brièvement et se glissa hors du lit. Il pensa, il ne peut pas y avoir beaucoup de choses plus agréables que regarder une femme à qui l'on vient de faire l'amour traverser la pièce, l'éclat de son dos et de ses fesses dans la première lueur de l'aube. Il était en train de songer à comment filmer cette scène pour qu'elle ressemble à la vraie vie lorsque Carolyn poussa un petit cri et se laissa tomber au sol.

« Quoi ?

– Ils sont ici ! »

Carolyn eut une expression de renard surpris par des phares, la peur animale dans ses yeux. En un instant Crosetti sentit son cœur fondre à nouveau.

« Qui ça ? »

Même si c'était facile à deviner.

« L'un d'eux est dans le jardin, Semya. Les autres doivent être devant. Oh, mon Dieu, qu'est-ce qu'on va faire ?

– Habille-toi ! Et ne t'approche pas des fenêtres ! »

Elle se coula dans la salle de bains tel un lézard. Crosetti se leva et marcha nu jusqu'à la fenêtre, s'étirant et se grattant le ventre tel un homme qui vient de dormir du sommeil du juste et n'a rien à craindre. Il y avait bien un homme dans le jardin, un type aux épaules larges portant un bonnet et un manteau de cuir noir qui lui descendait jusqu'aux genoux. Il leva les yeux, aperçut Crosetti, le scruta brièvement puis porta son attention ailleurs. Donc, même s'ils savaient où il était, et se doutaient que Carolyn l'avait peut-être rejoint, ils ne savaient toujours pas à quoi il ressemblait. Ce qui était étrange, car ils l'avaient facilement repéré dans une rue du Queens. À moins qu'il ne s'agisse d'un groupe totalement différent. Carolyn avait mentionné deux organisations rivales...

Mais il ne pouvait penser à cela pour le moment. Il enfila des vêtements à la hâte, débrancha le câble du téléphone, brancha à la place un adaptateur téléphonique pour l'Angleterre, y relia son ordinateur, comprima et crypta les documents relatifs à Bracegirdle et se connecta à sa boîte e-mail d'Earthlink. Il n'avait pas utilisé une connexion Internet à bas débit depuis des années, mais ça fonctionnait bien sûr. L'envoi des documents sembla prendre une éternité – peut-être cinq minutes - après quoi il utilisa un logiciel pour effacer le code, la clé, la Bible et la version décryptée de son disque dur. Il leva les yeux et vit Carolyn dans l'entrebâillement de la porte de la salle de bains.

« Mais qu'est-ce que tu fabriques ? demanda-t-elle dans un murmure.

– Je protège nos secrets. C'est marrant, j'ai vu tellement de films décrivant cette situation que j'ai l'impression de suivre un script. Le type et la fille doivent fuir les méchants...

– Oh, va te faire foutre, Crosetti, ce n'est pas un film ! S'ils nous chopent ils vont nous torturer jusqu'à ce qu'on leur donne les foutus secrets. Ils utilisent des *chalumeaux*...

– Ça, c'est pas dans le script, Carolyn. Sors-toi ça de l'esprit. » Il se rassit face à son ordinateur, travailla quelques minutes de plus, puis il éteignit la machine et la rangea dans sa sacoche. « Maintenant, c'est toi qu'on emballe, dit-il, et il vida par terre le contenu de son sac marin. J'espère que tu es assez souple pour faire ça. »

Elle l'était, mais tout juste. Lorsqu'ils utilisaient ce stratagème au cinéma, Crosetti le savait, le héros ne portait pas la vraie fille dans le sac, mais un simulacre en polystyrène. Il s'aperçut que, dans la vraie vie, descendre un escalier avec une femme de cinquante-cinq kilos dans un sac était beaucoup plus dur qu'il ne se l'était imaginé. Il transpirait à grosses gouttes et haletait lorsqu'il atteignit le hall.

Deux hommes se tenaient là tandis qu'il rendait les clés de sa chambre. Il prit soin de ne pas les examiner, mais il percevait leur présence, une sensation de cuir, de corpulence, de froide détermination. Au guichet, il tendit au réceptionniste le mot qu'il avait préparé :

« S'il vous plaît ne dites pas mon nom à voix haute. J'essaie d'éviter les gens qui ont demandé après moi. Merci. »

Il y avait un billet de vingt livres plié dans le message. L'employé, un jeune asiatique, croisa son regard, acquiesça et prépara sa note en silence, le gratifiant d'un simple « Au revoir, revenez vite » à la fin.

Crosetti ouvrit alors le sac marin et en sortit l'anorak, le cache-nez et le bonnet qu'il avait entassés au-dessus de Rolly et les revêtit devant les deux gangsters, qui le regardèrent sans intérêt, leurs yeux étant rivés à l'escalier principal et à l'escalier de secours situé à l'autre bout du hall. Il souleva le sac, passa devant eux et gagna la rue. La Mercedes Classe E qu'il avait commandée par Internet attendait, de même qu'une Daimler V8 juste derrière, contre le pare-chocs de laquelle un autre gangster était appuyé, cigarette à la main. Le chauffeur de la limousine, un sikh arborant un turban blanc, l'aida à charger le sac marin dans le coffre, et lorsqu'il fut assis à l'intérieur, il demanda au chauffeur de l'emmener au centre commercial le plus proche. L'homme suggéra Templar Square, Crosetti n'y vit rien à redire. Il trouva que l'endroit ressemblait à n'importe quel centre commercial de petite ville américaine, avec moins d'énergie ; ce qui le rendit obscurément triste.

Lorsqu'il regagna la voiture avec ses achats, il demanda au chauffeur d'ouvrir le coffre. Rolly sortit en rampant, gémissant, et il l'aida à prendre place à l'arrière de la voiture. Elle sentait l'humidité, la toile et la lessive sale. Quand la voiture eut redémarré, il lui tendit un sac et elle examina les vêtements qu'il contenait.

« Tu passes ta vie à m'acheter des fringues, Crosetti. Est-ce que ça devrait m'inquiéter ? Des sous-vêtements aussi. Ça a dû être excitant.

– Je suis juste méticuleux. C'est un de mes vices. Comment tu les trouves ?

– Je les déteste. Je vais ressembler à une starlette ou à une pute d'occasion. Et c'est quoi cette perruque à la Dolly Parton ? Je croyais que le but était de passer inaperçu.

– C'est comme ça qu'on passe inaperçu, quand on est brune et qu'on s'habille toujours en noir. »

Elle grommela mais fit ce qu'il demandait, revêtant un pull lilas, un jean jaune serré, une parka trop grande avec un col en fausse fourrure et des bottes fourrées.

« Tout est à ma taille, dit-elle. Je suis surprise. C'est quoi ça ?

– Du maquillage. Tourne-toi de ce côté et ne bouge pas. »

Tandis que la voiture filait sur l'autoroute, il appliqua du fond de teint, du fard, une poudre à paupières lie-de-vin criarde et un brillant à lèvres d'un écarlate sombre. Il lui montra à quoi elle ressemblait dans le petit miroir du poudrier qu'il avait acheté.

« Hé, marin, tu montes ? lança-t-elle au miroir. Crosetti, où as-tu appris à faire ça ?

– J'ai trois sœurs aînées et j'ai beaucoup travaillé sur des films à très, très petit budget, répondit Crosetti. Et ne me remercie pas. Mishkin m'a donné une carte American Express avant notre départ.

– Et où nous emmène la carte American Express de Mishkin ? »

Crosetti jeta un petit coup d'œil en direction du chauffeur.

« À Casablanca. Nous allons à Casablanca – pour les eaux. J'ai une invitation permanente. Nous devrions y être en sécurité jusqu'à ce que les choses retombent. Nous pourrons étudier les lettres de Bracegirdle et voir où elles nous mènent, pour autant qu'elles mènent quelque part.

– Et s'ils ont des gens à l'aéroport ?

– C'est extrêmement improbable. Nous ne fuyons pas le gouvernement ni Goldfinger. Ce sont juste de petits gangsters. En ce moment, ils sont sans doute en train d'entrer par effraction dans notre chambre et de remarquer la pile de vêtements et de livres, et ils s'aperçoivent qu'ils se sont fait rouler. Ils sauront que nous allons à l'aéroport parce qu'ils m'ont vu monter dans une limousine de l'aéroport. Ils vont nous prendre en chasse, mais ça devrait aller. »

Elle poussa un soupir et se laissa aller contre le cuir doux, fermant les yeux. Il saisit sa main, qui était douce et moite, et ferma les yeux à son tour tandis qu'ils roulaient vers le sud.

La Sixième Lettre Chiffrée (Fragment 4)

... il tire de sa presse la copie finale, disant : « Tu la dois brusler », et je l'approche des flammes mais ne m'y puis résoudre, je ne sçais pourquoy, c'eut été comme brusler un enfant ; car je l'aimois et voyais qu'il l'aimoit aussi grandement. Mais je n'eus point le cœur de le mettre en mots ; au lieu de cela je suggérai que nous la gardions à l'abri pour preuve de ce vil complot. Il regarda longuement le feu, buvant en silence, puis il dit : « J'ai une idée, Dick, une heureuse idée. Nous ne la bruslerons point, ni ne l'utiliserons pour boucher les courants d'air ou allumer des feux, mais nous la noyerons ; car qui sçait ce qui jaillira de l'eau dans un temps futur lorsque les hommes verront ces choses avec un nouvel œil. » Puis il rit et dit : « Je suis certayn que cette pauvre pièce jamais donnée sera un jour tout ce qu'on connoistra de Will, et ce n'est pourtant qu'une simple plaisanterie. » « Non, dis-je, car la foule se presse à vos pièces et il ne fait nul doute que vous excellez aux comédies. » À ces mots il fit une moue comme s'il avoit avalé du poisson pourri et dit : « Tudieu, comme tu babilles, Dick. Qu'est-ce qu'une pièce ! Elle est nouvelle le mardi, et une semaine plus tard ils s'écrient : "N'avez-vous point autre chose, nous l'avons déjà vue !" C'est un commerce dérisoire, curieusement coincé entre bordels et combats d'ours, de nulle conséquence, une chose faite d'air et d'ombre. Non, pour vivre après que ses os sont en terre, un homme doit tirer de sa cervelle des choses plus profondes, de la poésie épique ou des histoires, ou alors faire des fils. Eussé-je possédé des terres et de la richesse ou de l'éducation, j'eusse pu être un autre Sidney, un meilleur Spenser, mais depuis ma jeunesse j'ai dû travailler pour l'argent, toujours pour l'argent, et mon crayon ne m'en peut rapporter qu'au theastre. Et mon fil est mort. »

Nous en restâmes là cette nuit-là. Plus tard, nous partîmes pour le Warwickshire et voyageâmes à grand-peine, car c'estoit l'hiver et les routes estoient boueuses, mais nous arrivâmes à Stratford le 18 février et nous nous rendîmes en un certain endroit et cachâmes le livre contenant cette pièce. J'en ai noté l'emplacement dans un document chiffré dont moy seul et W. S. connoissons la clef. Le chiffrement n'est point celui-ci, Monseigneur, mais un nouveau que j'ai inventé avec W. S., qui me demanda : « Cache ce que j'ai écrit de ma main », et il m'écrivit la clef sur l'instant, et je garde cette indication sur moy à tout moment, car tout homme la possédant, ainsi que la clef, et sçachant utiliser mon instrument à mesurer les distances trouvera l'endroit où repose la pièce.

Monseigneur, si vous avez besoin de cette pièce sur Marie d'Écosse, écrivez-le moy, car vos souhaits sont des ordres. Vostre humble et dévoué serviteur.

RICHARD BRACEGIRDLE
Londres, 22 février 1611

19

NOUS AVONS ÉTÉ REÇUS À LA PRISON, chaleureusement, par la directrice en personne, Mme (pas Mlle) Caldwell, une dame à la dimension, au raffinement et à l'accent thatchériens. Je me suis demandé sur le coup depuis combien de temps Paul avait arrangé la visite. Avait-il prévu que nous aurions besoin de voir le prisonnier Pascoe dès qu'il avait été au courant de mon implication avec Bulstrode et les divers manuscrits secrets ? Peu probable, mais ça ne m'étonnerait pas totalement. Comme je l'ai noté, Paul est très intelligent, et subtil par-dessus le marché. Ses prédécesseurs à la Société de Jésus dirigeaient des nations entières, donc, être plus malin qu'une bande de gangsters russes, même juifs, n'était peut-être pas un grand défi. Est-ce une affirmation logique ? Peut-être pas, et peut-être renferme-t-elle un peu d'antisémitisme inversé : les juifs sont intelligents, donc retors, il faut faire gaffe quand ils sont dans le secteur. Ils sont encore méprisés dans de nombreuses parties de ma nation, et je ne suis moi-même pas immunisé contre un certain antisémitisme désinvolte. Plutôt le contraire, en fait, comme me l'a souvent fait observer Paul.

La prison était un établissement de classe D, comme Sa Majesté appelle ses prisons à sécurité minimum ou, comme on pourrait dire, ses maisons de campagne. Springhill House avait été une demeure privée et chacun de ses occupants furibards était, à en croire Mme Caldwell-Thatcher, en voie de réinsertion. Et bien sûr nous pouvions voir M. Pascoe, un prisonnier modèle. Prenez aussi longtemps qu'il vous plaira.

Pascoe était un petit homme sans charme, soigneusement vêtu d'une chemise de soie bleue, d'un pull de lambswool fauve, d'un pantalon de tweed et de mocassins cirés. Ses petits yeux de singe s'agitaient derrière d'épaisses lunettes à montures transparentes et ses cheveux fins (teints en une nuance de jaune déplorable) étaient tirés en arrière jusqu'à son col. Il parlait avec un accent chic et souffrait du péché d'orgueil. Le devoir religieux de Paul aurait été de le lui faire remarquer et de lui offrir une chance de repentance ; je suis au regret de dire qu'il n'en a rien fait, mais a préféré exploiter cet orgueil à notre avantage. Ou pour le bien général. C'est une question de point de vue. Comme j'ai dit, un type subtil, mon frère.

Nous avons rencontré Pascoe dans sa cellule, un nid confortable qui aurait pu être l'une de ces chambres d'hôtel douillettement miteuses que les Anglais semblent apprécier. Le mobilier avait le côté institutionnel des dortoirs, mais Pascoe avait agrémenté le lieu de photos encadrées et de reproductions de manuscrits, d'un couvre-lit Art déco, de coussins colorés sur son lit et d'un tapis oriental usé, peut-être authentique. Il était affalé sur une pile de ces coussins tandis que nous étions assis sur des chaises droites. Il nous avait préparé du thé, tatillon.

Nous avons commencé par discuter de Bulstrode. Pascoe avait entendu parler de sa mort et était avide d'informations, que nous lui avons fournies, sans toutefois rejeter la théorie de la police selon laquelle il avait été la proie d'un prédateur sexuel. Puis il a demandé si « le paiement était passé », ce que je n'ai pas compris sur le coup. Paul a répondu par l'affirmative en lui tendant un bout de papier, qu'il a examiné, plié et rangé. Après quoi il s'est à nouveau vautré sur ses coussins tel un pacha, il a joint ses longues mains délicates et a levé les yeux d'un air rêveur vers le faux plafond.

Et il a commencé à nous relater exactement comment il avait réalisé l'escroquerie, nous expliquant que le manuscrit de Bracegirdle était un faux (il a ici inclus une foule de détails sur la source du papier, la recette de l'encre, la manière de tromper la technologie de datation, etc.) et que quelqu'un, dont il n'a pas donné le nom, l'avait contacté et lui avait donné le texte et le matériel nécessaire. En prison ? ai-je demandé. Du gâteau, mon frère. Je pourrais fabriquer des billets de dix livres dans cette maison de repos et personne ne se douterait de rien. Il avait accompli le boulot, fait sortir clandestinement les pages, et il avait reçu son paiement. Il avait aussi conseillé son mystérieux client sur la manière de mener à bien l'arnaque. Le plus important était de faire durer les choses, de balader un peu la cible pour qu'elle ait l'impression d'avoir trouvé elle-même le document. Donc le premier indice devait sortir d'un ou de plusieurs vieux livres devant un témoin innocent grâce à un habile tour de passe-passe ; et après, Bulstrode, l'expert, entrait en scène.

Pourquoi Bulstrode ? À ces mots Pascoe a lâché un rire mauvais : c'est des foutaises que chat échaudé craint l'eau froide, fiston. La meilleure cible est un homme qui veut se refaire – ces pauvres types n'apprennent jamais. Encouragé par les questions de Paul, il a décrit comment il avait généré les prétendues lettres chiffrées (rien de plus intrigant qu'un chiffrement, messieurs, comme j'ai dit, faut donner quelque chose à faire à la cible), expliqué la « découverte » de l'indispensable grille, et alors, faisant presque claquer sa langue, il a dévoilé comment organiser la découverte d'un trésor depuis longtemps caché. Il nous a fourni une foule de détails, que je ne répéterai pas ici, mais c'était extrêmement convaincant, et incroyablement complexe. L'agent du faussaire dans le camp de la cible – car cela était également vital, et il valait mieux que ce soit une fille, une petite nana ne fait jamais de mal si la cible commence à être sur ses gardes – s'arrangerait pour que le manuscrit de Shakespeare parvienne entre les mains de la cible. Qui le vendrait alors à la véritable cible, l'abruti plein d'argent. Car, inutile de le dire, vous pouviez uniquement réaliser une telle chose avec des illettrés. Il était impossible de contrefaire une pièce de Shakespeare – n'importe quel petit professeur d'université mettrait à jour la combine – il fallait donc trouver quelqu'un avec plus de fric que de bon sens, puis il fallait organiser un transfert d'argent secret, le manuscrit contre des espèces, et bye-bye. Dans l'acte final, la fille piquait son fric au pigeon original – rien de plus simple – et vous aviez votre arnaque.

J'avais tout enregistré sur ma petite machine. Paul avait insisté là-dessus, allant même jusqu'à s'assurer que les piles étaient neuves. Quand Pascoe s'est détendu, Paul a déclaré : « Eh bien, voyons ce que vous pouvez faire », et il a sorti de sa serviette quelques feuillets de ce qui semblait être un papier ancien, une petite bouteille d'encre couleur sépia, et trois plumes d'oie. Le visage de Pascoe s'est illuminé à leur vue, comme celui d'une mère à la vue de son bébé, il a saisi le matériel et s'est assis à son petit bureau. Il a minutieusement étudié le papier, le tenant face à la lumière de sa lampe de bureau, et a émis des sons approbateurs. Puis il a ouvert la bouteille d'encre, l'a sentie, goûtée, a frotté une goutte entre son pouce et son index.

« Merveilleux, a-t-il finalement déclaré. Un authentique papier du XVIIe et une encre constituée de suie et de fiel de bœuf. Je suppose qu'elle a été extraite à partir de documents anciens ?

– Bien entendu, a répondu Paul.

– Fantastique ! Où l'avez-vous obtenue ?

– À la bibliothèque du Vatican. Un retrait d'inventaire. »

Pascoe a fait un large sourire.

« Eh bien, il y a un mot pour ça », a-t-il déclaré.

Puis, sans rien ajouter, il s'est mis à tailler les plumes d'oie au moyen du couteau X-Acto que Paul lui avait fourni. Pendant ce temps, Paul a sorti une photocopie d'une page de notre manuscrit de Bracegirdle. Pascoe a préparé sa plume et, après l'avoir testée sur du brouillon, il s'est mis au travail. Nous avons attendu. Paul a sorti son bréviaire et s'est mis à marmonner. On se serait cru dans un scriptorium, sans les cloches.

« Tenez ! a lancé Pascoe en tendant la page. Qu'est-ce que vous dites de ça ? »

Nous avons regardé. Il avait recopié trois fois les dix premières lignes du manuscrit, la première fois de façon plutôt grossière, la deuxième beaucoup mieux, et la troisième impossible à distinguer, du moins pour moi, de la main même de Bracegirdle.

Paul a également semblé satisfait car il s'est mis à ranger dans sa serviette les objets qu'il avait apportés, y compris la page sur laquelle le faussaire s'était entraîné. Pascoe a regardé le papier et l'encre disparaître avec envie. J'ai attendu que nous ayons regagné la Mercedes avant de parler.

« Tu veux bien me dire quel était le but de tout ça ?

– C'est une contrefaçon. Je te l'ai déjà dit, toute l'histoire n'est qu'une arnaque complexe.

– Ça m'en a tout l'air. C'était quoi cette histoire de paiement au début ?

– Pascoe a un petit ami et il veut qu'il ne manque de rien. C'est pour ça qu'il a effectué la contrefaçon et c'est pour ça qu'il nous a parlé. Je me suis arrangé pour que le petit ami reçoive un beau chèque.

– Tu encourages les plaisirs contre nature ?

– Pas du tout. M. Pascoe est à l'abri en prison et les seuls plaisirs contre nature auxquels il peut s'adonner sont solitaires. Il fait preuve d'un souci louable que son chéri ne finisse pas par vendre son corps dans la rue, et il souhaite l'aider. J'estime que lui donner un coup de main n'est que simple charité.

– Tu es vraiment un parfait hypocrite, pas vrai ? »

Paul partit à rire.

« Loin, loin d'être parfait, Jake. Le plus intéressant est que ce jeune homme que notre Pascoe entretient dans le luxe est celui-là même dont le témoignage l'a envoyé en prison après cette affaire de faux *Hamlet*.

– Et comment as-tu découvert tout ça ?

– Oh, j'ai des contacts. La Société de Jésus est une organisation mondiale. J'ai demandé à quelqu'un de s'entretenir avec Pascoe, et il a déballé toute l'histoire, sous le sceau de la confidentialité bien sûr, puis j'ai contacté Pascoe par téléphone avant notre départ.

– Alors qu'est-ce qu'on fait maintenant ?

– La même chose que si le document était authentique, a répondu Paul. On franchit tous les obstacles, on met la main sur la fausse pièce, et on la livre aux méchants. Ce qui vous tire, toi et les tiens, d'affaire.

– Et les méchants ? Et Bulstrode, et la personne qui a envoyé les hommes que j'ai abattus ? Ils s'en sortent indemnes ?

– Ça dépend de toi, Jake. C'est toi l'avocat à la cour, pas moi. La seule chose qui m'intéresse, c'est de m'assurer que nous nous sortions de ce guêpier. »

La voiture roulait désormais en direction d'Oxford, et M. Brown nous a informés qu'on nous avait filés jusqu'à la prison et que nous étions toujours suivis. Cette nouvelle fit plaisir à Paul, car cela confirmerait aux gangsters que nous étions bien allés voir Pascoe et accréditerait notre histoire de contrefaçon. À quoi pensais-je après ces révélations ? Je me demandais comment les utiliser pour m'assurer un nouveau rendez-vous avec Miranda Kellogg ou la personne qui s'était fait passer pour elle. J'ai décrit mon Niko comme souffrant de troubles obsessionnels compulsifs, ce qui est vrai, pauvre petit, mais, vous savez, les chiens ne font pas des chats.

J'ai tiré mon téléphone portable et composé le numéro de Crosetti, non pas que j'avais particulièrement envie de lui parler, mais, pour reprendre le jargon des psychologues, comme une activité de substitution. Les animaux, par exemple, se lèchent les parties génitales lorsqu'ils se retrouvent dans des situations de stress, mais les animaux supérieurs, eux, allument une clope ou, depuis quelque temps, sortent leur téléphone portable. J'ai eu le désagrément de tomber sur un message enregistré m'annonçant que la personne que je cherchais à joindre n'était pas disponible. Crosetti était-il assez idiot pour avoir éteint son téléphone ? J'ai raccroché et passé un autre coup de fil pour louer une suite au Dorchester : pour les gens comme moi, dépenser beaucoup d'argent est une autre sorte d'activité de substitution. Durant le trajet, nous nous sommes arrangés pour transférer l'enregistrement de la conversation que nous venions d'avoir avec Pascoe sur mon ordinateur, puis sur un CD, que Paul a pris. Je me suis abstenu de demander pourquoi.

Ils m'ont déposé à l'hôtel quelques heures plus tard. L'atmosphère dans la voiture avait été plutôt froide et aucune confrontation dramatique n'était venue la soulager. Nous avons parlé de sécurité. M. Brown nous a certifié que ses collègues me surveilleraient également en ville.

« Ça doit coûter une fortune, ai-je observé.

– En effet, a répondu Paul, mais ce n'est pas toi qui payes.

– Quoi ? Pas mon cabinet tout de même ?

– Non. Amalie.

– Qui a eu cette idée ?

– Elle. Elle a insisté. Elle veut que nous soyons en sécurité.

– Et aussi être tenue au courant de tout ce que je fais, sans doute », ai-je répliqué, avec une méchanceté qui ne me ressemblait pas.

Paul a ignoré ma réflexion comme il le fait souvent lorsque je parle sur ce ton. Nous nous sommes serré la main, ou plutôt j'ai essayé de lui serrer la main, mais il m'a étreint, chose que je n'aime guère.

« Tout va bien se passer », a-t-il dit.

Il souriait avec une telle bonne humeur que j'ai été obligé de tomber le masque à mon tour. C'est une chose que je déteste chez lui. M. Brown, au moins, s'est satisfait d'une brève poignée de main, puis ils se sont à nouveau engouffrés dans la déconcertante circulation anglaise.

Ma chambre était bleue, ornée de tapisseries complexes comme toujours au Dorchester, étoffe sur étoffe, aucun espace décorable n'étant laissé sans décoration. J'ai rappelé Crosetti, avec le même résultat, bu un scotch, puis un autre, et ai passé quelques coups de fil pour organiser des réunions de travail au cours des quelques jours à venir. Notre cabinet représentait une importante multinationale de l'édition, et les réunions avaient pour objet la manière dont l'Union européenne gérait les textes numérisés et les droits d'auteur afférents. C'était exactement le genre de travail terriblement barbant dans lequel je m'étais spécialisé, et j'avais hâte d'être aussi terriblement barbant que possible avec un groupe de collègues en comparaison de qui je me fais l'effet d'être Mercutio.

À plusieurs reprises au cours de la journée j'ai essayé d'appeler Crosetti, sans succès. Le premier soir, après un dîner ennuyeux en compagnie de plusieurs avocats spécialisés dans le copyright international, j'ai brièvement envisagé de louer les services de l'une des élégantes prostituées qui font à juste titre la renommée de ce quartier de Londres, une blonde tout en jambes, peut-être, ou une espèce de Charlotte Rampling au sourire rusé et aux yeux bleus trompeurs. Mais j'ai résisté à la tentation ; j'aurais peut-être aimé défier avec impudence les observateurs invisibles d'Amalie (et leur employeuse, bien entendu), mais je savais aussi que je n'en tirerais pas un plaisir particulièrement grand et que j'aurais des envies de suicide après. C'était bien la preuve que je n'étais pas toujours condamné à choisir l'option la plus autodestructrice, ce qui m'a procuré une satisfaction ridicule. J'ai dormi du sommeil du juste et le lendemain matin, au petit déjeuner, j'ai reçu un appel de Crosetti.

Lorsqu'il a affirmé se trouver chez Amalie à Zurich, j'ai ressenti un accès de rage et de jalousie si intense que j'en ai presque renversé mon verre de jus d'orange, mais la conversation que j'avais eue avec lui au bar de l'hôtel m'est alors revenue en détail à l'esprit. Dans l'abjecte fantasmagorie sexuelle qu'était devenue ma vie de famille, je n'ai jamais franchi une ligne précise, dont je sais que bien des maris coureurs de jupons l'enjambent sans même y penser, et par cela j'entends projeter ses propres péchés sur la femme outragée, soit en l'accusant d'infidélité, soit en encourageant subtilement une liaison à des fins d'autojustification. Estimer que « tout le monde fait pareil » nous tire moralement d'affaire, après quoi nous pouvons tous nous vautrer dans une dépravation sophistiquée. Avais-je vraiment encouragé Crosetti ? M'avait-il vraiment pris au mot ? Amalie avait-elle… ?

J'ai senti mon univers moral vaciller; mon visage s'est mis à transpirer et j'ai dû déboutonner mon col de chemise pour aspirer suffisamment d'air dans mes poumons. À cet instant ignoble, j'ai compris que mes excès étaient uniquement rendus possibles par le fait que ma partenaire était le parangon de l'honnêteté émotionnelle et de la chasteté. S'il s'avérait qu'*elle* était dépravée, alors toute vertu quitterait le monde, tout plaisir deviendrait souillure. La violence de cette prise de conscience est difficile à exprimer. (Et, bien entendu, comme c'est souvent le cas, elle s'est vite dissipée. Tel est le pouvoir de ce que l'Église appelle la luxure, la force née de l'habitude – et la chute de l'homme, si vous voulez être théologien – qui vous attire à nouveau vers le péché. Une heure plus tard, je rêvassais à Miranda tout en faisant de l'œil à une jeune et fraîche assistante lors de ma première réunion.)

Après quelques longues secondes, j'ai crié d'une voix râpeuse dans le combiné : « Est-ce que vous baisez ma femme, espèce de salaud de rital ? » suffisamment fort pour faire se tourner les têtes des tables voisines dans l'élégante salle du petit déjeuner du Dorchester.

Ce à quoi il a répondu, d'un ton choqué :

« Quoi ? Bien sûr que non. Je suis avec Carolyn Rolly.

– Rolly ? Quand a-t-elle refait surface ?

– À Oxford. Elle fuit les gens de Shvanov.

– Et vous avez décidé de la mettre à l'abri avec ma femme et mes *enfants*, espèce de connard !

– Calmez-vous, Jake. Ça m'a semblé une bonne idée. Pourquoi iraient-ils la chercher à Zurich ? Ou moi, d'ailleurs ? En attendant, il y a eu des progrès…

– Ça ne me plaît pas du tout ! Tirez-vous et allez ailleurs ! »

Incroyablement stupide, je sais, mais l'idée de Crosetti partageant le même toit qu'Amalie me foutait hors de moi.

« D'accord, nous irons loger à l'hôtel. Écoutez, laissez-moi vous raconter… c'est important. »

D'un ton maussade, je lui ai dit de cracher le morceau. C'était une sacrée histoire, dont le fin mot était que Rolly avait réussi à échapper aux méchants en emportant une copie de la grille et qu'ils avaient réussi à déchiffrer les lettres de l'espion. J'essaie de me rappeler ce que j'ai ressenti en entendant cette nouvelle et je suppose que la réponse est, pas grand-chose, car je savais que toute cette affaire était bidon. Je lui ai dit de m'envoyer par e-mail une copie du texte déchiffré et ai demandé :

« Alors, est-ce que ça permet de localiser la pièce ?

– Ça dit qu'il a enterré sa copie et qu'il attend une réponse de Rochester. Il trahissait Dunbarton et voulait utiliser la pièce pour prouver le complot. Il a peut-être reçu sa réponse et déterré la pièce, et alors qui sait ce qu'elle est devenue ?

– Attendez une seconde, l'une des lettres chiffrées était adressée à quelqu'un d'autre ?

– Oui, au comte de Rochester, l'homme contre qui Dunbarton conspirait. Dunbarton s'est apparemment fait prendre à comploter et a décidé de brouiller les pistes en butant à la fois Bracegirdle et le Barde. Bracegirdle a paniqué et tenté de dévaliser le coffre-fort du théâtre pour financer sa fuite, il s'est fait prendre, a tout confessé à Shakespeare, et ils ont décidé de le dénoncer. Il manque quelques pages à cette lettre mais elle est tout de même assez claire. Shakespeare connaissait quelques personnes haut placées qui pouvaient tout attester et ils ont écrit la lettre avec le même chiffrement.

– Et ils n'avaient pas peur que Dunbarton mette la main dessus et la lise ?

– Non, c'est là toute la beauté de son chiffrement : tout ce qu'il fallait, c'était une grille, ce qui est facile à recopier, et une référence à une page de la Bible de Breeches, et c'était tout, mais à moins de savoir à quelle page commencer, vous ne pouviez rien faire. Il a dû délivrer en personne la grille, la lettre chiffrée et la référence de la page à l'un des fidèles de Rochester et... »

Je me fichais des détails et le lui ai fait savoir, puis j'ai ajouté :

« Nous ne savons donc toujours pas où se trouve la pièce ?

– Non. Il a écrit qu'il a les directions de l'endroit où ils seront en sécurité, ce qui n'est pas très clair. Apparemment, il faut aussi ce télémètre qu'il a inventé.

– Oh, bien. J'irai faire un tour à Portobello Road. Alors c'est tout ? Une impasse ?

– Ça y ressemble, patron, à moins que quelqu'un n'ait déterré un trésor ayant appartenu à Bracegirdle. Cela dit, ça demeure la plus importante découverte jamais réalisée pour la recherche sur Shakespeare. La Folger devrait être prête à débourser un paquet.

– Oui. Et quels sont vos projets maintenant ?

– Retour à New York, je suppose. Les lettres chiffrées appartiennent à Carolyn, elle va donc vouloir les vendre. Amalie m'a dit que vous connaissiez un éminent spécialiste de Shakespeare...

– Oui. Mickey Haas, qu'est-ce qu'il a à voir avec ça ?

– Eh bien, vous pourriez peut-être lui demander de s'occuper de la vente, en échange il serait le premier à les voir et tout.

– J'en serais heureux. Et si vous voulez rentrer avec moi, nous partons tard jeudi, après-demain, de Biggin Hill. Eh, Crosetti ? Oubliez ce que j'ai dit à propos d'Amalie et du fait que vous deviez quitter la maison. Je suis un peu à côté de mes pompes ces temps-ci. »

Pourquoi ne lui ai-je pas dit à ce moment que c'était une imposture ? Je ne me rappelle pas, mais ça devait être par crainte de ne jamais revoir Miranda si je court-circuitais le dénouement de l'arnaque. Peut-être plus qu'un peu à côté de mes pompes.

Je suis allé à mes réunions, j'ai flirté, comme je l'ai dit, et dîné avec Mlle Je-ne-sais-pas-quoi, puis je l'ai mise dans un taxi avec une simple poignée de main, indemne. Le lendemain j'ai rencontré Paul pour un petit déjeuner au Dorchester et lui ai tendu une copie de l'e-mail que Crosetti m'avait envoyé. Il l'a lue tandis que je sirotais mon café. Quand il a eu fini, je lui ai demandé ce qu'il en pensait.

« Excellent, a-t-il répondu, j'aimerais presque que ce soit vrai. »

Après ça nous avons parlé de Mickey, du défunt Bulstrode, de la vie d'universitaire et de Marie, reine d'Écosse, nous étonnant que personne n'ait jamais réussi à déterminer exactement ce qu'elle avait réellement fait. Avait-elle conspiré pour assassiner son mari, lord Darnley ? Qu'est-ce qui lui avait pris d'épouser un cinglé comme Boswell ? Avait-elle écrit les lettres compromettantes qui tramaient l'assassinat d'Élizabeth ? Pourquoi, de toute sa vie, n'avait-elle jamais pris le temps de réfléchir ?

J'ai déclaré que je n'en savais rien – je trouvais tout ça très *Masterpiece Theatre*. Ce ne serait pas la première fois, cependant, que le destin de nations échouait à une personne voulant une part d'un gâteau auquel elle n'avait pas formellement droit.

« Je me demande ce que Shakespeare aurait fait d'elle, déclara Paul. Je veux dire, il n'avait absolument rien sur quoi s'appuyer pour Cléopâtre et lady Macbeth et les femmes de ses pièces historiques. Tandis que là, il avait de la matière. Il s'agissait de quelque chose qui s'était produit à l'époque de ses grands-parents. Il avait dû entendre des gens en parler quand il était gamin, surtout dans une région aussi catholique que le Warwickshire.

– Eh bien, nous ne le saurons jamais, pas vrai ? À propos de conspirateurs, as-tu entendu parler des Russes ?

– Pas un mot. Je n'arrive pas à croire que ça ne t'intéresse pas. Tu es censé être le romantique de la famille.

– Moi ? Je suis le prosaïque. Le droit de la propriété intellectuelle ? C'est toi le héros de guerre. Et le prêtre.

– La profession la moins romantique du monde.

– Je t'en prie ! Il n'y a rien de plus romantique qu'un prêtre. L'inaccessible est l'*essence* même de la romance. C'est la moitié de ce qui attire les gogos, la fascination du célibat. En plus vous vous habillez comme des femmes sans être ridicules.

– Ou pas complètement ridicules, a corrigé Paul avec un grand sourire. Même si, dans mon souvenir, c'est toi qui t'habillais avec les vêtements de Mutti.

– Oh, maintenant tu essaies vraiment de me rendre fou. Je ne me suis jamais déguisé en...

– Si, tu l'as fait. Miriam et toi étiez toujours en train de farfouiller dans sa commode. Demande-lui si tu ne me crois pas. Elle t'embrasse, au fait.

– Où est-elle ?

– En transit. Elle a appelé hier soir. Elle voulait savoir ce que nous fabriquions, mais ne voulait pas donner l'*impression* qu'elle se mêlait de ce qui ne la regardait pas – tu sais cette façon qu'elle a de tourner autour du pot alors que tu serais parfaitement disposé à lui répondre si elle demandait directement ?

– Oui, et obtenir la moindre information de sa part est quasiment impossible. "En transit" signifie-t-il qu'elle est en Europe ?

– C'est ce que j'ai cru comprendre, a répondu Paul d'un air vague. Mon impression est qu'elle est en route pour aller voir papa.

– Et toi ? Tu vas les rejoindre ?

– Peut-être, puisque je suis ici, a-t-il dit avec son sourire agaçant.

– On lui a donc tout pardonné, hein ?

– Ça fait partie du boulot.

– Et il se répand en excuses pour ce qu'il a fait ?

– Pas le moins du monde. Il n'a jamais rien dit, que ce soit à Miri ou à moi, de cette époque, ou de maman. Il me prend pour un con et un clown et il traite Miri comme une domestique. D'après ce que je vois, il n'a pas changé d'un iota depuis Brooklyn, sauf qu'il est plus vieux, plus riche, plus corrompu, et qu'il se tape des femmes de plus en plus jeunes. Oh, et bien sûr, politiquement c'est un vrai fasciste, complètement à la droite du Kach. Mort aux Arabes, Sharon vendu, la routine.

– Charmant. Paul, pourquoi est-ce que tu perds ton temps avec lui ? »

À son tour de hausser les épaules.

« Devoir filial. Ou pour que Miri n'ait pas à porter le fardeau toute seule. Ou peut-être que j'ai l'espoir qu'il se mettra dans une position où je pourrais lui donner ce dont il a besoin.

– Et de quoi a-t-il besoin ?

– Je ne sais pas trop. De pénitence et de réconciliation ? Je prie pour le savoir lorsque ça se produira. En attendant, c'est mon père, et même si c'est un vrai salopard, il fait tout de même partie de moi, et ça me fait du bien de le voir de temps en temps. Tu devrais essayer un jour. »

J'ai répondu que je passais mon tour et il n'a pas insisté. Il ne le fait jamais. Je ne me rappelle pas le reste de la conversation et comme j'avais laissé ma petite machine dans ma chambre... Mais je me souviens nettement de la fois suivante où j'ai vu mon frère, c'est-à-dire lorsqu'il a fait irruption dans ma chambre à environ dix heures ce soir-là pour m'annoncer que mes enfants avaient disparu.

Bien entendu, Amalie m'avait d'abord appelé sur mon portable, mais comme vous l'avez probablement compris maintenant, je déteste profondément ces objets et éteins toujours le mien durant les réunions, et ce soir-là, j'avais oublié de le rallumer. Je me rappelle aussi que j'avais négligé de l'informer que je logeais au Dorchester au lieu de mon hôtel habituel à Knightsbridge. Elle n'avait donc pas pu me contacter et avait appelé Paul à la place.

Je l'ai immédiatement rappelée, naturellement. D'une voix curieusement neutre elle m'a raconté ce qui s'était passé. Amalie avait emmené les enfants faire du patin à glace près de la maison. Comme c'est la seule activité physique de Niko, sa mère est toujours prête à l'emmener à la patinoire. Il décrit généralement de petits cercles obsessifs, les yeux rivés à la glace. Imogen n'est pas mauvaise en patinage artistique et elle adore la frime sous toutes ses formes. Ils étaient partis avec Crosetti et sa petite amie et avaient ensuite pris un chocolat chez Zic-Zac. Après avoir terminé, les enfants s'étaient précipités dehors pour attendre, comme le font les enfants, surtout si leur mère estime que ce sont de grossiers barbares américains qui ne méritent pas d'être servis même dans un établissement bas de gamme de Zurich. Les adultes avaient fini leur café et leur pâtisserie, et quand ils étaient sortis à leur tour, les gamins avaient disparu. Un passant leur avait expliqué qu'une berline s'était arrêtée au bord du trottoir, qu'une femme avait passé la tête par la vitre et engagé la conversation avec eux, puis qu'ils avaient tous deux bondi dans la voiture de leur plein gré. Amalie s'était dit qu'ils connaissaient la femme de la voiture, sinon elle aurait donné l'alerte. Bien entendu, ma première idée a été qu'il s'agissait de Miranda, et je dois avouer que l'espace d'un bref moment j'ai ressenti une sorte de joie – même si c'était une criminelle qui avait enlevé mes enfants, elle était d'une certaine manière revenue dans ma vie, je risquais de la revoir !

« J'arrive tout de suite, ai-je dit à ma femme, je peux être là-bas vers sept heures. »

Mais elle a répondu qu'elle ne voulait pas de moi, que j'aurais déjà dû être là, que tout était arrivé à cause de mon absence, parce que j'avais brisé la famille et laissé l'ignominie s'immiscer dans ce qui aurait dû être le havre de paix de notre foyer, et est-ce que tu prétends maintenant m'offrir du réconfort ? Je ne veux pas de ton réconfort. Tu n'as pas de réconfort à offrir. Et maintenant que tes enfants ont été enlevés par des gangsters tu seras encore plus libre de faire ce qui te plaît, et est-ce que tu veux savoir ce que je ressens ? Je me dis que j'ai été assez idiote pour vouloir élever mes enfants avec un homme comme toi. Je croyais que oui, que je pourrais tout arranger avec de l'amour, que je pourrais nous envelopper dans un voile d'amour pour que dans ce monde effrayant nous ayons un coin qui serait tout à nous. Mais non, tu ne voulais pas de ça, tu as mis mon pauvre voile en lambeaux et maintenant qu'est-ce que tu vas faire, Jake, comment oseras-tu pleurer la disparition de tes enfants ? Te manqueront-ils vraiment ? Je ne le sais même pas, alors comment pourrais-tu venir t'asseoir près de moi et m'offrir du réconfort ?

Plus un paquet d'autres choses du même tonneau, et moi m'excusant, me défendant. Nom de Dieu Amalie, qu'est-ce que tu fais ? La police a-t-elle été prévenue ? Et tout un tas de mesures opérationnelles sur lesquelles je voulais qu'elle se concentre, sans parler de la conviction (que je n'étais pas prêt à partager avec elle) que la seule raison pour laquelle quiconque aurait enlevé les enfants était pour les échanger contre la chose. Que je n'avais pas, et avais peu de chances d'avoir si Crosetti disait vrai, et ainsi de suite à parler sans s'écouter tels les personnages d'une pièce postmoderne. Elle a fini par dire qu'elle ne voulait plus du tout me parler et m'a demandé de lui passer Paul. Je lui ai tendu le téléphone et me suis assis sur le lit, morose et paralysé, fixant des yeux le bureau, qui se trouvait être juste en face de moi. Il était recouvert de piles impeccables de papiers et de classeurs de différentes couleurs dans lesquels je rangeais les résultats de mon travail récent. Mon ordinateur portable luisait de façon engageante et les démons m'ont mis dans la tête l'idée que, oh, après tout, j'avais toujours mon travail ; pas de famille, dommage, mais bon... puis je me suis soudain souvenu de ce en quoi consistait *vraiment* mon travail, et je suis alors devenu *matagalp*, comme on dit, je crois, aux Philippines.

J'ai poussé un hurlement à la King Kong et ai commencé de mettre la chambre en pièces. J'ai retourné le bureau, la chaise a volé dans le miroir, l'ordinateur portable a atterri dans la salle de bains. J'ai balancé un fauteuil Régence plutôt lourd à travers la fenêtre et tentais de jeter tous les papiers ainsi que ma serviette à sa suite quand Paul m'a saisi à bras-le-corps. Je suis, bien sûr, beaucoup plus fort que lui, mais il s'est arrangé pour me faire le genre de prise douloureuse dont on se sert pour mettre les sentinelles hors combat, et après quelques secondes de lutte pénible et futile, ma rage s'est transformée en sanglots. Je crois avoir hurlé et pleuré pendant quelque temps, puis la police est arrivée à cause de la fenêtre cassée, mais Paul est parvenu à arranger les choses, car on accorde toujours aux prêtres le bénéfice du doute.

Quelques heures plus tard, alors que je m'étais assommé à coups de Xanax, le coup de fil attendu est arrivé. Paul a décroché le téléphone de l'hôtel et m'a tendu le combiné. C'était une voix avec un accent, russe peut-être, mais pas celle de Shvanov. Cet homme ne m'a pas menacé le moins du monde, expliquant qu'il n'était pas un barbare, que mes enfants étaient en sécurité et bien traités, pas ligotés sur des chaises dans une usine abandonnée ni rien, et ni vous ni votre femme n'allez être assez idiots pour impliquer la police. Je l'ai assuré que nous n'en ferions rien. Il a affirmé que toute cette histoire pouvait être réglée de manière civilisée, puisque je savais ce qu'il voulait, et que dès que je l'aurais obtenu je n'aurais qu'à poster une annonce sur un certain site Internet et ils me contacteraient alors. Lorsque j'ai rétorqué que je n'avais pas la moindre idée de l'endroit où se trouvait le foutu machin, il a déclaré, nous sommes patients et avons foi en vous, puis il a coupé la connexion. À peine avais-je raccroché que mon téléphone portable a émis une petite sonnerie m'annonçant que j'avais un message en attente. J'ai consulté ma boîte aux lettres et ai découvert une photo de mes deux enfants, souriant, accompagnée d'un message d'Imogen : « Salut, papa, tout va bien et on ne nous torture pas comme dans les films. Ne t'en fais pas, O.K. ? » Une preuve de vie, qu'ils appellent ça. Très professionnel ! Et elle avait vraiment l'air d'aller bien.

O.K., faisons un petit bond dans le temps. Paul est parti. Il voulait rester et discuter mais je l'ai fichu dehors, principalement parce qu'il prenait le kidnapping encore plus mal que moi et que je n'avais pas envie de l'entendre pleurer sur mon sort. Je suis seul dans la chambre en ruine. La direction a placé un lourd plastique par-dessus la fenêtre, mais je leur ai dit que je remettrais la pièce en ordre moi-même afin de rassembler mes papiers importants et confidentiels. De l'argent a été généreusement distribué aux divers membres du personnel. Je suis en train de ramasser mes papiers et de les fourrer en désordre dans ma serviette lorsque mon œil tombe sur une épaisse pile de pages imprimées que je ne reconnais pas immédiatement. En y regardant de plus près je m'aperçois qu'il s'agit de la généalogie des Bracegirdle que Niko m'a préparée. Je suis sur le point de balancer le tout dans la poubelle lorsque je remarque qu'il y est question de la branche féminine, celle que je n'ai jamais étudiée. Je m'assieds sur le bord du lit, je feuillette les papiers et découvre que Richard

Bracegirdle a une héritière survivante en ligne directe, une certaine Mary Evans, née en 1921, à Newton, dans le Maryland, et qu'elle y réside toujours.

Il est neuf heures et demie du soir ici. Dans le Maryland, c'est l'après-midi. Je me procure le numéro et j'appelle. Une voix de femme. Non, elle a le regret de m'informer que Mlle Evans est décédée. Récemment. Mon interlocutrice est Sheila McCorkle, une fidèle de l'église catholique dont la défunte Mary était l'un des piliers. Mme McCorkle aide à nettoyer les lieux et, doux Jésus ! ce ne sont pas les vieilleries qui manquent ! J'explique que j'appelle de Londres, en Angleterre, ce qui l'impressionne, et lui demande si elle s'est déjà débarrassée des biens de Mlle Evans. Non, pas encore. Pourquoi ? Je raconte que je suis l'avocat de la famille Bracegirdle et que j'aimerais inspecter la maison de Mlle Evans pour voir s'il reste des souvenirs importants, est-ce que ce serait possible ? Sans doute, suppose-t-elle. Elle me donne son propre numéro de téléphone et nous convenons un rendez-vous pour le lendemain.

Bon, j'étais fou, je suppose, de croire à une chose aussi tirée par les cheveux, mais le grand La Rochefoucauld n'a-t-il pas dit qu'il y avait des situations si désastreuses qu'il fallait être à moitié fou pour s'en sortir vivant ? J'ai appelé Crosetti et lui ai dit de se préparer à rentrer à Londres au premier signal car j'avais une piste aux États-Unis, et si elle aboutissait j'aurais besoin de quelqu'un en Angleterre. Une brève pause au bout du fil. Ne ferait-il pas mieux de rester avec Amalie ? suggéra-t-il. J'ai répondu que ce serait peut-être notre seule chance de mettre la main sur la chose et que ça nous aiderait plus à récupérer mes enfants que tout le réconfort qu'il pourrait apporter à ma femme. Nous avons pris nos dispositions puis j'ai raccroché et appelé notre pilote.

À six heures le lendemain matin je survolais l'Atlantique. Nous avions un vent arrière et avons atteint l'aéroport de Baltimore-Washington en tout juste un peu plus de sept heures. Trois heures plus tard, je garais ma Lincoln de location devant une modeste maison à charpente de bois dont la silhouette blanche et décrépite se dessinait sous des chênes effeuillés et des cornouillers, à Newton dans le Maryland. Mme McCorkle était une quinquagénaire robuste au visage ouvert et accueillant, portant des vêtements de campagne, un tablier et des gants. À l'intérieur, il régnait l'atmosphère lourde d'une longue vie anéantie par la mort. Les cartons étaient sortis et Mme McCorkle essayait vaillamment de distinguer les articles vendables de la camelote. Mlle Evans était, m'a-t-elle indiqué, une vieille fille (elle a utilisé cette expression démodée). Triste histoire : un fiancé qui n'était pas revenu de la guerre, un père ayant vécu trop longtemps et dont elle s'était occupée. Jamais mariée, la pauvre. Oui, elle était une Bracegirdle par sa mère, catholique bien sûr, d'une vieille famille, a-t-elle poursuivi. Ils étaient arrivés en Amérique en 1679, à bord de l'un des bateaux pleins de catholiques affrétés par lord Baltimore, ça, elle voulait bien y croire, regardez-moi ces machins, on dirait qu'ils n'ont rien jeté depuis 1680 ! N'hésitez pas à farfouiller. Là-bas, près de la cheminée, il y a les choses qui m'ont semblé vendables. Elle a tout légué à l'église St. Thomas, c'est pour ça que je suis ici.

J'ai d'abord examiné le carton de livres. Une vieille Bible de Douai, cuir effrité, à l'intérieur un arbre généalogique remontant à Margaret Bracegirdle, la première émigrante. Margaret s'était de toute évidence mariée en Amérique, ses fils et filles également, et le nom avait disparu des registres, mais pas des mémoires, car nombre de personnes dans l'arbre généalogique avaient conservé le nom ancestral : Richard Bracegirdle Clément, Anne Bracegirdle Kerr...

J'ai mis la Bible de côté et fouillé plus profondément dans le carton.

C'était un in-quarto, bien sûr, dont la reliure en vachette rouge était presque noircie par l'âge et la couverture et les pages de garde, tachées et gonflées par l'humidité. Mais toutes les pages étaient là, la reliure était intacte et, sur la page de garde, à l'encre sépia délavée, un nom était inscrit, RICHARD BRACEGIRDLE, d'une main familière. Une édition de 1598, ai-je noté, tandis que je feuilletais les premières pages. La Genèse était percée de petits trous. Sur la page de garde arrière étaient inscrites, de la même main, une série de lettres sur quatorze lignes inégales.

J'ai refermé le livre en le claquant. Mme McCorkle a levé les yeux de son classement et m'a demandé si j'avais trouvé quelque chose qui me plaisait.

« Oui. Savez-vous ce que c'est ?

– Une Bible, on dirait.

– En effet. Une Bible de Genève, de 1598. Elle appartenait à Richard Bracegirdle, un ancêtre de votre amie.

– Vraiment ? Ça a de la valeur ?

– Eh bien, oui. Je suppose que ça pourrait aller chercher dans les deux mille cinq cents dollars à la revente, à cause de son état. Ce n'est pas un exemplaire parfait, et, bien entendu, cette traduction précise a été utilisée par quasiment chaque personne lettrée d'Angleterre pendant environ quatre-vingts ans, elle est donc très répandue.

– Seigneur ! Deux mille cinq cents dollars ! C'est comme à la télé !

– Presque. Je suis prêt à vous faire un chèque de deux mille cinq cents dollars sur-le-champ, soit bien plus que ce que vous proposerait un revendeur.

– C'est très généreux de votre part, monsieur Mishkin. Est-ce que de la jolie vaisselle Fiesta pourrait vous intéresser ? »

Elle était maintenant tout sourire.

« Pas vraiment, mais je suis à la recherche d'un autre article qui est mentionné dans de vieux papiers de famille, une espèce de vieil instrument pour effectuer des relevés topographiques, un objet en cuivre... ?

– Un instrument de topographie ? Non, je ne vois pas. Vous voulez dire l'une de ces choses avec un trépied et un petit télescope ?

– Pas nécessairement. Il devait être portable, peut-être un mètre de long et quelques centimètres d'épaisseur, comme une grosse règle...

– Vous ne parlez pas de *ça* ? »

Elle pointa le doigt. L'invention de Dick Bracegirdle était suspendue au-dessus de la cheminée, luisant légèrement, entretenue et polie par des générations de descendantes, prête à l'emploi.

Ou plutôt une contrefaçon des escrocs, devrais-je dire. Une fois de plus, j'ai été impressionné par la complexité du complot. Mlle Evans avait-elle été impliquée de quelque manière ? Avaient-ils déniché une vraie descendante de Richard Bracegirdle, ou étaient-ils partis de cette vieille femme ? Avaient-ils élaboré toute l'imposture autour de cet instrument antique et d'une vieille Bible, puis inventé une descendante pour parachever le tout ? Même un maître des mensonges tordus tel que moi ne pouvait s'empêcher d'admirer les détails d'horlogerie.

À l'aéroport Baltimore-Washington, je suis allé dans un de ces salons réservés aux voyageurs prospères et ai appelé Crosetti à Zurich. Je lui ai expliqué ce que je venais d'acheter, puis j'ai utilisé l'un des ordinateurs mis à disposition pour scanner et lui envoyer par e-mail le texte chiffré sur la page de garde de la Bible de Bracegirdle. Il a répondu qu'il l'entrerait dans son logiciel de décryptage et me tiendrait au courant. J'ai pris un café et quelques en-cas et tué le temps pendant environ une heure, puis il m'a rappelé. Mauvaises nouvelles. Impossible de décrypter le chiffrement avec la Bible et la grille qui avaient servi pour les lettres.

« Pourquoi aurait-il fait ça ? ai-je demandé à Crosetti. Il avait un chiffrement inviolable. Pourquoi changer ?

– Je ne sais pas. Paranoïa, peut-être ? Il avait affaire à deux parties hostiles, Dunbarton et Rochester, qui voulaient tous deux une chose qu'il avait, et qui tous deux possédaient le chiffrement à partir de la Bible. Peut-être qu'il voulait garder quelque chose pour lui, ou peut-être qu'il ne réfléchissait plus trop clairement alors. »

Oh, oui, là j'éprouvais de la compassion.

« Donc c'est une autre grille ?

– Pas nécessairement. Je crois que c'est un chiffrement régulier tiré d'un livre. Je veux dire, une clé courante basée sur un texte.

– Quel texte ? La Bible ?

– Je ne pense pas. Vous vous rappelez toute cette histoire dans la dernière lettre chiffrée quand il parle avec Shakespeare de l'endroit où dissimuler la pièce et qu'il explique comment fonctionne une clé, et il laisse entendre que Shakespeare lui a dit d'utiliser ses propres mots pour cacher sa pièce ? »

Je m'en souvenais, mais vaguement.

« Nous allons donc devoir passer en revue toute l'œuvre de Shakespeare pour la trouver ? Ça va prendre une éternité.

– Pas vraiment. Souvenez-vous que les pièces de Shakespeare n'ont pas été publiées dans une édition complète avant 1623. Bracegirdle n'aurait pas voulu utiliser une pièce qui risquait d'être publiée dans des éditions différentes, dont certaines inexactes. Il était du métier, il savait ça.

– Alors quoi ?

– Eh bien, quatorze lignes de texte chiffré. Peut-être que c'est un sonnet. Les sonnets ont été publiés en 1609.

– Alors essayez-les.

– D'accord, patron. Au fait, si ça foire aussi, vous allez devoir rendre visite à Klim chez ma mère.

– Parce que... ?

– Parce que c'est le seul cryptographe sérieux que je connaisse. Si c'est une clé aléatoire qui ne provient pas d'un texte que nous connaissons déjà, il va nous falloir une analyse beaucoup plus sophistiquée. Pas impossible, pas avec le genre de puissance informatique qu'il peut rassembler, mais pas une broutille non plus, peut-être un nombre de combinaisons d'environ deux puissance quarante. Je ne peux pas le faire, mais lui si. Et vous auriez aussi ma mère avec vous.

– Elle est également cryptographe ?

– Non, juste une femme intelligente qui termine les mots croisés du *Times* du dimanche en une vingtaine de minutes. Je vais l'appeler pour la prévenir de votre visite. »

Donc vol jusqu'à l'aéroport de La Guardia. J'avais prévenu Omar. Il est venu me chercher et a été bouleversé quand je lui ai raconté pour les enfants, de vraies larmes ont jailli de ses yeux, le père lui-même n'en avait pas versé autant. Même mes employés conspirent pour me déconcerter, me suis-je dit de manière ignoble tandis que nous roulions sur la voie express Van Wyck, bouchée comme toujours. Lorsque nous sommes arrivés devant la petite maison, j'ai immédiatement vu que quelque chose ne tournait pas rond. Il y avait un pick-up dégoûtant garé là avec une roue sur le trottoir, et la porte de la maison était ouverte malgré le froid. J'ai demandé à Omar de se garer un peu plus loin et de rester dans notre voiture en tenant son téléphone portable prêt pendant que j'inspectais la maison. Omar a objecté, affirmant que nous devrions y aller tous les deux, lui armé, mais j'ai refusé. Je n'en ai rien dit, mais il m'était venu à l'esprit que j'avais mis sa vie en péril à plusieurs reprises au cours de cette misérable affaire et que je ne pouvais pas supporter de recommencer, pour autant qu'il y ait eu un risque. S'il y avait un risque, ai-je pensé, mieux valait que le plus vil de nous deux le coure, et j'étais disposé à ce que le pire arrive. Et la possibilité de pouvoir faire souffrir à mon tour me réjouissait assez.

J'ai donc discrètement remonté l'allée qui longeait la maison en jetant un coup d'œil dans chaque fenêtre. Dans le salon, rien. La vitre de la salle de bains était en verre opaque. Devant moi se trouvait la minuscule cour, deux figuiers enveloppés dans de la toile d'emballage, un petit carré de pelouse brune, un parterre de fleurs en désuétude avec une statue en béton de la Sainte Vierge au milieu.

Depuis la cour je pouvais voir à l'intérieur de la cuisine. Voici le tableau : Mme Crosetti et Klim étaient assis sur des chaises à la table, bâillonnés au moyen de ruban adhésif. Il y avait aussi un grand homme aux cheveux ras dans la pièce qui se tenait dos tourné à la fenêtre. Il semblait les haranguer et avait à la main un gros pistolet nickelé.

Sans réfléchir, j'ai attrapé la statue – elle pesait peut-être vingt-cinq kilos –, l'ai soulevée au-dessus de ma tête et me suis mis à courir vers la maison. L'homme a dû entendre quelque chose, ou peut-être a-t-il été alarmé par Mme Crosetti qui écarquillait les yeux de stupéfaction, car il s'est tourné vers la fenêtre et a reçu toute la puissance de la Vierge volante (plus des éclats de verre) en pleine poire.

Après ça, le rituel habituel de la police et le lent recueil d'informations. Vu les circonstances, Mme Crosetti a été reconnaissante, même si elle s'est interrogée sur ma propension à commettre des actes violents dans sa maison, ce que j'ai trouvé un peu injuste. L'homme n'était pas mort, ai-je été heureux d'apprendre, mais il ne serait certainement pas en état d'aller au bal pendant quelque temps. Son nom était Harlan P. Olerud. Agent de sécurité quelque part en Pennsylvanie, il soupçonnait Albert Crosetti d'avoir pris la poudre d'escampette avec sa femme, Carolyn, qu'il voulait récupérer. Apparemment, c'était une carte que le jeune Crosetti avait négligemment laissée sur la route près de chez lui tandis qu'il recherchait la mystérieuse Carolyn Rolly qui l'avait mené jusqu'à la maison du Queens. La police a retrouvé la carte dans le pick-up d'Olerud, qui abritait aussi deux enfants effrayés. Normalement, ces derniers auraient dû être confiés à l'administration qui s'occupe des enfants sans parents de New York, mais Mary Peg étant dans le coup, les événements ont pris une tournure différente. Elle voulait s'occuper des mômes jusqu'à ce que nous découvrions la vérité sur la mystérieuse C. R., et aussi, je pense, à cause d'un syndrome de manque d'enfants aussi grand que le Montana. Je crois que je me suis un peu racheté d'avoir utilisé la force dans sa maison en appelant le cher père Paul à Londres. Le système d'aide aux enfants de New York n'a aucun secret pour lui ; il a passé quelques coups de fil, s'est porté garant de Mary Peg, a râlé un peu – circonstances extraordinaires, enquête de police, danger potentiel, intérêt de l'enfant, etc. – et tout a été arrangé, du moins temporairement. On est allé chercher des jeux de société au grenier, on a fabriqué une pizza à partir d'ingrédients de base, et tout le monde s'est bien amusé. Sauf que Klim m'a battu de cinquante points au Scrabble, ce que j'ai trouvé un peu fort, l'anglais étant ma langue maternelle.

Lorsqu'elle est revenue dans le salon après avoir couché les enfants, Mary Peg avait l'air remarquablement heureuse (ici un petit pincement de cœur en repensant à Amalie dans la même situation, à ma maison perdue...) et elle s'est assise près de Klim sur son divan. Avec toutes ces histoires de police et de gamins, c'était en fait la première fois que nous pouvions discuter tranquillement. Je les ai mis au courant de ce que j'avais fait et leur ai montré la bible et le télémètre que j'avais achetés dans le Maryland. Pas un mot pour expliquer que tout ça n'était qu'une imposture, bien sûr. J'ai aussi distribué des copies des lettres déchiffrées et, tandis qu'ils les lisaient, j'ai réveillé Crosetti à Zurich pour lui demander s'il y avait du neuf. Il a répondu que Paul lui avait dit la veille que quelqu'un avait envoyé par e-mail à Amalie une photo des gamins tenant le *New York Times* du jour. Ils souriaient tous les deux, semblaient en parfaite santé, et il n'y avait pas de types menaçants avec des cagoules noires. J'ai observé que ça semblait bizarre, et il a été d'accord.

« On dirait qu'ils sont en voyage scolaire. Ça ne ressemble pas au Shvanov que nous connaissons. »

J'ai admis que c'était étrange, mais néanmoins une bonne nouvelle. Puis je lui ai parlé de Harlan P. Olerud et des deux enfants. Il a dit qu'il en informerait Rolly. J'ai ajouté que je m'arrangerais pour que les gamins lui passent un coup de fil et que je le tiendrai informé de nos progrès avec le nouveau texte chiffré. Il voulait parler à sa mère, je lui ai passé le combiné.

Klim s'amusait avec le télémètre.

« Un instrument ingénieux, très en avance sur son temps. Il va falloir un nouveau petit miroir – ici – et après je pense qu'il fonctionnera parfaitement. Est-ce que je peux voir le chiffrement de la Bible ? »

Je le lui ai donné et il l'a examiné un moment, puis il a dit qu'il allait transférer le texte chiffré sur l'ordinateur de Crosetti pour voir ce qu'on pouvait en tirer.

« Toutes les œuvres de Shakespeare sont disponibles en version numérisée, bien sûr, donc, si la clé provient de son œuvre connue, nous devrions arriver à quelque chose.

– À moins qu'il n'ait utilisé des répliques de cette pièce perdue, est intervenue Mary Peg. Ça ressemblerait bien à Bracegirdle.

– Dans ce cas, a répondu Klim, nous allons devoir avoir recours à des méthodes encore plus fastidieuses. »

Il a soulevé la bible, a souri et s'en est allé.

« C'est horrible pour vos enfants, a déclaré Mary Peg après avoir dit au revoir à son fils. Votre femme doit être dans une angoisse terrible. Ne devriez-vous pas être avec elle ?

– Si, mais c'est elle qui ne veut pas de moi. Elle m'en veut pour toute cette histoire et elle a raison. Et j'ai le sentiment que ce kidnapping est différent de ce que l'on pourrait croire.

– Comment ça ?

– Je préférerais ne rien dire pour le moment. Mais j'ai réfléchi à deux ou trois choses et je ne crois pas que mes enfants courent le moindre danger immédiat. À l'avenir, qui sait, mais pas pour le moment, pourvu que nous parvenions à localiser cette chose.

– Oh, son emplacement est parfaitement évident. »

J'ai exprimé mon étonnement.

« Oui, a-t-elle poursuivi, ils l'ont balancée dans le puits qui est mentionné, vous savez celui où Bracegirdle a suivi Shakespeare et son homme de main dans la forêt lorsqu'ils ont assisté à la messe des réfractaires. Ce prieuré en ruine... » Elle a feuilleté les pages imprimées et trouvé le passage : « Le puits de St. Bosa. Quelle autre possibilité ? Il dit qu'ils sont allés à Stratford et que le puits n'est situé qu'à une demi-journée à cheval.

– Possible, ai-je concédé, mais où est ce puits ? Bracegirdle affirme qu'il était secret même à l'époque de Shakespeare. Il pourrait se trouver sous une usine ou un complexe immobilier.

– Vrai. Et dans ce cas nous allons devoir tout rendre public et laisser aux autorités le soin de régler ce bazar. Ce que, me dis-je parfois, nous aurions dû faire dès le début. Mais (une expression vorace qui ne lui ressemblait pas est alors apparue sur son visage irlandais) c'est sûr que j'aimerais trouver cette pièce. Il ne nous reste qu'à espérer que ce puits existe toujours, qu'il a été oublié pendant des siècles. »

Après cela elle a refait du café, qu'elle a bu en y ajoutant du Jameson. Je me rappelle que nous avons parlé de nos familles et de nos enfants, de leurs joies et de leurs mécontentements. Comme je regrettais plutôt de ne pas apprécier son fils, je me suis dit que c'était un aspect de ma folie et ai décidé d'être à l'avenir plus agréable avec lui. Nous avons continué un moment de discuter de ci et de ça, puis Klim est réapparu avec un air lugubre.

« J'ai le regret de vous annoncer que ce texte chiffré ne génère aucun texte tiré des œuvres connues de William Shakespeare. Tout n'est pas perdu pour autant, comme je crois vous l'avoir dit plus tôt, nous pouvons essayer des textes probables parallèlement au texte chiffré et voir si nous obtenons quoi que ce soit d'intelligible, et c'est ce que j'ai commencé à faire, mais je souhaiterais pour le moment avoir un peu de votre café irlandais. »

Mary Peg lui a servi du café et je lui ai demandé s'il avait déjà trouvé quoi que ce soit d'intelligible.

« Oui, bien sûr, nous commençons par les mots les plus courants et nous voyons ce que le texte chiffré donne, disons un article comme « les » dans chaque direction en utilisant une *tabula recta* standard. Bien entendu Bracegirdle a pu utiliser une table non standard, mais il ne l'a jamais fait jusqu'à présent, alors supposons qu'il ait été pressé et qu'il ait voulu faire simple. Nous utilisons donc l'ordinateur pour voir si un groupe de trois lettres du texte chiffré générera un trigramme « l-e-s » comme partie de notre clé, et voici ce que nous trouvons : TKM comme WLK donnent « les », et lorsque nous appliquons à nouveau cette clé au texte chiffré, nous obtenons ADI et DEG, qui sont heureusement deux trigrammes courants. De la même manière, en entrant est nous obtenons FAD, qui est également un trigramme valable. Et donne deux résultats, et nous obtenons ENDF dans le texte chiffré plus un petit bonus, car le premier « et » arrive juste avant ce « les » que nous avons déjà découvert. Nous savons donc que « et les » fait partie du texte clé. Et nous poursuivons à partir de là. Chaque petite avancée dévoile un peu plus le texte chiffré et le texte clé et les deux déchiffrages se renforcent mutuellement, c'est la raison pour laquelle une clé courante basée sur un livre est si faible. C'est pour ça que le KGB n'utilisait que des almanachs et des rapports commerciaux avec de nombreuses tables de nombres, afin de créer davantage de confusion. Maintenant nous essayons « le » ou « de », je pense...

– Non, est intervenue Mary Peg. Essayez « Jésus ».

– Est-ce un conseil religieux, ma chère ?

– Non, le mot. Vous dites que vous avez confronté la clé aux œuvres complètes et vous vous êtes retrouvé bredouille ?

– Oui. Hormis quelques tentatives plus ou moins logiques purement aléatoires.

– Mais il a bel et bien écrit une chose qui ne figure pas dans ses œuvres publiées. Son épitaphe. »

Elle se précipita vers une étagère et tira *Les Vies de Shakespeare* de Schoenbaum, et elle était là, en première page :

Bon ami au nom de Jésus abstiens-toi
De creuser la terre de ce lieu.
Béni soit l'homme qui épargne ces pierres
Et maudit celui qui bouge mes os.

« Réflexion faite, a-t-elle repris, il faudrait essayer l'orthographe archaïque. Je crois qu'elle figure dans le livre de Wood. »

Elle y était bien. Klim a entré la vieille orthographe dans le logiciel destiné à résoudre les tables de Vigenère et ça a fonctionné :

depuislatourdeguyallantverslesu
dquatrevingseptdegreschaquecost
eellesetrouvequatrebrassesetquatrepieds
souscouronnementdansmurest

« Ça semble assez clair. On se tient en un endroit appelé la Tour de Guy et on règle l'instrument de Bracegirdle pour que le zéro au centre pointe plein sud d'après la boussole incluse dans l'appareil. Puis les branches sont placées à un angle de quatre-vingt-sept degrés, et alors je suppose qu'il faut un homme qui se déplace avec un drapeau, et on regarde dans l'objectif jusqu'à ce que les deux images du drapeau se rejoignent, et vous obtenez votre distance et votre direction. Ensuite, lorsque vous avez découvert ce puits, quelqu'un descend en rappel muni d'une bougie fixée sur sa tête au moyen de graisse fondue et là, à une distance de… à quoi correspond une brasse ?

– Environ un mètre soixante, a répondu Mary Peg.

– Oui, a poursuivi Klim. Nous trouverons donc notre pièce à une profondeur de, disons sept mètres soixante, dans le mur est de ce soi-disant puits. Ou un trou vide. Si nous savions où se trouve cette Tour de Guy.

– Elle doit être au château de Warwick, a dit Mary Peg avec confiance. Bracegirdle a écrit que vous pouviez voir le château depuis les ruines de St. Bosa. »

Quelques minutes sur Internet ont confirmé que le château de Warwick comportait bien une Tour de Guy, et du côté sud, qui plus est.

« Ça va être une expérience intéressante, ai-je dit. Essayer de faire des repérages depuis le sommet d'une importante attraction touristique pendant qu'un homme équipé d'un drapeau arpente la banlieue. »

Mais les doigts de Klim volaient déjà sur les touches, et quelques minutes plus tard une photo aérienne des créneaux d'une tour de château est apparue à l'écran. Elle semblait avoir été prise environ six mètres plus haut.

« Très impressionnant, ai-je dit. C'est une photo prise par un satellite commercial ?

– Non, un satellite militaire américain. J'y ai accédé par un lien anonyme, mais nous ne pouvons cependant pas rester trop longtemps dessus.

– Comment avez-vous fait ça ? ai-je demandé.

– C'est un espion, a expliqué Mary Peg avec ce qui ressemblait à de la fierté.

– Je suis un espion polonais en retraite, parfaitement inoffensif. Il me reste quelques connaissances de ce genre de choses. L'Amérique est la moins sécurisée de toutes les nations, c'est bien connu dans ces milieux, c'est même une blague. Maintenant nous allons utiliser quelques outils pour lâcher une bombe intelligente sur la pièce de M. Shakespeare. » Il s'est remis à pianoter, un quadrillage rouge est apparu au-dessus de la photo et une palette d'outils de dessin a surgi au bord de l'écran. « Ma chère, a-t-il demandé à Mary Peg, si vous pouviez juste mesurer cet instrument ?

– Quatre-vingt-onze virgule quarante-quatre centimètres exactement, a-t-elle répondu après quelque manipulation d'un mètre ruban.

– Donc... voyons voir, quatre-vingt-onze virgule quarante-quatre centimètres, que nous centrons sur le diamètre nord-sud de cette tour... voilà... puis nous traçons un trait depuis chaque extrémité à un angle de quatre-vingt-sept degrés à partir de cette base et ces deux lignes se croisent... ici. Comme vous dites, l'endroit est marqué d'une croix. Inutile de monter sur cette tour et d'ennuyer les touristes. Merci au programme tactique satellitaire de l'US Air Force. »

Il a enfoncé une touche et l'imprimante s'est mise à gronder. J'ai examiné le résultat. En partant plein sud du château puis en bifurquant vers l'ouest on tombait sur ce qui ressemblait à un champ labouré bordé de taillis. Les traits rouges convergeaient au niveau de l'un de ces petits taillis sombres.

« Pensez-vous que ce soit précis ? » ai-je demandé à Klim.

Il a haussé les épaules.

« Aussi précis qu'en 1611 en tout cas. Il ne semble pas y avoir de parking ni de kiosque à limonade à cet endroit, votre puits n'est donc peut-être pas perdu. »

J'ai rappelé Crosetti pour lui dire ce que je voulais qu'il fasse. Ça a pris un bon moment. Que d'intelligence et d'efforts déployés pour une contrefaçon, combien de braves gens allaient être déçus ! Un symbole parfait de ma vie.

20

Carolyn Rolly pleura pendant ce qui sembla un long moment après que Crosetti lui eut expliqué ce qui était arrivé à ses enfants et à Harlan P. Olerud dans la maison de sa mère, dans le Queens. Puis elle insista pour leur passer un coup de téléphone jusqu'à ce que Crosetti parvienne à la convaincre que c'était la nuit à New York et non le petit matin comme à Zurich. Après quoi un homme des Services de sécurité Osborne l'appela sur son portable pour l'informer qu'un avion attendait dans un aéroport local, et ils prirent congé d'Amalie, avec qui Carolyn avait noué une relation étonnamment chaleureuse, surprenante si l'on considérait leurs origines et leurs façons différentes d'aborder la vie en général. Peut-être, se disait-il, était-ce la maternité et le fait que les enfants de chacune vivaient une période de stress qui les rapprochait. Avec sa curiosité habituelle, Crosetti regarda les deux femmes s'étreindre. Elles ne se ressemblaient pas vraiment physiquement, mais affichaient toutes deux la même solidité singulière. Il ne s'imaginait pas que quoi que ce soit pût vraiment les faire changer : Carolyn et Amalie, à prendre ou à laisser, même si Amalie était l'honnêteté incarnée alors que Carolyn mentait comme un serpent. Si Carolyn avait été blonde, conclut-il, elles auraient pu être sœurs, l'une bonne, l'autre mauvaise.

Un bref vol à bord d'un Learjet minuscule mais puissant. Le pilote, taciturne et efficace, faisait prendre à son appareil des positions dont s'abstenaient les pilotes avisés des lignes commerciales. Au milieu du vol, Rolly parvint à entrer en contact avec ses enfants, ou c'est du moins ce que s'imagina Crosetti : elle ne lui dit rien, se contentant de fixer de ses yeux humides la blancheur lumineuse à l'extérieur. Mais elle le laissa prendre sa main.

Après un atterrissage dans quelque aéroport des Midlands dont Crosetti ne saisit jamais le nom, ils furent accueillis par M. Brown, de la société Osborne, vêtu d'une salopette jaune et de bottes de travail. Il les guida jusqu'à une Land Rover sur laquelle était peint l'emblème du service des eaux Severn-Trent. Sur l'autoroute, il expliqua le plan : y aller directement, au culot, trouver l'objet, s'il était vraiment là, puis repartir. Un autre avion attendait près de Londres pour les ramener à New York. Crosetti lui demanda s'il savait ce qu'ils cherchaient.

« Pas la moindre idée, répondit Brown, pas besoin de savoir, je suis juste là pour aider. Il y a une camionnette de location derrière nous avec tout l'équipement et deux types pour l'utiliser, radar géologique, matériel pour tester la résistivité. La totale. S'il y a un puits, ils le trouveront. Ce sera à nous de creuser, je suppose.

– Ça coûte plutôt cher, tout ça, observa Crosetti.

– Oh, oui. L'argent n'est pas un problème.

– Et vous n'êtes pas curieux ?

– Si j'étais du genre curieux, monsieur, je serais mort depuis longtemps, répondit Brown. Nous approchons de Warwick. Nous allons bientôt distinguer le château. »

Celui-ci s'éleva au-dessus d'une ligne d'arbres, resta un moment en suspension, puis s'évanouit telle une vision de conte de fée lorsque la route se mit à descendre. Après qu'ils eurent traversé des banlieues anonymes, il réapparut sur leur gauche, dominant la rivière.

« Mieux que Disneyland, hein ?

– Oui, là, c'est du réel, répondit Brown, même s'il a été sacrément retapé. Il y a cependant toujours du vrai sang incrusté dans les pierres. Une époque horrible, bien sûr, quand c'était le summum de la technologie militaire, mais tout de même...

– Vous auriez aimé vivre en ce temps-là ?

– Parfois. Une époque plus simple : disons que quelqu'un vous tapait sur les nerfs, vous enfiliez votre armure et vous le tailliez en pièces. Je crois qu'on est arrivés à l'emplacement. »

Il se gara au bord de la route étroite sur laquelle ils roulaient et consulta un plan de masse détaillé, puis il le replia, engagea la Land Rover dans le fossé de droite puis sur un chemin qui s'enfonçait dans un bosquet de chênes et de hêtres.

« Il y a des tenues pour vous dans la camionnette, dit-il en descendant de voiture. Nous devons ressembler à de véritables employés officiels. »

Crosetti et Rolly gagnèrent la porte arrière de la camionnette qui, en s'ouvrant, révéla une table d'acier, des porte-outils, de longs tuyaux d'acier, des échelles, des instruments de sondage, de l'équipement électronique et deux hommes, qui se présentèrent comme Nigel – tête de chouette et lunettes – et Rob – épaules larges, dents du bonheur et cheveux brun clair coupés à ras. Ils leur tendirent des salopettes jaunes, des bottes et des casques jaunes dotés de lampes. Crosetti ne fut pas surpris en s'apercevant que les bottes et la salopette lui allaient comme un gant. Carolyn déclara qu'il en était de même pour elle.

« Osborne m'a tout l'air d'une société très efficace. Ça te rend nerveuse d'apprendre qu'ils connaissent la taille de nos chaussures et de nos vêtements ?

– Rien ne me surprend plus, répondit-elle. Qu'est-ce qu'ils font ?

– Aucune idée », dit Crosetti.

Ils regardèrent les deux hommes pousser un chariot à quatre roues fabriqué à partir de tubes d'acier, et Crosetti fut enrôlé pour décharger divers équipements électroniques lourds et des batteries de voiture et les placer sur le chariot.

« Au fait, qu'est-ce que c'est que tout ça ? demanda-t-il à Rob.

– Un radar géologique, le fin du fin. Il produit une image du sous-sol de quelques dizaines de centimètres à trente mètres de profondeur, en fonction du sol. Nous devrions avoir une bonne pénétration ici. C'est du grès triasique.

– À moins qu'il n'y ait une intrusion d'argile, précisa Nigel.

– Et s'il y a une intrusion d'argile ? demanda Crosetti.

– Alors on est baisés, mon pote, répondit Rob. Faudra avoir recours à la résistivité, et nous en aurons pour une semaine.

– Vous travaillez tous les deux pour Osborne ?

– Pas nous, répondit Nigel. Université de Hull, géologie. Nous nous sommes laissé corrompre par l'argent capitaliste, pas vrai, Robbie ?

– Complètement. Et vous, qu'est-ce que vous cherchez ? Un trésor viking ?

– Quelque chose comme ça, répondit Crosetti. Mais on va devoir vous tuer si on le trouve. »

Ils éclatèrent tous deux de rire, mais nerveusement, puis ils cherchèrent des yeux Brown, qui semblait s'être éloigné.

Rolly sondait le sol non loin de là et Crosetti la rejoignit pour voir ce qu'elle faisait.

« Pas la peine de gratter le sol avec tes doigts, dit-il. Nous avons tout cet équipement dernier cri.

– Regarde ce que j'ai trouvé. » Elle tendit la main. C'était une petite pierre blanche, plate, à peu près triangulaire, dans laquelle avait été incisée une double ligne parfaitement droite avec, en dessous, ce qui semblait être un pétale de rose. « C'est le pricuré, poursuivit-elle. C'est le bon endroit. J'en ai des frissons.

– Moi aussi. Tu es superbe avec ta salopette et ton casque. Ça t'ennuierait de siffler sur mon passage ? »

Elle répondit à sa boutade par l'un de ses regards sévères. Nigel et Rob appelèrent alors Crosetti pour qu'il les aide à tirer le chariot. Ils le traînèrent à travers les arbres, par-dessus les ornières et les racines, Nigel ouvrant le chemin, les yeux rivés à un GPS, Rolly fermant la marche, portant des pioches et des pelles sur ses épaules.

« Arrêtons-nous ici et allumons le radar, les gars. Si cette vue satellitaire que vous nous avez fournie est correcte, Monsieur GPS indique que nous sommes arrivés. »

Ils se trouvaient dans un petit creux jonché d'une épaisse couche de feuilles de hêtres dorées et coincé entre trois vieux arbres gris dont les branches s'entremêlaient sur fond de ciel d'un blanc laiteux. Nigel effectua quelques ajustements et alluma son appareil qui émit un ronronnement. Une longue bande de papier sortit d'une fente dans l'une des boîtes métalliques. Nigel replaça ses lunettes sur son nez et étudia les couleurs imprimées sur le papier. Il poussa un cri et s'exclama :

« Ça, j'en reviens pas ! On l'a eu du premier coup. Il y a du vide et plein de ce qui ressemble a des morceaux de pierre taillée. Clair comme de l'eau de roche. Regarde, Robbie. »

Rob jeta un coup d'œil et confirma la découverte. Ils déblayèrent le terrain et se mirent à creuser, révélant bientôt les restes de ce qui semblait être le couronnement d'un puits, au centre duquel se trouvait un amas de pierres pâles irrégulières.

« Il est sec, observa Crosetti.

– Ça, oui, dit Rob, l'hydrologie a pas mal changé depuis quatre cents ans, entre les canaux creusés, les étangs ornementaux des riches et les projets publics d'acheminement de l'eau. Cela dit, nous ne sommes pas au bout de nos peines, déclara-t-il en fronçant les yeux en direction de l'ouverture. Des salauds ont comblé ce machin avec des pierres. À quelle profondeur aviez-vous besoin d'aller ?

– Quelque chose comme huit mètres, répondit Crosetti.

– Oh, putain ! s'exclama Rob. On va en avoir pour toute la journée. »

C'était un travail sale, pénible, du genre de ceux que tous leurs ancêtres avaient accomplis chaque jour de leur vie dans un passé pas si lointain – le déplacement par des mains humaines de gros morceaux du tissu de la planète d'un endroit à un autre. Une seule personne pouvait entrer dans le trou à la fois, et celle-ci devait soit placer chaque pierre sur le morceau de toile fixé à des chaînes reliées à la poulie que les géologues avaient monté sur un trépied d'acier, soit, si la pierre était trop lourde, percer un trou dedans, planter un piton et le fixer à un crochet. Alors qu'ils travaillaient depuis une heure, il se mit à pleuvoir, un crachin continu et glacial provenant des gros nuages bas, juste suffisant pour provoquer des glissades et de fréquentes blessures douloureuses et pour les abrutir de froid. Crosetti sentit son esprit s'engourdir tandis qu'il travaillait. Il oublia Shakespeare et sa putain de pièce. Le monde se résuma au problème posé par chaque nouvelle pierre. Chaque homme travaillait une demi-heure puis gravissait une échelle d'aluminium pour aller s'effondrer, épuisé, sur la banquette de la camionnette. Carolyn, qui avait trouvé un réchaud à gaz, faisait chauffer la bouilloire et leur servait des chopes remplies d'un thé épais et sucré. Lorsqu'elle n'était pas occupée à ça, elle se tenait en haut du puits avec un mètre ruban en acier qu'elle laissait pendre dans le vide après que chaque couche de pierres avait été dégagée, et elle annonçait la profondeur : cinq mètres vingt ; six mètres dix-huit ; et elle lançait des plaisanteries et des cris d'encouragement, riant des réflexions rageuses qu'elle recevait en retour.

À midi et demi, ils firent une pause déjeuner. Avec son éternelle efficacité, M. Brown avait rempli la Land Rover de nourriture, et

Rolly leur prépara de la soupe, des sandwiches et du thé, agrémenté cette fois de rhum. Ils mangèrent dans la camionnette pour s'abriter de la pluie. De ce point d'observation ils virent M. Brown au loin, près de la route, parlant à un homme qui portait une veste Barbour et une casquette en tweed. L'homme agitait une canne et semblait contrarié. Au bout de quelques minutes il grimpa dans son propre Land Rover et repartit. Brown traversa le champ gorgé d'eau et regagna la camionnette.

« Cet homme était du service des Monuments historiques, déclara Brown. Il est très en colère. Ce champ est un site protégé et nous n'avons absolument pas le droit de creuser. Il est parti chercher les autorités, qui appelleront le service des eaux, et ils vont découvrir que nous ne sommes pas qui nous prétendons être. Sommes-nous proches ?

– Six mètres quatre-vingt-deux, répondit Rolly.

– Alors nous devons dégager un peu plus d'un mètre pour trouver la chose, si elle est là, et mettre les voiles d'ici environ une demi-heure. Fin de la pause, messieurs. »

Ils retournèrent au puits et creusèrent comme des diables pendant dix minutes, puis la chance leur sourit enfin, car la couche suivante était constituée de petites pierres régulières de la taille de pavés qui pouvaient aisément être placées sur la toile. Crosetti était au fond lorsque le mètre ruban descendit devant son visage, heurta les gravats, et Rolly annonça :

« Huit mètres seize. »

Il s'accroupit et dirigea le faisceau de sa lampe de mineur vers le mur est. Il ne vit d'abord rien hormis les pierres grossièrement rectangulaires du puits. Il attrapa un court pied-de-biche et frappa tour à tour sur chaque pierre, et au cinquième essai, l'une des pierres sembla bouger. Il enfonça avec force l'extrémité plate du pied-de-biche entre cette pierre et sa voisine, fit levier, et la pierre sortit un peu de son alignement. Après deux minutes d'un effort violent, il l'avait tirée de son emplacement et regardait dans un trou d'où s'échappait une odeur de vieille terre humide. Sa lampe éclaira une forme arrondie à peu près de la taille d'une grande boîte de conserve.

Retenant son souffle, Crosetti inséra l'extrémité recourbée du pied-de-biche dans le trou aussi profondément que possible et l'agita jusqu'à ce qu'il sente qu'il avait attrapé quelque chose, puis il fit lentement sortir ce qui semblait être un cylindre de plomb d'environ trente centimètres de long, large comme la main, refermé à chaque extrémité par des feuilles de plomb soudées. Crosetti gravit l'échelle, le tenant tendrement comme un enfant qu'il viendrait de secourir.

« C'est tout ? demanda Rob.

– Ça prouve ton ignorance, Rob, lança Nigel. C'est la quéquette du roi Arthur, préservée dans du brandy. Maintenant l'Angleterre peut à nouveau rayonner dans le monde. »

Crosetti les ignora et monta dans la camionnette, talonné de près par Carolyn. Rob était sur le point de lui emboîter le pas, mais Brown le retint en lui posant une main sur le bras.

« Il faut y aller, messieurs, dit-il, d'un ton qui n'encourageait pas aux objections. Je suggère que vous démontiez votre matériel et repartiez avant l'arrivée de la police.

– On n'a pas le droit de jeter un coup d'œil ? demanda Rob.

– J'ai peur que non. Mieux vaut que vous ne sachiez rien. » Brown tira une épaisse enveloppe de la poche intérieure de son anorak. « C'est un plaisir de travailler avec vous », dit-il en la tendant à Nigel.

Les deux géologues retournèrent docilement récupérer leur matériel. À l'intérieur de la camionnette, Crosetti trouva une lourde pince, un marteau et un ciseau à froid. Il fixa le cylindre sur la table d'acier et découpa l'une de ses extrémités de plomb. À l'intérieur, il découvrit un rouleau de papier lourd retenu par un ruban sombre. Le papier était presque blanc et semblait quasiment neuf, il n'était ni brun ni friable comme on aurait pu s'y attendre après quatre cents ans. Il s'aperçut avec une sorte de choc que la dernière personne à l'avoir touché avait été Richard Bracegirdle, et avant, William Shakespeare. Il fit part de cette réflexion à Carolyn.

« Oui, maintenant tu fais partie des grands hommes. Détache le ruban, nom de Dieu ! »

Il défit le nœud et étala les feuilles sur la table. L'encre était noire, à peine oxydée, et l'écriture n'était pas celle de Bracegirdle. Les pages comportaient des marges nettes et étaient remplies sur trois colonnes, la première pour le nom des personnages, la deuxième pour les dialogues, la troisième pour les indications scéniques : l'économe cygne de l'Avon avait utilisé chaque page recto verso. Il les compta automatiquement : vingt et un feuillets en tout. En haut de la première page, en lettres suffisamment grandes pour qu'il puisse les déchiffrer malgré sa piètre connaissance de l'écriture jacobéenne, était écrit *La Tragédie de Marie reine d'Écosse.*

Sa main tremblait tandis qu'il tenait la page. Qu'avait dit Fanny ? L'objet portable le plus cher de la planète. Il enroula à nouveau les pages et les replaça dans le cylindre avec le ruban, puis il fourra le sceau de plomb dans la poche de son imperméable. Il étreignit ensuite fortement Rolly, la fit tournoyer autour de lui, hurlant comme un cinglé, puis il lui planta un baiser sur la bouche.

« Je suppose que vous êtes satisfaits ? demanda Brown lorsqu'ils eurent repris la route. Tous ces bruits ressemblaient plus à des cris de triomphe qu'aux sanglots de la défaite ?

– Oui, tous nos rêves sont exaucés. Je suppose que vous allez vous débarrasser de cette voiture.

– Oui, un peu plus loin, répondit Brown. Nous serons escortés par quelques véhicules au cas où il y aurait eu des brèches dans notre sécurité. »

Ils s'engagèrent dans une allée où attendait la Mercedes qui leur était familière, ou une autre exactement identique, plus une camionnette Ford noire anonyme avec deux hommes assis à l'avant. Il n'y avait visiblement pas eu de failles dans la sécurité car ils roulèrent jusqu'à Biggin Hill sans incident. L'intérieur de la camionnette était confortable et Crosetti, à la place du mort, ne cessait de piquer du nez. Le cylindre de plomb était posé sur ses cuisses. Brown ne posa pas de questions ni ne demanda à voir ce qu'il contenait, il se contenta de les confier aux mains d'une femme maternelle au visage doux portant un uniforme bleu, Mlle Parr, l'agent de l'aéroport, puis s'en alla, retrouvant son anonymat efficace.

Mlle Parr les mena au salon des passagers et, après avoir examiné Crosetti de la tête aux pieds, lui demanda s'il souhaitait se rafraîchir, à quoi il répondit qu'il aimerait prendre une douche et se changer si possible, et inutile de dire que c'était possible, car qu'est-ce qui ne l'était pas pour les personnes voyageant en jet privé ? Et est-ce que vous auriez deux grandes enveloppes matelassées et du scotch ? Les objets demandés arrivèrent et Crosetti les emporta dans les douches pour hommes, ainsi que son bagage à main et l'objet portable le plus cher de la planète dans son étui de plomb. Seul dans la pièce carrelée de bleu, il sortit le manuscrit et le plaça dans une des enveloppes, qu'il scotcha ensuite à la doublure du dos de sa veste de sport en velours. Il la suspendit à une patère située devant le rideau de douche, puis il se déshabilla et prit une douche, ébahi devant la quantité mississippienne de crasse qui se décollait de son corps et disparaissait dans l'écoulement. Tandis qu'il se douchait, il se demanda pourquoi il n'avait pas laissé le foutu machin à Carolyn et pourquoi, en fait, il le lui cachait.

Parce que tu ne lui fais pas confiance, déclara Albert le Rationnel. Mais je l'aime et elle m'aime, répliqua Al l'Amoureux. C'est ce qu'elle avait dit. Crosetti s'aperçut qu'une partie du charme de la jeune femme était sa totale imprévisibilité, le fait avéré qu'elle était capable de tout. Même en ce moment il n'avait aucune garantie que, lorsqu'il sortirait de cette douche, elle n'aurait pas disparu pour toujours. Cette idée lui fit accélérer sa toilette. Cinq minutes plus tard, toujours un peu humide mais ayant revêtu sa veste, un jean noir et une chemise de flanelle, il regagna le salon, tenant son bagage à main (qui contenait le cylindre de Bracegirdle) et une enveloppe rembourrée qu'il avait remplie de brochures touristiques et scellée avec du scotch. Carolyn était assise dans le salon. Elle s'était également douchée et changée, et ses cheveux semblaient plus sombres qu'avant. Il s'assit à côté d'elle.

« Un dernier avion, dit-il, et cette aventure est finie.

– J'espère, répondit-elle. Je déteste l'aventure. Je voudrais me réveiller chaque jour dans un endroit où je verrais les mêmes personnes et ferais à peu près la même chose.

– De la reliure.

– Oui. Je sais que tu trouves ça barbant. Je sais que tu penses que faire des films est un art sérieux alors que fabriquer des livres, c'est... je ne sais pas, comme tricoter des châles. Je vais récupérer mes enfants et aller en Allemagne, où je pourrai étudier la reliure, et je ne ferai rien d'autre qu'étudier, et fabriquer des livres. Ce sera ma vie.

– Eh moi, je viendrais te rendre visite en été ? »

Elle tourna la tête et fit mine de le repousser des mains.

« Pas maintenant, Crosetti. Je n'ai pas de place en moi pour autre chose. Est-ce qu'on pourrait, je ne sais pas, être ensemble pendant les quelques heures à venir sans discuter de projets à long terme ?

– Bien sûr, Carolyn. Comme tu veux », dit-il.

Et il pensa, c'est ça qui serait écrit sur l'emballage si notre liaison était un produit, comme CONTENU EMPOISONNÉ ou HAUTEMENT INFLAMMABLE. Comme tu veux.

Il s'éloigna de quelques pas et appela Mishkin à New York. En entendant la nouvelle, Mishkin le félicita, puis il lui expliqua qu'une voiture les attendrait à l'aéroport.

Leur avion était cette fois un Citation X, un jet plus petit et aux lignes plus pures que le Gulfstream, configuré pour six personnes et doté d'une cloison à l'arrière dissimulant deux espaces couchette. En les voyant, Crosetti fut sur le point de suggérer que c'était là un moyen inhabituellement confortable de s'envoyer en l'air dans le ciel, mais il s'abstint. Il ressentait de mauvaises vibrations, comme souvent avec Carolyn. Il soupira, boucla sa ceinture et but son champagne. L'appareil hurla, le plaquant contre son siège, se cabra brutalement et grimpa dans les airs. Il sentait l'objet portable le plus précieux se froisser contre sa colonne vertébrale. L'enveloppe contenant le leurre était posée sur le siège à côté de lui. Il lut un magazine pendant un moment puis s'enveloppa dans sa couverture et enfonça la tête dessous. Ce n'était pas l'une de ces maigres étoffes que les compagnies aériennes commerciales vous donnaient, mais une véritable couverture épaisse, grande, comparable à celles des meilleurs hôtels. Il ajusta son siège jusqu'à être presque à l'horizontale et s'endormit d'épuisement.

Un cliquetis de couverts et une délicieuse odeur de cuisine le réveillèrent. L'hôtesse était sur le point de servir un repas. Crosetti redressa son siège et regarda à travers l'allée centrale. Carolyn était aux toilettes. Il examina l'enveloppe rembourrée qu'il avait laissée sur le siège. Le scotch était intact, mais en l'inspectant de plus près, il s'aperçut que l'un des coins avait été soulevé et adroitement recollé par quelqu'un pour qui ni le papier ni la colle n'avaient de secret. Il renifla le bord de l'enveloppe et détecta un léger relent d'acétone. Elle avait utilisé du vernis à ongles, puis avait recollé l'enveloppe après avoir de toute évidence découvert qu'elle ne contenait pas le manuscrit. Il se demanda ce qu'elle aurait fait si cela avait été le manuscrit, et ce qu'elle avait pensé en découvrant qu'il avait fabriqué un leurre. Qui avait-il pu chercher à tromper si ce n'était elle ? Oh, Carolyn !

Il conserva une expression avenante quand il la vit revenir des toilettes. Ils prirent ensemble un petit repas tendu et déchirant, après quoi elle regagna son siège. Il regarda *Le Faucon maltais*, mémorisant de nouvelles répliques et regrettant qu'elle ne lui demande pas ce qu'il regardait ; il aurait pu l'inviter à le regarder avec lui et chercher à savoir si elle se reconnaissait dans le personnage de Brigid O'Shaughnessy. Mais il craignait par-dessus tout un nouveau refus ; d'ailleurs, il décida qu'il préférait ne rien savoir du tout.

À l'aéroport JFK, ils franchirent la douane et l'immigration ensemble. Comme ils quittaient l'aérogare, ils virent un homme basané qui se tenait près de la sortie tenant une pancarte sur laquelle était écrit CROSETTI ; dès qu'elle le vit, Carolyn lui toucha le bras et dit :

« Oh, mince, j'ai oublié quelque chose au guichet des douanes.

– Qu'est-ce que tu as oublié, Carolyn ? Tu as juste ton petit sac.

– Non, quelque chose que j'ai acheté. Je reviens tout de suite. »

Elle rebroussa chemin à la hâte et disparut. Crosetti s'approcha de l'homme et se présenta. L'homme annonça qu'il s'appelait Omar, qu'il travaillait pour M. Mishkin et avait reçu l'instruction de conduire M. Crosetti et Mlle Rolly à la résidence de M. Mishkin. Ils attendirent une demi-heure, cernés par la foule pressée, puis Crosetti retourna dans l'aérogare et regarda autour de lui, sans grand espoir, avant de revenir sur ses pas et de laisser Omar le conduire lentement jusqu'à Manhattan au milieu des bouchons du matin. Crosetti n'avait plus les idées claires, le décalage horaire combiné à son épuisement à la fois physique et émotionnel avait réduit sa cervelle à une bouillie à peine capable de fonctionner. Ce n'est qu'au bout de trois bons quarts d'heure, la limo n'étant alors plus qu'à quatre cents mètres du tunnel de Midtown, qu'il pensa à appeler sa mère.

« Albert, tu l'as trouvé !

– Maman, comment... ?

– Ton amie était ici à l'instant et elle nous a tout raconté.

– À l'instant ?

– Oui. Elle est venue en taxi, a serré ses enfants dans ses bras pendant à peu près dix minutes, puis elle est repartie dans le même taxi.

– Quoi ? Elle n'a pas pris les enfants ?

– Non, elle a dit qu'elle avait des choses à faire d'abord et a promis d'envoyer quelqu'un les chercher dans deux jours. Vraiment,

Albert, ce sont des gosses adorables, mais j'espère que tu ne vas pas prendre l'habitude de...

– Est-ce que tu as noté l'immatriculation du taxi ?

– Bien sûr que non. Pourquoi, tu comptais demander à Patsy de trouver où il l'a emmenée ?

– Non, mentit faiblement Crosetti.

– Si, c'est ce que tu voulais, et tu devrais avoir honte. Tu flirtes dangereusement avec le harcèlement, mon cher, et certes, c'est une femme parfaitement charmante, mais il est aussi clair qu'elle veut mener sa propre vie et que tu ne fais pas partie de ses projets. »

Parfaitement vrai, mais pas le genre de choses qu'un homme a envie d'entendre de la bouche de sa mère. Crosetti mit fin à la conversation avec une brusquerie inutile et tenta de ne plus penser à Carolyn Rolly pendant le restant du trajet jusqu'au domicile de Mishkin. En vain.

Crosetti raconta à Jake Mishkin qu'un de ses amis ayant réussi dans la publicité possédait un loft à SoHo. Sans doute superbe, mais loin de valoir celui-ci.

« Je suppose que j'aurais dû faire des études de droit, déclara Crosetti.

– Peut-être, répondit son hôte, mais je ne pense pas que vous ayez l'âme d'un parasite. Je crois que vous avez le malheur d'être un créateur condamné à entretenir un tas de gens tels que moi. À propos de créateurs, où est le manuscrit ? »

Crosetti ôta sa veste et tendit l'enveloppe. Mishkin marcha jusqu'à une grande table de réfectoire et étala soigneusement le document en deux rangées de onze feuilles. Ils regardèrent tous deux les pages un moment, puis Mishkin rompit le silence :

« C'est vraiment remarquable. On dirait qu'il date de la semaine dernière.

– Les pages étaient conservées là-dedans, expliqua Crosetti, et il tira le cylindre de son sac. Hermétique et étanche, il n'y a donc presque pas eu de moisissure ni d'oxydation. Bracegirdle a fait du bon boulot.

– Certes. Qui sait que vous avez trouvé la pièce ?

– Eh bien, il y a trois personnes en Angleterre qui savent que nous avons trouvé quelque chose, mais pas nécessairement quoi, et puis il y a moi, Carolyn et ma mère, et Klim, je suppose.

– Et où est Carolyn ?

– Je ne sais pas. Elle a filé à l'aéroport, est passée voir ses gosses chez ma mère, puis elle est repartie.

– Doux Jésus ! Pourquoi ferait-elle ça ? »

Crosetti inspira profondément. Maintenant que le moment était venu de tout dire il sentait sa gorge se serrer, empêchant les mots de sortir.

« Je crois qu'elle est allée retrouver Shvanov, pour lui dire ce que nous avons trouvé.

– Shvanov ? Qu'est-ce qu'elle a à voir avec Shvanov ? »

Crosetti lui résuma ce que Carolyn lui avait expliqué dans la chambre d'hôtel à Oxford la nuit où elle était venue cogner à sa fenêtre. Mishkin sembla abasourdi par cette révélation.

« Vous voulez dire qu'elle a été l'agent de Shvanov pendant tout ce temps ?

– En un sens, même si je crois que Carolyn travaille surtout pour elle-même. Il me semble cependant qu'elle a un lien avec lui.

– Tout comme avec vous, je suppose.

– Oui. Je nous croyais assez proches, mais qui sait ? Avez-vous eu des nouvelles de vos enfants ?

– Non. J'ai un numéro à appeler une fois que j'aurai ce qu'ils veulent.

– Ce qui est maintenant le cas. Allez-vous les appeler ? De toute évidence, Shvanov va le découvrir assez vite, si ce n'est déjà fait.

– Oui, mais je ne suis pas certain que ce soit Shvanov qui a les enfants.

– Qui d'autre ?

– Comme je l'ai dit, je ne suis sûr de rien, mais ça fait quelque temps que je me dis qu'il y a d'autres personnes impliquées. »

Mishkin souleva la page de titre et l'examina, comme s'il allait par miracle parvenir à déchiffrer l'étrange écriture.

« Vous n'avez pas l'air très inquiet, remarqua Crosetti.

– Oh, je suis inquiet. Mais pas paniqué. » Il se retourna et fit face à Crosetti. « Vous ne me prenez probablement pas pour un bon père. Je suis d'accord : je n'en suis pas un. Mon propre père ne m'a pas montré comment faire, ce qui, ai-je cru comprendre, est nécessaire. Et vous, Crosetti ? Avez-vous eu un bon père ?

– Oui. Pour moi, c'était le meilleur homme de la planète.

– Vous avez de la chance. Décédé, si je comprends bien.

– Oui. Il rentrait en voiture du bureau quand il a repéré deux flics qui couraient après un clébard. Il est descendu de voiture pour se joindre à eux et une de ses artères a pété. Mort avant d'arriver à l'hôpital. J'avais douze ans.

– Oui. Bon, ceci semble clore la conversation. Nous n'avons pas discuté du paiement pour votre temps. Qu'est-ce qui vous semblerait juste ? »

Crosetti aurait soudain voulu être loin de cet homme et loin du complot inextricable qu'il représentait. Il ne pouvait s'empêcher de penser que Carolyn disait vrai quand elle prétendait ne pas vouloir mener une vie aventureuse. Dans un film, la réplique appropriée aurait été : « Vous ne me devez rien », suivie d'une sortie en claquant la porte. Mais dans la vraie vie Crosetti suggéra : « Que diriez-vous de dix mille dollars maintenant, et quarante mille de plus si tout se passe comme prévu ? »

Mishkin acquiesça.

« Je vous enverrai un chèque. »

21

Il neige désormais, des flocons lourds, humides, du genre de ceux qui tombent dans le nord-est lorsque la température flirte avec les zéro degré. Je suis de retour à mon clavier après un petit tour vivifiant dans le froid. J'ai à nouveau visité le hangar à bateaux et vérifié le vieux hors-bord en acajou. C'est un Chris-Craft Deluxe Runabout de cinq mètres vingt, doté d'un moteur quatre-vingt-quinze chevaux six cylindres, et il a l'air en parfait état. La clé était sur le contact et je l'ai tournée. Après avoir toussé un peu il a joliment rugi et un nuage âcre de fumée bleue a envahi le hangar. L'autre chose que j'ai faite a été de cacher mon pistolet sous le siège du pilote. Est-ce que j'ai un plan ? Pas vraiment. Je me prépare à diverses éventualités. Si vous vous attendez à recevoir la visite de plusieurs hommes armés et que vous avez vous-même une arme, vous pouvez soit commencer à faire feu dès qu'ils arrivent, car si vous ne le faites pas ils viendront vous la prendre, soit la cacher en espérant avoir le temps de remettre la main dessus en cas de besoin. Je ne me sentais pas prêt pour une fusillade avec un nombre indéterminé de méchants, j'ai donc opté pour la seconde solution. Je me demande si la neige gênera mes visiteurs.

Revenons-en au récit (et je suppose qu'il se refermera bientôt, car le passé file vers son rendez-vous avec le présent) : après avoir appelé Crosetti à Zurich, j'ai passé quelques jours à attendre. Période morte, car je n'avais rien pour occuper mon temps. Je ne me rappelle vraiment pas ce que j'ai fait, sauf que j'appelais Amalie plusieurs fois par jour, pour la rassurer sur le fait que les choses se déroulaient très bien et pour savoir si elle avait des nouvelles des ravisseurs. Oui, elle en avait. Chaque matin, une vidéo arrivait par e-mail montrant Niko et Imogen apparemment détendus – cette dernière souriant à une plaisanterie secrète – tenant une copie du journal du jour et récitant à tour de rôle un message, toujours le même : « Bonjour, maman, nous allons bien, ne t'en fais pas, à bientôt. » Fondu au noir. Pas d'avertissements, pas de menaces, aucun indice sur l'endroit où ils étaient retenus ni par qui. À part cela, nous n'avions aucun sujet de conversation, et je crois que, l'un comme l'autre, nous étions heureux de raccrocher.

Puis le coup de fil de Crosetti annonçant qu'ils avaient enfin la chose et une journée supplémentaire d'attente, au cours de laquelle j'ai laissé au moins six messages à mon frère et à ma sœur. Cette dernière n'a jamais répondu, mais tard ce soir-là mon frère m'a rappelé.

Je lui ai demandé où il était, il a répondu qu'il était à Zurich avec Amalie et il m'a informé de la suite de son plan. Un paquet allait arriver chez moi par courrier aérien express le lendemain matin dans lequel je trouverais tout ce dont j'avais besoin. Je lui ai redemandé s'il avait identifié les autres protagonistes de cette affaire, à part Shvanov, ce à quoi il a répondu par la négative, mais il supposait qu'ils étaient étroitement liés aux personnes qui volaient de précieuses œuvres d'art en Europe. Pas du genre à voler pour revendre ou demander une rançon. Plutôt des mecs qui fournissaient à des personnes très riches et immorales des Titien ou des Rembrandt pour leur plaisir personnel. J'ai rétorqué que ces gens étaient des inventions d'auteurs de fiction bon marché et il m'a assuré que non, que des forces sinistres étaient à coup sûr impliquées dans cette affaire et que son plan était la seule manière qu'il voyait de nous tirer tous de leur emprise. J'ai senti qu'il me cachait quelque chose mais je n'avais alors aucun moyen de pression sur lui pour lui faire vider son sac, ou peut-être était-ce ma paranoïa naturelle à l'égard de ma famille.

Le lendemain, j'ai reçu un FedEx international de Paul et, un peu plus tard, Omar m'a appelé de l'aéroport pour m'avertir que Crosetti avait débarqué. Crosetti est arrivé dans mon loft au bout d'une heure et m'a donné le manuscrit. Bien sûr, j'avais recommandé à Omar, qui était armé, de le surveiller de près dès l'instant où il aurait franchi la douane, mais tout de même... Je ne suis pas sûr que moi-même j'en aurais été capable... donner une chose dont il pensait qu'elle valait au bas mot des dizaines de millions, dont on n'était pas sûr du propriétaire, pour sauver deux gamins qu'il connaissait à peine. Un type bien, à l'évidence, et une honte pour les gens de mon espèce. Je crois que le fait que je ne sois pas arrivé à l'apprécier n'est pas à mon honneur. Comme beaucoup de gens dans son genre, il était aussi un peu crétin – cette Carolyn Rolly l'avait apparemment passé à la moulinette, et je n'ai pas été entièrement surpris d'apprendre qu'elle était et avait toujours été un agent de Shvanov. Je suppose que j'aurais dû lui demander s'il avait entendu quoi que ce soit au sujet de Miranda, mais j'ai décidé que moins il y aurait de gens au courant de mon constant intérêt pour elle, mieux ce serait. En tout cas, nous n'étions pas les meilleurs amis du monde. Il m'a clairement fait comprendre ce qu'il pensait de moi, et nous avons vite conclu notre affaire.

Peu après le départ de Crosetti, mon téléphone a sonné. C'était Shvanov. Il m'a félicité d'avoir récupéré un grand trésor culturel et m'a informé qu'il passerait bientôt le chercher. Je l'ai interrogé sur la disparition de mes enfants. Une pause considérable à l'autre bout du fil, puis il a dit :

« Jake, vous m'accusez en permanence de kidnapper les gens qui vous entourent alors que je vous ai sincèrement expliqué que je ne fais pas ce genre de choses. Ça devient lassant, vous savez ?

– Quoi qu'il en soit, Osip, vous comprendrez que je ne peux vous laisser le manuscrit puisque c'est ce qu'exigent les ravisseurs de mes enfants. Si ce n'est pas vous qui les détenez.

– Jake, a-t-il répondu, croyez-moi, vous avez toute ma compassion et je serais heureux de vous aider d'une manière ou d'une autre, mais cela n'affecte en rien notre relation d'affaires. Ce manuscrit a été localisé grâce aux informations du professeur Bulstrode, qui m'appartiennent, et donc le manuscrit m'appartient aussi.

– Je crois que vous auriez du mal à soutenir cet argument devant un juge. »

Une nouvelle pause plutôt longue, puis d'une voix plus basse de quelques décibels :

« Allez-vous me mener devant le juge, Jake ? » Un petit ricanement sans joie. « Peut-être que ce serait à moi de vous mener devant le juge.

– Eh bien, nous avons des lois dans ce pays, du moins nous en avions. Contrairement à votre pays d'origine. Quoi qu'il en soit, je ne vais pas...

– Mais, Jake, écoutez-moi : vous allez le faire. Vous allez le donner.

– Sinon quoi ? Vous sous-traiterez des forces de persuasion ?

– Non, a répondu Shvanov, si doucement que j'ai dû tendre l'oreille pour l'entendre. Je crois que je réglerai ça en interne. »

Après cette conversation guère satisfaisante je ne savais absolument plus quoi faire. Je suppose que j'avais d'une certaine façon régressé jusqu'à la période qui avait suivi le décès de ma mère, quand j'étais absolument seul, la principale différence étant que j'avais maintenant beaucoup d'argent. On prétend que l'amour vous permet de surmonter les périodes sans argent plus que l'argent ne vous aide à surmonter les périodes sans amour, mais ce n'est qu'en partie vrai, ai-je découvert. J'ai demandé à Omar de venir avec sa petite mitraillette et lui ai confié la garde du manuscrit. Il adore ce genre de choses et a plein de petits stratagèmes pour déterminer comment différents protagonistes ont été compromis dans une même conspiration et pour le leur faire savoir par des signaux discrets. Après ça je suis allé me promener et peut-être boire un verre et déjeuner dans un endroit que je fréquente dans West Broadway. Marcher seul m'aide toujours à m'éclaircir les idées.

Même si le bas de Manhattan est récemment devenu un quartier commercial agité, il est toujours possible, surtout un jour de semaine et par temps froid, d'y être tout à fait seul dans de nombreuses rues. Je descendais Franklin Street vers l'est lorsque l'une de ces affreuses limousines Cadillac blanches à rallonge et aux vitres fumées m'a lentement dépassé, s'est approchée du trottoir, puis arrêtée. La portière du côté du trottoir s'est ouverte et un homme imposant en est descendu et a ouvert la portière arrière. Il a fait un geste en direction de l'ouverture. Je m'apprêtais à le contourner, mais il s'est légèrement décalé pour bloquer mon chemin et a tiré un 5,56 semi-automatique à canon long de la poche latérale de son court manteau de cuir et s'en est servi pour donner plus de force à son geste. Mon frère affirme qu'il faut toujours prêter attention aux personnes portant ce genre de pistolets car ils annoncent la capacité qu'a ladite personne de vous tirer dessus avec une grande précision, entre les yeux, par exemple, si besoin est, et elle peut aussi vous pulvériser l'orteil si vous ne faites pas ce qu'elle dit. L'homme avait un visage intelligent et l'expression légèrement lasse mais efficace du portier professionnel. Il avait les grands yeux impitoyables du tueur. J'ai immédiatement senti que j'avais affaire à un gangster d'une classe supérieure à ceux que j'avais croisés jusqu'à présent. Je suis monté dans la voiture.

Ces véhicules peuvent être configurés de différentes manières, mais celui-ci avait une disposition particulière. Il y avait le siège du chauffeur, bien sûr, et derrière, deux banquettes ordinaires pour l'entourage de moindre importance. Dans ce cas précis, elles étaient occupées par deux types très bronzés avec de bonnes coupes de cheveux et une expression de vrai caïd dénotant une cruauté confiante. À l'arrière, où les portières étaient uniquement du côté du trottoir, se trouvaient une sorte de banquette semi-circulaire, un bar, une chaîne hi-fi et une télé placés en sorte que le grand manitou, qui est assis au fond de ce divan, puisse en disposer à sa guise. Je me suis glissé à l'intérieur, le type armé est entré à ma suite, et je me suis assis face au grand manitou.

« Où sont-ils ? ai-je demandé.

– Jolie façon de saluer ton père, a-t-il répliqué. "Où sont-ils ?" Pas : "Comment ça va, papa, content de te revoir ?"

– Tu as kidnappé mes enfants, tes propres petits-enfants, et tu espères des marques d'affection ? »

Il s'est renfrogné et m'a envoyé promener d'un geste de la main familier.

« Comment ça, "kidnappé" ? Je suis leur *zaideh*[1], je n'ai pas le droit de leur offrir un petit voyage ?

– Sans dire à leurs parents où ils sont ?

– Je leur ai envoyé une jolie vidéo chaque jour. Tu les as vus ? Est-ce qu'ils avaient l'air de mômes kidnappés ? Crois-moi, ils s'amusent tous les deux comme des fous. »

Oh, tout m'est soudain revenu, et je suis resté là, bouche bée de frustration, comme j'étais resté bouche bée, enfant, face aux ingénieuses constructions mentales qu'il débitait si facilement à sa femme

---

1. Grand-père en yiddish. *(N.d.T.)*

et à ses enfants. Les structures même de la réalité s'évanouissaient et se dissolvaient sous le flot de ses paroles, et nous finissions toujours par croire que, d'une manière ou d'une autre, c'était nous qui étions dans le tort. Les gens bien qui ont lu ce document jusqu'ici seraient parfaitement en droit de me considérer comme une merde égoïste et dénuée de conscience, mais j'étais assis face à mon maître. Dans ce misérable département, je ne lui arrive pas à la cheville. Sa vie de parfait égoïste lui avait réussi, cependant, et à quatre-vingts ans il en faisait dix de moins. Il s'était fait faire des implants et peut-être un peu de chirurgie autour des yeux, et son visage avait ce bronzage de cuir que l'on voit sur les vieux riches. Il semblait assez fort pour au moins une décennie supplémentaire de corruption.

« Donc, où s'éclatent-ils autant ? » ai-je demandé d'une voix que j'ai à peine reconnue comme la mienne.

J'avais la gorge serrée, les tempes battantes, les bordures de mon champ de vision viraient au rouge. Dans mes oreilles résonnait le grincement de mes dents. Si je n'avais pas craint de me prendre une balle dans le coude, je lui aurais arraché la tête sur place.

« Ils sont ici, dans l'appartement d'un de mes amis, dans l'East Side. Miriam est avec eux. »

Bien sûr. C'était pour ça qu'une gamine de la ville pleine de jugeote comme Imogen était entrée sans faire d'histoires dans une voiture inconnue à Zurich : l'occupant n'était pas un inconnu, mais sa chère tante Miri.

« Alors j'aimerais les voir, ai-je dit.

– Pas de problème. Tu vas aller chercher le manuscrit, on va faire un tour en voiture, on va voir les enfants, et tout se passera bien.

– Et sinon, quoi ? Ils vont cesser de s'amuser comme des fous ? Tu vas les couper en morceaux ? »

Il a soupiré théâtralement et prononcé une brève phrase dans une langue que je n'ai pas reconnue, mais dont j'ai supposé que c'était de l'hébreu. Les petites frappes ont rigolé. Puis il m'a dit :

« Ne sois pas idiot. Je ne vais faire de mal à personne. Mais tu vas aller me chercher ce manuscrit, et tu le sais, alors pourquoi perdre du temps ?

– Et Shvanov ? Il croit qu'il lui appartient. »

À nouveau le geste dédaigneux de la main.

« Shvanov est un couillon. C'est un petit usurier de seconde zone avec une folie des grandeurs à la con. » Il a haussé la voix et lancé au chauffeur : « Misha, allons-y. »

La voiture s'est lentement écartée du trottoir.

« Où allons-nous ? ai-je demandé.

– Chez toi, chercher le machin, qu'est-ce que tu crois ?

– Non, ai-je répondu.

– Non ? Qu'est-ce que tu veux dire, non ?

– Juste ce que j'ai dit. Pourquoi est-ce que je te le donnerais ? Et comment se fait-il que tu sois impliqué là-dedans ? »

Il a roulé des yeux et s'est enfoncé plus profondément sur le coussin de la banquette, les mains croisées au-dessus du ventre et ses yeux noirs (les miens !) me regardant avec un mépris amusé qui semblait avoir été son expression quasi perpétuelle durant mon enfance.

« Jake, ton problème c'est que tu as ma grande gueule et la cervelle de ta mère. Pas la bonne combinaison.

– Va te faire foutre !

– Un exemple : tu es assis dans une voiture avec trois types qui t'arracheraient les yeux avec leurs pouces aussi facilement qu'ils se curent le nez, et tu utilises ce langage ? Avec moi ? Mais puisque tu es de la famille je ne vais pas m'énerver, je vais t'expliquer la situation. Bon, je suis à Tel Aviv, en semi-retraite, mais je continue de m'intéresser à pas mal de choses, et une belle affaire se présente à laquelle je pourrais prendre part. J'ai beaucoup de relations. Donc Shvanov, il était en Israël il y a trois, quatre mois, et il l'ouvrait beaucoup. Il dit qu'il a un plan pour un trésor ancien mais il ne veut pas dire de quoi il s'agit, et les gens racontent qu'il est question d'or, ou d'art, vu qu'il parle à des gus qui trempent dans ce genre de choses. Je suis curieux, et quand je revois Miriam, je lui demande ce que trafique son copain Osip et elle me parle de ce Bulstrode et du manuscrit de Shakespeare. Bien sûr, Bulstrode est déjà mort – pourquoi, je ne l'ai jamais su...

– Shvanov pensait qu'il l'avait rapporté d'Angleterre et qu'il ne voulait pas le donner.

– Soit, c'est exactement le problème avec Shvanov, a dit Izzy, il en vient trop vite aux mains, il ne réfléchit pas assez, alors il va tuer le seul type qui a des indices sur cette chose. Enfin bref, après ça, Miriam me dit que tu es impliqué, tu as ces papiers qui désignent l'emplacement de la chose, alors je parle à quelques personnes et on monte un petit syndicat, on organise une opération pour vous avoir à l'œil toi et Shvanov pour voir si on peut mettre la main dessus. Et alors on commence à se dire que toi et ce rital, machin truc...

– Crosetti.

– Oui, lui : on dirait que c'est vous qui avez les meilleures pistes, alors on se met à vous filer...

– Donc c'étaient tes hommes et non ceux de Shvanov qui m'ont agressé devant mon appartement et qui ont débarqué chez Crosetti, me forçant à tuer deux personnes ? »

Il a haussé les épaules.

« Quelqu'un associé au syndicat a monté le coup, et je dois dire, si tu n'y mets pas le prix, tu ne vas pas loin. Cette putain de ville est pleine de petits joueurs russes qui ne différencient pas leur cul d'un trou dans le sol. Mes garçons ici, en revanche, sont d'une tout autre trempe, au cas où il te viendrait des idées.

– Mais avant ça tu as envoyé une femme qui s'est fait passer pour la nièce de Bulstrode et qui a volé le manuscrit qu'il m'avait confié.

– Je ne sais pas de quoi tu parles. »

J'ai étudié son visage ; personne ne ment comme Izzy, mais sa confusion semblait sincère.

« Laisse tomber, ai-je dit, donc c'était ton gang qui nous suivait en Europe.

– Je n'ai pas de gang, Jake. Izzy les Nombres, tu te souviens ? Je ne trempe pas dans les trucs violents, je ne l'ai jamais fait et ne le ferai jamais.

– Alors qui sont ces arracheurs d'yeux qui nous accompagnent ?

– Ils travaillent pour des gens dont tu n'as pas besoin de connaître le nom. Des gens en Israël, des gens en Europe – je te l'ai dit, c'est un syndicat. Shvanov a proposé un marché simple. S'il obtient la chose, nous nous assurons qu'elle est authentifiée à fond, complètement réglo. Shvanov a un type qui peut le faire. Puis nous la lui achetons. Il en demande dix millions, la chose en vaut peut-être cent, cent cinquante, qui sait ?

– Mais tu essaies aussi de doubler Shvanov, pas vrai ?

– Oh, tu commences à piger. Bien sûr, on essaie de mettre la main dessus si possible. Dix millions, c'est dix millions, et pourquoi nous les donnerions à cet enfoiré ?

– Alors pourquoi ils t'envoient ? Je croyais que tu étais au-dessus de ce genre de boulot.

– Parce que s'il y a un objet qui peut valoir cent cinquante millions, ils veulent que quelqu'un d'honnête s'en charge.

– Toi ? Honnête ? »

Nouveau soupir théâtral, l'une de ses spécialités.

« Oui, moi. Dis-moi, l'avocat, tu t'es déjà demandé comment ça se fait que je suis toujours en vie ? Je vais te dire pourquoi. Parce que je suis dans ce business depuis presque soixante ans, j'ai manipulé des milliards de dollars, presque toujours en espèces blanchies, et je n'ai jamais piqué un centime. Si Izzy les Nombres dit que le compte est bon, le compte est bon. S'il dit le contraire, des types se font buter. Ce business est plein de salopards qui te trancheraient la gorge pour tes pompes. Alors ne me prends pas de haut !

– Oh, excuse-moi, je te demande pardon : tu as une excellente réputation auprès de la lie de l'humanité. Tu nous as laissés tomber, espèce de connard.

– Oh, et pas toi ? La différence, c'est que toi, tu l'as fait parce que tu ne pouvais t'empêcher de chasser la chatte, alors que moi, je l'ai fait pour ne pas passer vingt ans à Sing Sing. Tu aurais été heureux de me voir en taule ? Comment j'aurais fait pour subvenir à vos foutus besoins ?

– Tu n'as jamais subvenu à nos besoins.

– Non ? Ça t'est arrivé de ne pas avoir à manger, de ne pas avoir de toit au-dessus de la tête ni de lit chaud où dormir, de ne pas avoir de jouets ou de vêtements ? Tu crois qu'elle a nourri trois gamins avec son salaire, en poussant une serpillière dans un hôpital ?

– Elle ne poussait pas une serpillière. Elle était administratrice.

– Mon cul qu'elle l'était ! Crétin ! Elle savait à peine lire le journal. Comment elle aurait pu se démerder avec des documents médicaux ? Écoute, je vous envoyais à chacun une carte avec de l'argent dedans à chaque anniversaire et à chaque Noël, et elles me revenaient immanquablement avec la mention "n'habite pas à l'adresse indiquée" écrite de sa propre main. Et l'argent avait disparu. Elle les ouvrait avec de la vapeur, prenait le fric, et me les renvoyait. "Va te faire foutre, Izzy !"

– Je ne te crois pas, ai-je dit, sentant mon estomac gronder et la bile me refluer dans la gorge.

– Alors va au diable, tu veux me garder rancœur toute ta vie. En attendant, nous sommes arrivés. Les gens habitent dans des usines maintenant ? Incroyable. Monte chercher le machin et puis, *alivai*, tu ne verras plus jamais ma tête. Eli, accompagne-le, assure-toi qu'il ne trébuche pas dans l'escalier. »

Quand je suis sorti de la limo, j'étais si furieux que j'avais les jambes en coton et ai chancelé. J'ai dû m'appuyer contre la porte de l'immeuble un moment et quand j'ai sorti ma clé, ma main tremblait. Je suis entré et Monsieur 5,56 mm m'a suivi, à une distance suffisante pour me coller quelques balles dans le corps si je tentais quoi que ce soit. Quand j'ai atteint la porte de mon loft, j'ai été pris d'un accès de toux.

« Désolé, ai-je dit à Eli, j'ai un peu d'asthme et ça me prend quand je suis contrarié. »

Il m'a gratifié d'un hochement de tête désintéressé et a désigné la serrure. J'ai ouvert la porte, suis entré dans l'appartement, l'homme m'a suivi, toujours à une distance prudente, et une barre d'haltère s'est lourdement abattue sur sa tête, maniée par Omar qui se tenait près de la porte. La quinte de toux que j'avais simulée était l'un des petits signaux d'Omar.

« Qui est-ce ? a-t-il demandé.

– Un Israélien », ai-je sadiquement répondu, et j'ai alors dû empêcher Omar de lui briser plus que quelques côtes à coups de pied.

J'ai gagné mon armoire à classeurs tandis qu'Omar ligotait l'homme avec du ruban adhésif, j'en ai sorti le manuscrit de Shakespeare, mon ordinateur portable, l'enveloppe FedEx de Paul et mon pistolet allemand.

« Qu'est-ce qu'on fait, patron ? » a demandé Omar.

Je n'en avais aucune idée, mais défier Izzy, même pour une contrefaçon, me semblait alors essentiel, et après les révélations des dernières minutes j'avais conçu mon propre plan. Un plan qui n'impliquait aucun membre de ma famille.

« Le toit », ai-je dit.

L'une des particularités de cette partie de la ville est qu'en montant sur le toit de n'importe quel bâtiment on peut longer toute la rue en escaladant les petits parapets puis descendre par l'un des escaliers de secours dont regorgent ces vieux immeubles de lofts. Comme les cambrioleurs le savent aussi, les portes donnant sur les toits sont équipées d'alarmes; comme on est à New York, personne ne prête aucune attention aux alarmes.

Nous avons traversé les toits à toute allure puis sommes descendus au niveau de Varick Street, suffisamment loin de la limo de mon père. De là, se rendre au garage et récupérer la Lincoln était un jeu d'enfant. Une fois dans la voiture, j'ai appelé Mickey Haas.

« Tu plaisantes ! » s'est-il exclamé quand je lui ai dit ce que j'avais.

Je lui ai assuré que non et lui ai brièvement raconté la récente cryptanalyse et les aventures de Carolyn et Albert dans le Warwickshire.

« Doux Jésus ! Tu dis que tu as récupéré toutes les lettres de l'espion ?

– Oui, et c'est une sacrée histoire.

– Oh, bon Dieu, j'ai la nausée. Jake. Tu dois venir à mon bureau sur-le-champ. Je ne peux pas le croire : tu as le *manuscrit original d'une pièce inconnue de Shakespeare entre tes putains de mains* !

– Sur mon ordinateur portable, à vrai dire. Mais, Mickey ? Je suis un peu dans la panade. Tu te souviens de ces gangsters dont nous avons parlé ? Eh bien, ils sont après moi, et l'un des gangs est dirigé par mon père.

– Amène-toi, Jake. Je suis sérieux, viens à mon bureau...

– Mickey, tu ne m'écoutes pas. Ces gens sont à mes trousses et il ne leur faudra pas longtemps pour comprendre que je vais peut-être vouloir te montrer ce truc et alors ils remonteront jusqu'à toi, ils nous tueront et ils le prendront.

– Mais je suis à Hamilton Hall et il fait jour. Nous n'avons qu'à le déposer à...

– Non, tu ne saisis pas, vieux. Écoute-moi ! Ces gens sont absolument sans pitié, ils ont des ressources quasi illimitées, et ça ne les gênerait pas de dézinguer tout le monde à Hamilton Hall pour mettre la main sur ce truc.

– Tu te fous de moi...

– C'est ce que tu n'arrêtes pas de dire, mais le fait est que c'est vrai. Entre maintenant et le moment où tu annonceras publiquement l'existence et l'authenticité de ce manuscrit, nous serons complètement vulnérables. »

Ou un dialogue de ce genre. Je me rappelle que Mickey n'arrêtait pas de grogner et de hurler dans le téléphone parce qu'il ne pouvait pas voir cette pile de papiers tout de suite. Il faisait un sacré cinéma, mieux que ce dont je l'aurais cru capable. De nous deux, j'avais toujours considéré que c'était moi l'acteur. Je lui ai dévoilé mon plan : j'allais me procurer un 4 × 4 et je me rendrais à sa maison au bord du lac Henry. J'y étais déjà allé plusieurs fois, je connaissais le chemin et l'endroit où il cachait les clés. Au bout de quelque temps, deux ou trois jours peut-être, il me rejoindrait et examinerait le matériel, aussi bien les lettres d'espion sur mon portable que le manuscrit, et il me donnerait son opinion, puis il emporterait des échantillons de l'encre et du papier pour les faire analyser dans un labo. Lorsque ce serait fait, si la chose s'avérait authentique, nous nous rendrions dans une ville neutre, Boston peut-être, et organiserions une conférence de presse. Et il a été d'accord, comme je m'en étais douté. Avant de raccrocher, je l'ai fait jurer sur la tête du Barde qu'il ne dirait absolument à personne où je me trouvais ni quels étaient nos plans, et dès que j'en ai eu fini avec lui, j'ai appelé une agence de location de voitures exotique au coin de Broadway et Waverly et ai réservé l'Escalade que j'ai déjà évoquée. En moins d'une heure, j'étais sur l'autoroute Henry Hudson, en route vers le nord dans mon confortable tank domestique.

Et me voilà ici. Peut-être le temps est-il venu de faire une mise au point, mais laquelle ? Contrairement à Dick Bracegirdle, je suis un homme moderne et, pourtant, plus éloigné que lui de la vérité morale. Je suis encore abasourdi par l'entretien avec mon père. Disait-il vrai ? À qui pourrais-je demander ? Pas à ma famille. Miriam ne reconnaîtrait pas la vérité, même si celle-ci lui mordait son cul liposucé. Quant à Paul... je suppose que Paul estime avoir une obligation de vérité à cause de sa profession, mais il est également au service d'une vérité plus élevée, et les personnes de ce genre sont souvent enclines à mentir comme des arracheurs de dents pour la défendre. Et si tout ce que je croyais savoir de mon passé était faux ? Si j'étais une espèce de personnage fictif, nourri de mensonges pour satisfaire les motifs d'autrui, ou peut-être sans aucun motif, ou pour leur amusement sadique ? La solitude, le fait que je ne remplis pour le moment aucune fonction sociale, accentue cette sensation d'irréalité, ou de folie naissante. Peut-être que je vais commencer à halluciner, quelles que soient les hallucinations. Même si sentir que l'on devient fou est soi-disant le signe qu'on ne l'est pas. Quand vous devenez vraiment fou, tout est parfaitement logique.

Sur quoi repose la réalité alors, une fois que vous avez admis la contrefaçon de la mémoire ? Lorsque je me pose cette question, je suis obligé de songer à Amalie. Pour autant que je sache, Amalie n'a jamais proféré un mensonge sérieux de sa vie. Enfin, je suppose qu'elle mentirait pour sauver quelqu'un, à la Gestapo, par exemple, pour sauver un fugitif, mais c'est tout. Et il s'avère que si vous mentez invariablement à une telle personne, celle-ci doit plus ou moins cesser d'être le fondement de votre réalité, comme un petit escargot rétractant ses antennes, vous laissant à la dérive dans un gaz de fiction dense et opaque. Ce n'est pas intentionnel de leur part, c'est un aspect de la physique sous-jacente de l'univers moral. Et donc, étant ainsi à la dérive, je ne produis naturellement rien que de la fiction. Je suis avocat, et qu'est-ce qu'un avocat si ce n'est une personne qu'on paye pour produire une œuvre de fiction qui, au tribunal, sera comparée à l'œuvre de fiction de la partie adverse par des juges ou des jurés qui décideront laquelle des deux ressemble le plus à l'image fictive du monde qu'ils ont en tête. Ils donneront raison à l'une ou l'autre, et ainsi justice sera rendue. Et dans la vie privée, je continuerai à rêver à des personnages qui joueront un rôle dans le roman perpétuellement fastidieux de mon existence, Miranda, par exemple, celui de compagne suprêmement satisfaisante (et nom d'un chien, je pense encore à elle, je la veux, j'ai toujours ce fantasme) et Mickey Haas, celui de meilleur ami.

Bon, au milieu de ces affligeantes divagations, m'a sœur m'a appelé. La réception est très bonne ici car la propriété abrite une tour ingénieusement peinte pour ressembler à un tronc de pin. Voici comment les plans échouent : mon père l'avait planquée avec mes enfants dans un appartement qu'il était le seul à connaître, mais elle n'a pu s'empêcher d'aller chez elle dans Sutton Place pour récupérer quelques vêtements et d'autres choses, son Botox peut-être, en emmenant les enfants avec elle car ils en avaient vraiment ras-le-bol d'être claquemurés. Inutile de dire que des hommes de Shvanov l'y attendaient et qu'ils ont pris les enfants. Le kidnapping quasi fictionnel est donc devenu réel. Ça s'est produit tôt ce matin, ils l'ont ligotée, et elle n'a été libérée qu'à l'arrivée de la femme de ménage. Ma sœur n'est pas vraiment si stupide que ça, mais elle adore être à son avantage.

Je ne m'attendais pas à ça. Mais je m'attends assurément à ce que les diverses parties impliquées dans l'*affaire*[1] Bracegirdle débarquent ici. Mickey va venir, car il veut mettre la note finale à sa merveilleuse imposture, mais il ne viendra pas seul. J'essaie, pour l'histoire, de me rappeler quand j'ai compris que Mickey était la tierce partie dont nous avons parlé, le lien entre Bulstrode et Shvanov. L'esprit assemble des bouts d'information à son rythme, puis c'est la révélation. Je ne comprends pas comment j'ai pu ne pas le voir immédiatement. Qui d'autre aurait-ce pu être ? Peut-être la révélation s'est-elle produite quand Oliver March nous a raconté la manière dont Mickey avait traité le pauvre Bulstrode, ou lorsque j'ai appris que Shvanov était un usurier qui avait gagné gros grâce au krach financier en prêtant de l'argent à de riches connards soudain à court de liquidités. Et Mickey n'est-il pas un riche connard avec des problèmes d'argent ? Et m'imaginais-je que ses femmes, au cours de leurs engueulades, n'avaient pas lâché la bombe nucléaire maritale et dévoilé que j'avais couché avec elles, le poussant à me détester et à concevoir une vengeance terrible ? Pourquoi n'avais-je pas pensé à tout ça ? Parce que j'avais rêvé au meilleur ami. Le confident.

J'aurais aussi dû me douter, après notre rencontre avec le faussaire Pascoe, que je ne connaissais qu'une seule personne qui aurait pu concevoir l'escroquerie à laquelle on lui avait demandé de participer, le plus grand spécialiste de Shakespeare du monde, la seule personne qui avait des liens avec Shvanov, Bulstrode et Jake « Le Crétin » Mishkin. Il est sur le point d'arnaquer une bande de gangsters juifs d'un paquet de millions de dollars, et je ne vois pas trop ce que je pourrais faire pour l'arrêter. Étrangement, il est comme mon père : quand Izzy dit que le compte est bon, personne ne remet sa parole en cause. Quand Mickey dit que c'est Shakespeare, *idem*.

Reste à savoir pourquoi j'ai choisi de venir ici à la campagne au lieu de me terrer dans l'un des millions de lieux anonymes et introuvables que peut s'offrir un homme disposant d'une réserve d'argent. Parce que je suis fatigué de tout ça. Je veux être vrai. Ça m'est assez égal qu'ils me tuent, mais je veux atteindre le royaume de la vérité avant. Très noble sentiment, Mishkin, mais il y a une autre raison. Je me suis aperçu très récemment que l'image que m'a présentée

[1] En français dans le texte. *(N.d.T.)*

Miranda – sa coupe de cheveux, sa tenue, son aspect général – avait été calculée pour ressembler autant que possible à ma femme lorsque je l'ai connue. C'était ça qui m'avait fait tomber de mon perchoir, certes déjà branlant, c'était ça le coup qui m'avait pris par surprise. Et qui savait à quoi ressemblait cette fille lointaine, qui l'avait vue d'innombrables fois à l'époque, qui avait appris de mes propres lèvres ce qui m'excitait chez elle ? Eh bien, le meilleur ami, évidemment. Bon Dieu, c'est d'une banalité… N'importe quel futur lecteur à demi intelligent l'aura vu venir bien avant moi, mais n'est-ce pas notre nature de voir les secrets des autres et non les nôtres, la paille dans l'œil de notre frère ? Oui, le bon vieux Mickey m'a piégé et, pour l'amour de Dieu, j'espère que pour parachever sa vengeance il l'amènera. J'aimerais la voir une dernière fois.

22

Dans le métro, Crosetti pouvait à peine s'empêcher de rire en son for intérieur, et pas seulement en son for intérieur. Ce qui lui attirait les regards des autres passagers du wagon. Une femme avec deux gamins dans son sillage changea de siège. Il riait d'être à nouveau dans le métro après avoir, des semaines durant, mené la grande vie, jets privés, hôtels cinq étoiles, le tout sans débourser un sou, et il venait de se séparer de ce qui représentait au fond le budget de *Titanic*. Mais les dix mille dollars, ou peut-être cinquante, l'aideraient, si jamais il les recevait. Car Mishkin paierait. C'était une ordure, mais pas ce *genre* d'ordure. L'argent lui permettrait de prendre un peu de temps pour lui, de travailler à son scénario et, avec ses économies, il aurait juste de quoi aller à l'école de cinéma de l'université de New York.

Il se sentait donc plutôt bien en entrant chez sa mère et fut désagréablement surpris par l'accueil qu'il reçut. Il s'avérait que Mary Peg voulait voir la chose et était scandalisée que son empoté de fils se soit *encore* séparé d'un trésor, sans compter qu'elle avait dit à Fanny Doubrowicz que le manuscrit avait été découvert et que celle-ci en tremblait d'excitation. C'est en vain que Crosetti expliqua qu'au moins deux gangs différents le cherchaient aussi et que, pour le moment, avoir le manuscrit revenait à avoir une bombe nucléaire chez soi. De toute façon Mishkin avait assumé tous les frais pour le retrouver et fourni une protection sans lesquels il n'aurait peut-être rien trouvé du tout. Sans cela, il serait peut-être en ce moment même six pieds sous terre en Angleterre.

Cela apaisa Mary Peg, mais seulement un moment, et Crosetti et Klim durent faire appel à tous leurs talents d'amuseurs pour lui faire retrouver sa bonne humeur. La présence des enfants y contribua aussi. Crosetti resta pour le dîner, qui consistait en spaghettis avec des boulettes de viande (cela avait été leur repas à de nombreuses reprises au cours de la dernière semaine, confia Klim), et il s'étonna qu'un simple concours de circonstances eût soudain transformé Mary Peg et Klim en véritables grands-parents. C'était le genre de chose qui se produisait constamment chez Dickens, Crosetti le savait, mais il ne s'attendait pas à voir ça à New York de nos jours. Ou peut-être, songea-t-il plus tard, toutes les époques étaient-elles les mêmes, le désir de former une famille filtrant toujours sous la surface immonde de l'égoïsme. Mary Peg avait apparemment de vastes réserves d'énergie encore inexploitées par ses descendants naturels, dont aucun n'avait d'enfants. Et Klim s'était transformé en grand-père de conte de fées : il ne tarissait pas d'histoires, de grimaces, fabriquait ingénieusement des sifflets et des petits jouets, les prenait à cheval sur son dos, chantait des chansons idiotes, le tout accompagné de papouilles et de chatouilles ! Les enfants, surtout la fillette, Molly, s'étaient épanouis grâce à ce traitement, naturellement. Ils croyaient implicitement à la magie et ne voyaient rien d'étonnant à être arrachés du château de l'ogre pour atterrir dans le pays des bonnes fées.

Et s'il était heureux pour eux, Crosetti se sentait un peu de trop, comme si cette nouvelle situation confirmait son intuition que son temps chez sa mère était bel et bien fini. En plus, il n'y avait pas de place. Sans compter que ça le mettait mal à l'aise de retrouver dans ses enfants le regard de Rolly. Il fit ses cartons, loua une remorque de déménagement qu'il fit tracter par la voiture familiale, et s'en alla le lendemain soir avec, cependant, un chèque de dix mille dollars qui était arrivé le matin même par FedEx. Personne ne chercha à le retenir.

Il déballait ses cartons en écoutant de la musique dans le nouvel appartement qu'il partageait lorsque son téléphone se mit à vibrer dans sa poche. Il ôta ses écouteurs et colla le téléphone à son oreille.

« Note ça. J'ai trente secondes.

– Carolyn ?

– Note. Oh, bon Dieu, il faut que tu m'aides. »

Elle donna l'adresse d'une maison en bordure d'un lac dans les Adirondacks et des indications pour s'y rendre. Crosetti sortit un stylo à bille et griffonna les informations sur le dessous de son avant-bras.

« Carolyn, où es-tu ? Bon sang, qu'est-ce qui se passe ?

– Contente-toi de venir et ne m'appelle pas à ce numéro. Ils vont me tu... » Les parasites couvrirent le reste de la phrase.

Pas bon, pensa Crosetti. Un cliché à vrai dire, surtout avec la conversation brutalement coupée. Le film devait se terminer sur une note plus sombre, douce-amère : le héros reprend son travail, peut-être devine-t-on une relation avec les gamins, la vie continue. Ou peut-être un indice laisse-t-il entendre que Rolly est toujours en vie, quelque chose qui donne envie d'en savoir plus : mais rien d'aussi banal... Il continua à rêvasser ainsi pendant quelques minutes, empilant des livres sur des étagères en pin brut, avant de saisir la réelle signification de l'appel. Des gouttes de sueur se mirent à couler sur son visage et il dut s'asseoir dans le fauteuil à ressorts poussiéreux qu'il avait récupéré dans la rue. Elle va vraiment me rendre fou, pensa-t-il. Non, c'est déjà fait. O.K., je marche, se dit-il, ne suis-je pas le spécialiste mondial du mystère ? De quoi ai-je besoin ? Le Smith & Wesson était à nouveau chez sa mère. Hors de question d'y retourner en expliquant pourquoi il en avait besoin, et maintenant qu'il s'imaginait manipulant à nouveau ce truc... non, merci. Mais il avait des chaussures de randonnée, d'accord. Le pull de marin noir de Richard Widmark, d'accord. Casquette de base-ball ? Non, le bonnet de marin, bien mieux, et le couteau suisse, et le lance-grenades... non, je déconne, et le fidèle imper noir, toujours couvert de la boue de la vieille Angleterre, portefeuille, clés, oh, les jumelles, ne pas les oublier. Bon sang, me voilà fin prêt à affronter Dieu sait combien de gangsters russes armés jusqu'aux dents...

« Pardon ? »

C'était Beck, l'un des colocataires, qui le regardait depuis l'entrebâillement de la porte avec une drôle d'expression. Beck était un individu cadavérique qui travaillait comme ingénieur du son et écrivait des critiques de films que personne n'avait jamais vus sauf lui, ou qui peut-être n'existaient pas encore.

« Je n'ai rien dit, répondit Crosetti.

– Si, tu parlais, fort, comme si tu étais furax. Je croyais que tu étais avec quelqu'un et puis je me suis souvenu que tu étais arrivé seul.

– Oh, alors je parlais tout seul. Je suis juste en pleine crise psychotique.

– Putain, mec, bienvenue au club. S'il te faut une lobotomie je peux commencer à aiguiser le tournevis.

– C'est une fille, admit Crosetti. Une fille m'a rendu dingue. Elle m'a plaqué et maintenant elle veut que je vole à son secours. C'est la deuxième fois qu'elle me fait le coup.

– Comme tu le sens. Moi, j'ai tendance à me conformer à l'Évangile selon saint Nelson Algren : ne couche jamais avec quelqu'un qui a plus de problèmes que toi. Bien sûr, *lui*, il a couché avec Simone de Beauvoir...

– Merci. Je me souviendrais de ça dans ma prochaine vie. En attendant, quand faut y aller, faut y aller. Je peux emprunter ton ordinateur ? J'ai besoin de quelques cartes. »

Il lui fallut les quarante-cinq minutes habituelles pour sortir de la ville, mais lorsqu'il fut sur la voie express après le pont de Tappan Zee, il rattrapa le temps perdu. La vieille Plymouth Fury avait été maintenue en parfait état : elle avait un moteur de 440 cm^3 V-8 sous le capot et sa carrosserie était recouverte d'une laque bleu nuit, sans compter les divers blasons et décalcomanies que les agents de police utilisent pour se faire reconnaître des autres agents et immuniser leur voiture contre quasiment toutes les amendes, sur la route comme en stationnement. Crosetti fit du cent quarante jusqu'à Albany, qu'il atteignit en un peu plus de deux heures. Cent quarante kilomètres et soixante-dix minutes de plus le menèrent à Pottersville, où il fit le plein et déjeuna d'un horrible repas réchauffé au micro-ondes. La nuit était tombée et il neigeait, d'énormes flocons qui semblaient de la taille de balles de golf lorsqu'ils heurtaient le pare-brise, mais il faisait encore trop doux pour que la neige adhère à l'asphalte de l'autoroute et il ne ralentit pas. Comme en pilotage automatique, Crosetti était absorbé par le vide onirique de l'autoroute, le cerveau occupé par des sujets de scénarios, des choses qui lui passaient par la tête, s'efforçant de retrouver des souvenirs cohérents de la vie quotidienne, notamment de ses quelques jours pathétiquement brefs en compagnie de Carolyn Rolly.

La State Route 2, sur laquelle il s'engagea quinze minutes plus tard, était un étroit tunnel de phares traversant un tourbillon de neige ; après avoir foncé sur la voie express, Crosetti avait l'impression de faire du surplace. Il roula pendant un moment qui lui sembla incroyablement long, puis, enfin, quelques lueurs brillèrent devant lui : New Weimar, deux stations-service, quelques pièges à touristes, des maisons éparpillées. Il chercha le panneau indiquant la petite route qui menait à Lake Henry, le manqua, dut faire demi-tour sur la route enneigée et rebrousser chemin jusqu'à le trouver, complètement tordu et criblé d'impacts de balles. Ainsi les gens armés du coin exprimaient-ils leur rancœur envers les riches qui possédaient le lac.

Un tunnel encore plus étroit cette fois et ici la neige adhérait bien, forçant la voiture à chasser dans les côtes. Le temps ralentit ; Crosetti en perdit la notion. La Fury ne possédait qu'un vieil autoradio grandes ondes qui, depuis une quinzaine de kilomètres, n'émettait que de la musique country recouverte par des grésillements. Il l'éteignit. Désormais, seuls lui tenaient compagnie le sifflement des essuie-glaces et le ronronnement efficace du formidable moteur. Une lueur jaune devant lui et une double flèche. La route s'achevait en T. Il alluma le plafonnier et consulta ses cartes. Un virage à droite, et bientôt apparut une grappe de boîtes à lettres couvertes d'une neige épaisse et une allée tapissée de blanc. Il se gara une douzaine de mètres plus loin, tira une lampe torche à quatre cellules de la boîte à gants et commença de remonter l'allée. Il était un peu plus de trois heures du matin.

La maison était là, un imposant chalet fait de rondins bruts, doté d'un toit pointu et d'une large véranda courant sur trois côtés. Une faible lueur filtrait par les fenêtres de devant, dessinant des carrés jaunâtres sur la neige. En faisant le tour de la maison, Crosetti sentit, plus qu'il ne le vit, la présence du lac, une noirceur absolue là où la neige s'arrêtait, avec un doigt maigre s'enfonçant dedans : l'embarcadère.

Il gravit prudemment les marches menant à la véranda, appuya son visage contre la fenêtre éclairée et vit une grande pièce, des meubles rustiques faits de bûches de cèdre cirées et tapissés de tissu rouge, une énorme cheminée dans laquelle brûlait un feu, des tapis indiens au sol, une tête d'orignal au-dessus de la cheminée. Un autre mur était occupé par une grande étagère encastrée et une chaîne hi-fi visiblement onéreuse. Aucun mouvement de visible, pas un son. Il tourna la poignée de cuivre de la porte, celle-ci s'ouvrit, il entra et la referma derrière lui. Une fois à l'intérieur, il entendit par-dessus le chuchotement du feu des bruits domestiques provenant d'une autre pièce, des tintements de vaisselle et un homme chantonnant. La pièce sentait le cèdre, et le feu. Il flottait de légers effluves de café. Près des fenêtres se trouvait une table en pin ronde sur laquelle un ordinateur portable scintillait. À côté de l'ordinateur il vit une épaisse enveloppe rembourrée qui lui était familière. Crosetti était sur le point de jeter un coup d'œil à l'écran lorsque Jake Mishkin entra dans la pièce, une tasse fumante à la main. Il s'arrêta net et le regarda fixement.

« Crosetti ? Qu'est-ce que vous fabriquez ici ?

– J'étais dans le quartier. Je passais juste dire bonjour. »

Mishkin esquissa un sourire.

« Elle est bonne. Vous voulez du café ? J'ai ajouté du whiskey irlandais au mien.

– Merci. Ce serait super. »

Mishkin reprit la direction de la cuisine, puis il se ravisa, marcha jusqu'à l'ordinateur et abaissa sèchement l'écran. Crosetti s'assit sur le divan qui faisait face au feu et céda un peu à l'épuisement, ressentant désormais l'étrange sensation qu'on éprouve après une route interminable, après avoir roulé à toute allure coincé derrière un volant de voiture. Quelques minutes plus tard, Mishkin revint avec une autre tasse. Il la posa sur la table basse en pin clair qui se trouvait devant le divan.

« Je suppose qu'il ne s'agit pas de votre chèque, dit Mishkin après qu'ils eurent tous deux commencé à boire leur café.

– Non, je l'ai bien reçu, merci.

– Alors, à quoi dois-je... ?

– À Carolyn Rolly. Elle m'a appelé, paniquée, pour me donner l'adresse de cet endroit, et je suis venu.

– Vous avez conduit... quoi ? Huit heures à travers une tempête de neige parce que Carolyn Rolly vous a fait signe ?

– Oui, c'est assez difficile à expliquer.

– Le grand amour.

– Pas vraiment, mais... c'est *quelque chose.* À vrai dire, je suis juste un abruti.

– Ça, je comprends, dit Mishkin, mais le fait est qu'elle n'est pas là, et je dois vous préciser que j'attends d'autres visiteurs. Ça risque d'être désagréable.

– Vous voulez dire Shvanov ?

– Et d'autres.

– Comme qui ?

– Comme Mickey Haas, le célèbre expert shakespearien qui est aussi l'un de mes amis très chers. Cette maison lui appartient. Il va venir authentifier notre manuscrit.

– Je croyais qu'il fallait un tas d'appareils pour ça, datation au carbone 14, analyse d'encre...

– Oui, mais les bons faussaires peuvent falsifier l'encre et le papier. Ce qui ne peut pas être falsifié, c'est l'écriture de Shakespeare, et Mickey est l'homme de la situation.

– Et il est avec Shvanov ?

– J'ai peur que ce soit une longue histoire. »

Crosetti haussa les épaules.

« J'ai tout mon temps, à moins que vous ne me forciez à bout portant à retourner dans un blizzard déchaîné »

Mishkin le scruta et Crosetti soutint son regard pendant un moment étonnamment long. Enfin, Mishkin soupira et déclara :

« Il va nous falloir plus de café. »

Une autre cafetière, donc, et plus de whiskey. Vers la fin, ils se passèrent du café. Ils discutèrent tels deux inconnus qui auraient survécu à un naufrage ou à quelque désastre historique qui, bien qu'ayant laissé sur eux des marques similaires, n'aurait pas suffi à créer des affinités électives. Les deux hommes n'étaient pas amis, et ne le seraient jamais, mais cette chose qui les avait rassemblés, qui les avait amenés à cette maison par cette nuit neigeuse, cette chose qui se trouvait dans son enveloppe sur la table ronde leur permettait de se parler plus ouvertement qu'ils ne l'auraient normalement fait. Et le whiskey aidait.

Mishkin raconta dans les détails ses liens avec Bulstrode, ainsi que sa triste vie, sans omettre une description de ses propres péchés. Et lorsqu'il en arriva à son histoire avec la soi-disant Miranda Kellogg et ses espoirs à son sujet, Crosetti déclara :

« D'après Carolyn, c'était une actrice que Shvanov a embauchée pour vous soutirer le manuscrit.

– Oui, j'avais songé à quelque chose de ce genre. Est-ce que vous... est-ce qu'elle vous a dit ce qui lui est arrivé ?

– Elle n'en savait rien », répondit sèchement Crosetti, puis il se mit à parler de sa propre famille, de films, ceux qu'il aimait et ceux qu'il voulait tourner. Mishkin semblait remarquablement intéressé, fasciné même, par ces deux sujets, comme s'il se demandait ce que ça faisait de grandir dans une famille heureuse et turbulente. Il s'interrogeait sur le pouvoir des films à déterminer notre comportement et, plus que cela, notre perception de la réalité.

« En réalité, poursuivit Mishkin, ce serait plutôt le contraire, les réalisateurs s'emparent d'idées populaires et en font des films.

– Non, les films viennent en premier. Par exemple, personne ne s'est jamais battu en duel en face à face dans la grand-rue poussiéreuse d'une ville du Far West. Ça n'est jamais arrivé, jamais. Un scénariste a inventé ça pour l'effet dramatique. C'est le trope américain classique, la rédemption par la violence, et c'est né dans les films. Il y avait très peu de pistolets dans le Far West. Ils étaient chers et lourds et personne sauf un idiot n'en aurait porté un dans un étui à la hanche. À cheval ? Quand vous vouliez tuer quelqu'un à l'époque, vous attendiez le bon moment et vous lui tiriez dans le dos, généralement avec un fusil. Maintenant nous avons des millions et des millions d'armes à feu parce que les films nous ont appris qu'un véritable homme se devait d'en avoir un, et les gens s'entretuent vraiment comme les flingueurs fictifs des westerns. Et il ne s'agit pas que de voyous. Les films façonnent la réalité de *chacun* – dans la mesure où celle-ci est façonnée par des actions humaines –, qu'il s'agisse de politique étrangère, de business, de relations sexuelles, de dynamique familiale, etc., etc. Avant, c'était la Bible, mais maintenant, c'est le cinéma. Pourquoi y a-t-il du harcèlement ? Parce que nous savons que le type doit persister et passer pour un imbécile jusqu'à ce que la fille avoue qu'elle l'aime. Nous avons tous vu ça. Pourquoi arrive-t-il que des hommes violent une femme qu'ils connaissent ? Parce que ces connards attendent le moment où la résistance se transformera en passion. Ils ont vu Nicole et Reese céder ainsi cinquante fois à l'écran. Nous prenons ces petites décisions, jour après jour, et nous finissons avec le monde d'aujourd'hui, qu'il nous plaise ou non.

– Donc les scénaristes sont les législateurs non reconnus de l'humanité.

– Vous avez tout compris, répondit Crosetti. Enfin quoi, nous sommes bien dans un film en ce moment Pourquoi est-ce qu'on se retrouve tous les deux à attendre une bande de gangsters dans une cabane isolée ? C'est dingue. Pourquoi un manuscrit valant cent millions de dollars est-il posé sur une table dans cette cabane isolée ? Complètement barge. Je vais vous dire pourquoi. Parce que nous avons tous les deux pris une série de décisions, et chacune de ces décisions a été conditionnée par un motif de cinéma. Quand la fille mystérieuse appelle John Cusack et lui demande de la secourir, il ne répond pas : "Tu peux rêver, salope !" Il remue ciel et terre pour la secourir parce qu'il sait que c'est le scénario, exactement comme moi, et à côté de moi il y a William Hurt, le type légèrement corrompu et coupable qui continue de s'accrocher aux convenances, mais qui n'est pas sûr de vouloir continuer à vivre, et il s'est mis dans cette situation pour... pour quoi ? Oh, lui aussi a sa fille mystérieuse, bien sûr, mais il s'agit surtout d'autopunition, du besoin d'une bonne explosion qui soit l'anéantira, soit le débarrassera de sa médiocre vie de bourgeois. Écoutez-moi bien...

– William Hurt. Pas mal.

– En effet, et quand les gangsters arriveront, ils se comporteront comme des gangsters de cinéma, ou alors, et c'est une subtilité qui est rarement utilisée, ils se comporteront *à l'inverse* de gangsters de cinéma. C'est ça qui est génial dans *Les Soprano* – des gangsters de cinéma faisant semblant d'être de vrais gangsters regardant des gangsters de cinéma et modifiant leur attitude pour ressembler davantage aux faux, mais le fait est que ça arrive vraiment. La chose dont vous pouvez être certain, c'est qu'ils ne seront pas authentiques. Il n'y a plus d'authenticité.

– Amalie est authentique, objecta Mishkin après un moment.

– Oui, c'est vrai, consentit Crosetti. Mais Amalie n'est pas connectée à la culture, ou peut-être qu'elle est connectée à autre chose, à Dieu peut-être. Mais c'est l'exception qui confirme la règle, et vous remarquerez qu'elle n'est pas dans ce film.

– Non, en effet. Mais je vais vous dire une chose : vous vous trompez sur mon compte. Je ne parle pas de mon caractère, de cette histoire de William Hurt, mais de ce que je fais ici. Ce n'est pas simplement à la suite d'un vague désespoir. Ça fait partie d'une intrigue.

– Oui, mais c'est ce que je viens de di...

– Non, pas une intrigue de cinéma. Un complot, un coup monté, une manipulation, pour que les méchants aient ce qu'ils méritent.

– Vous parlez de quoi ? Je veux dire l'intrigue ?

– Je ne vais pas vous le dire, répondit Mishkin. Je le révélerai quand tout le monde sera ici.

– Jake, on a déjà vu ça mille fois. Et après il y aura la rédemption par la violence ?

– J'espère bien que non. Vous êtes inquiet ?

– Pas le moins du monde. Le personnage de John Cusack doit en réchapper et avoir la fille. Vous, en revanche, vous risquez de ne pas vous en sortir. » Il bâilla à s'en décrocher la mâchoire et ajouta : « Merde, mon vieux, tout ça, c'est fascinant, mais je tombe de sommeil. Il fera jour dans deux heures et il faut que je dorme un peu. À vrai dire, vous avez vous-même l'air claqué.

– Ça va aller, répondit Mishkin. Il y a plein de chambres à l'étage, des lits tout faits, des tas de couettes douillettes : faites comme chez vous. »

Il choisit une chambre avec vue sur le lac, ôta ses chaussures, se glissa sous la couette et s'endormit en un instant ; pour se réveiller au son du rugissement toussotant d'un gros moteur de hors-bord. Il se leva, se frotta les yeux et alla jusqu'à la fenêtre. Sur le lac, quelqu'un tentait maladroitement d'approcher un yacht Bayliner de huit mètres de long de l'embarcadère. La capote était en place et les pare-brise en plastique étaient fixés, mais Crosetti songea qu'il devait tout de même faire plutôt froid à bord d'une vedette de ce genre conçue pour les croisières en été. La neige avait cessé, le ciel était d'un blanc éclatant et un vent d'est soulevait de petites vaguelettes blanches. Le pilote inexpérimenté essayait d'accoster par le côté ouest de l'embarcadère en dépit du vent qui le repoussait, la haute coque de l'embarcation agissant comme une voile. Il ne laissait pas au bateau le temps d'obéir à ses manœuvres et accélérait trop fort. La proue heurtait l'embarcadère et rebondissait. Il aurait simplement dû reculer et aborder par l'autre côté, où le vent les aurait poussés sans problème contre les pneus destinés à amortir les chocs. C'est ce que se disait Crosetti, lui qui avait passé chaque été de son enfance à Sheepshead Bay avec ses parents, ses sœurs et ses divers cousins, dangereusement entassés dans un bateau de location de sept mètres de long.

Un homme portant un court manteau de cuir et des chaussures de ville sortit alors de la cabine et alla vers l'avant, glissant sur la fibre de verre humide et s'étalant de tout son long lorsque le bateau percuta l'embarcadère pour la sixième fois. Supposant que ce numéro de cirque allait encore durer un moment, Crosetti alla faire un brin de toilette, puis il renfila ses bottes, passa un bref coup de fil sur son téléphone portable et descendit à la cuisine. Il y trouva Mishkin assis face à une tasse de café.

« Ils sont arrivés, annonça Crosetti tout en se remplissant une tasse. Toasts fourrés ?

– Oui, c'est ma fille qui m'a corrompu quand elle était petite. Servez-vous.

– Merci, fit Crosetti en en enfonçant deux dans le grille-pain. Est-ce qu'ils ont réussi à accoster ? »

La fenêtre de la cuisine était du mauvais côté, mais en s'en approchant, on pouvait distinguer l'extrémité de l'embarcadère. Mishkin jeta un coup d'œil derrière les rideaux de chintz et répondit :

« Presque, ils ont amarré l'avant et maintenant ils essaient de positionner la poupe.

– Je suppose qu'ils sont meilleurs gangsters que marins.

– Oh, oui. J'ai eu affaire à des gangsters plutôt médiocres à New York, mais ils ne travaillaient pas pour Shvanov. Je parie qu'il a envoyé ses meilleurs éléments pour cette équipée. Alors... vous croyez toujours qu'il s'agit d'un film ?

– Non, je commence à avoir peur, puisque vous me le demandez.

– Vous pouvez partir. Personne ne s'attend à vous trouver ici.

– Si, Rolly.

– Certes. Un dernier conseil de cinéma ?

– Oui, répondit Crosetti. Quel que soit votre plan, il a une faille.

– Parce que... ?

– *Primo*, vous ne pouvez pas penser à tout ; *secundo*, il faut un revirement de situation dans les six dernières minutes pour maintenir la tension.

– Eh bien, au moins nous n'aurons pas la sempiternelle bagarre dans une usine abandonnée. Laissez-moi accueillir nos invités. »

Mishkin quitta la cuisine et Crosetti s'approcha de la fenêtre. Il entendit le moteur du bateau s'éteindre et observa qu'il était amarré et que des gens en descendaient. D'abord le grand au manteau de cuir, un homme de taille moyenne portant un manteau en poil de chameau et un chapeau de fourrure (le patron), un type taillé comme un rugbyman, lui aussi vêtu d'un manteau de cuir, menant deux enfants, un garçon et une fille, une femme dans une parka blanche, la capuche remontée au-dessus de sa tête. Puis un homme arborant un Burberry et une casquette et dont le bas du visage était enveloppé dans un cache-col à rayures. Enfin, un dernier type en cuir noir, mais dont le manteau lui descendait jusqu'aux tibias. Crosetti se rendit au salon. Mishkin attisait l'énorme feu qu'il venait d'allumer et dont les flammes emplissaient la pièce d'un parfum de résine brûlée. L'enveloppe fatale était toujours posée sur la table, mais l'ordinateur portable avait disparu.

La porte de devant s'ouvrit d'un coup et deux des voyous entrèrent d'un pas lourd – le grand et celui au long manteau, qui avait un visage pâle et déformé, comme l'ectoplasme monstrueux de *SOS fantômes*. Arriva ensuite l'homme dont Crosetti sut qu'il devait être le célèbre Shvanov. Il s'adressa en russe à ses hommes, qui attrapèrent immédiatement Mishkin, le balancèrent au sol et se mirent à le bourrer de coups de pied. Pendant ce temps, le reste des passagers entra, poussé en avant par le piètre matelot. Crosetti remarqua aussitôt plusieurs choses. Tout d'abord, Mishkin se laissait frapper sans opposer de résistance, alors qu'à Londres il l'avait vu balancer un grand type dans les airs comme un Frisbee. Ensuite, les enfants : Imogen, furieuse, s'apprêtait à lui venir en aide, et elle y serait allée si le matelot ne l'avait pas attrapée. Niko ne semblait pas dans son état normal, il avait la tête étrangement baissée et ses mains dessinaient de petits motifs. Il semblait fredonner ou parler tout seul, il sentait le vomi, et le devant de sa parka était souillé. Enfin, la femme. Elle avait ôté sa capuche en entrant, laissant voir des cheveux milongs pas très propres et un visage visiblement horrifié par le traitement réservé à Mishkin. L'homme au Burberry observait lui aussi le passage à tabac, mais sans horreur – avec une fascination morbide, peut-être, voire de la satisfaction.

Tout cela se produisit en un clin d'œil, mais sembla durer plus longtemps, un intervalle dont Crosetti savait qu'on le ferait durer bien plus d'une minute à l'écran. La femme hurla à Shvanov de les faire cesser et Shvanov lui hurla dessus à son tour, mais il demanda à ses hommes d'arrêter. Ils remirent Mishkin sur pied en le soulevant par les bras. Il battit des paupières, essuya le sang et la salive qui lui coulaient de la bouche et dit aux gamins :

« Désolé, les enfants, ça n'était pas censé arriver. Est-ce qu'ils vous ont fait du mal ?

– Pas vraiment, répondit la fille. Mais Niko a été malade dans le bateau et il est bizarre. »

Shvanov s'approcha de Mishkin et le gifla violemment.

« Tout ça, c'est votre faute, Mishkin, dit-il. J'ai essayé d'agir de façon civilisée pour récupérer un bien qui m'appartient légitimement, et qu'est-ce que ça me rapporte ? Du respect ? Non, je suis obligé de vous pourchasser jusqu'ici, ce qui constitue un désagrément colossal, et vous me forcez aussi à enlever les enfants. C'est inadmissible. Osip Shvanov n'enlève pas les enfants, comme je vous l'ai déjà dit, mais vous n'écoutez pas. Alors maintenant, au moins, rendez-moi mon bien, à savoir, un manuscrit de William Shakespeare. »

Mais Mishkin regardait fixement la femme.

« Bonjour, Miranda, dit-il. Pourquoi avez-vous changé de coiffure ? Et qu'avez-vous fait à vos yeux ? »

La femme demeura silencieuse. Shvanov gifla à nouveau Mishkin, projetant une large giclée de sang sur le mur au-dessus de la cheminée.

« Non, ne la regardez pas, regardez-moi, espèce de cochon d'avocat ! Où est mon bien ?

– Dans l'enveloppe sur la table », dit Crosetti.

Tout le monde se tourna vers lui et le regarda.

« Qui est cet homme ? demanda Shvanov.

– Albert Crosetti, répondit Mishkin, c'est lui qui a trouvé le manuscrit original de Bracegirdle et qui l'a vendu au professeur Bulstrode. Ou c'est du moins ce qu'il prétend. »

Shvanov se rendit à la table et vida l'enveloppe de son contenu. Il fit un geste en direction de l'homme au Burberry, qui se précipita à ses côtés.

« Puisque nous en sommes aux présentations, Crosetti, poursuivit Mishkin, ça, c'est le professeur Mickey Haas, le plus éminent spécialiste de Shakespeare au monde. Ou c'est du moins ce qu'il prétend. »

Haas prit la pile de papiers des mains de Shvanov, s'assit à la table, chaussa ses lunettes et se mit à parcourir la première page. Crosetti voyait ses mains trembler. Pendant presque une demi-heure, les seuls bruits dans la pièce furent le crépitement des flammes, les marmonnements de Niko et le bruissement du vieux papier rêche.

« Alors ? Qu'est-ce que vous en dites professeur ? demanda Shvanov.

– C'est stupéfiant ! De toute évidence, il y a des tests techniques à effectuer, mais j'ai vu beaucoup de manuscrits du XVIIe siècle, et pour autant que je puisse en juger, celui-ci est authentique. Le papier est bon, l'encre est bonne, l'écriture est… eh bien, nous n'avons à vrai dire aucun exemplaire de l'écriture de Shakespeare hormis quelques signatures et bien sûr la prétendue écriture D du manuscrit partiel de la pièce sur Thomas Moore, mais il y a certainement, enfin plus que probablement…

– Conclusion, professeur, est-ce que c'est vendable ? »

Haas répondit d'une voix étrangement affectée, parlant avec une précision qui manquait de naturel :

« Je crois, oui, la langue, le style, mon Dieu, oui, je suppose que, sous réserve des divers tests que j'ai évoqués, ceci est le manuscrit d'une pièce inconnue de Shakespeare. »

Shvanov lui tapa suffisamment fort dans le dos pour déloger ses lunettes.

« Bien ! Excellent ! triompha-t-il, et tous les voyous sourirent.

– Osip, intervint alors Mishkin, vous vous attendiez à quoi ? C'est une contrefaçon. Il a tout arrangé avec le faussaire, Leonard Pascoe. J'en ai la preuve. »

Haas se leva d'un coup de sa chaise et lança rageusement à Mishkin :

« Espèce de salaud ! Qu'est-ce que tu y connais ? Il est authentique. Et si tu crois que tu peux… »

Shvanov lui asséna un violent coup de poing dans le bras et il se tut. Puis Shvanov s'approcha de Mishkin jusqu'à regarder l'homme imposant dans le blanc des yeux.

« Quel genre de preuve ?

– Je vais vous montrer. Demandez-leur de me lâcher. »

Un geste de la tête, et Mishkin fut libéré. Il marcha jusqu'à un porte-magazines qui se trouvait près du divan et en tira une enveloppe FedEx d'où il sortit quelques papiers et un CD.

« Tout d'abord les preuves écrites. Ceci, dit-il en tendant une feuille à Shvanov, est une copie du manuscrit original de Bracegirdle. C'est une feuille sur laquelle Leonard Pascoe a reproduit l'écriture de Bracegirdle. Même un novice comme vous, Osip, peut voir qu'elles sont identiques. Votre ami ici présent a déniché une lettre du XVIIe siècle écrite par un mourant et a interpolé une ou deux feuilles contrefaites, puis il a concocté toute cette histoire de chiffrement à partir de rien avant de s'arranger pour que cette soi-disant pièce soit retrouvée à l'endroit indiqué dans le texte chiffré.

– Il délire ! cria Haas. Pascoe est en prison.

– Plutôt un centre de vacances, rétorqua Mishkin, où nous nous sommes rendus, comme les gens qui nous suivaient en ont sans doute informé Osip. Osip, ne vous êtes-vous pas demandé pourquoi nous nous étions arrêtés là-bas ? »

Crosetti vit Shvanov échanger un bref coup d'œil avec le matelot.

« Nous y sommes allés pour ça, poursuivit Mishkin en tendant le CD. Leonard Pascoe est très fier de son commerce, et c'était son plus gros coup. Un joli petit pécule l'attend à sa sortie, merci Mickey, ou, devrais-je dire, merci Osip Shvanov, puisqu'il s'est servi de l'argent qu'il a obtenu de vous, ou du moins d'une partie. C'était la combine parfaite pour lui. À ce propos, combien il vous doit ?

– Osip, il délire ! Comment aurais-je pu... ?

– Fermez-la, Haas ! Passez ce CD, s'il vous plaît, Mishkin, et j'espère de tout cœur qu'il ne s'agit pas d'un stupide stratagème. »

Mishkin alluma la chaîne et inséra le CD dans le lecteur. La voix de Leonard Pascoe emplit la pièce et ils l'écoutèrent tous en silence tandis qu'il expliquait comment utiliser une lettre et un chiffrement bidon et divers artifices pour concevoir une énorme escroquerie. Lorsqu'il eut fini, Mishkin déclara :

« La fille, dans ce cas, c'est bien sûr la mystérieuse Carolyn Rolly, qui était idéalement placée pour réussir son coup : elle était liée à Shvanov, cherchait désespérément à se défaire de son emprise, avait besoin d'argent pour secourir ses enfants et quitter le pays. Elle découvrait soi-disant le manuscrit trafiqué dans un vieux livre, amenait notre ami Crosetti à le dévoiler, car il nous fallait une cible innocente, n'est-ce pas ? Et elle s'est, tout au long de cette aventure, toujours arrangée pour être au bon endroit afin de faire avancer le complot, même s'il y a eu une petite variation par rapport au plan original de Pascoe. Carolyn n'a pas besoin de voler l'argent car elle a déjà été payée, et le principal objectif du complot est en tout état de cause de se débarrasser d'Osip Shvanov. Donc vous avez maintenant le manuscrit, et les gens venus d'Israël pour l'acheter sont en ce moment même à New York. Vous allez le leur vendre, toucher vos dix millions de dollars – sur la foi des excellentes recommandations du professeur Haas – ce qui annule sa dette, et tout le monde est content, jusqu'au moment où vos acheteurs essaient de le présenter au public pour toucher le gros lot, et il s'avère soudain que la pièce n'est pas exactement ce que l'on pourrait attendre du Barde, qu'elle est en fait l'œuvre d'une figure littéraire de moindre importance, comme Mickey Haas par exemple, un pastiche. Parce que vous êtes un sale con d'illettré, Osip, et un étranger, et donc la cible idéale, comme vient de nous le dire notre ami Pascoe. Shakespeare ne peut pas être contrefait, mais vous ne pourriez jamais vous en rendre compte. Et d'après vous, qu'est-ce qui se passe lorsque vos acheteurs s'aperçoivent qu'ils se sont fait avoir ? »

Crosetti vit que Shvanov était devenu blême et qu'une veine battait sur sa tempe.

« Comment savez-vous que le prix est de dix millions ? demanda-t-il.

– Parce que mon père me l'a dit. Il est l'homme du syndicat à New York, et ses commanditaires vont être très, très en colère après vous.

– Vous lui avez tout raconté ?

– Bien sûr. Et maintenant je vous le dis, et c'est la raison pour laquelle je me suis arrangé pour que toutes les personnes impliquées se retrouvent ici, pour qu'on puisse résoudre cette histoire. Oh, sauf Carolyn Rolly. Elle semble s'être volatilisée pour le moment, mais je suis certain que vous pourrez lui mettre la main dessus. »

Crosetti vit une expression perplexe apparaître sur le visage de Shvanov. Il désigna la femme à la parka blanche.

« Comment ça ? C'est *elle* Carolyn Rolly.

– Oh, Carolyn », fit Crosetti à voix basse.

Personne ne sembla l'entendre. Tout le monde regardait Mishkin, qui avait chancelé comme s'il avait reçu un coup. Sur son visage était apparue une expression accablée que même son passage à tabac n'avait pas réussi à faire naître. Shvanov s'en aperçut et sembla s'en délecter.

« Oui, je peux lui mettre la main dessus, comme vous dites, Jake, dit-il, et il passa le bras autour des épaules de Rolly. Et suis-je censé le croire, Carolyn ? Que tu as conspiré avec ce professeur pour me tromper ? Osip, qui t'a sorti de la rue, qui t'a donné un endroit où vivre, et qui t'a montré ce que c'est que d'être avec un homme. » Puis, d'une voix de fausset : « Oh, encule-moi plus profond, chéri, c'est si bon. » Il lui saisit la mâchoire entre le pouce et l'index et la tordit. « Hein ? Est-ce que tu m'as fait ça, espèce de putain ? Oui, peut-être : c'est le genre de choses que tu ferais, si tu n'aimais plus tes enfants, ou si tu oubliais que je sais où ils vivent en Pennsylvanie. Mais qui sait ce que ferait une putain ? »

Il s'approcha de la table près de laquelle Haas se tenait, bouche bée, tel un lapin face à un cobra, et il souleva le manuscrit. Il ajusta les bords de la pile et la soupesa dans sa main.

« Mais vous, professeur, vous n'êtes pas une pute. Nous avons une relation d'affaires, nous avons traité l'un avec l'autre pendant tout ce temps. J'ai confiance en vous, d'homme à homme, comment avez-vous pu faire ça ? Je suis très déçu.

– Il ment », répondit Haas, rapidement, butant sur les mots. De l'endroit où il se tenait, Crosetti vit que ses genoux tremblaient. « Il a tout inventé pour... vous embrouiller. Il est très malin, il croit qu'il peut se tirer de tout, le grand Jake Mishkin, mais il ment, cette pièce est authentique, la plus grande découverte de manuscrit de tous les temps. Putain ! C'est moi l'expert, Osip ! Et puis comment aurais-je pu "conspirer" comme vous dites avec cette femme, je ne l'ai jamais vue de ma vie, et aller voir Pascoe pour arranger tout ça... c'est ridicule... vous ne pouvez pas y croire. Ces pages que vous tenez, et les textes chiffrés, et tout le reste, ils sont précieux, précieux, je n'avais jamais espéré mettre la main sur rien de tel...

– Si, il connaissait Carolyn Rolly, dit Mishkin. Elle était étudiante à Columbia. Bulstrode les a présentés. Demandez à Crosetti. »

Crosetti se racla la gorge, qui semblait pleine de colle de farine, et déclara :

« Eh bien, oui. Elle connaissait assurément Bulstrode. Et Bulstrode connaissait Haas.

– Vous voyez, professeur ? dit Shvanov. Il y a quelque chose qui cloche. Et donc je crois qu'il dit vrai, je crois que c'est une vaste arnaque, et que ces papiers n'ont aucune valeur. »

Sur ce, il fit deux pas rapides et balança la pile de papiers dans la cheminée.

Haas poussa un cri qui sembla provenir du fond de ses entrailles, un hurlement brut de désespoir, et il se précipita immédiatement à travers la pièce pour se jeter au cœur du feu. Il arracha la poignée de feuilles des braises, éteignant du bout de ses doigts nus les quelques flammes qui les avaient attaquées et les balançant à travers la pièce tel un chien projetant de la terre tandis qu'il creuse un trou. Crosetti vit que certaines pages avaient été prises par le courant ascendant et étaient collées contre l'arrière de la profonde cheminée, mais Haas projeta tout son corps par-dessus les bûches en flammes et les attrapa. Il hurlait toujours lorsqu'il ressortit de la cheminée, l'avant de ses habits en flammes et son écharpe formant un collier de feu. Il se mit à courir en rond, battant les flammes des mains, son visage transformé en un hideux masque rouge noir, ses lunettes tordues et partiellement fondues.

Mishkin souleva alors le professeur en flammes comme s'il était aussi léger qu'une plume et se dirigea vers la porte en le portant sur son épaule. Le matelot tenta de l'arrêter et Mishkin l'écarta du bras, l'envoyant s'écraser sur une table. Une fois dehors, Mishkin plongea les mains dans une cuvette où la neige était relativement profonde et en ramassa des poignées pour éteindre les flammes puis rafraîchir la chair rouge et torturée qui apparaissait sous les vêtements calcinés et sur le visage de Haas.

Crosetti, qui l'observait par la porte ouverte, vit le matelot se lever, avancer lourdement vers Mishkin qui était agenouillé et lui donner un violent coup de pied dans les côtes. Il aurait continué de le frapper si Shvanov ne l'avait pas rappelé à l'ordre.

« Vous savez, ça me donne une idée », déclara Shvanov.

Crosetti s'aperçut en tressaillant que le gangster s'adressait à lui. Il comprit immédiatement que l'homme allait lui fournir une explication, car c'est ce que les gangsters de cinéma font toujours, et il se demanda s'ils se comportaient ainsi jadis. Probablement, oui, pensa-t-il, car on voyait ça dans Shakespeare, le vilain qui se justifiait, qui décrivait avec délices la perspective de sa mort à la victime impuissante. Mais était-ce Shakespeare qui avait inventé ça, comme les scénaristes avaient inventé les duels de western ? Probablement. Il avait inventé l'essentiel de ce que l'on considère comme le comportement humain. Crosetti s'efforça de se concentrer sur ce que disait Shvanov.

« ... donc vous n'êtes pas d'accord ? Tout le monde se sacrifiera pour quelque chose, mais pas ce genre de sacrifice, pas le sacrifice corporel, pas même pour de l'argent. Pour des enfants peut-être. » Il regarda alors froidement les enfants de Mishkin. « Ou, comme nous venons de le voir, pour ce manuscrit. Donc, bien sûr il est authentique.

– Vous avez pris un risque, observa Crosetti.

– Oui, mais un homme comme moi doit prendre des risques, c'est ça l'esprit d'entreprise. Maintenant j'ai la récompense. » Il regarda dans la direction des deux hommes qui rassemblaient les feuilles roussies. « Et je ne pense pas que quelques petites brûlures vont beaucoup en diminuer la valeur, peut-être même pas du tout. Ça ajoute en authenticité, il me semble, pour un document si ancien. Mais, comme j'ai dit, cette histoire de feu me donne une idée. Le professeur Haas invite son bon ami Mishkin dans son chalet avec ses deux enfants, et aussi son ami Crosetti et sa petite amie Carolyn, et ils vont faire une promenade sur le lac dans le hors-bord de Haas, bien qu'il fasse froid, car c'est si joli avec la neige, et il y a une tragique explosion, une fuite d'essence, ou je ne sais quoi, et ils brûlent tous et se noient.

– Je ne comprends pas. Je n'ai rien à voir avec cette arnaque, et Carolyn non plus.

– Certes, mais vous êtes des témoins. C'est une habitude russe, je suppose. Staline nous l'a appris, et nous nous en souvenons : dans le doute, débarrasse-toi de tout le monde sauf de tes... quel est ce mot ? Com... ?

– Complices.

– Exactement. Complices. Donc, maintenant, vous allez tous aller dans le bateau. »

Il glissa la main sous son manteau, en sortit un pistolet et cria quelque chose en russe à l'intention de ses troupes. Ils descendirent bientôt en une triste procession jusqu'à la rive du lac. À l'avant, Mishkin portant dans ses bras un Haas gémissant, puis les enfants Mishkin, puis Crosetti et Carolyn. Les Russes avaient dégainé leurs armes, le matelot braquait une mitraillette et les autres des pistolets semi-automatiques. C'est le matelot qui escorta les prisonniers dans le hangar à bateaux et les fit grimper dans le hors-bord. L'ectoplasme remplissait un jerrican de vingt litres à la pompe. Shvanov et le troisième assassin étaient allés mettre le yacht en route.

Mishkin déposa Haas sur un coin de la banquette arrière, puis il aida les autres à monter à bord. Tandis que Crosetti montait, Mishkin demanda dans un murmure :

« Vous savez piloter ça ?

– Oui.

– Alors allez au gouvernail. »

Crosetti s'exécuta et Mishkin s'assit à côté de lui à l'avant.

L'ectoplasme acheva de remplir le jerrican, grimpa dans le bateau et le posa sur la banquette arrière. Il dit quelque chose à son compagnon et ils partirent tous les deux à rire. Puis il s'adressa à Imogen, l'attrapant par le bras et empoignant son propre entrejambe, et ils rirent de plus belle. Le matelot parla à son tour, puis il libéra l'amarre qui retenait la poupe et se dirigea vers l'avant pour détacher celle qui reliait la proue à un taquet. Ils entendirent le rugissement du moteur du Bayliner qui démarrait dehors.

L'ectoplasme continuait de parler à Imogen en approchant son visage du sien. Elle hurla et tenta de le repousser. Il l'attrapa par les cheveux, la força à baisser la tête et ouvrit sa braguette. À cet instant, à l'immense surprise de Crosetti, Mishkin passa la main sous le coussin du siège, en tira un Luger et lui tira une balle en plein visage. Puis, tandis que l'ectoplasme s'écroulait et passait par-dessus bord, Mishkin se retourna et tira à cinq reprises sur le matelot agenouillé et encore plus surpris.

« Démarrez ! ordonna-t-il à Crosetti, Allez-y ! »

Crosetti mit le contact, le moteur toussa, rugit ; il poussa le levier de vitesse et le hors-bord sortit à toute allure du hangar.

Il sentit un rire nerveux s'élever absurdement dans sa poitrine tandis qu'ils filaient sur l'eau. Bien sûr qu'il allait y avoir une poursuite à la fin, et le moment était venu. Shvanov et son acolyte mirent un bout de temps à comprendre ce qui se passait, mais lorsqu'ils virent qu'aucune silhouette en manteau noir ne montait la garde sur le hors-bord, ils se lancèrent à leur poursuite. Crosetti savait qu'un Chris-Craft en bois doté d'un moteur V-6 hors d'âge n'avait aucune chance de semer un Bayliner moderne avec peut-être trois fois plus de puissance, mais il enfonça l'accélérateur au maximum et attendit le dénouement.

Le bateau blanc gagnait régulièrement du terrain, et lorsqu'ils furent à moins de vingt mètres derrière eux, l'un des hommes se mit à faire feu. Un claquement retentit et une balle creusa une longue cicatrice rose sur la plate-forme en acajou du runabout. Par-dessus le rugissement du moteur, Crosetti entendait le gamin à l'arrière hurler de peur.

Devant eux, approchant à toute vitesse, une série de petites îles boisées s'étirait depuis la côte est. À gauche des îles se trouvait un poteau avec une lumière verte fixée à son sommet. Mishkin tira sur la manche de Crosetti en pointant le doigt.

« Passez entre la balise et la dernière île ! » cria-t-il.

Crosetti tourna sèchement le gouvernail. Le runabout fila devant la balise, heurta un rocher invisible dans un grand fracas, poursuivit sa course sur cinquante mètres, puis s'enfonça dans les eaux glaciales. Crosetti s'extirpa de derrière le gouvernail, attrapa un coussin qui flottait et se laissa glisser dans le lac. En regardant autour de lui, il vit la poupe du runabout qui ballottait à l'envers à la surface, et derrière, un objet qu'il ne reconnut tout d'abord pas, mais qui se révéla bientôt être l'avant du Bayliner, qui flottait sur le flanc. Avec son tirant plus profond, le yacht qui les poursuivait avait dû heurter les rochers encore plus violemment.

Il vit un objet blanc plus petit, qu'il identifia comme la parka de Carolyn. Elle flottait sur le ventre. Il plongea sous l'eau, dénoua les lacets de ses chaussures, les ôta et, utilisant le coussin comme une bouée, battit des pieds dans sa direction. Comme il l'atteignait, il vit la tête de Jake Mishkin, qui nageait avec force vers lui. Ensemble, ils la retournèrent et lui maintinrent la tête et les épaules hors de l'eau sur le coussin.

« Je la tiens ! cria Crosetti. *Où sont vos enfants ?* »

À ces mots, une expression d'horreur apparut sur le visage de Mishkin. Il pivota la tête frénétiquement et se mit à crier. Environ vingt-cinq mètres plus loin, ils virent une petite forme sombre apparaître au milieu de projections d'eau : Niko. Puis la forme disparut. Jake partit aussitôt dans cette direction, mais Crosetti vit clairement qu'il n'atteindrait jamais l'enfant à temps. Puis, de l'autre côté de la poupe du hors-bord, des éclaboussures et une forme avançant rapidement – Imogen Mishkin crawlant à la perfection. Elle s'enfonça sous l'eau et refit surface avec son frère, le maintenant contre sa poitrine à la manière d'un secouriste, puis elle se mit à nager vivement sur le dos vers l'île la plus proche.

Bientôt, ils se retrouvèrent tous les cinq sur l'île, un monticule de terre à peine plus grand qu'une cuisine de taille raisonnable. Crosetti étendit Rolly sur le dos et lui fit du bouche-à-bouche jusqu'à ce qu'elle se mette à tousser et à cracher une grande quantité d'eau.

« Ça va, Carolyn ? demanda-t-il.

– J'ai froid. »

Il la serra entre ses bras.

« On peut se réchauffer mutuellement, comme ça. »

Elle se raidit.

« Je ne vois pas comment tu peux supporter de me toucher.

– Pourquoi ? Parce que tu as couché avec d'autres hommes ? Ça, je m'en doutais déjà. Seulement j'apprécierais que tu ne t'échappes plus. C'est la seule chose qui m'énerve vraiment chez toi. Et tes mensonges aussi. Ça m'arrangerait si tu en racontais moins.

– À part ça, je suis parfaite.

– Plutôt. Oh, voilà le deuxième temps fort. »

Elle regarda et vit Shvanov et son sbire patauger vers la rive. Aucun des deux ne semblait armé. Le sbire titubait et saignait abondamment d'une blessure à la tête, et Shvanov se tenait le bras gauche au niveau du coude en grimaçant de douleur. Mishkin attendit qu'ils aient de l'eau jusqu'aux genoux, il s'approcha de Shvanov, lui asséna un léger coup de poing, puis il l'attrapa par la ceinture et par le col, le souleva au-dessus de sa tête et le balança sur le sbire. Ils s'écroulèrent tous les deux. Il recommença deux fois, jusqu'à ce que les hommes saisissent le message et gagnent à la nage la minuscule île suivante.

« Vous n'auriez pas fait ça comme ça, à moins d'être dans une comédie, observa Crosetti. Le méchant et le second rôle devraient se battre jusqu'à ce qu'ils meurent tous les deux, ou alors le méchant tue le second rôle et le héros liquide le méchant. Mais peut-être que tout ça, c'est de la comédie. J'avais cru à une histoire à suspense. Voilà la cavalerie, trop tard, comme d'habitude. »

Un hélicoptère apparut en grondant et survola l'épave. Au loin, ils distinguèrent deux coques grises qui approchaient sur l'eau, soulevant de larges vagues. Des os dans des gueules de chiens

« Police de l'État, expliqua Crosetti en voyant la mine interrogatrice de Carolyn. J'ai appelé ma sœur flic ce matin, et elle a de toute évidence organisé ce sauvetage.

– Tu aurais pu l'appeler hier soir, et les flics nous auraient cueillis à notre arrivée.

– Non, je devais attendre qu'ils soient là. Si j'avais appelé les flics plus tôt, Shvanov aurait pu tuer les enfants. Ou toi. Mais, comme tu le vois, ça a fonctionné à merveille.

– Où est Haas ? demanda Carolyn.

– Merde ! s'exclama Crosetti en se levant et en balayant l'eau des yeux. Il a disparu. De toute façon, il n'aurait pas pu survivre avec ses blessures. Et le manuscrit a également disparu.

– Non, répliqua Carolyn, le papier de lin survit longtemps dans l'eau, et l'encre à base de fiel est très résistante. Ce lac n'est probablement pas si profond que ça – s'il était toujours dans cette enveloppe, il tiendra le coup jusqu'à ce qu'ils envoient des plongeurs le chercher.

– Peut-être. Mais si Haas est mort, ça ne peut pas être une comédie.

– Tu sais, toi aussi tu serais parfait si tu n'avais pas cette habitude de tout transformer en film. Si j'arrête de mentir et de m'enfuir, est-ce que tu arrêteras de le faire ?

– Marché conclu », dit-il, et il embrassa les lèvres froides de Carolyn en pensant : fondu au noir, musique, générique.

23

J'AI DÉCOUVERT CE DOCUMENT tandis que je transférais des fichiers sur mon nouvel ordinateur portable et j'ai décidé d'ajouter cet épilogue. Clairement, l'aspect public de cette affaire – la pièce perdue, les manuscrits miraculeux de Bracegirdle et Shakespeare, l'implication de Shvanov, la scène du chalet, le sort de Mickey Haas – a été trop longuement rapporté pour être répété ici, mais je souhaite mettre un point final à mes propres affaires, afin que, si quelque explorateur numérique du futur tombe sur ce fichier, comme nous sommes tombés sur la dernière lettre de Bracegirdle, il y ait une conclusion.

Je suis au regret de vous dire qu'Amalie et moi, en ce jour, à savoir le 10 juin, nous ne nous sommes pas remis ensemble, même s'il me reste de l'espoir. Elle est souvent en ville, et lorsqu'elle est ici, nous passons beaucoup de temps ensemble et sommes très amis. Nous avons assisté à la messe de Pâques à St. Patrick cette année. J'ai été profondément touché et elle l'a remarqué, ce qui m'a valu un sourire tel que je n'en avais pas reçu de sa part depuis un bon moment. Je suppose que ce sourire était aussi dû au fait que j'entre dans mon huitième mois de ce qui est ma plus longue période d'abstinence depuis que j'ai couché avec Mlle Polansky dans la salle du personnel de la branche Farragut de la bibliothèque. Amalie ne sent plus sur moi la souillure de l'adultère (qu'il s'agisse de son odeur ou d'une sensation plus mystique), ce qui, me semble-t-il, la fait revenir vers moi. Je crois que ma malédiction a commencé à être levée à l'instant même où, dans l'eau froide du lac Henry, Crosetti a attiré mon attention sur le fait que j'essayais de sauver une femme mythique plutôt que mes enfants. Et à la vue de ma propre fille risquant sa vie pour sauver celle de son frère que j'avais toujours méprisé. Cet événement m'a fait entrevoir que je me trompais peut-être dans chacune de mes relations émotionnelles, et que je ferais simplement mieux, au lieu de chercher à faire mon malin, de répandre autour de moi le peu d'amour dont je suis capable, que ce soit réciproque ou non. C'est ce que j'essaie de faire.

Je suis aussi heureux d'annoncer que j'ai assisté à la performance de ma fille dans *Le Songe d'une nuit d'été* (un carton, soit dit en passant, on ne voyait qu'elle) sans nausée, et s'il est probable que je ne deviendrai jamais un mordu de théâtre, je pense m'être débarrassé de ce tic particulier. J'ai passé pas mal de temps avec Niko, principalement assis tranquillement avec lui, mais il m'a demandé il y a quelques mois si j'accepterais de lui apprendre à nager, et aussi à soulever des haltères. Il refuse toujours de me regarder droit dans les yeux, mais parfois, quand je le touche, il ne se ratatine pas sur lui-même.

Paul a repris sa mission, avec l'humilité de rigueur et terriblement affecté par la mort de Mickey Haas, bien que je lui aie affirmé à plusieurs reprises que c'était ma faute et non la sienne. Tout ce que j'avais à faire, c'était appeler la police et leur raconter toute l'histoire, et ils auraient mené l'enquête. Les mensonges de Pascoe auraient immédiatement été dévoilés et tout se serait bien passé, les lettres et les pièces auraient été authentifiées, etc. Ce Pascoe ! Un prêtre américain débarque et lui demande s'il sait quoi que ce soit d'une fausse pièce de Shakespeare et *bien sûr* il répond, oh, oui, mon père, c'est moi-même qui l'ai faite, hein, et pour cinquante mille billets je vous raconterai tout. Et Paul est tombé dans le panneau ; je suppose que voilà où ça mène d'être trop intelligent, trop soupçonneux.

Miri a abandonné son commerce, qui, je tiens à le dire ici, était un réseau de call-girls de luxe. Shvanov était largement impliqué dedans, bien sûr, et l'arrestation de celui-ci a fait le plus grand bien à ma sœur. Elle passe désormais beaucoup de temps avec Paul à accomplir de bonnes œuvres. Elle est toujours fabuleusement belle et porte à tout moment, et quelle que soit sa tenue, un chapelet orné de pierreries.

Mon père a réussi à s'esquiver à sa manière habituelle, et je m'aperçois, après l'avoir revu, qu'il n'est plus pour moi le cancer qu'il était auparavant. Est-ce que je crois à la version de mon passé qu'il m'a racontée dans cette limousine ? Peut-être. Ça n'a plus guère d'importance à ce stade. Je suppose que je lui ai pardonné.

Mickey Haas me manque. Même un meilleur ami imaginé vaut mieux que pas de meilleur ami du tout. Ses trois femmes sont venues à l'enterrement et nous avons tous été aussi faux et civilisés que possible. Il était resté jusqu'au bout fidèle à sa profession et à son jugement artistique, se jetant littéralement dans les flammes pour sauver son précieux manuscrit. Combien de membres de l'Association des langues modernes pourraient en dire autant ?

Crosetti semble se porter bien. Je l'ai rencontré par hasard avec Carolyn Rolly et les deux enfants il y a environ une semaine dans Canal Street, juste à l'est de Lafayette Street. C'était un samedi, je venais de déjeuner dans un restaurant chinois avec deux anciens camarades de la fac de droit de passage en ville, et j'étais dans la rue, cherchant Omar et la Lincoln, lorsqu'ils sont apparus. Nous avons discuté brièvement et avec un brin de gêne. Carolyn a débarrassé ses cheveux de leur camouflage noir, car la blondeur qu'elle m'a montrée en tant que Miranda est sa couleur naturelle, et ses yeux sont bleu clair, pas de ce vert raisin qu'elle simulait grâce à des lentilles de contact en hommage à Amalie. Elle ne m'attire plus le moins du monde. Ils vivent ensemble dans le sombre Brooklyn bohème, dans un très beau loft acquis grâce à la vente du manuscrit de Bracegirdle. Sans compter qu'il a vendu le scénario de l'affaire Bracegirdle, aidé, je suppose, par l'immense publicité qui a entouré toute cette affaire. Il pense que John Cusack jouera vraiment son rôle dans le film, même si William Hurt n'est hélas pas disponible pour interpréter le mien.

Je lui ai expliqué ce que je faisais au travail et vais le répéter ici, à savoir, je m'occupe de l'immense question de propriété intellectuelle occasionnée par *Marie reine d'Écosse* de William S. Le manuscrit original est une pièce à conviction dans le procès de Shvanov (meurtre et kidnapping) et a été temporairement mis sous séquestre dans une chambre forte de la ville, mais dès que je l'avais obtenu de Crosetti, j'avais pris la liberté d'en faire une copie numérique, transmutant les pages en pure propriété intellectuelle, une suite de mots. Je ne suis naturellement pas l'avocat officiel, étant moi-même l'une des principales parties prenantes. Ed Geller est mon homme dans cette affaire, et nous sommes à nouveau amis. Nous sommes principalement opposés à la Couronne britannique pour les droits, et je fais maintenant partie du même club que G. Washington et les pères fondateurs. Si l'affaire était jugée en ma faveur, je serais peut-être pour la première fois plus riche que ma femme. En évoquant cette possibilité dans une rue fréquentée, j'ai ressenti un pincement de culpabilité. C'est mon nouveau sens moral, et je crains qu'il ne limite nettement ma pratique professionnelle. J'ai proposé à Crosetti que Carolyn et lui perçoivent un beau morceau de ce que pourrait rapporter la vente des droits de la pièce et leur ai suggéré de passer au cabinet pour discuter de la question. Omar a alors traversé trois voies pour venir se garer habilement au bord du trottoir. Je leur ai demandé si je pouvais les déposer quelque part, ils ont dit qu'ils allaient à Brooklyn et j'ai répondu pas de problème, puis j'ai aperçu dans le bref regard qu'ils ont échangé qu'ils n'avaient pas trop envie de passer tant de temps avec moi. J'ai donc insisté, juste pour la forme, et Crosetti a répliqué : « Laissez tomber, Jake, c'est Chinatown », ce à quoi j'ai répondu : « Je parie que ça faisait dix ans que vous mourriez d'envie de dire ça dans la vraie vie. » Il a éclaté de rire et nous avons ri tous ensemble.

EN VENTE ACTUELLEMENT

Steve Berry
L'Énigme Alexandrie

Traduit de l'anglais (États-Unis) par Françoise Smith

« *Un maître du genre.* » Dan Brown
« *Incontournable !* » Katherine Neville
« *Avec ce thriller vif et saisissant, Berry porte le genre à sa perfection.* » *The New York Times*

Après L'Héritage des templiers, *le retour de Cotton Malone, cette fois sur les traces des secrets de la bibliothèque disparue d'Alexandrie*

50 avant J.-C. : la bibliothèque d'Alexandrie, qui renferme plus de 700 000 volumes, est de loin la plus grande collection de manuscrits religieux, philosophiques et scientifiques de son époque. Elle va soudainement disparaître sans laisser de traces, dans des circonstances qui demeurent, aujourd'hui encore, mystérieuses.

2007 : Cotton Malone, ex-agent du département de la justice américain, a repris à Copenhague ses activités d'expert en manuscrits lorsque son fils est kidnappé par une mystérieuse organisation. Cotton a soixante-douze heures pour retrouver Haddad, un spécialiste de l'Ancien Testament, qui semble en savoir beaucoup sur la disparition des manuscrits de la bibliothèque d'Alexandrie.

Cotton devra activer tous ses réseaux et décrypter bon nombre d'énigmes historiques et religieuses pour percer le mystère de la bibliothèque disparue, mais aussi pour retrouver son fils sain et sauf.

Plus de deux millions d'amateurs de thrillers et de passionnés d'histoire ont déjà plébiscité à travers le monde ce roman haletant, aux rebondissements incessants.

Steve Berry est avocat. Il vit en Géorgie. Après Le Troisième Secret *et* L'Héritage des Templiers, L'Énigme Alexandrie *est son troisième roman publié en France.*

À PARAÎTRE EN MAI 2008

Richard Zimler

Le Gardien de l'aube

Traduit de l'anglais (États-Unis) par Erika Abrams

« *Une histoire aussi éloquente que bouleversante.* » Théodore Roszak

Un récit grandiose de suspense, de persécution et de vengeance dans l'Inde coloniale, par l'auteur du *Dernier Kabbaliste de Lisbonne.*

À la fin du XVIe siècle, sur le territoire de Goa colonisé par les Portugais, l'Inquisition mène avec zèle sa mission d'empêcher tous les « sorciers » – indigènes hindous ou immigrés juifs – d'observer leurs croyances ancestrales. Ceux qui refusent de répudier leur foi et de dénoncer leurs proches sont ou bien garrottés par le bourreau ou bien brûlés vifs dans des autodafés publics.

La famille Zarco, établie en dehors de la colonie, réussit néanmoins à demeurer fidèle à ses racines juives portugaises. Tiago et sa sœur Sofia apprennent paisiblement l'art de l'enluminure auprès de leur père. Le clan est soudain déchiré lorsque père et fils, à tour de rôle, se retrouvent dans les geôles de l'Inquisition.

Tiago devra mettre au jour bien des secrets afin de comprendre qui a pu les dénoncer, et pourquoi. C'est le début d'une enquête aux retournements multiples et aux surprises nombreuses, parmi les groupes religieux clandestins, dans un climat de fanatisme hystérique.

Admirablement documenté, *Le Gardien de l'aube* est tout ensemble un fascinant roman à suspense historique et une exploration saisissante de la nature du mal. Puissance de l'imagination, vigueur de l'écriture, perspicacité psychologique, on retrouve ici toutes les qualités d'un Zimler « grand cru ».

Richard Zimler est né à New York en 1956. Il enseigne depuis plus de dix ans le journalisme à l'université de Porto. Après Le Dernier Kabbaliste de Lisbonne *et* Les Sortilèges de Minuit, Le Gardien de l'Aube *est son troisième livre publié en France.*

DANS LA COLLECTION AILLEURS
AU CHERCHE MIDI

JEFF ABBOTT
Panique
traduit de l'anglais (États-Unis)
par Fabrice Pointeau
Trauma
traduit de l'anglais (États-Unis)
par Fabrice Pointeau
Faux-semblants
traduit de l'anglais (États-Unis)
par Fabrice Pointeau

STEVE BERRY
Le Troisième Secret
traduit de l'anglais (États-Unis)
par Jean-Luc Piningre
L'Héritage des Templiers
traduit de l'anglais (États-Unis)
par Françoise Smith
L'Énigme Alexandrie
traduit de l'anglais (États-Unis)
par Françoise Smith

LINDA FARISTEIN
Mausolée
traduit de l'anglais (États-Unis)
par Marie Dolan

DONALD HARSTAD
Onze jours
traduit de l'anglais (États-Unis)
par Serge Halff
Code 10
traduit de l'anglais (États-Unis)
par Gilles Morris-Dumoulin
-30°
traduit de l'anglais (États-Unis)
par Gilles Morris-Dumoulin
23 octobre, 23 h 33
traduit de l'anglais (États-Unis)
par Gilles Morris-Dumoulin

DAVID HEWSON
Une saison pour les morts
traduit de l'anglais par Diniz Galhos

RICHARD MONTANARI
Déviances
traduit de l'anglais (États-Unis)
par Fabrice Pointeau
Psycho
traduit de l'anglais (États-Unis)
par Fabrice Pointeau

KATHERINE NEVILLE
Le Huit
traduit de l'anglais (États-Unis)
par Évelyne Jouve
Le Cercle magique
traduit de l'anglais (États-Unis)
par Gilles Morris-Dumoulin
Un risque calculé
traduit de l'anglais (États-Unis)
par Gilles Morris-Dumoulin

MARCUS SAKEY
Désaxé
traduit de l'anglais (États-Unis)
par Fabrice Pointeau

PETER WATSON
Un paysage de mensonges
traduit de l'anglais
par Gilles Morris-Dumoulin

RICHARD ZIMLER
Le Dernier Kabbaliste de Lisbonne
traduit de l'anglais (États-Unis)
par Erika Abrams
Les Sortilèges de Minuit
traduit de l'anglais (États-Unis)
par Gilles Morris-Dumoulin
Le Gardien de l'aube
traduit de l'anglais (États-Unis)
par Erika Abrams

Mis en pages par DV Arts Graphiques à la Rochelle
Imprimé en France par Bussière
Dépôt légal : avril 2008
N° d'édition : 999 – N° d'impression : 080883/4
ISBN 978-2-7491-0999-2